U0506525

王运熙文集

乐府诗述论

图书在版编目(CIP)数据

乐府诗述论／王运熙著.—上海：上海古籍出版
社,2014.4（2021.2重印）
（王运熙文集）
ISBN 978-7-5325-7194-9

Ⅰ.①乐… Ⅱ.①王… Ⅲ.①乐府诗—诗歌研究—中
国—古代 Ⅳ.①I207.22

中国版本图书馆 CIP 数据核字(2014)第 036282 号

王运熙文集
乐府诗述论
王运熙 著
上海世纪出版股份有限公司
上海 古籍 出 版 社 出版
（上海瑞金二路 272 号 邮政编码 200020）
(1)网址:www.guji.com.cn
(2)E-mail:guji1@guji.com.cn
(3)易文网网址:www.ewen.co
上海世纪出版股份有限公司发行中心发行经销
上海中华商务联合印刷有限公司印刷
开本 890×1240 1/32 印张 16 插页 3 字数 400,000
2014 年 4 月第 1 版 2021 年 2 月第 2 次印刷
印数：1,501—2,300
ISBN 978-7-5325-7194-9
Ⅰ·2796 定价：78.00 元
如有质量问题,请与承印公司联系

乐府诗述论

目　　录

下编　乐府诗再论

自　序

本书分为上、中、下三编。上编《六朝乐府与民歌》、中编《乐府诗论丛》,过去曾分别单行出版;这次重印,大体保存原貌,只在少数地方作了一些修订。下编《乐府诗再论》则是新编起来的。

《六朝乐府与民歌》一编,主要是在 1948 年夏季到 1950 年夏季两年中写成的。1947 年夏,我毕业于复旦大学中文系,留任为该系助教。当时系主任陈子展先生,鼓励我多做一些古代文学的专题研究。我打算研究汉魏六朝文学,他认为可以先研究该时期的杂体诗。我听从他的意见,先是写了一篇《离合诗考》(后由他介绍发表在《国文月刊》第七九期)。接着研究风人诗(其特点是包含谐音双关语),因而细读了含有许多谐音双关语的乐府清商曲辞中的吴声歌曲和西曲歌。在阅读过程中,参证各种史乘记载,发现吴声、西曲有不少问题,诸如不少曲调的作者、本事,其和送音节以及产生时代、地域等,过去或不受注意,或未被充分阐述,因而其原来面貌没有被人认清,甚至引起了一些误会。于是就探索所得,写出七篇系列论文,结成此编。此编以吴声、西曲为研究对象,而吴声、西曲歌辞中包含着一部分民歌,还有许多具有民歌风格的文人作品,因此取名《六朝乐府与民歌》。全稿写成后,由上海文艺联合出版社出版,时为 1955 年,后来又由古典文学出版社、中华书局上海编辑所重印。

《六朝乐府与民歌》一编,旧版本有一个内容提要,由我自己撰写,扼要介绍了全书内容,可供读者参考,现在就移录在下面:"六朝民歌大部分保存于乐府吴声歌曲与西曲歌中,本书即以吴声、西曲为研究对象,考察它们产生的时代、地域及其渊源,说明它们怎样从里巷风谣发展成为贵族阶级的乐曲,以及它们在那个时代的进步意义。对《子夜》、《读曲》等重要曲调的作者、本事等问题,作了详细考证;并通过对乐曲中和送声作用的阐明,解释了现存许多歌词内容与原始传说不相符合的疑问。对歌词的一种重要修辞手段——谐音双关语的运用,也搜集了丰富的材料,作了比较详细的分析。"

上编中《吴声西曲杂考》篇中的《前溪歌考》一节、《论六朝清商曲中之和送声》篇,曾分别在1949年《国文月刊》第七五期、第八一期上发表过,其后编集成书时又作过若干修改补充。

中编《乐府诗论丛》,是四十年代末到五十年代中期陆续写成的。《六朝乐府与民歌》写完后,我把研究乐府诗的范围扩展到汉乐府,重点放在相和歌辞方面,同时对汉魏六朝的通俗乐曲作一些整体研究。过去研究汉乐府的著作(包括笺注)比较多,我在这方面未能发掘出许多新材料,提出一系列新看法,写成专著。收集在本编中的十一篇论文,大体可分三个方面:一是关于乐府官署、汉魏六朝清乐沿革、汉代黄门鼓吹乐和鼓吹曲、汉魏晋杂舞曲等情况的介绍和考证;二是对汉代、南北朝乐府民歌的时代背景和思想艺术的分析;三是对汉魏六朝乐府诗研究书籍的评述。最后附录《七言诗形式的发展和完成》一文。七言诗体起源于民间,早期七言诗多用乐府诗题写作,所以把该文作为附录。

本编于1958年由古典文学出版社出版,其后由中华书局上海编辑所重印过。书中的一部分篇章,曾分别发表于《光明日报》的《文学遗产》副刊、《复旦大学学报》、《语文教学》等杂志上。

下编《乐府诗再论》,是新编集起来的,共收文章十八篇,其中少数是四十、五十年代旧作,多数是1976年以后陆续写下的。五十年代中期开始,我的研究重点从汉魏六朝乐府诗转移到唐代文学,其后又转移到中国文学批评史方面;因此五十年代后我写的有关汉魏六朝乐府诗的文章就较少。这些文章,是从四十年代末到目前四十多年间断断续续写成的,除少数旧作外,写作时大抵针对某种情况和问题,提出看法,没有研究重点,因而显得较为零碎,缺少系统。文章引用材料、发表看法,少数地方也有和上、中编中的篇章稍有重复之处,但论述重点、角度有所不同,希望读者能够谅解。其中《略谈乐府诗的曲名本事与思想内容的关系》、《乐府民歌和作家作品的关系》、《蔡琰与〈胡笳十八拍〉》、《吴声、西曲中的扬州》四篇,曾收集在拙著《汉魏六朝唐代文学论丛》(1981年上海古籍出版社出版),该书早已脱售,将来如能再印,我准备予以增删重编,因此把以上四篇抽出,收入本编。长文《论吴声与西曲》写于五十年代,它对《六朝乐府与民歌》一编内容作了扼要概括,又补充了若干新的内容,可看作该编的一篇绪论,当时不及和该编同印,现在也收入本编。《离合诗考》一文,上面提到,是我研究六朝乐府诗论文的前奏。考虑到杂体诗和乐府诗关系比较接近,杂体的风人诗和六朝乐府更是水乳交融,唐代吴兢的《乐府古题要解》也把各种杂体诗放在后面分条解说,因而把该文收在后面。

我从四十年代末期开始研究乐府诗,到现在已近半个世纪了。历年来所写有关汉魏六朝乐府诗的篇章,除少数几篇导读性和赏析性的短文以外,都已结集在本书中。尚有若干论述唐代乐府诗的篇章,日后拟与其他论文另行编集。上、中两编过去分别出版的单行本,流布颇广。由于六十年代中期以来,未曾重印,脱销已久。近年来国内外一些友好和同行建议重印,未能及时如愿。现在把旧作新编汇为一书问世,我感到非常高兴,也非常感谢上海古籍出版社的领导和编辑同志的盛情。

我走上研究汉魏六朝诗歌的道路,得到陈子展先生的指点和鼓励。陈先生当时劝我研究文学时要多读史书,我照着做,收获很大。

五十年代初,我把《说黄门鼓吹乐》一文(见本书中编)寄给远在北京、未曾谋面的余冠英先生看,余先生很同意我的看法,并立即介绍给当时创刊不久的《光明日报·文学遗产》副刊发表。之后他又看了《六朝乐府与民歌》全稿,给予充分肯定,并为介绍出版。1952年初,我在复旦大学中文系由助教晋升为讲师,提供的论著是《六朝乐府与民歌》一稿。当时蒋天枢先生审读全稿,写了详细意见,给予很高评价。五十年代中期,《乐府诗论丛》编成后,刘大杰先生热情为之介绍出版。几位前辈先生对于我的指点、关怀和帮助,我一直铭感不忘。现在除余先生外,其他三位先生都已逝世,而我也是年届七旬的老人了。回首往事,不禁惘然。人的一生很短暂,贵在有所创造,留下若干值得纪念的东西。如果我在乐府诗研究方面取得的一点微薄成果,今后能比较长期地为学人所参考和利用,那将是我最大的荣幸。

王运熙
1995年3月于上海

上编　六朝乐府与民歌

吴声西曲的产生时代

一

　　六朝清商曲中的主要部分——吴声歌曲与西曲,正像汉代的相和歌辞一样,是贵族阶级的乐曲,但里面包含着不少数量的民间歌谣,因而在文学上具有重大的价值。

　　吴声歌曲的兴起时代早于西曲。《宋书·乐志》首先叙述了《子夜》、《凤将雏》、《前溪》、《阿子》、《欢闻》、《团扇》、《督护》、《懊侬》、《六变》、《长史变》、《读曲》等吴声歌曲的起源,并予以综论道:

　　　　吴歌杂曲,并出江东,晋宋以来,稍有增广。其始皆徒歌,其后被诸弦管。

《宋书·乐志》之后,有陈释智匠的《古今乐录》,叙述吴声歌曲的名目颇详。《乐府诗集》(卷四四)说:

　　　　《古今乐录》曰:"吴声歌,其曲有《命啸》、《吴声》、游曲、《半折》(按《通典》及《旧唐书》作《平折》)、《六变》、《八解》。《命啸》十解,存者有《乌噪林》、《浮云》、《驱雁归湖》、《马让》,馀皆不传。吴声十曲:一曰《子夜》,二曰《上柱》(按《通典》及《旧唐书》作

《上林》),三曰《凤将雏》,四曰《上声》,五曰《欢闻》,六曰《欢闻变》,七曰《前溪》,八曰《阿子》,九曰《丁督护》,十曰《团扇郎》。并梁所用曲。《凤将雏》已上三曲,古有歌,自汉至梁不改,今不传①。《上声》已下七曲,内人包明月制舞《前溪》一曲,馀并王金珠所制也。游曲六曲:《子夜四时歌》、《警歌》、《变歌》,并十曲中间游曲也。《半折》、《六变》、《八解》,汉世以来有之。《八解》者,《古弹》、《上柱古弹》、《郑干》、《新蔡》、《大治》、《小治》、《当男》、《盛当》,梁太清中,犹有得者,今不传。"

《宋书·乐志》、《古今乐录》所提到的吴声歌曲,有不少曲调的歌词没有流传至今(其中可能有原来是有声无辞的作品)。现在有歌词留存的曲调而为《宋书·乐志》所叙述到的,有下列九种:

> (1)《子夜》、(2)《前溪》、(3)《阿子》、(4)《欢闻》、(5)《团扇》、(6)《丁督护》、(7)《懊恼》、(8)《长史变》、(9)《读曲》。

《宋志》未述及而《乐录》(指上引一段文字)提到的,有下列诸种:

> (10)《上声》、(11)《欢闻变》、(12)《子夜四时歌》、(13)《子夜警歌》、(14)《子夜变歌》。

《宋志》、《乐录》(指上引一段文字)俱未述及而为《乐府诗集》收入的,有下列诸种:

---

① 按《子夜歌》昉自晋世,此云"古有歌,自汉至梁不改","汉"字当仅指《凤将雏》而言,或许也包括《上柱》曲。

（15）《七日夜女歌》、（16）《黄鹄》、（17）《碧玉》、（18）《桃叶》、（19）《长乐佳》、（20）《欢好》、（21）《黄生》、（22）《华山畿》、（23）《春江花月夜》、（24）《玉树后庭花》、（25）《堂堂》、（26）《泛龙舟》、（27）《三阁词》、（28）《黄竹子歌》、（29）《江陵女歌》。

《三阁词》以下诸曲，都是唐代作品，故实际只得二十六种。现在把其中作者或产生时代可考的，依时间先后次序叙述于下。

（1）《前溪歌》——晋沈充（？—324）作。

> 《宋书·乐志》（一）：“《前溪歌》者，晋车骑将军沈玩（按“玩”原误作“玩”）所制。”按沈玩即沈充。

（2）《阿子歌》、《欢闻歌》——晋穆帝升平中（357—361）民间谣曲演成。

> 《宋书·乐志》（一）：“《阿子》及《欢闻歌》者，晋穆帝升平初，歌毕，辄呼阿子汝闻不——语在《五行志》——后人演其声以为二曲。”按《宋书》（卷三一）《五行志》云：“晋穆帝升平中，童子辈忽歌于道曰：阿子闻！曲终，辄云：阿子汝闻不？无几而穆帝崩，太后哭曰：阿子汝闻不？”《阿子》、《欢闻》乐曲，由后人演成，当在升平以后。又《欢闻变歌》系《欢闻》之变曲，产生时代自更在后。

（3）《子夜歌》——晋女子子夜（？—约381以前）作。

> 《宋书·乐志》（一）：“《子夜歌》者，有女子名子夜，造此声。晋孝武太元中，琅邪王轲之家，有鬼歌《子夜》。殷允为豫章时，

豫章侨人庾僧虔家,亦有鬼歌《子夜》。殷允为豫章,亦是太元中,则子夜是此时以前人也。"按殷允为豫章太守,时在太元六年(公元 381 年),详见本书《吴声西曲杂考·子夜歌考》。又《子夜四时歌》、《子夜变歌》等,同为《子夜》之变曲,其产生时代自在《子夜》之后。

(4)《碧玉歌》——晋孙绰(314—371)作。

《玉台新咏》(卷一〇)《情人碧玉歌》二首,题孙绰作。《初学记》(卷一五)、《太平御览》(卷五七三)引《古今乐录》云:"《碧玉歌》,晋孙绰作。"案《晋书》(卷五六)《孙绰传》,不著明生卒年月,仅云年五十八。考《建康实录》卷八:"简文帝咸安元年,是岁散骑常侍领著作孙绰卒,时年五十八。"此处据以推算。

(5)《桃叶歌》——晋王献之(344—386)作。

《玉台新咏》(卷一〇)《情人桃叶歌》二首,题王献之作。《古今乐录》(《乐府诗集》卷四五引)云:"《桃叶歌》者,晋王子敬之所作也。桃叶,子敬妾名,缘于笃爱,所以歌之。"

(6)《团扇郎歌》——晋王珉(351—388)嫂婢谢芳姿所歌。

《宋书·乐志》(一):"《团扇歌》者,晋中书令王珉与嫂婢有情,爱好甚笃。嫂捶挞婢过苦,婢素善歌,而珉好捉白团扇,故制此歌。"

(7)《长史变歌》——晋王廞(? —397)作。

《宋书·乐志》(一):"《长史变》者,司徒左长史王廞临败所制。"

(8)《懊恼歌》——晋安帝隆安中(397—401)民间讹谣之曲。

《宋书·乐志》(一):"《懊恼歌》者,晋隆安初(按《宋书·五行志》作隆安中)民间讹谣之曲,语在《五行志》。"故著时代于此。

(9)《丁督护歌》——本事发生于晋安帝义熙十一年(415)。

《宋书·乐志》(一):"《督护歌》者,彭城内史徐逵之为鲁轨所杀,宋高祖使府内直督护丁旿收敛殡霾之。逵之妻,高祖长女也,呼旿至阁下,自问敛送之事。每问辄叹息曰:丁督护!其声哀切,后人因其声广其曲焉。"

(10)《华山畿》——本事发生于宋少帝在位时(423—424)。

《古今乐录》(《乐府诗集》卷四六引):"《华山畿》者,宋少帝时《懊恼》一曲,亦变曲也。少帝时,南徐一士子,从华山畿往云阳,见客舍有女子,年十八九,悦之无因,遂感心疾。母问其故,具以启母。母为至华山寻访,见女具说。闻感之,因脱蔽膝,令母密置其席下,卧之当已。少日果差。忽举席见蔽膝而抱持,遂吞食而死。气欲绝,谓母曰:葬时车载从华山度。母从其意。比至女门,牛不肯前,打拍不动。女曰:且待须史。妆点沐浴,既而出,歌曰:华山畿,君既为侬死,独活为谁施?欢若见怜时,棺木为侬开!棺应声开,女遂入棺。家人叩打,无如之何。乃合葬,呼曰神女冢。"

（11）《读曲歌》——宋文帝元嘉十七年（440）或二十八年（451）民间谣曲演成。

　　《宋书·乐志》（一）："《读曲歌》者，民间为彭城王义康所作也。其歌云：死罪刘领军，误杀刘第四，是也。"《古今乐录》（《乐府诗集》卷四六引）："《读曲歌》者，元嘉十七年，袁后崩，百官不敢作声歌。或因酒谳，止窃声读曲细吟而已。以此为名。"按义康被杀，是元嘉二十八年事。

（12）《春江花月夜》——陈后主（553—604）作①。
（13）《玉树后庭花》——同上。
（14）《堂堂》——同上。

　　《旧唐书·音乐志》（二）："《春江花月夜》、《玉树后庭花》、《堂堂》，并陈后主所作。叔宝常与宫中女学士及朝臣相和为诗，太乐令何胥又善于文咏，采其尤艳丽者以为此曲。"（按《乐府诗集》卷四七引此段，误作《晋书·乐志》）《春江花月夜》、《堂堂》二曲，后主原作今均不传。

（15）《泛龙舟》——隋炀帝（580—618）作。

　　《旧唐书·音乐志》（二）："《泛龙舟》，隋炀帝江都宫作。"

　　从以上的叙述，可以看出，吴声歌曲大概可分两大类：一类最初

---

　　①　《春江花月夜》，《通典·乐典》（五）谓未详所起，《通志·乐略》（上）径云隋炀帝所造，盖据现存歌词而言。

是民谣,其后被上层阶级发展成为乐曲,例如《子夜歌》、《阿子歌》;另一类是上层阶级自己的创作,例如《碧玉歌》、《桃叶歌》。第二类歌曲,虽非由民歌发展而成,但也受到民歌的深重影响,例如,其体制大都为五言四句,内容比较真率,语言比较质朴自然。陈后主、隋炀帝所制的歌曲,内容萎靡,文辞华艳,又多七言,可说已完全脱离了民歌的影响,所以一般谈到吴声歌曲的,往往不将《春江花月夜》等诸曲估计在内。去掉陈、隋二主之作,以上(1)至(11)各调,其产生时代自东晋初年到刘宋初年,恰如《宋书·乐志》的叙述,"晋宋以来,稍有增广"。其他曲调的产生时代虽不可考知,但我们大致上可以推断:主要的吴声歌曲,产生于东晋、刘宋两代。

二

《乐府诗集》卷四七引《古今乐录》论西曲歌说:

西曲歌有(1)《石城乐》、(2)《乌夜啼》、(3)《莫愁乐》、(4)《估客乐》、(5)《襄阳乐》、(6)《三洲》、(7)《襄阳蹋铜蹄》、(8)《采桑度》、(9)《江陵乐》、(10)《青阳度》、(11)《青骢白马》、(12)《共戏乐》、(13)《安东平》、(14)《女儿子》、(15)《来罗》、(16)《那呵滩》、(17)《孟珠》、(18)《翳乐》、(19)《夜黄》(原漏,据下文补)、(20)《夜度娘》、(21)《长松标》、(22)《双行缠》、(23)《黄督》、(24)《黄缨》、(25)《平西乐》、(26)《攀杨枝》、(27)《寻阳乐》、(28)《白附鸠》、(29)《拔蒲》、(30)《寿阳乐》、(31)《作蚕丝》、(32)《杨叛儿》、(33)《西乌夜飞》、(34)《月节折杨柳歌》三十四曲。(1)《石城乐》、(2)《乌夜啼》、(3)《莫愁乐》、(4)《估客乐》、(5)《襄阳乐》、(6)《三洲》、(7)《襄阳蹋铜蹄》、(8)《采桑度》、(9)《江陵乐》、(10)《青骢白马》、(11)《共戏乐》、(12)《安东平》、(13)《那呵滩》、(14)《孟珠》、(15)《翳乐》、(16)《寿阳乐》,并舞曲。(1)《青阳度》、(2)《女儿子》、(3)《来罗》、(4)《夜黄》、(5)《夜度娘》、(6)《长松标》、(7)《双行缠》、(8)《黄督》、(9)《黄缨》、(10)《平西乐》、(11)《攀杨枝》、(12)《寻阳乐》、(13)《白附鸠》、(14)《拔蒲》、(15)《作蚕丝》,并倚歌。《孟珠》、《翳乐》亦倚歌。(熙按:各歌曲编号数字由我加入。)

西曲据智匠所述,共得三十四曲,其中舞曲十四曲,倚歌十五曲,舞曲倚歌二曲,此外《杨叛儿》、《西乌夜飞》、《月节折杨柳歌》三种,《乐录》不加说明,当系普通的歌曲①。以上各种乐曲现在都有歌词留存。

舞曲与倚歌之别,除有舞无舞外,尚有乐器上的区分。《古今乐录》说:"凡倚歌,悉用铃鼓,无弦有吹。"丝竹是清商曲的主要乐器,倚歌有竹无丝,可说是一特殊的部分。倚歌的辞义,古人未有解释。案《汉书·张释之传》:"文帝行幸霸陵,使慎夫人鼓瑟,上自倚瑟而歌。"师古曰:"倚瑟,即今之以歌合曲也。"以歌合曲当即是倚歌的辞义。文帝倚瑟,是弦乐器,倚歌无弦有吹,倚的应当是竹器。《飞燕外传》说:"帝以文犀簪击玉瓯,令后所爱侍郎冯无方吹笙以倚后歌。"这就和东昏侯的"吹笙歌作《女儿子》"(《南齐书·东昏侯纪》)相同了。

西曲以舞曲为主要部分,其产生时代亦似较倚歌为早。《宋书·乐志》(一)述舞曲时说:"随王诞在襄阳,造《襄阳乐》;南平穆王为豫州,造《寿阳乐》;荆州刺史沈攸之又造《西乌飞》歌曲:并列于乐官,歌词多淫哇不典正。"《宋志》详述吴声各曲的起源,而于西曲仅有此

---

① 《隋书·音乐志》(下):"清乐……其歌曲有《阳伴》,舞曲有《明君》并契。"可知《阳伴》非舞曲。《西乌夜飞》、《月节折杨柳歌》二者,类推言之,当亦为既非舞曲又非倚歌之普通歌曲。

寥寥的记载,且没有"西曲"这一名目。其原因或许由于西曲的由民歌发展为贵族乐曲,肇始于刘宋,而《宋书》诸志,又多出宋臣山谦之、苏宝生、徐爱之手,所以不及详述(参见赵翼《廿二史劄记》卷九)。现在把舞曲中作者或产生时代可考的,依时间先后次序叙述于下:

(1)《石城乐》——宋臧质为竟陵内史时(约在宋文帝元嘉七年,公元430年左右)作。

　　《通典·乐典》(五):"《石城乐》,宋臧质所作也。石城在竟陵。质尝为竟陵郡,于城上眺瞩,见群少年歌谣通畅,因作此曲。"按《宋书》(七四)本传,臧质享年五十五(399—454),为竟陵江夏内史,在三十岁左右。又《莫愁乐》出于《石城乐》,产生时代当稍后于《石城乐》。

(2)《乌夜啼》——宋临川王刘义庆为南兖州刺史时(元嘉十七年,公元440年)作。

　　《通典·乐典》(五):"《乌夜啼》,宋临川王义庆所作也。元嘉十七年,徙彭城王义康于章郡,义庆时为江州,至镇,相见而哭,为文帝所怪,征还。义庆大惧,伎妾闻乌夜啼声,叩斋阁云:明日应有赦。其年更为(南)兖州刺史,因作此歌。"

(3)《寿阳乐》——宋南平穆王刘铄为豫州刺史时(元嘉二十二年,公元445年)作。

　　《古今乐录》:"《寿阳乐》,宋南平穆王为豫州所作也。"按《宋书》(七二)铄传:"元嘉二十二年,罢南豫,并寿阳,即以铄为豫州刺史。"

(4)《襄阳乐》——宋随王诞为雍州刺史时(元嘉二十六年,公元449年)作。

《古今乐录》:"《襄阳乐》者,宋随王诞之所作也。诞始为襄阳郡,元嘉二十六年,仍为雍州刺史,夜闻诸女歌谣,因而作之,所以歌和中有襄阳来夜乐之语也。"

(5)《西乌夜飞》——宋沈攸之发兵荆州时(元徽五年,公元477年)作。

《古今乐录》:"《西乌夜飞》者,宋元徽五年,荆州刺史沈攸之所作也。攸之举兵发荆州东下,未败之前,思归京师,所以歌和云:白日落西山,还去来。送声云:折翅乌,飞何处,被弹归。"

(6)《估客乐》——齐武帝登祚后(公元483年后)制。

《古今乐录》:"《估客乐》者,齐武帝之所制也。帝布衣时尝游樊邓,登祚以后,追忆往事而作歌。"

(7)《杨叛儿》——齐隆昌时(494—495)童谣演成的乐曲。

《通典·乐典》(五):"《杨叛儿》,本童谣也。齐隆昌时,女巫之子曰杨旻,随母入内,及长,为(何)太后所宠爱。童谣云:杨婆儿,共戏来所欢。语讹,遂成杨叛儿。"

(8)《襄阳蹋铜蹄》——梁武帝即位后(公元502年后)作。

《隋书·音乐志》（下）："梁武帝之在雍镇，有童谣云：襄阳白铜蹄，反缚扬州儿。……后果如谣言。故即位之后，更造新声，帝自为之词三曲，又令沈约为三曲，以被管弦。"

以上产生时代可考的共八曲，此外《莫愁乐》、《三洲歌》、《采桑度》、《江陵乐》、《共戏乐》、《安东平》、《那呵滩》、《孟珠》、《翳乐》各曲，《古今乐录》在记载它们的舞人时都说："旧舞十六人，梁八人。"诸曲梁以前有舞人，其产生时代自应在梁代之前，当为宋齐两代的作品。（其中《共戏乐》首曲有云："齐世方昌书轨同。"当是萧齐之作。）

　　西曲中的倚歌，是较为不重要的一部分。它的曲调虽有十七种，但现存歌词，每曲无逾四首的，大约不及舞曲流播的广大，故制作歌词者少。倚歌何时兴起，颇难考知。《南齐书》（卷七）《东昏侯纪》称"帝在含德殿吹笙歌作《女儿子》"，则齐时已有倚歌了（但《齐书》并无倚歌这名称）。到梁代，倚歌似更风行，《隋书·音乐志》（上）有这样的记载："帝（梁武）既笃敬佛法，又制《善哉》……等十篇，皆述佛法。又有法乐、童子伎、童子倚歌、梵呗，设无遮大会则为之。"有专名为童子倚歌的，倚歌在这时一定很发达了。可怪的是徐陵编的《玉台新咏》，也无倚歌这名称。《玉台》卷十有近代杂歌三首，为《浔阳乐》、《青阳度》、《作蚕丝》三曲，不称倚歌；又有《丹阳孟珠》歌一首，亦不题倚歌。同卷别有近代西曲歌五首，系《石城乐》、《估客乐》、《乌夜啼》、《襄阳乐》、《杨叛儿》五曲。徐陵未将《浔阳乐》等列入西曲，也颇可怪。推想起来，大约西曲原以舞曲为主，倚歌是后加入的分子，所以仍旧别行罢。又《通典》、《旧唐书》叙录清商曲，都不及倚歌，想由倚歌流传之盛，本不及舞曲，故唐时早已不传了。

　　由上所述，可知西曲的主要部分舞曲，产生于宋齐梁三代，而又以宋齐两代为多；倚歌的产生与流行时代，大约是齐梁两代，在时间上要比舞曲晚一些。上面说过吴声的主要曲调的产生时代约自东晋初叶到刘宋文帝时代,其中最晚的曲调《读曲歌》相传产生于宋文帝时,这时正是西曲刚刚开始产生的时代;所以从时间上讲,西曲是后起的而不是与吴声同时产生的乐曲。

从作者或产生时代可考的各曲调看,西曲也像吴声那样,可分为两类:一类由民谣发展而成,例如《石城乐》、《襄阳乐》;另一类是上层阶级的创作,例如《寿阳乐》、《估客乐》,大约属于这一类。

需要说明一点,不论吴声、西曲,说某一乐曲系某人制作或何时产生,仅指该乐曲的创始而言,至于每一乐曲现存的歌词,则不一定是原始之作,其中尽多后来的作品,原作有时甚至反而没有传下来。例如现存《前溪歌》七首,就不是沈充的原作。再有,不少乐曲的创作者虽属贵族上层阶级,但其歌词却不一定是他们的创作,其中有许多是被他们采撷修改了的民歌。

西曲的产生时代既较吴声为晚,而它的体制风格,却一般地跟吴声相同,显然,它一定受到吴声的重大影响。有一种现象值得注意,就是后人往往把西曲也唤作吴歌。例如隋杜台卿《玉烛宝典》卷五引西曲《双行缠》,卷五、卷六引西曲《月节折杨柳歌》,卷一○引西曲《江陵乐》,均把它们唤作吴歌。又如《乐府诗集》卷四七的《江陵女歌》,从产地讲,应是西曲,但因唐李康成称它为"今时吴歌",郭茂倩遂把它附在吴声之后。

三

产生于吴地的民歌,在孙吴时代即已得到上层统治者的爱好,并且被采撷入乐。《神弦歌》据说曾被"孙氏以为宗庙登歌"(《宋书·乐志》);七言的《白纻歌》,据《古今乐录》,"起于吴孙皓时作"(《初学记》一五引)。五言四句的《尔汝歌》,不但为南人所喜作,而且流播于北方,故孙皓降晋之后,晋武帝曾要他作《尔汝歌》(见《世说·排调篇》）。吴地的声乐，在这时也已得到北方人士的重视。傅玄曾说过以下的话："张奏鼓琴，郝素弹筝，虽伯牙之妙手，吴姬之奇声，何以加哉？"（《北堂书钞》卷一一〇引《傅子》）嗜好声乐的石崇，曾为他的爱妾绿珠制作了一首吴声歌曲——《懊侬歌》"丝布涩难缝"篇。

东晋初叶，有吴兴人车骑将军沈充，制作了著名的《前溪》舞曲。南渡名士，对吴声亦颇垂爱。《世说·任诞篇》引邓粲《晋纪》说："王导与周顗及朝士诣尚书纪瞻观伎。瞻有爱妾，能为新声。"纪瞻是吴地土著，其爱妾所唱的新声，应当即是吴声歌曲。稍后有镇西将军谢尚，作了一首《大道曲》，词云："青阳二三月，柳青桃复红，车马不相识，音落黄埃中。"《乐府诗集》把它编入杂曲歌辞，但审其体制，与吴声歌曲相类，当是吴声影响下的创作。

东晋后期，吴声歌曲更普遍地得到上层阶级的喜爱。《世说·言语篇》的一段话可为证明："桓玄问羊孚：何以共重吴声？羊曰：以其妖而浮。"这时候，起源于民间谣曲的《阿子歌》、《欢闻歌》、《子夜歌》、《懊侬歌》逐渐由兴起而流行，并被上层阶级演为乐曲。《宋书·乐志》说："晋孝武太元中，琅邪王轲之家，有鬼歌《子夜》。殷允为豫章时，豫章侨人庾僧虔家，亦有鬼歌《子夜》。殷允为豫章，亦是太元中，则子夜是此时以前人也。"鬼歌《子夜》，虽然荒诞不可信，但这种传说说明了著名的民间歌曲《子夜歌》，在孝武帝时已经广泛地流行于上层社会。孝武时的权臣谢石，曾在庄严的场合歌唱吴地民歌。《晋书》（卷八四）《王恭传》有这样的记载："会稽王道子尝集朝士，置酒于东府。尚书令谢石因醉为委巷之歌。恭正色曰：居端右之重，集藩王之第，而肆淫声，欲令群下何所取则？石深衔之。"所谓"委巷之歌"，即吴歌。《北堂书钞》（卷五九）引《晋中兴书·太原王录》也记载此事，"委巷之歌"正作"吴歌"。刘宋汤惠休、鲍照喜欢依民谣作歌，故"颜延之每薄汤惠休诗，谓人曰：惠休制作，委巷中歌谣耳，方当误后生"（《南史》卷三四《颜延年传》）；并立"休鲍之论"（见钟嵘《诗品》)。

除掉采撷民歌入乐外,东晋后期的贵族文士,自己创制新歌,也较以前踊跃。他们的作品,现在可以考知的,有孙绰的《碧玉歌》、王献之的《桃叶歌》、王廞的《长史变歌》。

到了刘宋,贵族阶级又新制《丁督护歌》、《读曲歌》等吴声歌曲,吴地民歌《华山畿》也被采入乐。在吴声歌曲的影响之下,一些出镇西方的贵族,根据或仿效西部地区的民歌,又制作了不少新乐曲——西曲,例如臧质的《石城乐》、刘义庆的《乌夜啼》、刘铄的《寿阳乐》等等。据《宋书·乐志》,《寿阳乐》等西曲歌跟《子夜》、《读曲》等吴声歌曲在宋世都列于乐官。

刘宋是吴声、西曲的黄金时代,产生于南方的新乐曲——吴声、西曲,至此在统治阶层中完全确立了地位。在这方面,宋孝武帝刘骏曾起了不小的作用。孝武生活奢侈,喜欢淫宴。他自己更爱作吴歌。据《玉台新咏》(卷一〇),他在这方面的作品有《自君之出矣》一首、《丁督护歌》二首。《宋书·乐志》载他曾将出于民间的"鞞拂杂舞,合之钟石,施于殿庭",提高了它们的地位。杂舞曲跟吴声、西曲同属清商乐,我们可以推想通过他的手,吴声、西曲在宫廷中的地位也更为提高了。《南齐书》(卷四六)《萧惠基传》说:"自宋大明(孝武年号)以来,声伎所尚,多郑卫淫俗,雅乐正声,鲜有好者。惠基解音律,尤好魏三祖曲及相和歌,每奏辄赏悦,不能已也。"所谓"郑卫淫俗"之声,主要即指吴声、西曲。这段文字说明,被好古者目为"雅乐正声"的三调相和歌辞,在贵族文娱生活中的地位,已经为新起的吴声、西曲所代替了。

谢石在会稽王府酒后唱吴歌,被王恭斥为有失体统,这说明吴声歌曲在东晋时代尚未在上层社会中取得正统地位。刘宋以后,便不同了,吟唱吴声、西曲,已成为上层阶级日常生活的一部分。下面是两个很好的例子。

《南史》(卷二二)《王俭传》："齐高帝幸华林宴集,使群臣各
效伎艺：褚彦回弹琵琶,王僧虔、柳世隆弹琴,沈文季歌《子夜
来》(《南齐书·王俭传》作"歌《子夜》"),张敬儿舞。"

《南史》(卷四五)《王敬则传》："齐明帝辅政,出敬则为会稽太
守。及即位,为大司马。帝既多杀害,敬则自以高武旧臣,心怀忧
惧。帝虽外厚其礼,而内相疑备。敬则世子仲雄,善弹琴。江左有
蔡邕焦尾琴,在主衣库,上敕五日一给仲雄。仲雄在御前鼓琴作
《懊侬曲》歌曰：常叹负情人,郎今果成许("许",《乐府诗集》作
"诈")。又曰：君行不净心,那得恶人题。帝愈猜愧。"(节录)

看后一则,令人想起东周时代列国卿士大夫断章取义地吟诵《诗经》
的情况。

四

吴声、西曲的发达,是在六朝上层阶级嗜好声乐的风尚下形成
的。由于民族战争的残酷,中央政权的频繁变更,老庄思想的流行等
等原因,六朝上层阶级分子的人生观一般是消极的。他们往往感觉
到生命无常,因而重视眼前的物质享受。声乐,是他们物质享受中的
重要的一种,它普遍地得到他们的爱好。《梁书》(卷二八)《鱼弘传》
说："弘常语人曰：丈夫生世,如轻尘栖弱草,白驹之过隙,人生但欢
乐,富贵几何时！于是恣意酣赏,侍妾百馀人,不胜金翠；服玩车马,
皆穷一时之绝。"鱼弘的言行在当时的统治阶层具有很大的代表性。
底下,让我们举一些实例来说明六朝上层阶级的声乐嗜好。

因酒后唱吴歌而受王恭批评的谢石,是"纨绮尽于婢妾,财用縻
于丝桐"(《晋书》卷九一《范弘之传》)。《石城乐》的作者臧质,《南史》

说他"既富盛,恒有音乐"(卷五〇《刘显传》);后来举兵失败,危难之际,对伎乐还恋恋不舍,"至寻阳,焚烧府舍,载伎妾西奔"(《宋书》卷七四本传)。《西乌夜飞》的作者沈攸之,"富贵拟于王者。夜中诸厢廊然烛达旦,后房服珠玉者数百人,皆一时绝貌"(《南史》卷三七本传)。他的后房美女中当有不少是声妓。

最高统治者的帝皇,也沉溺在声乐中。宋废帝时,"户口不能百万,而太乐雅郑,元徽时校试,千有馀人。后堂杂伎,不在其数"(《南齐书》卷二八《崔祖思传》)。《估客乐》的作者齐武帝,"后宫万馀人,宫内不容,大乐丙第、暴室皆满,犹以为未足"(《南史》卷四二《豫章文献王嶷传》)。南齐东昏侯"下扬、徐二州桥桁塘埭丁计功为直,敛取见钱,供太乐主衣杂费。由是所在塘渎,多有隳废"(《南齐书》卷七《东昏侯纪》)。梁武帝除制西曲歌《襄阳蹋铜蹄》外,又制《江南弄》、《上云乐》新乐曲。一次,他"算择后宫吴声、西曲女妓各一部,并华少",送给大臣徐勉(见《南史》卷六〇《徐勉传》)。"陈后主每引宾客对贵妃等游宴,则使诸贵人及女学士与狎客共赋新诗,互相赠答。采其尤艳丽者以为曲调,被以新声。选宫女有容色者以千百数,令习而歌之;分部迭进,持以相乐。其曲有《玉树后庭花》、《临春乐》等。"(《南史》卷一二《张贵妃传》)

在最高统治者的倡导之下,一般官僚都流连声色,甚至干犯法令,加紧剥削人民。底下两例是很好的说明。

《南齐书》(卷四二)《王晏传》:"晏弟诩,永明中为少府卿。六年,敕位未登黄门郎,不得畜女伎。诩与射声校尉阴玄智坐畜伎免官,禁锢十年。敕特原诩禁锢。"

《梁书》(卷三八)《贺琛传》:"琛条奏武帝,其二事曰……歌姬舞女,本有品制,二八之锡,良待和戎。今言妓之夫,无有等秩，虽复庶贱微人，皆盛姬姜，务在贪污，争饰罗绮。故为吏牧民者，竞为剥削。虽致资巨亿，罢归之日，不支数年，便已消散。盖由宴醑所费，既破数家之产，歌谣之具，必俟千金之资，所费事等丘山，为欢止在俄顷。"

现今所存的吴声、西曲中，有帝王的作品，如《丁督护歌》（宋孝武）、《估客乐》（齐武）；有宗室的作品，如《乌夜啼》（宋临川王刘义庆）、《襄阳乐》（宋随王刘诞）；有文士的作品，如《碧玉歌》（孙绰）、《桃叶歌》（王献之）；有武将的作品，如《前溪歌》（沈充）、《石城乐》（臧质）。这种现象说明吴声、西曲为上流社会的各阶层所爱好。

《宋书·乐志》称《襄阳乐》、《寿阳乐》、《西乌夜飞》诸曲的"歌词多淫哇不典正"，用传统的眼光看，这句评语可以应用于全部的吴声、西曲歌词。数百首的吴声、西曲歌词，内容流连于情爱，而且表现得非常大胆、泼辣，跟汉乐府相和歌辞相比，它委实是"淫哇"。六朝市民阶级的富有叛逆精神的情歌，为什么能够大量地流入上层统治阶级的乐府呢？六朝的统治者们，为什么不但喜爱、采撷民间的歌谣而且大量地仿作呢？

首先，得从整个上层社会的风气来解释。魏晋以降，老庄思想流行，士大夫往往蔑弃礼法，崇尚放诞，其影响及于整个六朝。儒教礼法在这时代对上层阶级的约束力量非常薄弱，这就为"淫哇"的"委巷风谣"敞开了大门，使它们能够大量地涌入乐府。

其次，必须指出南朝许多统治者的出身情况。赵翼《廿二史劄记》说："江左诸帝，皆出自素族。宋武本丹徒京口里人，少时伐荻新洲，又尝负刁逵社钱被执，其寒贱可知也。齐高自称素族，则非高门可知也。梁武与齐高同族，亦非高门也。陈武初馆于义兴许氏，始仕为里司，再仕为油库吏，其寒微亦可知也。其他立功立事、为国宣力者，亦皆出于寒人。"（卷一二"江左世族无功臣"条）寒微的出身，使南朝的统治者们一方面容易喜爱产生于民间的歌谣,一方面又容易不受礼法的束缚而把它们大胆地引入乐府。

宋少帝"于华林园为列肆,亲自酤卖"(《宋书》卷四《少帝纪》)。齐郁林王于"丹屏之北,为酤鬻之所"(《南齐书》卷四《郁林王纪》)。东昏侯"于苑中立市,太官每日进酒肉食肴,使宫人屠酤。潘氏为市令。帝为市魁,执罚。争者就潘氏决判"(《南齐书》卷七《东昏侯纪》)。东晋会稽王司马道子(谢石曾在他府中唱吴歌)"使宫人为酒肆,酤卖于水侧。与亲昵乘船就之饮宴,以为笑乐"(《晋书》卷六四本传)。统治者们对商估的生涯如此爱好,反映了商估生涯的歌谣安得不大量进入乐府呢?

统治者们的习尚与爱好,一方面使民间的情歌和商人歌得以大量进入乐府,一方面也规定了这些被采入乐府的歌谣内容的单纯性。产生于江南商业城市的歌谣,其中当然有很大分量的情歌,但应该也有反映生活的其他方面的作品,这点,从现存的一些杂歌谣辞①,就可以得到证明。然而,沉溺于声色的统治者们,其视野是狭窄的;其他的更富有社会性的歌谣,在他们的选择底下,显然是没有机会被采入乐的。

---

① 例如《孙皓初童谣》:"宁饮建业水,不食武昌鱼;宁还建业死,不止武昌居。"怨恨孙皓迁都武昌。《宋人哀檀道济歌》:"可怜白浮鸠,枉杀檀江州。"哀悼刘宋大将檀道济无罪被杀。二歌都有很强的政治性。

吴声西曲的产生地域

一

郭茂倩《乐府诗集》(卷四四)说:"自永嘉渡江之后,下及梁、陈,咸都建业,吴声歌曲,起于此也。"这里试从吴声各曲歌词及题解中考察一下吴声的产生地域,是否与郭氏所说符合。

(1)《子夜歌》 《宋书·乐志》:"晋孝武太元中,琅邪王轲之家,有鬼歌《子夜》。殷允为豫章,豫章侨人庾僧虔家,亦有鬼歌《子夜》。"按琅邪,指江左侨置之琅邪,在江乘县南。《晋书》(卷一五)《地理志》:"以江乘置南东海、南琅邪、南东平、南兰陵等郡。"颇疑此曲产生于建业附近,而传播至豫章一带。又歌词云:"摘门不安横,无复相关意。"按"摘"当作"樀","樀"同"篱"。《御览》(卷一九七)引《南朝宫苑记》:"建康篱门:旧南北两岸篱门五十六所,盖京邑之郊门也。……江左初立,并用篱为之,故曰篱门。"

(2)《上声歌》 歌词云:"三鼓染乌头,闻鼓白门里。"《宋书》(卷八)《明帝纪》:"宣阳门(京都城门之一),民间谓之白门。"胡三省《通鉴注》:"白门,建康城西门也。西方色白,故以为称。"

(3)《欢闻变歌》 歌词云:"驶风何曜曜,帆上牛渚矶。"按牛渚矶在今安徽省当涂县西北。《太平寰宇记》(卷一〇五):"牛渚山,在当涂县北三十五里,突出江中,谓为牛渚,古所津渡处也。"《江南通志》："牛渚山下有矶,曰牛渚矶,与采石矶相属,亦名燃犀浦,温峤燃犀照水族于此。"

(4)《前溪歌》 按前溪,今浙江武康县水名,详见本书《吴声西曲杂考·前溪歌考》。

(5)《阿子歌》 《乐苑》："嘉兴人养鸭儿,鸭儿既死,因有此歌。"(《乐府诗集》卷四五引)按《欢闻》、《阿子》原为晋穆帝升平年间的童谣,其产地当在建业附近,因为它们相传原是预言宫廷中事迹的。《阿子》的变曲或曾产生于嘉兴。

(6)《丁督护歌》 歌词云："督护北征去,相送落星墟。"又云："闻欢去北征,相送直渎浦。"落星墟、直渎浦,均建业地名。按建康城西北有落星冈,江宁县西南有落星冈、落星洲(又曰落星矶),临沂县前有落星山(详见近人胡祥翰《金陵胜迹志》)。落星墟当亦在附近。《六朝事迹编类·江河门》云："伏滔《北征纪》云:吴将甘宁墓在直渎之下,俗云墓有王气,孙皓恶之,乃凿其后为直渎。"

(7)《团扇郎》 据本事系晋中书令王珉嫂婢谢芳姿所歌,其产地当为建业。又歌词云："御路薄不行,窈窕决横塘。"《建康实录》(卷九)："按地图,朱雀门北对宣阳门,相去六里,名为御道。"横塘亦京都地名。《景定建康志》(卷一九)引《宫苑记》云："吴大帝时,自江口沿淮筑堤,谓之横塘。"左思《吴都赋》刘渊林注："横塘在淮水南,近陶家渚,缘江筑长堤,谓之横塘。"

(8)《长史变》 歌词云："出侬吴昌门,清水绿碧色。"按昌门即阊门。《寰宇记》(卷九一)："阊门,《郡国志》云:旧阊门,春申改为昌门。陆机诗(《吴趋行》)云:阊门何峨峨,飞阁跨通波。"《长史变》作者王廞初寓吴,故云云。

(9)《桃叶歌》 金陵有桃叶渡,相传王献之送爱妾桃叶之处。《六朝事迹编类·江河门》："《金陵图经》云:桃叶渡,在县南一里秦淮口。"

(10)《懊侬歌》 按除首曲外,相传本民间预言桓玄失败的谣曲,其产地亦当在建业。又歌词云:"暂薄牛渚矶,欢不下廷板。"牛渚矶见上。

(11)《华山畿》　按《古今乐录》:"少帝时南徐一士子从华山畿往云阳……"《太平寰宇记》(卷九〇):"句容县有华山。《梁书》云:武帝舆驾东行至此,因问华山何如蒋山高,薛秦答曰:华山高九里,似与蒋山等,泉水倍多也。"按《宋书·州郡志》(一):句容县在扬州,云阳即曲阿县,在南徐州,两地相近。又歌词云:"相送劳劳渚,长江不应满。"劳劳渚疑即劳劳亭下渚名。《景定建康志》:"劳劳亭在城南十五里,古送别之所,吴置亭在劳劳山上。"

(12)《读曲歌》　歌词云:"白门前,乌帽白帽来。"又云:"暂出白门前,杨柳可藏乌。"白门见前。又云:"种莲长江边,藕生黄蘗浦。"《太平寰宇记》卷九四湖州乌程县:"黄蘗浦,一名黄蘗涧。"

上面提到的地点,除《前溪歌》的产地武康离建业较远外,其馀均在建业及其附近。吴声歌词提到的地名固然还不很多,但其全部歌词,在在流露出商业城市的气息和情调;由已知推未知,我们认为,《乐府诗集》的话,大致是可信的。

二

《乐府诗集》(卷四七)说:"西曲歌出于荆、郢、樊、邓之间,而其声节送和,与吴歌亦异,故因("因"字原脱,据《古诗纪》补)其方俗而谓之西曲云。"所谓西曲歌出于"荆、郢、樊、邓",系仅就大体而言,根据歌词及《乐府诗集》的说明,西曲产生地域可考的如下:

(1)《乌夜啼》——豫章

(2)《石城乐》《莫愁乐》——竟陵

(3)《估客乐》——樊、邓

(4)《襄阳乐》——襄阳

(5)《三洲歌》——巴陵

(6)《襄阳蹋铜蹄》——襄阳

(7)《江陵乐》——江陵

(8)《女儿子》——巴东

(9)《那呵滩》——江陵

(10)《寻阳乐》——浔阳

(11)《寿阳乐》——寿阳

(12)《杨叛儿》——西随

(13)《西乌夜飞》——江陵

由此可见西曲产生地域,颇为广泛:北起樊、邓,东北至寿阳,东抵豫章、浔阳,南至巴陵,西达巴东,而以江陵为中心地带。

倚歌除上面《女儿子》、《寻阳乐》两曲可确定出于西方外,其他曲调的产地,因记载缺乏,很难查考。其中《孟珠》一曲,《玉台新咏》题作《丹阳孟珠歌》,丹阳是京畿之地,不在西方(《玉台》并不把它编入西曲)。又如《白附鸠》一曲,据《乐府诗集》引或说,本是吴地的拂舞曲,也不应出于西方。《玉台新咏》不把倚歌列入西曲,这使我疑心倚歌本不是西方地区的产品;它的好多歌词,本是吴地的杂歌谣,后来由于在声节上和西曲结合,遂慢慢地演为西曲的一部了。

即使确实产生于西方地区的一部分西曲,因为后来仍旧和吴声一样,盛行于京畿,歌词又多出住在京畿者的手,因此歌词中就常常出现京畿地方的名字,如:

(1)《石城乐》:"闻欢远行去,相送方山亭,风吹黄蘖藩,恶闻苦离声。"

《太平广记》(卷三六〇)引《幽明录》:"东阳丁晔出郭,于方山亭宿。"是方山亭在东阳(郡名,属扬州)郭外。《宋书》(卷五三)《谢方明传》:"方明于上虞载母妹奔东阳,由黄蘖峤出鄱阳。"

　　（2）《三洲歌》："送欢板桥弯，相待三山头。"又："风流不暂停，三山隐行舟。"

　　　　《景定建康志》（卷一六）《桥航篇》："板桥，在城南三十里。"《建康实录》卷四："吴后主闻晋师将至，甚惧，乃自选羽林精甲以配沈莹、孙振等，屯于板桥。晋龙骧将军王濬总蜀兵沿流直上建业，琅琊王司马伷帅六军济自三山，遣周浚、张乔等破吴军于板桥，莹等皆遇害。"是三山、板桥在建业附近。

　　（3）《杨叛儿》："暂出白门前。"又："闻欢远行去，送欢至新亭。"

　　　　白门、新亭均在建业。白门见上。《太平寰宇记》："临沧观在劳劳山上，有亭七间，名曰新亭。"新亭为东晋过江名士暇日游宴处，见《晋书·王导传》。

西曲中多商人歌，商人多在扬州一带经商，《三洲歌》等中间多建业地名，自无足怪①。要之，说西曲产生于西部地区，是就它的开头而言；后起的作品，与吴声的区别，主要显然在于"声节送和"上面了。

三

　　如上所述，吴声歌曲产生于吴地，而以当时的京城建业为中心地区；西曲产生于长江流域中部和汉水流域，而以江陵为中心地区。

----

　　①　吴声、西曲各曲调的歌词，有互相借用的例子。如《杨叛儿》"暂出白门前"一首，亦见《读曲歌》。大约原是《读曲》的歌词，被《杨叛儿》所借用。又如吴声的《黄鹄曲》第一首，被借用于西曲的《襄阳乐》，惟改易末句。

　　建业和江陵,是当时扬、荆两州的州治所在地。南朝的富庶地区,首推荆、扬二州,故《宋书》(卷六六)《何尚之传》说:"荆、扬州,户口半天下。江左以来,扬州根本,委荆以阃外。"二州的州治建业和江陵,又是全国最富庶的城市。《宋书》(卷五四)《孔季恭传论》有这样的话:"江南之为国盛矣,虽南包象浦,西括邛山,至于外奉贡赋,内充府实,止于荆、扬二州。……荆城(即江陵)跨南楚之富,扬部有全吴之沃。鱼盐杞梓之利,充仞八方;丝绵布帛之饶,覆衣天下。"

　　《太平寰宇记》(卷一二三)说:"扬州:元帝渡江历江左,扬州常理建业。"因为扬州州治常在建业,当时人就把建业唤作扬州。例如《梁书》(卷九)《曹景宗传》说:"景宗为侍中领军将军,性躁动,不能沉默,出行常欲塞车帷幔。左右辄谏以位望隆重,人所具瞻,不宜然。景宗谓所亲曰:'我昔在("在"字据《南史》补入)乡里,骑快马如龙。……今来扬州作贵人,动转不得。'"《异苑》(卷六)说:"安定梁清字道修,居扬州右尚方(属少府)间桓徐州故宅。"曹景宗到中央政府里来做官,右尚方是中央政府的一个机构,这里所说的"扬州"显然都指京城建业。又《晋书·五行志》(中)说:"庾亮初镇武昌,出至石头。百姓于岸上歌曰:庾公上武昌,翩翩如飞鸟;庾公还扬州,白马牵旒旐。又曰:庾公初上时,翩翩如飞鸟;庾公还扬州,白马牵流苏。后连征不入,及薨于镇,以丧还都葬,皆如谣言。"(《宋书·五行志》同)这里"还扬州"即是"还都",且扬州与武昌对言,不与荆州对言,扬州当然也指建业。吴声、西曲歌词中常常提到扬州,指的也是建业。例如《懊侬歌》:"江陵去扬州,三千三百里,已行一千三,所有二千在。"生动地描绘了荆、扬两大城市间的旅行情绪。

　　现代谈文学史的学人,往往误以六朝的扬州为隋唐以来的扬州——广陵。按焦循《广陵考》(卷一〇)说:"南兖之名,始于宋永初元年,历齐、梁、陈,皆镇广陵。"(《雕菰集》卷一一)《隋书·地理志》说:"江都郡,梁置南兖州。……开皇九年,改为扬州。"可见六朝时代广陵不可能叫扬州。广陵在六朝时虽然也是一个大城市,但远不及隋唐时代的繁盛;隋唐时代,国都建于长安,广陵始为南北交通要地,"盖自汴河开通,江都为转运枢纽,终唐之世,金陵衰而江都盛"(朱偰先生《金陵古迹图考》第七章第二节语),又是另一番光景了。

建业、江陵等大城市,在当时商业都非常发达。以建业而论,"淮水(指秦淮)北有大市百馀、小市十馀所"(《隋书》卷二四《食货志》)。"安帝元兴三年二月庚寅夜,涛水入石头,商旅方舟万计,漂败流断,骸胔相望"(《晋书》卷二七《五行志》)。产生于这些城市的吴声、西曲歌辞,往往描绘着商旅的生活和情绪,是很自然的。

《南史》(卷四三)《齐临川献王映传》说:"王为雍州刺史,尝致钱还都买物。有献计者:于江陵买货,至都还换,可得微有所增。"所以当时许多商估往返于江陵、扬州两大城市间,贸迁有无以致富。吴声、西曲歌辞中有若干首反映了这种情况,上举《懊恼歌》即是一例。其他西部地区城市的商估,也常常到扬州来做生意,看《莫愁乐》、《估客乐》等歌词可以知道。

吴声、西曲歌辞绝大部分是热情洋溢的情歌,它们也是跟大城市的繁华分不开的。六朝时代,内乱外患频仍,广大人民经常过着颠沛流离的生活。但如建业、江陵等大城市,由于统治阶级把剥削来的人民血汗大量地在其中消费,造成了畸形的繁荣。居住在这些物质条件好、交通畅达的城市里的市民们,生活一般比较优裕,礼教对他们的约束力小,他们的思想比较自由大胆,这是产生热烈的情歌的主要条件。在春秋时代,齐、郑两国的商业和交通特别发达,两国的民歌——《齐风》、《郑风》——也特多热烈大胆的情歌,情形正相仿佛。

《南齐书》(卷五三)《良政传序》说:"永明(齐武帝年号)之世,十许年中,百姓无鸡鸣犬吠之惊。都邑之盛,士女富逸;歌声舞节,袨服华妆,桃花绿水之间,秋月春风之下,盖以百数。"(节录)这段文字恰当地说明了城市的繁华生活是孕育热烈的情歌的物质基础。西曲中的《石城乐》和《襄阳乐》，是说明这种情况的典型例子。《石城乐》和《襄阳乐》，原本是石城、襄阳两大城市中少年男女的行乐歌谣，臧质和刘诞即是根据这种歌谣而制作乐曲的。

情歌中有一大部分描绘着商旅的男女关系。"商人重利轻别离"，所以不少歌词充溢着分离的愁惨气氛。其中还有一些歌词，明显叙述着娼妓生活，如西曲的《丹阳孟珠歌》、《寻阳乐》、《夜度娘》等。这，也反映了商业城市的特点。

数百首吴声、西曲中的情歌，虽然内容不免狭窄——徘徊在情爱的小圈子里，有时还流露着市民阶层的庸俗气氛，夹杂着上层统治阶级的颓废因素（里面有些作品经过统治阶级的增损，有些作品是统治阶级摹仿民歌的产物），但它们大体上是健康的，它们真实地表现了市民阶层对爱情的热烈的态度和大胆的愿望。在爱情经常得不到正当满足的封建社会里，这些情歌，由于它们蔑视和反抗了封建秩序，就具有了一定的民主性。《华山畿》的故事和歌词，在这方面是最好的代表。"华山畿，君既为侬死，独活为谁施？欢若见怜时，棺木为侬开！"其情感是多么真挚，要求是多么强烈！死亡并不能够破坏真正的爱情，这种乐观主义精神显然代表着广大人民的意志和愿望。

吴声西曲的渊源

一

　　乐府歌诗的主要构成因素有二,一是歌词,二是音乐。本篇拟从
这两方面来探讨一下吴声、西曲在体制方面的渊源。

　　现存吴声歌曲歌词,约三百三十首(指六朝人作品,唐代拟作
不计在内),其体式大抵都是每首五言四句,例外的仅约六十首。
现存西曲歌词,约一百四十首,其中约一百首是五言四句,例外的
约四十首。五言四句这一体制,在吴声、西曲中均占绝对优势,它
可以说是吴声、西曲的基本形式。这种基本形式是江南民谣原有
的形式,而且起源很早,著名的《尔汝歌》便是其例。《世说新语·
排调篇》载称:"晋武帝问孙皓:闻南人好作《尔汝歌》,颇能为不?
皓正饮酒,因举觞劝帝而言曰:'昔与汝为邻,今与汝为臣,上汝一
杯酒,令汝万寿春。'帝悔之。"《尔汝歌》原来应当是民歌,但这时
已为孙吴的上层阶级所仿效,它的名声且流播中原。体式相同的
民间谣曲,据《宋书》(卷三一)《五行志》(二)所载,尚有下列
两则:

　　　　孙皓初童谣云:"宁饮建业水,不食武昌鱼;宁还建业死,不
　　止武昌居。"皓寻迁都武昌,民溯流供给,咸怨毒焉。

孙皓天纪中童谣曰："阿童复阿童,衔刀游渡江,不畏岸上虎,但畏水中龙。"晋武帝闻之,加王濬龙骧将军。及征吴,江西众军无过者,而王濬先定秣陵。

当吴声、西曲在六朝发展的时候,这类民谣依然不断地产生,我们只要看《宋书》、《南齐书》、《晋书》、《隋书》的《五行志》,便可明白。因此,我们有理由相信:吴声、西曲中的大多数乐曲,就是根据这样的民谣改制的;而现存的吴声、西曲歌词,应当保存着不少数量的民间歌谣。

六朝的民谣,固然五言四句的也极多,但并不像乐曲那样占绝对多数。它们的形式,除掉五言四句式外,最常见的为五言二句,如:

武帝太康后江南童谣:"鸡鸣不拊翼,吴复不用力。"

惠帝大安中童谣:"五马游渡江,一马化为龙。"

成帝末年民谣:"磕磕何隆隆,驾车入梓宫。"

海西公太和末童谣:"犁牛耕御路,白门种小麦。"

安帝元兴初童谣:"草生及马腹,乌啄桓玄目。"

宋人哀檀道济歌:"可怜白浮鸠,枉杀檀江州。"

宋元徽中童谣:"襄阳白铜蹄,郎杀荆州儿。"

齐永明初歌:"白马向城啼,欲得城边草。"

这类五言二句的谣曲格式,在吴声、西曲中已不复存在,其原因大约由于句调太简单,不适宜于歌唱,但在吴声、西曲某些曲调的起源中,尚可找得此类格式,因为它们原本也是谣曲。

《懊恼歌》:"草生可揽结,女儿可揽撷。"(《晋书·五行志》)

《读曲歌》："死罪刘领军，误杀刘第四。"（《宋书·乐志》）

《襄阳蹋铜蹄歌》："襄阳白铜蹄，反缚扬州儿。"（《隋书·音乐志》）

《懊侬歌》二句同上面的安帝元兴初童谣相传都预言桓玄的失败，体式颇相似。《襄阳蹋铜蹄歌》，起句和上宋元徽中童谣相同，"襄阳白铜蹄"，当是襄阳地方民谣的通常起句。《懊侬歌》等一经演成为乐曲以后，就不再有五言二句的格式了。

其次，民谣中尚多五言、三言、七言相间错的格式，如：

吴孙亮初童谣："吁汝恪，何若若，芦苇单衣篾钩络，于何相求常子阁。"

晋武帝太康三年江南童谣："局缩肉，数横目，中国当败吴当复。"

晋孝武帝太元末京口谣："黄雌鸡，莫作雄父啼，一旦去毛衣，衣被拉飒栖。"又："黄头小儿欲作贼，阿公在城下，指缚得。"

晋安帝元兴中童谣："长干巷，巷长干，今年杀郎君，明年斩诸桓。"

晋安帝义熙初谣："芦橙橙，逐水流，东风忽如起，那得入石头。"

此种杂言体，在吴声歌曲中约近三十首，其中以《华山畿》、《读曲歌》为最多。《华山畿》共二十首，其中有十首是杂言体，都是三、五、五句式。《读曲歌》共八十九首，杂言占十六首，句式更错综多变化。略举数例如下：

《懊侬歌》:"山头草,欢少四面风,趋使侬颠倒。"

《华山畿》:"啼著曙,泪落枕将浮,身沉被流去。"

《读曲歌》:"百花鲜,谁能怀春日,独入罗帐眠。"又:"逋髮不可料,憔悴为谁睹,欲知相忆时,但看裙带缓几许!"又:"白门前,乌帽白帽来。白帽郎,是侬良,不知乌帽郎是谁。"又:"打杀长鸣鸡,弹去乌白鸟,愿得连冥不复曙,一年都一晓。"又:"空中人,住在高墙深阁里,书信了不通,故使风往尔。"

又西曲中的《寿阳乐》九曲,其中八曲为五、三、五句式(另一曲为三、三、五句式),《月节折杨柳歌》十三首,均为五、五、五、三、五、五句式,大概民谣原有此种格式,乐曲的歌词摹仿它的(《月节折杨柳歌》可能是被润色了的民歌)。

民谣中的参差句法,作用原在调节声调,使之婉转动听,乐曲因为有和送声与无意义的虚声来调节,歌词就整齐起来了。吴声中的《团扇郎歌》,王珉嫂婢谢芳姿原来唱的两首歌词都是三、五、五句式,但后来的《团扇郎歌》八首,却都是整齐的五言四句了。《读曲歌》在吴声中是徒歌,没有被诸管弦(参看本书《吴声西曲杂考·读曲歌考》),它的歌词句法多参差,可能与此有关。

二

吴声、西曲歌词的句式,绝大多数为纯粹的五言,这当是由于当时是五言诗最昌盛的时期之故;而它的章法恒为四句,则与汉魏相和歌辞也有部分承递关系,不容忽视。孙楷第先生曾经在《绝句是怎样起来的》一文(《学原》一卷四期)中,统计《宋书·乐志》所著录的清商三调歌诗,共得三十五篇一百八十一解。"其篇中诸解一律四句者,得十一篇六十九解。篇中诸解句数不一律,而中有以四句为一解者,在九篇中,得二十四解。如是共得九十三解。其杂言一解四句者,尚不在内。"这样每解四句的已占总数一半以上,可见以四句为一解,实是汉魏古乐府一般的情形。乍看起来,汉魏相和歌辞系篇幅较长的古体诗,而吴声、西曲则大都为五言短句,形式截然不同。但事实上,相和歌辞的"解"与清商曲辞的"首"或"曲",在音乐上的地位是相等的。这可从下列几方面来说明:

(一) 汉魏西晋古乐府的"解",可以单独歌唱。这更可分为下列四目来说明。

(1) 相和歌辞大曲中,歌词常有分割拼凑的现象,其分割拼凑常以"解"为单位。如《白头吟》第三解云:"郭东亦有樵,郭西亦有樵,两樵相推与,无亲为谁骄。"(《宋书·乐志》第三)与上下文意俱不相衔接,《乐府诗集》(卷四一)所录《白头吟》本辞,即无此解。"郭东"四句,原当为他曲的一解,乐工演奏时把它插入的。又《瑟调曲·饮马长城窟行》古辞,其中"枯桑知天风"四句,与上下文意亦俱不相蒙,其例正同(参考余冠英先生《乐府歌辞的拼凑和分割》一文,见《汉魏六朝诗论丛》)。

(2)《宋书·乐志》(四)所载《今鼓吹铙歌词》三首,每首的解,都分段印行,似可独立。

(3)《南齐书·乐志》有摘唱旧曲某解的记载。如《拂舞曲·济济辞》,摘唱《晋济济舞歌》(共六解)最后一解;《拂舞曲·淮南王辞》,摘唱《晋淮南王舞歌》(共六解)第一、第五两解;《杯槃舞·齐世昌辞》,摘唱《晋杯槃辞》(共十解)之第一解(改其首句)及第十解。

(4)《乐府诗集》(卷五五)《晋白纻舞歌诗》"阳春白日风花

香"一篇,七言十句,下注云"右一曲"。又载王俭《齐白纻歌》,词句全同,而分作五首,每首二句,云"右五曲"。按七言诗当时以两句为一解,《晋白纻舞歌诗》原当为五解,王俭即以旧曲一解为一曲。

(二)清商的"曲"有采用古辞的"解"者。如《神弦歌·同生曲》"人生不满百"一曲,采用《瑟调·西门行》古辞第四解。《西曲·来罗》"君子防未然"一曲,采用《平调·君子行》古辞前四句(当是第一解)。又《梁鼓角横吹曲》系蒙受吴歌影响的产物,其中《紫骝马歌辞》六曲,后四曲是采用《十五从军征》古诗的。

(三)吴声、西曲有相类于《诗经》叠章的歌词。如《子夜变歌》第二首云:"岁月如流迈,春尽秋已至,荧荧条上花,零落何乃驶。"第三首云:"岁月如流迈,行已及素秋,蟋蟀吟堂前,惆怅使侬愁。"词句相类,当是同时的作品,一起歌唱,以增加歌词的强度的。此外吴声《前溪》、《督护》、《团扇》、《黄鹄》、《碧玉》、《桃叶》、《长乐佳》诸曲以及西曲《江陵乐》中,均有此例。《古今乐录》说:"伧歌以一句为一解,中国以一章为一解。王僧虔启云:'古曰章,今曰解……作诗有丰约,制解有多少,犹《诗·君子阳阳》两解,《南山有台》五解之类也。'"(《乐府诗集》卷二六引)这些采取复叠形式在吴声、西曲中可以独立的每一曲歌词,在《诗经》、汉魏乐府中不过是一章一解罢了。

(四)乐府小诗一曲亦可称一解。《乐府诗集》(卷二六)《江南》古辞题解云:"唐陆龟蒙又广古辞为五解云。"检下面龟蒙《江南曲》,实五绝五首。又《乐府诗集》卷七五有元稹《筑城曲》一首,分为五解,每解四句,实亦五绝五首,故《唐文粹》(卷一二)径作"五首"。《乐府诗集》同卷又有陆龟蒙《筑城曲》一首,五言八句,不分解,《唐文粹》亦作"二首"。疑本分为两解,郭《乐府诗集》偶遗。这虽是唐诗的例,但可帮助说明古乐府。

我们既知道相和古辞以四句为一解是普遍格式,而且承认汉魏古辞的"解"与吴声、西曲的"曲"在音乐上地位相等,那末就无庸否认相和旧曲与清商新声中间的承递关系。而短小的吴歌,能直接替代篇幅较大的古辞(相和歌);吴歌的五言四句格,最盛行于清商新声中间;六朝清商新声每调曲词,多者达数十首,少亦绝不至一曲(合若干曲歌唱,等于相和旧曲的一曲)等等现象,其缘由均可由此迎刃而解了。

清商新声与相和旧曲中间的承递关系,除掉表现在歌词的节解方面以外,乐器的类同,也应当注意。据《乐府诗集》引《古今乐录》,相和旧曲载有乐器的如下:

(1) 相和曲　其器有笙、笛、节歌、琴、瑟、琵琶、筝七种。(《乐府》卷二六引)

(2) 平调曲　其器有笙、笛、筑、瑟、琴、筝、琵琶七种。(《乐府》卷三〇引)

(3) 清调曲　其器有笙、笛(下声弄高弄游弄)、篪、节、琴、瑟、筝、琵琶八种。(《乐府》卷三三引)

(4) 瑟调曲　其器有笙、笛、节、琴、瑟、筝、琵琶七种。(《乐府》卷三六引)

(5) 楚调曲　其器有笙、笛(弄)、节、琴、筝、琵琶、瑟七种。(《乐府》卷四一引)

《古今乐录》于清商新声的乐器,记载不及相和旧曲的详细。于吴声歌曲云:"吴声歌,旧器有篪、箜篌、琵琶,今有笙、筝。"(《乐府》卷四四引)于西曲的倚歌仅云:"凡倚歌,悉用铃鼓,无弦有吹。"(《乐府》卷四九引)对西曲舞曲的乐器,并无记载。今就吴声倚歌而论。

吴声中乐器琵琶、笙、筝三种,为相和曲等五调所共有;篪一种见于清调曲;箜篌一种,虽不见上引相和诸调,但相和歌有《箜篌引》曲,可见箜篌也是相和的旧器。又《南齐书·东昏侯纪》称"帝吹笙歌作《女儿子》",《女儿子》系倚歌曲名,由此推测,倚歌所用的管乐器当亦不出笙、笛诸种。

《古今乐录》所记吴声歌曲的乐器,似不甚完备。《南史·王敬则传》称敬则子仲雄在御前鼓蔡邕焦尾琴作《懊侬歌》(原文引见本书《吴声西曲的产生时代》篇),《幽明录》记鬼怪郭长生吹笛为吴歌(原文见本书《吴声西曲杂考·子夜歌考》),是吴声歌乐器当亦用琴、笛。《读曲歌》云:"黄丝咓素琴,泛弹弦不断。"《寿阳乐》云:"笼窗取凉风,弹素琴,一叹复一吟。"皆可为吴声、西曲用琴之证。

隋代将汉魏六朝俗乐相和歌、吴声、西曲、杂舞曲等并在一起,总称清乐,故乐器遂颇繁富。《隋书·音乐志》(下):"清乐乐器有钟、磬、琴、瑟、击琴、琵琶、箜篌、筑、筝、节鼓、笙、笛、箫、篪、埙等十五种。"[1]自刘宋孝武大明以后,"以鞞拂杂舞,合之钟石,施于殿庭"(《宋书·乐志》),故清乐乐器遂有钟、磬、埙等,其他则均为管弦乐器。

清商新声与相和旧曲在节解方面、乐器方面,如上所述,都有密切的关系。因此,我们大致可以说,作为乐府歌诗的两大构成因素——声调和歌词,在清商新声方面,前者(声调)接受了不少相和旧曲的规模,承袭的部分也较多[2];后者(歌词)大抵采撷或摹拟江南的民歌,则几乎纯是创新的部分。

---

① 新旧《唐书》、《唐六典》、《通典》等书所载清乐乐器,与《隋书》微有异同。
② 吴声、西曲中的和送声,也渊源于相和歌,详见本编《论六朝清商曲中之和送声》篇。

三

　　西曲的歌词,虽也以五言四句居多数,但句式不同的作品较吴声为多。除上面说过的《寿阳乐》、《月节折杨柳歌》外,舞曲有《青骢白马》八曲,每曲七言二句;《共戏乐》四曲,每曲七言二句;《安东平》五曲,每曲四言四句。倚歌有《女儿子》二曲,每曲七言二句。这种形式,在吴声中是没有的,它们受到其他方面的影响。

　　先说《共戏乐》。《共戏乐》四曲云:

　　　　齐世方昌书轨同,万寓献乐列"国风"。
　　　　时泰民康人物盛,腰鼓铃柈各相竞。
　　　　长袖翩翩若鸿惊,纤腰袅袅会人情。
　　　　观风采乐德化昌,圣皇万寿乐未央。

按《晋白纻舞歌》有云:"晋世方昌乐未央。"《宋白纻舞歌》有云:"宋世方昌乐未央。"《梁白纻辞》有云:"纤腰袅袅不任衣。"梁张率《白纻歌》有云:"歌舞并妙会人情。"《齐杯槃舞歌诗·齐世昌辞》云:"齐世昌,四海安乐齐太平。人命长,当结友,千秋万岁皆老寿。"词句颇多相类。按《白纻》等杂舞曲辞的产生时代早于西曲的舞曲,《共戏乐》既是舞曲,其受《白纻舞》、《杯槃舞》歌词的影响无疑,何况七言句正是杂舞曲辞的特色哩! 再有,杂舞曲辞中颇多七言二句为一曲的例,如《南齐书·乐志》所载《济济辞》云:"畅飞畅舞气流芳,追念三五大绮黄。"又王俭所造《齐白纻歌》五曲(见《南齐书·乐志》及《乐府诗集》五五),也是七言二句为一曲,与《共戏乐》体式相同。

　　《安东平》则受到梁鼓角横吹曲的影响。《安东平》末曲云:"东平刘生,复感人情,与郎相知,当解千龄。"按梁鼓角横吹曲有《东平刘生歌》一曲云:"东平刘生安东子,树木稀,屋里无人看阿谁?"可见东平刘生原是横吹曲中的人物①。两者句式虽不同,但鼓角横吹曲中颇多四言四句为一曲的例,如《地驱乐歌辞》四曲、《陇头歌辞》三曲都是。《东平刘生歌》今仅存一曲,必有遗佚,当时很可能也有四言四句式的(《安东平》末曲,说不定原本是鼓角横吹曲的《东平刘生歌》而为《安东平》曲所沿用的)。

《乐府诗集》(二一)引《乐府解题》曰:"汉横吹曲二十八解,李延年造,魏晋以来唯传十曲。……又有《关山月》、《洛阳道》、《长安道》、《梅花落》、《紫骝马》、《骢马》、《雨雪》、《刘生》八曲,合十八曲。"八曲的古辞均佚,我疑心西曲的《青骢白马》,当受到《横吹曲·骢马》的影响,情况正如《安东平》之于《东平刘生歌》。鼓角横吹曲也有七言二句为一曲的例,如《巨鹿公主歌辞》三曲、《雀劳利歌辞》一曲都是。

《女儿子》二曲,首曲歌词本是巴东行者之歌,《宜都山川记》《事类赋》卷十一引)说:"峡中猿鸣清山谷,其响泠泠不绝。行者歌之曰:巴东三峡猿鸣悲,猿(《女儿子》曲作"夜")鸣三声泪沾衣。"西曲中既有七言句如《共戏乐》等,巴东行者歌也就被采入乐了。

《乐府诗集》卷二五所录梁鼓角横吹曲,系根据释智匠《古今乐录》一书。智匠陈人,所以著录的是梁代演唱的乐曲,实际上,梁代之前,北方的鼓角横吹曲早流行南朝。例如《南齐书·东昏侯纪》:"高障之内,设部伍羽仪。复有数部,皆奏鼓吹、羌胡伎②、鼓角横吹。"《南史》(卷七七)《茹法亮传》:"綦毋珍之(齐人)迎母至湖熟,辄将青氅百人自随,鼓角横吹。"《齐书》曾载东昏"吹笙歌作《女儿子》",《共

---

① 魏晋横吹曲中有《刘生》曲,吴兢《乐府古题要解》谓刘生未详何人,与此东平刘生当系一人。

② 《南史》卷三《宋后废帝纪》:"帝与左右作羌胡伎为乐。"又卷三八《柳世隆传》:"平西将军黄回,军至西阳,乘三层舰,作羌胡伎,溯流而进。"可见羌胡伎在南朝亦颇流行。

戏乐》有"齐世方昌书轨同"句,二曲当系萧齐之作。齐时鼓角横吹曲已盛行,西曲受到它的影响,是很自然的。

《青骢白马》、《共戏乐》、《女儿子》各曲歌词每首都是七言二句,七言句的特点,便是每句句尾都押韵(《青骢白马》后四首例外),不像五言那般两句一押韵。原来古代早期的七言诗,都是每句用韵的,这自汉代《柏梁联句》下逮曹丕《燕歌行》以至杂舞曲辞中的《白纻歌》之类,莫不如此。这种七言句,渊源于《楚辞》,省去其句中或句尾的语助词而成,其句法大概为上四下三;在音节上言,七言一句,相当三、四、五言的两句。如《招魂》:"献岁发春兮汩南征,菉蘋齐叶兮白芷生。"省掉句中"兮"字,便成七言诗。《九章·抽思》:"长濑湍流,溯江潭兮;狂顾南行,以娱心兮。"《大招》:"代秦郑卫,鸣竽张只;伏戏《驾辩》,楚《劳商》只。"省去句尾的"兮"、"只",四言二句,便成七言一句,体式与后世的七言毫无二致①。

七言一句既相等于三、四、五言的两句,故在乐曲的节解上,五言句以四句为一曲(或一解),七言句却只需两句。《宋书·乐志》录曹丕《燕歌行》"秋风"、"别日"两首,除"别日"篇第五解为四句外(两篇末解均三句,当由结尾声调舒缓之故),其馀每解都是两句。又所录缪袭《魏鼓吹曲·旧邦篇》、吴韦昭《吴鼓吹曲·克皖城篇》,都是七言句诗,《宋志》却把一句分作上四下三两句。又如拂舞曲中《济济辞》的七言句,《宋书》和《南齐书·乐志》也都把它分作上四下三两句。这样一来,七言两句在音乐上的节拍,就无殊乎四、五言的四句了。

---

① 参考梁启超《中国之美文及其历史》第一章《建安以前汉诗》、萧涤非先生《汉魏六朝乐府文学史》第二编第二章、逯钦立先生《汉诗别录》(《中央研究院历史语言研究所集刊》第十三本)。

吴声西曲杂考

第一节　引　言

历来正统的文人学士们，一向认六朝的清商曲为卑下猥琐的靡靡之音，因而对它们忽视、蔑弃，不暇也不屑下一番史实的考证。"五四"以后，这观念转变过来了，吴声、西曲在文学史中获得了很高的评价，被珍视为古代民歌中的瑰宝。然而，正因为简单地认为它们是纯粹的民歌，而忽略了实际上是经过贵族阶级加工过的乐曲，它们的作者往往是一些文人学士、达官显宦，它们的创制和发展，和贵族阶级的享乐生活有着密切相关的联系，因此，吴声、西曲中至今还存在着不少未被弄清楚的问题，须要予以考订。

首先是作者问题，一向流传着一些谬误的模糊的见解。《督护歌》的作者，应该属诸宋孝武帝刘骏，但往往被误为宋武帝刘裕。淹贯如杨慎，尚且说："《丁督护歌》云……二辞绝妙。宋武帝征伐武略，一代英雄，而复风致如此，其殆全才乎！"（《词品》卷一）《长史变歌》的作者王廞，事迹明具于正史，博雅如朱乾，尚且说："王廞事俟考。"（《乐府正义》卷一〇）此外如《前溪歌》的作者，误沈充为沈玩，起源于校勘的粗疏，到底竟成"以伪代真"的状态了。

其次是本事问题。吴声、西曲的各曲调，开始往往有着一个本事，见于《宋书·乐志》、《古今乐录》等书。后世谈六朝乐府的，其所撷取的资料,鲜能出其范围。事实上,《乐志》等的记载,有些委实太简单了。例如《长史变歌》的本事,《宋书·乐志》等仅仅说:"《长史变》者,司徒左长史王廞临败所制。"这么概括的叙述,假如不参证其他的记载,怎能明了这事的原委呢? 又怎能深切了解现存《长史变歌》的内容呢? 其他如《督护歌》、《襄阳乐》、《杨叛儿》等歌曲,《乐志》等虽有较详的本事记述,但《宋书》、《南史》等却有更为丰富的史料保存着,我们为什么不拿来参考呢?

以上是本篇比较致力的两个问题。此外尚有一些较为零碎的疑难,如鬼唱《子夜》,产于怎么样的一种社会环境;《读曲》的辞义如何解释;《碧玉歌》、《莫愁乐》中的主角碧玉和莫愁,是怎样的人物:这里都企图着有较好的说明。虽然限制于现存史料的缺乏,个人材力的薄弱,未能都有圆满无憾的解答,但总算也阐明了一部分的真相。

现存吴声、西曲歌词的内容,往往与《宋书·乐志》等所记的本事不合,近人治文学史的,往往根据这一点来认定《乐志》等的记载为不可靠。本篇钩稽史料,证实了前人记载的可靠性。至于现存歌词内容往往与本事不合,则是因为现存歌词不一定是原作,它们只在声调上与原作保持联系。关于这一点,本书《论六朝清商曲中之和送声》篇有较详的论述,请读者参看。

第二节　前溪歌考

《前溪歌》七首,作者相传是晋代的沈充。《晋书·乐志》说:"《前溪歌》者,车骑将军沈充所制。"(《通典·乐典》、《通考·乐考》同)但《宋书·乐志》却说:"《前溪歌》者,晋车骑将军沈玩所制。"沈充变成沈玩了。因为《宋书》著作时代早于《晋书》,后人从它的很多,《通志·乐略》、左克明《古乐府》、冯惟讷《古诗纪》以及近人丁福保的《全晋诗》都作沈玩。其实作沈玩是错误的。第一，沈充《晋书》明明有传，沈玩并无其人。第二，较《宋书》时代更早的刘宋山谦之《吴兴记》也说："晋车骑将军沈充作《前溪曲》。"（《吴兴记》有范声山辑本）第三，《宋书》（卷六十三）《沈演之传》说："高祖充，晋车骑将军、吴国内史。"连《宋书》自己也作沈充了。

　　《晋书·乐志》大部分以《宋志》作蓝本的，我们认为《宋志》原来也一定是作沈充的。但为何讹"充"为"玩"呢？这也有其理由。《旧唐书·音乐志》说："《前溪》，晋车骑将军沈珫所制。"（《新唐书·礼乐志》同）这给了我们一个极好的启示。案《广韵》："珫，昌终切，耳玉名也，通作充。"可见"充"、"珫"无别。我相信车骑将军本来的名字是沈珫，后人省作沈充，而"玩"，却是"珫"的形近致讹字。这我还可以找出一个旁证来。《晋书》卷七《成帝纪》："咸和五年二月，以尚书陆玩为尚书左仆射。六年八月，以左仆射陆玩为尚书令。"又（七七）《陆玩传》称："玩字士瑶。……王敦请为长史。"卷七六《顾众传》却说："敦长史陆玩。"可见"玩"、"玩"两字，颇容易搅错的。

　　沈充的生平事迹见《晋书》（卷九八）本传，今节录如下："沈充，字士居，吴兴武康人（此句据《沈劲传》补）。少好兵书，颇以雄豪闻于乡里，（王）敦引为参军。充因荐同郡钱凤。凤字世仪，敦以为铠曹参军。数得进见。知敦有不臣之心，因进邪说，遂相朋构，专弄威权，言成祸福。遭父丧，外托还葬而密为敦使，与充交构。……明帝将伐敦，遣其乡人沈祯谕充，许以为司空。……充不纳。率兵临发，谓其妻子曰：男儿不竖豹尾，终不还也。及败归吴兴，亡失道，误入其故将吴儒家。……儒遂杀之。充子劲，竟灭吴氏。劲见《忠义传》。"《晋书》记充事迹很简略，这里不妨补叙一下。《晋书》（卷三七）《谯闵王承传》："王敦表以宣城内史沈充为湘州（元帝不许）。"这是充在王敦反叛前的官职。《晋书》（卷六）《元帝纪》："永昌元年春正月戊辰，大将军王敦，举兵于武昌，以诛刘隗为名，龙骧将军沈充，帅众应之。"

《建康实录》卷五:"永昌元年戊辰,大将军荆州牧王敦,举兵反于武昌。……遣龙骧将军沈充都督吴兴等诸军事。"这是充在敦反叛时的官职。《世说新语·规箴篇》引《晋阳秋》:"敦克京邑,以充为车骑将军,领吴国内史。"这是充在敦攻克京邑后的官职。此后到明帝时败亡,充大概就一直居此职,所以一般呼为车骑将军。《隋书·经籍志》别集类于"大将军王敦集"下,自注:"梁有'吴兴太守沈充集'二卷,亡。"吴兴恐是吴郡之误。晋代以内史治王国,与太守有别,但史书例多通用。如张茂本是吴国内史(《元帝纪》:"敦将沈充陷吴国,吴国内史张茂遇害。"本传作吴兴内史,误),《晋书》卷九六茂妻《陆氏传》却说:"茂为吴郡太守。"其例正同①。

现存《前溪歌》七首,《乐府诗集》卷首总目录题作"无名氏"。今将歌辞录于下面:

忧思出门倚,逢郎前溪度,莫作流水心,引新都舍故。

为家不凿井,担瓶下前溪,开穿乱漫下,但闻林鸟啼。

前溪沧浪映,通波澄渌清,声弦传不绝,千载寄汝名,永与天地并。

逍遥独桑头,北望东武亭,黄瓜被山侧,春风感郎情。

逍遥独桑头,东北无广亲,黄瓜是小草,春风何足叹,忆汝涕交零。

---

① 《太平御览》卷七六六引《述异记》,载有关于沈充的一段传说,附录于此:"武康徐氏,宋(当作"晋")太元中病疟,连治不断。有人告之曰:可作数团饭出道头,呼伤死人姓名云:为我断疟,今以此团与汝。掷之径还,勿反顾也。病者如言,乃呼晋车骑将军沈充。须臾,有乘马导从而至,问汝何人而敢名官家,因缚将去。举家寻觅经日,乃于冢丛棘下得之。绳犹在,时疟遂获痊。"

黄葛结蒙笼,生在洛溪边,花落逐水去,何当顺流还,还亦不
复鲜。

黄葛生烂熳,谁能断葛根,宁断娇儿乳,不断郎殷勤。

郭《乐府》又载梁武帝内人包明月《前溪歌》一首:

当曙与未曙,百鸟啼窗前,独眠抱被叹,忆我怀中侬,单情何
时双?

歌中屡屡提到的前溪,便是沈充家乡的河流。胡仔《苕溪渔隐丛话》后
集卷二说:"于竞《大唐传》:'湖州德清县南前溪村,则南朝集乐之处。
今尚有数百家习音乐,江南声伎,多自此出,所谓舞出前溪者也。'《复斋
漫录》言:'陈刘删诗:山边歌《落日》,池上舞《前溪》。唐崔颢诗:舞爱
《前溪》妙,歌怜《子夜》长。按智匠《古今乐录》:晋车骑将军沈充(《太平
御览》卷五七三引《古今乐录》,"充"也误作"玩")作《前溪曲》,非舞也。'
盖复斋不见于竞《大唐传》,故不知舞出前溪耳。"德清县毗邻武康县,前
溪实是武康县的水。至于说《前溪》是舞曲,唐郗昂的《乐府解题》早就
说过《前溪》,舞曲也"(《乐府诗集》卷四五引)了。
　　《前溪歌》在南朝为著名的舞曲,贵族常常演唱,其名词屡见当时诗
篇中。演唱舞曲,需要大队歌妓,非有雄厚的资财不可,故一般地形成
为豪贵权势的娱乐品。沈氏本为吴兴大族(《晋书》卷五八《周札传》:
"钱凤说王敦曰:今江东之豪,莫强周、沈。"又沈约《宋书·自叙传》,述
沈氏宗族源流最详明),《晋书》(卷二六)《食货志》称:"吴兴沈充又铸小
钱,谓之沈郎钱。"沈充在经济条件上够得上拥有大量歌妓。《资治通
鉴》卷九二称:"充等并凶险骄恣,大起营府,侵人田宅,剽掠市道。"(永
昌元年)可知他非常注意于物质的享受。从谢灵运的《东阳溪中赠答》,

从嘉兴人制作《阿子歌》的记载(见《乐府诗集》卷四五引《乐苑》),我们知道现在的浙江北部和中部地区,民间吴歌也是相当流行的。沈充创制的《前溪歌》,可以设想一定受到他家乡民歌的启发和影响;擅长音乐的沈充①,以土著的身份,开风气之先,来创制一种吴声的新舞曲,正是很自然的事。晋曹毗《箜篌赋》云:"发愁吟,引吴妃,《湖上》飒沓以平雅,《前溪》藏摧而怀归。"很足以想见吴妃曼声哀唱《前溪》时的情景。

宋乐史《太平寰宇记》(卷九四,湖州武康县)于前溪及《前溪歌》有更详尽的记载:"前溪在县西一百步。前溪者,古永安县(《宋书》卷三五《州郡志》:"武康,吴分乌程、馀杭立永安县,晋武帝太康元年更名。")前之溪也。今德清县有后溪。晋时邑人沈充家于此溪,乐府有《前溪曲》,则充之所制。其词云:'当曙与未曙,百鸟啼念念。'②后宋少帝续为七曲。其一曲曰:'忧思出门户,逢郎前溪渡,莫作流水心,引新多舍故。'"我们再看北宋景德年间湖州摄长史左文质纂的《吴兴统记》上说:"乐府有《前溪曲》,充自制词云:'当曙与未曙,□鸟啼念念。'后宋少帝续为七曲,其一云:'忧思出门户……'"这大约是抄《太平寰宇记》的(左书今佚,见谈钥《吴兴志》引)。而南宋谈钥的《嘉泰吴兴志》于卷二○物产"葛"下面也说:"宋少帝《前溪曲》:黄葛生烂熳。……今山间多有之。"想来也是祖袭《寰宇记》的。

这里更发生一个问题:即郭《乐府》认为无名氏所作的《前溪歌》七首,是否可能是宋少帝的作品? 乐史生于北宋初年,较郭茂倩早上一百年光景,他的话必有所据。

《宋书·少帝纪》称少帝被废时,皇太后下令数其过失,内中有"至乃征召乐府,鸠集伶官,优倡管弦,靡不备奏"等语,可知宋少帝是

---

① 虞汝明《古琴疏》:"沈玧琴曰霜霄铁马。"(《说郛》卷一○○)

② 沈充原作只此两句。后包明月《前溪歌》增为五句。"念"的异体"㤄"、"忽"与"窗"的异体"窓"、"窻"、"窗"形近易误,故包明月歌词的"念念",遂被后人臆改为"窗前",但"前"字与下"侬"、"双"不协韵。

喜爱弦歌声伎的。又《乐府诗集》(卷四六)引《古今乐录》称:"《懊侬歌》,宋少帝更制新歌三十六曲。"是少帝确曾自制新歌;现存《懊侬歌》十四首中,想来有少帝的作品在内。再有,《玉台新咏》卷一〇近代吴歌九首,第五首即《前溪》"黄葛结蒙茏"篇,《玉台》不著作者,但既曰"近代吴歌",恐非沈充之作。由上数点,我认为,说现存《前溪歌》七首是宋少帝的作品,大致是可信的。这里需要说明,所谓宋少帝制的新歌曲,其歌词不一定是宋少帝的创作,而更可能是把民歌采撷和润色。上层阶级采撷、润色民歌,把它谱入音乐,就可称为"制作"。臧质制《石城乐》,刘诞制《襄阳乐》,都是其类。

《宋书·少帝纪》称帝"穿池筑观,朝成暮毁,征发工匠,疲极兆民。……时帝于华林园为列肆,亲自酤卖,又开渎聚土,以象破冈埭(《建康实录》卷二:"孙吴赤乌八年八月,凿句容中道至云阳西城,以通吴会船舰,号破岗渎,上下一十四埭,通会市,作邸阁。"),与左右引船呼唱,以为欢乐。夕游天渊池,即龙舟而寝"。我们推想华林园中也应当有一条叫作前溪的河水,那位荒唐的幼年君主,当时一定仿效着车骑将军的办法来娱乐自己的。

第三节　子　夜　歌　考

《子夜歌》的作者,相传是一位名叫子夜的女子。

> 《宋书·乐志》:"《子夜歌》者,有女子名子夜造此声。晋孝武太元中,琅邪王轲之家,有鬼歌《子夜》。殷允为豫章时,豫章侨人庾僧虔家,亦有鬼歌《子夜》。殷允为豫章,亦是太元中①,

①　殷允《祭徐孺子文》:"惟太元六年冬十月,试守豫章太守殷君……"(《艺文》卷三八,《御览》卷五二六)

则子夜是此时以前人也。"

《古今乐录》："《子夜歌》，古有女名子夜造此歌。"(《初学记》卷一五、《御览》卷五七三同引)

《晋书·乐志》："《子夜歌》者，女子名子夜造此声。孝武太元中，琅邪王轲之家，有鬼歌《子夜》，则子夜是此时人也。"

《旧唐书·音乐志》："《子夜》，晋曲也。晋有女子夜造此声①，声过哀苦，晋日常有鬼歌之。"

《古今乐录》、《晋书·乐志》、《旧唐书·音乐志》的记载，大约都本于《宋志》，但《宋志》又本自他书：

刘敬叔《异苑》卷六："晋孝武太元中，琅玡王轲之家，有鬼歌《子夜》。殷允为章郡，侨人庚僧度家，亦有鬼歌《子夜》。"(《津逮秘书》本)

《御览》(卷五七〇)引《晋书》："孝武太元中，琅玡王轲之家，有鬼歌《子夜》。殷允为章郡，侨人庚僧度家，亦有鬼歌《子夜》。殷允为章郡，亦是太元中，则子夜是此时以前人也。"②

鬼歌《子夜》，看去未免荒诞，但六朝小说家言，尽多鬼怪唱歌的记载，当时风气如此，不足多怪。《续搜神记》(卷六)有鬼唱《懊恼歌》的

---

① 这句子如点为"晋有女子，夜造此声"，意义便不同了。这样解释，虽非作者原意，却颇可通，详见下文。

② 余嘉锡先生《寒食散考》说："张聪咸《经史质疑》之《与阮侍郎论晋逸史例》云：梁陈以下至唐初，凡引史者单称《晋书》，皆臧氏(臧荣绪)书也。其说至确。《太平御览》沿袭《修文殿御览》之旧，故不出臧氏姓名。"(《辅仁学志》第七卷第一、二期合刊)

叙述：

> 庐江杜谦为诸暨令，县西山下有一鬼，长三丈，着赭衣袴布（原作"在"，据别本改正）褶，在草中拍张①。又脱褶掷草上，作《懊恼歌》，百姓皆看之。（《津逮秘书》本）

著名的琴曲《宛转歌》，相传也是女鬼所歌。

> 《事类赋注》（卷一一）引《世说》："王敬伯尝泊洲渚中，升亭而宿。是夜月华露轻，敬伯泠然鼓琴，感刘惠明亡女之灵。须臾女至，就体如平生。敬伯抚琴歌曰：低露下深幕，垂月照孤琴，空弦益宵泪，谁怜此夜心。女和之曰：歌宛转，情复哀，愿为烟与雾，氤氲君子怀。"（《御览》卷五七七引《晋书》同。《续齐谐记》述此更详，歌词亦异，见《乐府诗集》卷六〇引。）

以下几节鬼怪唱吴歌的故事，都出于六朝人的笔记小说。

> 《异苑》卷八："晋怀帝永嘉中，徐氂出行田，见一女子，姿色鲜白，就氂言调。女因吟曰：畴昔聆好音，日月心延伫，如何遇良人，中怀邈无绪。氂情既谐，欣然延至一屋，女施设饮食而多鱼，遂经日不返。兄弟追觅至湖边，见与女相对坐。兄以藤杖击女，即化成白鹤，翻然高飞。氂恍惚年馀，乃差。"（《津逮秘书》本）

> 《甄异传》："河南杨丑奴，常诣章安湖边拔蒲。将暝，见一女子，衣裳不甚□□，而容貌美，乘船载莼，前就丑奴。家湖侧，逼莫

---

① 拍张，或本作"相张"，非。拍张系当时武戏之一种。南朝王敬则善拍张，见《南齐书》、《南史》本传。

不得返。乃停舟寄住，借食器以食，盘中有干鱼生菜。食毕因戏笑，丑奴歌嘲之，女答曰：我在西湖侧，日莫阳光颓，托荫遇良主，不觉宽中怀。俄灭火共寝，觉其臊气，又手指甚短，乃疑是魅。此物知人意，遽出户，变为獭，径走入水。"（《广记》卷四六八引。《御览》卷九八〇、卷九九九，《类聚》卷八二叙事略同而无歌）

《幽明录》："句章人至东野还，暮不至门，见路旁有小屋灯火，因投寄宿止。宿有一小女，不欲与丈夫同处，呼邻家女自伴，夜共弹琴箜篌。至晓，此人谢去。问其姓字，女不答，弹弦而歌曰：连绵葛上藤，一缓复一𬘬，欲知我姓名，姓陈名阿登。"（《御览》卷五七三、《书钞》卷一〇六同引。又《御览》卷八八四引《续搜神记》末尾尚有一段，云："明至东郭外，有卖食母在肆中，此人寄坐，因说昨夜所见。母闻阿登，惊曰：是我女，近亡，葬于郭外。"）

同上："元嘉中，泰山巢氏先为相县令，居在晋陵。家婢采薪，忽有一人追之，如相问讯。遂共通情，随婢还家，仍住不复去。巢恐为祸，夜辄出坐；闻与婢讴歌言语，大小悉闻。不使人见，见形者唯婢而已。每与婢宴饮，辄吹笛而歌，歌云：闲夜寂以清，长笛亮且鸣，若欲知我者，姓郭名长生。"（《广记》卷三二四，《事类赋注》卷一一，《类聚》卷四四，《御览》卷五八〇）

同上："东阳丁哗出郭，于方山亭宿。亭渚有刘散骑遭母丧于京，葬还，夜中忽有一妇自通云：刘郎患疮，闻参军能治，故来耳。哗使前，姿色端媚，从婢数人。命仆具肴馔，酒酣，叹曰：今夕之会，令人无复贞白之操。丁云：女郎盛德，岂顾老夫？便令婢取琵琶弹之，歌云：久闻所重名，今遇方山亭，肌体虽朽老，故是悦人情。放琵琶上膝抱头，又歌曰：女形虽薄贱，愿得忻作婿，缱绻观良觌，千载结同契。声气婉媚，令人绝倒。便令灭火，共展好情，比晓忽不见。吏云：此亭旧有妖魅。"（《广记》卷三六〇）

这些充满神秘气氛的传说,说明封建社会中人民因被剥夺接受教育的机会,文化程度低下,某些地方显得愚昧落后,形成了浓厚的迷信风气,以致在恋爱故事上面罩上一重神秘的网;而知识分子更凭借、仿拟这类传说,寄托性的渴望于虚幻的想象上面。但透过这重神秘的网,我们一方面可以看出,恋爱在封建社会中是不自由的,所以产生了"子夜鬼悲歌"(李商隐诗)、鬼唱《懊恼歌》的传说;一方面可以看出,农民(徐奭、杨丑奴)因生活贫苦,往往没有能力娶妻,因此幻想获得非人间的、善良而美丽的女性作为自己的伴侣。

《南史》(卷二二)《王俭传》云:"齐高帝幸华林宴集,使各效技艺:褚彦回弹琵琶,王僧虔、柳世隆弹琴,沈文季歌子夜来(《南齐书》卷二三《王俭传》无"来"字),张敬儿舞。""子夜来"三字是《子夜歌》的和声,也即是《子夜歌》的主要声调(参看本书《论六朝清商曲中之和送声》篇)。《子夜歌》的名称,由和声"子夜来"三字而来,古籍所谓"晋有女子名子夜造此声"云云,恐系附会之谈。《子夜歌》的创始者,大约是晋代的一位无名女子。这女子是多情的,她在夜间等候她的欢子降临,不幸她的欢子竟是一位负情郎。她失望了,她唱着哀苦而充满渴望的歌——子夜来!《子夜歌》道:"夜长不得眠,明月何灼灼,想闻散唤声,虚应空中诺!"正仿佛表达着这种焦灼苦痛的情绪。《乐府》(卷七五)杂曲歌辞有《起夜来曲》,题解引《乐府解题》曰:"《起夜来》,其辞意犹念畴昔,思君之来也。"宛如叙述着《子夜歌》产生的故事。很可能的,《起夜来曲》正是从《子夜歌》演化出来的呢。《唐书》称《子夜》"声过哀苦",我们相信它的音调一定非常缠绵悱恻,以致激动了无数人的心灵,被无数人传诵摹仿,用来宣泄自己的情感、苦闷。这情歌作者的名字既已无法查考,而其主要声调是"子夜来",那么就把她唤作子夜吧。

附说一 辨郑樵《乐略》将《子夜》、《白纻》二曲合一之误

郑樵《通志·乐略》认为《子夜》、《白纻》两曲本是一曲,因时代不

同,分化为二。他在论《白纻歌》时说:"《白纻歌》,其音入清商调,故清商七曲有《子夜》者,即《白纻》也。在吴歌为《白纻》,在雅(疑当作晋)歌为《子夜》,梁武令沈约更制其辞焉。"又说:"《白纻》与《子夜》,一曲也。在吴为《白纻》,在晋为《子夜》,故梁武本《白纻》而为《子夜四时歌》。后之为此歌者,曰《白纻》则一曲,曰《子夜》则四曲。今取《白纻》于《白纻》,取《四时歌》于《子夜》,其实一也。"在论《子夜歌》时说:"《子夜》,亦曰《子夜吴声四时歌》,亦曰《子夜吴歌》。晋有女子名子夜,作是歌。……《子夜》之音,同于《白纻》,皆清商调也。故梁武本《白纻》而为《子夜吴声四时歌》,明此《子夜》亦有晋声者,其实不离清商。"他更在述清商三十三曲时概括地说:"《白纻》,吴舞;《子夜》,晋曲;《吴声四时歌》,梁曲。"他认为三者实是一曲,仅仅因为朝代不同而分化为三个名称罢了。

郑氏之说,实在未之深考。《白纻》、《子夜》,虽然同属清商,同出吴地,然而《白纻》为七言体的杂舞曲,《子夜》为五言体的吴声歌曲,二者绝不相同,《乐府诗集》分得明明白白。梁武令沈约改《白纻》而作《四时白纻歌》,亦为七言;《子夜》别有变曲《子夜四时歌》,一名《吴声四时歌》,亦为五言:两者亦绝不相同。郑樵的错误,在将《白纻》的变曲《四时白纻歌》同《子夜》的变曲《子夜四时歌》,由于名称的类同,混淆不分,因此遂产生《子夜》出于《白纻》的说法。正因他误认《四时白纻歌》同于《子夜四时歌》,因此就错认《子夜四时歌》为"梁曲",其实它在梁代以前,早产生了。再有,《子夜四时歌》虽然出自《子夜》,但并非即是《子夜歌》。郑氏说:"《子夜》,亦曰《子夜吴声四时歌》。"视二者为一,也是错的。(虽然他下面仍把《子夜》和《吴声四时歌》分为两曲,那不过迁就不同时代而已。)郑氏既以《四时白纻歌》、《吴声四时歌》为一,又以《吴声四时歌》、《子夜歌》为一,自然会达到《白纻》、《子夜》合一的结论。

上面说过,《四时白纻歌》、《子夜四时歌》名称的类同,是郑氏致误的基本原因。此外,我疑心他没有细读《通典》和《旧唐书·音乐志》关于清乐的叙述,因而受到了它们的愚弄。《通典》(卷一四六)云:"清乐,其辞存者,有……《白纻》、《子夜》、《吴声四时歌》……等三十二曲。"这里无意中将《白纻》与《子夜》、《吴声四时歌》前后连属,已经易使郑氏误认三曲中间具有联系性了。但《通典》于以上三曲的区别,叙述还颇清晰。它将清乐分为"杂歌曲"和"杂舞曲"二部,叙《子夜》于杂歌曲,叙《白纻》于杂舞曲,分界甚明。在叙《白纻》时道:"《白纻舞》……疑是吴舞也。梁武帝又令沈约改其辞,乃有《四时白纻之歌》,约集所载是也。"又在总叙清乐时注称:"其《吴声四时歌》、《雅歌》、《春江花月夜》,未详所起,馀具前歌舞杂曲之篇。"也并未将《白纻四时歌》与《吴声四时歌》混同起来。《旧唐书·音乐志》叙述清乐三十二曲,次序与《通典》相同,但下面分述各曲起源时,不将杂歌曲与杂舞曲分为二部,而合并叙述。于《白纻》云:"《白纻》,沈约云:纻本吴地所出,疑是吴舞也。梁武又令约改其辞,其(疑当作"为")《四时白纻之歌》,约集所载是也。今中原有《白纻曲》,辞旨与此全殊。"接着叙《子夜》云:"《子夜》,晋曲也。晋有女子夜造此声;声过哀苦,晋曰常有鬼歌之。"下面接叙《前溪歌》,而于《吴声四时歌》并未提起。这样骤然看去而不加细察,就会容易误解《白纻》、《子夜》二者有关;而《吴声四时歌》即是《白纻四时歌》,所以《唐志》不另叙述了。

附说二　说语尾"来"字

《南史》(卷二二)《王俭传》云:"齐高帝幸华林宴集,使各效技艺。褚彦回弹琵琶,王僧虔、柳世隆弹琴,沈文季歌子夜来,张敬儿舞。""子夜来"三字是《子夜歌》的和声,也即是《子夜歌》的主要声调。在其他吴声、西曲的和送声中,以"来"字为语尾的很多,如"夜夜望郎来"(《乌夜啼》)、"襄阳来"(《襄阳乐》)、"欢将乐共来"(《三洲歌》)、"圣德应乾来"(《襄阳蹋铜蹄》)、"白日落西山,还去来"

（《西乌夜飞》）等都是。"来"字有些地方还是动词，如"子夜来"、"夜夜望郎来"；有些地方则已变为纯粹的语尾助词，如"圣德应乾来"、"还去来"。

范成大《吴郡志》卷二说："吴语谓来为厘，本于陆德明。贻我来牟、弃甲复来，皆音厘。德明吴人，岂遂以乡音释注，或者古本有厘音耶？"按"贻我来牟"句，见《周颂·思文》篇，"来牟"，《汉书·刘向传》引《诗》已作"厘麰"，不始于陆德明。"来"字作语尾助词用，也不始于吴语，如《孟子》"盍归乎来"（《离娄》），《庄子》"尝以语我来"（《人间世》），但到吴歌中方被广泛地使用。除上面所举和送声的例子外，他如梁武时童谣："城中诸少年，逐欢归去来！"《梁鼓角横吹曲·黄淡思》："绿丝何葳蕤，逐郎归去来！"又《隔谷歌》："救我来！救我来！"梁鼓角横吹曲是吴语的译歌，性质自无殊乎吴歌。吴歌中以"来"字作语尾的这么多，其原因大约缘于它的馀音很长，用在句尾很富于韵味。

案《广韵》，"来"字属"咍"韵，"厘"字属"之"韵。近代的古音学者，自段玉裁以至章炳麟、黄侃，都证明"咍"、"之"两韵，在古音本属一部。又古"来"字常与"思"协韵，如：

《易·咸》九四："憧憧往来，朋从尔思。"

《诗·邶风·终风》："莫往莫来，悠悠我思。"

《邶风·雄雉》："瞻彼日月，悠悠我思，道之云远，曷云能来？"

《王风·君子于役》："日之夕矣，牛羊下来，君子于役，如之何勿思？"

《郑风·子衿》："青青子衿，悠悠我思，纵我不往，子宁不来？"

《九歌·湘君》:"望夫君兮未来,吹参差兮谁思。"

《九歌·山鬼》:"被石兰兮带杜衡,折芳馨兮遗所思,余处幽篁兮终不见天,路险难兮独后来。"

《左传·宣公二年》:"宋城者讴曰:于思于思,弃甲复来。"

《懊侬歌》:"髮乱谁料理,托侬言相思,还君华艳去,催送实情来。"

《华山畿》:"夜相思,风吹窗帘动,言是所欢来。"

"思"字也属"之"韵,故"思"、"来"二字,在古韵为一部,可以通押。

以"思"字为语尾助词,《诗经》中已有之。

《周南·汉广》:"南有乔木,不可休思;汉有游女,不可求思。汉之广矣,不可泳思;江之永矣,不可方思。"

《周颂·赉》:"文王既勤止,我应受之,敷时绎思。我徂维求定,时周之命,於,绎思。"

我们不妨说《诗经》的"思"、六朝乐府的"来",在声韵上是一个系统的语尾助词。

第四节　子夜变曲考

所谓《子夜》变曲,是指《子夜四时歌》及《大子夜歌》、《子夜警歌》、《子夜变歌》诸曲调。《乐府诗集》(卷四四)《子夜歌》题解引吴兢《乐府解题》曰:"后人更为四时行乐之词,谓之《子夜四时歌》,又有《大子夜歌》、《子夜警歌》、《子夜变歌》,皆曲之变也。"变曲是指从旧

有曲调中变化出来的新声,故古人往往以新声变曲连称:

> 《汉书·外戚传》:"李延年知音善歌舞,每为武帝作新歌变
> 曲,闻者莫不感动。"
>
> 潘岳《笙赋》:"新声变曲,奇韵横逸。"
>
> 《宋书》(卷九三)《戴颙传》:"颙为衡阳王义季鼓琴,并新声
> 变曲,其《三调》、《游弦》、《广陵》、《止息》之流,皆与世异。"
>
> 《南史》(卷一五)《徐君蒨传》:"颇好声色。……文冠一府,
> 特有轻艳之才,新声巧变,人多讽习。"

《子夜四时歌》是从《子夜歌》变化出来的新声,所以是《子夜》的变曲。
吴声、西曲中的变曲尚有下列数种:

> (一)《欢闻变歌》　《欢闻歌》的变曲。
>
> (二)《华山畿》　《懊侬歌》的变曲。《古今乐录》:"《华山
> 畿》者,宋少帝时《懊恼》一曲,亦变曲也。"(《乐府》卷四六引)
>
> 以上吴声
>
> (三)《莫愁乐》　《石城乐》的变曲。《古今乐录》:"《莫愁
> 乐》者,亦因《石城乐》而有此歌。"(《初学记》卷一五)《旧唐书·
> 音乐志》:"《莫愁乐》,出于《石城乐》。"
>
> (四)《采桑度》　《三洲歌》的变曲。《旧唐书·音乐志》:
> "《采桑》,又因《三洲曲》而生此声也。"
>
> 以上西曲

吴声曲调中有所谓《六变》者,因与《子夜变歌》有关,这里不妨探
讨一下。《六变》的名称最初见于《宋书·乐志》,其说云:

《六变》诸曲,皆因事制歌。

《长史变》者,司徒左长史王廞临败所制。

《读曲歌》者,民间为彭城王义康所作也。其歌云:死罪刘领军,误杀刘第四,是也。

《宋志》叙述吴声歌曲,至《读曲歌》而止。其曰:"《六变》诸曲,皆因事制歌。"曰"诸"曰"皆",可知《六变》当指六种曲调。《长史变》、《读曲歌》两调,《宋志》虽未明言为《六变》的两种,但一般地可信为属诸《六变》。理由是:一,《长史变》题名有"变"字;二,《长史》、《读曲》二者,都合于"因事制歌"的说法。但我所不解于《宋志》者亦有两点:一,《宋志》何以仅叙《六变》的两调?二,"因事制歌"的界说,并不能完全表达出《六变》的特色,而与其他歌曲有所区别;因为像《六变》上面的《团扇》、《督护》两曲,依《宋志》的叙说,也都是因事而制歌的(《阿子》、《欢闻》、《懊侬》,先有童谣,后生事件,可算不同)。

《宋志》对《六变》叙述既不清楚,智匠的《古今乐录》未能弥补这个缺憾。《乐府诗集》(卷四四)引《乐录》云:

> 吴声歌,其曲有《命啸》、《吴声》、游曲、《半折》、《六变》、《八解》。……吴声十曲:一曰《子夜》,二曰《上柱》,三曰《凤将雏》,四曰《上声》,五曰《欢闻》,六曰《欢闻变》,七曰《前溪》,八曰《阿子》,九曰《丁督护》,十曰《团扇郎》。……游曲六曲:《子夜四时歌》、《警歌》、《变歌》,并十曲中间游曲也。《半折》、《六变》、《八解》,汉世已来有之。……

《乐录》的话更使人糊涂,它说"《六变》,汉世已来有之",即根本与《宋书·乐志》"吴歌杂曲并出江东"的话相矛盾,吴声歌曲固然也有利用汉代旧曲的(如《凤将雏》),但《六变》诸曲,照《宋志》叙述看,要为晋、宋以来的新歌。《乐录》所谓"汉世已来有之",大约仅指《半折》、《八解》而言,否则就讲不通;除非别有《六变》,与《宋志》所说《六变》诸曲无关,这似乎也不可能。

上面《乐录》并未说明《六变》的名目,而《欢闻变》属于《吴声》十曲,《子夜变》属于游曲六曲,似乎不属于《六变》。但《乐府诗集》(卷四五)《子夜变歌》题解云:

> 《宋书·乐志》曰:"《六变》诸曲,皆因事制歌。"《古今乐录》曰:"《子夜变歌》,前作'持子'送,后作'欢娱我'送。《子夜警歌》无送声,仍作变,故呼为变头,谓《六变》之首也。"

这里《乐录》又认为《子夜警歌》、《子夜变歌》是《六变》之两种,而且《警歌》又呼为变头。其他四变是什么呢?《乐录》未予说明。据《乐府诗集》题解所引,《乐录》仅称《华山畿》为变曲(文见上引),但未称为《六变》之一。它对《长史变》、《读曲》两调,也并无任何说明。而且,《子夜警歌》、《变歌》若是《六变》之两曲,又与《宋志》"皆因事制歌"的界说不合。总之,这篇糊涂账,自沈约经释智匠到郭茂倩,一直没有说清,我们现今也无法判定。还是抛开《六变》不谈,专谈《子夜》的变曲吧。

先说《子夜四时歌》,它简称《四时歌》,如《古今乐录》云:"《四时歌》,出于《子夜》。"(《初学记》一五、《御览》五七三引)《玉台新咏》卷十近代吴歌九首中有《子夜四时歌》四首,也径以《春歌》、《夏歌》等为题名。它又称《吴声四时歌》,《通典》(一四五)说:"《吴声四时歌》,未详所起。"按《乐录》云:"《四时歌》出于《子夜》。"《乐府解题》也说:"后人更为四时行乐之词,谓之《子夜四时歌》。"则《四时歌》为《子夜》的变曲甚为明白,不得云"未详所起"了。

　　在《子夜四时歌》产生之前,吴地的民歌,大约原有叫作《四时歌》的,后来《子夜》的声调盛行,文人乐工们就用它来制造《子夜四时歌》的乐曲了。现存《子夜四时歌》共七十五首,《春歌》、《夏歌》各二十首,《秋歌》十八首,《冬歌》十七首。我们推想《秋》、《冬歌》或许残缺了,因为《四时歌》原本应以四首为一整套的;而且整数的八十首歌词应分为二十套,每套包括春、夏、秋、冬四首,现在的并合,恐也出于后人之手。这种一整套的歌谣,前乎此的有王道中、陆机的《百年歌》(《初学记》卷一五:"《百年歌》,晋王道中(《御览》卷五七三作"冲")、陆机并作。"王作今佚),后乎此的有西曲的《十二月折杨柳歌》,陈伏知道的《从军五更转》,以及隋炀帝的《十二时歌》(见《隋书·音乐志》,词今佚),而《四时歌》除掉《子夜四时歌》外,尚有梁沈约的《四时白纻歌》。这些整套的歌谣,无疑地渊源于民间的小调,采为乐曲,是后来的事。唐代的民歌和佛曲中间,也还有《五更转》、《十二时》的名目,这些小调,不可谓非源远流长了。

　　民间的《四时歌》的产生时代,想必很早;但《子夜四时歌》既然出于《子夜》,自较《子夜》的产生时代要晚些。现存《子夜四时歌》,《乐府诗集》泛称"晋宋齐辞",其中实有可确指时代与作家的作品,下面三首,应当是宋明帝时之作:

　　　　适忆三阳初,今已九秋暮,追逐《泰始乐》,不觉华年度。(《秋歌》)

　　　　草木不长荣,憔悴为秋霜,今遇泰始世,年逢九春阳。(同上)

　　　　蹑履步荒林,萧索悲人情,一唱《泰始乐》,枯草衔花生。(《冬歌》)

这与西曲《来罗》之一,歌词中均有"泰始"字眼:

白头不忍死，心愁皆敖然，游戏泰始世，一日当千年。(《来罗曲》)

"泰始"是刘宋明帝的年号。案《宋书·乐志》(四)有宋明帝及虞龢所制《宋泰始歌舞曲词》十二曲，其第四曲《通国风》有云："泰始开运超百王。"第十曲《宋世大雅》有云："宋世宁，在泰始。"上面几首《四时歌》，与此当是同时的作品。我疑心这几首含有"泰始"字眼的《四时歌》及《来罗曲》，原名当为《泰始乐》，后来始被采入《四时歌》、《来罗曲》的。这有性质相同的歌词可作证明。宋鲍照有《中兴歌》(孝武帝时作)十首(《乐府诗集》卷八六杂歌谣辞)，录其含有题名者如后：

千冬迟一春，万夜视朝日，生年值中兴，欢起百忧毕。(其一)
中兴太平运，化清四海乐，祥景照玉台，紫烟游凤阁。(其二)
九月秋水清，三月春花滋，千金逐良日，皆竞中兴时。(其七)
穷泰已有分，寿天复属天，既见《中兴乐》，莫持忧自煎。(其八)
襄阳是小地，寿阳非帝城，今日《中兴乐》，遥冶在上京。(其九)

萧齐则有武帝时的《永明乐》。《南齐书·乐志》曰："永明("明"，原误作"平"，据《乐府》卷七五引文校正)《乐歌》者，竞陵王子良与诸文士造奏之，人为十曲。道人释宝月辞颇美，上常被之管弦，而不列于乐官。"释宝月词今不存，今存者，有谢朓、王融的各十首，沈约的残存一首，均见《乐府诗集》(卷七五)杂曲歌辞，录其含有题名者如下：

帝图开九有，皇风浮四溟，永明一为乐，《咸池》无复灵。——谢朓(其一)
彩凤鸣朝阳，玄鹤舞清商，瑞此《永明曲》，千载为金皇。——同上(其十)

西园抽蕙草,北沼掇芳莲,生逢永明乐,死日生之年。——
王融(其十)

很显明地,我们可以看出,《中兴歌》、《泰始乐》、《永明乐》,正是一系
列的乐曲。《中兴歌》第十首所谓"襄阳是小地,寿阳非帝城"的"襄
阳"、"寿阳",实际是指西曲中的《襄阳乐》和《寿阳乐》。《宋书·乐
志》叙述舞曲歌词道:

> 宋明帝自改舞曲歌词,并诏近臣虞龢并作(案即指《泰始歌
> 舞曲辞》十二曲)。又有西伧、羌胡诸杂舞。随王诞在襄阳,造
> 《襄阳乐》;南平穆王为豫州,造《寿阳乐》;荆州刺史沈攸之又造
> 《西乌夜飞曲》:并列于乐官,歌词多淫哇不典正。

刘宋以后,吴声、西曲昌盛,贵族多竞造新声乐曲,宗室诸王既各制新
乐如《襄阳乐》、《寿阳乐》等,中央朝廷,也就有《中兴歌》、《泰始乐》等
性质相类的制作。《襄阳乐》、《寿阳乐》、《泰始歌舞曲辞》都是舞曲,
《中兴歌》、《泰始乐》、《永明乐》,比类而言,也应当是舞曲。这里更有
一值得注意的现象,即鲍照的《中兴歌》十首,前四首咏春,第五、七两
首咏秋,第十首咏冬,虽不具备四时,已有《四时歌》倾向。推想起来,
《泰始乐》的情况恐亦相同,其被采入《子夜四时歌》,应当即基于此种
内容的共通性。

《子夜四时歌》不但采用《泰始乐》,其《冬歌》第十四曲云:"白雪
停阴冈,丹华耀阳林,何必丝与竹,山水有清音。"系截取左思《招隐
诗》第一首第五、六、九、十诸句而成。左思的《招隐诗》,是六朝传诵
的名篇,王子猷雪夜访戴之前,"四望皎然,因起彷徨,咏左思《招隐
诗》"(《世说新语·任诞篇》)。梁昭明太子"尝泛舟后池,番禺侯轨盛
称此中宜奏女乐。太子不答,咏左思《招隐诗》曰:'何必丝与竹,山水

有清音。'侯惭而止"(《梁书》卷八《昭明太子传》)。其被截取,殆非偶然。又《冬歌》第十三曲首二句:"何处结同心,西陵松柏下。"撷取著名的《钱塘苏小小歌》。至于第十六曲"果欲结金兰"一首,明刻本《玉台》卷十作梁武帝,则又羼入梁代之作了。总观《子夜四时歌》,我们有这样一个感觉,就是它的歌词不及《子夜》、《读曲》来得质朴真率。从它采撷《泰始乐》、《招隐诗》的事例推测,我们相信它的歌词大部分当出于贵族文人之手,而被润色的民歌分量恐相当少。

《大子夜歌》两首,词云:

> 歌谣数百种,《子夜》最可怜,慷慨吐清音,明转出天然。

> 丝竹发歌响,假器扬清音,不知歌谣妙,声势出口心。

赞美《子夜》音调的美妙,与《子夜歌》的纯粹抒写感情者不同。郑振铎先生说:"《大子夜歌》只有二首,似即为《子夜》诸歌的总引子。未必是民歌的本来面目,大约是当时文士们写来颂赞《子夜》诸歌的。"(《中国俗文学史》第四章《六朝的民歌》)下二语很中肯,至于说《大子夜歌》系《子夜》诸歌的总引子,则有可商;我认为这不是引子而是送声。《乐府诗集》(卷三〇)相和歌辞平调曲题解引《古今乐录》曰:

> 凡三调歌弦一部竟,辄作送歌弦,今用器又有《大歌弦》一曲,歌"大妇织绮罗",不在歌数,唯《平调》有之,即《清调》"相逢狭路间,道隘不容车"篇后章有"大妇织绮罗,中妇织流黄"是也。张录(张永《技录》)云:"非管弦音声所寄。"似是命笛理弦之馀,王录(王僧虔《技录》)所无也。亦谓之《三妇艳诗》。

《大子夜歌》的"大",正与此处《大歌弦》的"大"字相同,意谓"命笛理弦之馀"的送声。按《清调·相逢行》(《乐府诗集》卷三四)后章云：
"大妇织绮罗，中妇织流黄，小妇无所为，挟瑟上高堂，丈人且安坐，调
丝方未央。"所谓小妇，盖为唱歌理弦的人写照，与上文叙述故事有
别，其内容也很与《大子夜歌》近似。我们不妨说，《大子夜歌》是《子
夜》诸歌的《大歌弦》。

　　《大子夜歌》、《警歌》、《变歌》三种变曲，《乐府诗集》排在《子夜四
时歌》后面，它们前面是唐代陆龟蒙的《四时歌》拟作。南宋宝祐(理
宗)时叶茵为龟蒙辑《甫里先生诗文集》，没有看清楚，一并把《大子夜
歌》等收入集内，《全唐诗》袭其讹而不改。

　　据《古今乐录》，《子夜四时歌》、《警歌》、《变歌》，合称游曲六曲，
是吴声十曲中间的游曲。《大子夜歌》专作《子夜歌》的送声，游曲六
曲，虽出于《子夜》，却兼派十曲的用途。游曲的性质、地位，前人没有
说明；推想起来，其意义犹如现今的插曲。吴声十曲很长，连续唱时，
中间需要歇息；在这空隙的交替阶段，由乐人唱一些歌词较短，内容
较为不同的游曲，也是很自然的事情吧。

第五节　碧　玉　歌　考

　　《乐府诗集》卷四五有无名氏《碧玉歌》五首，词云：

　　　　碧玉破瓜时，郎为情颠倒，芙蓉陵霜荣，秋容故尚好。

　　　　碧玉小家女，不敢攀贵德，感郎千金意①，惭无倾城色。

　　　　碧玉小家女，不敢贵德攀，感郎意气重，遂得结金兰。

---

　　①　杨慎《升庵诗话》卷三："《碧玉歌》，一名《千金意》。"当由此句而来。《通
志·乐略一》佳丽四十七曲："《情人桃叶歌》，亦曰《千金意》。"恐误。

　　碧玉破瓜时，相为情颠倒，感郎不羞郎，回身就郎抱。

　　杳梁日始照，蕙席欢未极，碧玉奉金杯，渌酒助花色。

其中第一首与第四首，第二首与第三首，格调相同，仿佛《诗经》的叠章，歌词亦较真率，当是原作。末首《玉台新咏》卷一〇作梁武帝诗，亦颇可信。又有唐李暇仿作一首：

　　碧玉上宫妓，出入千花林，珠被玳瑁床，感郎情意深。

现存《碧玉歌》，统统抄在上面了。《乐府》无名氏五首中，第二、第四两首，亦见徐陵《玉台新咏》卷一〇，题作《情人碧玉歌》，孙绰作。《古今乐录》亦云："《碧玉歌》，晋孙绰作。"（《初学记》卷一五、《御览》卷五七三引）第四首，《艺文类聚》（卷四三）亦作晋孙绰《情人诗》。徐陵等说是孙绰的作品，想当有据。《乐府诗集》却不题作孙绰作，其题解引《乐苑》（《通志·艺文略》第二："《乐苑》五卷，陈游撰。"）之说云："《碧玉歌》者，宋汝南王所作也。碧玉，汝南王妾名，以宠爱之甚，所以歌之。"照这说法，《碧玉歌》的创始者是刘宋的汝南王，在孙绰之后。如《乐苑》的说法可靠，《玉台》的说法当然不能成立。然而事实上，"宋并无汝南王，《乐苑》之说，自属无稽"（萧涤非先生《汉魏六朝乐府文学史》）。按《通典·乐典》："《碧玉歌》者，晋汝南王妾名，宠好，故作歌之。"《乐苑》的记载，当即本诸《通典》①，其"宋"字实为"晋"字之误。既是"晋汝南王"，孙绰是晋人，那末他可以为汝南王的爱妾作歌，两说不但不相排斥，而且可以互相补充。

────────────────

　　① 　《乐府诗集》卷七九引《乐苑》曰："《堂堂》，角调曲，唐高宗朝曲也。"又卷八十引《乐苑》曰："《大酺乐》，商调曲，唐张文收造。"可知陈游为李唐以后人，在杜佑之后。

碧玉的名字,在六朝人的诗作中常被提及。如:

> 谢朓《赠王主簿》:"清吹要碧玉,调弦命绿珠。"
>
> 王僧儒《为人有赠》:"碧玉与绿珠,张卢复双女。"又《在王晋安酒席数韵》:"讵减许飞琼,多胜刘碧玉。"
>
> 梁简文帝《鸡鸣高树颠》:"碧玉好名倡,夫婿侍中郎。"
>
> 梁元帝《采莲曲》:"碧玉小家女,来嫁汝南王。"(此诗附在《采莲赋》后,《乐府诗集》卷五十"汝南"误作"江南")
>
> 庾信《结客少年场行》:"定知刘碧玉,偷嫁汝南王。"又《奉和赵王美人春日》:"直将刘碧玉,来过阴丽华。"
>
> 徐陵《杂曲》:"碧玉宫妓自翩妍,绛树新声自可怜。"

从这些诗句,可知碧玉姓刘,本小家女,嫁为汝南王宫妓。她非常娴于歌舞,为汝南王所宠爱,因此诗人将她与绛树(曹丕宫妓)、绿珠相比。

碧玉是晋汝南王爱妾,可无问题,但晋代汝南王有好多位,碧玉的情人是哪一位汝南王呢?《通典》并未说明①,《太平广记》(卷三二一)引刘宋戴祚《甄异传》,记载着歌女碧玉的一段故事,极堪注意。原文如下:

> 金吾司马义妾碧玉,善弦歌。义以太元中病笃,谓碧玉曰:吾死,汝不当别嫁;嫁,当杀汝。曰:谨奉命。葬后,其邻家欲取之。碧玉当去,见义乘马入门,引弓射之,正中其喉。喉便痛亟,

---

① 逯钦立先生《古诗纪补正叙例》引《通典》作"汝南王亮",未知所据何本。

姿态失常,奄忽便绝。十馀日乃苏,不能语,四肢如被挝损。周
岁,始能言,犹不分明。碧玉色甚不美,本以声见取,既被患,遂
不得嫁。

我疑此碧玉即是《碧玉歌》的主人,司马义即是汝南王。案《晋书》(卷
五九)《汝南王亮传》:"统薨(《晋书》八《穆帝纪》:"永和十一年春正月
甲辰,侍中汝南王统薨。"),子义立,官至散骑常侍。"是东晋汝南王有
名司马义者,这是第一点。又《晋书》(卷九)《孝武帝纪》:"太元十四
年八月,汝南王羲薨。"羲即义,形近而讹。司马义的卒年,据《晋书》
为太元十四年,《甄异传》称"义以太元中病笃",时间相合,这是第二
点。碧玉娴于歌舞,已见上述,《碧玉歌》云:"惭无倾人色。"其特点与
《甄异传》"碧玉色甚不美,本以声见取"的记载符合,这是第三点。司
马义临死叮嘱碧玉不可改嫁,正是"宠爱之甚"(《乐苑》)的一种表现,
这是第四点。

　　地志中关于汝南王住址的记载,也颇足注意。《景定建康志》(卷
一九)《山川志》云:"汝南湾,在城东八里,当秦淮曲折处。"《六朝事
迹》:"晋汝南王渡江,因家于此,遂名汝南湾。"《建康实录》卷九:"案
地图名,东冶在汝南城东南。……汝南,即晋汝南王初过江,家于此
也。"汝南湾、汝南城这类名胜古迹,多么和王献之的桃叶渡相像!我
们设想汝南王这一家族必定非常注意于物质生活的享受,司马义则
更是当年的一位风流人物;而作为"上宫之妓"的"小家碧玉",一定助
长了他奢华生活的趣味。诗人拿她和金谷楼中的绿珠相比,真是十
分贴切的。

　　《乐录》、《玉台》都说《碧玉歌》的作者是孙绰。《晋书》卷五六《孙
绰传》称:"绰性通率,好讥调。"因而学习吴歌写作《碧玉歌》。案《建
康实录》卷八简文帝咸安元年云:"是岁散骑常侍领著作孙绰卒,时年
五十八。"或许有人会疑问孙绰死得这么早,是否可能为司马义的爱

妾碧玉作歌？这也不成问题。司马义虽卒于孝武太元中，在孙绰之后，他的继位，却在穆帝永和十一年（公元 355），下距简文咸安元年（公元 371）孙绰去世，中间长达十六年，孙绰为什么不可能为司马义的爱妾碧玉作歌呢？

碧玉的名声一大，叫碧玉的女子就多起来。"菖蒲传酒座欲阑，碧玉舞罢罗衣单。"（梁简文帝《对烛赋》）陈后主有《寄碧玉诗》五言四句一首。李唐"武后时补阙乔知之有妾曰碧玉，美而善歌舞"（《白孔六帖》卷六一引《朝野佥载》）。这与名叫莫愁的女郎不止一位，正相类似。

第六节　团　扇　歌　考

《团扇歌》的作者是吴声歌曲中最搅不清的一个问题。关于它的记载，始见于《宋书·乐志》：

> 《团扇歌》者，晋中书令王珉与嫂婢有情，爱好甚笃，嫂捶挞婢过苦。婢素善歌，而珉好捉白团扇，故制此歌。（《晋书·乐志》同）

《宋志》不录《团扇歌》原词，也未确言《团扇歌》是王珉嫂婢之作。这到智匠的《古今乐录》就详细多了。《乐府诗集》（卷四五）引《古今乐录》说：

> 《团扇郎歌》者，晋中书令王珉捉白团扇，与嫂婢谢芳姿有爱，情好甚笃。嫂捶挞婢过苦，王东亭（名珣，珉之兄）闻而止之。芳姿素善歌，嫂令歌一曲，当赦之。应声歌曰：白团扇，辛苦五（疑当作"互"）流连，是郎眼所见。珉闻，更问之：汝歌何遗？芳

姿即改云:白团扇,憔悴非昔容,羞与郎相见。后人因而歌之。

嫂婢名芳姿,歌词两首,都是《宋书》所没有的。所谓"后人因而歌之"的作品,据《乐府诗集》,共有八首:

> 七宝画团扇,灿烂明月光,饷郎却暄暑,相忆莫相忘。
>
> 青青林中竹,可作白团扇,动摇郎玉手,因风托方便。
>
> 犊车薄不乘,步行耀玉颜,逢侬都共语,起欲著夜半。
>
> 团扇薄不摇,窈窕摇蒲葵,相怜中道罢,定是阿谁非?
>
> 御路薄不行,窈窕决横塘,团扇鄣白日,面作芙蓉光。
>
> 白练薄不着,趣欲着锦衣,异色都言好,清白为谁施?
>
> 手中白团扇,净如秋团月,清风任动生,娇声任意发。
>
> 团扇复团扇,持许自遮面,憔悴无复理,羞与郎相见。

其中第七首,由《乐府》卷首总目录,可知是王金珠所作(《玉台新咏》卷一〇以为梁武所作)。其他七首的作者,《乐府》均题"无名氏"。第二、第八两首,曾慥《类说》卷五一引《古乐府》以为是沈约所作。但第一、二、八三首,亦见《玉台新咏》,而被署作《桃叶答王团扇歌》(《艺文类聚》卷四三同。第一首,《初学记》卷二五作王献之桃叶《团扇歌》)。据《古今乐录》说,桃叶是王献之的爱妾,献之曾作《情人桃叶歌》两首赠送给她(亦载《玉台新咏》)。《团扇歌》第一、第二、第八三首,照《玉台》的说法,便是桃叶答赠之作,这样团扇郎的对象也是献之而不是王珉了。纪容舒《玉台新咏考异》卷一〇说:

> 《乐府》所列《团扇歌》古词八首,内第七首署王金珠,馀皆无

名,其第八首末二句与谢芳姿歌(按见上引《古今乐录》)大同小异,似衍谢歌而为之,均无桃叶之说。然《初学记》、《艺文类聚》,皆初唐之书,去孝穆时不远,已皆载为桃叶,与此书(按指《玉台新咏》)同。盖妇人女子之作,词人喜传为佳话,辗转附会,往往失真,传闻异词,历代皆有;孝穆所据,又当别有一本,今则不可考耳。

说明《团扇歌》作者的纠缠原因,颇合情理。又据《晋书》(卷六五)《王珉传》说:"珉字季琰,少有才艺,善行书。……辟州主簿,举秀才,不行。后历著作、散骑郎、国子博士、黄门侍郎、侍中,代王献之为长兼中书令。二人素齐名,世谓献之为大令,珉为小令。"原来两人在当时声名相亚,更加上与婢妾恋爱的风流事迹又相仿佛,怪不得传说要混起来了。

《宋书·乐志》、《古今乐录》等书称"王珉好捉白团扇",白团扇是六朝士大夫喜欢服用的器物之一,史籍常有记载:

> 《南史》(卷三三)《范晔传》:"晔谋逆被系,上(文帝)有白团扇甚佳,送晔令书出诗赋美句。晔受旨援笔而书曰:去白日之炤炤,袭长夜之悠悠。上循览凄然。"

> 《南史》(卷三八)《柳恽传》:"恽早有令名,少工篇什。为诗云:亭皋木叶下,陇首秋云飞。琅邪王融,见而嗟赏,因书斋壁及所执白团扇。"

> 《南史》(卷四九)《王摛传》:"王俭尝使宾客隶事,多者赏之。事皆穷,唯庐江何宪为胜,乃赏以五花簟、白团扇。"

> 《南史》(卷五一)《梁临川王宏传》:"正信被宏钟爱,然幼不慧。常执白团扇,湘东王取题八字铭玩之,正信不知嗤之,终常摇握。"

> 《南史》(卷五三)《梁豫章王综传》:"综致意尚书仆射徐勉,求出镇襄阳。勉未敢言。因是怒勉,饷以白团扇,图《伐檀》之

诗,言其贿也。"

从此种叙述,可知六朝士大夫不但好捉白团扇,而且爱将诗赋美句书写在白团扇上面。我们想象王珉、王献之那么样的风流人物,同样不但喜捉白团扇,而且必定把自己的佳句尤其为爱妾所做的情歌题到白团扇上边的。《团扇歌》虽起源于王珉、谢芳姿,但白团扇既是六朝人通用之物,那么后人所制的《团扇歌》,表面虽是"拟古"之作,但赠遗的对象,乃是不妨因人而异的。

《团扇郎》歌在南北朝时代颇为流行。《乐府诗集》(卷四四)吴声歌曲题解引《古今乐录》,谓梁时所用有"吴声十曲",为《子夜》、《上柱》、《凤将雏》、《上声》、《欢闻》、《欢闻变》、《前溪》、《阿子》、《丁督护》、《团扇郎》。又《洛阳伽蓝记》(卷四)载,河间王元琛婢能歌唱《团扇歌》、《陇上声》,可见《团扇郎》不但为南朝后期梁代宫廷演唱,并且传至北朝,为北朝贵族所喜爱。

第七节　长史变歌考

《宋书·乐志》说:"《长史变》者,司徒左长史王廞临败所制。"《晋书·乐志》同。《乐府诗集》卷四五引《宋志》,司徒上面有一"晋"字(《通典·乐典》、《旧唐书·音乐志》并有"晋"字)。王廞是晋人,《宋书》遗"晋",确是疏忽。作者为王廞,诸书都无异辞。廞,《晋书》有传,附见卷六五《王导传》下面,照录于下:

　　荟(王导子)子廞,历太子中庶子,司徒左长史。以母丧居于吴。王恭举兵,假廞建武将军、吴国内史,令起军助为声援。廞即墨绖合众,诛杀异己,仍遣前吴国内史虞啸父等入吴兴、义兴聚兵,轻侠赴者万计。廞自谓义兵一动,势必未宁,可乘间取富贵。而曾不旬日,国宝赐死,恭罢兵符,廞去职。廞大怒,回众讨恭。恭遣司马刘牢之距战于曲阿,廞众溃,奔走,遂不知所在。

此外《宋书》(卷六三)《王华传》、《魏书》(卷九六)《司马睿传》、周祗《隆安记》(《世说·任诞篇》注引),俱有相同的记载,此处从略。现在让我们看看《长史变歌》的三首本辞:

> 出俄吴昌门,清水绿碧色,徘徊戎马间,求罢不能得。

> 口和狂风扇,心故清白节,朱门前世荣,千载表忠烈。

> 朱桂结贞根,芳芬溢帝庭,陵霜不改色,枝叶永流荣。

同本事对看,真是再也明白不过的。"出俄吴昌门",这时他居丧在吴;"朱门前世荣",指祖父导的功业;"徘徊戎马间,求罢不能得"、"口和狂风扇,心故清白节",充分地透露出追悔莫及的心理。

《世说新语·任诞篇》有廞的一段记载:"王长史登茅山,大恸哭曰:琅邪王伯舆(刘注引《王氏谱》:廞字伯舆),终当为情死。"我疑心这两句也是吴歌。何以见得呢?《宋书·乐志》说:"《读曲歌》者,民间为彭城王义康所作也。其歌云:'死罪刘领军,误杀刘第四'是也。"其质朴的形式太相像了。按《晋书》廞传,刘牢之败廞于曲阿,在今丹阳县,茅山即在附近,这两句歌可能与《长史变》是同时之作,或即《长史变》的逸曲。"终当为情死",大概是指助王恭起兵那回事吧。

第八节　懊侬歌考

《懊侬歌》一作《懊恼歌》,又作《懊恼歌》。"侬"、"恼"、"恼"三字声音相同,可以通用。钱大昕《十驾斋养新录》卷一九说:"《南史·王敬则传》有'懊恢'字。《一切经音义》：'懊恢'今皆作'恼'，同奴道反。懊恢，忧痛也。予谓'农''恼'声相近。《诗》：'遭我乎猒之间。'《汉书》'猒'作'嶩'。"可证。胡文英《吴下方言考》说："懊恢，音凹猒。《素问》：'甚则瞀闷懊恢。'案懊恢，心中怫郁也。吴中谓所遇者拂意而奇曰懊恢。又张仲景《伤寒论》：'心中懊恢。'"是"懊恢"一词，六朝以前，吴地已很习用了。

《乐府诗集》(卷四六)引《古今乐录》说：

> 《懊侬歌》者，晋石崇、绿珠所作，唯"丝布涩难缝"一曲而已。后皆隆安初民间讹谣之曲。宋少帝更制新歌三十六曲。齐太祖常谓之《中朝曲》。梁天监十一年，武帝敕法云改为《相思曲》。

这段引文有两个错误。其一，第二句石崇下漏一"为"字，遂使后人将石崇的作品认为绿珠所作。实则《乐录》明有"为"字：

> 《初学记》(卷一五)引《古今乐录》："《懊恼歌》，晋石崇为绿珠作。"

> 《太平御览》(卷五七三)引《古今乐录》："《懊恢歌》，石崇为绿珠作，古有'丝布涩难缝'一曲而已。"

宋乐史的《绿珠传》也说："崇又制《懊恼曲》以赠绿珠。"后人径从《乐府诗集》作绿珠，未免太失察了①。其二，齐太祖当作宋太祖。《太平

---

① 《通典》、《旧唐书》均称"丝布涩难缝"一曲为"石崇、绿珠所作"，王灼《碧鸡漫志》也曰："绿珠自作《懊恢歌》。"我以为此篇歌词当为石崇所作，在被诸管弦时绿珠参加了工作。其情况正如梁武帝的几首《子夜四时歌》(见《玉台》卷一〇)，曾经他内人王金珠配合音乐，有的集子(如《乐府诗集》)就径署著作者为王金珠。

御览》(卷五七三)引《古今乐录》,"齐"作"宋"。《宋书·乐志》径称太祖,《宋志》记本朝事迹,当然不须冠"宋"字。

被认为石崇所作的一曲,歌词如下:"丝布涩难缝,令侬十指穿,黄牛细犊车,游戏出孟津。"近人往往不甚相信这真是西晋的作品,我却以为颇可信,理由如下:

(一)宋太祖把它唤做《中朝曲》。中朝是江左以后称西晋的名词,如《晋书》(卷八八)《孝友传序》:"晋氏始自中朝,逮于江左。"《晋书》(卷八〇)《王献之传》:"时议以为羲之草隶,江左中朝,莫有及者。"《通志·乐略》(一):"三调者,乃周房中乐之遗声。汉、魏相继,至晋不绝。永嘉之乱,中朝旧曲,散落江右,而清商旧乐,犹传江左,所谓梁宋新声是也。"中朝既是西晋的称呼,《中朝曲》自当是西晋的作品。

(二)据《世说新语·排调篇》所载,晋初中州人士,对吴人的《尔汝歌》已熟闻其名,可见吴歌当时已流传于北地。喜爱音乐的石崇,得风气之先,来一下仿制,也是很自然的事。又据《晋书》(卷三三)崇本传,称崇曾为南中郎将荆州刺史,又为征虏将军,假节监徐州诸军事。荆、徐接近江南,当然更易感染吴地风气。

(三)诗中"游戏出孟津"一句,灼然居住洛阳者的口气。如属江左辞人之作,决不如此。

石崇作《懊恼歌》,由上三证,大致可无疑议。但《懊恼曲》的普遍流行,却在隆安以后。《宋书·五行志》说:"晋安帝隆安中,民忽作《懊恼歌》。其曲中有'草生可揽结,女儿可揽抱("抱",《晋书·五行志》作"撷",与"结"叶韵)'之言。桓玄既篡居天位,义旗以三月二日扫定京都。玄之宫女及逆党之家,子女伎妾,悉为军赏。东及瓯、越,北流淮、泗,皆人有所获焉。时则草可结,事则女可抱,信矣。"吴声、西曲的一部分曲调,最初往往起源于相传与政治有关的民间讹谣,《阿子》、《欢闻》、《欢闻变》、《读曲》、《杨叛儿》、《襄阳蹋铜蹄》等都是,《懊恼歌》也是其例。但这种传说往往多五行家一类的附会之谈,不可征信。例如《懊侬歌》，它是早在隆安以前流行吴地的情歌。晋初，石崇偶然仿作了一曲赠给他的爱妾绿珠。这其后，《懊侬歌》应当一直流行于江南的民间。等到桓玄失败以后，好事者就找到了"草生可揽结，女儿可揽撷"两句寻常的情歌来同当前的政治事实比附起来。但《宋书·五行志》的叙述说明了一种事实，就是从隆安以后，《懊侬歌》才开始得到贵族文士们充分的注意，被大量采撷改制而成重要的乐曲。

第九节　丁督护歌考

《丁督护歌》，《乐府诗集》共著录六首，前五首宋武帝作，末一首梁武内人王金珠作。现在一并录在下面：

> 督护北征去，前锋无不平，朱门垂高盖，永世扬功名。
>
> 洛阳数千里，孟津流无极，辛苦戎马间，别易会难得。
>
> 督护北征去，相送落星墟，帆樯如芒杖，督护今何渠？
>
> 督护初征时，侬亦恶闻许，愿作石尤风，四面断行旅。
>
> 闻欢去北征，相送直渎浦，只有泪可出，无复情可吐。
>
> 黄河流无极，洛阳数千里，辘轳戎旅间，何由见欢子？

除第一首外，都是女子送情人的口气，而情人是做"督护"这官的。其中第四、第六两首，被选于《玉台新咏》（卷一〇），题作宋孝武帝作。孝武帝名刘骏，是宋武帝（刘裕）的孙子。《通典·乐典》载《督护歌》第四首，却云宋武帝作；《旧唐书·音乐志》抄《通典》，又云宋孝武帝作；郭茂倩引《旧唐书》，又变成宋武帝了。究竟是哪一个对呢？《宋书·乐志》说：

　　《督护歌》者,彭城内史徐逵之为鲁轨所杀,宋高祖使府内直督
护丁旿收敛殡礆之。逵之妻,高祖长女也。呼旿至阁下,自问敛送
之事。每问,辄叹息曰:丁督护! 其声哀切,后人因其声广其曲焉。

这是《督护歌》最早的记载。既然说"后人因其声广其曲",当然不会
是宋高祖(武帝)的作品了。《南史·武帝纪》称:"帝清简寡欲,后庭
无纨绮丝竹之音。初朝廷未备音乐,长史殷仲文以为言。帝曰:日不
暇给,且所不解。仲文曰:屡听自然解之。帝曰:政以解则好之,故不
习耳。"这么一位与音乐绝缘的人物,是不会制造《丁督护》乐曲的。
而且《丁督护歌》本事,说他女婿阵亡,他恐怕也没有心情以此制造乐
曲。而孝武却正是一位喜作五言四句这种新体诗的作者。除《督护
歌》外,《玉台》尚载有他的《拟徐幹〈自君之出矣〉》一首,又《南史》
(卷一六)《王玄谟传》载他为玄谟作的《四时诗》一首。故我以为《玉
台新咏》列《督护歌》为孝武之作,当有所据。
　　《督护歌》本事征诸史籍,彰彰可考。《宋书》(卷七一)《徐湛之
传》说:

　　　　父逵之(原作"达之",误。殿版《宋书》有考证),尚高祖长女
　　会稽公主,为振威将军,彭城、沛二郡太守。高祖诸子并幼,以逵
　　之(原作"达之")姻戚,将大任之,欲先令立功。及讨司马休之,
　　使统军为前锋,配以精兵利器,事克,当即授荆州。休之遣鲁宗
　　之子轨击破之于阵,见害。追赠中书侍郎。

《宋书》卷二《武帝纪》也有相同的记载:

　　　　(晋安帝义熙)十一年正月,公收(司马)休之子文宝、兄子文
　　祖,并于狱赐死,率众军西讨。……三月,军次江陵。初雍州刺

史鲁宗之常虑不为公所容,与休之相结;至是率其子竟陵太守轨会于江陵。江夏太守刘虔之邀之,军败见杀。公命彭城内史徐逵之、参军王允之出江夏口,复为轨所败,并没。

案《晋书·职官志》:"郡皆置太守,诸王国,以内史掌太守之任。"《晋书》《宋书》等内史、太守都混言,不止徐逵之一例。丁督护其人,也有其他方面的记载:

《宋书》(卷二)《武帝纪》:"诸葛长民将谋作乱。帝自江陵还东府,长民到门,引前,却人闲语。已密命左右壮士丁旿等自幔后出,于坐拉焉。长民坠床,又于地殴(当是"殴"之误)之,死于床侧。舆尸付廷尉。旿骁勇有气力,时人为之语曰:勿跋扈,付丁旿。"(节录)

《宋书》(卷四八)《朱超石传》:"高祖乃遣白直队主丁旿率七百人及车百乘于河北岸上,去水百馀步为却月阵。"

《宋书》称逵之妻(会稽公主)的哭声哀切,也是很有根据的。《宋书·徐湛之传》说:

会稽公主,身居长嫡,为太祖(宋文帝)所礼;家事大小,必咨而后行。西征谢晦,使公主留止台内,总摄六宫。忽有不得意,辄号哭,上甚惮之。初高祖微时,贫陋过甚,尝自新洲伐荻,有纳布衫袄等衣,皆敬皇后手自作。高祖既贵,以此衣付公主曰:"后世若有骄奢不节者,可以此衣示之。"湛之为大将军彭城王义康所爱,与刘湛等颇相附协。及刘湛得罪,事连湛之。太祖大怒,将致大辟。湛之忧惧无计,以告公主。公主即日入宫,既见太

祖,因号哭下床,不复施臣妾之礼,以锦囊盛高祖纳衣掷地以示
上曰:"汝家本贫贱,此是我母为汝父作此纳衣;今日有一顿饱
食,便欲残害我儿子!"上亦号哭,湛之由此得全也。

又《宋书》(卷六八)《彭城王义康传》载称:

> 会稽长公主,于兄弟为长,太祖至所亲敬。义康南上后久
> 之,上尝就主宴集甚欢。主起再拜稽颡,悲不自胜。上不晓其
> 意,自起扶之。主曰:"车子岁暮必不为陛下所容,今特请其生
> 命。"因恸哭。上流涕举手指蒋山曰:"必无此虑,若违今誓,便是
> 负初宁陵(武帝墓)!"即封所饮酒赐义康,并书曰:"会稽姊饮宴
> 忆弟,所馀酒今封送。"车子,义康小字也。

会稽公主的善于恸哭,想来必为当时朝野所习知,其被演为歌曲,正
复无足怪了。

督护本指收尸人丁旿,徐逵之是西征,而今《督护歌》却云"督护北
征去",与本事大相径庭,这是因为后起的歌词,仅仅根据原来的声调而
不是事迹来创作的缘故。徐逵之、会稽公主是孝武的姑父、姑母。孝武
对亲族很残忍,曾杀其叔父义宣,杀其兄弟四人;因此,在他姑母是非常
悲痛的事,却被他演成娱乐的乐曲。但上面《丁督护歌》词五首,却不一
定纯粹是孝武的创作,而可能包含着被润色了的民歌(第四首尤可能)。
六朝战争频繁,女子送情人出征应当是很寻常的事,被采入《丁督护》乐
曲的歌谣,在一定程度上是反映了她们的哀怨的。

第十节 读曲歌考

《读曲歌》的记载,始见于《宋书·乐志》:

《读曲歌》者，民间为彭城王义康所作也。其歌云：死罪刘领军（按指领军将军刘湛），误杀刘第四（义康行四。刘第四，《通典·乐曲》作刘四弟），是也。

《古今乐录》的说法却又不同：

《读曲歌》者，元嘉十七年，袁后崩，百官不敢作声歌，或因酒宴，止窃声读曲细吟而已，以此为名。

《乐府诗集》卷四六说："按义康被徙，亦是十七年。"两事虽发生于同一年份，但彼此毫不相关。吴声歌曲，大多起于民间的谣曲，《宋书》之说，似较可信。但现存《读曲歌》，已非本辞，故在歌词内容上，也找不到更坚强的证据。

《古今乐录》解释"读曲"的字义为"窃声读曲细吟"，也颇可商。《玉台新咏》卷十著录"柳树得春风"一首，题作"独曲"。我疑心原本当作"独曲"，而"独曲"的意义则为徒歌（吴昌莹《经词衍释》卷六云："徒与独声近，而义亦相通。"），其词义相当于"但歌"。《宋书·乐志》云：《但歌》四曲，出自汉世。无弦节。作伎，最先一人倡，三人和。魏武帝尤好之。时有宋容华者，清彻好声，善唱此曲，当时特妙。自晋以来，不复传，遂绝。"《正韵》："但，徒亶切，音诞，徒也。"《但歌》即徒歌，故作伎时没有弦节。曹魏的《但歌》到晋以后已失传，我们不能说《独曲》即是《但歌》的后身，但《独曲》的词义相当于《但歌》或徒歌，却可获得证据。

（一）"但"、"独"声相同，俱舌音定母字，义亦相通，如"非但"即"非独"。故《经词衍释》卷六云："特，独也，特训为独，则独自训特也、但也。"自注："此义《释词》（按指王引之《经传释词》）不载。"

（二）《通典》卷一四五"歌"部云："齐有朱顾仙善声（按当作"善歌吴声"）《读曲》，齐武朱子尚又善歌，二人遂俱蒙厚赉。"又云："梁有韩法秀,又能妙歌吴声《读曲》等,古今独绝。"按《通典》"歌"部所述,大抵都是古代的善于讴歌者,如春秋战国时之秦青、韩娥、王豹、绵驹,汉时的虞公、李延年等。《通典》的这些记载本诸《宋书·乐志》。《宋志》于叙论这些能歌者后,结论说:"若斯之类,并徒歌也。"而《通典》"朱顾仙"节上面,就是《但歌》的记述(文同《宋志》),可见《独曲》也是它们一类。另一方面,数量庞大的《读曲歌》,在当时没有列入吴声十曲之内,大约就是因为吴声十曲都是配合丝竹的乐曲,和《读曲》并非同类。

(三)《古今乐录》说:"袁后崩,百官不敢作声歌,或因酒宴,止窃声读曲细吟而已。"古代丧服中不许奏丝竹之乐,所以他们只能细吟读曲。《乐府诗集》卷四六载有《读曲歌》的一段故事:"南齐时,朱硕仙(《通典》作"顾仙")善歌吴声《读曲》。武帝出游钟山,幸何美人墓,硕仙歌曰:一忆所欢时,缘山破芿茬,山神感侬意,盘石锐锋动。帝神色不悦曰:小人不逊,弄我。时朱子尚亦善歌,复为一曲云:暖暖日欲冥,观(当作"欢")骑立踟蹰,太阳犹尚可,且愿停须臾。于是俱蒙厚赉。"这是较上节所引《通典》更为详尽的叙述,值得注意的,两人唱歌时没奏什么乐器。以上二事都证明《读曲》是徒歌。

《读曲歌》现存八十九首,数量在吴声各曲中首屈一指,其原因或许即由于后人将注重清唱的歌词,通统归在《读曲》这一题目下面的缘故。《读曲歌》歌词特别凄惋哀厉,其中有一部分,我疑心在最初是被当作挽歌的。六朝人本极喜欢挽歌,例如:

> 《太平御览》(卷五五二)引《续晋阳秋》曰:"袁山松作《行路难》,辞句婉丽,听者莫不流泪。羊昙善倡乐,桓伊①能挽歌,时称为三绝。"

> 又引同书曰:"武陵王晞未败四五年,喜为挽歌,自摇铃,使

---

① 桓伊原作"桓宣",《世说·任诞篇》刘注引《续晋阳秋》作"桓伊",据改。桓伊是著称江左的善歌者。

左右和之。"

又引谢绰《宋拾遗录》曰："颜延之在酒肆,裸身挽歌。"(节录)

又引《宋书》(卷六九《范晔传》):"晔夜中酣饮,开北牖,听挽歌为乐。"(节录)

又引《梁书》(卷五〇《谢幾卿传》):"谢幾卿与庾仲容二人意相得,肆情诞纵,或乘露车,历游郊野,醉则执铎挽歌,不屑物议。"(节录)

也有到死者坟头去歌哭的风气:

《御览》(卷四九七)引《俗记》:"宋祎死后,葬在金城南山,对琅琊郡门。袁山松为琅琊太守,每醉,辄乘舆上宋祎冢,作《行路难》歌①。"

《南史》(卷一七)《刘德愿传》:"德愿性粗率,为孝武狎侮。上宠姬殷贵妃薨,葬毕,数与群臣至殷墓。谓德愿曰:卿哭贵妃若悲,当加厚赏。德愿应声便号恸,抚膺擗踊,涕泗交流。上甚悦,以为豫州刺史。又令医术人羊志哭殷氏,志亦呜咽。他日,有问志:卿那得此副急泪? 志时新丧爱姬,答曰:我尔日自哭亡妾耳。"

《南史》(卷四七)《崔祖思传》:"祖思,叔父景真,子元祖,有学行,好属文。武帝取为廷昌主帅,从驾至何美人墓,上为悼亡诗,特诏元祖使和,称以为善。"

---

① 《行路难》曲,《乐府诗集》编入杂曲歌辞,其词哀伤,接近挽歌。《世说·任诞》:"袁山松出游,好令左右作挽歌。"(刘注引裴启《语林》同)此处"挽歌"疑即指《行路难》。

《读曲歌》的起源,不管是为彭城王义康抑是袁后,总之都有对死者表哀悼的意思,最初很可能是吴声中的挽歌。即从现存《读曲歌》的歌词中,我们也可找得一些与死丧有关的名物。第一,《读曲歌》中含有"碑"、"石阙"等名词的诗句特多,例如:

> 打坏木栖床,谁能坐相思,三更书石阙,忆子夜啼碑。

> 奈何许,石阙生口中,衔碑不得语。

> 闻乖事难怀,况复临别离,伏龟语石板,方作千岁碑。

"碑"和"石阙",都是墓前的饰物。《水经注·颍水篇》云:"蔡冈上有平阳侯相蔡昭冢。冢有石阙,阙前有二碑。"所谓"伏龟",便是负碑的赑屃。《本草》云:"赑屃,大龟蟏蟷之属,好负重,或名虮蝮。今石碑下龟趺,象其形。"东汉以来,坟墓上树立碑阙的风气极盛,至晋勿衰。《宋书·礼志》(二)说:"汉以后天下送死奢靡,多作石室、石兽、碑、铭等物。建安十年,魏武帝以天下雕弊,下令不得厚葬,又禁立碑。……后复弛替。晋武帝咸宁四年,又诏曰,石兽碑表,既私褒美,兴长虚伪,伤财害人,莫大于此,一禁断之。……元帝大兴以后,禁又渐颓,大臣长吏,人皆私立。义熙中尚书祠部郎中裴松之又议禁断,于是至今。"但《隋书·礼志》说:"梁天监六年,申明葬制,凡墓不得造石人、兽、碑,惟听作石柱,记名位而已。"须要重申禁令,可见宋、梁之间,造立碑阙的风气,依然勿衰哩!况且吴歌中不少作品出自贵族之手,在他们,碑阙本是不禁的[①]。

---

① 《南齐书》卷二二《豫章文献王嶷传》:"上数幸嶷第。宋长宁陵隧道出第前路,上曰:我便是入他家墓内寻人。乃徙其表阙麒麟于东岗上。麒麟及阙形势甚巧,宋孝武于襄阳致之。后诸帝王陵,皆模范而莫及也。"观此可见南朝贵族崇尚碑阙之风尚。关于六朝碑阙赑屃等遗迹图像,可看看朱偰先生《建康兰陵六朝陵墓图考》(商务印书馆出版)。

第二,《读曲歌》更两次说到方相:

> 诈我不出门,冥就他侬宿,鹿转方相头,丁倒欺人目。

> 语我不游行,常常走巷路,败桥语方相,欺侬那得度。

按《周礼·夏官》云:"方相氏,掌蒙熊皮,黄金四目,玄衣朱裳,执戈扬盾,帅百隶而时难,以索室驱疫。大丧,先匶。及墓入圹,以戈击四隅,驱方良。"其功能在于驱鬼,故汉魏南北朝人送葬多用之;人将死之前,也常会碰到方相作怪。正史和小说中有许多记载,略举数例如次:

> 《太平御览》(卷五五二)引蔡质《汉官仪》:"阴太后崩,前有方相及凤凰车。"

> 同上引《晋公卿礼秩》曰:"上公薨者,给方相车一乘,安平王孚薨,方相车驾马。"

> 《晋书》(卷七〇)《卞壶传》:"初卞粹(壶父)如厕,见物若两眼,俄而难作。"

> 《太平广记》(卷三二一)引《甄异传》:"庾亮镇荆州,登厕,忽见厕中一物如方相,两眼尽赤[1],身有光耀,渐渐从土中出。庾乃攘臂,以拳击之,应手有声,缩入地,因而寝疾,遂亡。"

> 又(卷一四一)引《续异记》:"零陵太守广陵刘兴道,罢郡住斋中,安床在西壁下;忽见东壁边有一眼,斯须之间便有四;渐渐见多,遂至满室;久乃消散,不知所在。又见床前有头髪,从土中

---

① 《事物纪原》卷九"魌头"条:"世以四目为方相,两目为魌头。按汉世逐疫用魌头,亦《周礼》方相之比也。"

稍稍繁多,见一头而出,乃是方相头,奄忽自灭。刘忧怖,沈疾不起。"

《异苑》(卷四):"永初中北地傅亮为护军,兄子珍住府西斋,忽夜见北窗外树下有一物,面广三尺,眼横竖,状若方相。珍遑遽以被自蒙,久乃自灭。后亮被诛。"

以上仅为方相记载的一部分,由此已可见六朝人生活与方相的密切关系。

当然,上面所引的一些《读曲歌》,本身不一定都是挽歌。但由于它最初是挽歌,因而使用了这么一些与死丧有关之物;后来虽发展成为普通的情歌,还是在一定分量上沿用着这些名词。这样讲,不能算是附会之谈吧。

第十一节　襄 阳 乐 考

《乐府诗集》(卷四八)《襄阳乐》题解云:

《古今乐录》曰:"《襄阳乐》者,宋随王诞之所作也。诞始为襄阳郡,元嘉二十六年,仍为雍州刺史,夜闻诸女歌谣,因而作之,所以歌和中有'襄阳来夜乐'之语也。"……《通典》曰:"裴子野《宋略》称晋安侯刘道产(今本《通典》"产"作"彦",误)为襄阳太守,有善政,百姓乐业,人户丰赡,蛮夷顺服,悉缘沔而居,由此歌之,号《襄阳乐》。"盖非此也。

《襄阳乐》的兴起有两种说法:一随王诞作,二襄阳百姓歌诵刘道产的政化而作。按今本《通典》(卷一四五)并列两种说法,并未确定何说为正确,刘道产一说也不声明引自裴子野《宋略》,岂今本已与宋时不同?《旧唐书·音乐志》于列随王诞一说后,始云:"裴子野《宋略》称晋安侯刘道产(原误作"彦")为雍州刺史,有惠化,百姓歌之,号《襄阳乐》,其辞旨非也。"《乐府诗集》定为随王诞作,当是根据《唐志》的。

《旧唐书》以"其辞旨非也"一语推倒百姓歌诵刘道产政化一说,未免武断。《襄阳乐》歌词,歌咏襄阳一带商业的繁盛,何尝不可说是刘道产的政化呢?《襄阳乐》与刘道产的关系,不单裴子野《宋略》有记载,《宋书》(卷六五)《刘道产传》也说:

> 元嘉七年,征为后军将军。明年,迁竟陵王义宣左将军咨议参军,仍为持节督雍、梁、南秦三州,荆州之南阳、竟陵、顺阳、襄阳、新野、随六郡诸军事,宁远将军,宁蛮校尉,雍州刺史,襄阳太守。善于临民,在雍部政绩尤著,蛮夷前后叛戾不受化者,并皆顺服,悉出缘沔为居。百姓乐业,民户丰赡,由此有《襄阳乐》歌,自道产始也。十三年进号辅国将军。十九年卒,追赠征虏将军,谥曰襄侯。道产惠泽,被于西土,及丧还,诸蛮皆备衰绖号哭,追送至于沔口。

然则不能说《襄阳乐》与刘道产无关。但《宋书·乐志》又说:

> 随王诞在襄阳,造《襄阳乐》;南平穆王为豫州,造《寿阳乐》;荆州刺史沈攸之又造《西乌飞》歌曲:并列于乐官,歌词多淫哇不典正。

《宋书》的话是否互相矛盾呢?《唐志》否定了刘道产一说,《乐府诗集》以为别有一种没有传下来的百姓歌诵刘道产的《襄阳乐》。我却认为两说二而为一,《襄阳乐》本是歌咏刘道产政化的民谣,在刘道产时代,它还不过是一种徒歌,等到随王诞来做雍州刺史,然后把它改制成为乐曲;就列于乐官的《襄阳乐曲》说,当然是随王诞的制作了。《南史》(卷三八)《柳元景传》说:

> 先是,刘道产在雍州有惠化,远蛮归怀,皆出缘沔为村落,户口殷盛。及道产死,群蛮大为寇暴。孝武西镇襄阳,义恭荐元景,乃以为武威将军、随郡太守。及至,广设方略,斩获数百,郡境肃然。随王诞镇襄阳,元景徙为后军中兵参军。

《宋书》(卷七七)《沈庆之传》说:

> 雝州蛮又为寇,庆之以将军太守复与随王诞入沔。既至襄阳,率后军中兵参军柳元景等……二万馀人伐沔北诸山蛮。……蛮被围日久,并饥乏,自后稍出归降。

随王诞镇襄阳时节,正是刘道产以后襄阳经群"蛮"之乱,重趋安定繁盛的当儿,他夜中听到的歌谣,当然就是从前的襄阳民谣了。

第十二节 莫 愁 乐 考

《旧唐书·音乐志》说:"《莫愁乐》,出于《石城乐》。石城有女子名莫愁,善歌谣;《石城乐》和中复有莫愁声①。故歌云:莫愁在何处? 莫愁石城西,艇子打两桨,催送莫愁来。"《莫愁乐》歌词,现存两首,一首如

---

① 《乐府诗集》卷四八引旧《唐志》"莫"作"忘",《初学记》卷一五、《御览》卷五七一、《事类赋注》卷一一引《古今乐录》均作"忘"。"莫"、"忘"均唇音字,古音义相通("莫"属明母,重唇音,"忘"属"微"母,轻唇音。古无轻唇音,故"忘"亦属"明"母)。

上,另一首云:"闻欢下扬州,相送楚山头,探手抱腰看,江水断不流。"

《莫愁乐》出于《石城乐》,石城,《通典》、《唐志》都说在竟陵,《石城乐》本是竟陵的民谣,臧质为竟陵郡守时改制成为乐曲的。《水经注》"沔水宜城县"条说:"沔水又南径石城西,城因山为固,晋太傅羊祜镇荆州立。晋惠帝元康九年,分江夏西部,置竟陵郡(按在今湖北省钟祥县),治此。"是石城是竟陵的郡治所在。

"《石城乐》和中复有莫愁声",是说《石城乐》的和声中有"莫愁"两字。按《五色线》卷下引智化(当作"匠")《古今乐录》曰:"《莫愁乐》者,本石城乐妓,而有此歌。石城西有女子名莫愁,善歌谣,且《在(当作"石")城乐》中有妾莫愁声,因名此歌也。"(《津逮秘书》本)根据这段较为清晰的引文,我们对《莫愁乐》的来源大致可以确定:在石城西面,有一位善于唱歌的乐妓,唱着风行的《石城乐》曲;那乐曲的和声是"妾莫愁",因此人家就唤这位歌妓为莫愁;而且更改创(或许是她自己所改创)一种新的变曲来适应她的歌唱,这变曲便是《莫愁乐》。这情形和《子夜歌》非常相像,《子夜歌》的和声是"子夜来",晋代的一位女子创出了这种声调,子夜也就成为她自己的名字。

宋曾三异《同话录》"莫愁"条说:"予尝守郢(宋郢州在今湖北省钟祥县),郡治西偏临汉江上,石崖峭壁,可长数十丈。两端以城续之,流传此为石头城。莫愁名见古乐府,意者是神仙。汉江之西岸,至今有莫愁村,故谓艇子往来是也。莫愁像有石本,衣冠甚古,不知何时流传? 郢中倡女常择一人,名以莫愁,示存古意,亦僭渎矣。"(涵芬楼印原本《说郛》一九)曾氏所述莫愁古迹,足供我们参考,但他的判断却错了,莫愁正是倡女而非神仙。

自从竟陵的莫愁出了名,别处地方就也有名叫莫愁的女子出现。洪迈《容斋三笔》卷一一"两莫愁"条说:

　　莫愁者,郢州石城人。今郢有莫愁村,画工传其貌,好事者多写寄四远。《新唐书·乐志》(一二)曰:"……石城有女子名莫愁……"是也。李义山诗曰:"……如何四纪为天子,不及卢家有莫愁!"此莫愁者洛阳人。梁武帝《河中之水歌》曰:"河中之水向东流,洛阳女儿名莫愁。莫愁十三能织绮,十四采桑南陌头,十五嫁为卢家妇,十六生儿字阿侯。……人生富贵何所望,恨不早嫁东家王"者是也。卢氏之盛如此,所云"不早嫁东家王",莫详其义。近世周美成乐府《西河》一阕,专咏金陵,所云"莫愁艇子曾系"之语,岂非误指石头城为石城乎!

洛阳的莫愁仅是名字的类同,当然与竟陵的莫愁无涉。竟陵的石城,当然也无涉于南京的石头城。但石头城往往被简称石城,诸葛亮所谓"钟山龙蟠,石城虎踞",左思《吴都赋》所谓"戎车盈于石城",都指金陵的石头城,因此金陵也就有了莫愁湖。清吕燕昭《重刊江宁府志》卷七说:"莫愁湖,在江宁水西门外。《寰宇记》:昔有妓卢莫愁家此,故名。按此说不见他书,疑只是流俗附会之谈耳。"①将竟陵的莫愁搬到金陵,又送给她洛阳的姓,已极附会。清人马士图的《莫愁湖志》更为之曲解说:"梁武帝歌,盖言莫愁本洛阳女,远嫁金陵之卢家为妇,譬犹水流向东,无返之日,知洛阳、金陵,只一莫愁也。"(《金陵莫愁考》)真是穿凿附会之至了。

第十三节 杨叛儿考

《杨叛儿歌》的本事,《古今乐录》记载如下:

---

① 清金鳌《金陵待征录》:"宋元志无言莫愁湖者,言之,自《应天志》(明万历五年王一化等纂)始。《吕志》谓见《太平寰宇记》,《记》无此文也。"按周邦彦《西河》词咏金陵云:"断崖树,犹倒倚,莫愁艇子曾系。"可见金陵莫愁的传说是颇早的。

《杨叛儿歌》，南齐有杨旻母为师，入宫，童谣呼为杨婆儿。"婆"转为"叛"。(《初学记》卷一五、《御览》卷五七一)

《通典》(卷一四五)有更详的记载：

> 《杨叛儿》，本童谣也。齐隆昌时，女巫之子曰杨旻，随母入内，及长，为太后(《乐府》卷四九引《旧唐书》作"何后")所宠爱。童谣云：杨婆儿，共戏来所欢。语讹，遂成杨叛儿①。(《旧唐书·音乐志》同，但"叛"作"伴")

杨旻和何后的故事，正史也有记载。《南齐书》(卷二〇)《郁林王何妃传》说：

> 后禀性淫乱，为妃时便与外人奸通，在后宫，复通帝左右杨珉之，与同寝处，如伉俪。珉之又与帝相爱亵，故帝恣之。

《南史》(卷一一)《齐郁林王何妃传》的叙述更为详尽：

> 妃禀性淫乱。……有女巫子杨珉之亦有美貌，妃尤爱悦之，与同寝处，如伉俪。及太孙(即郁林王)即帝位，为皇后。……杨珉之为帝所幸，常居中侍。明帝为辅，与王晏、徐孝嗣、王广之面请，不听，又令萧谌、坦之固请。皇后与帝同席坐，流涕覆面，谓坦之曰："杨郎好年少，无罪过，何可枉杀?"坦之耳语于帝曰："此

---

① 今本《旧唐书》作："杨婆儿，共戏来。而歌语讹，遂成杨伴儿。"但《乐府诗集》引《唐书》亦同《通典》。《通志·乐略》、《御览》卷五六八引《乐志》，童谣歌词均作"杨婆儿，共戏来"。

事别有一意,不可令人闻。"帝谓皇后为阿奴,曰:"阿奴暂去。"坦之乃曰:"外间并云,杨珉之与皇后有异情,彰闻遐迩。"帝不得已,乃为赦。坦之驰报明帝,即令建康行刑。而果有赦原之,而珉之已死。(《魏书》卷九八《萧道成传》同)

杨珉之就是杨旻(《魏书》作"杨珉"),"珉"、"旻"同音,六朝人单名后常加"之"字,其双名尾部的"之"字,则往往被省略①。

这里有一个疑问,即歌咏萧齐宫廷事迹的《杨叛儿歌》,其产生地点当在宫城左近,怎能算作西曲呢? 西曲中有本事可考的,如《石城》、《莫愁》、《乌夜啼》、《襄阳乐》、《估客乐》、《三洲歌》、《西乌夜飞》、《襄阳蹋铜蹄》等曲,都名副其实地肇端于西部地区,仅有《杨叛儿》的本事产生于宫廷,这怎么解释呢? 原来,在隆昌以前,民间已有《杨叛儿》的歌谣了。《南史》(卷二六)《袁廓之传》说:"于时何洞亦称才子,为文惠太子作《杨畔儿歌》,辞甚侧丽,太子甚悦。廓之谏曰:'夫《杨畔》者,既非典雅,而声甚哀思。殿下当降意《箫韶》,奈何听亡国之响!'太子改容谢之。"按文惠太子死于永明十一年,在隆昌之前。文惠生时已有人仿作《杨叛儿歌》,可见隆昌以前,它早已流行好久了。又《南史》(卷五)《郁林王本纪》说:

①《晋书》卷七七《顾悦之传》:"顾悦之字君叔。"《世说·言语篇》注引《中兴书》曰:"悦字君叔。"《南史》卷四七《胡谐之传》载范柏年晋谐之云:"胡谐是何傒狗,无厌之求!"《文心雕龙·史传篇》:"王韶续末而不终。"王韶即王韶之。陈寅恪先生《崔浩与寇谦之》一文有曰:"六朝天师道信徒之以'之'字为名者颇多,'之'字在名中,乃代表其信仰之意,如佛教徒之以昙或法为名者相类。东汉及六朝人依《公羊春秋》讥二名之义,习用单名。故'之'字非特专之真名,可以不避讳,亦可省略。六朝礼法,士族最重家讳,如琅玡王羲之、献之父子,同以之为名,而不以为嫌犯,是其最显著之例证也。"(《岭南学报》第十一卷一期)按南朝巫师多信天师道,杨旻及其母大约也是天师道信徒。

　　　　郁林在西州,令女巫杨氏祷祀,速求天位。及文惠薨,谓由
　　杨氏之力,倍加敬信,呼杨婆。宋氏以来,人间有《杨婆儿哥》,盖
　　此征也。(《魏书·萧道成传》同)

原来《杨叛儿》被认为是谶兆式的童谣,在本事发生前许久就产生了
的。《杨叛儿歌》既然很早产生于宋代,它原初当是西部地区的民间
情歌,同杨旻的事迹无涉。近人张亮采先生《中国风俗史》(三编一章
十三节)云:"按今江西湖南,俗呼男女轻佻为阳畔,呼物不坚实而外
华美为阳畔货。"张氏以为这一俗语即是六朝以来流传至今的,这意
见是颇可信的。"杨叛"在六朝时代大约已是称呼轻佻男女的俗语,
《杨叛儿歌》则当是男女相谑的情歌;恰巧后来在萧齐的宫庭中,发生
了杨婆儿杨旻的恋爱故事,由于声音的类同,五行家遂把两件事情比
附起来。按歌词云:"《杨叛》西随曲。"可见它原是西随地方的民歌。
《南齐书》(卷一五)《州郡志》(下)说:"司州东随安左郡有西随县。"李
兆洛《历代地理志韵编今释》卷二云:"按当在湖北德安府境。"其产地
与西曲中心地带江陵,距离不甚相远。

论六朝清商曲中之和送声

六朝清商乐曲中的和送声,向来不甚为文学史家所重视,其实它是不当被忽略的,因为在理解清商乐曲的发展、结构方面,它给予我们不少的帮助,虽然其资料还嫌不够充足。

《乐府诗集》(卷二六)于论述相和歌辞时说:"诸调曲皆有辞、有声,而大曲又有艳、有趋、有乱。辞者,其歌诗也。声者,若羊吾夷、伊那阿之类也。艳在曲之前,趋与乱在曲之后。亦犹吴声、西曲前有和、后有送也。"这里间接给六朝清商曲(主要是吴声歌曲和西曲)中的和送声下了一个不甚明晰的注解。前有和、后有送,相当于大曲之前有艳、后有趋或乱,是指它们在歌词中的位置而言,并不是说两者的性质相同。若论其性质,则送声与大曲的趋、乱确很相像,而和声与艳辞就可说毫无共同之处了。

因为送声比较简单,这里先说送声。根据《古今乐录》等书的记载,六朝清商曲之有送声者如下:

(一)《子夜歌》《古今乐录》:"《子夜》以持子送曲。"

(二)《子夜变歌》《古今乐录》:"《子夜变歌》前作持子送,后作欢娱我送。"

　　案:送声应在歌曲后面,《子夜变歌》前不应有送声。大概歌者唱完《子夜歌》的持子送声后,接唱《子夜变歌》,故《乐录》如是云云。

(三)《凤将雏》曲　《古今乐录》:"《凤将雏》以泽雉送曲。"

　　案:《凤将雏》歌词今不存。《乐府诗集》卷七四(《杂曲歌辞》)有《泽雉》

一曲,辞云:"擅场延绣颈,朝飞弄绮翼,饮啄常自在,惊雄恒不息。"题解据《古今乐录》《凤将雏》以泽雉送曲"一语,以为即《凤将雏》的送声①。

(四)《欢闻歌》、《欢闻变歌》、《阿子歌》 《古今乐录》:"《欢闻歌》者,晋穆帝升平初,歌毕辄呼'欢闻不',以为送声,后因此为曲名。今世用莎持乙子代之,语稍讹异也。"

《古今乐录》:"《欢闻变歌》者,晋穆帝升平中,童子辈忽歌于道曰:'阿子闻!'曲终辄云:'阿子汝闻?'无几而穆帝崩,褚太后哭'阿子汝闻不',声既凄苦,因以名之。"

《宋书·乐志》:"《阿子》及《欢闻歌》者,晋穆帝升平初,歌毕,辄呼'阿子汝闻否'——语在《五行志》,后人演其声以为二曲。"(案《五行志》记载同上条《古今乐录》,从略。)

《通典·乐典》(五):"《阿子》、《欢闻歌》者,晋穆帝升平初,童子辈或歌于道,歌毕,辄呼'阿子汝闻否',又呼'欢闻否',以为送声,后人演其声以为此二曲。宋、齐时用莎乙子之语,稍讹异也。"

　　案:以上三曲同源。《欢闻歌》的送声为"欢闻不",《阿子歌》的送声为"阿子汝闻不"。《欢闻变》的送声据《古今乐录》,也是"阿子闻不"。

以上吴声歌曲

(五)《杨叛儿》 《古今乐录》:"《杨叛儿》送声云:'叛儿教侬不复相思。'"

(六)《西乌夜飞》 《古今乐录》:"送声云:'折翅乌,飞何处,被弹归。'"

以上西曲

由上可知送声有两类。第一类为原歌的结尾,与上文意义相连

---

① 杂曲歌的《泽雉曲》,虽亦为五言四句,审其风格,不像吴声。可能与《凤将雏》的"泽雉"送声不同,《乐府诗集》以其题名相同,牵合一起,也未可知。按何承天《宋鼓吹铙歌雉子游原泽》篇首云:"雉子游原泽,幼怀耿介心。饮啄虽勤苦,不愿栖园林。"杂曲歌《泽雉曲》词句似本此。

者,如《欢闻》、《阿子》、《杨叛儿》、《西乌夜飞》的送声便是。第二类借用别的曲子,取其意义相近,如《凤将雏》以《泽雉》送便是①。但也有与原歌意义无关者,如"《巾舞》以《白纻》四解送"(《乐府诗集》卷五五)。《子夜》、《子夜变》的送声,属于哪一类,这里不敢臆断。以上第二类的送声,因与原歌意义无紧密关系,比较不重要,下文综论,仅以第一类为对象。

查《宋书·乐志》所载诸大曲,其中的趋,有即为原诗的结尾者,如魏明帝的《棹歌行》。有借用他曲者,如古辞《艳歌何尝行》。这是送声与大曲的趋性质相同的地方。(《宋志》大曲无乱,所载陈思王《鼙舞歌》五篇,二篇有乱。又《乐府诗集·瑟调曲·孤子生行》也有乱。其性质和《楚辞》的乱相同,都是歌词的结尾。)

以下试谈谈和声,清商曲中有和声的如下:

(一)《石城乐》、《莫愁乐》 《旧唐书·音乐志》:"《莫愁乐》者,出于《石城乐》。石城有女子名莫愁,善歌谣。《石城乐》和中复有莫愁声,因有此歌。"

案:《旧唐书·音乐志》:"《石城乐》者,宋臧质所作也,石城在竟陵。质尝为竟陵郡,于城上眺瞩,见群少年歌谣通畅,因作此曲。"《石城乐》第二曲云:"阳春百花生,摘插环鬓前,抏指蹋忘愁,相与及盛年。"大约石城少年蹋足唱歌时,其和声有"忘愁"(或"莫愁")二字在内,后因此演为《莫愁乐》。(案《石城乐》和声实当作"妾莫愁"三字,参考本书《吴声西曲杂考·莫愁乐考》。)

(二)《乌夜啼》 《旧唐书·音乐志》:"《乌夜啼》,宋临川王义庆所作也。元嘉十七年,徙彭城王义康于豫章,义庆时为江州,至镇,相见而哭。为帝所怪,征还宅,大惧。妓妾夜闻乌啼声,扣斋阁云:明日应有赦。其年更为南兖州刺史,作此歌。故其和云:'笼窗窗不开,乌

---

① 《大子夜歌》被作为《子夜歌》的送歌弦,内容赞美《子夜歌》音调的美妙,也可说是与此相类的送声。参考本编《吴声西曲杂考·子夜变曲考》一节。

夜啼,夜夜望郎来。'①今所传歌辞似非义庆本旨。"

（三）《襄阳乐》　《古今乐录》:"《襄阳乐》者,宋随王诞之所作也。诞始为襄阳郡,元嘉二十六年,仍为雍州刺史,夜闻诸女歌谣,因而作之。所以歌和中有'襄阳来夜乐'之语也。"

（四）《三洲歌》　《古今乐录》:"《三洲歌》者,商客数游巴陵,三江口往还,因共作此歌。其旧辞云:'啼将别共来。'梁天监十一年,武帝于乐寿殿道义竟,留十大德法师设乐,敕人人有问,引经奉答。次问法云:'闻法师善解音律,此歌何如?'法云奉答:'天乐绝妙,非肤浅所闻,愚谓古辞过质,未审可改与不?'敕云:'如法师语音。'法云曰:'应欢会而有别离,啼将别可改为欢将乐。'故歌和云:'三洲断江口,水从窈窕河傍流,欢将乐共来,长相思。'"

（五）《襄阳蹋铜蹄》　《古今乐录》:"《襄阳蹋铜蹄》者,梁武帝西下所制也。沈约又作其和云:'襄阳白铜蹄,圣德应乾来。'"

（六）《那呵滩》　《古今乐录》:"其和云:'郎去何当还?'多叙江陵及扬州事。那呵,盖滩名也。"

　　案:"那呵"与"奈何"声同,当即是"奈何"。歌词有云:"愿得篙橹折,交郎倒头还。"因滩很凶险,故名。我疑心其和声本有两句:"那呵滩,郎去何当还?"《乐府诗集》引文多有删落之处,如上《乌夜啼》之和声本为三句,《乐府》引《旧唐书》即无中间"乌夜啼"一句。又和声亦多协韵,如上面《乌夜啼》之"开"、"啼"、"来",《三洲歌》之"来"、"思",《襄阳蹋铜蹄》之"蹄"、"来",古音多协韵。这里"滩"与"还"二字亦协韵。

（七）《西乌夜飞》　《古今乐录》:"《西乌夜飞》者,宋元徽五年,荆州刺史沈攸之所作也。攸之举兵,发荆州东下,未败之前,思归京师,所以歌和云:'白日落西山,还去来。'"

　　案:《太平御览》(卷五七三)引《古今乐录》:"《白日歌》,亦曰《落日歌》,

---

　　①　《乐府诗集》卷四七引《唐志》:"其和云:夜夜望郎来,笼窗窗不开。"二句颠倒,又漏"乌夜啼"一句,恐非原貌。今据原书引录。

其歌曰：'白日落西山。'"陈刘删诗："山边歌《落日》,池上舞《前溪》。"上句即指《西乌夜飞》曲。

以上西曲

（八）《江南弄》 《古今乐录》："梁天监十一年冬,武帝改西曲制《江南弄》七曲。一曰《江南弄》,《三洲》韵和云：'阳春路,娉婷出绮罗。'二曰《龙笛曲》,和云：'江南音,一唱值千金。'三曰《采莲曲》,和云：'采莲渚,窈窕舞佳人。'四曰《凤笙曲》,和云：'弦吹席,长袖善留客。'五曰《采菱曲》,和云：'菱歌女,解佩戏江阳。'六曰《游女曲》,和云：'当年少,歌舞承酒(当作"欢")笑。'七曰《朝云曲》,和云：'徙倚折桂华。'"

《乐府诗集》又有梁简文帝《江南弄》三首。一曰《江南曲》,和云："阳春路,时使佳人度。"二曰《龙笛曲》,和云："江南弄,真能下翔凤。"三曰《采莲曲》,和云："采莲归,渌水好沾衣。"

以上《江南弄》

（九）《上云乐》 《古今乐录》："梁天监十一年冬,武帝改西曲制《上云乐》七曲。一曰《凤台曲》,和云：'上云真,乐万春。'二曰《桐柏曲》,和云：'可怜真人游。'三曰《方丈曲》(和缺)。四曰《方诸曲》,《三洲》韵和云：'方诸上可怜,欢乐长相思。'五曰《玉龟曲》,和云：'可怜游戏来。'六曰《金丹曲》,和云：'金丹会,可怜乘白云。'七曰《金陵曲》(和缺)。"

以上《上云乐》

（十）《白纻歌》 《南齐书·乐志》："周处《风土记》云：吴黄龙中童谣云：'行白者,君追汝,句骊马。'后孙权征公孙渊,浮海乘舶;舶,白也。今歌和声犹云行白纻焉。"

案：《白纻歌》,《乐府诗集》编入杂舞曲,杂舞曲亦属广义的清商乐曲。

以上《白纻曲》

和声的作用在使一人唱,多人和,增加音调上的强度。而大曲的艳,却大抵是歌词的开篇,两者性质显然不同。

值得注意的,除掉梁武改西曲而制的《江南弄》、《上云乐》不计外,和送声(尤其是和声)有一重要的现象,这便是曲调之名称,往往包含于和送声中。现在试将上面所述的曲调调名与和送声相同者再简录于后。(1)《阿子歌》,送声云:"阿子汝闻不?"(2)《欢闻歌》,送声云:"欢闻不?"(3)《杨叛儿》,送声云:"叛儿教侬不复相思。"(4)《莫愁乐》,和声有云:"妾莫愁。"(5)《乌夜啼》,和声有云:"乌夜啼。"(6)《襄阳乐》,和声有云:"襄阳来夜乐。"(7)《三洲歌》,和声有云:"三洲断江口。"(8)《襄阳蹋铜蹄》,和声有云:"襄阳白铜蹄。"(9)《那呵滩》,和声有云:"那呵滩。"(10)《西乌夜飞》(一名《白日歌》,又名《落日歌》),和声有云:"白日落西山。"(11)《白纻歌》,和声有云:"行白纻。"这样绝大多数的比例,使我们有理由相信大部分乐曲的调名即是根据和送声得来的。

根据调名出于和送声的原则,再参以古籍的记载,清商曲中尚有不少曲调的和送声可间接地加以推定。

(一)《子夜歌》　《南史》(卷二二)《王俭传》:"齐高帝幸华林宴集,使各效技艺:褚彦回弹琵琶,王僧虔、柳世隆弹琴,沈文季歌子夜来,张敬儿舞。""子夜来"当是《子夜歌》的和声。和声语尾用"来"字者极普遍,如上文的"夜夜望郎来"(《乌夜啼》)、"襄阳来"(《襄阳乐》)、"欢将乐共来"(《三洲歌》)、"圣德应乾来"(《襄阳蹋铜蹄》)、"还去来"(《西乌夜飞》)等都是。

(二)《阿子歌》、《欢闻歌》、《欢闻变歌》　观上引《古今乐录》,可推知"阿子闻"三字就是《阿子歌》的和声。而《欢闻歌》的和声大约即是"欢闻"二字。《宋书·五行志》还有一首谣曲,格式和《阿子》、《欢闻歌》极相似:"桓石民为荆州,镇上明。民忽歌曰:'黄昙子。'曲终又曰:'黄昙英,扬州大佛来上明。'顷之而石民死,王忱为荆州。'黄昙子'乃是王忱之字也。忱小字佛大,是大佛来上明也。"这里"黄昙子"

是和声,"黄昙英"二句是送声。《五行志》所录的,原来仅该歌的和送之声而已。又《南齐书·五行志》:"永明初,百姓歌曰:'白马向城啼,欲得城边草。'后句间云:'陶郎来。'""陶郎来"当也是和声。

(三)《丁督护歌》 《宋书·乐志》:"《督护歌》者,彭城内史徐逵之为鲁轨所杀,宋高祖使府内直督护丁旿收敛殡霾之。逵之妻,高祖长女也,呼旿至阁下,自问敛送之事。每问,辄叹息曰:丁督护! 其声哀切,后人因其声广其曲焉。""丁督护"三字当即被后人作为和声而演成歌曲的。

(四)《团扇歌》 《古今乐录》:"《团扇郎歌》者,晋中书令王珉捉白团扇,与嫂婢谢芳姿有爱,情好甚笃。嫂捶挞婢过苦,王东亭(名珣,珉之兄)闻而止之。芳姿素善歌,嫂令歌一曲,当赦之。应声歌曰:'白团扇,辛苦互流连,是郎眼所见。'珉闻,更问之:'汝歌何遗?'芳姿即改云:'白团扇,憔悴非昔容,羞与郎相见。'后人因而歌之。""白团扇"三字当即是《团扇歌》之和声。

(五)《长乐佳》 现存七首。其中三首均以"欲知长乐佳"起句。一首末句云"欢念长乐佳";另一首末句云"长乐戏汀洲";第三首末句云"长莫(当作"乐")过时许"。"长乐佳"三字当是《长乐佳》曲的和声。

(六)《懊侬歌》 一名《懊恼歌》。现存十四首。末首起句云:"懊恼奈何许。"颇疑此句与和送之声有关。

(七)《华山畿》 《古今乐录》:"《华山畿》者,宋少帝时《懊恼》一曲,亦变曲也。少帝时,南徐一士子,从华山畿往云阳,见客舍有女子,悦之无因,遂感心疾而死。葬时车载从华山度,比至女门,牛不肯前,打拍不动。女妆点沐浴,既而出,歌曰:'华山畿,君既为侬死,独活为谁施? 欢若见怜时,棺木为侬开。'棺应声开,女遂入棺。乃合葬,呼曰神女冢。"(节录)按歌词现存二十五首,上所引者即首篇,疑全首为和送之声,其情况正和《乌夜啼》之和声相仿佛。

　　又第八首起句云："将懊恼。"第十、第二十两首起句云："奈何许。"按《华山畿》既为《懊恼歌》之变曲,故此二者当为由《懊恼歌》和送之声承袭而来的。又《乐府诗集·懊侬歌》题解引《古今乐录》曰："梁天监十一年,武帝敕法云改为《相思曲》。"检《华山畿》歌词第三、第廿三两首起句云："夜相思。"可推知它也是由《懊侬歌》的和声承袭得来。这些词句与上面《懊侬歌》末首起句,本身不一定即是和送之声,但《懊侬》、《华山畿》二曲的和送声当与此等词句类同。

　　(八)《读曲歌》　现存八十九首。第十六首起句云："折杨柳。"由西曲中的《月节折杨柳歌》可推知原是和声。

　　以上吴声歌曲

　　(九)《女儿子》　现存二曲。首篇云："巴东三峡猿鸣悲,夜鸣三声泪沾衣。"盖原为巴东的歌谣,其后被演为乐曲的。唐皇甫松有《竹枝词》六首,均以"竹枝"、"女儿"为和声。如第一首云："槟榔花发竹枝鹧鸪啼女儿,雄飞烟瘴竹枝雌亦飞女儿。"(馀五首格式同)《竹枝词》一名《巴渝词》(见刘禹锡《竹枝词》序),与《巴东谣》产地相同;皇甫松《竹枝词》的和声,必定渊源于《女儿子》无疑①。《女儿子》的和声实为"女儿"两字,"子"字系加在名词后的语尾,没有意义可言。《晋书》(五六)《孙绰传》:"树子非不楚楚可怜。"是其一例。乐曲名末亦常加"子"字,《乐府》(六五)杂曲歌辞有陈谢燮的《明月子》,其上为鲍照、李白的《朗月行》,傅玄的《明月篇》,题意相同。卷六六又有吴均《少年子》一首,《玉台新咏》作《咏少年》。其例甚多,不枚举。万树《词律》(卷一)《采莲子》调说:"或曰:《竹枝》之'枝'、'儿'两字,此调之'棹'、'少'两字,亦自相为叶,不可不知。"词中和声亦叶韵,正与清商

————————

　　① 刘毓盘先生《词史》第一章:"无名氏《女儿子》二首,即唐人《竹枝词》所本。……皇甫松仿此体于句中叠用竹枝、女儿为歌时群相随和之声。孙光宪复叠为四句,惟用韵不拘平仄耳。"按孙光宪《竹枝》二首,和声亦为"竹枝"、"女儿",位置与皇甫松的相同。

曲同。

（十）《杨叛儿》 《旧唐书·音乐志》："《杨伴》，本童谣歌也。齐隆昌时女巫之子曰杨旻，旻随母入内，及长，为后所宠。童谣云：'杨婆儿，共戏来。'而歌语讹，遂成杨伴儿。"按童谣云云，当即被利用为该曲的和声。

（十一）《月节折杨柳歌》 现存十三曲（每月一曲，加闰月一曲）。《正月歌》云："春风尚萧条，去故来入新，苦心非一朝。折杨柳，愁思满腹中，历乱不可数。"馀十二曲格式皆同。"折杨柳"三字必为和声无疑（萧涤非先生《汉魏六朝乐府文学史》第五编二章也认为"折杨柳"三字是和声）。

以上西曲

以上把文句简短的如"子夜来"、"丁督护"、"白团扇"等作为和声而非送声，仅就大致而言。又《西曲》中如《安东平》、《来罗》、《黄督》、《黄缨》等题名，推想起来，大约也都是和送一类的声音，可惜没有充分的资料来证明它。

上面算把各曲调的和送声逐条叙述过了，以下不妨综合讨论一番。

《乐府诗集》说"吴声、西曲前有和、后有送"，送声的位置，应在全篇末尾，自不成问题；至于前面的和声，却并不如大曲的"艳词"一般往往在全篇的开端，它的位置，应在每句之末尾。皇甫松《竹枝词》的和声位置，给予我们很大的启示；因为它既是根据《女儿子》而来，其位置也必定遵照着《女儿子》的。《竹枝词》有两个和声："竹枝"和"女儿"；《女儿子》的和声只有一个，它的形式应是："巴东三峡女儿猿鸣悲女儿，夜鸣三声女儿泪沾衣女儿。"

在本书《吴声西曲的渊源》篇中，我们曾经说明七言一句由四言三言二短句组成，在音节上等于三言四言以至五言的两句，因此，七言诗如《女儿子》、《竹枝词》每句用了两个和声，五言诗每句就仅需一个。如以《丁督护歌》作例,那形式应是这样:"督护北征去丁督护,相送落星墟丁督护,帆樯如芒栉丁督护,督护今何渠丁督护?"这样唱和声,跟"会稽公主每问辄叹息曰丁督护"的原来情况是颇相像的。这种和声样式,起源很早,东汉灵帝时的《董逃歌》(三言,见《续汉书·五行志》),每句后有"董逃"二字;相和歌瑟调《上留田行》,曹丕、谢灵运所作六言歌诗二首(见《乐府诗集》卷三八),每句后有"上留田"三字,应为六朝清商曲所本①。我相信清商曲中简短的和声如"子夜来"、"阿子闻"、"欢闻"、"白团扇"、"妾莫愁"等等,其形式大约与《董逃歌》《上留田行》不会两样;其他句子较长的和声的位置怎样,目下资料不够,还难下断语。又案《乐府诗集》(卷三〇)引《古今乐录》曰:"凡三调歌弦一部竟,辄作送歌弦。"疑此"送歌弦"即送声(参考本书《吴声西曲杂考·子夜变曲考》)。然则清商新声的和送声,其体制盖亦渊源于《相和》旧曲。可惜这方面材料还不够,不能予以充分论述。又案《淮南子·说山训》:"欲美和者,必先始于阳阿、采菱。"高诱注:"阳阿、采菱,乐曲之和声。有阳阿,古之名俳,善和也。"可见以简短的二三字作为和声,其体制在先秦时已有了。创作"阳阿"和声的乐工即名阳阿,也与《子夜歌》、《莫愁乐》的情况相似。

关于当时声妓歌唱和送声的情况,元代龙辅的《女红馀志》为我们记下一些情况:"沈约《白纻歌》五章(每章七言八句,后四句梁武帝作,五章后四句都相同,当是用作送声的),舞用五女,中间起舞,四角各奏一曲。至翡翠群飞(全句云:"翡翠群飞飞不息。"为梁武所造歌词四句之首句)以下,则合声奏之,梁尘俱动。舞已则舞者独歌末曲

---

① 刘永济先生《十四朝文学要略》卷二第十一章曰:"送声之所出,虽不可考,然观《董逃行》(按当作《董逃歌》)每句之后有'董逃'二字,《上留田》每句之后有'上留田'三字,与《子夜歌》前以'持子'送,后以'欢娱我'送,《凤将雏》以'泽雒'二字送,事例相同,或即其源也。"其说可参照,但"董逃"、"上留田"实为和声而非送声。

以进酒。"(卷上《白纻歌》条)"梁尘俱动",具体地写出了合唱和送声时的热烈情况。

和送之声(除掉借用他曲的送声),最初是渊源于民间的谣曲的。不论是吴地儿童,抑是石城、襄阳的少年男女,当他们于道路或者大堤上合群踏足唱歌时,他们必然需要可以共同合唱的和送之声以为调节。吴声《阿子歌》的"阿子闻"、"阿子汝闻不",西曲《石城乐》、《莫愁乐》的"妾莫愁",《襄阳乐》的"襄阳来夜乐",便是它们最原始的形态。它们的特质,有最显著的二点:第一,其句法比较参差多变化,能增加歌词句调上的繁复性;第二,因为由许多人和歌,能增加歌词音调上的强烈性。由于这两大优点,和送声在曲调中就显得非常突出,也可以说,它们构成了曲子的主要声调。因此,像《宋书》所著录的《阿子歌》、《黄昙子曲》,也仅是它们的和送之声,而从民谣演成的乐曲,主要也就是指根据、利用其和送之声而言,至于它们原来的歌词倒是不重要,因此,被演成乐曲的民谣原词大都亡佚了。《旧唐书·音乐志》说:"《子夜》,声过哀苦。"《古今乐录》说:"褚太后哭阿子汝闻不,声既凄苦。"《宋书·乐志》说:"后人演其声以为《阿子》、《欢闻》二曲。"《宋志》又说:"……丁督护,其声哀切,后人因其声广其曲焉。"这里所谓"声",主要便是指和送声而言。

基于此,我们这里可以阐明乐曲内容的许多讹变。就拿《阿子》、《欢闻歌》说吧。它们本是民间的童谣,被附会为预言褚太后哭穆帝的凶丧,因为其和送声凄苦动听,遂被采为乐曲。但因重声不重辞的缘故,意义方面就起了讹变。"阿子"本被认为褚太后唤穆帝的称呼,但后来却用以指女的情人。如《阿子歌》:"阿子复阿子,念汝好颜容,风流世希有,窈窕无人双。"《世说新语·贤媛篇》注引《妒记》曰:"桓温平蜀,以李势女为妾。郡主凶妒,不即知之。后知,乃拔刃往李所,因欲斫之。见李在窗梳头,姿貌端丽,徐徐结发,敛手向主,神色闲正,辞甚凄惋。主于是趋前抱之曰:阿子,我见汝亦怜,何况老奴!遂善之。"可见当时亦称女子为"阿子"。后来更把"阿子"讹成"鸭子",如《阿子歌》另二首:"春月故鸭啼,独雄颠倒落,工知悦弦死,故来相寻博。""野田草欲尽,东流水又暴,念我双飞凫,饥渴常不饱。"《乐府诗集》(卷四五)引《乐苑》曰:"嘉兴人养鸭儿,鸭儿既死,因有此歌。"这显然是后起的说法。但不论是男的思念女的,或者嘉兴人哭鸭儿,"阿(鸭)子闻"、"阿(鸭)子汝闻不"的和送声,依然十分适用。"阿子"既指女的情人,如以"欢"字代"阿子",便可用以指情郎了。这是一歌演为二曲的缘由。

又如《丁督护歌》的声调,据《宋书·乐志》,本起于宋高祖的女儿哭其夫徐逵之。这本事可征信于《宋书·武帝本纪》:"义熙十一年正月,公(指武帝,时为宋公)率众军西讨。三月,军次江陵。公命彭城内史徐逵之、参军王允之出江夏口,复为鲁轨所败,并没。"(节录)督护本指收尸人丁旿,徐逵之西征丧身,而今《丁督护歌》却云:"督护北征去,前锋无不平,朱门垂高盖,永世扬功名。"与原意大相径庭,也是重声而不重义的结果。须知哀切的"丁督护"声调,已被后人作为描写送别情人或丈夫出征的普通送行曲了。

《旧唐书·音乐志》说:"《乌夜啼》,宋临川王义庆所作也。今所传歌辞,似非义庆本旨。"其实"非本旨"之歌,何止《乌夜啼》,它可以概括现存许多的清商乐曲。我们可以说:《子夜》、《懊恼》、《华山畿》、《杨叛儿》诸曲调,是当时描写以女子为主角的相思歌曲的总汇;《白团扇》是状写女子谴责男子的曲调;《乌夜啼》系叙述男女生离的哀歌;《石城》、《襄阳》诸曲调,则是歌咏该地乐曲的集成。所谓某人创作某曲或某时期产生某曲,往往是指被后来利用的声调(主要为和送之声)而已。《乐府诗集》(卷八七)《黄昙子歌》题解说:"凡歌辞,考之与事不合者,但因其声而作歌尔。"这话应是我们了解清商曲内容的秘钥。

当时的制作清商乐曲,正与唐宋的填词无殊。最初的填词,内容尚须符合调名,到后来就不必顾及了。清商曲中的《读曲歌》、《西乌夜飞曲》,现存歌词内容,和本事邈不相关,便是次一种情形①。

清商乐曲的变曲,恐怕也是基于和送声的变调。最显著的便是《莫愁乐》,它是从《石城乐》的和声产生出来的。其他如《欢闻变》之于《欢闻》,《华山畿》之于《懊恼》,都与和送之声有关,看上文便可明白。《隋书·音乐志》载称:"北齐杂乐有西凉、龟舞、清乐、龟兹等。后主亦自能度曲,亲执乐器,悦玩无倦,倚弦而歌。别采新声为《无愁曲》,音韵窈窕,极于哀思。使胡儿阉官之辈,齐唱和之,曲终乐阕,莫不殒涕。"当时清乐(即清商乐)既流行于北朝,后主的新声很可能受到它的影响。我疑心《无愁曲》即是利用《莫愁乐》的和声制成,因"无"、"莫"两字可以相通的②。又案《通志·乐略》"祀飨别声"部分有"北齐后主二曲:《无愁》、《伴侣》。"《通考》(卷一四二):"北齐后主,别采新声为《无愁》、《伴侣曲》。"是后主于《无愁曲》外,又有《伴侣曲》。《伴侣》与《无愁》合叙,二者性质必甚相近。我疑《伴侣》是西曲《杨叛儿》的变曲,"叛"、"伴"同音,"儿"、"侣"同声,"伴侣"即"叛儿"的音变③。又《旧唐书·音乐志》(一):"陈将亡也,为《玉树后庭花》,齐将亡也,而为《伴侣曲》。行路闻之,莫不悲泣,所谓亡国之音也。"

---

① 《词苑丛谈》卷一《体制篇》引清邹祗谟《词衷》曰:"《词品》云:唐词多缘题,所赋《临江仙》则言水仙,《女冠子》则述道情,《河渎神》则缘祠庙,《巫山一段云》则状巫峡,《醉公子》则咏公子醉也。……愚按大率古人由词而制调,故命名多属本意;后人因调而填词,故赋寄率离原词。"

② 乐府《相和歌辞》有《公无渡河曲》,《宋书·乐志》称为"公莫渡河",是其证。"莫愁"一作"忘愁","无"、"忘"古通,《经传释词》第十曰:"无,转语词也。字或作'亡',或作'忘',或作'妄'。"参考本编《吴声西曲杂考·莫愁乐考》。

③ 《北史》卷四七《阳休之传》:"休之弟俊之,当文襄时(当南朝梁武帝时)多作六言歌辞,淫荡而拙,世俗流传,名为阳五伴侣(俊之在兄弟中排行第五),写而卖之,在市不绝。俊之尝过市,取而改之,言其字误。卖书者曰:阳五古之贤人,作此《伴侣》,君何所知,轻敢议论。俊之大喜。""阳五伴侣"这一含有嘲弄意味的双关语,可作"伴侣"即"叛儿"的证据。但《伴侣》歌词为六言,体式已有改变。参考本编《吴声西曲杂考·杨叛儿考》。

武平一《谏大飨用倡优媟狎书》却说："昔齐衰有《行伴侣》,陈灭有《玉树后庭花》,趋数鹜僻,皆亡国之音。"(《新唐书》卷一一九)"行伴侣"即"杨叛儿","行"、"杨"同声。《无愁》、《伴侣》都是后主根据南朝清乐改制而成的新声。

　　梁武帝时代,盛大地改制乐曲,那更与和声有关。《古今乐录》说:"梁天监十一年,武帝敕法云改《懊侬歌》为《相思曲》。"又说:"《三洲歌》,旧辞云:'啼将别共来。'梁天监十一年,武帝敕法云改'啼将别'为'欢将乐'。故歌和云:'三洲断江口,水从窈窕河傍流,欢将乐共来,长相思。'"又说:"梁天监十一年冬,武帝改西曲制《江南》、《上云乐》十四曲。《江南弄》七曲,一曰《江南弄》,《三洲》韵和云:'阳春路,娉婷出绮罗。'《上云乐》七曲,四曰《方诸曲》,《三洲》韵和云:'方诸上可怜,欢乐长相思。'"三者都是天监十一年的事,其间必然有着连锁的关系。法云改《懊侬》而成的《相思曲》,可能即是《三洲歌》新辞。《三洲歌》新辞的和声声调特别曲折,就是法云改制的成绩,而梁武更根据改制过的《三洲歌》的"韵和",制成《江南弄》、《上云乐》及其和声。被某些人认为后世词曲之祖的《江南弄》,句法特别婉媚曲折,这一部分固然是由于当时七言诗的发达,但《三洲歌》的和声,除掉被改造为《江南弄》的和声外,对《江南弄》歌词本身也起着影响,应是不可否认的事吧。

（原载《国文月刊》第八十一期）

论吴声西曲与谐音双关语

第一节　引　　论

所谓谐音双关语,是指利用谐音作手段,一个词语可同时关顾到两种不同意义的词语。例如《读曲歌》:"奈何许,石阙生口中,衔碑不得语。"末句"碑"字双关"悲"字便是。"碑"与"悲"音同字异,我们名这类双关语为"同音异字之双关语"。尚有一类"同音同字之双关语",例如《子夜歌》:"见娘善容媚,愿得结金兰,空织无经纬,求匹理自难。"末句"匹"字双关"布匹"和"匹偶"二层意义。谐音双关语大致可分为这么两大类。此外,这两类双关语也有混合在一起的时候。例如《子夜夏歌》:"朝登凉台上,夕宿兰池里,乘月采芙蓉,夜夜得莲子。"末句"莲"双关"怜",属于第一类;"子"双关"莲子"和"吾子"(你),属于第二类。我们不妨把它唤做"混合双关语"。

这种双关语,也称表里双关,因为它正同谜语一般,具有表里二重意义。如上面"碑"、"布匹"、"莲子"是表(谜面),"悲"、"匹偶"、"怜子"是里(谜底)。表的意义须与上文相衔接,里却不然。第一类的双关语,有表字和里字之分。如"碑"、"莲"是表字,"悲"、"怜"是里字。这在歌唱时不成问题,因为一个音能兼顾两个词语,到书写时只能录下其中的一个了。照普通情形,大抵写下的是表字,留下谜底让别人猜。但也颇多写出里字的,例如《子夜歌》:"崎岖相怨慕,始获风云通,玉林语石阙,悲思两心同。"末句"悲"是谜底。又如《读曲歌》:"打坏木栖床,谁能坐相思,三更书石阙,忆子夜啼碑。"末句"啼"的表字是"题"。又如唐刘禹锡的《竹枝词》:"东边日出西边雨,道是无晴还有晴。"有的书上把"晴"写作"情"字。这种把谜底写出的原因,一方面固由于无意间的疏忽,另一方面恐是因写的人恐怕写下谜面,读的人会猜不到的缘故。六朝的清商曲辞中,就有一些双关语,因为不写下谜底,至今不曾被人猜出哩!

此种谐音双关语,在六朝的清商曲辞中最为发达。它们的一般格式是两句为一组,上句说一事物,下句申明上句的意思,而双关语就在下句的申明中出现。洪迈《容斋三笔》"乐府诗引喻"条说:

> 自齐、梁以来,诗人作乐府《子夜四时歌》之类,每以前句比兴引喻,而后句实言以证之。

就是这个意思。譬如上面所引,"石阙生口中,含碑不得语","石阙生口中"是叙说一事,也即是洪氏之所谓"比兴"("空织无经纬"近于比,"石阙生口中"、"乘月采芙蓉"近于兴);"含碑不得语",是"石阙生口中"的结果,申明上意,洪氏所谓"实言以证之"者也。这是一般的格式,当然也有例外,但占少数。

这种以"下句释上句"的双关诗,唐、宋诗论家往往把它唤作风人诗,定为杂体诗中的一格。严羽《沧浪诗话》说:

> 论杂体则有风人,上句述其语,下句释其义,如古《子夜歌》、《读曲歌》之类,则多用此体。

葛立方《韵语阳秋》(卷四)更有详尽的说明:

　　古辞云:围棋烧败袄,著子故衣然。陆龟蒙、皮日休间尝拟之。……是皆以下句释上句。《乐府解题》以此格为风人诗,取陈诗以观民风,示不显言之意。

这里葛氏说明了两个问题。第一,葛氏指明风人诗的名称沿自《乐府解题》一书。按唐人作《乐府解题》流传于宋代的有三本,一吴兢撰,二刘餗撰(据郑樵《通志略》,《崇文总目》、《宋史》不著撰人),三郗昂撰(或作王昌龄撰)。今郗书已亡佚,刘书篇幅无几,当亦残缺(有《说郛》本),仅吴书犹差完整(有《津逮秘书》本),风人诗格,今本刘书、吴书都没有这一条。但唐王叡的《炙毂子录》(《说郛》卷二三)中间“序乐府”一节,系抄掇吴书[①]及《古今注》而成。在《步虚词》题解下面,却有风人诗的解说:“风人,梁简文帝谓之风人,陈江总谓之吴歌,其文尽帷薄亵情,上句述一语,用下句释之以成云。围棋烧败袄,著子故依然[②],是此类也。”可见风人诗格,出于吴书无疑了。第二,葛氏提出了风人诗的界说:“取陈诗以观民风,示不显言之意。”这界说未免失之肤廓,不能揭出风人诗的特质。我以为风人一名,既然源于《国风》,其特色应当是“比兴引喻”,因为它正是《国风》的特色啊!

　　除风人诗一名外,又有人把它称作“吴歌格”的,如苏东坡《席上代人赠别诗》云:“莲子劈开须见臆(谐意),楸枰著尽更无期(谐棋),破衫却有重逢(谐缝)处,一饭何曾忘却(谐吃)时。”宋赵彦材(次公)注云:“此吴歌格,借字寓意也。”谢榛《四溟诗话》又简称之为“吴格”。那是因为六朝清商曲主要为吴歌的缘故。此外,更有称之为“子夜体”的,如明卓人月《词统》评刘禹锡《竹枝词》云:“《竹枝》杂子夜体,

　　①　王书不言所引《乐府题解》为吴兢作,但所引《题解》序文及内容次序,均同《津逮》本《乐府古题要解》。
　　②　二句原作“围棋败看子故作然”,今据皮日休引文(见下)改正。

以此为俑。"那又是因为《子夜歌》是吴声歌曲中最重要的曲调,双关语也最丰富的缘故。

风人诗发达于六朝,其起源在何时呢? 皮日休《杂体诗序》曾有叙说:

> 《诗》云:"维南有箕,不可以簸扬;维北有斗,不可以挹酒浆。"近乎戏也。古诗或为之,盖风俗之言也。古有采诗官,命之曰风人。"围棋烧败袄,著子故依然。"由是风人之作兴焉。

按"维南有箕"云云,见《小雅·大东》篇,其意在假天上有名无实的星象,讥刺人间的尸位素餐者,在修辞格中属于隐喻,是意义上的双关,而非声音上的双关,故皮氏也不认为真正的风人诗。后世如《古诗·明月皎夜光》篇"南箕北有斗,牵牛不负轭"、陆机拟作"织女无机杼,大梁不架楹"等等,都是意义上的双关,不在本篇讨论范围以内。"围棋"二句,见上吴兢《乐府解题》,今全诗已佚,《解题》也不说明是何人所作。按句中"围棋"双关"违期","故依然"双关"古衣燃"(释"烧败袄"),又以围棋的"著子"双关相思的"著子";二句中连用三个双关语,而且文字又相对仗,其遣辞的工巧,实在超出于任何清商曲辞之上,我们可以确定它是后出的作品。《解题》曾说简文作风人诗,此二句当是简文之作。把这种含有谐音双关语的诗作唤作风人诗,大约始于简文,所以皮日休有"由是风人之作兴焉"的话。

"以下句释上句"的严格的风人诗,就现存古诗而论,清商曲以前,实在找不到更早的渊源。如不限于这种严格的体例,那还可求得它的前驱者。《古诗十九首》之一云:

> 客从远方来,遗我一端绮。相去万余里,故人心尚尔。文彩

双鸳鸯，裁为合欢被。著以长相思，缘以结不解。以胶投漆中，谁能别离此？

第七句"思"谐"丝"，第八句"针结"谐"结好"。朱珔《文选集释》道："此盖借'丝'为'思'，借'连结'为'结好'，犹'莲'之为'怜'，'薏'之为'忆'。古人以同音字托物寓情，类如是尔。"说得正是。又《乐府诗集》卷八四有《离歌》①一首：

　　晨行梓道中，梓叶相切磨，与君别交中，缅如新缣罗（一作"维"），裂之有馀丝，吐之无还期。

第五句也以"丝"谐"思"字。朱嘉徵《乐府广序》（卷一三）道："一曰：馀丝，隐余思，后石阙、莲子诸语本此。"又说："离歌，离怨之歌，读曲隐语也，开晋代吴声《子夜》诸歌之始。"朱乾《乐府正义》（卷　五）也评它说："已启《白纻》、《子夜》一派，而未至于流。"《离歌》，《乐府诗集》不著作者年代，但冯惟讷《古诗纪》列入汉乐府古辞，从其歌词的古质看来，或许不会错。《离歌》是乐府，《古诗·客从远方来》篇也是乐府②，我们把它们作为六朝乐府中双关语的滥觞看待，真是再适当也没有的了。

---

　　①　此诗《乐府诗集》作《杂离歌》。冯惟讷《古诗纪》题作《杂歌》，自注曰："一作《离歌》。"《乐府》作《杂离歌》，殆旁注误为正文耳。今考其诗为诀别之辞，故《乐府》次在《骊驹歌》后，自以作《离歌》为是。《通志·乐略》第一"别离十九曲"中有《离歌》，当即指此。又有《离怨》，自注："一作《杂怨》。"离、杂形近，故易讹耳。

　　②　乐府《饮马长城窟行》下半段"客从远方来，遗我双鲤鱼"云云，措辞格式相同，疑古乐府有此一调。

第二节　六朝清商曲中的谐音双关语

　　六朝的清商曲，以吴声歌曲和西曲为最主要的两大部分。谐音双关语，也即包含于这两部分中间。自来诗家论风人诗，十九取材于这里。所谓"下句释上句"的严格的风人诗体裁，到这时才开始发生而且大大地发展。从历史发展方面看，西曲的产生时代，一般地较吴声为晚，它是受到吴声重大影响的后起的制作（参考本书《吴声西曲的产生时代》篇）。西曲中的双关语，较吴声要少得多，而且除一二双关语外，大都是吴声已经具备的。因此，谐音双关语，委实是吴地歌谣的最大特色。

　　近人研究六朝双关语的论著颇不少，我所见到的，有下列诸种：（一）徐嘉瑞先生《中古文学概论》（亚东版）、（二）陆侃如、冯沅君先生《中国诗史》（商务版）、（三）陈望道先生《修辞学发凡》（开明版）、（四）邱琼荪先生《诗赋词曲概论》（中华版）、（五）萧涤非先生《汉魏六朝乐府文学史》（中国文化服务社版）、（六）赵景深先生《修辞讲话》（北新版），以上专书，一部分论及双关语；（七）徐中舒先生《六朝恋歌》（载1927年9月开明书店出版的《一般》杂志）、（八）朱湘先生《古代的民歌》（载《小说月报》号外《中国文学研究专号》，后收入生活版之《中书集》），以上单篇论文。对清商曲中的双关语，可谓已搜讨略备，但仍有一些未见到的，现在把它们综合地叙述一下，就依照上节所讲，分为"同音异字"、"同音同字"、"混合"三大类。每条附举例子若干首，俾便对照。其体式则不限于"下句释上句"。

　　（一）同音异字之双关语（加＊号者系新增，下仿此）
　　（1）以"莲"谐"怜"（怜惜、怜爱）

高山种芙蓉,复经黄蘗坞,采得一莲时,流离婴辛苦。

（《子夜歌》）

我念欢的的,子行由豫情,雾露隐芙蓉,见莲不分明。

（同上）

郁蒸仲暑月,长啸出湖边,芙蓉始结叶,花艳未成莲。

（《子夜夏歌》）

青荷盖渌水,芙蓉葩红鲜,郎见欲采我,我心欲怀莲。

（同上）

千叶红芙蓉,照灼绿水边,馀花任郎摘,慎莫罢侬莲。

（《读曲歌》）

谁交强缠绵,常持罢作虑,作生隐藕叶,莲侬在何处?

（同上）

欢心不相怜,慊苦竟何已,芙蓉腹里萎,莲汝从心起。

（同上）

罢去四五年,相见论故情,杀荷不断藕,莲心已复生。

（同上）

辛苦一朝欢,须臾情易厌,行膝点芙蓉,深莲非骨念。

（同上）

（2）以"藕"谐"偶"

思欢久,不爱独枝莲,只惜同心藕。　　（《读曲歌》）

娇笑来向侬,一抱不能已,湖燥芙蓉萎,莲汝藕欲死。

（同上）

种莲长江边,藕生黄蘗浦,必得莲子时,流离经辛苦。

（同上）

青荷盖绿水,芙蓉披红鲜,下有并根藕,上生并目莲。

(《青阳度》)

*(3) 以"臆"谐"忆"

所欢子,莲从胸上度,刺忆定欲死。　　(《读曲歌》)

(4) 以"棋"谐"期"

今夕已欢别,合会在何时? 明灯照空局,悠然(疑谐"油燃")未有棋。　　(《子夜歌》)

计约黄昏后,人断犹未来,闻欢开方(疑谐"谎")局,已复将谁期?　　(《读曲歌》)

坐倚无精魂,使我生百虑,方局七十道,期会是何处?

(同上)

(5) 以"围棋"谐"违期"

近日莲违期,不复寻博子,六筹翻双鱼,都成罢去已。

(《读曲歌》)

*(6) 以"走"谐"诅"或"咒"

驻箸不能食,蹇蹇步闹里,投琼著局上,终日走博子。

(《子夜歌》)

(7) 以"丝"谐"思"

婉娈不终夕,一别周年期,桑蚕不作茧,昼夜长悬丝。

(《七日夜女歌》)

闻欢大养蚕,定得几许丝,所得何足言,奈何黑瘦为?

(《华山畿》)

伪蚕化作茧,烂漫不成丝,徒劳无所获,养蚕持底为?

(《采桑度》)

(8) 以"碑"谐"悲"

崎岖相怨慕,始获风云通,玉林语石阙,悲思两心同。

(《子夜歌》)

将懊恼,石阙昼夜啼,碑泪常不燥。

(《华山畿》)

奈何许,石阙生口中,衔碑不得语。

(《读曲歌》)

闻乖事难怀,况复临别离,伏龟语石板,方作千岁碑。

(同上)

(9) 以"题"谐"啼"

别后常相思,顿书千丈阙,题碑无罢时。

(《华山畿》)

打坏木栖床,谁能坐相思,三更书石阙,忆子夜啼碑。

(《读曲歌》)

欢相怜,今去何时来,袆裆别去年,不忍见分题。

(同上)

案:梁元帝《金乐歌》:"石阙题书字,金灯飘落花。"上句盖咏其事。

（10）以"蹄"谐"啼"

　　奈何不可言,朝看暮牛迹,知是宿蹄痕。　　（《读曲歌》）

（11）以"堤"谐"啼"

　　縠衫两袖裂,花钗鬓边低,何处分别归,西上古(疑谐"故")馀啼。

　　　　　　　　　　　　　　　　　　　　　　　（《读曲歌》）

（12）以"髻"谐"计"

　　欢相怜,题心共饮血,梳头入黄泉,分作两死计。

　　　　　　　　　　　　　　　　　　　　　　　（《读曲歌》）

（13）以"油"谐"由"

　　歔欷暗中啼,斜日照帐里,无油何所苦,但使天明尔。

　　　　　　　　　　　　　　　　　　　　　　　（《读曲歌》）

　　非欢独慊慊,侬意亦驱驱,双灯俱时尽,奈许两无由。

　　　　　　　　　　　　　　　　　　　　　　　（同上）

　　十期九不果,常怀抱恨生,然灯不下炷,有油那得明?

　　　　　　　　　　　　　　　　　　　　　　　（同上）

　　案:"燃灯不下炷","炷",疑谐"主",谓主意也。

（14）以"篱"谐"离"

　　百忆却欲噫,两眼常不燥,蕃师五鼓行,离侬何太早?

　　　　　　　　　　　　　　　　　　　　　　　（《读曲歌》）

执手与欢别,欲去情不忍,馀光照已藩,坐见离日尽。

(同上)

(15) 以"箭"谐"见"

夜相思,投壶不得(或作"停",非)箭,忆欢作娇时。

(《华山畿》)

案:王易先生《词曲史》(二篇二章)云:"借骁作娇。"疑是。

(16) 以"雉"谐"弟"

秋爱两两雁,春感双双燕,兰鹰接野鸡,雉落谁当见。

(《子夜秋歌》)

案:此萧涤非先生说。"雉",古与"弟"音相同。《说文》:"鵜,古文雉,从弟。"六朝人喜射雉,此可见当时风气。(参见赵翼《廿二史劄记》卷一二)

(17) 以"梳"谐"疏"

初时非不密,其后日不如,回头批栉脱,转觉薄志疏。

(《子夜歌》)

案:末句"志"字疑有误(或是"齿"字),此处当谐"子"。

*(18) 以"捣"谐"祷"

碧玉捣衣砧,七宝金莲杵,高举徐徐下,轻捣只为汝。

(《青阳度》)

案:翟灏《通俗编》卷三八《识馀篇》引俗谚:"石臼里春夜叉——祷

鬼。"以"捣"为"祷",与此同。

（19）以"荻"谐"敌"

　　郎情难可道,欢行豆(当是"岂"字)挟心,见荻多欲绕。
（《华山畿》）

　　案:安帝义熙初童谣云:"官家养芦化成荻。""荻"亦谐"敌"。

（二）同音同字之双关语
（1）以关闭之"关"谐关念之"关"

　　郎为傍人取,负侬非一事,摛(疑谐"离")门不安横(疑谐"分"),无复相关意。
（《子夜歌》）

（2）以布匹之"匹"谐匹偶之"匹"

　　见娘善容媚,愿得结金兰,空织无经纬,求匹理自难。
（《子夜歌》）

　　始欲识郎时,两心望如一,理丝入残机,何悟不成匹?
（同上）

　　春倾桑叶尽,夏开蚕务毕,昼夜理机丝,知欲早成匹。
（《子夜夏歌》）

　　隐机倚不织,寻得烂漫丝,成匹郎莫断,忆侬经绞时。
（《青阳度》）

（3）以布匹之"粗疏"谐性情之"粗疏"

登店卖三薏,郎来买丈馀,合匹与郎去,谁解断粗疏。

（《读曲歌》）

侬亦粗经风,罢顿葛帐里,败许粗疏中。　　　（同上）

(4) 以厚薄之"薄"谐轻视之"薄"

君行负怜事,那得厚相于,麻纸语三薏,我薄汝粗疏。

（《读曲歌》）

(5) 以厚薄之"薄"谐薄情之"薄"

感欢初殷勤,叹子后辽落,打金侧玳瑁,外艳里怀薄。

（《子夜歌》）

(6) 以帘薄之"薄"谐厚薄、薄子、薄情之"薄"

念爱情慊慊,倾倒无所惜,重帘持自鄣,谁知许厚薄。

（《子夜歌》）

人各既畴匹,我志独乖违,风吹冬帘起,许时寒薄飞。

（同上）

谁交强缠绵,常持罢作意,走马织悬帘,薄情奈当驶。

（《读曲歌》）

自从近日来,了不相寻博,竹帘祸裆题,知子心情薄。

（同上）

案:《阿子歌》:"工知悦弦死,故来相寻博。"《读曲歌》:"自从近日来,了不相寻博。"释宝月《估客乐》:"五两如竹林,何处相寻博。"博者,寻觅之意,不谐"薄",刘宋荀昶《拟相逢狭路间》云:"君家诚易知,易知复易博。"殆当时方言也(丁福保《全宋诗》说)。

*(7) 以蚕丝之"缠绵"谐情爱之"缠绵"

　　春蚕不应老,昼夜常怀丝,何惜微躯尽,缠绵自有时。

　　　　　　　　　　　　　　　　　　　　　　(《作蚕丝》)

*(8) 以草木之"缠绕"谐情爱之"缠绕"

　　女萝自微薄,寄托长松表,何惜负霜死,贵得相缠绕。

　　　　　　　　　　　　　　　　　　　　　　(《襄阳乐》)

　　落秦中庭生,诚知非好草,龙头相钩连,见枝(疑谐"子"字或"之"字)如欲绕。　　　　　　　　　　　　　(《杨叛儿》)

*(9) 以动植之"成双"谐男女之"成双"

　　湖中百种鸟,半雌半是雄,鸳鸯逐野鸭,恐畏不成双。

　　　　　　　　　　　　　　　　　　　　　　(《夜黄》)

　　落落千丈松,昼夜对长风,岁暮霜雪时,寒苦与谁双。

　　　　　　　　　　　　　　　　　　　　　　(《长松标》)

　　案:以上三式,接近意义上的双关,以其风格、句式无殊,并录之。

(10) 以风波流水之"风流"谐情爱之"风流"

　　人言襄阳乐,乐作非侬处,乘星冒风流,还侬扬州去。

　　　　　　　　　　　　　　　　　　　　　　(《襄阳乐》)

送欢板桥弯,相待三山头,遥见千幅帆,知是逐风流。

（《三洲歌》）

风流不暂停,三山隐行舟,愿作比目鱼,随欢千里游。

（同上）

《杨叛》西随曲,柳花经东阴,风流随远近,飘扬闷侬心。

（《杨叛儿》）

*（11）以欢乐之"欢"谐欢子之"欢"

折杨柳,百鸟园林啼,道欢不离口。　　（《读曲歌》）

（12）以果子之"子"谐欢子之"子"

慊苦忆侬欢,书作后非是,五果林中度,见花多忆子。

（《读曲歌》）

暂出后园看,见花多忆子,乌乌双双飞,侬欢今何在?

（《江陵乐》）

（13）以花草之"华"、"实"谐人之浮"华"与切"实"

百度不一回,千书信不归,春风吹杨柳,华艳空徘徊。

（《读曲歌》）

欲行一过心,谁我道相怜,摘菊持饮酒,浮华著口边。

（同上）

*（14）以衣服之"花色"谐人之"花色"（机巧）

素丝非常质,屈折成绮罗,敢辞机杼劳,但恐花色多。

(《作蚕丝》)

*(15) 以衣服之"华艳"谐人之"艳情"

著处多遇罗,的的往年少,艳情何能多?　(《华山畿》)

(16) 以物之同"心"谐人之同"心"

当信抱梁期,莫听回风音,镜上两人髻,分明无两心。

(梁武帝《子夜秋歌》)

感郎崎岖情,不复自顾虑,臂绳双入结,遂成同心去。

(《西乌夜飞》)

芙蓉始怀莲,何处觅同心? 俱生世尊前,折杨柳,捻香散名花,志得长相取。　(《月节折杨柳歌》)

(17) 以物之"苦心"(苦辛)谐人之"苦心"(苦辛)

自从别郎来,何日不咨嗟,黄蘗郁成林,当奈苦心多。

(《子夜歌》)

自从别欢后,叹音不绝响,黄蘗向春生,苦心随日长。

(《子夜春歌》)

种莲长江边,藕生黄蘗浦,必得莲子时,流离经辛苦。

(《读曲歌》)

案:《通俗编·识馀篇》引俗谚云:"黄蘗树下弹琴——苦中作乐。"

(18) 以道路之"道"谐道说之"道"

一夕就郎宿,通夜语不息,黄蘗万里路,道苦真无极。

(《读曲歌》)

(19) 以飞龙之"骨"谐思妇之"骨"

自从别郎后,卧宿头不举,飞龙落药店,骨出只为汝。

(《读曲歌》)

(20) 以消融之"消"谐消瘦之"消"

音信阔弦朔,方悟千里遥,朝霜语白日,知我为欢消。

(《读曲歌》)

(21) 以光之"亮"、"照"、"明"谐人之"亮察"、"照拂"、"表明"

夜半冒霜来,见我辄怨唱,怀冰暗中倚,已寒不蒙亮。

(《子夜冬歌》)

冬林叶落尽,逢春已复曜,葵藿生谷底,倾心不蒙照。

(同上)

思欢不得来,抱被空中语,月没星不亮,持底明侬绪。

(《读曲歌》)

*(22) 以水之"倒写"谐情之"倒写"

思难忍,络绎语酒壶,倒写侬顿尽。　　(《读曲歌》)

(23) 以药名之"散"谐聚散之"散"

相怜两乐事,黄作无趣怒,合散无黄连,此事复何苦。

(《读曲歌》)

(24) 以琴曲之"散"谐聚散之"散"

黄丝呷素琴,泛弹弦不断,百弄任郎作,唯莫《广陵散》。

(《读曲歌》)

*(25) 以颜色之"清白"谐性行之"清白"

白练薄不着,趣欲着锦衣,异色都言好,清白为谁施?

(《团扇郎》)

(三) 混合双关语

(1) 以"莲子"谐"怜子"

寝食不相忘,同坐复俱起,玉藕金芙蓉,无称我莲子。

(《子夜歌》)

朝登凉台上,夕宿兰池里,乘月采芙蓉,夜夜得莲子。

(《子夜夏歌》)

盛暑非游节,百虑相缠绵,泛舟芙蓉间,散思莲子间。

(同上)

掘作九州池,尽是大宅里;处处种芙蓉,婉转得莲子。

(《子夜秋歌》)

人传我不虚,实情明把纳,芙蓉万层生,莲子信重沓。

(《读曲歌》)

欢欲见莲时,移湖安屋里,芙蓉绕床生,眠卧抱莲子。

(《杨叛儿》)

（2）以"梧子"谐"吾子"

怜欢好情怀，移居作乡里，桐树生门前，出入见梧子。
（《子夜歌》）

仰头看桐树，桐花特可怜，愿天无霜雪，梧子解千年。
（《子夜秋歌》）

我有一所欢，安在深阁里，桐树不结花，何由得梧子。
（《懊侬歌》）

上树摘桐花，何悟枝枯燥，迢迢空中落，遂为梧子道。
（《读曲歌》）

（3）以"博子"谐"薄子"

驻箸不能食，蹇蹇步闱里，投琼著局上，终日走博子。
（《子夜歌》）

近日莲违期，不复寻博子，六筹翻双鱼，都成罢去已。
（《读曲歌》）

（4）以"丝子"谐"思子"

前丝断缠绵，意欲结交情，春蚕易感化，丝子已（疑谐"意"）
复生。
（《子夜歌》）

*（5）以"相（视）丝"谐"相思"

明月照桂林，初花锦绣色，谁能不相思，独在机中织。
（《子夜春歌》）

髪乱谁料理,托侬言相思,还君华艳去,催送实情来。

(《懊侬歌》)

绩蚕初成茧,相思条女(疑误)密,投身汤水中,贵得共成匹。

(《作蚕丝》)

(6) 以"负星"谐"负心"

阔面行负情,诈我言端的,画背作天图,子将负星历。

(《读曲歌》)

(7) 以"苦篱"谐"苦离"

闻欢远行去,相送方山亭,风吹黄蘖藩,恶闻苦离声。

(《石城乐》)

*(8) 以"龛"、"释子像"谐"堪"、"释(舍去)子像"

自我别欢后,叹音不绝响,茱萸持捻泥,龛有杀子像。

(《读曲歌》)

(9) 以"倶侬"谐"欺侬"

语我不游行,常常走巷路,败桥语方相,欺侬那得度?

(《读曲歌》)

案：余冠英先生《乐府诗选》："'倶侬'就是'倶人',也就是方相。"

附说一　论"芙蓉"不谐"夫容"

清商曲中,每逢提到"莲",上面恒有"芙蓉"。(《初学记》二七:"江东呼荷华为芙蓉。"《尔雅·释草》:"荷,芙渠,其实莲。")近人论双关语的,佥认"芙蓉"是双关语,谐"夫容"。我并不故意要标新立异,实觉此说难以成立,今将鄙见条列如下:

(一) 根据风人诗一般的格式:"前句比兴引喻,而后句实言以证之"(洪迈),"芙蓉"正是比兴引喻之物,以导出后句的"莲"字,"莲"是主,是双关语,"芙蓉"是宾,不需要双关他物。例如《子夜歌》:"雾露隐芙蓉,见莲不分明。"主旨在"见莲(怜)不分明",上句仅在说出"见怜不分明"的缘故。他如"乘月采芙蓉,夜夜得莲子"(《子夜夏歌》)、"芙蓉始结叶,花艳未成莲"(同上)、"芙蓉腹里萎,莲汝从心起"(《读曲歌》)、"芙蓉万层生,莲子信重沓"(同上)、"行膝点芙蓉,深莲非骨念"(同上)等等,前句都是后句的原因,后句是前句的结果,"芙蓉"是比兴之物,并非双关语。这解释可推之一切含有"芙蓉"、"莲"字的句子。以"芙蓉"引起"莲"("怜")字的,不独清商曲中有之。《乐府诗集》卷八七有《北齐太上时童谣》云:"千金买果园,中有芙蓉树,破券不分明,莲子随它去。"可为证。

(二) 如上所说,"芙蓉"是一种引语,其地位相等于"石阙"、"黄蘗藩"一类其他引语。如《读曲歌》:"三更书石阙,忆子夜啼碑。"《华山畿》:"石阙昼夜啼,碑泪常不燥。"石阙引出"碑"("悲")字,并无其他意义。又如《石城乐》:"风吹黄蘗藩,恶闻苦离声。"黄蘗引出"苦"字,藩引出"篱"("离")字,并无他意。

(三) 大凡双关语,不论代入表字或里字,在本句中文字仍须通顺。例如"雾露隐芙蓉,见莲(怜)不分明"、"乘月采芙蓉,夜夜得莲(怜)子"等,其表义承接上文,固然极通顺。里义可译为"被爱不分明"、"夜夜得爱你",也极通顺。现在试把"芙蓉"的里字"夫容"代入,则上句成为"雾露隐夫容"、"乘月采夫容",不成意义。

（四）清商曲中,也有上下句都有双关语的,如《读曲歌》:"近日莲违期,不复寻博子。"这里"违期"谐"围棋","博子"谐"薄子",前后都有双关语,但不可与"芙蓉"引"莲"相提并论。因围棋与博簺是两事,"棋"并非"博子"的引字。围棋而不博簺,是表义;违期而不寻薄子,是里义:都极通畅。

（五）假令"芙蓉"两字仅着重在"芙"字,其意义即为夫君,也仍然难以讲通。历代诗文中,都以芙蓉比喻女子,即拿清商曲说,如《碧玉歌》:"碧玉破瓜时,郎为情颠倒,芙蓉陵霜荣,秋容故尚好。"《子夜夏歌》:"青荷盖渌水,芙蓉葩红鲜,郎见欲采我,我心欲怀莲。"《读曲歌》:"千叶红芙蓉,照灼绿水边,馀花任郎摘,慎莫罢侬莲!"以芙蓉况女子,都很显然。芙蓉既为女子的象征,同时又以之双关夫君,岂非矛盾?

（六）古人咏芙蓉的诗作,曾经提及"莲"、"怜"相谐。如隋杜公瞻《咏同心芙蓉诗》云:"灼灼荷花瑞,亭亭出水中,一茎孤引绿,双影共分红,色夺歌人脸,香乱舞衣风,名莲自可念,况复两心同。"这里仍以芙蓉比女子(歌人),假如"芙蓉"、"夫容"的双关,在当时是与"莲"、"怜"双关一样普遍的话,杜公瞻为什么只片面地提及"莲"("怜")呢?不单此诗,即其他古人咏芙蓉的诗作,也从未暗示过"芙蓉"同"夫容"间有什么联系性。

（七）假如"芙蓉"、"夫容"是普遍的双关语,它一定应当被后代的诗家所摹仿。但我们查考这些仿作中,有"莲"、"怜"相谐的,如唐张祜的《读曲歌》:"摘荷空摘叶,是底采莲人?"五代孙光宪的《竹枝词》:"杨柳在身垂意绪,藕花落尽见莲心。"有"藕"、"偶"相谐的,如元徐梦吉的《竹枝词》:"莫为采莲忘却藕,月明风定好回船。"倪瓒的《竹枝词》:"踏尽白莲根无藕,打破蜘蛛网(枉)费丝。"却没有用"芙蓉"双关"夫容"的。

（八）认"芙蓉"谐"夫容"的说法，据我所见，始于近人徐嘉瑞先生。他在《中古文学概论》中释《子夜歌》"雾露隐芙蓉，见莲不分明"时说："芙蓉通作夫容解，夫之容也。"实昧于"上句引兴比喻"的原则。其实前人说诗，也未尝以"芙蓉"为谐"夫容"的。例如翟灏《通俗编·识馀篇》说："雾露隐芙蓉，见莲不分明，以莲为怜也。"又如清代王琦的《李长吉歌诗汇解》，解释《恼公歌》"密书题豆蔻，隐语笑芙蓉"两句时说："古《读曲歌》云……盖以芙蓉者莲也，暗合怜字之意。题豆蔻者，密喻同心之订；笑芙蓉者，隐语相怜爱之意。"不是说得很明白吗？徐氏成书时代甚早（1924），首开探讨吴歌中双关语的风气，其功不可没；但也因此不免有牵强附会之处，如以《读曲歌》"飞龙落药店"的"药"作"约"字解，《孟珠》的"适闻梅作花"的"梅"作"媒"字解，都不为后起者所采用，只有"夫容"一说，沿误至今，是亟宜加以辨正的。

（九）近人论诗，不同意"芙蓉"、"夫容"相谐之说，据我所见，也有两家。胡才甫先生《诗体释例》（中华书局印）解释上引《子夜歌》说："雾露句述一语，见莲句释其义，莲借为怜义。"洪为法先生在《采莲集》中更说得清晰："芙蓉或说是隐夫容，指夫之容貌。此说不尽然，芙蓉就是荷花，此处不过借以说到莲子罢了。"可惜两位就这么简单几句，不曾详细申述，因而也不能推倒旧说；我这里不惮辞费，算是在补足这点缺憾。

附说二　论"莲"、"怜"相谐的普遍

我们讽诵上面许多谐音双关诗，知道双关语中间的比兴引喻之物，"都是歌者当时当地所见得到的事物"（陈望道先生《修辞学发凡》），例如芙蓉、梧桐、藩篱、帘薄、蚕丝、布匹等等都是。其中尤以"芙蓉"及"莲"两物用得最多，因而以"莲"谐"怜"的双关语，也就最为普遍。这理由是：吴歌的产生地域江南，是莲花最繁盛的园地，从汉乐府古辞《江南可采莲》直到后来无数的《采莲曲》，在在都

低回于这江南的名花；而吴歌的内容，十九又吟咏男女的互相怜爱；即景生情，从"莲"到"怜"，从"莲子"到"怜子"，正是极其自然的联想。

吴歌中常常提到的名花——芙蓉，同当时上层阶级的生活也有着密切的联系。这里不必引证一连串的六朝诗人的《采莲歌》的制作，那是太平凡了。《宋书·符瑞志》（下）里面记着"双莲同干"、"二花一蒂"、"二莲合花"、"嘉莲生"等"符瑞"，共计达二十二次之多，说明当时人把莲花与政治互相牵连着，莲花在那时的象征性是多么巨大！

由于对芙蓉的爱好，在平常日用物件上镂刻芙蓉作为装饰，那是普遍的现象。简文《对烛赋》云："于是摇同心之明烛，施雕金之丽盘。……铜芝抱带复缠柯，金藕相萦共吐荷。"这是烛及烛盘的装饰。刘孝威《郡县遇见人织率尔寄妇诗》："镂玉同心藕，列宝连枝花。"这是布匹上的花纹。明乎此，可知《子夜歌》"金铜作芙蓉，莲子何能实"以及"玉藕金芙蓉，无称我莲子"云云，所谓"玉藕"、"金芙蓉"，即指那些饰物。殿壁屋栋，饰以芙蓉，也是恒常的事。故鲍照《代京洛篇》说："绣桷金莲花，桂柱玉盘龙。"（《初学记》七引《风俗通》："殿堂象东井形，刻作荷菱。荷菱水物也，所以压火。"）《子夜秋歌》："掘作九州池，尽是大宅里，处处种芙蓉，婉转得莲子。"或许就是这种装饰下引起的幻想罢。

芙蓉常绣在布匹上面，因此它与衣饰的关系更密。梁元帝《乌栖曲》"芙蓉为带石榴裙"，吴均《去妾赠前夫》"莲花带缓腰"，是带子。鲍照《行路难》"七彩芙蓉之羽帐"，简文《戏作谢惠连体十三韵》"绮幕芙蓉帐"，是帐子。《杨叛儿》的"芙蓉绕床生，眠卧抱莲子"，当是芙蓉帐下的幻梦。

芙蓉用作首饰，更为普遍。《古绝句》"何用通音信，莲花玳瑁簪"，吴均《古意》"莲花衔青雀，宝粟钿金虫"，范靖妻《咏步摇花》"剪荷不似制，为花如自生"，都是其例。再则，女子髻鬟多有装作芙蓉者,名芙蓉髻。如《读曲歌》:"花钗芙蓉髻,双鬓如浮云。"王叡《炙毂子》说:"汉名同心髻为芙蓉髻。"因此更易连带地运用"同心"这双关语了。

"莲"、"怜"相谐的现象,在当时亦不仅限于清商曲,《乐府诗集》卷八〇(近代曲辞)有《相府莲曲》,题解引《古解题》说:"《相府莲》者,王俭为南齐相,一时所辟,皆才名之士。时人以入俭府为莲花池,谓如红莲映绿水,今号莲幕者自俭始。其后语讹为想夫怜,亦名之丑尔。"便是一例。"莲"、"怜"两字相谐之习,既异常普遍,遂达到互相通用的地步。如《读曲歌》:"近日莲违期,不复寻博子,六筹翻双鱼,都成罢去已。"这里首句"莲"字,实当作"怜",此处纯属谐音借代,并非双关语了。北齐后主妃子冯淑妃,名小怜,也有作小莲的,也是同样的借代。

"莲"、"怜"相谐之风,有以为起于汉代者。《谢氏诗源》说:"汉有女子舒襟,为人聪慧,事事有意。与元群通,尝寄群以莲子,曰:吾怜子也。群曰:何以不去心? 使婢答曰:正欲汝知心内苦。故后世《子夜歌》有见莲不分明等语,皆祖其意。"(伊世珍《琅嬛记》卷上引)这说法很晚,不见他书,恐不足据。又《西京杂记》称:"戚夫人侍儿贾佩,后出为扶风人段儒妻。说在宫中时,至七月七日,临百子池作《于阗乐》。乐毕,以五色缕相羁,谓为相连爱。"萧涤非先生以为"相连爱"谐"相怜爱"。但干宝《搜神记》(卷二)亦载此段,"相连爱"作"相连绶",则"爱"是"绶"的误字,"怜"、"绶"义不可通,萧说不能成立。总之,说"莲"、"怜"相谐,起源汉代,非不可能,但目下证据还不够。

第三节　清商曲以外的谐音双关诗

六朝非清商曲辞的诗歌中,也往往有谐音双关语。这类作品,可说是清商的仿制品,虽然体式不一定和它们一样。我查得的有下列几首：

织　　妇

梁武帝

送别出南轩，离思沉幽室，调梭辍寒夜，鸣机罢秋日，良人在万里，谁与共成匹？愿得一回光，照此忧与疾，君情倘未忘，妾心长自毕。

桃　花　曲

梁简文帝

但使新花艳，得间美人簪，何须论后实，怨子结瑕心。

吴　趋　行

梁元帝

水里生葱翅，池心恒欲飞，莲花逐床返，何时乘鬝归？（“池”谐“驰”）

吴　趋　行

无名氏

萤满盖重帘，唯有远相思，藕叶清朝钏，何见早归时。

案：陆机有《吴趋行》，咏吴地之土风史迹，系五言古体。此《吴趋行》二首，则纯系吴歌，盖同名而异实者也。王夫之《古诗评选》（卷三）误以下一首为陆机作。

咏　灯　檠

王　筠

百华耀九枝，鸣鹤映冰池。末光本内照，丹花复外垂。流辉悦嘉客,翻影泣生离。自销良不悔,明白愿君知。

采 荷 调

江从简

欲持荷(双关宰相何敬容)作柱,荷弱不胜梁。欲持荷作镜,荷暗本无光。

摘同心栀子赠谢娘因附此诗

刘令娴

两叶虽为赠,交情永未因,同心何处恨,栀子最关人!

案:萧涤非先生云:"栀子双关之子。"(《汉魏六朝乐府文学史》五编三章)

北朝诗歌含有双关语的有下列诸首:

琴 歌(一作讽谏诗)

赵 整

北园有枣(或作"一",非)树,布叶垂重阴,外虽多棘刺,内实有赤心。

案:慧皎《高僧传》(卷一)曰:"正性好讥谏,无所回避。苻坚末年宠惑鲜卑,惰于治政。正因歌谏曰:昔闻孟津河,千里作一曲,此水本自清,是谁搅令浊?坚动容曰:是朕也。又歌曰:北园有一树……坚笑曰:将非赵文业耶?"

赠 王 肃

王肃妻谢氏

本为箔上蚕,今作机上丝,得络逐滕去,颇忆缠绵时。

案:况澄《杂体诗钞》卷五:"花杠云:络与喜乐之乐同音。滕与胜负之胜同音。络,络丝也。滕,机持经者也。"又案刘𫗧《隋唐嘉话》卷下:"张昌仪兄弟恃易之、昌宗之宠,所居奢溢,逾于王主。末年有人题其门曰:一绚丝,能得几日络? 昌仪见之,遽下笔书其下曰:一日即足。无何而祸及。""络"亦谐"乐"。

代　答　谢　氏

陈留长公主

针是贯绅物,目中常纴丝,得帛缝新去,何能衲故时。

案:《前溪歌》:"莫学流水心,引新都舍故。"与此正同。杨衒之《洛阳伽蓝记》卷三曰:"肃在江南日,聘谢氏为妻,乃至京师,复尚公主。其后谢氏入道为尼,亦来奔肃,见肃尚主,谢作五言诗以赠之。公主代答谢。肃甚有愧谢之色,遂造正觉寺以憩之。"

北齐太上时童谣

千金买菜(一作"药",形近而误)园,中有芙蓉树,破券不分明,莲子随它去。

案:《太平御览》(九七五)引《三国典略》:"周平齐,齐幼主、胡太后等并归于长安。有谣云云,调甚悲苦,至是应焉。"按第三句"破券"之"券",系指契约,一作"破家",非。温庭筠《苏小小歌》云:"买莲莫破券。"可证。

据《伽蓝记》卷四称:"魏河间王琛,有婢朝云,善吹篪,能为《团扇歌》、《陇上声》。"可见清商曲也流行于北方。北朝诗歌中的双关语,应当蒙受清商曲辞的影响。

第四节　六朝谐音双关诗的馀波
——唐代的谐音双关诗

唐代诗人,摹拟六朝乐府,作风人体者,我检得的有下列各篇:

长 干 行

崔　颢

三江潮水急，五湖风浪涌，由来花性轻，莫畏莲舟重。

子 夜 歌

晁　采

何时得成匹，离恨不复牵，金针刺菡萏，夜夜得见莲。

相逢逐凉候，黄花忽复香，颦眉腊月露，愁杀未成霜（"霜"谐"双"）。

寄语闺中娘，颜色不常好，含笑对棘实，欢娱须是枣（"枣"谐"早"）。

良会终有时，欢郎莫得怒，姜蘗畏（同"喂"）春蚕，要绵（谐"眠"）须辛苦。

信使无虚日，玉醓寄盈舭，一年一日雨，底事太多晴？

相思百馀日，相见苦无期，褰裳摘藕花，要（疑谐"邀"）莲敢恨池（疑谐"迟"）。

得郎日嗣音，令人不可睹，熊胆磨作墨，书来字字苦。

案：原诗共十八首，录其有双关语者如上。《全唐诗》云："晁采，小字试莺，大历时人。少与邻生文茂，约为伉俪。及长，茂时寄诗通情。采以莲子达意，坠一于盆，逾旬开花并蒂。茂以报采，乘间欢合。母得其情，叹曰：才子佳人，自应有此，遂以采归茂。诗三十二首。"事迹类小说家言。

白 团 扇

张　祜

白团扇，今来此去捐，愿得入郎手，团圆郎眼前。

读 曲 歌

张 祜

窗中独自起,帘外独自行,愁见蜘蛛织,寻思直到明。

碓上米(一作"人")不舂,窗中丝罢络,看渠驾去车,定是无四角。(未详)

不见心相许,徒云脚漫勤,摘荷空摘叶,是底采莲人。

窗外山魈立,知渠脚不多,三更机底下,摸著是谁梭。

案:山魈,独脚鬼。"梭"谐"疏"。脚不多,或是当时俗语,谓来往不密也。

拔 蒲 歌

张 祜

拔蒲来,领郎镜湖边,郎心在何处?莫趁新莲去,拔得无心蒲,问郎看好无?

苏 小 小 歌

张 祜

车轮不可遮,马足不可绊,长怨十字街,使郎心四散。

新人千里去,故人千里来,剪刀横眼底,方觉泪难裁。

登山不愁峻,涉海不愁深,中擘庭前枣,教郎见赤心。

自 君 之 出 矣

张 祜

自君之出矣,万物看成古,千寻荇荺枝,争奈长长苦。

案:李时珍《本草》曰:"荇荺有甜、苦二种。"

白鼻騧

张　祜

为底胡姬酒，长来白鼻騧，摘莲抛水上，郎意在浮花。

柳　枝

李商隐

本是丁香树，春条结始生，玉作弹棋局，中心亦不平。

案：据《自序》，柳枝，洛中里娘名，义山垂意焉，寻为东诸侯取去，因作诗墨其故处云云。义山又有《无题》诗云："照梁初有情，出水旧知名，裙衩芙蓉小，钗茸翡翠轻，锦长书郑重，眉细恨分明，莫近弹棋局，中心最不平。"一语两见。案魏文帝《弹棋赋》："局则丰腹高隆，庳根四颓。"又曰："文石为局，隆中夷外。"故云"中心不平"也。

风人诗四首

陆龟蒙

十万全师出，遥知正忆君，一心如瑞麦，长作两歧分。

案："正忆君"，当是谐"整亿军"。《说文》："十万曰亿。"整亿军，即"十万全师出"也。

　　破磈供朝爨，须怜是苦辛，晓天窥落宿，谁识独醒人？

案：《通俗编》："以星为醒。""人"，疑谐"辰"。

　　旦日思双屦，明时愿早谐，丹青传四渎，难写是秋怀。

案："谐"谐"鞋"。马缟《中华古今注》（卷中）："凡娶妇之家，先下丝麻鞋一緉，取其和鞋之义。"（《百川学海》本）蒋防《霍小玉传》："先此一夕，玉梦黄衫丈夫抱生来，至席，使玉脱鞋。惊寤而告母，因自解曰：鞋者谐也，夫妇再合；脱者解也，既合而解，亦当永诀。"与此正同。《通俗编》："以淮为怀。"

闻道更新帜，多应废旧旗，征衣无伴捣，独处自然悲。

案："新帜"疑谐"心志"，"旗"谐"期"。古"帜"、"志"相通。《汉书·高帝纪》："旗帜皆赤。"师古曰："史家或作识，或作志，音义皆同。"况澄《杂体诗钞》曰："以杵为处。"

山阳燕中郊乐录

陆龟蒙

淮上能无雨，回头总是情，蒲帆浑未织，争得一欢成。

案："欢"，《容斋三笔》引作"挥"。周密《齐东野语》："余生长泽国，每闻舟子呼造帆曰欢，意谓俗谚耳。及观唐乐府有诗云：'蒲帆浑未织，争得一欢成。'是知方言俗语，皆有所据。"况澄曰："以雨为女。"

和陆鲁望风人诗

皮日休

刻石书离恨，因成别后悲，莫言春茧薄，犹有万重思。

镂出容刀饰，亲逢巧笑难，日中骚客佩，争奈即阑干。

案：况澄曰："以削为笑。"

江上秋声起，从来浪得名，逆风犹挂席，苦不会凡（一作"帆"）情。

又有刘采春所唱诗二首，见《容斋三笔》，语特工巧[1]。

---

[1] 《全唐诗》此二首列入裴诚名下，题名《南歌子》，共三首。另一首云："不信长相忆，抬头问取天。风吹荷叶动，无夜不摇（遥）莲。"诚又有《新添声杨柳枝词》云："独房莲子没人看，偷折莲时命也拚。若有所由来借问，但道偷莲是下官。"

不是厨中串,争知炙里心,井边银钏落,展转恨还深。

粹蜡为红烛,情知不自由(油),细丝斜结网,争奈眼相钩。

七言中用双关语,似乎始于唐人。李白诗中已肇其端倪,至刘禹锡、温庭筠新体出,得到长足的进展。

荆 州 乐

李 白

白帝城边足风波,瞿塘五月谁敢过。荆州麦熟茧成蛾,缲丝忆君头绪多,拨谷飞鸣奈妾何!

案:李义山《无题》云:"春蚕到死丝方尽。"温庭筠《达摩支曲》:"拗莲作寸丝难绝。""丝"亦谐"思"。

竹 枝 词

刘禹锡

杨柳青青江水平,闻郎江上唱歌声,东边日出西边雨,道是无晴(一作"情")却有晴(一作"情")。

新添声杨柳枝辞二首(一作南歌子)

温庭筠

一尺深红蒙曲尘,天生旧物不如新,合欢桃核终堪恨,里许元来别有人("人"谐"仁")。

井底点灯深烛伊,共郎长行莫围棋,玲珑骰子安红豆,入骨相思知不知?

案:"烛"谐"嘱","围棋"谐"违期",红豆一名相思子。(均见顾嗣立《温诗笺注》卷九)窃谓"伊"字亦双关。《王摩诘集》有苑咸《答王维戏赠》云:"三点成伊犹有想,一观如幻自忘筌。"赵松谷注:"佛书伊字如草书下(∴)字。"

是伊字或双关骰子点数及伊人也。

刘、温两作亦入词集。外此又有皇甫松、孙光宪《竹枝词》，牛希济《生查子》，词体中用双关语，以此数者为最早。

竹　　枝

皇甫松

芙蓉并蒂竹枝一心连女儿，花侵隔子竹枝眼应穿女儿。
筵中蜡烛竹枝泪珠红女儿，合欢桃核竹枝两人同女儿。
斜江风起竹枝动横波女儿，劈开莲子竹枝苦心多女儿。

竹　　枝

孙光宪

乱绳千结竹枝绊人深女儿，越罗万丈竹枝表长寻女儿。
杨柳在身竹枝垂意绪女儿，藕花落尽竹枝见莲心女儿。

生　查　子

牛希济

新月曲如眉，未有团圆意，红豆不堪看，满眼相思泪。终日劈桃瓤，人在心儿里，两朵隔墙花，早晚成连理。

赵宋以后，五言绝句式之双关诗较少，七言最著名者如东坡之"破衫却有重缝（逢）处，一饭何曾忘却（吃）时"，葛立方《韵语阳秋》称它为"文与意并见一句中，与风人诗又异"，其实性质并无不同，七言句长，能包纳五言二句，太白的《荆州乐》已经如此了。至于明、清以来的民歌中，谐音双关语更指不胜屈，不复赘述。

第五节 普遍使用谐音双关语的
六朝社会风气

谐音双关语的大量使用,是六朝社会的一种风气,不单清商曲中为然;清商曲中的双关语,只是更为完整巧妙罢了。但此种完整巧妙的双关语,只有在盛行双关语的社会环境下,才能发荣滋长。

清商曲辞的来源有二:一是民间的谣曲,二是上层阶级的制作。这里谈谐音双关语的环境,也从民谣隐语和上层阶级的谈吐两方面来剖析。

(一) 民谣隐语

六朝的民谣中,含着很多的谐音双关语。但他们的形式与清商曲的"上句述其语,下句释其义"不同;它们往往整个叙述着一个故事,即在其中的一二词语上,利用谐音来影射不好明说的别一事物;从修辞学上讲来,它们是带有谐音原素的隐喻或寓言。这类童谣,汉代已经有了。例如《汉书·五行志》(中)的成帝时童谣:

> 燕燕尾涎涎,张公子,时相见。木门仓琅根,燕飞来,啄皇孙;皇孙死,燕琢矢。

歌中的"燕",指赵飞燕。至于吴歌,从一开始就有这种谐音隐语,如孙皓天纪中童谣:

> 阿童复阿童,衔刀游渡江,不畏岸上虎,独畏水中龙。

"龙"是指晋龙骧将军王濬(见《宋书》、《晋书》的《五行志》)。到了晋代,这类谐音隐语更在歌谣中大大地发展,如惠帝元康中京洛童谣二首：

> 南风起兮吹白沙，遥望鲁国何嵯峨，千岁髑髅生齿牙。
> 城东马子莫咙哅，比至来年缠汝鬉。

第一首起句，据《晋书·五行志》说："南风，贾后字也。白，晋行也。沙门，太子小字也。"都是谐音双关语。第二首"城东马子"指愍怀太子。太子居东宫，故曰"城东"。晋皇室姓司马氏，故曰"马子"。用"马"来指晋朝皇族，是当时童谣中最风行的修辞法，如著名的惠帝太安中童谣：

> 五马浮渡江，一马化为龙。

《晋书·五行志》说："其后中原大乱，宗藩多绝，唯琅玡、汝南、西阳、南顿、彭城，同至江东，而元帝（琅玡王）嗣统矣。"其他如：

> 恻恻力力，放马山侧，大马死，小马饿，高山崩，石自破。（明帝太宁初童谣）
> 凤凰生一雏，天下莫不喜，本言是马驹，今定成龙子。（海西公时童谣）
> 青青御路杨，白马紫游缰，汝非皇太子，那得甘露浆。（同上）

诗中的"马"，暗地都指晋帝。它们的本事均见《宋书》、《晋书》的《五行志》，这里不一一细说了。上面举的都是同音同字的双关语。此外，同音异字的则如《晋书·五行志》所载：

  哀帝隆和元年十月甲申,有麈入东海第,百姓欢言曰:"麈(《宋志》作"主")入东海第。"识者怪之。及海西废为东海王,乃入其第。

以"麈"关"主"。又如安帝义熙初童谣云:

  官家养芦化成荻,芦生不止自成积。

"芦"、"荻"都是双关语。《晋书·五行志》说:"时官养卢龙,宠以金紫,奉以名州,养之已极,而龙不能怀我好音,举兵内伐,遂成仇敌也。及败,斩伐其党,如草木之成积焉。"同时尚有民谣二首:

  芦生漫漫竟天半。

  芦澄澄,逐水流,东风忽如起,那得入石头。

"芦"也都指卢龙,亦见《晋书·五行志》。含有这两类双关语的童谣,几乎南北各朝都有,读者如翻检《古诗纪》、《全汉三国晋南北朝诗》等总集,便可找得不少例证,这里不必多加摘录了。再者,与这相类似的谐音析字法,在当时的谶纬、谣言、相字术中也经常出现(谶纬、谣言原与童谣的性质相近),这里也不细说。

  但须注意的,歌谣中尚有一类更为间接的谐音双关语,它经过了一重意译的功夫。如著名的《古绝句》(《玉台新咏》卷一〇列在晋贾充《与李夫人连句》前,当是汉魏之作):

  藁砧今何在? 山上复有山,何当大刀头? 破镜飞上天。

这首诗整个是一谜语。吴兢《乐府古题要解》解释它说："藁砧,铁也,问夫何处也。山上复有山,重山为出字,言夫不在也。何当大刀头,刀头有镮,问夫何时当还也? 破镜飞上天,言月半当还也。"第一句以"铁"指"夫",第三句以"镮"指"还",但诗中不说出"铁"与"镮",却把"铁"译成"藁砧",把"镮"译成"大刀头",所以说是更为间接的谐音双关语。与这方法相同的,如梁末童谣:

> 可怜巴马子,一日行千里。不见马上郎,但有黄尘起。黄尘污人衣,皂荚相料理。

"皂荚"指羊,更谐"杨"。《南史》(卷一〇《陈后主纪论》)说:"尘谓陈也。江东谓殺羊角为皂荚。隋氏姓杨,杨,羊也。言陈终灭于隋也。"

上面"藁砧"、"大刀头"、"皂荚"等一类意译了的谐音双关语,其性质正和风人诗上句的比兴物相同。风人诗上句的比兴引喻之物,最习见的,如以"芙蓉"引"莲"(怜),"玉林"、"石阙"引"碑"(悲),"桐"树、"桐"花引"梧子"(吾子),"藩"引"篱"(离),"帘"引"薄","布"引"匹"等等,前后句东西名称虽不同,实际却是一物。这种一物二称的修辞方法,大约就是从上面这种童谣发展而成的。不同的是风人诗下句仍把谐音双关语(如"莲"、"碑"等)说出,不像童谣那般隐僻难猜罢了。

(二) 上层阶级的谈吐

魏晋六朝的上层阶级人士注意言辞,是历史上著名的。谐音双关语,也是他们在谈吐中经常采用的;从这里,我们不但看到那些风流人物机警的一斑,同时也明白了为什么吴声、西曲中的若干双关语所以如此斯文。

这里从刘备说起,《蜀志》(卷一二)《张裕传》说:

> 裕饶须,先主嘲之曰:"昔者居涿县,特多毛姓;东西南北,皆

诸毛也。涿令称曰：诸毛绕涿居乎？”裕即答曰：“昔有作上党潞长，迁为涿令。涿令者去官还家，时人与书，欲署潞则失涿，欲署涿则失潞，乃署曰潞涿君。”先主无须，故裕以此及之。先主常衔其不逊，加忿其漏言，乃显裕谏争汉中不验，下狱。……裕遂弃市。

“潞涿”双关“露椓”。《诗·大雅·召旻》：“昏椓靡共。”郑笺：“椓，毁阴者也。”刘备嘲笑人家，却不愿人家嘲笑自己，气量多狭！晋代的风流人物谢安，史书有两则关涉他的双关语记载：

> 《晋书》(卷九二)《袁宏传》：“谢安常赏其机对辩速。后安为扬州刺史，宏自吏部郎出为东阳郡，乃祖道于冶亭。时贤皆集。安欲以卒迫试之，临别执其手，顾就左右取一扇而授之曰：聊以赠行。宏应声答曰：辄当奉扬仁风，慰彼黎庶。”(《初学记》卷二、《御览》卷九引《晋阳秋》同)

> 《世说新语·排调篇》：“谢公始有东山之志，后严命屡臻，势不获已，始就桓公(温)司马。于时人有饷桓公药草，中有远志。公取以问谢：此药又名小草(刘注引《本草》：“远志一名棘菀，其叶名小草。”)，何一物而有二称？谢未即答。时郝隆在座，应声答曰：此甚易解，处则为远志，出则为小草①。谢甚有愧色。桓公目谢而笑曰：郝参军此通乃不恶，亦极有会。”

袁宏谄谀，郝隆嘲谑，都能即景生情，恰到好处。“奉扬仁风”，使我们想起《懊侬曲》之一：“山头草，欢少四面风，趋使侬颠倒！”远志、小草

---

① 《博物志》卷七：“远志苗曰小草，根曰远志。”(《士礼居丛书》本)

等药名,极易使人想起文字的原来意义,与此相似的例如当归,就被人不止一次地应用过。《吴志》(卷四)《太史慈传》:"曹公闻其名,遗慈书,以箧封之,发省无所道,而但贮当归。"《蜀志》(卷一四)《姜维传》裴注引孙盛《杂记》:"姜维诣亮,与母相失,复得母书,令求当归。维曰:良田百顷,不在一亩;但有远志,不在当归也。"(《晋书》、《宋书》《五行志》同)可见郝隆"远志"之喻,也已古有前例了。这种药名双关语,后来更大大发展,到南齐王融等遂有《药名诗》的制作,虽然工致,也失却了双关的风趣。

《南史》中有三则很机智的双关语记载:

> 卷一八《萧琛传》:"琛经预御筵,醉伏。上以枣投琛,琛乃取栗掷上,正中面。御史中丞在座。帝动色曰:此中有人,不得如此,岂有说耶? 琛即答曰:陛下投臣以赤心,臣敢不报以战栗。上笑悦。"

> 卷四三《武陵昭王晔传》:"巫觋或言晔有非常之相,以此自负。武帝闻之,故无宠,未尝处方岳。于御座曲宴,醉伏地,貂抄肉柈。帝笑曰:污貂。对曰:陛下爱其羽毛,而疏其骨肉。帝不悦。"

> 卷八〇《侯景传》:"湘东王中记室参军萧贲,骨鲠士也。每恨湘东不入援。尝与王双六,未下,贲曰:殿下都无下意。王深为憾,遂因事害之。"

同样是贴切当前情景的双关,效果却不同,专制君王常常是喜欢谄谀而嫉视讽谕的。"赤心"的双关,亦见赵整《讽谏诗》,案郭璞《枣赞》云:"因材制义,赤心鲠直。"(《初学记》卷二八)大约也同远志、当归一般,在当时是被普遍使用着的。"战栗"的双关语,则当本诸《论语·

八佾篇》："哀公问社于宰我,宰我对曰:夏后氏以松,殷人以柏,周人以栗,曰:使民战栗。"萧贲的双关语——"下",使我们想起《读曲歌》的"燃灯不下炷,有油那得明"。《南史》中尚记有庾杲之吃菜的嘲谑。

> 卷四九《庾杲之传》:"杲之清贫自业,食唯有韭菹、瀹韭、生韭杂菜。任昉尝戏之曰:谁谓庾郎贫,食鲑尝有二十七种。"

以"韭"谐"九",三韭(九)故有二十七种。《洛阳伽蓝记》卷三:"陈留侯李崇,为尚书令仪同三司,富倾天下,僮仆千人,而性多俭吝,恶衣粗食,常无肉味,止有韭菹。崇客李元祐语人曰:李令公一食十八种。人问其故,元祐曰:二九(韭)一十八。闻者大笑。世人即以为讥骂。"这么相同的巧事,要说偶合,似乎很不可能。当时南北交通频繁,江南佳话,往往传播北地,《伽蓝记》的记载,当是庾杲之故事的衍化罢。

六朝人尚盛行着一种双关的游戏,那便是将他人的名字嵌入言谈之中,来开玩笑,这里举两例。

> 《南史》卷一九《谢朓传》:"先是朓常轻江祏为人,后祏及弟祀、刘沨、刘晏俱候朓。朓谓祏曰:可谓带二江之双流(谐"刘")。以嘲弄之。祏转不堪,至是构而害之。"(按"带二江之双流",左思《蜀都赋》语。)

> 又卷二○《谢庄传》:"王玄谟问庄何者为双声,何者为叠韵。庄应声曰:元(通玄)护为双声,磝碻为叠韵。其捷速如此。"(按玄谟与桓护之二人曾败军于磝碻,故庄以此嘲之。)

类此之例颇多,这里不备举。这种嵌用姓名的嘲戏,诗歌中也有。

《南史》卷六○《江革传》说江革为浔阳太守,清严为属城所惮,"以正直自居。不与典签赵道智坐。道智因还都启事,面陈革堕事好酒,以琅邪王昙聪代为行事。南州士庶为之语曰:'故人不道智,新人佞散骑,莫知度不度,新人不如故'"。又同卷《江德藻传》:"德藻弟从简,少有文情,年十七,作《采荷调》以刺何敬容,为当时所赏。"其歌曰:"欲持荷作柱,荷弱不胜梁;欲持荷作镜,荷暗本无光。"(《乐府诗集》卷七五)这种讽刺的双关语,显得都很自然,有异于《药名》等杂体诗中呆板的镶嵌。著名的北魏胡太后的《杨白花歌》,用杨花影射她的情人杨华,文辞也很自然而富有风致。

第六节　馀　　论

本篇首节中说起诗歌中的谐音双关语,滥觞于汉乐府;汉乐府中的双关语,虽然不及吴歌中的完整巧妙,但其手法已很接近了。我们若放宽一点尺度,不限于手法的近似,单单注意它的"谐音双关"性质,则可发现这类隐语有着悠久的历史。闻一多先生在这方面曾有很好的见解,他在《匡斋尺牍》第三节论《诗·周南·芣苢》时说:

> 古音"芣"读如"胚","苢"读如"苡"。"芣苢"的本意就是"胚胎",其字本只作"不以",后来用为植物名变作"芣苢",用在人身上变作"胚胎",乃是文字孳乳分化的结果。……"芣苢"既与"胚胎"同音,在诗中这两个字便是双关的隐语(英语所谓 Pun),这又可以证明后世歌谣中以莲为怜,以藕为偶,以丝为思一类的字法,乃是中国民歌中极古旧的一个传统。(《全集·甲集》)

闻氏又说:"芣苢有宜子的功用,《逸周书·王会解》早已讲过(《周书》作"桴苡","桴"、"芣"同音字),说《诗》的鲁、韩、毛各家,共同承认,

《本草》家亦无异议。"要之茅苢被认为宜子，即由于它原与"胚胎"同字。女子求子，采茅苢，这情况与曹操及姜维的母亲要太史慈、姜维归来，寄给他们当归相仿。这类植物名词本身的双重含义，极有诱惑性地启示人们去创造双关隐语。于这种现象，崔豹《古今注》（卷下）的一席话，是足供我们参考的：

> 牛亨问曰：将离别相赠以芍药者何？答曰：芍药一名可离，故将别以赠之。亦犹相招召，赠之以文无，文无亦名当归也。欲忘人之忧，则赠以丹棘，丹棘一名忘忧草，使人忘其忧也。欲蠲人之忿，则赠之青堂，青堂一名合欢，合欢则忘忿。
>
> 牛亨又问彤管何也？答曰：彤者赤漆耳，史官载事，故以彤管，用赤心记事也。

这些例证，足够使我们看出一部分"同音同字"双关语的资料来源。至于"同音异字"的双关语，其起源想来也一定很早，因为它在汉代已被广泛使用了。这里录萧涤非先生的话作例证：

> 《史记·项羽本纪》："范增数目项王，举所佩玉玦以示之者三，项王默然不应。"增意盖在使项羽决心除刘邦，此以玉玦之玦双关决断之决也。又《汉书·李陵传》："立政等见陵，未得私语，即目视陵，而数数自循其刀环，握其足，阴谕之，言可归汉也。"此以刀环之环双关归还之还也。（《汉魏六朝乐府文学史》五编二章）

这是即景生情极为机智的暗示。按《荀子·大略篇》说："绝人以玦，反绝以环。"可见这种谐音隐语，在社会上也早已习用了。将"同音异字"的双关语，再经过一层意译功夫，意义就更隐晦，例如《魏志·齐王芳纪》注引《世语》及《魏氏春秋》并云：

　　　　帝与左右小臣,谋因司马文王辞,杀之。已书诏于前,文王入,
　　帝方食栗,优人云午等唱曰:"青头鸡,青头鸡。"青头鸡者,鸭也。

　　这里以"鸭"谐"押",云午等劝齐王芳快些押诏杀司马昭,但不能在口
头上明说"押"(范增、立政等的暗示是手势,故不嫌同音),因此借着
齐王吃东西的当儿,假呼食物名目来示意,也真是煞费苦心。这种意
译的双关语,在清商曲中非常盛行,就是所谓比兴引喻之物。
　　"同音同字"的双关语,其构成基础缘于一个词语包含着双重意
义;"同音异字"的双关语,其构成基础则由于两个词语声音的类同,
使人极自然地从这一个联想到那一个。因此,双关语的现象虽是修
辞学上的问题,论其构成的本质,却要探究到语言本身上去。
　　谐音双关语这一种特殊的修辞方法,在一般的修辞学书籍中,都把
它别立一格,这是很恰当的。因为它本质上虽然是一种隐语,借其他事
物说明心里要说的事物,作用和比喻相同;但两者的修辞现象却相殊
异。比喻格中用来做比拟的事物必定和目前的事物在某些地方有相类
似之处,例如宋孝武的《自君之出矣》"思君如日月,回环昼夜生",日月
和相思心理都有"回环昼夜生"的情况;双关格中的"比兴引喻之物",与
心里要说的事物却并无类同之处,例如《子夜歌》"桐树生门前,出入见
梧(吾)子",上句的事实和下句的愿望在意义上并没有什么类同之处,
不过借"桐树生门前"的事实,来引起下句的双关语罢了。双关格的不
同于比喻,主要的原因是由于构成双关语的要素是两种事物间声音的
类同而不是意义上的类似。
　　双关格与比喻不同,是一般的情形;但少数特殊的双关格,也有
同比喻的方法一致的。例如《子夜冬歌》云"葵藿生谷底,倾心不蒙
照",和陈后主的《自君之出矣》"思君如昼烛,怀心不见明",方式完全
一样,仅仅前者缺少比喻的连接词("如")而已。《夜黄》的"鸳鸯逐野
鸭,恐畏不成双",也近比喻。这种例子在清商曲中非常稀少。反过

来，一些比喻格，由于节省了某种词语，也会形成双关格。例如陈叔达的《自君之出矣》"思君如夜烛，煎泪几千行"，是比喻；李商隐的"蜡炬成灰泪始干"，却成双关。陈后主的《自君之出矣》"思君如蘖条，夜夜只交苦"，是比喻；张祜的《自君之出矣》"千寻菱荇枝，争奈长长苦"，却是双关了。在这类少数的双关格例子中，引起双关语的事物同心里要说的事物在意义上也有某种互相类似之处，所以同比喻格相通。

修辞中的另一种现象——歇后语，跟谐音双关语的关系也非常密切。"一般的歇后语都是由两部分构成的：前半是一个比方，后半是这个比方的解释。平常说话的时候，可以单把前半截的比方说出来，把后半截的解释省去，让听话的人自己去体会猜测。歇后语这个名称就是这么来的。"（张瓌一《修辞概要》）由两部分构成的歇后语，其格式跟风人诗非常相像。前半的比方，相当于风人诗的"比兴引喻之物"；后半的解释，相当于风人诗的"实言以证"。例如"泥菩萨过江——自身难保"是一个歇后语，但"自身难保"还只是意义上的双关，还没有以谐音作手段。像上面所举的俗谚"黄蘖树下弹琴——苦中作乐"和"石臼里舂夜叉——捣鬼"，就以谐音作手段，前者是同音同字的，后者是同音异字的。这样的歇后语，性质就跟风人诗相同，所以《通俗编》把这种俗谚跟风人诗相提并论。一般说来，歇后语后半如是意义上的双关，其前半用来作比拟的事物和目前的事物在某些地方相类似，跟比喻格相通；歇后语后半如是谐音双关，其前半所说的事物跟目前的事物就并无类同之处。

最后要说明的，就是谐音双关语这种修辞格式，其特点既然在利用谐音作手段以一个词语关顾两种不同意义，因此，这种修辞现象是属于语言（口头）上的而不是属于文字（书面）上的。从《诗经》的《国风》、汉乐府的相和歌，到六朝的吴声、西曲，以至明代的山歌、清代的粤风，谐音双关语一直在民间歌谣中流行发展。这种历史事实告诉我们：谐音双关语是口头文学的一种特殊修辞现象，它同民间语言经常保持着密切的联系，所以总是显得新鲜、活泼、生动、自然，对读者具有强大的魅力。这种语言上的修辞特色，影响所及，也大大地流行于贵族文士的谈吐中间。贵族文士们更仿作了许多含有谐音双关语的诗歌。他们的作品，也有写得很生动的，但慢慢地终于趋向雕琢文字的途径，像"围棋烧败袄，著子故依然"这类诗句，以及皮日休、陆龟蒙的风人诗，都在文字的纤巧上下工夫，完全失掉了民歌的自然活泼的本色。这说明了作为口头文学修辞特色的谐音双关语，一旦同活的语言失掉联系，就必然地会趋向没落和死亡。

神 弦 歌 考

《神弦歌》系"祭祀神祇,弦歌以娱神之曲"(王琦《李长吉歌诗汇解·神弦歌》注);共计十一题,十八曲,是清商曲中分量很少的一部。"以歌中青溪、白石及赤山湖等地名考之,知其发生仍不离建业左右。"(萧涤非《汉魏六朝乐府文学史》五编二章)郭茂倩曾说吴声歌曲起于建业,《神弦歌》也产生于建业一带,故我们不妨说《神弦歌》是吴声歌曲的一道分支,故《乐府诗集》(卷四七)即把《神弦歌》放在吴声歌曲末尾;但因它内容专门颂述神祇,与吴声之为普通风谣者有异,所以自成一部。再从形式上讲,二者也不尽相同,《神弦歌》句式比较参差,具有三言、四言、五言、六言各种句式,每首也不必四句,不像吴声歌曲那样每首大抵为五言四句。

《神弦歌》在清商曲中的性质和风格,正仿佛《楚辞》中的《九歌》,二者都是巫觋祀神的乐曲。但《神弦歌》所祭祀的,并非东皇、云中君、司命、河伯一类大神,却只是一些地方性的杂鬼怪。《隋书》(卷三一)《地理志》(下)称扬州"其俗信鬼神,好淫祀"。江南的淫祠,据史籍记载,汉魏时代就已颇为盛行,祀神时也少不了有弦歌伴随,这或者正是楚、越巫风之遗罢。

> 《后汉书·第五伦传》:"会稽俗多淫祠,好卜筮。民常以牛祭神,百姓财产,以之困匮。其自食牛肉而不以荐祠者,发病且死,先为牛鸣。前后郡将莫敢禁。"

同上《栾巴传》:"巴再迁豫章太守,郡土多山川鬼怪,小人常破资产以祈祷。巴素有道术,能役鬼神;乃悉毁坏房祀,剪理奸巫,于是妖异自消。"

同上《列女传》:"孝女曹娥者,会稽上虞人也。父盱,能弦歌为巫祝。"邯郸淳《曹娥碑》:"盱能抚节安歌,婆娑乐神。"

《吴志·孙皓传》注引《江表传》:"历阳县有石山,临水,高百丈,俗相传谓之石印。下有祠屋,巫祝言石印神有三郎。三郎说天下方太平。皓重遣使以印绶拜三郎为王,又刻石立铭,褒赞灵德,以答休祥。"(节录)

石印三郎同《神弦歌》中的白石郎,是相类的鬼怪罢。《神弦歌》的起源,也很悠久。《宋书》(卷一九)《乐志》说:

世咸传吴朝无雅乐,案孙皓迎父丧明陵,唯云倡伎昼夜不息,则无金石登歌可知矣。何承天曰:或云今之《神弦》,孙氏以为宗庙登歌也。

吴无雅乐,固不可信(《宋志》有辨);但由此段记载,可知《神弦歌》在孙吴时代,已经出现,而且其信仰已由民间及于贵族上层阶级了。孙皓迎父丧的仪式,委实充满了巫觋的气氛。

《建康实录》(卷四):"(孙皓)甘露二年冬十月,遣守丞相孟仁、太常姚信等,备宫寮中军步骑二千人,以灵舆法驾东迎神于明陵,引见仁等,亲拜送于庭。十二月,仁奉灵舆法驾至,后主遣中使日夜相继,奉问神灵起居动止。巫言见文帝被服颜色如平生,后主悲泣。悉诏公卿诣阙,赐各有差。使丞相陆凯奉三牲祭

于近郊。后主于金城门外露宿，明日望拜于东阁。翌日拜庙荐
祭，欷歔悲感。比至七日三祭，倡伎昼夜娱乐。有司奏：夫祭不
欲数，数则渎，宜以礼断情。乃止。"

所谓"倡伎昼夜娱乐"，想来一定包括《神弦歌》在内的。

　　由于政治局势的纷乱，宗教思想的流行，六朝人士的迷信观念特
别浓厚。崇尚淫祀的风气，更弥漫了整个社会的各阶层。这其间，统
治阶级更起着积极的倡导作用；虽有少数帝王下令禁止淫祠，但并不
能收到多大效果。《宋书·礼志》(卷四)称晋武帝"泰始元年十二月，
诏曰：末代信道不笃，僭礼渎神，纵欲祈请，妖妄相扇，舍正为邪，故
魏朝疾之。其按旧礼，具为之制。使功著于人者，必有其报，而妖淫
之鬼，不乱其间"。下了禁止淫祠的诏令，但至"晋穆帝升平中，何琦
论修五岳祠曰……今非典之祠，可谓非一。考其正名，则淫昏之鬼；
推其糜费，则四民之蠹。可俱依法令，先去其甚"(《宋书》同上)。可
见晋代淫祠，依然勿衰哩！《宋书·礼志》(卷四)又说："宋武帝永初
二年，普禁淫祀，由是蒋子文祠以下，普皆毁绝。孝武孝建初，更修起
蒋山祠，所在山川，渐皆修复。明帝立九州庙于鸡笼山，大聚群
神。……宋代四方诸神，咸加爵秩。"宋武的一番成绩，正如昙花一
现，不旋踵而消灭了。《陈书》(卷六)《后主纪》说："太建十四年正月
丁巳，后主即皇帝位。夏四月庚子，诏曰：僧尼道士挟邪左道不依经
律，民间淫祀祆书诸珍怪事，详为条制，并皆禁绝。"而《陈书》(卷七)
《张贵妃传》却称贵妃"好厌魅之术，假鬼道以惑后主，置淫祠于宫中，
聚诸妖巫，使之鼓舞"。又完全破坏了自家的法令。

　　《宋书》(卷八二)《周朗传》记朗于孝武帝时上书指斥当时的淫祀
道："凡鬼道惑众，妖巫破俗，触木而言怪者不可数，寓采而称神者非
可算。……凡一苑始立，一神初兴，淫风辄以之而甚。今修堤以北，
置园百里，峻山以右，居灵十房，糜财败俗，其可称限？"观此，可知当

时统治阶级的迷信风气对整个社会是起着如何巨大的破坏作用！我们读六朝人的笔记小说，发现许许多多的神怪故事，便会明白在统治阶级的倡导之下，整个社会的迷信空气是如何浓重！而《神弦歌》便是在这样的社会中产生的巫觋祀神之乐曲。

现在，让我们来考察一下《神弦》各曲的歌词，它所祀的又是些怎么样的神道。

（1）宿阿曲

> 苏林开天门，赵尊闭地户；神灵亦道同，真官今来下。

苏林是一位著名的神仙。《云笈七签》（卷一〇四）有周季通的《玄洲上卿苏君传》，记载他的事迹甚详，现在撮要抄在下面：

> 先师姓苏，讳林，字子玄，濮阳曲水人也。少禀异操，独逸无伦，访真之志，与日弥笃。师事赵师琴高先生、华山仙人仇先生、涓子真人，谨奉法术。施行道成，周观天下，游眷名山，分形散影，寝息丹陵，卖履市巷，丑形试真，得意而栖，遁化不伦，时人莫之识也。以汉元帝神爵二年三月六日，告季通曰："我昨被玄洲召，为真命上卿，领太极中候大夫，与汝别。"比明旦，有云车羽盖，骖龙驾虎，侍从数千人，迎林。即日登天，冉冉西化而去。良久，云气覆之，遂绝。

《太平御览》（卷六六一）所引苏林传的记载，甚为简短，此处从略①。苏林

---

① 《御览》卷六六二引葛洪《神仙传》曰："苏仙公，名林，字子元，周武王时人也。家濮阳曲水。……"但今本《神仙传》则曰："苏仙公者，桂阳人也。汉文帝时得道。……"下记事与《御览》引文略同。今本不以苏仙公名林，且为桂阳人而非濮阳人。按《广记》卷一三引《神仙传》同今本，又引《洞仙传》记桂阳苏仙公名耽，《御览》引文殆误。

既被召为玄洲真命上卿,居住天上,"开天门"或许是他的职守罢。

掌关闭地户的赵尊,是道教中的另一位神仙。《魏书》(卷一一四)《释老志》说:

> 泰常八年十月戊戌,有牧土上师李谱文来临嵩岳。……牧土上师李君手笔有数篇,其馀皆正真书曹赵道覆所书。……又言二仪之间,有三十六天,中有三十宫,宫有一主。最高者无极至尊,次曰大至真尊,次天覆地载阴阳真尊,次洪正真尊,姓赵名道隐,以殷时得道,牧土之师也。

所谓洪正真尊赵道隐,当即为《宿阿曲》的赵尊;赵道隐既然为牧土之师,"闭地户"自是他的职务了。《魏书·释老志》记载李谱文授仙箓于寇谦之,志中述及的神道自李谱文以至无极至尊、洪正真尊等名目,不见其他道书,疑即为谦之所杜撰。《宿阿曲》的产生时代,应当在赵尊的信仰普遍以后;按北魏明元帝泰常八年,当刘宋少帝景平元年(公元 423 年),则《宿阿曲》的出现,至早当在刘宋中叶吧。

陶弘景《洞玄灵宝真灵位业图》第一位末尾说:"右玉清境,……不与下界相关。自九宫已上,上清已下,高真仙官,皆得朝宴焉。"《宿阿曲》末句云:"真官今来下。"真官当就是天上的"高真仙官"了。"宿阿"曲名不可解,审其文意,当是道士祭祀时的一首迎神曲:当那大神苏林把天门开启后,那些居住天上的神灵真官便都下来赴祭了。

(2) 道君曲

> 中庭有树自语,梧桐推枝布叶。

《登隐真诀》曰:"三清九宫,并有僚属,其高总称曰道君,次真人、真公、真卿。"(《御览》卷六六二引)可见"道君"是道士对神仙的一种尊称。《真灵位业图》第一位中即有"上合虚皇道君"、"五灵七明混生高上道君"等十七位道君。也有单称"道君"的,如《真灵位业图》(第六右位地仙散位)云:"陈仲林、道君、赵叔道,三人盖竹山中真人。"《老子中经》(第五神仙)云:"道君者一也,皇天上帝中极北辰中央星是也。"(《云笈七签》卷一八)但这里的"道君",恐怕不是被道士崇奉的什么道君,而是一位被民间淫祀的梧桐树神。祖台之《志怪》载有一则梧桐树妖的故事,很有趣味。

> 骞保至檀丘坞,上北楼宿。暮鼓二中,有人着黄练单衣白袷,将人持炬火上楼。保惧,藏壁中。须臾有二婢上,使婢迎一女子上,与白袷人入帐中宿。未明,白袷人辄先去,如此四五宿。后向晨,白袷人才去,保因入帐中,持女子问:向去者谁?答曰:桐侯郎,道东庙树是也。至暮鼓二中,桐郎来,保乃斫取之,缚着楼柱。明日视之,形如人,长三尺馀。槛送诣丞相,渡江未半,风浪起,桐郎得投入水,风浪乃息。(《御览》卷九五六引)

"道君"许是仿佛桐侯郎的树神罢。

(3)圣郎曲

> 左亦不佯佯,右亦不翼翼。仙人在郎傍,玉女在郎侧。酒无沙糖味,为他通颜色。

"圣郎"的"圣",也是民间对杂鬼神的习用称呼,六朝时杂鬼神被唤作"圣"的也不乏其例。

> 《南史》(卷五一)《萧昂传》:"昂为琅邪、彭城二郡太守,时有女子年二十许,散发黄衣,在武窟山石室中,无所修行,唯不甚食。……人呼为圣姑,就求子,往往有效。造者充满山谷。"

刘之遴《神录》:"广陵县女杜美,有道术。县以为妖,桎梏之,忽变形,莫知所之。因以其处为立庙,曰东陵,号圣母。"(《太平寰宇记》卷九三引)

圣郎当是与此相类的脚色,不过是男性罢了。仙人、玉女,也许是陪伴圣郎的女神,也许是祭祀时娱神的女巫。《晋书》(卷九四)《夏统传》于祀神的女巫,曾有一段细腻的描叙:

统从父敬,宁祠先人,迎女巫章丹、陈珠,二人并有国色,庄服甚丽,善歌儛,又能隐形匿影。甲夜之初,撞钟击鼓,间以丝竹。丹、珠乃拔刀破舌,吞刀吐火,云雾杳冥,流光电发。统诸从兄弟欲往观之,难统,于是共绐之曰:"从父间疾病得瘳,大小以为喜庆,欲因其祭祀,并往贺之,卿可俱行乎?"统从之。入门,忽见丹、珠在中庭,轻步佪儛,灵谈鬼笑,飞触挑柈,酬酢翩翩。统惊愕而走,不由门,破藩直出。

从这里,我们看到当日巫觋弦歌娱神的景象是怎么样的。

(4)娇女诗

北游临河海,遥望中菰菱,芙蓉发盛华,渌水清且澄。弦歌奏声节,仿佛有馀音。

蹀躞越桥上,河水东西流。上有神仙居,下有西流鱼,行不独自去①,三三两两俱。

《龙鱼河图》说:"髮神名寿长,耳神名娇女,目神名珠映,鼻神名勇卢,

---

① 此三句《乐府诗集》作"上有神仙,下有西流鱼,行不独自",此从《古诗纪》。

齿神名丹朱。夜卧呼之,有患亦便;呼之九过,恶鬼自却。"(《御览》卷八八一引)《云笈七签》(卷一一)《上清黄庭内景经·黄庭章》(第四)曰:"娇女窈窕翳霄晖。"注:"娇女,耳神名,言耳聪朗彻明,掩玄晖也。"这里的娇女,看来不像耳神,怕是别一位水滨女鬼。

(5) 白石郎曲

　　白石郎,临江居,前导江伯后从鱼。
　　积石如玉,列松如翠,郎艳独绝,世无其二。

白石系地名,在建业附近。《读史方舆纪要》(卷二〇)云:"白石城在江宁府治北十四里。《舆地志》:即江乘废县之白石垒也。"《晋书·苏峻传》:"温峤等既到,乃筑垒于白石。峻率众攻之,几至陷没。"盖即其处。考干宝《搜神记》(卷九)云:

　　庾亮字文康,鄢陵人,镇荆州,登厕,忽见厕中一物,如方相,两眼尽赤,身有光耀,渐渐从土中出。乃攘臂以拳击之,应手有声,缩入地。因而寝疾。术士戴洋曰:昔苏峻事,公于白石祠中祈福,许赛其牛,从来未解,故为此鬼所考,不可救也。明年亮果亡。

庾亮于白石祠中所祀的神道,想来就是这里的白石郎了。

(6) 青溪小姑曲

　　开门白水,侧近桥梁,小姑所居,独处无郎。

青溪为建业著名水道之一。《六朝事迹编类·江河门》说:"《建康实录》:吴赤乌四年冬,凿东渠,名为青溪。《寰宇记》云:青溪在县东六里,阔五丈,深八尺,以泄真武湖水。《舆地志》云:青溪发源钟山,入于淮(秦淮),连绵十馀里。溪口有埭,埭侧有神祠曰青溪姑。"按歌词云:"开门白水,侧近桥梁。"白水当即是青溪了。娇女和青溪小姑的神庙旁都有桥梁,或系便利一般人膜拜而设的吧。

《神弦歌》所祀的神鬼,往往与民间男女,发生恋爱,青溪小姑尤多此种情形。现在将六朝笔记小说中关于她的记述,钞在下面。

《幽明录》:"刘琮善弹琴,忽得困病。许逊曰:近见蒋家女鬼相录,在山石间,专使弹琴作乐,恐欲致灾也。琮曰:吾常梦见女子将吾宴戏,恐必不免。逊笑曰:蒋姑相爱重,恐不能相放耳;已为谋之,今去当无患也。琮渐差。"(《御览》卷五七七引)

《异苑》(卷五):"青溪小姑庙,云是蒋侯第三妹。庙中有大穀扶疏,鸟尝产育其上。晋太元中,陈郡谢庆,执弹乘马,缴杀数头,即觉体中栗然;至夜梦一女子,衣裳楚楚,怒云:此鸟是我所养,何故见侵?经日谢卒。庆名奂,灵运父也。"

《搜神后记》(卷五):"晋太康中,谢家沙门竺昙遂,年二十馀,白皙端正,流俗(《广记》二九四引作"落")沙门。常行经清溪庙前过,因入庙中看。暮归,梦一妇人来语云:君当作我庙中神,不复久。昙遂梦问妇人是谁,妇人云:我是清溪庙中姑。如此一月许,便病死。(下略)"

《续齐谐记》:"会稽赵文韶,为东宫扶侍,坐清溪中桥,与尚书王叔卿家隔一巷,相去二百步许。秋夜嘉月,怅然思归,倚门唱《西夜乌飞》①,其声甚哀怨。忽有青衣婢,年十五六,前曰:王

----

① 　当作《西乌夜飞》。按《西乌夜飞曲》,宋元徽中沈攸之所制,此时尚未有。或者民间早有此歌,攸之改制成乐曲,正像宋随王刘诞据民歌制《襄阳乐》那样。

家娘子白扶侍,闻君歌声,有门人①。逐月游戏,遣相闻耳。时未息,文韶不之疑,委曲答之。巫邀相过。须臾女到,年十八九,行步容色可怜,犹将两婢自随。问家在何处,举手指王尚书宅曰:是,闻君歌声,故来相诣,岂能为一曲邪? 文韶即为歌《草生盘石》②,音韵清畅,又深会女心。乃曰:但令有瓶,何患不得水? 顾谓婢子:还取箜篌,为扶持鼓之。须臾至,女为酌两三弹,泠泠更增楚绝。乃令婢子歌《繁霜》,自解裙带系箜篌腰,叩之以倚歌。歌曰:'日暮风吹,叶落依枝,丹心寸意,愁君未知!''歌《繁霜》,侵晓幕,何意空相守,坐待繁霜落!'歌阕,夜已久,遂相仁燕寝,竟四更别去。脱金簪以赠文韶,文韶亦答以银碗、白琉璃匕各一枚。既明,文韶出,偶至清溪庙歌,神座上见碗,甚疑而委悉之,屏风后则琉璃匕在焉,箜篌带缚如故。祠庙中惟女姑神像,青衣婢立在前。细视之,皆夜所见者,于是遂绝。当宋元嘉五年也。"(《说郛》卷一一五)③

青溪小姑在六朝特别著名,主要原因由于她是当时鼎鼎大名的蒋侯神的"三妹"(《异苑》)。据《搜神记》(卷五),蒋侯名子文,汉末为秣陵尉,逐贼至钟山下,伤额而死。孙吴时显神,大帝乃"封子文为中都侯,为立庙堂,转号钟山为蒋山"。自后各代贵族,均极崇奉。"宋代稍加爵位至相国大都督中外诸军事,加殊礼钟山王。"(《宋书·礼志》卷四)"又沈约自撰之《赛蒋山庙文》云:'仰惟大王,年逾二百,世兼四

---

① 曾慥《类说》卷六引此句作"有关人者",《乐府诗集》卷四七引文作"有悦人者"。

② 《乐府诗集》引文"石"下有"下"字。

③ 此《续齐谐记》原文,较《乐府诗集》引文为详。此本《续齐谐记》,下有短跋,题"至元甲子吴郡陆友记"。《顾氏文房小说》、《古今逸史》、《汉魏丛书》等并用此本。

代.'是知蒋侯实为当时群神之冠冕,南齐东昏并尝封蒋侯为帝,青溪小姑既为蒋侯之妹,自为人所乐道矣。"(《汉魏六朝乐府文学史》五编二章)

(7) 湖就姑曲

> 赤山湖就头,孟阳二三月,绿蔽贲苻薂。
> 湖就赤山矶,大姑大①湖东,仲姑居湖西。

《元和郡县图志》(卷二五)说:"赤山湖,在句容县南三十五里。"湖就姑当是赤山湖畔的两位姊妹神。

(8) 姑恩曲

> 明姑遵八风,蕃霭云日中,前导陆离兽,后从朱鸟麟凤凰。
> 苕苕山头柏,冬夏叶不衰,独当被天恩,枝叶华葳蕤。

这位"蕃谒云日中"的女神,大约是太阳女神,所以名字唤做"明姑"。题名《姑恩曲》,当从次首"独当被天恩"句而来;所谓"天恩",实在就是"姑恩","天"是对明姑的敬称。

(9) 采莲童曲

> 泛舟采菱叶,过摘芙蓉花,扣楫命童侣,齐声采莲歌。
> 东湖扶菰童,西湖采菱芰,不持歌作乐,为持解愁思。

(10) 明下童曲

---

① "大"字《古今图书集成·神异典》卷四〇《杂鬼神部·艺文》(二)作"居"。

走马上前阪，石子弹马蹄，不惜弹马蹄，但惜马上儿。

陈孔骄赭白，陆郎乘斑骓，徘徊射堂头，望门不欲归。

"陈孔"疑是"陈郎"之误，"明下童"的含义不可解。采莲童、明下童恐怕不是什么神道，而为祭祀仪式中的表现者；在水中，在陆上，他们各各以特殊的技艺扮演给神祇欣赏。

（11）同生曲

人生不满百，常怀千岁忧，早知人命促，秉烛夜行游。

岁月如流迈，行已及素秋，蟋蟀鸣空堂，感怆令人忧。

"同生"含义不可解，这两曲恐怕不是颂述哪一位神道，而是当作送神曲用的。我们推想，《神弦歌》十一题是一整套的娱神乐曲。《宿阿曲》如上面所说，是一首道士的迎神曲，南朝巫觋本与道家合流（详下），所以这里借用为迎接杂鬼神的乐曲。之后，道君啊，圣郎啊，娇女啊……都被一个个地请来了；现在，一一都祭奠完毕了，戏也一一表演过了，神灵们一一都要回去了。"《同生》二曲，一取《古诗十九首》，一取《子夜变曲》。"（《乐府正义》卷一○）《子夜变歌》是游曲之一，性质本近于"送声"一类（参看本编《吴声西曲杂考·子夜变曲考》节），这里借来派作送神之用了。《乐府诗集》（卷四七）于《神弦歌》之下，录有唐代王维的《祠鱼山神女歌》、王叡的《祠神歌》，二者都分迎神、送神两曲，我们把《宿阿》、《同生》，定作《神弦》的迎送曲，或许不会错吧。

十一题中，自道君以下，除明姑外，大抵都是些地方性的杂鬼怪。《宿阿曲》中的苏林和赵尊，则是两位道教中的大神。道教，特别是天师道（五斗米道），同巫觋的关系一向是很密切的。《后汉书·灵帝纪》说："中平元年秋七月，巴郡妖巫张修反，寇郡县。"注引刘艾《纪》

曰:"时巴郡巫人张修疗病,愈者雇以五斗米,号为五斗米师。"五斗米
道的创始人张修原是一位妖巫。《宋书》(卷九九)《元凶劭传》说:"有
女巫严道育,本吴兴人,自言通灵,能役使鬼物。……始兴王濬与劭
并多过失,虑上知,使道育祈请,欲令过不上闻。道育辄云:自上天
陈请,必不泄露。劭等敬事,号曰天师。"严道育号称天师,自必与天
师道有关①。北周甄鸾《笑道论》(第二十二戒木枯死条)说:"又案三
张之术,畏鬼科曰:左佩太极章,右佩昆吾铁,指日则停空,拟鬼千里
血。又造黄神越章杀鬼,朱章杀人。或为涂炭斋者,黄土泥面,驴辗
泥中;悬头着柱,打拍使熟。自晋义熙中,道士王公期除打拍法,而陆
修静犹以黄土泥额,反缚悬头,如此淫祀,众望同笑。"(《广弘明集》卷
九)从这里,可知当时道士之法术,仍与巫觋相去不远②。道教既与
巫觋淫祠的关系如此密切,《神弦歌》借用道士的迎神曲来迎接杂鬼
怪,就无足怪了。

《笑道论》(同上条)又讥道士诅文,"词义无取,有同俗巫解奏之
曲,何期大道?"我颇疑《神弦歌》即是"俗巫解奏之曲"一类东西。如
上面所述,白石郎、青溪小姑等都是善于作祟的鬼怪,我们推想当时
江南一带人民患病之后,必定会害怕着这些小鬼怪,而延请了巫觋来
为他们禳解的。巫觋们请来了这些小鬼怪,用弦歌来娱乐他们一番,
再请他们好好回去,不要作祟,这或许便是《神弦歌》的用途吧。

上边我们说过,《神弦歌》仿佛《楚辞》的《九歌》,二者都是巫觋祠
神的乐曲;但《九歌》所祀的系天地山川的大神,《神弦》所祀的却多数
是地方性的杂鬼怪。正由于《神弦歌》所祀的是比较渺小的神道,他
们的威严也小,因此也更易与人站在平等的地位,以致发生了不少神

---

① 参考陈寅恪先生《天师道与滨海地域之关系》一文第五节(《中央研究院
历史语言研究所集刊》第三本四份)。

② 参考陈国符先生《道藏源流考》附录"天师道与巫觋有关"条。

人恋爱的传说。《乐府正义》（卷一〇）说："《白石曲》云：'郎艳独绝，世无其二。'女悦男鬼。《青溪曲》曰：'小姑所居，独处无郎。'男悦女鬼。"《神弦歌》歌词写男女关系相当大胆，固然是当时整个社会风气的一种表现，但对象的平等化，也是不应忽视的事吧。

中编　乐府诗论丛

汉魏两晋南北朝乐府
官署沿革考略

　　乐府诗原是乐府机关配合音乐而演唱的歌词,探讨历代乐府官署的沿革,将有助于乐府诗的研究。乐府歌诗始作于汉,至唐而长短句代兴,乐府诗的主要时代是汉魏两晋南北朝。本篇述乐府官署,也限于这段时期。清官修《历代职官表》卷十对历代乐官建置考订颇详,今刺取其文,再加补充阐发。

　　汉魏两晋南北朝音乐,一般可分为雅乐、俗乐两大部分。雅乐歌诗为郊庙、燕射等歌辞,俗乐歌辞则以清商曲为大宗。二者因性质用途不同,职掌的乐官也常区分开来。

　　从西汉讲起。西汉乐官有太乐、乐府二署,分掌雅乐、俗乐。雅乐主要的为沿自周代的乐章,俗乐则以武帝以后所采集的各地风谣为大宗。《汉书·百官公卿表》:"奉常(即太常),掌宗庙礼仪,属官有太乐令丞。少府,掌山海池泽之税,以给供养,属官有乐府令丞。"(《续汉书·百官志》曰:"少府,掌中服御诸物,衣服宝货珍膳之属。")太乐官署汉初即已设置,乐府则始建于武帝之世。王应麟《汉书艺文志考证》(卷八)引吕氏曰:"太乐令丞所职,雅乐也;乐府所职,郑卫之乐也。"刘永济先生说:"二官判然不同。盖郊庙之乐,旧隶太乐。乐府所掌,不过供奉帝王之物,侪于衣服、宝货、珍膳之次而已。与武帝以俳优畜皋、朔之事,同出帝王奢侈荒淫之心。"(《十四朝文学要略》第二卷四章)这话正确地道出了封建君主对雅乐、俗乐二者不同的态度：一边是装模作样的礼仪，一边是赏心悦耳的娱乐①。

东汉乐府官署，也分为两部门。其一为太予乐署，相当西汉的太乐。《后汉书·明帝纪》："永平三年秋八月戊辰，改太乐为太予乐。"《续汉书·百官志》云："太常官属有太予乐令，掌伎乐。凡国祭祀，掌请奏乐；及大享用乐，掌其陈序。丞一人。"职守与前汉太乐同。其二为黄门鼓吹署。《后汉书·安帝纪》："永初元年九月壬午，诏太仆少府减黄门鼓吹，以补羽林士。"章怀注引《汉官仪》曰："黄门鼓吹有四十五人。"按黄门鼓吹，《续汉书·百官志》无记载。《唐六典》（卷一四）云："后汉少府属官有承华令，典黄门鼓吹百三十五人（人数与《汉官仪》不同），百戏师二十七人。"承华令与前汉的乐府令同属少府，可知它即为乐府令的后身。

后汉蔡邕的《礼乐志》，分汉代的乐章为四类："一曰太予乐，郊庙上陵之所用焉；二曰雅颂乐，辟雍飨射之所用焉；三曰黄门鼓吹乐，天子宴群臣之所用焉；四曰短箫铙歌乐，军中之所用焉。"（《隋书·音乐志》上，节录）一、二两项为雅乐，由太予乐令执掌；三、四两项为俗乐，由承华令管辖。

---

① 《汉书·礼乐志》："哀帝即位，下诏罢乐府官。郊祭乐及古兵法武乐，在经非郑卫之声者，条奏别属他官。丞相孔光、大司空何武奏：可领属太常。奏可。"（节录）是乐府在西汉兼领非郑卫之声的郊祭乐及兵法武乐。故《历代职官表》卷一○说："谨按：西汉司乐者，分为二官：太乐令丞属太常，乐府令丞属少府。其古兵法武乐，其初与郊祭乐俱属于乐府；则自哀帝以前，太乐并不领朝庙乐章，其存肄者，惟制氏所传、河间所献之雅乐，仅于乡射一用之而已。"（原注：《礼乐志》载：平当议谓河间雅乐，立之太乐，春秋乡射，作于学官，希阔不讲，公卿大夫不晓其意是也。）这叙述很对，汉代的郊祭乐及武乐，从与先王雅乐对立而言，实际也是新声或郑卫之声，故开始仍由乐府管辖。郊祭乐章即现存的郊祀歌十九章，《汉书·礼乐志》云："天子常御及郊庙，皆非雅声。"又云："今汉郊庙诗歌，未有祖宗之事，八音调韵，又不协于钟律。"其非雅乐甚明。但到后汉，此种郊祭乐就被升级作为雅乐，由太予乐令执掌了。所谓"古兵法武乐"，实际混杂汉代传自异域的新声，即鼓吹曲（短箫铙歌）、横吹曲是。它也是一种俗乐，故由乐府职掌。

曹魏乐官，遵循东汉，也有太乐与黄门鼓吹的区分。《宋书·乐志》（一）说："太乐，汉（前汉）旧名，后汉依谶改太予乐官，至是改复旧。"这是太乐。繁钦《与魏文帝笺》："顷诸鼓吹，广求异妓。……及与黄门鼓吹温胡，迭唱迭和。"这是黄门鼓吹。但这时由于清商曲的特殊发展，而有清商专署的设立。《魏志·齐王芳纪》裴注引《魏书》："（齐王芳）每见九亲妇女有美色，或留以付清商。"下面并提到清商令令狐景、清商丞庞熙，知当时清商署也有令、丞等职。《资治通鉴》卷一三四《宋纪》昇明二年，胡注："魏太祖起铜爵台于邺，自作乐府，被于管弦。后遂置清商令以掌之，属光禄勋。"这样遂由汉代太乐、乐府（鼓吹）两乐官，递变为太乐、鼓吹、清商三个乐官。鼓吹（黄门鼓吹）乐本来包括鼓吹曲（短箫铙歌）、横吹曲、相和歌（清商三调等）及其他杂伎[①]，从这时起，清商曲开始从鼓吹署独立出来，因而后世的所谓"鼓吹曲辞"的名目，就为短箫铙歌、横吹曲所独擅了。

西晋乐官，沿袭曹魏的三分法。《晋书·职官志》："太常有协律校尉，统太乐令、鼓吹令。"又云："光禄勋属官有黄门、掖庭、清商、华林园、暴室等令。"这里有可以注意者两点：一，鼓吹署前代本为少府官属，此时改隶太常，这是鼓吹隶属太常的开始，也是太乐、鼓吹两署合并的先声。汉代的短箫铙歌，多采民间谣曲，曹魏以后的鼓吹曲，则都由文士撰述，成为歌功颂德的庙堂之作，鼓吹曲由俗乐趋向雅化，当是鼓吹署改隶太常的主要原因。二，《魏书》称齐王芳以九亲妇女付清商，《晋书·职官志》以清商令与掖庭令连称，又《晋武帝起居注》说："武帝出清商掖庭诏云：今出清商掖庭及诸署才人、妓女、保林以下，二百七十馀人还家。"（《太平御览》卷一四五引）可见清商为当时的女乐专署。六朝的清商曲辞，大都用女子口吻描述，即在便于女伎的演唱。这一点对于六朝清商曲辞的理解，实非常重要。

[①]　参看拙作《说黄门鼓吹乐》篇。编者按：此文收入《乐府诗述论》中编。

东晋偏安江左,初时因陋就简,"以无雅乐器及伶人,省太乐并鼓吹令,是后颇得登歌、食举之乐,犹有未备。……成帝咸和中,乃复置太乐官"(《宋书·乐志》一)。《唐六典》(卷一四)称:"元帝省太乐并于鼓吹,哀帝又省鼓吹而存太乐,宋齐并无其官(指鼓吹令丞)。"是为鼓吹并于太乐之始。西晋光禄勋属的清商令,是否保存至东晋,史无明文。但《宋书·乐志》(一)说:"鞞舞故二八,桓玄将即真,太乐遣众伎。"鞞舞在汉魏与相和歌同隶黄门鼓吹①,现在改隶太乐,由此推测,大约这时清商曲已由太乐兼掌了。这也开六朝太乐统辖清商的制度。

《宋书》、《南齐书》于二代乐官,记载简略。《宋书》(卷三九)《百官志》:"太常官属有太乐令一人,丞一人,掌凡诸乐事。"《南齐书》(卷一六)《百官志》:"太常官属有太乐令一人,丞一人。"据《唐六典》,两代并无鼓吹令丞之职。又据《南齐书》(卷二八)《崔祖思传》:"太乐雅郑,(宋废帝)元徽时校试,千有馀人。"是宋代太乐兼辖郑声,故《宋书·百官志》说"太乐掌凡诸乐事"。《南齐书》(卷七)《东昏侯纪》:"下扬、南徐二州桥桁塘埭丁,计功为直,敛取现钱,供太乐主衣杂费。"东昏侯酷爱俗乐,太乐需要大量费用,即在满足他的嗜好。又《通典·乐典》称"齐武帝制《估客乐》,使太乐令刘瑶管弦被之",《估客乐》是清商西曲之一。由上可推知宋齐两代,并无清商专署,清乐也由太乐统辖。

《隋书》(卷二六)《百官志》称"梁太常统太乐、鼓吹等令丞,又置协律校尉、总章校尉、监掌故乐正之属,以掌乐事。太乐又有清商署丞","陈承梁,皆承其制官"。梁代乐官,较宋齐详备。其一,太乐、鼓吹仍然分职。其二,清商乐有专署,但仍隶于太乐。

以上略述汉魏六朝乐官沿革。乐官职守,由汉代的二分法进到

---

① 参看拙作《说黄门鼓吹乐》篇。

魏晋的三分法，说明清商曲的特殊发展，客观上需要专署的设立，来统辖这一项特出的俗乐。再由魏晋的三分法退缩到宋齐的一分法或梁陈的二分法，却并非表示清商乐的重趋没落。（清商旧乐相和歌固然渐趋消歇，清商新声吴声、西曲等继之而起。）东晋南迁以后，官制趋于简化，这是一因；南朝帝王，大抵崇尚享乐，忽视雅乐而提倡俗乐，结果混淆了雅、郑的界限，这是清商乐归太乐统辖的主要原因。

　　这里必须补充说明的，即历代又有专司乐舞的总章乐官。如《后汉书·献帝纪》："建安八年，总章始复备八佾舞。"《晋书·乐志》："荀勖以杜夔所制律吕，较太乐、总章、鼓吹，八音与律吕乖错，乃作新律吕，以调声韵，颁下太常，使太乐、总章、鼓吹、清商施用。"以及梁氏太常属官之"总章校尉"等都是。本篇以其专领舞人，并非另有与其他官署性质不同的乐章，故不与太乐、鼓吹及清商并立起来讲。

　　北魏乐官，初时也分设太乐、鼓吹等官。《魏书·乐志》说："天兴（道武帝年号）六年冬，诏太乐、总章、鼓吹增修杂伎。"大约袭用西晋旧制。至孝文帝时，乐官简化，仅存太乐一署。《唐六典》（卷一四）云："后魏太和十五年，置太乐官。"考《魏书·乐志》说："太和十五年冬，高祖诏曰：乐者所以动天地……末俗陵迟，正声顿废，多悦郑卫之音，以悦耳目。故使乐章散缺，伶官失守。今方厘革时弊，稽古复礼，庶令乐正，雅颂各得其宜。今置乐官，实须任职，不得仍令滥吹也。遂简置焉。"可见孝文帝时乐官的简化是复古措施的一种表现。

　　《隋书·百官志》（中）说："北齐太常寺属官有协律郎二人，掌监调律吕音乐。统太乐署令丞，掌诸乐及行礼节奏等事。鼓吹署令丞，掌百戏鼓吹乐人等事。太乐兼领清商部丞，掌清商音乐等事。鼓吹兼领黄户局丞，掌供乐人衣服。"是则北齐乐官也分为太乐、鼓吹二署。《隋书·百官志》（中）又记齐制说："中书省管司王言及司进御之音乐。监令各一人，侍郎四人。并司伶官西凉部直长、伶官西凉四部、伶官龟兹四部、伶官清商部直长、伶官清商四部。"中书省统领一部分乐人，这是比较特殊的官制。

周太祖恢复古制，依《周礼》建官（见《隋书·百官志》卷中及《周书·卢辩传》）。《通典》卷二五说："后周有大司乐，掌成均之法。后改为乐部，有上士、中士。"又卷三九记其乐官品第云："后周官品：正五命，春官：大司乐，中大夫。正四命，春官：小司乐，下大夫。正三命，春官：小司乐，上士。正二命，春官：乐师、乐胥、司歌、司钟磬、司鼓、司吹、司舞、籥章、掌散乐、典夷乐、典庸器，中士。正一命，春官：乐胥、司歌、司钟磬、司鼓、司吹、司舞、籥章、掌散乐、典夷乐、典庸器，下士。"其官职名称与汉魏以来大不相同。

隋代乐官，据《隋书·百官志》："高祖既受命，太常寺有协律郎二人，统太乐、清商、鼓吹等署。……炀帝罢清商署。"是隋初有清商专署，其后罢于炀帝。但《唐六典》（卷一四）鼓吹署条却云："隋太常寺统鼓吹、清商二令丞各二人，皇朝因省清商并于鼓吹。"《新唐书》（卷四八）《百官志》（三）鼓吹署条也说："唐并清商、鼓吹为一署。"《历代职官表》（卷一〇）称："《隋志》载隋罢清商，而《唐六典》注又称唐朝省清商并于鼓吹，二书皆唐代官撰，而彼此矛盾，必有一误也。"考《唐六典》（卷一四）有云："隋太乐署有乐师八人，清商有乐师二人。至炀帝改曰正，加置十人。盖采古'乐正子春'而名官，皇朝因之。"是炀帝不特不废清商署，且加置乐师。其所作《泛龙舟》曲，《通典》、《旧唐书》俱列入清乐。这样看来，《隋书·百官志》之说，恐不足据。唐代并省清商署这一事实，说明清商乐到这时已渐趋式微，不为贵族阶级所经常赏玩了。

汉武始立乐府说

乐府的设立,始自汉武帝。《汉书·礼乐志》说:"至武帝定郊祀之礼……乃立乐府,采诗夜诵,有赵代秦楚之讴。以李延年为协律都尉,多举司马相如等数十人造为诗赋,略论律吕,以合八音之调,作十九章之歌。"颜师古于"乃立乐府"句下注云:"始置之也。乐府之名,盖起于此。哀帝时罢之。"班书、颜注说得都很清楚,似乎不容有疑问。

但问题来了,《史记》、《汉书》在武帝以前,已有"乐府"这名目的记载。《史记·乐书》云:"孝惠、孝文、孝景,无所增更,于乐府习常隶①旧而已。"《汉书·礼乐志》云:"房中乐,楚声也。孝惠二年,使乐府令夏侯宽备其箫管,更名曰安世乐。"武帝以前既有乐府及乐府令的记载,那末说乐府始自武帝,不是很可疑吗? 尤其是《汉书》,同是《礼乐志》一篇,上边说"乐府令夏侯宽",下边说武帝"乃立乐府",不是如顾炎武所讥"两收而未贯通"(《日知录》卷二六)吗?

宋代的王应麟,根据《汉书》记载的自相矛盾,疑"乐府似非始于武帝"(《汉书艺文志考证》卷八,又《玉海》卷一〇六),后人赞同这说法的很多。然而,班固说武帝创立乐府,实不止《礼乐志》一处。《汉书·艺文志·诗赋略》云:"自汉武立乐府而采歌谣,于是有赵代之讴、秦楚之风。"班氏《两都赋序》也说:"至武帝之世,乃崇礼官,考文

---

① 泷川龟太郎《史记会注考证》卷二四引凌稚隆曰:"隶当作肄,习也。"

章,内设金马石渠之署,外兴乐府协律之事。"与《礼乐志》可互相参证。假如武帝之前,已有乐府,良史如班固,决不至说得这样凿凿的。故此说我不敢赞同。

武帝以前已有乐府之说,既不可信,那末只有假定武帝始立乐府了。但对《汉书·礼乐志》记载的矛盾,将如何解释呢?沈钦韩《汉书疏证》谓《汉书·礼乐志》"乐府令夏侯宽"云云,"此以后制追述前事";何焯《义门读书记》则以为此"乐府令疑作太乐令"(俱见《汉书补注》引)。两说都不无理由,但毕竟难尽惬人意。我们要问:《史记·乐书》的"乐府",难道也是"以后制追述前事",或者"乐府疑作太乐"吗?——事情怕没有这么凑巧的。

我以为《史记·乐书》的"乐府"、《汉书·礼乐志》的"乐府令",都是泛称,实际即指"太乐"和"太乐令"。考西汉乐官,分为太乐和乐府二署。《汉书·百官公卿表》说:"奉常(即太常),掌宗庙礼仪,属官有太乐令丞。少府,掌山海池泽之税,以给供养,属官有乐府令丞。"隶属少府的乐府,系武帝所创立;隶属奉常的太乐,则汉初早已设立。但古籍中往往有将太乐泛称为乐府的例子,请举数例以明之。

(一)《续汉书·律历志》:"郎中京房,知五声之音,六律之数,上使太子太傅韦玄成、谏议大夫章杂,试问房于乐府。"按《汉书·律历志》(上)说:"五声八音十二律,职在太乐,太常掌之",可知《续汉书》的"乐府"即是太乐官署。

(二)蔡邕《叙乐》说:"世祖(明帝)追修前业,采谶纬之文,曰太予乐府,曰黄门鼓吹。"(孔广陶校注本《北堂书钞》卷九六《谶部》引)后汉的"太予乐府"即前汉的太乐官署。《后汉书·明帝纪》云:"永平三年秋八月戊辰,改太乐为太予乐。"

(三)《后汉书·桓谭传》:"谭父,成帝时为太乐令,谭以父任为郎,因好音律。……哀平间位不过郎。"按桓谭《新论》云:"昔余在孝成帝时为乐府令,凡所典领倡优伎乐,盖有千人之多也。"(《北堂书钞》卷五五引)以本传校《新论》,知《新论》"昔余"二字下脱一"父"字,《新论》的"乐府令"实即太乐令。据《后汉书·桓谭传》,谭未尝为乐府令。

(四) 释智匠《古今乐录》:"《估客乐》,齐武帝之所制也。……使乐府令刘瑶管弦被之。"(《乐府诗集》卷四八引)"乐府令",《通典·乐典》、《旧唐书·音乐志》、《通志·乐略》俱作"太乐令"。《古今乐录》又云:"梁天监中,斯宣达为乐府令。"(《乐府诗集》卷二九《王明君》题注引)此"乐府令"也当为"太乐令",因为梁代乐官同萧齐一样,仅有太乐令而无乐府令。《古今乐录》所称的"乐府令",并非误文,当时人是习惯于称太乐为乐府的。

由上面诸例,可知汉魏六朝人的记载,往往把太乐官署简称为乐府,因而又称太乐令为乐府令。《史记》、《汉书》所载武帝以前的"乐府"和"乐府令",实指"太乐"和"太乐令"①。

---

① 按《唐六典》卷一四云:"秦汉奉常属官有太乐令丞,又少府属官有乐府令丞。"(《通典·职官典》第七同)汉代的太乐官署,当沿袭秦制。其少府所属的乐府官署,创始于武帝,史有明文;《唐六典》之说,当由上文秦汉奉常属官连类而言,没有细考。

清 乐 考 略

一　绪　论

1　清乐的范围

清乐是清商乐的简称，它是汉魏六朝时代俗乐的总名。宋沈括《梦溪笔谈》卷五说："唐天宝十三载，以先王之乐为雅乐，前世新声为清乐，合胡部者为宴（燕）乐。"这里所谓雅乐是指先秦之乐，清乐是指汉魏六朝的音乐，宴乐是指隋唐时代盛行的从西域传入的音乐。在文学方面，配合清乐歌唱的歌词便是汉魏六朝的一些乐府歌辞，主要是相和歌辞和清商曲辞。这些歌辞是乐府歌辞中最精采的一部分。

清乐及其歌辞，依照时代前后，可分两个阶段。前一个是汉魏阶段，是清商旧乐阶段；后一个是六朝阶段，是清商新声阶段。《隋书·音乐志》（下）说："清乐，其始即清商三调是也，并汉以来旧曲。乐器形制，并歌章古辞，与魏三祖所作者，皆被于史籍。"这里所说的汉代古辞与曹魏三祖的作品，是清商旧曲，其歌辞主要就是《乐府诗集》中的相和歌辞。《旧唐书·音乐志》（二）说："清乐者，南朝旧乐也。永嘉之乱，五都沦覆。遗声旧制，散落江左。宋梁之间，南朝文物，号为最盛，人谣国俗，亦世有新声。"这里所说的遗声旧制是指清商旧曲的声制，而所谓宋梁之间的新声，便是清商新声，其歌辞主要就是《乐府诗集》中的清商曲辞。

汉魏时代的国都在北方，所以清商旧曲盛行于北方。晋代南渡，清商旧曲的一部分声制被带至江左,随着时代、地域、人情好尚的不同,从清商旧曲,渐渐蜕变出适合演唱江南民歌的新的声调,这样便形成了清商新声。

清乐主要的乐曲,除汉魏的相和歌和六朝的清商曲外,较重要的便是鞞、铎、巾、拂等杂舞曲。杂舞曲汉代已有,当时与相和歌同属黄门鼓吹乐(参考本书《说黄门鼓吹乐》篇),但当时大约还不列入清商。到南北朝,杂舞曲列为清乐的一部分,则史有明文。如《魏书》卷一〇九《乐志》说:"初高祖讨淮汉,世宗定寿春,收其声伎,江左所传中原旧曲《明君》、《圣主》(均鞞舞曲)、《公莫》(巾舞曲)、《白鸠》(拂舞曲)之属,及江南吴歌、荆楚四(当作西)声,总谓清商。至于殿廷宴飨,则兼奏之。"隋唐时代的清商乐,承南北朝之遗规,主要包括相和歌、杂舞曲及清商曲三大部分。

2　清乐的特点

清乐是汉魏六朝时代的俗乐。一切俗乐的特点是声音清越,哀怨动人。清乐也是如此。这种特点跟雅乐的所谓和平中正之音互相对立。《乐府诗集》卷六一杂曲歌辞题解有一段话,很好地说明了俗乐的这种特点,钞录如下:

> 自晋迁江左,下逮隋唐,德泽寖微,风化不竞,去圣愈远,繁音日滋。艳曲兴于南朝,胡音生于北俗,哀淫靡曼之辞,迭作并起,流而忘反,以至陵夷。原其所由,盖不能制雅乐以相变,大抵多溺于郑卫,由是新声炽而雅音废矣。昔晋平公悦新声,而师旷知公室之将卑。李延年善为新声变曲,而闻者莫不感动。其后元帝自度曲被声歌,而汉业遂衰。曹妙达等改易新声,而隋文不能救。呜呼!新声之感人如此,是以为世所贵。虽沿情之作,或出一时,而声辞浅迫,少复近古。故萧齐之将亡也,有《伴侣》;高齐之将亡也,有《无愁》;陈之将亡也,

有《玉树后庭花》;隋之将亡也,有《泛龙舟》。所谓烦手淫声,
争新怨衰,此又新声之弊也。①

郭氏所谓新声,即指俗乐。李延年、汉元帝所制的新声主要是相和
歌;"兴于南朝"的艳曲主要是清商曲中的吴声歌曲和西曲,《伴侣》、
《玉树后庭花》、《泛龙舟》等都是吴声、西曲的曲调。相和歌、吴声、西
曲是汉魏六朝清乐的主要部分,它们的特点正是"争新怨衰",以致被
视为亡国之音。

清乐之具有此种特点,跟它使用的乐器是分不开的。雅乐乐器
主要用金石,故声音庄重;清乐则用丝竹。《宋书·乐志》(三)说:"相
和,汉旧歌也,丝竹更相和。"《大子夜歌》:"丝竹发歌响,假器扬清
音。"这说明清乐乐器用丝竹。《乐记》:"丝声哀,竹声滥。"《吴越春
秋·王僚使公子光传》:"金石之清音,丝竹之凄唳,以之为美。"这说
明丝竹在发音上具有哀怨的特色。

对具有此种特点的清乐,历代统治阶级中的一部分正统派,往往
采取鄙视排斥的态度,把它叫作"郑卫之音"或"亡国之音"。但大部
分的统治阶级人士,还是喜欢它的。因为他们在娱乐方面需要新鲜
动人的俗乐,雅乐是无法满足他们的。早在先秦时代,齐宣王就"直
好世俗之乐"(《孟子·梁惠王》下);魏文侯"端冕而听古乐,则唯恐
卧,听郑卫之音则不知倦"(《礼记·乐记》)。汉魏六朝统治阶级的大
部分人士,对音乐的态度也是如此。《汉书·礼乐志》记载西汉时代
俗乐昌盛,即使哀帝废罢乐府,而"豪富吏民,湛沔自若"。《南齐书》
卷四六《萧惠基传》说:"自宋大明以来,声伎所尚,多郑卫淫俗;雅乐
正声,鲜有好者。"可见一斑。

---

① 杂曲歌辞中绝大部分歌辞风格同于相和歌辞、清商曲辞,只因某些根本
未入乐,某些虽入乐而后世曲调不明,故郭茂倩另立一类以统摄之。

3　清商一名的涵义

中古的俗乐为何称作清商曲,清商一名的涵义如何,是值得探讨的问题。

案《魏书·乐志》:"神龟二年,陈仲孺言：依琴五调调声之法,以均乐器,其瑟调以角为主,清调以商为主,平调以宫为主。五调各以一声为主,然后错采众声,以文饰之。"近人梁启超、陆侃如以为清商一名,当即由"清调以商为主"而来。陆侃如说:"我们想,大约因为清调以商为主,便举一以概其馀。"但他接着说:"这不过是一种臆测,确否不可知。"(旧版《中国诗史》卷上第四篇四章)

我以为清商一名,古人常泛指声调凄清的俗乐,其范围包括颇广,"清调以商为主"之说,恐不足信。况且陈仲孺说的是北魏情况,汉魏是否如此,也很难说。案近人陈思苓《楚声考》(见《文学杂志》第三卷第二期)解清商一名,颇为合理,兹节录其说于下：

> 音清之调,系采用清声之律。《乐记》郑玄注:"清谓蕤宾至应钟,浊谓黄钟至仲吕。"按《礼记·月令》自蕤宾至应钟,含有商徵羽三声,其中又以商声居首。此三声既同属清音,且能因变化而产生。《淮南子·墬形训》:"变徵生商,变商生羽。"

陈氏以为清商一名,由此而起。上面说过,清商曲是中古时代谣俗之曲,其特点是声调清越,故陈氏的解释,我以为相当可信。

《淮南子·本经训》高诱注:"商清宫浊。"声调清越是商声的特色。又案《礼记·月令》,商声应秋天,商声的清越正与凉秋的节候相应。《说文》:"商,秋声也。"《文选·古诗十九首》之一:"清商随风发,中曲正徘徊。"李周翰曰:"清商,秋声也。"商声不但清越,而且哀伤。蔡邕《释诲》:"宁子有清商之歌。"《文选》成公绥《啸赋》李善注说:"《淮南子·道应篇》曰:戚饭牛车下,望桓公而悲,击牛角而疾商歌曲。宁戚卫人,商金声清,故以为曲。"清越哀伤,正是谣俗之曲的特色。正因从这样意义上来理解清商,所以清商一名,出现颇早。如宁戚的商歌,又如贾谊《惜誓》:"二子拥瑟而调均分,余因称乎清商。"到了汉魏,把出自街陌谣俗的三调唤作清商三调,当也由于它们具有一般俗曲的特色。

二 清 商 旧 曲

1 概说

汉自武帝开始采集俗乐的工作。《汉书·礼乐志》说:"至武帝乃立乐府,采诗夜诵,有赵代秦楚之讴。"各地俗乐与民间歌谣从此大量流入乐府。此后直至哀帝罢乐府。其间诸帝,都颇爱好俗乐,因此乐府人员,甚为庞大。哀帝罢乐府时,孔光、何武奏称乐府员工"大凡八百二十九人,其三百八十八人不可罢,可领属太乐。其四百四十一人不应经法,或郑卫之声,皆可罢"(《汉书·礼乐志》)。其罢免的四百四十一人中,有竽工员一人,琴工员三人,柱工员一人,绳弦工员四人,郑四会员六十一人,张瑟员七人,安世乐鼓员十九人,沛吹鼓员十二人,族歌鼓员二十七人,陈吹鼓员十三人,商乐鼓员十四人,东海鼓员十六人,长乐鼓员十三人,缦乐鼓员十三人,治竽员五人,楚鼓员六人,常从倡三十人,常从象人四人,诏随常从倡十六人,秦倡员二十九人,秦倡象人员三人,诏随秦倡一人,雅大人员九人,楚四会员十七人,巴四会员十二人,铫四会员十二人,齐四会员十九人,蔡讴员三人,齐讴员六人,竽瑟钟磬员五人,师学七十人。其中大多数是演唱各地俗乐的人员。

西汉乐府所演唱的各地俗乐乐章,据《汉书·艺文志》所载,有下列诸种:吴楚汝南歌诗十五篇,燕代讴雁门云中陇西歌诗九篇,邯郸河间歌诗四篇,齐郑歌诗四篇,淮南歌诗四篇,左冯翊秦歌歌诗三篇,京兆尹秦歌诗五篇,河东蒲反歌诗一篇,洛阳歌诗四篇,河南周歌诗七篇,周谣歌诗七十五篇,周歌诗二篇,南郡歌诗五篇。这些歌诗现在绝大部分已告亡佚,现存汉代俗乐歌诗大抵是后汉的产品(参看本书《汉代的俗乐和民歌》篇第三节)。

现存汉魏清乐乐章,主要见于《乐府诗集》的相和歌辞一类。相和歌辞,《乐府诗集》分为十项:(1)相和六引,(2)相和曲,(3)吟叹曲,(4)四弦曲,(5)平调曲,(6)清调曲,(7)瑟调曲,(8)楚调曲,(9)侧调曲,(10)大曲。其中"平调、清调、瑟调,汉世谓之三调"(《旧唐书·音乐志》),简称清商三调。以上十项歌曲,以相和曲、清商三调、楚调五种的曲调为最多,歌词也最繁富。大曲是曲前有艳、曲后有趋、结构较为复杂的乐曲,其音调则同于瑟调,故"大曲十五曲,沈约(《宋书》)并列于瑟调"(《乐府诗集》卷二六)。相和歌各项曲调的分别,是音乐上的问题;今日古谱已失,我们除掉知道它们所用乐器有所相同外,很难从歌词方面辨明它们的分野,只有结构复杂的大曲才是例外。

乐府歌辞中有不少汉魏时代的杂曲歌辞,其歌词风格,与相和歌颇为类似,在当时当亦属于相和歌。后因年代久远,不明属于何种曲调(有些根本未入乐),遂被列入杂曲。例如《羽林郎》、《焦仲卿妻》。

杂舞曲也属于清乐。产生于汉魏的杂舞曲有下列诸种:(1)《巴渝舞》曲,(2)《鞞舞》曲,(3)《铎舞》曲,(4)《巾舞》曲(一名《公莫舞》曲)。其乐章均不多。

除相和、杂曲、杂舞曲外,尚有一部分琴曲也属于清乐,例如唐时尚演唱的《白雪曲》。《旧唐书·音乐志》说:"自周隋以来,惟弹琴家犹传楚汉旧声及清调、瑟调、蔡氏杂弄。"《新唐书·礼乐志》说:"唯琴工犹传楚汉旧声,及清调、蔡邕五弄、楚调四弄,谓之九弄。"由此可见清商曲常被弹琴家演奏,故与琴曲关系较密切。

2　相和一名的涵义

《宋书·乐志》(三)在著录相和歌辞之前有这样一段叙述:

> 但歌四曲,出自汉世。无弦节,作伎,最先一人倡,三人和。魏武帝尤好之。时有宋容华者,清澈好声,善倡此曲,当时特妙。自晋以来,不复传,遂绝。相和,汉旧歌也。丝竹更相和,执节者歌。本一部,魏明帝分为二,更递夜宿。本十七曲,朱生、宋识、列和等复合之为十三曲。

但歌与相和连在一起叙述,二者关系必甚密切。二者原来都是民间的俗歌曲,其主要区别仅在但歌唱时无弦节,相和则有丝竹伴奏。

相和一名的涵义,据《宋志》,是由于"丝竹更相和"而来。《汉书·礼乐志》:"初高祖过沛,作'风起'之诗,令沛中僮儿百二十人习而歌之。至孝惠时,以沛宫为原庙,皆令歌儿习吹以相和。"(节录)这里也以管乐器来和歌。但歌的"一人倡,三人和",是用人声来和,自与用乐器来和不相同。按张衡《西京赋》:"发引和,校鸣葭。"引和即是相和歌(详下节)。薛综注云:"发引和,言一人唱馀人和也。"我以为相和一名,原当泛指"一人唱馀人和"而言,其用以和者可以是人声,可以是丝竹声,也可以是人声与丝竹声兼有;《宋书·乐志》的界说似较狭窄。汉代的相和歌本渊源于先秦的俗曲,它的"一人唱馀人和"的方式,在先秦的楚歌中已经如此,宋玉《对楚王问》中说:"国中属而和者。"是人声相和。其后演为乐曲,就配上乐器了(参看下面第6节《相和歌与楚声》)。

3 "引"与"和"

相和歌中有相和引,它与此外的相和歌常并称为引和。张衡《西京赋》:"发引和,校鸣葭。"(薛综注:"发引和,言一人唱馀人和也。")《宋书·律历志》:"晋太始十年,中书监荀勖,中书令张华,令郝生鼓筝,宋同吹笛,以为杂引相和诸曲。"歌时先唱引,后唱和。故夏侯淳《笙赋》云:"初进《飞龙》,重继《鹍鸡》,振引合和,如合如离。"又嵇康《琴赋》:"《飞龙》、《鹿鸣》,《鹍鸡》、《游弦》。"李善注:"《汉书》:房中乐有《飞龙》章。古相和歌有《鹍鸡》曲。"李善说《鹍鸡》为相和歌是对的。《乐府诗集》卷二六相和曲题解说明相和曲"古有十七曲,其《武陵》、《鹍鸡》二曲亡",可证。李善说《飞龙》是"汉房中乐"之一章,却是错的,《飞龙》是《飞龙引》,是相和引之一。

《乐府诗集》相和六引中虽无《飞龙引》,但琴曲歌辞中却有《飞龙引》(见卷六〇),此琴曲中之《飞龙引》即相和之《飞龙引》。何以见得呢? 第一,上面说过,当时一部分琴曲亦属清乐,故琴曲曲调常与相和相通。例如相和六引中的《箜篌引》,据《乐府诗集》卷五七琴曲歌辞题解,原为琴曲九引中之一。第二,《乐府诗集》卷四一楚调曲题解引《古今乐录》说:"又有但曲七曲:《广陵散》、《黄老弹》、《飞龙引》①、《大胡笳鸣》、《小胡笳鸣》、《鹍鸡游弦》、《流楚窈窕》,并琴筝笙筑之曲。"《广陵散》、《大胡笳鸣》、《小胡笳鸣》均属琴曲②,可推知《飞龙引》也是其类。它既与相和的《鹍鸡游弦》并列,自可作为相和引之一。第三,傅玄《琵琶赋》云:"启《飞龙》之秘引兮,送奇妙于清商。"(《初学记》卷一六)明白指出《飞龙》是"引"。《乐府诗集》相和歌辞首列相和六引,其后是相和曲,大约也是按照演奏乐歌的原来次序的。

4　相和歌与清商三调

相和歌是一个大类的名称,如上所述,它又包括了相和六引、相和曲等十项曲调。梁启超在《中国之美文及其历史》一书中认为相和与清商是两类歌曲,清商三调不应当包括在相和之内(见《古歌谣及

---

　　① "龙"字原缺,今补入。
　　② 《乐府诗集》卷五九琴曲歌辞《胡笳十八拍》题解云:"《琴集》曰:《大胡笳》十八拍,《小胡笳》十九拍,并蔡琰作。"

乐府》篇第三章），黄晦闻已辨其非（见《与朱自清先生讨论乐府清商三调书》，载《清华周刊》第三九卷八期）。这里再提出两点，以补充黄说。

（一）《宋书·律历志》："晋太始十年，中书监荀勖，中书令张华，令郝生鼓筝，宋同吹笛，以为杂引相和诸曲。"案《宋书·乐志》（三）："清商三调歌诗，荀勖撰旧词施用者。"荀勖的主要工作是制作清商三调歌曲，《宋书·律历志》仅云杂引相和，不提及清商三调，即因三调包括在相和之中的缘故（参见本章第 10 节）。

（二）《隋书·经籍志》有《三调相和歌辞》五卷。审其题名，三调当为相和的一部分。因为假使如梁氏所说，相和三调为两类，相和为汉旧歌，时代在前，清商三调是魏晋乐曲，时代在后，则此书题名应为相和三调歌辞，而不是三调相和歌辞。

5　侧调曲

《乐府诗集》卷二六相和歌辞题解云："侧调者生于楚调。"但《乐府诗集》相和歌辞类实际并无侧调曲歌辞一项。仅卷六二杂曲歌辞《伤歌行》题解云："《伤歌行》，侧调曲也。"但列入杂曲而非相和，未知何故。案《文选》六臣注《伤歌行》题注："吕向曰：侧调。"《乐府诗集》当本此。《乐府诗集》注明为侧调曲者，仅《伤歌行》一首。

谢灵运《会吟行》："六引会清唱，三调伫繁音。"李善注："沈约《宋书》曰：第一平调，第二清调，第三瑟调，第四楚调，第五侧调。然今三调盖清、平、侧也。"案今本《宋书·乐志》仅有平调、清调、瑟调、楚调（前三者合称清商三调），并无侧调。《乐府诗集》卷二六相和歌辞题解说："平调、清调、瑟调、楚调、侧调，所谓清商正声，相和五调伎也。"侧调既与平、清、瑟、楚并称相和五调，但今本《宋书》竟无侧调曲一项，《乐府诗集》仅有《伤歌行》一首，且列入杂曲而非相和，均颇不可解。《四库提要》说《宋书》"至北宋已多散失"，今本《乐志》难保没有残缺。

李善说唐时三调指清、平、侧，也是对的。案宋王灼《碧鸡漫志》卷五"清平乐"条说："盖古乐取声律高下合为三，曰清调、平调、侧调，此之谓三调。明皇止令就择上两调（案指玄宗命李白为《清平调》词一事），偶不乐侧调故也。"（《知不足斋丛书》本）可为佐证。又沈括《梦溪笔谈》卷五说："古乐有三调声，谓清调、平调、侧调也。"凌廷堪《燕乐考源》卷一说："侧调即《宋书》之瑟调。"案"侧"、"瑟"声近；王灼、沈括均解音律，两人谈古乐三调，仅举清平侧，而不提及瑟调。因此，凌氏的话或许是可信的。《文选》六臣注《君子行》题注："吕向曰：瑟有三调：平调、清调、侧调。"此说恐不足据。

《初学记》卷一六引《琴历》云："琴曲有长清、短清、长侧、短侧、清调等。"其详不可知。

6　相和歌与楚声

汉乐府的相和歌曲，最初原是各地的俗歌曲，所谓赵代秦楚之讴。各地的俗歌曲，在先秦时候已很昌盛了。《楚辞·大招》："代秦郑卫，鸣竽张只。"《礼记·乐记》："郑音好滥淫志，宋音燕女溺志，卫音趋数烦志，齐音敖辟乔志，此四者，皆淫于色而害于德，是以祭祀弗用也。"《汉书·礼乐志》："桑间濮上、郑卫宋赵①之声并出。"指的都是先秦时代的各地俗乐。汉代的相和歌，当然就是先秦时代的这种俗乐的继续和发展。

各地的俗乐、楚声在相和歌中的地位显得重要，作用也特别大。《汉书·艺文志》著录的各地歌谣数量，其中吴楚汝南歌诗十五篇，较一般为多。相和歌中有楚调曲，是楚声。《乐府诗集》卷二六说："楚调者，汉房中乐也。高帝乐楚声，故房中乐皆楚声也。"又《旧唐书·音乐志》述唐代清乐状况时说："惟弹琴家犹传楚汉旧声及清调、瑟调、蔡邕杂弄。"以楚汉连称，可见楚声与汉相和歌的密切关系。楚声

---

①　《汉书补注》引王念孙《读书杂志》曰："《汉纪》赵作楚，是也。"

在相和歌中的地位重要、作用特别大,大约有两个原因。其一,是先秦时楚地俗乐非常发达,民间和歌之风甚盛,我们可于《楚辞》及宋玉《对楚王问》文中的描叙见之。其次,是由于汉代统治者的故乡在楚地的沛,"凡乐,乐其所生"(《汉书·礼乐志》),故西汉帝王均喜欢楚歌。这两种原因都不能不大大地影响于相和歌。底下我们再从相和歌中体制方面的某些特点来说明楚声对它的影响。

(一)大曲的艳与趋、乱 《乐府诗集》卷二六:"诸调曲皆有辞有声,而大曲又有艳、有趋、有乱。艳在曲之前,趋与乱在曲之后,亦犹吴声、西曲前有和后有送也。"考《宋书·乐志》著录大曲共十五曲,其中四曲有艳有趋,一曲有艳,二曲有趋。此七曲大曲中有题名为"艳歌"者三首:《艳歌罗敷行》、《艳歌何尝行》"飞来双白鹄"篇、《艳歌何尝行》"何尝快,独无忧"篇。题名"艳歌",当即以曲前具有艳辞之故。案歌曲之有艳与趋,乃楚地歌曲的特点之一。左思《吴都赋》:"荆艳楚舞,吴愉越吟。"刘渊林注:"艳,楚歌也。"崔豹《古今注》:"《吴趋曲》,吴人以歌其地也。"战国时吴地为楚所有,故其地歌曲也属广义的楚歌。

《宋志》所录大曲无乱,所载陈思王《鼙舞歌》五篇,二篇有乱。又《乐府诗集》瑟调曲《孤子生行》也有乱。乱与趋性质相同,均在歌曲末尾。乱辞是楚歌结构上的特点之一,是很明显的,《离骚》、《九章》中《涉江》、《哀郢》、《抽思》、《怀沙》诸篇和《招魂》均有乱辞。乐府楚调曲《白头吟》原有乱辞,也是一种佐证①。

大曲的特点是结构比较复杂,其音调则同于瑟调,故"大曲十五

① 《乐府诗集》卷四三大曲题解:"《宋书·乐志》曰:'大曲十五曲:十五曰《白头吟》。'其《白头吟》一曲有乱。"(节录)检今《宋书·乐志》及《乐府诗集》卷四一《白头吟》辞均无乱辞,想系未录,与《宋志》不录《罗敷行》、《艳歌何尝行》之艳辞同例。《乐府诗集》大曲题解又说:"按王僧虔《技录》:《白头吟》在楚调。"《乐府诗集》即据《王录》编《白头吟》入楚调。

曲,沈约并列于瑟调"(《乐府诗集》卷二六)。上面考证瑟调当即是侧调,侧调生于楚调;这样,大曲受楚歌影响较大,是很自然的事情。

(二)和送之声　《乐府诗集》说大曲前有艳后有趋,情况相当于吴声、西曲之前有和后有送。事实上,相和歌也有和、送之声。相和一名,原本指群相唱和的意义,已如上述。《乐府诗集》卷三八瑟调曲《上留田行》,有曹丕、谢灵运所作六言歌诗各一首,每句后有"上留田"三字。《续汉书·五行志》有东汉灵帝时的《董逃歌》(三言)一首,每句后有"董逃"二字。陆机的《日重光行》则在每句之前有"日重光"三字。"上留田"、"董逃"与"日重光",都是和声。《乐府诗集》卷三〇引《古今乐录》说:"凡三调歌弦一部竟,辄作送歌弦。今用器又有大歌弦一曲,歌'大妇织绮罗',非管弦音声所寄,似是命笛理弦之馀。亦谓之《三妇艳》诗。"(节录)所谓送歌弦、大歌弦,即是送声。

这种和送之声,疑也起源于楚歌。楚人和歌风气之盛,从宋玉《对楚王问》一文可以概见。又案《淮南子·说山训》:"欲美和者,必先始于《阳阿》、《采菱》(均楚歌)。"高诱注:"《阳阿》、《采菱》,乐曲之和声。"以"阳阿"、"采菱"二字为和声,正跟"上留田"、"董逃"、"日重光"的情况相似。送声跟乱均在歌曲末尾,性质相同,我颇疑心它是一个东西。清蒋骥《山带阁楚辞馀论》(卷上)说:"余意:乱者,盖乐之将终,众音毕会,而诗歌之节,亦与相赴,繁音促节,交错纷乱,故有是名耳。孔子曰:洋洋盈耳。大旨可见。"这解释很精确可信。后汉马融《长笛赋》描绘演奏俗乐送声时的情景有云:"曲终阕尽,馀弦更兴。繁手累发,密栉叠重,踸踔攒仄,蜂聚蚁同,众音猥积,以送厥终。"由"馀"、"送"等字眼,可知它即是送歌弦。其"众音猥积"的情况,正跟蒋骥所释乱的内容符合。但此种送声,为三调所共有,不像乱那样一般地属诸大曲(不是大曲的曲调有时也有乱,如上所说的鼙舞歌)。

7 三调与房中乐

拿《诗经》相比,相和歌正是"国风"一类的歌谣。故郑樵《通志·乐略》将相和歌列入"风雅正声"。清朱乾《乐府正义序》也说:"以三百篇例之,相和杂曲,如《诗》之风。"前人有清商三调出于周房中乐的说法,大约即是基于此种理由而言的。如《旧唐书·音乐志》(二)说:"平调、清调、瑟调,皆周房中曲之遗声,汉世谓之三调。"清朱嘉徵解释它说:"唐《乐志》曰:三调皆周房中之遗声,其风之遗乎?"(《乐府广序》卷一《汉风序》)

什么是周房中乐呢?《仪礼·燕礼》:"若与四方之宾燕,则有房中之乐。"郑玄注云:"弦歌《周南》、《召南》之诗,而不用钟磬之节。谓之房中者,后夫人之所讽诵,以事其君子。"可见房中乐即是周、召二南,为"国风"之一部分,与三调都是出于民间的东西,性质相同,所以说三调是房中的遗声。

三调与房中乐除渊源相同(出自民间)外,其所用乐器与用途也相同。乐器方面,二南为弦歌之乐,不需钟磬,与三调的"丝竹相和"相合。用途方面,房中乐宾燕用之,故一名燕乐[①];三调相和歌,汉世属于黄门鼓吹乐,是"天子宴群臣所用"(蔡邕《礼乐志》)之乐(参见本书《说黄门鼓吹乐》篇),二者在宫廷中的用途也相同。以上两特点(乐器、用途)是跟第一点(渊源)密切联系着的。因为二者都是出于民间的乐曲,性质轻松活泼,故用管弦乐器;因为它们性质轻松活泼,故被统治者用以娱乐嘉宾。

前人说三调出于房中,大约即是由于上面所说的二者相同之点。至于二南多四言,三调多五言,二者声折自不会尽同。要之前人所谓

---

① 《周礼·磬师》:"教缦乐燕乐之钟磬。"郑注:"燕乐,房中之乐,所谓阴声也。"按郑玄《仪礼注》说房中乐"不用钟磬之节",与《磬师》"教燕乐之钟磬"似相矛盾。贾公彦《仪礼疏》释之曰:"房中乐得有钟磬者,待祭祀而用之,故有钟磬也。房中及燕,则无钟磬也。"

三调出于房中的说法,犹如《汉书·艺文志》所谓"某家者流出于某官"一样,主要就其性质的类同言,不必有亲子式的承递关系的。

8 汉代俗乐的昌盛

此节略,别见本书《汉代的俗乐与民歌》一文第二节。

9 曹魏清商乐的昌盛

东汉的清商曲发展至曹魏,更趋昌盛。

曹魏的几位帝王,都极喜欢清商乐。《魏志·武帝纪》注引《曹瞒传》:"太祖好音乐,倡优在侧,常以日达夕。"曹操死时,对伎乐还恋恋不舍,下遗令曰:"吾婢妾与伎人皆勤苦,使着铜雀台,善待之。……月旦十五日,自朝至午,辄向帐中作伎乐。"(《魏志·武帝纪》注引)曹丕《燕歌行》有云:"援琴鸣弦发清商。"《宋书·乐志》(三)说:"相和,本一部,魏明帝分为二,更递夜宿。"

曹魏三祖(曹操、曹丕、曹叡)不但酷爱清商乐,而且亲自制作了不少歌词配合音乐演唱。《三国志·魏志·武帝纪》注引《魏书》称曹操"登高必赋,及造新诗,被之管弦,皆成乐章"。曹丕、曹叡,亦复如此。《宋书·乐志》(三)所著录的相和三调歌辞,除"汉世街陌谣讴"的古辞外,大抵都是他们三人的作品。《宋书·乐志》(一)说:"又有因弦管金石造歌以被之,魏世三调歌辞之类是也。"主要就是指他们的作品。统治者这样大量自制歌辞,这种情况是汉代所没有的。这种情况说明清商俗曲在上流社会中已经取得了正统的地位。

由于最高统治者的爱好清商乐,曹魏中央机构开始有清商专署的设立。《魏志·齐王芳纪》注引《魏书》称芳"每见九亲妇女有美色,或留以付清商",下面并提到清商令令狐景、清商丞庞熙。这种清商乐专署为后代所沿袭。由于最高统治者在制作歌辞方面的倡导作用,曹魏的贵族文士往往写作相和歌辞,例如曹植、陈琳、阮瑀、左延年等,都有述作。曹植所作的数量尤多。

南朝王僧虔在论清商乐时曾经说:"今之清商,实由铜雀;魏氏三祖,风流可怀。"(《宋书·乐志》一)这几句话很好地说明了曹魏统治者在清商乐发展史上所起的作用。

10　西晋清商乐的雅化

由于清商曲的特殊发展,从曹魏开始有清商乐专署的设立。这制度被保存于西晋。西晋武帝也酷爱声乐,史称"世祖(武帝)平皓,纳吴妓五千,是同皓之弊"(《御览》卷九六引谢灵运《晋书·武帝纪论》)。当时由著名的大臣荀勖管理乐事。在荀勖的指导下,晋代乐官对清商曲有一番新的整理。荀勖自著《律笛》一文(见《宋书·律历志》、《晋书·律历志》),说明根据古代乐律制定新笛的理论。俗乐是燕享之乐,"飨宴殿堂之上,无厢悬钟磬,以笛有一定调,故诸弦歌皆从笛为正"(《宋书·律历志》)。荀勖既制定新律笛,于泰始十年,"令郝生鼓筝,宋同吹笛,以为杂引相和诸曲"(同上)。荀勖对相和清商三调歌诗,曾加整理。《宋书·乐志》(三)说:"相和,汉旧歌也。本十七曲,朱生、宋识、列和等复合之为十三曲。"又云:"清商三调歌诗,荀勖撰旧词施用者:平调五曲,清调六曲,瑟调八曲。"又《宋书·乐志》(一)云:"魏晋之世,有孙氏善弘旧曲[①],宋识善击节倡和,陈左善清歌,列和善吹笛,郝索(即上郝生)善弹筝,朱生善琵琶,尤发新声。"朱生、宋识、列和、郝索等都是荀勖手下的著名乐工,相和清商的演奏人材:清歌的,击节的,弹弦乐器的,吹管乐器的,撰乐谱的,这里都具备了,在荀勖的领导下,完成了整理清商曲的工作。

源于民间风谣的汉代黄门俗歌曲,经过曹魏三祖的提倡和创作,已经升入贵族文学之林。再经过荀勖的一番根据古乐乐理的大整理,就更为雅化了。荀勖把清商三调在声调上唤作正声、下徵、清角,

---

　　① 所谓"善弘旧曲",疑即《文心雕龙·乐府篇》的"左延年闲于增损古辞"("左"原作"李",据唐写本改)之比,是将古辞增损以便配合乐谱歌唱的意思。

总称正声①。由是后代遂唤清商乐为正声伎,如刘宋张永《元嘉正声伎录》,所录的即为相和三调等歌词;郭茂倩也说:"平调、清调、瑟调、楚调、侧调,所谓清商正声,相和五调伎也。"(《乐府诗集》卷二六)由俗乐到正声伎,这是多么大的一种变化!它说明了清商曲的雅化,也开始了它的衰老。

11　清商旧曲的衰亡

清商旧曲从汉代到曹魏西晋,是日趋发展的时代,走的是上坡路;自五胡乱华、晋室南渡以后,是日趋衰亡的时代,走的是下坡路。

《隋书·音乐志》(下)说:

> 清乐,其始即清商三调是也。并汉来旧曲。乐器形制,并歌章古辞,与魏三祖所作者,皆被于史籍。属晋朝迁播,夷羯窃据,其音分散。符永固平张氏,始于凉州得之。宋武平关中,因而入南,不复存于内地。

从《隋志》的记载,可知清商旧曲的乐器形制等,因五胡之乱而散落,直到宋武北伐,始被比较完整地带至南方。南朝张永撰有《元嘉正声伎录》②,王僧虔撰有《大明三年宴乐伎录》③,两书都著录了不少相和歌曲。这是宋武平关中以后的情况,在这以前的东晋,宫廷中演唱相和歌的情况,因记载缺乏,已不能详。

---

① 《隋书·音乐志》(下):"荀勖论三调为均首者得正声之名。"凌廷堪《燕乐考源》卷一:"荀勖笛律,正声、下徵、清角三调,盖即清商三调而易其名耳。"

② 元嘉,宋文帝年号。《隋书·经籍志》经部乐类:"梁有《元嘉正声伎录》一卷,张解撰,亡。""解"系"永"之讹。张永,《宋书》卷五三、《南史》卷三一有传。

③ 大明,宋孝武帝年号。《隋书·经籍志》集部总集类:"梁又有《伎录》一卷,亡。"姚振宗《隋书经籍志考证》卷五二说:"此一卷或即王僧虔书。"是。张、王二录唐人撰《隋书》时已亡,《乐府诗集》系根据《古今乐录》转引。

相和旧曲的乐器形制等虽然被带至南方,南朝宫廷中虽然仍旧演唱相和旧曲,但它们毕竟已经衰老了,已经丧失了初期的新鲜活泼的生命力,不能继续满足上层阶级的娱乐要求。发源于南方民间的生气蓬勃的清商新声——吴声歌曲和西曲,就在这样的情况下,逐渐取代了相和旧曲的地位。《南齐书》(卷四六)《萧惠基传》说:"自宋大明(孝武年号)以来,声伎所尚,多郑卫淫俗,雅乐正声,鲜有好者。惠基解音律,尤好魏三祖曲及相和歌,每奏辄赏悦,不能已也。"所谓"郑卫淫俗",即指吴声、西曲。萧惠基赏悦的魏三祖曲及相和歌(指汉代古辞),原本于汉代的俗乐,曾被当时大儒扬雄、班固等人所鄙夷讥斥的,现在已被史家目为曲高和寡的"雅乐正声"了。同时代的王僧虔曾经发了复兴三调的宏愿,他在顺帝昇明二年上书道:

> 今之清商,实由铜雀。……自顷家竞新哇,人尚谣俗,务在嘹危,不顾律纪,流宕无涯,未知所极,排斥典正,崇尚烦淫。……臣以为宜命典司,务勤课习,缉理旧声,迭相开晓,凡所遗漏,悉使补拾,曲全者禄厚,艺敏者位优。(《宋书·乐志》一)

据《南史》(卷二二)《王僧虔传》:"僧虔解音律,以朝廷礼乐,多违正典,人间竞造新声,时齐高帝辅政,僧虔上表请正声乐,高帝乃使侍中萧惠基调正清商音律。"是僧虔的理论曾付诸实施,而主其事者,即为赏悦古乐的萧惠基。又《梁书》(卷二一)《柳恽传》:"恽既善琴,尝以今声转弃古法,乃著《清调论》,具有条流。"王僧虔、萧惠基、柳恽的这些复古理论和努力,都不能挽救清商旧曲的无可避免的衰亡。

据《乐府诗集》所引陈释智匠《古今乐录》的记载,晋代荀勖所撰

《荀氏录》①所载三调歌诗,王僧虔《大明三年宴乐伎录》称它们已有半数光景"不传";而王录所载瑟调曲歌诗,至陈释智匠著《古今乐录》时代②,其"不传"、"不歌"者,又达半数。从这种记载,我们大体上可以看出清商旧曲逐渐衰亡的现象。到了唐代,连六朝新兴的清商新声(吴声、西曲等)都走向衰亡,至于平调、清调、瑟调,则已有声无辞(《通典》卷一四六),名存实亡了。

三　清　商　新　声

1　概说

六朝的清商新声,主要即是《乐府诗集》中的清商曲辞。《乐府诗集》分清商曲辞为下列六类:(1)吴声歌曲,(2)神弦歌,(3)西曲,(4)江南弄,(5)上云乐,(6)雅歌。

吴声、神弦、西曲三类的主要曲调产生时代较早,大约在东晋、宋、齐三代。其曲调大抵渊源于江南民间,歌辞也有许多是民歌。因此它的特点是新鲜活泼,朴素自然。吴声、西曲绝大部分是情歌,体制大概为五言四句。二者在清商曲中曲调最多,歌辞最富,是最重要的部分。神弦歌也产生于吴地,原可视作吴声的一部分,只因内容专门颂述神祇,与吴声之为普通风谣者有异,所以自成一部。它的体制

---

① 原书久佚,《乐府诗集》径称《荀氏录》,不著撰人。梁启超云:"《古今乐录》曾引《荀录》语,系由(王僧虔)《伎录》转引,想为荀勖所著。"(《中国之美文及其历史》)今考《伎录》称《荀氏录》所记清商三调:平调十二曲,传者五曲;清调九曲,传者五曲;瑟调十五曲,传者九曲。《伎录》所称"传者"之曲调,皆见于《宋书·乐志》。其所谓"不传者"之曲调,《宋志》均无。(其中清调《苦寒行》曹叡《悠悠篇》一曲,《伎录》云不传,亦见《宋志》,系例外。)而《宋志》在著录清商三调歌词时说:"荀勖撰旧词施用。"可见《荀氏录》即荀勖所撰。

② 《隋书·经籍志》经部乐类:"《古今乐录》十二卷,陈沙门释智匠撰。"王应麟《玉海》引《中兴书目》:"《古今乐录》,陈光大二年僧智匠撰,起汉迄陈。"原书赵宋后已佚,有清王谟《汉魏遗书钞》、马国翰《玉函山房辑佚书》等辑本,但俱不完备。

也不及吴声、西曲整齐，每首不常为四句，每句字数比较参差，有三言、四言、五言、六言各种句式。

江南弄、上云乐、雅歌的产生时代较晚，其曲调产生于梁代，歌辞都是梁武帝和他的臣下的作品。因为都是贵族文士的作品，所以显得很文雅，风格与前面三类大不相同。江南弄内容也讲情爱，上云乐则讲道家神仙之事。二者都是长短句，文词缠绵婉约，江南弄曾被后人视作词曲之祖。雅歌系梁代君臣对酒设乐、宾主规戒的庙堂之作。共五曲，每曲四言十二句。文词典雅，效《诗经》雅颂体，风格与其他各类迥不相同。《旧唐书·音乐志》说："又闻清乐唯雅歌一曲，辞典而音雅。阅旧记，其辞信典。"这种正统的评价显示了雅歌的特点。

东晋、宋、齐三代是吴声、西曲的产生和发展的时期，是清商新声的繁荣时期。梁武帝根据西曲改制江南弄、上云乐，开始把清商新声雅化了。陈后主、隋炀帝也制作了若干吴声歌曲，但风格与前期的吴声大不相同，反与梁代的江南弄、上云乐接近。因此，梁、陈、隋三代，可说是清商新声的转变时期。唐代燕乐昌盛，清乐逐渐澌灭，是清商新声的沦亡时期。

除《乐府诗集》中清商曲辞外，六朝清商新声，还包括一部分杂曲歌辞、杂舞曲辞和琴曲歌辞。杂曲歌辞如《自君之出矣》。产生于两晋南朝的杂舞曲有《拂舞歌》和《白纻歌》。唐代清乐中有《明君曲》，用石崇《王明君词》，《旧唐书·音乐志》说："此中朝（指西晋）旧曲，今为吴声，盖吴人传受讹变使然。"石崇词《乐府诗集》编入相和歌辞吟叹曲。又考《乐府》卷五十九琴曲歌辞有《昭君怨》、《明妃怨》，郭茂倩说："按琴曲有《昭君怨》，亦与此（指石崇《王明君词》）同。"（《乐府》卷二九）本篇上文曾说明琴曲与清商旧曲关系较密切，它跟清商新声，当亦如此。《乐府》卷六〇有唐张籍《乌夜啼引》，属琴曲。《乌夜啼》原是西曲歌，此点亦可作二者关系较密切的证明。

吴声、西曲和神弦歌的各种情况，我在《六朝乐府与民歌》一书中谈得较详细，这里不再论述。

2　江南弄、上云乐

在《六朝乐府与民歌》一书中，我曾经说明吴声的主要曲调产生于晋、宋两代；西曲的主要部分舞曲，产生于宋、齐、梁三代，而又以宋、齐两代为多，梁代的只有《襄阳蹋铜蹄》一曲。《乐府诗集》称无名氏的《子夜歌》、《子夜四时歌》为"晋宋齐辞"，《玉台新咏》、《乐府诗集》著录的梁武帝的《子夜四时歌》等作品，文词都比较"雅"，缺少民歌的活泼天真的味道，这使我们有理由相信现存吴声、西曲歌词，绝大部分是晋、宋、齐三代被采入乐的民歌以及上层阶级摹仿民歌的作品。

为什么到了梁代，上层阶级制作吴声、西曲的风气突然衰退了呢？梁元帝《金楼子·箴戒》篇说："齐武帝有宠姬何美人死，帝深凄怆。后因射雉，登岩石以望其坟，乃命布席奏伎，呼工歌陈尚歌之，为吴声鄙曲。帝掩叹久之，赐钱三万，绢二十匹。"这是很重要的资料。梁代的最高统治者虽然也并不出自名门大族，但他们"崇尚儒雅"，正统气味较强，跟宋齐的君主是有所不同了。他们开始讨厌民间的俗曲了。抱着这样的态度，于是梁武、昭明他们便去另外制作那"文雅"的江南弄、上云乐，简文他们便去写宫体诗去了。陈后主经过宫体诗的洗礼，再来写吴声歌曲，风格也就跟过去大不相同。

江南弄、上云乐是梁武帝及其臣下根据旧有的乐曲而改制成的新声。《古今乐录》说："梁天监十一年冬，武帝改西曲制江南弄、上云乐十四曲。江南弄、上云乐各七曲。"(《乐府诗集》卷五〇引)《通典》(卷一四五)说："梁有吴安泰善歌，后为乐令，精解音律，初改四(当作西)曲，别为("为"字据文意添入)江南、上云乐。内人王金珠善歌吴声、四(当作"西")曲，又制江南歌，当时妙绝。今(当作"令")斯宣达选乐府少年好手，进内习学。"可知梁武帝的制作江南上云乐，实出于当时乐人吴安泰、王金珠等的努力。

关于江南弄、上云乐，我们有须注意者三点：第一，《乐录》、《通典》俱称江南弄、上云乐系改制西曲而成,今考江南弄七曲中的《江南弄》一曲,上云乐七曲中的《方诸曲》,其和声都根据西曲中的《三洲曲》改制而成①。《三洲曲》的和声,特别婉媚曲折,这优点被江南弄、上云乐承袭着。第二,江南弄的句法为七、七、七、三、三、三、三言,其第三句末三字与第四句全同,在修辞上采用着上下递接互相复叠的格式。这种辞格,我认为系受到当时杂舞曲辞《拂舞歌》、《淮南王曲》以及《杯槃舞歌》的影响,《淮南王》、《杯槃辞》句式也是三、七言相杂,而江南弄也是舞曲,说二者有关,当不是臆测(参见本书《杂舞曲辞杂考》篇)。第三,江南弄、上云乐同外国音乐与宗教有着密切的关系。梁武帝利用《三洲》韵和改制江南弄、上云乐,曾得当时名僧释法云的帮助②。法云当是谙熟梵音的沙门,梁武本人又极崇信佛法,我们可以推知江南弄、上云乐,必定受到印度及西域音乐的影响。《隋书·音乐志》(上)称:"(梁武帝)笃敬佛法,又制《善哉》……等十篇,名为正乐,皆述佛法。又有法乐童子伎、童子倚歌、梵呗,设无遮大会则为之。"这些佛曲今已无存。上云乐则为歌颂神仙的道家乐曲。《隋书·音乐志》(上)称"梁三朝乐第四十四设寺子导安息孔雀凤凰文鹿胡舞登连上云乐歌舞伎"③,将胡舞与上云乐连在一起演唱,显示出上云乐与外国歌舞关系较密切。总上所说,可见江南弄、上云乐在当时乐府中实是一种新颖的创制,它采撷了吴声、西曲、杂舞曲以及外国音乐的优点,造成声调曲折、句法参差的新声。

3 陈、隋两代的吴声歌曲

《隋书·音乐志》(上)称"陈后主又于清乐中造《黄鹂留》及《玉树后庭花》、《金钗两臂垂》等曲,与幸臣等制其歌辞,绮艳相高,极于轻薄。男女唱和,其音甚哀"。陈后主所制乐曲,除《黄鹂留》等三曲外,

---

①② 参看上编《六朝乐府与民歌》中的《论六朝清商曲中之和送声》篇。
③ 今本《隋书》"导"作"遵",此从郭《乐府》引文。

尚有《春江花月夜》、《堂堂》(见《旧唐书·音乐志》二)、《临春乐》(见《陈书》卷七《张贵妃传》)等曲。今歌词存者,仅有后主自制的《玉树后庭花》一曲,七言六句,二句一用韵。此外仅存"璧月夜夜满,琼树朝朝新"二句,乃江总所作的残句①。从这些仅存的歌词,我们大致可以看到,后主新声的特点是:一,风格上继承了萧梁宫体诗的"绮艳相高,极于轻薄"的特色,辞藻富丽,与东晋、宋、齐时代质朴自然的吴歌,大相径庭。二,形式也不限于五言四句,后主的《玉树后庭花》便是七言六句的。

隋炀帝继陈后主之后,创制了不少新的乐章。《隋书·音乐志》(下)说:"炀帝大制艳篇,辞极淫绮。令乐正白明达造新声,创《万岁乐》、《藏钩乐》、《七夕相逢乐》、《投壶乐》、《舞夕同心髻》、《玉女行觞》、《神仙留客》、《掷砖续命》、《斗鸡子》、《斗百草》、《泛龙舟》、《还旧宫》、《长乐花》及《十二时》等曲②,掩抑摧藏,哀音断绝。"《乐府诗集》(卷四七)吴声歌曲部分,仅著录他的《泛龙舟》一曲,其馀的大约早已亡佚了(有些可能根本有声无辞)。《泛龙舟》曲歌词一首,七言八句,风格与陈后主及唐人作品为近,而和早期吴声、西曲歌词不同。

按《隋书·音乐志》(下)称"大业中,炀帝乃定清乐、西凉、龟兹、天竺、康国、疏勒、安国、高丽、礼毕,以为九部。"上文所引炀帝所造《万岁乐》、《泛龙舟》等乐曲名目,《隋志》叙在龟兹乐题目下面,似乎这些乐曲当列入龟兹乐而非清乐。但《通典》、《旧唐书》叙述《泛龙舟》曲,说它在唐代隶属于清乐,郭茂倩据以编入吴声歌曲。郑樵《通志·乐略》(一)亦将《泛龙舟》曲名编入清商曲,又于清乐之末,分叙西凉等八部乐,将《万岁乐》、《泛龙舟》等名目列入龟兹乐,又解释这

---

①　《南史》(卷一二)《张贵妃传》引此二句,不言作者,《大业拾遗记》以为江总所作。

②　《七夕相逢乐》,《通典》作《七夕乐》、《相逢乐》二曲,恐非。《投壶乐》一曲,《乐府》引文误漏。

种自相抵牾的情况道:"唐高祖即位,仍隋制,亦设九部乐。……其实皆主于清商焉。"这种说法终觉牵强。然而,隋炀帝虽然出自北方,后来统一江左,久住江都,喜作吴语①;其生活作风与陈后主有极相类似之处;再说他的《泛龙舟》曲,不特歌词有吴侬软语之感,且系"幸江都宫所作"(《通典》),我们由此可以推测它必然受着吴声歌曲的影响。

自北朝起,清乐与胡乐渐有合流的倾向。《隋书·音乐志》(中)说:"北齐杂乐有西凉、龟舞、清乐、龟兹等。后主唯赏胡戎乐,耽爱无已。于是繁手淫声,争新哀怨。后主亦自能度曲,亲执乐器,悦玩无倦,倚弦而歌。别采新声为《无愁曲》,音韵窈窕,极于哀思。"(节录)《隋志》说后主"唯赏胡戎伎",其新制的《无愁曲》,应当受到胡乐的很深影响。我在《论六朝清商曲中之和送声》(见《六朝乐府与民歌》)一文中曾经考证后主的《无愁曲》是南朝清乐《莫愁乐》的变曲。然则《无愁曲》当系清乐与胡乐的混合产品。隋代许多典章制度,直接承袭北朝,音乐亦然。炀帝所制的《泛龙舟》,很可能跟《无愁曲》一样,是清乐与胡乐的混合产品。日人林谦三氏在《隋唐燕乐调研究》一书中说:"白明达当是龟兹人,龟兹王白姓,见《魏书·西域传》、《隋书·龟兹传》、《唐书·西域传》、《悟空入竺记》等书。"(见第二章第一节注一)又说:"《泛龙舟》本来是清乐,它是白明达所造,恐与龟兹乐有关系。"(见第四章注①)其说颇可信。清乐与胡乐的混合,说明了胡乐势力的日趋强大,侵入清乐的范围,最后合胡部的新声,终于取清乐地位而代之。

4 清商新声的沦亡

隋代统一南北,传自西域流行北方的龟兹乐已较南方的清乐占

---

① 《通鉴》卷一八五:"高祖武德元年,隋炀帝至江都,荒淫益甚。见天下危乱,意亦不自安。常夜置酒,仰视天文,谓萧后曰:外间大有人图侬,然侬不失为长城公,卿不失为沈后,且共乐饮耳。"

了优势。到了唐代,胡乐系统的燕乐更蓬勃发展,成为俗乐的主要部门,清乐更走入消沉没落之路。《通典》(卷一四六)记载这种情况道:

> 清乐先遭梁陈亡乱,所存盖鲜,隋室以来,日益漏缺。大唐武太后之时,犹六十三曲。今其辞存者,有(1)《白雪》、(2)《公莫》、(3)《巴渝》、(4)《明君》、(5)《明之君》、(6)《铎舞》、(7)《白鸠》、(8)《白纻》、(9)《子夜》、(10)《吴声四时歌》、(11)《前溪》、(12)《阿子歌》、(13)《团扇歌》、(14)《懊侬》、(15)《长史变》、(16)《督护歌》、(17)《读曲歌》、(18)《乌夜啼》、(19)《石城》、(20)《莫愁》、(21)《襄阳》、(22)《栖乌夜飞》、(23)《估客》、(24)《杨叛》、(25)《雅歌》、(26)《骁壶》、(27)《常林欢》、(28)《三洲采桑》、(29)《春江花月夜》、(30)《玉树后庭花》、(31)《堂堂》、(32)《泛龙舟》等,共三十二曲①。《明之君》、《雅歌》各二首,《四时歌》四首,合三十七曲。又七曲有声无辞:《上林》、《凤曲》②、《平调》、《清调》、《瑟调》、《平折》、《命啸》等,通前为四十四曲存焉。……沈约《宋书》恶江左诸曲哇淫,至今其声调犹然。观其政已乱,其俗已淫,既怨且思矣;而从容雅缓,犹有古士君子之遗风,他乐则莫与为比。……自长安以后,朝廷不重古曲,工伎转缺,能合于管弦者,唯《明君》、《杨叛》、《骁壶》、《春歌》、《秋歌》、《白雪》、《堂堂》、《春江花月夜》等,共八曲。旧乐章多或数百言,时《明君》尚能四十言,今所传二十六言,就中

---

① 各曲题上的序次数字由我加入。《通典》:"《三洲歌》者,诸商客数由巴陵三江口往还,因共作此歌。又因《三洲曲》而作《采桑》。"似将二曲并而为一,否则总数应为三十三曲。
② 《凤曲》,《旧唐书·音乐志》、《唐会要》(卷三三)俱作《凤雏》,即《凤将雏曲》。《旧唐书》、《唐会要》于《明君》、《明之君》二曲中间,增入《凤将雏曲》,与下文《凤雏》分为二曲,非。

讹失，与吴音转远。刘贶①以为宜取吴人，使之传习。开元中，有歌工李郎子，郎子北人，声调已失，云学于俞才生，江都人也。自郎子亡后，清乐之歌阙焉。……自周隋以来，管弦杂曲将数百曲，多用西凉乐，鼓舞曲多用龟兹乐，其曲度皆时俗所知也。唯弹琴家犹传楚汉旧声，及清调、瑟调、蔡邕五弄调，谓之九弄，雅声独存。非朝廷郊庙所用，故不载。

唐代清乐之渐趋澌灭情况，于此约略可见。声乐成为"古曲"，必不为追求享乐的贵族统治阶级所喜爱，"朝廷不重古曲"，岂独唐代为然。然而那些过时的古曲，却为正统的士大夫所重视，即使歌辞被目为哇淫的吴声、西曲，也被《通典》的作者杜佑称赞为"从容雅缓，犹有士君子之遗风，他乐则莫与为比"了。

六朝的清商新声，仿佛重演着汉魏清商旧曲的发展过程：民间——贵族——灭亡。最初，人民创造了新鲜的有生命的歌曲，宣泄着他们的思想、情感；然后，这种新形式被贵族阶级所采用，产生了不少富有生气的作品；最后，这些乐曲逐渐雅化，终至失去了新鲜活泼的内容和形式，于是连贵族们也厌弃它了，只剩下一些爱古的文人学士们在惋惜、感慨。

1953 年写毕

---

① "刘贶"二字，据《旧唐书·音乐志》补入。

说黄门鼓吹乐

黄门鼓吹乐是东汉四品乐中的一品,是由黄门鼓吹乐人演奏的音乐。研究它的内容和性质,对我们研究汉代乐府歌诗——特别是汉乐府中的民歌——将有一定的帮助。

在说明黄门鼓吹乐的内容以前,必须首先叙述一下两汉乐府官署的大概情形。西汉乐官,主要的有"太乐"与"乐府"二署,分掌雅乐、俗乐。《汉书·百官公卿表》云:"奉常(即太常),掌宗庙礼仪,属官有太乐令丞。""少府,掌山海池泽之税,以给供养,属官有乐府令丞。"王应麟《汉书艺文志考证》(卷八)引吕氏曰:"太乐令丞所职,雅乐也;乐府所职,郑卫之乐也。"所谓郑卫之乐,即俗乐。西汉已有黄门鼓吹乐人,肄习俗乐,情形仿佛"乐府"(详下),但俗乐的主要管辖机关,则为"乐府"。到了东汉,黄门乐署遂取"乐府"之地位而代之。东汉乐府官署,主要的也分为两部门。其一为太予乐署,《后汉书·明帝纪》云:"永平三年秋八月戊辰,改太乐为太予乐。"可知"太予乐"即"太乐"之异名,职守自与西汉"太乐"无异。其二为掌管黄门鼓吹乐的承华令。《唐六典》(卷一〇)云:"后汉少府属官有承华令,典黄门鼓吹百三十五人①,百戏师二十七人。"《通典》(卷二五)云:"汉有承华令,典黄门鼓吹,属少府。"承华令与前汉的"乐府"同属少府,可知即为前汉"乐府"的后身,其职守应与"乐府"相同。

---

① 《后汉书·安帝纪》注引《汉官仪》作"百四十五人"。

汉乐四品的分类叙录，最早见于后汉蔡邕的《礼乐志》。《礼乐志》全文今已亡佚，它叙述汉乐四品的话，被保存于刘昭《续汉书·礼仪志注补》中，今摘录其中与本文讨论问题有关者于下：

> 汉乐四品。一曰太予乐，典郊庙上陵殿中①诸食举之乐。……食举乐，《王制》谓天子食举以乐;《周官》:王大食，则命奏钟鼓。二曰周颂雅乐，典辟雍飨射六宗社稷之乐。……三曰黄门鼓吹，天子所以宴乐群臣，《诗》所谓"坎坎鼓我，蹲蹲舞我"者也。其四曰②短箫铙歌。……

蔡邕解释四品乐章的内容、性质，于第三品最不具体，其《礼乐志》全文又早告亡佚，因此深滋后人误会。

《宋书·乐志》在叙述鼓吹曲（短箫铙歌）时说："汉世有黄门鼓吹，汉享宴食举乐十三曲，与魏世鼓吹长箫同。长箫短箫，《伎录》并云:丝竹合作，执节者歌。"是《宋志》认享宴食举乐属于黄门鼓吹。但此食举乐十三曲，《宋志》在上面所引的文字前面称为"太乐食举十三曲"，顾名思义，可知此项食举乐当由太乐（太予乐）统管，而不属于黄门鼓吹。《乐府诗集》更扩大了这种误解，其燕射歌辞题解说:"《隋书·音乐志》曰:'汉明帝时，乐有四品。其二曰雅颂乐。……三曰黄门鼓吹。……'汉有殿中御饭食举七曲，太乐食举十三曲，魏有雅乐四曲，皆取周诗《鹿鸣》。"他的意思仿佛说黄门鼓吹包括了殿中御饭和太乐两项食举乐，故明徐师曾承其说云:"汉明帝分乐为四品，而黄门鼓吹居其三，即今所传汉殿中御饭食举七曲及太乐食举十三曲是也（按此两项乐章，早已亡佚），与魏世鼓吹长箫同。"（《文体明辨》卷

---

① "中"字原脱，据文意补入。
② "四曰"两字，据《隋书·音乐志》补入。

八鼓吹曲辞题解）

这里就牵涉到整个食举乐的性质问题。据《宋书·乐志》，东汉的食举乐，共有四种：宗庙食举六曲，上陵食举八曲，殿中御饭食举七曲，太乐（享宴）食举十三曲。按蔡邕《礼乐志》："太予乐，典郊庙上陵殿中诸食举之乐。"然则殿中御饭等诸项食举乐，隶属太予乐而非黄门鼓吹乐，是彰彰明甚的。这是第一点。

如上所述，东汉乐官分为两部，太予乐令职掌雅乐，四品中的第一、二品属之，承华令职掌俗乐，四品中的第三、四品属之，界限非常分明。食举乐用于隆重的仪式，其为雅乐可知。若黄门鼓吹，则显然为轻松的俗乐，故蔡邕以"坎坎鼓我，蹲蹲舞我"的诗句来形容它。按《东观汉记·和熹后传》说："下□尚书曰：国家离乱，大厦未安，黄门鼓吹，曷有燕乐之志？欲罢黄门鼓吹。"（《北堂书钞》卷一三〇引）假如黄门鼓吹包括严肃隆重的食举乐，难道可以随便罢去的吗？这是第二点。

《宋书·礼志》（一）说："上代聘享之礼……晋咸宁注，先正月一日……太乐鼓吹又宿设四厢乐及牛马帷阁于殿前。……太乐令跪奏雅乐，以次作乐。……太乐令跪奏食举乐，太官行百官饭案，遍食毕，太乐令跪奏进馔，馔以次作。鼓吹令又前跪奏，请以次进众伎。"可见食举乐属太乐而不属鼓吹，至晋世尚然。这是第三点。

如上所说，食举乐既然隶属于太乐而不属于黄门鼓吹乐，那末，四品中的黄门鼓吹一项，毕竟包括了哪一些乐章呢？我的回答是：它主要的内容是相和歌和杂舞曲。以下，让我来证实这种说法。

所谓相和歌，包括相和曲、平调、清调、瑟调、楚调等曲调，是黄门鼓吹最重要的一部门。应璩《百一诗注》说："马子侯为人颇痴，自谓晓音律。黄门乐人更往嗤诮。子侯不知，名《陌上桑》，反言《凤将雏》，辄摇头欣喜，多赐左右钱帛，无复惭色。"（《百三名家集·应休琏集》）黄门乐人即黄门鼓吹乐人，《陌上桑》系相和曲调名。原诗云："汉末桓帝时，郎有马子侯。"这记载直接证明了汉代相和歌属于黄门鼓吹。挚虞《文章流别论》说:"古之诗,有三言、四言、五言、六言、七言、九言。……五言者,'谁谓雀无角,何以穿我屋'之属是也,于俳谐倡乐多用之。"(《艺文类聚》卷五六)俳谐倡乐即黄门倡乐,也就是黄门鼓吹乐。汉魏相和歌辞大部分为五言诗,所以挚虞这么说。这记载间接证明了相和歌属于黄门鼓吹。

除相和歌外,汉代的黄门鼓吹乐尚包括了杂舞曲。曹植《鼙舞歌序》说:"汉灵帝西园鼓吹,有李坚者能《鼙舞》,遭乱,西随段煨。先帝闻其旧有技,召之。坚既中废,兼古曲多谬误,异代之文,未必相袭;故依前曲,改作新歌五篇,不敢充之黄门,近以成下国之陋乐焉。"(《宋书·乐志》)《鼙舞歌》系杂舞曲的一种,由此可以推知汉魏的杂舞曲属于黄门鼓吹。

汉代的黄门鼓吹乐,如上所述,包括了相和歌杂舞曲,其中尤以相和歌为首要部门,它是宴乐嘉宾时娱心意悦耳目的最美妙的乐歌。蔡邕《礼乐志》说:"黄门鼓吹,天子所以宴乐群臣",主要即指它们而言。南朝王僧虔做了一部《大明三年宴乐伎录》,所著录的都是三调(平调、清调、瑟调)歌辞,便是一个极好的说明。这些三调相和歌,既然在宫廷中用以宴乐群臣,其性质用途,正与周代的燕乐——房中乐——相同,故前人遂有三调出于房中的说法。如《旧唐书·音乐志》说:"平调、清调、瑟调,皆周房中曲之遗声,汉世谓之三调。"房中是演唱燕乐的地方,这至汉代犹尚如此。《汉书·礼乐志》记哀帝时罢乐府的情况说:"丞相孔光、大司空何武奏……安世乐鼓员二十人,十九人可罢。沛吹鼓员十二人,族歌鼓员二十七人……凡鼓八员百二十八人,朝贺置酒,陈前殿房中,不应经法。"这里的"前殿房中",便是置酒宴乐群臣的地方;在这里演唱的燕乐,就名为房中乐①。唐山

---

① 方以智《通雅》卷二九:"房中之乐,奏于堂上之房也。……盖殿自有房中,不尽指后妃之事,《周礼》与《通志》所说皆泥矣。"所言甚是。

夫人的《安世乐》，亦演唱于房中，故一名《安世房中歌》。自沛吹鼓员以下，当即为演唱赵代秦楚之讴（相和歌）的黄门鼓吹乐人。孔光、何武以为这些音乐"不应经法。……皆郑声可罢"，其正统的态度，正同后汉和熹后的以"国家离乱，欲罢黄门鼓吹"相同。

　　不论周代的房中乐（《周南》、《召南》）或汉代的黄门鼓吹，都有一些共通的特点。第一，它们的歌词往往采自民间，内容新鲜活泼，适合宴乐之用。第二，它们使用的乐器主要为轻松的管弦乐器，不用庄重严肃的钟磬（金石），管弦乐器的轻松音调正与歌辞的内容互相谐调。

　　《宋书·乐志》等误以食举乐为黄门鼓吹，最大原因恐怕即在不能认识燕乐的性质，不能辨明"享乐"与"燕乐"的区别。按"享"、"燕"二者，固可连称，但严格说来，二者实相区别。《通志·乐略》（一）说："享，大礼也。燕，私礼也。"二者礼节有轻重，故乐章亦有严肃活泼之分。《乐府诗集》说："凡正飨食则在庙（按或在殿廷），燕则在寝（按即房中），所以仁宾客也。"（《燕射歌辞题解》）二者的场地也异处。挚虞《决疑要注》说："谒之与会（按指朝会，用享乐），威仪不同也。会则随五时朝服，庭设金石，悬虎贲，著旄头，衣文鹖尾以列陛。谒则服常服，设丝竹之乐，唯宿卫者列仗。"（《说郛》卷六〇引）这里更清楚地说明"享"、"燕"两乐所用乐器的不同。按傅玄《食举东西厢歌》云："惟敬朝飨，爰奏食举，尽礼供御，嘉乐有序。树羽设业，笙镛以间，琴瑟齐列，亦有篪埙，喤喤鼓钟，锵锵磬管，八音克谐，载夷载简。"曰"惟敬朝飨"，曰"八音克谐"，然则食举之为享乐而非燕乐，更是昭然若揭了①。

---

　　①　《宋书·乐志》（二）在登载乐章之前说："蔡邕论叙汉乐曰：一曰郊庙神灵，二曰天子享宴，三曰大射辟雍，四曰短箫铙歌。"按汉乐四品，第一、二品系太乐所掌的雅乐，故蔡氏叙在前面；第三、四品系黄门所掌的俗乐，故蔡氏叙在后面。《宋书》将"天子宴乐群臣"的"黄门鼓吹"易名"天子享宴"，又颠倒二、三两品的次序，说明沈约对黄门鼓吹乐的内容有误解（永嘉之乱，古乐沦亡，沈约的误解是可能的）。

汉代的黄门倡乐,起于何时,史无明文。推想起来,可能始于武帝。武帝立乐府,开始大规模采集俗乐,但乐府远在上林苑,征调乐工,不甚方便。《后汉书·宦者传序》说:"至于孝武,亦爱李延年。帝数宴后庭,或潜游离馆。"喜欢在后庭游宴的武帝,于宫禁设置黄门乐人①,取便娱乐,是很自然的事吧。这制度被以后的君主所继续着,故桓谭《新论》说:"汉之三主,内置黄门工倡。"(《文选》马融《长笛赋》李善注引)《汉书·史丹传》说:"元帝留好音乐,或置鼙鼓殿下,天子自临轩槛上,隤铜丸以擿鼓,声中严鼓之节。定陶王亦能之,上数称其材。丹进曰……若乃器人于丝竹鼓鼙之间,则是陈惠、李微,高于匡衡,可相国也?"服虔云:"陈、李皆黄门鼓吹。"服虔虽为后汉人,但黄门鼓吹之名,料必前汉已有,所以这么解释的。《宋书·乐志》说:"相和,汉旧歌也,丝竹更相和。"杂舞曲有鞞舞歌、鼓舞伎②,丝竹鼓鼙,正是演奏相和歌杂舞曲时所用的乐器。黄门鼓吹乐的内容,至此又多一重证明。

《汉书·礼乐志》记载前汉俗乐的昌盛道:"内有掖庭才人,外有上林乐府,皆以郑声施于朝廷。……是时(指成帝时)郑声尤甚,黄门名倡丙强、景武之属,富显于世。"黄门乐人同乐府所肄习的既然同为俗乐,因此其人员也互相沟通。《汉书·张放传》说:"薛宣奏放知男子李游君欲献女,使乐府音监景武强求不得;使奴康等之其家,贼伤三人。"这里的乐府音监景武,《礼乐志》称为黄门名倡;黄门、乐府二者关系密切,于此可见。故哀帝罢乐府,并及黄门。《汉书·循吏·召信臣传》:"竟宁中征为少府,列于九卿。……又奏省乐府、黄门倡

---

① 董巴《舆服志》:"禁门曰黄闼,以中人主之,故号曰黄门令。"(《后汉书·百官志注补》引)

② 《宋书·乐志》:"晋鞞舞歌亦五篇,又铎舞歌一篇,幡舞歌一篇,鼓舞伎六曲,并陈于元会。"鼓舞曲想也沿自汉代。(《淮南子·修务》:"今鼓舞者,绕身若环……")

优诸戏。"到了后汉,在少府属官中设立承华令,继承前汉的乐府令掌管俗乐,统黄门鼓吹员百馀人,遂合前汉乐府、黄门二者为一了。

西汉的乐府和东汉的黄门鼓吹乐人,既然专门演唱俗乐,其地位自不及配合朝廷大典演唱雅乐的太乐来得重要。除掉西汉哀帝罢乐府一事外,两汉君主当国家经济困难时,往往有减省俗乐人员的措施。例如《汉书·宣帝纪》:"本始四年春正月,诏曰:今岁不登,其令乐府减乐人,使归就农业。"又《元帝纪》:"初元元年六月,以民疾疫,令太官损膳,减乐府员。"《后汉书·安帝纪》:"永初元年九月壬午,诏太仆少府减黄门鼓吹,以补羽林士。"这些事例是可以跟上面东汉和熹后欲罢黄门鼓吹的记载相参照的。

（原载 1954 年 5 月 10 日《光明日报》
的《文学遗产》副刊第 6 期）

汉代鼓吹曲考

一　鼓吹曲与黄门鼓吹

　　汉代乐章分为四品：一曰太予乐，二曰雅颂乐，三曰黄门鼓吹乐，四曰短箫铙歌乐。第一、第二两品是雅乐，由太乐署掌管，第三、第四两品是俗乐，由黄门乐署掌管。《乐府诗集》（卷一六）鼓吹曲辞题解说："崔豹《古今注》曰：'汉乐有黄门鼓吹，天子所以宴乐群臣也。短箫铙歌，鼓吹之一章尔。亦以赐有功诸侯。'然则黄门鼓吹、短箫铙歌与横吹曲，得通名鼓吹，但所用异尔。"这解说是对的。汉代的短箫铙歌与横吹曲，均受西方外族音乐的影响，在当时均为俗乐，故与出自民间的第三品黄门鼓吹乐同由掌管俗乐的黄门乐署统辖，同由黄门鼓吹乐人演奏，故"得通名鼓吹"。

　　短箫铙歌、横吹曲都是军乐，故在汉代亦称为黄门武乐。《后汉书·祭遵传》："帝东归过汧，幸遵营，劳飨士卒，作黄门武乐，良夜乃罢。"李贤注："黄门，署名。前书曰：是时名倡皆集黄门。武乐，执干戚以舞也。"沈钦韩《后汉书疏证》曰："武乐，即短箫铙歌也。"案崔豹《古今注》（卷中）曰："横吹，胡乐也。张博望（骞）入西域，传其法于西京，唯得《摩诃兜勒》一曲[1]。李延年因胡曲更造新声二十八解，乘舆

---

　　① 　《顾氏文房小说》本《古今注》作"二曲"，非。此据《四部丛刊三编》（转下页）

以为武乐。后汉以给边将军，和帝时万人将军得用之。"然则《祭遵传》的"黄门武乐"，不一定指短箫铙歌，可能指横吹曲，也可能兼指二者。至于四品乐章中没有横吹曲，大约是由于横吹曲有声无辞的缘故。

　　演奏鼓吹曲（短箫铙歌）的乐人由黄门署统率，史籍也有彰明的记载。卫宏《汉旧仪》云："黄门令，领黄门、谒者、骑吹。"（《平津馆丛书》本）骑吹系鼓吹的一种（详下），又按《后汉书·卫宏传》："宏作《汉旧仪》四卷，以载西京旧事。"这证明前汉的鼓吹队隶属黄门。《梁冀别传》说："元嘉二年，又加冀礼仪，大将军朝到端门若龙门，谒者将引，增掾属，舍人令史官骑鼓吹各十人。"（《续汉书·百官志注补》引）谒者系黄门的属官，可知后汉的鼓吹队亦隶属黄门。

二　鼓吹曲的用途及内容

　　晋孙毓《东宫鼓吹议》云："鼓吹者，盖古之军声，振旅献捷之乐也。施于时事，不常用。后因以为制，用之朝会焉，用之道路焉。"（《北堂书钞》卷一〇八、卷一三〇引）用之朝会、道路，是鼓吹曲的两大用途。

　　汉代鼓吹用于朝会的例，如蔡质《汉官仪》所载三朝会的仪式："……钟磬并作。乐毕作鱼龙曼延，小黄门鼓吹三通。"又记拜皇后之礼云："皇后伏起拜，称臣妾讫，黄门鼓吹三通。"（俱见《续汉书·礼仪志注补》引）《汉书·礼乐志》说："丞相孔光、大司空何武奏：郊祭乐人员六十二人，给祠南北郊大乐鼓员六人，嘉至鼓员十人，邯郸鼓员二人，骑吹鼓员三人，江南鼓员二人，淮南鼓员四人，巴渝鼓员三

（接上页）影宋本《古今注》。按《后汉书·班超传》注引《古今乐录》、《乐府诗集》卷二一横吹曲辞题解均作"一曲"，似当以"一曲"为是。

十六人,歌鼓员二十四人,楚严鼓员一人,梁皇鼓员四人,临淮鼓员三十五人,兹邡鼓员三人,凡鼓十二员百二十八人,朝贺置酒陈殿下,应古兵法。"其中的"骑吹鼓员三人",也是用于朝会的。

汉代鼓吹曲用于道路从行的例,如《续汉书·百官志注补》云:"案大驾卤簿,五校在前,各有鼓吹一部。"丁孚《汉仪》说:"皇后出,置虎贲、羽林骑、戎头、黄门鼓吹……"(《续汉书·礼仪志注补》引)都是。

鼓吹除帝皇用于朝会道路之外,还用以给赐。给赐的情况有下面诸种。第一是分封的诸国君王。《后汉书·楚王英传》:"乃废英,徙丹阳泾县。……使伎人、奴婢、工技、鼓吹悉从,得乘辒辌。"又《梁节王畅传》:"所受虎贲官骑及诸工技、鼓吹、苍头奴婢、兵弩厩马,皆上还本署。"都是。第二是异国归附的君主。《后汉书·东夷传》也有"赐鼓吹伎人"的记载。又《南匈奴传》:"建武二十六年秋,南单于遣子入侍,奉奏诣阙。诏赐单于冠带、衣裳、黄金玺……乐器鼓车(鼓车是载鼓吹乐队的车子,详见下文),棨戟甲兵,饮食什器。"都是。第三为给赐臣下。《续汉书·百官志》:"大将军官属有御赐官骑三十人及鼓吹。"《注补》引《汉官仪》:"鼓吹二十人,非常员。"《北堂书钞》卷一三○引《晋中兴书》:"汉武帝时,南平百越,始置交趾、九真、日南、合浦、南海、郁林、苍梧,凡七郡,立交州刺史以统之。以州边远,山越不宾,宜加威重,七郡皆假以鼓吹。"都是。第四为赠大臣之葬。《后汉书·杨秉传》:"永元三年卒,赐以朱棺玉衣,将作大匠穿冢,假鼓吹,五营骑士三百馀人送葬。"又《杨赐传》:"中元二年九月薨……及葬,又使侍御史持节送丧,兰台令史十人,发羽林骑、轻车介士、前后部鼓吹。"都是。

此外,《后汉书·光武纪》(下)注引《汉官仪》:"北郊坛在城西北角。……其鼓吹乐及舞人御帐,皆从南郊之具。"郊祭用鼓吹,其例可比诸朝会。又《宋书·礼志》(五)及《隋书·礼仪志》(六)均有"诸官鼓吹"的名目,疑此种"诸官鼓吹",也肇始于汉代。上引《续汉书·百官志注补》云:"案大驾卤簿,五校在前,各有鼓吹一部。"此五校之五部鼓吹,虽列在大驾卤簿之中,疑即为"诸官鼓吹"之一部分;但这种鼓吹,已不属于黄门了①。

以上所说的鼓吹都是短箫铙歌而非横吹曲。今考汉短箫铙歌十八曲内容,除《战城南》一曲咏战事外,其《朱鹭》、《上陵》、《将进酒》、《远如期》四曲歌词内容与朝会有关;《上之回》、《圣人出》、《君马黄》三曲歌词内容与道路有关;《艾如张》、《雉子斑》、《临高台》三曲歌词内容讲狩猎之事,也与道路有关。《思悲翁》、《翁离》、《芳树》、《石留》四曲歌词,字句不易解,内容不大明白。《巫山高》、《有所思》、《上邪》三曲歌词,疑本系赵代秦楚之讴一类,为短箫铙歌所借用者。考《宋书·乐志》(一)曰:"汉太乐食举十三曲:六曰《远期》②,七曰《有所思》。"案食举乐属于太乐(即太予乐),是雅乐;今铙歌《远如期》曲中有"雅乐陈,佳哉纷"等语,知该曲原当是食举乐歌词,而为铙歌所借用的。铙歌既与食举乐都用于朝会,歌词自不妨借用。又本节上面所引《汉书·礼乐志》所载"应古兵法"的乐人,有邯郸、江南、淮南等各种演奏地方音乐的鼓员,其情况与相和歌的演奏赵代秦楚之讴,颇为相像。那末地方民歌如《有所思》、《上邪》等为武乐之一的铙歌借用入乐,也是有其缘故的吧。

三　鼓吹曲与横吹曲

《乐府诗集》卷二一横吹曲辞题解说:"横吹曲,其始亦谓之鼓吹,

---

① 繁钦《与魏文帝笺》:"顷诸鼓吹,广求异妓。……及与黄门鼓吹温胡,迭唱迭和。"可知魏时除黄门鼓吹外也尚有其他鼓吹。

② 《乐府诗集》卷一六《远如期》题解云:"《远如期》,一曰《远期》。"

马上奏之,盖军中之乐也。北狄诸国,皆马上作乐,故自汉以来,北狄乐总归鼓吹署。其后分为二部,有箫笳者为鼓吹,用之朝会、道路,亦以给赐,汉武帝时南越七郡皆给鼓吹是也。有鼓角者为横吹,用之军中,马上所奏者是也。……横吹有双角,即胡乐也。汉博望侯张骞入西域,传其法于西京,唯得《摩诃兜勒》一曲。李延年因胡曲更造新声二十八解,乘舆以为武乐。后汉以给边将,和帝时,万人将军得用之。"此段文字,叙述鼓吹曲与横吹曲的区别颇为清晰。鼓吹曲与横吹曲都得用以给赐。鼓吹曲给赐的情况,已如上节所述;若横吹曲,则专用以给赐边将,所谓以军乐壮其声势。

《北堂书钞》卷一三○引《东观记》曰:"建初八年,拜班超为将兵长史,假鼓吹幢麾。"此条记载,《乐府诗集》卷一六鼓吹曲辞题解亦引之,以为鼓吹是指短箫铙歌。但李贤注《后汉书·班超传》则以为假给班超的鼓吹,是指横吹曲,并说:"横吹麾幢,皆大将所有,超非大将,故言假。"注文引《古今乐录》叙述横吹曲的一段文字,跟《古今注》(见第一节引)相同。案班超,是所谓边将,假给他的鼓吹当是横吹曲,因为横吹如郭茂倩所说,"其始亦谓之鼓吹"。

四 鼓吹曲与骑吹曲

《宋书·乐志》(一)说:"《建初录》云:'《务成》、《黄雀》、《玄云》、《远期》,皆骑吹曲,非鼓吹曲。'此则列于殿廷者为鼓吹,今之从行鼓吹为骑吹,二曲异也。"上面说明鼓吹曲用于朝会,也用于道路;《宋书》以为鼓吹曲与骑吹曲的区别,即在用于朝会与道路的不同,这解释是不正确的。《乐府诗集》卷十六鼓吹曲辞题解驳之曰:"按《西京杂记》:汉大驾祠甘泉、汾阴,备千乘万骑,有黄门前后部鼓吹。则不独列于殿廷者为鼓吹也。"很对。

鼓吹与骑吹既同得用于道路从行,那么其区别何在呢?我以为在于那些乐人从行时所乘工具的不同。鼓吹乐人乘的是车,骑吹乐人则为马。《汉书·韩延寿传》说:"延寿在东郡时,试骑士,治饰兵车,总建幢棨,植羽葆,鼓车歌车。"鼓车歌车,孟康注曰:"如今郊驾①车上鼓吹也。"《续汉书·舆服志》(上)说:"乘舆法驾卤簿,后有黄门鼓车。"黄山曰:"此车载黄门鼓吹乐人也。汉乐人皆曰鼓员,见前书《礼乐志》,故车亦曰鼓车,实即鼓吹车。"(王先谦《后汉书集解》引)可见汉代鼓吹乐人从行时恒乘车,其车就唤作鼓车。这制度至后世犹然,如《梁书》卷五六《侯景传》:"景受禅,以辒车床载鼓吹。"至骑吹则顾名思义,当为骑乘于马上的鼓吹乐人。魏武《军令》曰:"往者有鼓吹而使步行,为战士爱马也。"(《太平御览》五六七引)这里的鼓吹即是骑吹,所以用马。

《隋书·礼仪志》(四)说:"鼓吹车上施层楼,四角金龙衔流苏羽葆。凡鼓吹,陆则楼车,水则楼船,在殿廷则画笋虡为楼,楼上有翔鹭栖乌,或为鹄形。"这里记载鼓吹乐人乘坐的工具及工具上的装饰颇为详细,疑此种制度是沿袭汉代的。汉短箫铙歌十八曲中,《朱鹭》篇讲到鹭,《临高台》篇讲到鹄,或许与鼓吹车上的装饰有关②。

杨慎《词品》说:"鼓吹曲,其昉自黄帝记里鼓之制乎?后世有鼓吹、骑吹、云吹之名。……水行则谓之云吹。《朱鹭》、《临高台》诸篇则鼓吹曲,《务成》、《黄爵》则骑吹曲,《水调》、《河传》则云吹曲。……梁简文诗:'广水浮云吹,江风引夜衣。'此言云吹也。"按"云吹"一名,不见古籍记载,况且《水调》、《河传》是隋唐以后的新乐曲,与汉魏鼓

---

① 颜师古注:"郊驾,郊祀时所备法驾也。"按孟康此条注释也可为本文第二节郊祭用鼓吹的证据。

② 《隋书·音乐志》(下):"簨簴所以悬钟磬。横曰簨,饰以鳞属。植曰簴,饰以羸及羽属。"此种装饰或许沿自汉魏。汉短箫铙歌除《朱鹭》、《临高台》两篇讲到鹭与鹄外,《思悲翁》篇讲到狗、兔、枭,《艾如张》篇讲到黄雀,《雉子班》篇讲到雉:这些动物或许也是簨簴装饰上所有的。

吹曲无关。杨慎喜欢自我作古，这里"云吹"一名，大约也是附会简文诗句而杜撰的。

五 鼓吹两字的含义

《宋书·乐志》(一)说："雍门周说孟尝君鼓吹于不测之渊。说者云：鼓自一物，吹自竽籁之属，非箫鼓合奏，别为一乐之名也。"这段文字告诉我们两点：第一，鼓吹曲"鼓吹"两字的含义，是由于同时打鼓吹箫，即所谓"箫鼓合奏"；第二，不是箫鼓合奏，也有使用"鼓吹"字样的，如孟尝君之例。

鼓吹曲的乐器，实际除箫和鼓外，还有笳。刘瓛《定军礼》说："鼓吹，鸣笳以和箫声。"(《乐府诗集》卷一六引)此仅举笳箫。陆机《鼓吹赋》："鼓硡硡以轻投，箫嘈嘈而微吟。"此仅举箫鼓。《隋书·音乐志》(上)称陈制："鼓吹一部，十六人，则箫十三人，笳二人，鼓一人。"是比较完整的记载。箫和笳都是吹(《宋书·乐志》第一："笳(同笳)，号曰吹鞭。")，与鼓合奏，故名鼓吹。

但汉代的黄门鼓吹乐人，除奏鼓吹曲外，还演奏民间的俗乐相和歌；而汉乐四品中的黄门鼓吹乐，已剔除鼓吹曲(短箫铙歌)，仅指相和歌及杂舞曲而言[①]。那末，演奏相和歌与"鼓吹"有何关系呢？汉时黄门倡乐亦多用鼓。如杂舞曲中的鼙舞曲、鼓舞曲，更以鼓为主。考《汉书·霍光传》载光等奏昌邑王罪状有云："大行在前殿，发乐府乐器，引内昌邑乐人，击鼓歌吹作俳倡。会下还，上前殿，击钟磬，召内泰壹宗庙乐人辇道牟首，鼓吹歌舞，悉奏众乐。"这里上面说"击鼓歌吹"，下面说"鼓吹"，然则"鼓吹"当即"击鼓歌吹"的省称。而所谓"歌吹"，主要指丝竹相和的俗乐。《汉书·礼乐志》说："初高祖既定

---

① 参看拙作《说黄门鼓吹乐》篇。

天下,过沛,与故人父老相乐,醉酒欢哀,作'风起'之诗。令沛中僮儿百二十人习而歌之。至孝惠时以沛宫为原庙,皆令歌儿习吹以相和,常以百二十人为员。"《宋书·律历志》曾说明俗乐因"无厢悬钟磬,以笛有一定调,故诸弦歌皆从笛为正"。习吹以相和,实际上是以笛为主来学习丝竹之乐。

以上说明相和歌、杂舞曲与短箫铙歌都可以叫作鼓吹的理由。汉代,相和歌等与短箫铙歌同属黄门鼓吹乐署。魏晋以后,黄门鼓吹署衍为鼓吹署①,专典武乐,别设清商乐署专门管理三调相和歌等俗乐,此后鼓吹一名,遂为汉代黄门武乐一系所专用了。

(原载《复旦学报》
1957 年第 1 期)

---

①　《通典》(卷二五)《职官典》:"后汉有承华令,典黄门鼓吹,属少府。晋置鼓吹令丞,属太常。"

杂舞曲辞杂考

一 鞞舞歌考

《古今乐录》(《乐府诗集》卷五三引)曰:"鞞舞,梁谓之鞞扇舞,即巴渝是也。鞞扇,器名也。鞞扇上舞作巴渝弄,至鞞舞竟,岂非巴渝一舞二名,何异公莫亦名巾舞也。"郭茂倩曰:"《隋书·乐志》曰:'鞞舞,汉巴渝舞也。'按《乐录》、《隋志》并以鞞舞为巴渝,今考汉魏二篇,歌辞各异,本不相乱。盖因梁陈之世,于鞞舞前作巴渝弄,遂云一舞二名。殊不知二舞亦容合作,犹巾舞以白纻送,岂得便谓白纻是巾舞耶,失之远矣。"按《隋书·音乐志》(上):"梁三朝乐:十七设鼙(鞞)舞,十八设铎舞,十九设拂舞,二十设巾舞并白纻,二十一设舞槃伎。"舞槃当即舞七槃,杂舞七种,独没有巴渝,太不合理,《乐府诗集》说巴渝、鞞舞"二舞合作",犹如巾舞、白纻同设,是很惬当的。

《古今乐录》不但误鞞舞为巴渝,它说"鞞舞,梁谓之鞞扇舞",也有问题。《隋书·音乐志》(上)说:"梁三朝乐第十七设鞞舞。"《乐府诗集》(五四)有沈约、周捨两人的《梁鞞舞歌》,均不云鞞扇舞。《乐录》曰:"鞞扇,器名也。"什么器呢? 没有说。按鞞,通鼙,鼙即是鼙鼓。《宋书·乐志》说:"八音,四曰革,革,鼓也,鞀也,节也。……以枹击之曰鼓,以手摇之曰鞀。……小鼓有柄曰鞉,大鞉谓之鞞,《月令》:仲夏修鞀鞞,是也。然则鞀鞞即鞉类也。"曹植《鼙舞歌大魏篇》

云:"乐人舞鼙鼓,百官雷抃赞若惊。"都可作证明。故朱乾《乐府正义》卷一一说:"先儒谓小鼓有柄曰鞉,大鞉谓之鞞。鞞舞所执者即此鼓。"(节录)《隋书·音乐志》(下)称隋牛弘请存鞞铎巾拂四舞,文帝令舞人不须捉鞞拂等,鞞之所以可捉,即以有柄之故。鞞是鞞,扇是扇,二者不应合为一种,彰彰明甚。

《古今乐录》的错误,实衍自《宋书·乐志》。《宋志》(一)云:

> 鞞舞,未详所起,然汉代已施于燕享矣。傅毅、张衡所赋,皆其事也。曹植《鼙舞歌序》曰:(序文略)晋鞞舞歌亦五篇。又铎舞歌一篇,幡舞歌一篇,鼓舞伎六曲,并陈于元会。今幡、鼓歌词犹存,舞并阙。鞞舞,即今之鞞扇舞也。又云:晋初有杯槃舞、公莫舞。史臣按:杯槃舞,今之《齐世宁》也。张衡《舞赋》云:"历七槃而纵蹑。"王粲《七释》云:"七槃陈于广庭。"近世文士颜延之云:"递间关于槃扇。"鲍昭云:"七槃起长袖。"皆以七槃为舞也。

《宋志》此段文字,主要叙述鞞舞、杯槃舞两舞的性质和沿革。叙鞞舞文字,至"晋鞞舞歌亦五篇"一句竟。其下叙槃舞文字疑有错误,当作:"槃舞,即今之槃扇舞也,又云杯槃舞。晋初有杯槃舞、公莫舞。"《宋志》误将槃舞与扇舞合而为一,当由受到颜延之"递间关于槃扇"一句的影响。但事实上颜氏并未以为槃舞即槃扇舞。考颜氏《七绎》云:"杂纷披于巾拂,递间关于槃扇。"(《艺文类聚》五七)巾、拂、槃、扇,明是四种舞曲,当时大概尚有扇舞,后世已不传;《宋志》误将槃、扇合为一舞,刊本又误"槃"为"鞞",真是失之毫厘,谬以千里了。

二　拂舞歌白鸠辞考

《宋书·乐志》载晋杨泓《拂舞序》曰:"自到江南,见白符舞,或言白凫鸠舞。云有此来数十年,察其词旨,乃是吴人患孙皓虐政,思属晋也。"《南齐书·乐志》云:"白符,或云白符鸠舞,出江南,吴人所造。其辞意言:患孙皓虐政,慕政化也。其诗本云:'平平白符,思我君惠,集我金堂。'言白者金行,符,合也,鸠亦合也。符鸠虽异,其义是同。"白符鸠即白凫鸠,"符"、"凫"音同,又作白附鸠、白浮鸠①。清商西曲中有吴均《白附鸠》、《白浮鸠》五言四句诗各两首。《乐府诗集》(卷四九)引《古今乐录》云:"《白附鸠》,倚歌,亦曰《白浮鸠》,本拂舞曲也。"大约白凫鸠是正名,符、附、浮都是别名。按《南史》卷一五《檀道济传》,道济被诛,时人歌曰:"可怜白浮鸠,枉杀檀江州。"白鸠是吴地习见的水鸟,吴地歌谣喜欢用白凫鸠起兴,正和襄阳童谣喜欢以白铜鞮发端相同。《南齐书》所谓"白者金行,符,合也,鸠亦合也",是五行家附会之谈,不足置信。(司马氏以金德王,色尚白,"合金",算是"慕政化"、"思属晋"的隐语。)

吴《白鸠辞》今已不存,"晋《白鸠舞歌》七解"(《南齐书·乐志》),四言二十八句,每解四句,今依《宋志》录其词如下:

翩翩白鸠	再飞再鸣	怀我君德	来集我庭(一解)
白雀呈瑞	素羽明鲜	翔庭舞翼	以应仁乾(二解)
交交鸣鸠	或丹或黄	乐我君惠	振羽来翔(三解)
东壁馀光	鱼在江湖	惠而不费	敬我微躯(四解)
策我良驷	习我驰驱	与君周旋	乐道无馀(五解)
我心虚静	我志沾濡	弹琴鼓瑟	聊以自娱(六解)
陵云登台	浮游太清	扳龙附凤	目望身轻(七解)

考察本辞,我有两点意见。一,自第四解以下词旨与白鸠无关,当是

---

① "符"、"浮"、"附"诸字声同,俱唇音"奉"母。

借用他曲歌词；拂舞曲中的《独禄篇》、《淮南王篇》，都有同样情形。
二，杨泓谓"察白鸠词旨，乃是吴人患孙皓虐政，思属晋也"，但晋辞中
实看不出"患孙皓虐政"之词旨，故郭茂倩云："盖晋人改其本歌云。"
但由《南齐书》所录本诗三句，也看不出"患虐政"词旨。按白鸠，古人
认为祥瑞之物，《宋书》(卷二九)《符瑞志》(下)记白鸠出现的次数自
商汤至宋文帝共达九次，《南齐书》(卷一八)《祥瑞志》永明八年亦有
获白鸠一头之瑞。其中宋文帝元嘉十八年、二十四年两次白鸠出现，
文士何承天、沈演之各作一篇四言的《白鸠颂》，性质体制都与拂舞的
《白鸠篇》相同。《宋书·符瑞志》称："吴孙权赤乌十二年八月癸丑，
白鸠见于章安。"(《三国志·孙权传》赤乌十二年注引《吴录》曰："八
月癸丑，白鸠见于章安。")或者当时文士，也有类此的制作，以颂君
德，至晋人"改其本歌"，因而附会上"白者金行"的说法。晋代白鸠之
瑞，共四次，都在武帝之世。其中"泰始八年，白鸠二集太庙南门"，当
时左九嫔(芬)曾有《白鸠赋》的制作。其序文今尚存，云："泰始八年，
鸠巢于庙阙，而孕白鸠一双，毛色甚鲜，晋金行之应也。"(《御览》卷九
二一)其说与《齐志》可相印证。至于说什么"吴人患孙皓虐政"，恐怕
是杨泓的臆测。

三　拂舞歌独漉辞考

晋《独漉舞歌》六解(《南齐书·乐志》)，四言二十四句，录其词
如下：

独禄独禄	水深泥浊	泥浊尚可	水深杀我(一解)
雍雍双雁	游戏田畔	我欲射雁	念子孤散(二解)
翩翩浮萍	得风遥轻	我心何合	与之同并(三解)
空床低帷	谁知无人	夜衣锦绣	谁别伪真(四解)

刀鸣削中　倚床无施　父冤不报　欲活何为（五解）
猛虎班班　游戏山间　虎欲啮人　不避豪贤（六解）

"独禄"，《乐府诗集》（卷五四）作"独漉"。《南齐书·乐志》曰："古辞《明君曲》后云：'勇安乐无慈，不问清与浊，清与无时浊，邪交与独禄。'《伎录》云：'求禄求禄，清白不浊，清白尚可，贪污杀我。'晋歌为鹿字，古通用也①。疑是风刺之辞。"《齐志》所谓"古辞《明君曲》"，实系晋傅玄《鼙舞歌》。其《明君篇》有云："偷安乐目前，不问清与浊，积伪罔时主，养交以持禄。"《齐志》引文，舛误特甚（《乐府诗集》卷五四引文与今本《齐志》同，知其误已久），今据《宋书·乐志》所录鼙舞歌词参校，得以订正。从《齐志》的记载，可知"独鹿"二字本为"求禄"；因为《伎录》一书，不论是指张永《元嘉正声伎录》抑或王僧虔《大明三年宴乐伎录》，所记均为刘宋初年歌辞，较《宋书·乐志》所载的歌辞为早。"求禄"字义，本极清楚，转成"独鹿"，就颇费解。清王琦《李太白文集注》卷四《独漉篇》注云："刘履曰：'独漉，疑地名。'琦按上谷郡涿州有地名独鹿，一名浊鹿者是也。又小网名罜䍡，《荀子》作独鹿。《成相辞》曰：'恐为子胥身离凶，进谏不听，刭而独鹿弃之江。'杨倞注：'《国语》曰：鸟兽成，水虫孕，水虞于是禁罝罜䍡。贾逵云：罜䍡，小罟也。'（按张衡《西京赋》："布九罭，设罜䍡。"善曰："罜，音独，䍡，音鹿。"）或谓此，未可知。"刘履谓独漉地名，最不可信。（朱乾《乐府正义》亦以独鹿为地名，说甚穿凿。）小罟之说，则能与下文意义相贯

---

① 焦循《易通释》（卷一〇）云："古从录之字，与从鹿同，故禄通录，录通鹿，鹿禄二字同。"自注："《汉书·萧何传赞》：当时录录。颜师古注：录录犹鹿鹿。《西域传》：乌弋山有桃拔。孟康曰：似鹿长尾，一角者或为天鹿，两角者或为辟邪。《后汉书·灵帝纪》天禄注云：天禄，兽也，今邓州南阳县有宗资碑，旁有两石兽，镌其膊，一曰天禄，一曰辟邪，是天鹿通作天禄。《考工记》幌氏清其灰而盝之，即《月令》毋漉陂池之漉。《说文》：簏或从录，睩读若鹿。"

通,颇合情理。大约"独鹿"原作"求禄",后来乐人由于音声相近,把它改成"独鹿",作网罟解,而第二句也由"清白不浊"改成"水深泥浊"了。这种声音相近意义各殊的变化,正如同吴声歌曲"阿子"之转变为"鸭子"一样。

《独漉篇》歌辞六解,文意并不全然连贯,当由乐工迁就曲谱拼凑而成。《四库提要》说:"古者采诗以入乐,声尽而词不尽,则删节其词;词尽而声不尽,则撅他诗数句以足之。皆但论声律,不论文义。《乐府诗集》,班班可考。"(总集类三刘履《风雅翼》条)《白鸠篇》、《淮南王辞》都有采撅他诗以配足曲谱的现象。李白拟《独漉篇》,文意亦若断若续。故王琦评之曰:"依约古辞,当分六解。解各一意,峰断云连,似离似合,其体固如是也。若强作一意释去,更无是处。"

四　拂舞歌淮南王辞考

《淮南王》是舞曲歌辞中音节最美妙的歌曲,晋歌六解(《南齐书·乐志》),今依《宋志》原式,录于下面:

> 淮南王　自言尊　百尺高楼与天连(一解)
> 后园凿井银作床　金瓶素绠汲寒浆(二解)
> 汲寒浆　饮少年　少年窈窕何能贤　扬声悲歌音绝天(三解)
> 我欲渡河河无梁　愿化双(双字疑衍)黄鹄　还故乡(四解)
> 还故乡　入故里　徘徊故乡身不已(五解)
> 繁舞寄声无不泰　徘徊桑梓游天外(六解)

此诗六解,每解转韵,且具有三种句式,(一)三、三、七言式,第一、第五两解。(二)七、七言式,第二、第四、第六三解。(三)三、三、七、七言式,第三解。宋鲍照有《代淮南王辞》,格式全同,宋刻《玉台新咏》

分作两首,录其辞如下:

> 淮南王,好长生,服食炼气读仙经。琉璃药碗牙作盘,金鼎玉匕合神丹。合神丹,戏紫房,紫房彩女弄明珰,鸾歌凤舞断君肠。

> 朱城九门门九开(一作"闺"),愿逐明月入君怀。入君怀,结君珮,怨君恨君恃君爱。筑城思坚剑思利,同盛同衰莫相弃。

《淮南王》歌辞的婉媚流转,首在其三、七言句法之富于变化;其次,在它能利用上下句首尾互相复叠的形式,如晋辞二解之尾、三解之首,俱用"汲寒浆"三字,四解尾、五解首俱用"还故乡"三字,这在音节上更能增加流转的特色。上下句首尾递接互相复叠的辞格,五言诗中亦有之,蔡邕的《饮马长城窟行》开其端,至古辞《西洲曲》而登峰造极。杂言则似肇始于相和古辞《平陵东》曲(亦三、七言句式),到杂舞曲《淮南王》与《杯槃辞》,得到大大的发展,其后至梁武帝的《江南弄》而更臻极致。武帝《江南弄》共七首,格式全同,兹录首二章《江南弄》与《龙笛曲》于下:

> 众花杂色满上林,舒芳耀绿垂轻阴,连手蹀躞舞春心。舞春心,临岁腴,中人望,独踟蹰。(《江南弄》)

> 美人绵眇在云堂,雕金镂竹眠玉床,婉爱寥亮绕红梁。绕红梁,流月台,驻狂风,郁徘徊。(《龙笛曲》)

《古今乐录》说:"梁武帝改西曲制江南、上云乐。"(《乐府诗集》卷五〇)我以为《江南弄》必定受到《淮南王》、《杯槃辞》的影响,二者的格调太相像,而且同是舞曲啊!

汉代的俗乐和民歌

一

　　现存的汉代乐府诗中保存着数十首民歌(其中有些是民歌色彩很浓的文士作品),它们是一份珍贵的文学遗产,不仅本身具有很高的思想内容和艺术价值,而且给予后来的许多大诗人以深刻的启示和影响,帮助他们创造出许多优秀的诗篇。

　　乐府诗是配合音乐而歌唱的诗歌。民间的诗歌,由于配合了音乐供给上层阶级欣赏、消遣,才比较容易地流传于后世。汉乐府中的民歌就是这样。汉代,民间产生的音乐(它们被贵族文士们称为俗乐)非常昌盛,获得贵族文士们的爱好,广泛地流行于社会各阶层。中央政府有专门的机构采集民歌,配合着俗乐演唱。

　　在西汉,中央政府的乐官,主要有太乐、乐府二署,分掌雅乐、俗乐。《汉书·百官公卿表》:"奉常(即太常),掌宗庙礼仪,属官有太乐令丞。少府,掌山海池泽之税,以给供养,属官有乐府令丞。"王应麟《汉书艺文志考证》(卷八)引吕氏曰:"太乐令丞所职,雅乐也;乐府所职,郑卫之乐也。"所谓郑卫之乐,即是俗乐。

　　西汉末叶,哀帝裁撤了专掌俗乐的乐府官,但至东汉,仍然有专掌俗乐的官署。东汉乐官,主要也有二署。其一为太予乐署。《后汉书·明帝纪》:"永平三年秋八月戊辰,改太乐为太予乐。"可知太予乐即太乐之异名,职守自与西汉太乐无异。其二为掌管黄门鼓吹乐的承华令。《唐六典》(卷一〇)云:"后汉少府属官有承华令,典黄门鼓吹百三十五人[1],百戏师二十七人。"《通典》(卷二五)云:"汉有承华令,典黄门鼓吹,属少府。"承华令与西汉的乐府同属少府,可知即为西汉乐府的后身,其职守应与乐府相同。

东汉乐府歌诗,分为四类。《隋书·音乐志》(上)说:

> 汉明帝时,乐有四品。一曰太予乐,郊庙上陵之所用焉。二曰雅颂乐,辟雍飨射之所用焉。三曰黄门鼓吹乐,天子宴群臣之所用焉。四曰短箫铙歌,军中之所用焉。

其中第一、二两品是雅乐,由太予乐令管辖;第三、四两品则是俗乐,由承华令管辖。

第三品黄门鼓吹乐的乐章,主要即为相和歌辞。《汉书·史丹传》说:"元帝留好音乐,或置鼙鼓殿下,天子自临轩槛上,隤铜丸以擿鼓,声中严鼓之节。定陶王亦能之,上数称其材。丹进曰……若乃器人于丝竹鼓鼙之间,则是陈惠、李微,高于匡衡,可相国也?"服虔注云:"陈、李皆黄门鼓吹。"案《宋书·乐志》:"相和,汉旧歌也,丝竹更相和。"史丹称黄门鼓吹乐工陈惠、李微工于丝竹,足证相和歌属于黄门鼓吹乐。又应璩《百一诗注》说:"马子侯为人颇痴,自谓晓音律。黄门乐人更往嗤诮,子侯不知。名《陌上桑》,反言《凤将雏》,辄摇头欣喜,多赐左右钱帛,无复惭色。"(张溥《汉魏六朝百三名家集·应休琏集》)《陌上桑》系相和曲调名,这一则记载更有力地证明了相和歌属于黄门鼓吹[2]。

---

① 《后汉书·安帝纪》注引《汉官仪》作"百四十五人"。
② 参考拙作《说黄门鼓吹乐》篇。

第四品短箫铙歌,也由黄门鼓吹乐人演唱,但因为是军乐,与用于宴会的相和歌辞等性质不同,所以别为一类。《乐府诗集》(卷一六)引崔豹《古今注》说:"汉乐有黄门鼓吹,天子所以宴乐群臣也。短箫铙歌,鼓吹之一章尔。"严格地说,短箫铙歌是黄门鼓吹乐乐人演唱的一部分乐章。汉代短箫铙歌,现存十八曲。

第三品黄门鼓吹乐和第四品短箫铙歌乐,如上所述,在汉代都是俗乐,但其中又以黄门鼓吹乐为重要,它获得社会各阶层的爱好,乐章繁富,影响远大。上面说过,黄门鼓吹乐的乐章主要是相和歌辞。相和歌辞,《乐府诗集》分为十类:(1)相和六引,(2)相和曲,(3)吟叹曲,(4)四弦曲,(5)平调曲,(6)清调曲,(7)瑟调曲,(8)楚调曲,(9)侧调曲,(10)大曲。这些曲调大都是出自当时民间各地的新声。如楚调,循名责实,主要当为楚声。平、清、瑟、楚四调乐器中皆有筝,"筝,秦声也"(《宋书·乐志》一)。汉家起于西楚,其后建都关中,楚声、秦声,当为汉代新声的两种重要成分[1]。此外,当兼采赵、代、燕、齐、吴等地之声,据《汉书·艺文志·诗赋略》所载歌诗产地,可以推知。这些产生于民间的新声,主要使用管弦乐器,性质轻松活泼,故被宫廷采取,在宴会时用以娱乐嘉宾。

相和歌中的"平调、清调、瑟调,汉世谓之三调"(《旧唐书·音乐志》),简称清商三调。三调外加楚调、侧调,"与三调总谓之相和调,所谓清商正声、相和五调伎也"(《乐府诗集》卷二六《相和歌辞题解》)。因此,相和歌后世称为清商乐,简称清乐。汉代的清乐(主要是相和歌)和六朝的清乐(主要是吴声、西曲)是我国中古时代俗乐的主流。

汉代的民歌,相和歌辞中包含最多,其次则为杂曲歌辞。汉代的

---

① 参考萧涤非先生《汉魏六朝乐府文学史》第二编第一章《论汉乐府之声调》。

杂曲歌辞,风格跟相和歌辞相同,因其歌辞未被中央乐府机构采习或年代久远等原因,后世不详它们属于何调,故被列为杂曲。论其性质,自应属于清乐这一系统。

现存汉短箫铙歌十八曲中,包含若干首民歌,数量虽少,但也新颖可喜。短箫铙歌乐,一名鼓吹乐,相传起源很早。蔡邕《礼乐志》说:"短箫铙歌,军乐也。其传曰:黄帝岐伯所作。"(《续汉书·礼仪志注补》引)但在汉代,西域音乐传入中国,短箫铙歌乐曾受这种新声的影响①,且它又由掌俗乐的黄门鼓吹乐人演唱,故与俗乐容易发生联系。因为与俗乐联系,民歌就有机会跟它配合。汉代以后,作为军乐的鼓吹曲,不再与俗乐联系,成为纯粹的雅乐,鼓吹曲辞中也就不再有民歌。

除掉中央的乐府机关外,一些私家特别是《汉书·礼乐志》所说的"豪富吏民",也为了自己的娱乐,采集了一部分的俗乐和民歌。现存汉乐府中有些未被正史乐志著录的歌辞,或许就是私家所采录的。

二

两汉的俗乐是很昌盛的。君主、贵族、文士、百姓都爱好俗乐,俗乐风靡于整个社会。

西汉自武帝立乐府采集各地风谣,以后的诸帝往往嗜好俗乐,故桓谭《新论》称"汉之三主,内置黄门工倡"(《文选》马融《长笛赋》李善注引)。所谓"黄门倡",就是演唱俗乐的黄门鼓吹乐人。又如元帝,《汉书》称他"多材艺,鼓琴瑟,吹洞箫,自度曲被歌声,分刌节度,穷极幼眇"(《元帝纪赞》)。琴瑟洞箫,就是丝竹相和的乐器。《汉书·礼乐志》载哀帝罢乐府时,乐府人员达八百二十九人,其盛况可以想见。

---

① 参考萧涤非先生《汉魏六朝乐府文学史》第二编第一章《论汉乐府之声调》。

哀帝虽罢乐府,但俗乐势力在西汉末叶未见衰退。《汉书·礼乐志》有一段话详述西汉俗乐之盛,摘录如下:

> 内有掖庭材人,外有上林乐府,皆以郑声施于朝廷。……成帝时郑声尤盛,黄门名倡丙强、景武之属,富显于世。贵戚五侯、定陵、富平外戚之家,淫侈过度,至与人主争女乐。……哀帝既罢乐府,然百姓渐渍日久,又不制雅乐有以相变,豪富吏民,湛沔自若。

东汉俗乐,亦极发达。东汉君主,如西汉一样嗜爱俗乐。史称"桓帝好音乐,善琴笙"(《北堂书钞》卷一一〇引《东观汉记》);"灵帝善鼓琴,吹洞箫"(《太平御览》卷五八一引谢承《后汉书》):两位昏君都是俗乐的热爱者。据曹植《鼙舞歌序》,灵帝收受天下财赂的所在地西园,设有鼓吹乐队。东汉专掌俗乐的承华令,手下有黄门鼓吹乐人一百多人。

应劭《风俗通》称当时"京师宾婚嘉会,皆作魁欚,酒酣之后,续以挽歌"(《续汉书·五行志》一引)。所谓挽歌,即相和歌中的《薤露》、《蒿里》两曲。马融《长笛赋序》记"融为督邮,卧郿平阳坞中。有雒客舍逆旅,吹笛为《气出》,《精列》相和。"《气出》(即《气出唱》)、《精列》也是相和歌的两个曲子。由这种记载,可以窥知相和歌如何为东汉社会广大阶层人士所爱好。

东汉文人作品中,往往提到相和歌或清商曲的演奏。如:

张衡《西京赋》:"嚼清商而却转,增婵娟以此豸。"

张衡《南都赋》:"结九秋之增伤,怨西荆之折盘。弹筝吹笙,更为新声:寡妇悲吟,《鹍鸡》哀伤。坐者凄欷,荡魂伤精。"(李善注云:"古乐府有《历九秋篇》、《妾薄相行》,古相和歌有《鹍鸡》之曲。")

仲长统《乐志诗序》："弹南风之雅操,发清商之妙曲。"

《古诗》："清商随风发,中曲正徘徊。"(《十九首》之一)

《古诗》："欲展清商曲,念子不能归。"(旧题苏武诗)

《古歌》："主人前进酒,弹瑟为清商。"

东汉文人,不但在作品中记载清商曲的演奏,其本人也往往喜欢俗乐。据《后汉书》,桓谭"好音律,善鼓琴"(本传);马融"性好音,能鼓琴吹笛"(本传);蔡邕"妙操音律,善鼓琴"(本传)。三人都擅长丝竹之乐。桓谭曾被扬雄、宋弘讥其好郑声(见《新论》及《后汉书·宋弘传》);马融《长笛赋序》记他听洛客吹笛为《气出》、《精列》两支相和歌,"甚悲而乐之";蔡邕相传是古辞《饮马长城窟行》(相和歌瑟调曲)的作者。文人们嗜好俗乐,在东汉显然已经形成风气。配合俗乐的民歌,就在这样的情况下,影响了文人的创作。东汉文人渐多乐府歌辞的制作,五言诗在东汉逐渐成长,此中消息,不难窥知。

由于俗乐在上层社会的流行,配合俗乐的"街陌谣讴",就被乐府所采撷传习,被文人、乐工所修改润色,获得了写录、流传的机会。

三

《汉书·礼乐志》和《艺文志》都记载西汉武帝开始建立乐府机构,采集赵、代、秦、楚各地的风谣。据《艺文志》,当时采录的民歌有"吴、楚、汝南歌诗"等共计一百三十八篇。东汉的承华府,是否继续搜采民歌,《后汉书》虽无记载,但我们推想它必定采诗,因为现存汉乐府中的民歌,事实上绝大部分是东汉的作品。

说现存汉乐府中的民歌绝大部分产生于东汉,这可以从这些歌辞的思想内容、表现形式以及诗中提到的名物来证明。

先从思想内容方面来谈。我们且把《古诗十九首》的思想内容来跟乐府民歌作比较，现在大家承认《十九首》是东汉后期的作品，这种比较是足以说明问题的。沈德潜《古诗源》说："《十九首》大率逐臣弃妻、朋友阔绝、死生新故之感。"这几句很好地概括了《十九首》思想内容的话，也适用于一部分乐府民歌。

东汉后期，政治黑暗，社会动荡，战祸延及各处，人民过着颠沛流离的生活，故诗歌中多"逐臣"与"朋友阔绝"之感。在乐府民歌中，如《悲歌》《古歌》（"秋风萧萧愁杀人"篇）、《高田种小麦》《古八变歌》等作，都写游子客处异乡、不能返家的悲凉情感，呈现出动乱时代的人们的精神面貌。又因社会动乱，当时人们（特别是知识分子）都痛切地感到生命无常，一般地趋向消极悲观，贪图目前的物质享受。这充分表现在《西门行》《怨诗行》（古辞"天德悠且长"篇）和《驱车上东门行》等诗作中。

汉代出妻的情事很普遍，故汉诗中表现弃妇的悲哀作品也较多。在乐府，则有《白头吟》《怨歌行》《塘上行》《上山采蘼芜》诸篇。《白头吟》，《宋书·乐志》说它是汉世"街陌谣讴"之一，有人说它系西汉卓文君所作，不足信。《怨歌行》相传为西汉班婕妤所作，近人已考订其不可信①。《塘上行》的作者传说很纷歧，或云古辞，"或云甄皇后造，或云魏文帝，或云武帝"（《文选》李善注引《歌录》），当是建安时代的产品。总之，以上诸篇应当都是东汉的产品，一方面因为如上所述，"西汉说"不足信，一方面则因为"弃妇的悲哀"这一社会问题，到汉魏之际才蔚为风气，被广泛地反映于文学作品中间。除乐府和"古诗"外，这方面的文士作品，现在我们能看到的还有曹丕的《出妇赋》、《代刘勋出妻王氏作》，曹植的《出妇赋》《弃妇诗》和王粲的《出妇赋》

---

① 参考逯钦立先生《汉诗别录》，载《中央研究院历史语言研究所集刊》第十三本。

等等,这种现象是值得注意的。

次从表现形式来说。大家承认,西汉是五言诗的产生时期,东汉是五言诗的成长时期。五言诗文辞在产生期比较质朴,在成长期则比较圆熟。现存汉乐府民歌,大部分是五言句,其文辞都比较成熟,富有文采,应当是五言诗成长时期的产品。中如《陌上桑》、《孤儿行》,排偶句子均达半数光景,更是东汉文体日趋骈偶化风气的一种反映。

再从诗中提到的名物来谈。《文选》李善注《古诗十九首》题注说:"古诗,盖不知作者,或云枚乘,疑不能明也。诗云:驱车上东门。又云:游戏宛与洛。此则辞兼东都,非尽是乘明矣。昭明以失其姓氏,故编在李陵之上。"李善从古诗的"辞兼东都"来证明其中一部分诗篇不出于西汉,这方法可以用来考订乐府歌辞的时代。现存乐府歌辞也有若干处"辞兼东都",条举如下:

(1)《王子乔》 词云:"上建逋阴广里践近高。"朱乾《乐府正义》卷六引王隐《晋书》曰:"永嘉中,洛城东北角广里中地陷。"

(2)《长歌行》 ("岩岩山上亭"篇)词云:"驱车出北门,遥观洛阳城。"

(3)《长安有狭邪行》 词云:"小子无官职,衣冠仕洛阳。"案此诗首句有"长安有狭邪"之句,但既云"衣冠仕洛阳",以仕于洛阳为荣,洛阳必为当时京都,而此诗也应为东汉作品。

(4)《步出夏门行》 案夏门为洛阳十二门之一,见《续汉书·百官志》(四)注补。这一曲调当产生于东汉。

(5)《西门行》 词云:"出西门,步念之。"又云:"自非仙人王子乔,计会寿命难与期。"案西门当即是上西门,系洛阳十二城门之一。《风俗通义》卷二《叶令祠》条说:"《周书》称灵王太子晋,幼有盛德。……后世以其自豫知其死,传称王子乔仙。……国家畏天之威,思求谴告,故于上西门城上候望。"应劭记的是东汉的事。今《西门行》提到西门和仙人王子乔,必为东汉作品无疑。

（6）《艳歌行》（"南山石嵬嵬"篇）　词云："洛阳发中梁，松树窃自悲。……持作四轮车，载至洛阳宫。"

由上可知东汉乐府歌辞颇多产生于都城洛阳一带，这跟六朝乐府吴声歌曲多起于建业一带，情形正相仿佛。乐府采录的歌谣，固不限于京城左近；但京城左近的歌辞，采录起来比较方便，因而搜采较多，也是很自然的事。

总上内容、形式、名物三事，我们有理由可以肯定：现存汉乐府中的民歌，绝大部分是东汉的产品。

四

汉乐府中的民歌，反映了广阔的社会现实，暴露了封建社会内部的矛盾和冲突，具有丰富的思想内容。

在封建社会中，一般人民是没有学习掌握文字的机会的，他们往往只能凭借口头的歌唱来表达他们的生活、思想、情感，表达他们对压迫者的憎恨和反抗。在两汉的谣谚中，我们可以看到许多辛辣的短诗，强烈地讽刺着统治阶级。如顺帝末年《京都童谣》云："直如弦，死道边；曲如钩，反封侯。"讽刺当时不辨贤佞的昏君。桓帝时《童谣》云："大麦青青小麦枯，谁当获者妇与姑。丈夫何在西击胡。吏买马，君具车，请为诸君鼓咙胡（咙胡即喉咙）。"讽刺侵略战争的祸害。丈夫出外打仗，抛下妇女们在田里耕作；政府忙于配置战具，老百姓不敢公然反对，只能私相耳语。这类直接指斥了统治者的歌谣，虽然损伤了统治者的尊严，但由于对后起的统治者有鉴诫之用，往往被写历史的人记录下来。乐府是专门为帝王的娱乐服务的音乐机构，当然不会采取像上述这类的作品，然而乐府中的民歌，毕竟是人民自己的创作，不管它们如何地经过了统治阶级的选择，如何地为文人、乐工们所修改润色，它们毕竟在一定程度上反映了人民的意见和愿望。

这里就从著名的《陌上桑》《《艳歌罗敷行》》说起吧。它描写一位美貌的青年女子罗敷在城南采桑,碰到一位显赫的使君来向她求婚。她告诉使君自己已有丈夫,而且夸称他也是一位显赫的官僚,不能答应他的要求。这故事诗表面上是一出拒婚的喜剧,颂扬了女子的"贞节",然而却本质地反映了当时上流社会的荒淫与无耻。在封建社会中,一个上流社会的男性,平日拥有不少姬妾,一旦遇到美貌妇女,又往往要设法占为己有,如像《陌上桑》以及秋胡戏妻故事中反映的那样。在两汉,一些豪家势族,更常用暴力掠取民间妇女,据《后汉书》,东汉的外戚窦氏和梁氏,都有此种暴行。东汉的一位诗人辛延年,受了《陌上桑》的影响,写了一篇主题相同的诗作——《羽林郎》,描写西汉外戚霍光的家奴冯子都在市上调笑一位酒铺中的胡姬,她也以已有丈夫为理由来谢绝。清朱乾的《乐府正义》推测《羽林郎》实际是诗人影射当时窦氏兄弟骄纵,"托往事以讽今"的作品。我们认为《羽林郎》不一定是影射窦氏兄弟,但托古讽今乃是可信的。由此可见,《陌上桑》的故事,在那个时代实在具有普遍的现实基础,它揭露了统治阶级腐朽生活的一面。

"使君一何愚!使君自有妇,罗敷自有夫。"在《陌上桑》的末尾,罗敷严正地拒绝了使君的要求。民歌作者以夸张的笔调歌颂了罗敷义正辞严的态度,同时谴责了使君的无耻行为。人民通过罗敷的嘴巴,表现了对这件事情的公正的看法和判断。

除《陌上桑》外,反映上流社会罪恶生活的诗歌,尚有《鸡鸣》、《相逢行》、《长安有狭邪行》等三篇题材大同小异的诗作。

> ……君家诚易知,易知复难忘。黄金为君门,白玉为君堂。堂上置樽酒,作使邯郸倡。中庭生桂树,华灯何煌煌。兄弟两三人,中子为侍郎。五日一来归,道上自生光。黄金络马头,观者盈道傍。入门时左顾,但见双鸳鸯。鸳鸯七十二,罗列自成行。

> 音声何嘈嘈,鹤鸣东西厢。……(《相逢行》)

这里充分地暴露了贵族阶级日常生活的奢华与淫佚。贵族们对住宅装饰、声乐演奏等等物质方面的享受,总是非常之讲究的。《后汉书·仲长统传》说:"豪人之室,连栋数百,膏田满野,奴婢千群,徒附万计。……妖童美妾,填乎绮室,倡讴妓乐,列乎深堂。"《相逢行》等诗篇所反映的正是此种豪奢情况。汉代外戚常常掌握国家大权,一门富贵,生活更是奢侈。如《后汉书·马防传》说:"防兄弟贵盛,奴婢各千人以上。又大起第观,连阁临道,弥亘街路。多聚声乐,曲度比诸郊庙。"其他如西汉的王氏,东汉的窦氏、梁氏,情形都相仿佛。《相逢行》等诗篇描写兄弟数人都致富贵,有人认为反映的即是兄弟常常同时封侯的汉代外戚的生活,这种推测是相当合理的。

《东门行》为我们展开了当时城市生活的另一面,它描绘了一个城市贫民为衣食所迫准备铤而走险的情景:

> 出东门,不顾归。来入门,怅欲悲。盎中无斗米储,还视架上无悬衣。拔剑东门去,舍中儿母牵衣啼:"他家但愿富贵,贱妾与君共铺糜。上用仓浪天故,下当用此黄口儿。今非!""咄!行!吾去为迟!白发时下难久居!"

"盎中无斗米储,还视架上无悬衣",跟《相逢行》的"华灯何煌煌"是多么强烈的对照! 在饥寒胁迫之下,《东门行》中的主角,终于没有听从妻子的劝告,出去干犯法的事了。诗中的东门当是东汉京都洛阳的一座城门①。两汉时代,不特各地常有民变,京城的盗贼也是

---

① 本文第三节证明,汉乐府《西门行》中的西门,《步出夏门行》中的夏门,都是洛阳的城门;比类以推,《东门行》中的东门,当即是洛阳的上东门或中东门。

很多的①,《东门行》深刻地暴露了统治阶级在这方面的"治绩"。晋代乐府演唱的《东门行》歌词,在"下当用此黄口儿"句下,增加了这么几句:"今时清廉,难犯教言,君复自爱莫为非!"而且被重复了一遍。很显然,这是按照统治阶级的意思给添上去的,想通过妻子的劝告来教训那准备"犯上作乱"的人。统治阶级就是这样无耻地改变着民歌的原来面目!

　　人民的苦难,以及他们对统治阶级的怨恨,常常表现在他们对战争的控诉中。在这方面,《战城南》和《十五从军征》都是杰出的作品。《战城南》有这样的句子:"战城南,死郭北,野死不葬乌可食。""禾黍不获君何食?愿为忠臣安可得?"战争,它使战士暴骨在疆场上,庄稼荒废在田野里,其祸害多么严重。《十五从军征》描写一个无家可归的老战士的悲惨情景,充分暴露了那使民不得休息的兵役制度的弊害:

　　　　十五从军征,八十始得归。道逢乡里人,"家中有阿谁?""遥
　　望是君家,松柏冢累累。"兔从狗窦入,雉从梁上飞。中庭生旅
　　谷,井上生旅葵。舂谷持作饭,采葵持作羹。羹饭一时熟,不知
　　贻阿谁。出门东向望,泪落沾我衣。

《战城南》一般认为是西汉的作品②。西汉武帝以后,为了扩展边境,获致国外财货,往往发动对外战争。人民参加这种战争是不愿意的,一定要怨恨。《战城南》反映的正是这种怨恨情绪。《十五从军征》文字比较圆熟,产生时代应当较迟。余冠英先生《乐府诗选》说它"原来

---

　　①　西汉京城长安多盗贼,见《汉书・酷吏传》和《游侠传》,东汉洛阳治安情况,可以类推。
　　②　《战城南》是铙歌十八首之一,铙歌大抵都是西汉之作。

许是汉魏间大动乱时代的民歌",颇为合理。诗中写兵士长期服役,不得休假,年老回乡,家园已成废墟。这种惨况在大动乱时代是比较习见的,蔡琰《悲愤诗》写自己还家所见荒废景象一段,跟《十五从军征》很相像。

这种反战的民歌,对后来的影响是很大的。建安时代一些贵族文人所写的富有现实主义精神的诗篇,如曹操的《却东西门行》、陈琳的《饮马长城窟行》、左延年的《从军行》等,都采用乐府民歌的体裁,来反映汉末战祸的惨酷。直至唐代,像李白的《战城南》,杜甫的《兵车行》、《无家别》等歌咏战争的名篇,在选题寓意上,在遣辞措语上,都深刻地承受了汉乐府民歌的启迪和沾溉。

五

我国过去的民歌中,以妇女生活为题材的作品往往占着很庞大的数量。在封建社会中,妇女的地位最低下,她们所受的压迫也最多。许多优秀的民歌,往往能够很好表达她们的痛苦和希望。汉乐府在这方面也有着杰出的作品。

著名的长诗《孔雀东南飞》是应当首先被提出的①。诗中的故事发生在东汉末叶的建安年间。庐江府小吏焦仲卿的妻刘兰芝,不能忍受仲卿母亲的虐待,自请回娘家。她跟仲卿的爱情是很坚固的,彼此相约不再嫁娶,等待日后重圆。谁知兰芝的哥哥逼迫她一定要再嫁给一位太守的郎君,她不愿顺从哥哥的意旨,投水自杀,焦仲卿也挂树自缢,演成一出情死的悲剧。

---

① 《孔雀东南飞》的写定,当在汉代以后,很可能是东晋或刘宋。但汉魏之际,民间当已有歌咏仲卿夫妇的故事诗流传,而且现在《孔雀东南飞》歌辞风格,跟其他的汉乐府民歌相同;因此,我们不妨把它当作汉乐府看待。

《孔雀东南飞》很鲜明地告诉读者,罪恶的封建礼教制度怎样迫害着年轻一代,特别是年青妇女。在诗中,焦母、刘兄两人是封建制度的化身,两人是一家之长,封建制度规定了他们在家庭内的绝对统治权;而兰芝和仲卿,则是他们屠刀下的牺牲者。从诗中,我们知道兰芝是一个具有相当反抗性的女子,因此蛮横的焦母认为"此妇无礼节,举动自专由",虽然兰芝织布的成绩很好,还是以此为借口来责骂她。封建礼教规定了压迫妇女的"七出"条文:"妇有七去(即七出):不顺父母去,无子去,淫去,妒去,有恶疾去,多言去,窃盗去。"(《大戴礼记·本命》)兰芝的"不顺父母"是很显然的。《礼记·内则》又说:"子甚宜其妻,父母不悦,出。"这规定了仲卿即使很爱兰芝,但不能不让她离去。兰芝回娘家,本可以不死,但势利吝啬的刘兄,为了攀援高门和减轻自己的经济负担,强迫她再嫁,因而促成了悲剧。在当时的情况下,摆在仲卿夫妇面前的道路只有两条:死亡,或者是投降。

长诗一方面无情地揭露了焦母和刘兄的罪恶,一方面则通过细致生动的描绘,热烈地赞美着主人公兰芝的聪明、善良、美丽、爱劳动,不向权威和富贵投降等等各种优美的品德。最后,更以美丽的浪漫主义手法来结束这个故事:

> 两家求合葬,合葬华山傍。东西植松柏,左右种梧桐,枝枝相覆盖,叶叶相交通。中有双飞鸟,自名为鸳鸯,仰头相向鸣,夜夜达五更。……

这正像梁山伯、祝英台故事的"化蝶"传说一样,表现了广大人民对争取婚姻自由的一种积极的理想:尽管有各式各种的压迫,但不能阻止这种坚持到底的爱情达到胜利。

必须指出,从封建道德标准看来,兰芝、仲卿的行为是不对的。陈祚明《采菽堂古诗选》卷二有这样一段话:

以理论之,此女情深矣,而礼义未至。妇之于姑,义无可绝,不以相遇之厚薄动也。观此母非不爱子,岂故嫌妇。承顺之间,必有未当者,织作之勤,乃粗迹耳。先意承志,事姑自有方,何可便以劳苦为足,母不先遣而悍然请去,过矣。吾甚悲女之贞烈,有此至情,而未闻孝道也。……府吏良谨愿,然不能谕妇以事姑,而但求母以留妇;不能慰母之心,而但知徇妇之爱。

这可以说是代表着卫道者们的一般见解。卫道者们的见解跟我们的看法刚刚相反:在刘兰芝身上,卫道者们所看到的是"礼义未至",是"未闻孝道";我们所看到的却是人格的尊严和不可侮,是对封建权威的蔑视和反抗!但在另一方面,陈祚明也毕竟承认兰芝"情深",而且赞美她"贞烈"。特别是后者("贞烈"),是符合于封建伦理观念的。这对卫道者们来说,是起了掩护诗中的叛逆精神的作用的;它可能是使这篇诗歌得以在上流社会中长久流传的一个重要原因。

封建婚姻制度既然规定了"七出"等等压迫妇女的条文,妇女们就常常遭受男子的遗弃。乐府民歌中《白头吟》、《怨歌行》、《塘上行》、《上山采蘼芜》等篇,都是描写弃妇哀怨的优秀诗作,堪与国风的《氓》和《谷风》媲美。《白头吟》、《怨歌行》、《塘上行》诸篇,都以弃妇的口吻,抒发她们的哀怨,辞情非常悱恻动人。她们一方面感叹着自己的命运有如团扇:"弃捐箧笥中,恩情中道绝。"(《怨歌行》)一方面表现着自己的愿望和要求:"愿得一心人,白头不相离。"(《白头吟》)这在封建社会中的妇女,是一种非常典型的情绪。《上山采蘼芜》则通过对那弃妇的能干的描绘,讥讽了男子的遗弃行为的愚蠢和不正当。

汉代,出妻的风气很普遍。周寿昌《两汉书注补正》说:"汉法,以无子出妻为常法,若在后世,骇人听闻矣。又汉时颇多夫妇之狱,如冯衍两出其妻;黄允附贵出妻;范升为出妻所控,被系,几困于狱。殆一时风气使然。"(王先谦《后汉书集解》卷二七《桓荣传》引)社会风气如此,乐府中多这方面题材的作品,是无怪其然的。

在乐府歌辞的影响之下,魏晋文人也写了若干反映弃妇哀怨的诗作。曹魏的作品上面第三节已经提到;到晋代,还有傅玄的《豫章行·苦相篇》、《董逃行·历九秋篇》。曹丕的《代刘勋出妻王氏作》诗的序上说:"王宋者,平虏将军刘勋妻也。入门二十馀年,后勋悦山阳司马氏女,以宋无子,出之。"从这里我们可以看到男子们的丑恶面目,凭借法律条文来遗弃年老色衰的妻子。

《艳歌行》("翩翩堂前燕"篇)写几个流荡他乡的客子,衣服破了,请居停女主人绽补,因而招致了男主人的猜忌。作者原来的企图大约在表现客子的苦况,然而我们却可以看到,在封建社会中,一般的女子是多么不自由,她不能将一点点同情和帮助给予陌生男子。

> 翩翩堂前燕,冬藏夏来见。兄弟两三人,流宕在他县。故衣谁当补?新衣谁当绽?赖得贤主人,览取为吾绽。夫婿从门来,斜柯(一作"倚")西北眄。"语卿且勿眄,水清石自见。"石见何累累,远行不如归!

与《艳歌行》不同,《陇西行》大胆地歌颂了一位接待男宾的妇女:

> ……好妇出迎客,颜色正敷愉。伸腰再拜跪,问客平安否。请客北堂上,坐客毡氍毹。清白各异樽,酒上正华疏。……废礼送客出,盈盈府中趋。送客亦不远,足不过门枢。取妇得如此,齐姜亦不如。健妇持门户,亦胜一丈夫。

这位女主人行为之不合封建礼节,由诗中"废礼"两字可以看出,然而民歌的作者却称她为"好妇",为"亦胜一丈夫",这是何等蔑视封建秩序的气概!

<h1 style="text-align:center">六</h1>

受封建家长压迫的,除掉妇女以外,还有家庭的其他成员。《孤儿行》便是描绘宗法制弊害的一首杰出作品。诗篇对兄嫂的残忍苛刻,孤儿的孤苦伶仃,刻画得淋漓尽致。孤儿跟《孔雀东南飞》中的刘兰芝一样,都是兄长魔掌下的牺牲者。从作为封建家长的嫡长子们看来,兄弟的威胁要比姊妹大得多,因为他们不但要长期地消费着家产,而且有提出分析家产的权利。汉乐府还有一篇《上留田行》,也是讽刺哥哥虐待弟弟的,其歌词云:

> 里中有啼儿,似类亲父子,回车问啼儿,慷慨不可止。

崔豹《古今注》说:"上留田,地名也。人有父母死不字其孤弟者,邻人为其弟作悲歌以讽其兄。"从这些民歌,可以知道,哥哥虐待弟弟,一定是那时社会上普遍的事情。

《妇病行》叙述一位妇人临终,嘱托丈夫好好照顾孩子,不要责打;她死了,丈夫照顾不周,孩子们啼哭着要母亲偎抱。诗篇对母亲爱子的心理以及孩子失母的痛苦,刻画得非常细腻。后母虐待前妻的子女,在旧社会中也是一种非常普遍的事情。《妇病行》写那位妇人临死时殷勤叮咛她的丈夫不要虐待孤儿,显然她心中有着更大的顾虑——担心她的子女将受后母的虐待,故朱乾《乐府正义》卷八评它说:"诗中并无一语及后母,使人想见于言外。"后来阮瑀的乐府诗《驾出北郭门行》,就对这种惨酷的社会现象作了正面的写照。

我国古代的民歌中,情歌往往占着庞大的数量,但在汉乐府中,以纯粹描写男女情爱为主题的民歌却很少。《有所思》、《上邪》和《艳歌何尝行》("双白鹄"篇),是比较突出的几篇。《有所思》和《上邪》充分表现了妇女对爱情的热烈大胆的精神。《艳歌何尝行》以一对白鹄的爱情来象征夫妇的眷恋,设想异常新颖。

> 上邪! 我欲与君相知,长命无绝衰。山无陵,江水为竭,冬雷震震夏雨雪,天地合,乃敢与君绝!(《上邪》)

> 飞来双白鹄,乃从西北来。十十五五,罗列成行。妻卒被病,行不能相随。五里一反顾,六里一徘徊。吾欲衔汝去,口噤不能开;吾欲负汝去,毛羽何摧颓。乐哉新相知,忧来生别离,踌躇顾群侣,泪下不自知。……(《艳歌何尝行》)

很显然,民歌作者所歌颂赞美的就是这种真挚坚贞的爱情,而所鄙视指责的则是那种朝秦暮楚、"不重意气"的行径,如像《白头吟》、《塘上行》等篇中所反映的。

乐府民歌中有不少篇以游子思念家乡为主题的作品,如《巫山高》、《猛虎行》、《艳歌行》("翩翩堂前燕"篇)、《悲歌》、《古歌》、《高田种小麦》、《古八变歌》等都是。这些诗篇如上面所说,多数当是东汉末期的产品,它们反映了社会大动荡时期人民颠沛流离的生活。从这些诗篇中,我们更可看到封建社会世态人情的凉薄,一个出门的游子,无法找到他在家庭中所能得到的温暖和帮助,因而悲怆的情绪,经常盘踞在心田。"在家千日好,出门一日难",这是旧社会游子心理的典型写照。

> 悲歌可以当泣,远望可以当归。思念故乡,郁郁累累。欲归家无人,欲渡河无船。心思不能言,肠中车轮转。(《悲歌》)

> 高田种小麦,终久不成穗。男儿在他乡,焉得不憔悴。(《高

田种小麦》)

　　《枯鱼过河泣》和《咄唶歌》是两首短小精警的寓言诗，它们蕴藏着人民丰富的人生经验和智慧。

　　　　枯鱼过河泣，何时悔复及，作书与鲂鲕，相教慎出入。(《枯
　　鱼过河泣》)

　　乐府中有一部分显然是知识分子的作品，如《西门行》、《驱车上东门行》，主题都是悲叹人生的短促无常，情调悲凉，充分呈现出知识分子在大动乱时代的颓废没落的心理。此外尚有一部分叙述神仙故事的作品，如《董逃行》、《王子乔》等，大约是文士或乐工的作品，用来迎合君主信仰神仙的心理的。但其中也有民歌，如《步出夏门行》想象丰富，词句古朴天真，显现出民间文学的特色。

　　　　邪径过空庐，好人常独居。卒得神仙道，上与天相扶。过谒
　　王父母，乃在太山隅。离天四五里，道逢赤松俱，揽辔为我御，将吾
　　上天游。天上何所有？历历种白榆，桂树夹道生，青龙对伏趺。

陈祚明《采菽堂古诗选》评它说："与天相扶语奇。东公西母，乃在太山，荒唐可笑。天何可里计，乃言四五里，见极近。最荒唐语写若最真确，故佳。"这意见是很对的。这种天真有趣的笔调，对后来李白的乐府诗篇，起着一定的影响。

七

　　根据上面粗略的叙述，可以看出，汉乐府中的民歌，正像《诗经》

中的国风一样,它们所反映的生活面是非常广阔的。从它们,我们看到了一巨幅描绘两汉社会现实的图画,里面记录了统治阶级的荒淫与无耻,封建宗法制度的罪恶,人民的生活、苦难和愿望。民歌的作者不是无病呻吟,抽象地说教,而是"感于哀乐,缘事而发"(《汉书·艺文志》),真实地反映了封建社会内部的矛盾和冲突,使我们能够深刻地认识到两汉时代的历史、社会的风貌。不用说,民歌作者的立场也是很明确的,他们所同情爱护的是被压迫被蹂躏的战士、孤儿和弃妇;而憎恨的矛头,则指向着吮人膏血的封建统治阶级以及一切封建权威的代表人。

汉乐府民歌的艺术手法也是很卓越的,这首先表现在叙事的细致和生动上面。我国古代,叙事诗是不发展的,《诗经》中的国风几乎全部是抒情诗,仅在大雅中有几篇记录周族祖先开创事业的小型史诗。《楚辞》也是抒情之作。汉乐府中的民歌,却以叙事诗占多数,而且也最精彩。它里面的许多叙事诗,如《陌上桑》、《东门行》、《十五从军征》、《上山采蘼芜》、《陇西行》、《妇病行》、《艳歌行》("翩翩堂前燕"篇)等都有这样的特点,就是对所要表现的事件并不作全面的有头有尾的叙述,而能够恰当地挑选足以充分显示出生活的矛盾和斗争的一个侧面,来集中地加以描绘;因此篇幅虽然短小,给读者的印象却异常鲜明深刻。在描绘人物方面,一般能避免用第三者的口吻来作平板的枯燥的叙述,而往往通过话语和行动,让人物自身出现来发展故事,这样就使得形象显得非常生动活泼。正像许多民间文艺作品一样,民歌作者有时候能够恰当运用夸张的手法,例如《陌上桑》中描绘罗敷的美貌,《孤儿行》中刻画孤儿的苦痛。这种夸张的写法在完成主题思想上起着很大的作用。它一方面充分赞美了罗敷,同情了孤儿,一方面则无情地嘲笑了愚蠢的使君,鞭挞了凶狠的兄嫂。

汉乐府民歌的语言也是很优秀而值得学习的。它的第一个特点是朴素生动。明胡应麟《诗薮》称它为"质而不俚,浅而能深,近而能远,天下至文,靡以过之"(内编卷一);"矢口成言,绝无文饰,故浑朴真至,独擅古今"(内编卷二)。这是很能道出它的优秀特点的。第二个特点是精炼。语言的精炼几乎是一切优秀的民间文学的一个特点,它往往能以少许的笔墨生动有力地表现生活的形象。试看《艳歌行》("翩翩堂前燕"篇),仅仅这么二十个字:"夫婿从门来,斜柯西北眄。语卿且勿眄,水清石自见。"就将男主人和客子双方的神情深刻地描绘出来了,这是多么简洁生动的语言!高尔基在致初学写作的女诗人雅尔采娃的信里忠告她说:"接近民间语言吧,寻求朴素、简洁、健康的力量,这力量用两三个字就造成一个形象。"汉乐府民歌的语言,正有着这种魅人的特点。

长诗《孔雀东南飞》的艺术成就,达到了汉乐府的顶峰。它不但结构宏伟,剪裁具有匠心,更重要的是人物个性化的成功。诗中几个主要的人物,都具有鲜明的个性特征,如刘兰芝的坚强,焦仲卿的忠厚,焦母的蛮横,刘兄的势利。诗篇通过话语和行动,把他们描绘得栩栩如生,活现在读者眼前。诗篇的语言也是很成功的,人物所讲的话都能够切合他们的身份和性格。清代沈德潜曾在《古诗源》中公正地指出它的优点:"淋淋漓漓,反反复复,杂述十数人口中语,而各肖其声音面目,岂非化工之笔!"

汉乐府民歌对我国后世诗歌的影响是巨大而良好的。余冠英先生《乐府诗选序》对这问题有很好的论述,这里节录一段:

　　中国诗史上有两个突出的时代,一是建安到黄初,二是天宝到元和。也就是曹植、王粲的时代和杜甫、白居易的时代。董卓之乱和安史之乱使这两个时代的人饱经忧患。在文学上这两个时代有各自的特色,也有共同的特色。一个主要的共同特色就是"为时而著,为事而作"的现实主义精神。"为时为事"是白居易提出的口号。他把自己为时为事而作的诗题做"新乐府",而将作诗的标准推源于《诗经》。现在我们应该指出,中国文学的现实主义精神虽然早就表现在《诗经》,但是发展成为一个延续不断的,更丰富、更有力的现实主义传统,却不能不归功于汉乐府。

忠实地反映当前的社会现实,这是汉乐府民歌内容的最大特色。汉代的史家班固,虽然讥斥当时的俗乐为郑声,但也不能不承认这些歌谣具有"感于哀乐,缘事而发"(《汉书·艺文志》)的现实性,具有"足以观风俗,知厚薄"(同上)的社会意义。曹操父子和建安七子等诗人,承接汉乐府民歌的流风馀韵,所写诗歌,能够反映东汉末叶时代的动乱和人民的苦难。可惜下迨六朝,许多贵族文人的拟古乐府,内容则陈陈相因,文字则恹恹无生气,把创作变成了文字游戏。到了唐代,杜甫亲身体验安史之乱所带来的苦难,创作新乐府,能够"词不虚发,必因事而设"(黄生《杜诗说》),方始恢复了汉乐府民歌的真精神。故沈德潜称"三吏"、"三别"诸作说:"咏身所见闻事,运以古乐府神理。"(《唐诗别裁集》)元稹、白居易非常佩服杜甫的歌行"率皆即事名篇,无复依傍"(元稹《乐府古题序》),也创作了不少"不复拟赋古题"(同上)的新乐府,来反映当前的社会现实。在与形式主义的斗争中,他们发展了汉乐府民歌的优良的现实主义传统。

在形式方面,也可看出这两个时代的诗人所受汉乐府民歌的深刻影响。他们的社会诗作,绝大部分用乐府歌行体,用叙事的方法,用浅显通俗的语言。只要把双方比较参看,即可了然,这里不再多说了。

(原载《复旦学报》1955 年第 2 期)

论《孔雀东南飞》的产生
时代、思想、艺术及其问题

一

　　叙事长诗《孔雀东南飞》是汉乐府诗的杰出作品,在我国古代的五言古诗中,它的篇幅是最为宏伟的。它的前面有一篇小序,说明诗篇叙述的悲剧发生于汉末建安时代,诗篇也产生于这个时代,它表示了当时人们对于悲剧主角的丰富的同情。

　　我国的古典诗歌,具有悠久而光辉的历史传统。早在先秦时代,我们就有了灿烂如明灯的诗歌集子《诗经》和伟大诗人屈原的作品。但这些诗篇几乎全部是抒情诗,叙事诗在先秦时代还没有得到发展。汉乐府民歌的特色之一,就在于叙事诗的发展,不但数量较多,而且质量很高。如《东门行》、《孤儿行》、《妇病行》、《陌上桑》、《陇西行》、《上山采蘼芜》、《十五从军征》等等,都是优秀的叙事诗篇。到汉末魏初建安黄初时代,叙事诗更为发展,一些作家文人在乐府民歌的影响下,也喜欢写叙事诗来反映社会现实。如陈琳的《饮马长城窟行》、阮瑀的《驾出北郭门行》、左延年的《秦女休行》等都是。而蔡琰的《悲愤诗》,全长五百多字,规模宏大,尤为突出。长诗《孔雀东南飞》的出现,标志着这个时代叙事诗的高度发展。

　　根据近人的研究,证明《孔雀东南飞》中的某些词句,显示出汉魏以后人士加工润色的迹象，它的写定很可能在六朝时代。但这种加工和润色，只是部分的现象，《孔雀东南飞》基本上还应当列入汉乐府，不能算作六朝的作品。理由不但是小序说过"时人伤之，为诗云尔"的话，更重要的是汉乐府民歌中的许多短篇叙事诗《东门行》、《孤儿行》等等和《孔雀东南飞》，不论在忠实地反映生活方面，在朴素生动的艺术描写方面，都有着不可分割的血肉联系。《孔雀东南飞》正是《东门行》等那些短篇叙事诗歌的合理发展。六朝时代的乐府民歌吴声歌曲和西曲歌，都是篇幅短小的抒情诗，呈现出跟过去大不相同的精神面貌，跟汉魏乐府划出了非常明显的界限。

近人首先提出《孔雀东南飞》当为六朝作品的是梁启超（见《印度与中国文化之亲属关系》讲稿，载北京《晨报》）。但后来他自己否定了这种看法，他说："刘克庄《后村诗话》疑这诗非汉人作品。他说汉人没有这种长篇叙事诗，应为六朝人拟作。我从前也觉此说新奇，颇表同意。但仔细研究，六朝人总不会有此朴拙笔墨。原序说焦仲卿是建安时人，若此诗作于建安末年，便与魏的黄初紧相衔接。那时候如蔡琰的《悲愤诗》、曹植的《赠白马王彪诗》，都是篇幅很长。然则《孔雀东南飞》也有在那时代成立的可能性，我们还是不翻旧案的好。"（见《中国之美文及其历史》）梁氏这段话说得很好，因过去不大为人注意，所以抄在这里供大家参考。

二

《孔雀东南飞》的主题思想是非常鲜明的。它一方面勇敢地揭露了封建家长制度、封建礼教的罪恶，指出了它对于年轻一代特别是对于年轻妇女的严重迫害；一方面热情地歌颂了年轻男女忠实于爱情的高尚品德，歌颂了他们为忠实于爱情而对封建制度和封建礼教作出强烈反抗的背逆行为。

　　在诗中，焦母、刘兄两人是封建势力的代表者，两人是一家之长，封建制度规定了两人在家庭内的绝对统治权；而兰芝、仲卿，则是两人屠刀下的牺牲者。从诗中，我们知道兰芝是一个善良而又爱劳动的女子，但蛮横的焦母却不欢喜她，老是向她吹毛求疵，逼迫着她回娘家去。封建礼教规定了压迫妇女的"七出"条文："妇有七去（即七出）：不顺父母去，无子去，淫去，妒去，有恶疾去，多言去，窃盗去。"（《大戴礼记·本命篇》）兰芝显然犯了"不顺父母"这一条罪名。《礼记·内则篇》说："子甚宜其妻，父母不悦，出。"这规定了仲卿即使很爱兰芝，但不能不让她离去。兰芝回娘家后，不幸又碰到势利吝啬的阿兄，为了攀援高门，同时也为了减轻自己的经济负担，强迫她改嫁，因而促成了悲剧。

　　仲卿和兰芝两人的爱情是非常坚贞的。在焦母的逼迫下，他俩不能不暂时分离。分离时仲卿表示"不久当归还，誓天不相负"；兰芝要求彼此的爱情坚如磐石，纫如蒲苇。不幸兰芝回家后又遭到阿兄的逼迫。在当时的情况下，横在仲卿夫妇面前的道路只有两条：死亡，或者是投降。他俩的自杀不是怯弱的行为，而是在当时的具体环境中所能有的非常勇敢的举动，是对于封建制度和封建礼教反抗到底的表现。人民对于这种背叛行为给予高度的同情和赞美。诗篇末尾以美丽的浪漫主义手法来结束这个故事，正像梁山伯、祝英台故事的化蝶传说一样，它表现了广大人民对于争取婚姻自由的一种积极的理想：尽管各式各种的压迫，不能阻止这种坚持到底的爱情达到胜利。

　　具有强烈的反封建精神的《孔雀东南飞》产生于建安时代，应当不是偶然的，它跟当时整个的时代意识应当具有一定的联系。东汉末年是一个大混乱的时代，政治黑暗，农民大起义，军阀大混战，战争纷繁，社会动荡。作为封建社会支柱的儒家思想和礼教，在人们面前已经失去了旧日的权威；离经背道的思想和行为，获得了发展的机会。汉代的最高统治者皇帝一直是很重视表彰儒学和孝道的,东汉初年的光武帝、明帝等对此尤为致力。但到建安时代,情况是完全不同了。曹操在《举贤勿拘品行令》中公然要求臣僚们荐举"不仁不孝、而有治国用兵之术"的人材。孔子的后裔孔融对于亲子关系发表了非常大胆的议论:

> 父之于子,当有何亲? 论其本意,实为情欲发耳。子之于母,亦复奚为? 譬如寄物瓶中,出则离矣。(《后汉书·孔融传》)①

被儒家视为庄严神圣的亲子间的伦理道德,在这种大胆的思想面前,被撕得粉碎,化为赤裸裸的生物现象了。产生在这个时代的《孔雀东南飞》,以高度的热情歌颂了反抗家长的仲卿和兰芝,正反映了这个时代的思想解放的特色。

三

《孔雀东南飞》的艺术成就是非常卓越的。这方面最值得注意的,是它成功地塑造了几个典型人物,不但个性鲜明,而且具有很大的概括性。《东门行》、《陌上桑》、《十五从军征》等诗篇的人物描写也是很生动而出色的,然而毕竟由于篇幅的限制,往往只能截取生活的一个侧面来加以描绘,而不能表现人物性格的发展,对人物内心世界的刻画,毕竟不能很细致深入。篇幅宏大的《孔雀东南飞》就完全克服了这种限制,在人物描写上获得了更进一步的成就,堪与后代的戏

---

① 《后汉书》说这些话是路粹枉奏孔融的,但从孔融平日的言行看,他发表这种议论是极可能的。曹操害怕孔融跟他捣蛋,以此为借口杀掉孔融,其实曹操自己也提倡用"不忠不孝"的人的。

曲小说媲美。

诗篇中的几个主要人物兰芝、仲卿、焦母、刘兄都写得很深刻。刘兰芝是诗篇最着力赞美的正面人物。作者通过她的能织布、与小姑的友爱、离焦家时的装束等细节,表现了她的聪明、善良、美丽、爱劳动等等优美的品德。更重要的,她具有坚强的性格,在凶暴的家长焦母和刘兄面前,一点不流露出俯首贴耳听凭摆布的可怜相,表现了人格的尊严和不可侮。最后她知道无法与仲卿活着团圆,就向仲卿提出一同自杀的约誓,终于坚决"举身赴清池",对封建家长作出了最后的出其不意的打击。刘兰芝是我国古典文学作品中光辉的妇女形象之一,它与后世戏曲小说中的崔莺莺、窦娥、杜丽娘、林黛玉等女性,同样具有对于恶势力的强烈的斗争性和反抗精神,她们构成了古典作品中妇女形象的光辉传统,鼓舞着千千万万的读者,为解脱封建枷锁、争取美好的生活而斗争。

诗篇以充满同情的笔触描绘了另一个正面形象焦仲卿。仲卿的性格虽然不如兰芝坚强,但他跟兰芝一样,是始终忠实于爱情的,对于封建压迫也是反抗到底的。一开始当焦母要遣回兰芝时,他就明确表示:"今若遣此妇,终老不复取!"之后与兰芝暂别,又郑重声明"誓不相隔卿"、"誓天不相负"。最后终于不顾焦母的劝告,违背了"不孝有三,无后为大"的封建礼教,自缢于庭树。显而易见,这位一直忠于爱情终于"为妇死"而"令母在后单"的人物,跟兰芝一样在骨髓中是充满着叛逆精神的。

焦母是一个突出的反面形象。她是一个极端蛮横无理的女性,对于兰芝的美德、仲卿夫妇的爱情,毫无认识和同情,一意专断孤行。为了达到自己的意愿,对于亲生儿子仲卿竟玩弄了卑劣的手段,一方面是威胁——"捶床便大怒:小子何所畏,何敢助妇语";一方面是利诱——"东家有贤女,窈窕艳城郭,阿母为汝求,便复在旦夕"。这里充分暴露了在可怕的剥削阶级专制主义面前,连最平常的母子天伦之爱都没有存身的馀地了。对于另一反面形象刘兄,诗篇虽然着墨不多,但也写得异常深刻。通过他强迫兰芝改嫁的一段谈话,我们可以清楚地看到压迫者的利己主义的一种丑恶的特点——不放弃任何机会来抬高自身的地位。

焦仲卿、刘兰芝两人的悲惨命运,概括了旧社会中广大青年男女在封建势力压迫下的命运;他俩的抗争,则反映了人民要求冲破礼教重围追求幸福生活的意志和愿望。焦母和刘兄,体现了封建家长的可怕的权威,反映了封建礼教的吃人的本质。这就是《孔雀东南飞》中主要人物的典型意义。

诗篇在描绘人物方面的手法是很生动的。跟《东门行》、《陌上桑》、《十五从军征》等优秀的短篇一样,《孔雀东南飞》在描绘人物方面,避免了用作者的口吻来作平板的枯燥的叙述,或者发表一通不必要的作者自己的议论和感想,而经常让人物通过自身的话语和动作来发展故事,这样就使得形象显得非常生动活泼,具有丰富的戏剧性和强烈的感染力。读者念完诗篇,闭上眼,还恍惚看到栩栩如生的人物在面前活动。诗篇没有直接指斥哪些人、赞美哪些人,但通过具体的客观的描绘,自然流露了作者对于生活的评判,哪些人可憎,哪些人可爱,界限非常分明,而且使读者不能不同意作者的评判。这是汉乐府民歌叙事诗篇的一种突出的手法。后来唐代诗人的一些新乐府诗,往往能够继承这一优点。杜甫的《石壕吏》、白居易的《卖炭翁》更是很突出的例子。在某些方面,诗篇更适当地运用了夸张手法。比较显著的是兰芝离家时的装束和太守迎婚时的排场。这两段铺叙对表现人物都起了很大的作用:前者充分描绘了兰芝的美丽(可与《陌上桑》写罗敷美貌一段参看),后者则有力地反衬出兰芝的"富贵不能淫"的美德。我们不能把它们仅仅理解作热闹的点缀。

长诗在故事情节的结构和安排上也是颇费匠心的。全篇情节始终扣紧着仲卿夫妇的坚贞爱情以及他俩为了保卫这种爱情而反抗封建家长这一主题而开展。长诗一开始就揭露了兰芝和焦母间的矛盾，以后兰芝被遣归、阿兄强迫兰芝允诺太守的求婚，故事随着人物间矛盾的深化而发展。终至仲卿夫妇一齐自杀，矛盾发展到顶点，形成大悲剧，故事随着结束。读者念诗篇时，始终关注着人物间矛盾的发展和尖锐化，关注着仲卿、兰芝两人的命运：诗篇的情节始终紧紧抓住读者的心灵。

诗的经济的剪裁也值得我们注意。这在开头和结尾方面表现得最为明显，沈德潜《古诗源》（卷四）评它说："作诗贵剪裁。入手若叙两家家世，末段若叙两家如何悲恸，岂不冗漫拖沓？故竟以一二语了之。极长诗中具有剪裁也。"这看法是正确的。又如兰芝、仲卿分手以后，单叙兰芝回家后的情况而略去了仲卿赴府后的情况，以后仲卿闻知兰芝许婚他人，马上"求假暂归"，到刘家向兰芝责问何以不守誓约。通过这番描写，读者对于仲卿离开兰芝后的悬念焦灼的心情，是不难由自己体会出来的。这种经济的笔墨值得我们重视和学习。

诗的语言也非常优秀。它的第一个特点是朴素生动。明代胡应麟《诗薮》（内编卷二）称赞汉乐府民歌的语言说："矢口成言，绝无文饰，故浑朴真至，独擅古今。"《孔雀东南飞》也有此种优秀的特点。它的语言非常朴素通俗，运用了许多的口头语言。尤其突出的，是诗中各个人物所讲的话，都能够切合他们的身份和性格。兰芝的坚强，仲卿的忠厚，焦母的蛮横，刘兄的势利，诗篇都通过了他们的声音笑貌，栩栩如生地呈现在读者面前。故陈祚明《采菽堂古诗选》称赞它说："历述十许人口中语，各各肖其声情，神化之笔也。"它的第二个特点是精炼，善于以少许的笔墨生动有力地刻画人物的性格特征和生活形象。试看太守所遣媒人说婚的一段描写："媒人下床去，诺诺复尔尔。还部白府君：下官奉使命，言谈大有缘。"仅仅这么二十多个字，把旧社会中媒人小心谨慎善于逢迎人家的性格以及他当时由于说婚成功而满腔得意的神情都深刻地表现出来了。诗篇对于刘兄的势利面目的描写,也具有这样的特点。

四

　　仲卿、兰芝的悲剧,首先源于焦母与兰芝间产生了矛盾。焦母和兰芝两人何以会产生矛盾,换句话说,焦母何以不喜欢刘兰芝而逼迫她离开呢? 照诗中的叙述看,主要是由于兰芝不顺她的心意。兰芝性格沉着,有决断,不向蛮横的高压手段投降,是富有个性的一位女子。所以焦母对仲卿说:"此妇无礼节,举动自专由,吾意久怀忿,汝岂得自由!"正直果敢的兰芝,不能低首下心地听从蛮横无理的焦母的颐指气使,是必然的;她们两人中间之有龃龉,有矛盾,也是必然的。虽然仲卿认为兰芝"女行无偏邪",但在要保持封建家长的绝对威权的焦母说来,兰芝既然不能顺从地做自己的奴隶,就是大不敬,就应当驱逐出去。

　　有人认为封建家庭中很重视手工业生产,焦母不满意兰芝的一个重要原因,是嫌她的生产成绩不好。我以为这点不是焦母憎恨兰芝的原因,至少不是重要原因。古诗《上山采蘼芜》中有这样的诗句:"新人工织缣,故人工织素,织缣日一匹(按一匹长四丈),织素五丈馀,将缣来比素,新人不如故。"这里的两位妇女,一个一天生产四丈,一个是五丈多;而兰芝呢,"三日断五匹",一天要近七丈,够多的了。诗中说:"三日断五匹,大人故嫌迟。"这个"故"字值得注意,它说明不是兰芝生产成绩不好,而是焦母因为嫌她"无礼节",故意以此为借口来打击她的。

　　兰芝离开焦家时向焦母说:"昔作女儿时,生小出野里,本自无教训,兼愧贵家子。"仲卿准备殉情时,焦母向他说:"汝是大家子,仕宦于台阁。慎勿为妇死,贵贱情何薄?"根据这些语句,有人认为焦母所以嫌弃兰芝,是由于刘兰芝出身于被压迫阶级,焦家则是官宦人家,两家不属于同一阶级。焦母驱逐兰芝,反映了不可调和的阶级矛盾。这种看法是错误的。事实上,刘家的门第,或许比焦家低一些(就是这点也不能肯定),但不会相差很远,两家更不会属于两个阶级。兰芝对焦母说她"生小出野里","兼愧贵家子",是在婆婆面前自谦并且带着一些气愤的话(兰芝母亲在县令所遣媒人前面也有"贫贱有此女"的谦称);焦母对她儿子说"汝是大家子","贵贱情何薄",则是焦母自高自大心理的一种表现。这种语句,我们必须结合人物性格及其说话的环境来体会,不能呆看。事实上,焦仲卿在府中不过做一个小吏,而兰芝回娘家之后,即有县令、太守遣媒来说亲,可见焦家的社会地位不会太高,刘家不会太低。再从兰芝的教育、嫁奁、装束方面看,也可证明她决不是劳动阶级的妇女。她的教育是"十六诵《诗》《书》",嫁奁是"箱帘六七十,绿碧朱丝绳",装束是"着我绣夹裙,事事四五通。足下蹑丝履,头上玳瑁光,腰若流纨素,耳著明月珰。指如削葱根,口如含朱丹。纤纤作细步,精妙世无双"(这里的描写或许带有夸张,但不会无中生有)。这种文化教养和物质生活都不是劳动人民所能具有的①。

　　在这里,对于古典文学作品(包括古代民间文学)中的人民性,我们不能采取简单的庸俗的办法来理解,认为只有直接描写了劳动人民的作品才是有价值的。许多古典作品中所写的人物往往是统治阶级的儿女,但由于这些人物具有美好崇高的品德,对封建制度和黑暗势力作出了坚强有力的斗争,对光明幸福的生活表现了执著热忱的追求,他们的思想行动就会获得广大人民的同情和敬爱。《西厢记》中的崔莺莺、张生,《红楼梦》中的贾宝玉、林黛玉,民间故事和戏剧中的梁山伯、祝英台,都是这样的人物。生动深刻地描绘了这些人物的

---

　　①　参考孔殊青《对唐弢的〈谈故事诗孔雀东南飞〉的几点意见》,载《文学遗产增刊》一辑;潘辰《谈生搬硬套》,载《文学遗产选集》一辑。

文学作品，也就具有高度的人民性。对《孔雀东南飞》中的仲卿、兰芝，我们也应有这样的认识。

五

兰芝回娘家，本来准备日后与仲卿重圆，不幸又遭到阿兄的无理逼迫，因此酿成悲剧。读者或许要问：封建礼教重视并提倡妇女守节，兰芝不愿改嫁在客观上是符合封建礼教的（主观上当然是由于对仲卿的爱情），为什么不能得到社会舆论的支持呢？刘兄又怎么能触犯礼教而强迫兰芝改嫁呢？

关于这，须知妇女的特别重视守节不改嫁，是宋明时代理学昌盛、封建专制主义思想进一步发展的结果，前此却并不如此。在汉代，妇女改嫁是很平常的事情。前汉陈平的老婆张氏，曾出嫁五次，丈夫都死了，最后才嫁给陈平（见《汉书·陈平传》）。景帝王皇后的母亲臧儿，先嫁王仲；仲死，更嫁田氏（见《汉书·外戚传》）。后汉光武帝姊湖阳公主寡居，帝欲令大臣宋弘娶之，弘因不愿离弃原妻，没有成功（见《后汉书·宋弘传》）。大文学家蔡邕的女儿蔡琰，初为卫仲道妻，卫死无子，归娘家；后值兴平之乱，被乱兵掳入匈奴，为左贤王妻，生二子，在国外十二年；后来曹操悯蔡邕没有后裔，以金赎还，再嫁为董祀妻（见《后汉书·列女传》）。像上举的例子在汉代是很多的。当时的所谓列女，范围也颇宽泛，往往包括各方面才行卓越的人，不像后世那样偏重于不事二夫的"节义"。所以刘兄的逼迫兰芝改嫁，从当时风俗来讲，是不足为奇的。

如上所述，汉代妇女改嫁是当时社会的一种风俗。但另一方面，汉代统治阶级也逐渐提倡妇女守节，且有实物奖励的例子。前汉宣帝曾"诏赐贞顺妇女帛"（《汉书·宣帝纪》）。后汉安帝曾几次以帛和谷赐贞女（见《后汉书·安帝纪》），顺帝、桓帝也曾赐帛给贞

妇（见《后汉书·顺帝纪》、《桓帝纪》）。"女圣人"班昭竭力强调男
尊女卑，宣称"夫有再娶之义，妇无二适之文"（《女诫》第五）。她的
主张对妇女界产生很大影响。在此种情况下，汉代上层阶级的一
部分妇女，也很重视守节，不愿改嫁。而其家庭则遵循一般风俗，
又贪图男方聘礼等等，往往强迫妇女改嫁，结果妇女往往以自杀来
抗拒，演成悲剧。后汉王符《潜夫论》（《断讼篇》）有一段话说：

> 又贞洁寡妇，或男女备具，财货富饶，欲守一醮之礼，成同穴
> 之义，执节坚固，齐怀必死，终无更许之虑。遭值不仁世叔，无义
> 兄弟，或利其聘币，或贪其财贿，或私其儿子，则强中欺嫁，处迫
> 胁遣送，人有自缢房中，饮药车上，绝命丧躯，孤捐童孩，此犹迫
> 胁人令自杀也。

兰芝就是遇到了这样无义的兄弟，因此被迫走向死亡。当然，兰芝不
是"贞洁寡妇"，她的自杀，是为了保持纯洁的爱情，是为了追求婚姻
的自由；她跟那些受传统的贞节观念而自杀的妇女是不能相提并论
的。但兰芝回娘家后的境遇，却跟那些不幸的"贞洁寡妇"相同①。

　　读者或许还会问：兰芝的母亲在家庭中难道没有管束儿子的权
力？从诗中可以看出刘母对兰芝的境遇是相当同情的。她既然同意了
兰芝的请求，谢绝了县令的求婚，为什么纵使刘兄强迫兰芝改嫁呢？

　　关于这一点，我们须知在封建社会中，从一般情况说，当然做儿
子的要听母命，所以仲卿不能不让兰芝回娘家；《红楼梦》中的贾政也
要听贾母之命。然而封建社会中妇女的地位毕竟低下，不能与男子
比，所以当丈夫死后，家庭大权往往操于儿子之手。特别是在母亲性

---

　　①　以上谈汉代妇女生活一段，曾参考杨树达《汉代婚丧礼俗考》、陈东原
《中国妇女生活史》。两书均解放前商务印书馆出版。

格软弱、儿子性格强横的情况下，更易如此。从诗中，可以看出刘母为人比较驯良，所以"性行暴如雷"的刘兄得以一意孤行。焦家的情况恰恰相反，仲卿软弱而焦母蛮横。刘兄、焦母成为两家的权威，成为仲卿夫妇的刽子手，这里不单为封建制度所规定，而且同个人性格发生密切的联系。诗篇描写了焦、刘两家在这方面的不同情况，正显示了复杂多样的生活面貌。再说，改嫁既是当时的一般风俗，太守郎君又是好对象，刘母没有预料到兰芝会自杀，当然也很可能希望女儿改嫁的。

六

《孔雀东南飞》开头道："孔雀东南飞，五里一徘徊。"它与底下仲卿、兰芝的故事有何联系呢？陈祚明《采菽堂古诗选》释之云："用《艳歌何尝行》语，兴彼此顾恋之情。"按乐府相和歌辞瑟调曲《艳歌何尝行·飞来双白鹄》篇云：

> 飞来双白鹄，乃从西北来，十十五五，罗列成行。妻卒被病，行不能相随。五里一返顾，六里一徘徊。吾欲衔汝去，口噤不能开；吾欲负汝去，毛羽何摧颓。乐哉新相知，忧来生别离，踯躅顾群侣，泪下不自知。念与君离别，气结不能言。各各重自爱，远道归还难。妾当守空房，闭门下重关，若生当相见，亡者会黄泉。今日乐相乐，延年万岁期。（《乐府诗集》卷三九）

《艳歌何尝行》的"从西北来"与《孔雀东南飞》的"东南飞"意思相同，其"六里一徘徊"与"五里一徘徊"仅一字之异，况且白鹄不能躬衔病妻的故事跟仲卿夫妇的悲剧有着情节上的类似；因此，陈祚明的解释，乍看上去是相当有理由的。

近人解释《孔雀东南飞》首二句的，大都遵循陈氏之说。胡适在他的《白话文学史》中对此点发挥尤为详尽。他认为《孔雀东南飞》的"孔雀"是由"白鹄"讹成的。《孔雀东南飞》"最初的引子必不止这十个字，大概至少像这个样子：'孔雀东南飞，五里一徘徊。吾欲衔汝去，口噤不能开。吾欲负汝去，毛羽何摧颓！……'流传日久，这段开篇因为是当日人人知道的曲子，遂被缩短只剩开头两句了"。

　　胡适的考证，貌似新颖可喜，实际很有问题。首先，是"白鹄"讹成"孔雀"的可能性问题。"鹄"、"鹤"二字，"古通用"（梅鼎祚《古乐苑》卷二一），故《艳歌何尝行》的"双白鹄"，"鹄一作鹤"（《乐府诗集》卷三九）。至于"白鹄"讹成"孔雀"，则未闻其例。古直先生说得好："白鹄、孔雀，鸟不同科，字音固不相通，字形亦不相近。不知双白鹄讹成孔雀，如何讹法也？"（《汉诗研究·焦仲卿妻诗辨证》篇）其次，说《孔雀东南飞》开头本有好几句，日久缩短而成现在的十个字，就更是一种大胆而缺乏根据的假设。胡适何以知道《艳歌何尝行》是当日人人知道的曲子呢？退一步说，即使它是人人知道的曲子，但民间文学是不嫌陈套的，人民对自己愈是熟悉了的东西，往往愈是爱赏不倦，唱歌的为什么要把这种动人的"开篇"简缩成这个样儿呢？假如说这是出于写录这歌辞的文人学士之手，那末，像《孔雀东南飞》这样宏伟的长诗，假如真有一个"开篇"，十来句句子是不算多的；缩成十个字，不但意义含糊，而且于整个篇幅不相称，何苦来呢？

　　闻一多先生《乐府诗笺》解释这两句说："《艳歌何尝行》曰：'飞来双白鹄……'魏文帝《临高台》曰：'鹄欲南游，雌不能随。我欲躬衔汝，口噤不能开；欲负之，毛羽摧颓。五里一顾，六里徘徊。'伪苏武诗曰：'黄鹄一远别，千里顾徘徊。'《襄阳乐》曰：'黄鹄参天飞，中道郁徘徊。'以上大旨皆言夫妇离别之苦，本篇'母题'与之同类，故亦借以起兴，惟易鹄为孔雀耳。"说较平稳，但没有说明何以易鹄为孔雀，终觉不甚圆满。

　　《太平御览》卷八二六《织部》保存着一段《古艳歌》的残文，很值得我们注意。其词云：

> 孔雀东飞，苦寒无衣。为君作妻，中心恻悲。夜夜织作，不
> 得下机。三日载匹，尚言吾迟。

我们虽然不能知道这首《古艳歌》的确凿产生时代，但它所叙述的故事跟《孔雀东南飞》相同，却是可以肯定的。《古艳歌》的开头，孔雀不再"东南飞"了，不再"五里一徘徊"了；它跟《艳歌何尝行》在字句方面不再有任何关系了，它的开头两句又应当怎样解释呢？

显然，我们应当从别方面来找寻合理的解释。

我认为孔雀是指布匹上的花饰。隋丁六娘《十索曲》云："裙裁孔雀罗，红绿相参对。"可见古代布匹上以孔雀为花饰。梁简文帝《咏中妇织流黄》诗云："浮云西北起，孔雀东南飞。"这里借用了两句古诗成句来描写流黄上面的花饰。兰芝的故事，不论《孔雀东南飞》或者《古艳歌》，都从她善于织布叙起，那末从布匹上的花饰起兴，从孔雀说到织布，原是很合理的手法。梁武帝的《河中之水歌》云：

> 河中之水向东流，洛阳女儿名莫愁。莫愁十三能织绮，十四
> 采桑南陌头。十五嫁为卢家妇，十六生儿字阿侯。……

这首歌的这一段在叙述上显然是摹仿《孔雀东南飞》开头"十三能织素，十四学裁衣。……十七为君妇，心中常苦悲"等语句的，其首句的起兴手法也与《孔雀东南飞》相类似。次句说莫愁是洛阳女儿，洛阳靠近黄河，首句即从"河中之水"说起，这跟《孔雀东南飞》及《古艳歌》的从布匹上的花饰说到织布，手法不是很相像吗？

（原载《语文教学》1956 年 12 月号）

南北朝乐府中的民歌

　　汉魏两晋南北朝这一阶段诗歌中的重要部分是乐府诗,它不特本身包含许多优秀的作品,而且对后代的文学发生巨大的影响。特别值得注意的是它包含了许多优美的人民口头创作,显示了我国古代人民群众无比丰富的智慧和艺术创造力。

　　南北朝时代,也像汉代一样,中央政府设有专门的乐府机关,采集诗歌,配合音乐演唱。这些乐府诗中有民间歌谣,也有贵族文人的作品;其中民歌这部分更为新鲜活泼,富有现实性和艺术的魅惑力量。

　　南北朝民歌跟汉乐府民歌都是优美的民歌,但二者也有很显著的差别:汉乐府民歌的篇幅一般比较长,多叙事诗;南北朝民歌几乎都是篇幅短小的抒情诗。南朝和北朝的乐府民歌,又因南北两朝整个社会环境、人民风尚的不同,在风格上表现出很大的差别:南朝民歌比较温柔婉转,北朝民歌比较质朴刚健。

一

　　南朝乐府民歌绝大部分保存在清商曲辞中间。清商曲是我国中古时代主要的通俗乐曲,许多民歌都配合这种通俗音乐演唱。南朝的清商曲又分为若干类,其中最重要的是吴声歌曲和西曲歌两类,民歌大多属于这两类。吴声、西曲的名称,各自标志着它们的产生地点。吴声产生于江南吴地，以当时的首都建业（今南京）为中心地带，所以郭茂倩《乐府诗集》卷四四说："自永嘉渡江之后，下及梁陈，咸都建业，吴声歌曲，起于此也。"西曲产生于长江中流和汉水两岸地区，《乐府诗集》卷四七说："西曲歌出于荆（今湖北江陵县）、郢（今湖北钟祥县）、樊（今湖北襄樊市一带）、邓（今河南邓县）之间，而其声节送和，与吴歌亦异，故因其方俗而谓之西曲云。"在南朝，以建业为首府的扬州和西方的荆州是全国政治、经济、文化的两个重心，许多大贵族大官僚聚集在这两个地区；因此，这两个地区的民歌，就大量地被采集起来配合音乐。

吴声、西曲的歌词现存约近五百首，其中大部分是民歌。这些歌词在内容方面的特点是几乎全是表现男女的爱情生活。它们生动地描写了少男少女彼此间的真诚的爱慕，会面时的天真愉快的神情和活动，别离以后的沉重而又痛苦的相思情绪。它们描写得真挚而又深刻，字里行间洋溢着生命的热情和力量，表现了广大人民在爱情生活方面的积极行动和美好愿望。在那个时代，在封建礼教强大的统治威力的笼罩下，男女的正当爱情经常不能得到满足，反而受到许多无理的折磨和迫害；热烈而又大胆地歌唱了男女爱情的这类诗歌，就具有很大的进步意义。《华山畿》歌曲的故事在这方面是更为富有代表性的。《华山畿》起源于一出民间的爱情悲剧：一位少男在华山附近邂逅一位少女，"悦之无因，感心疾而死"。葬时车经过华山少女家，驾车的牛停步不肯向前。少女出来唱了一曲悲歌，棺盖忽然应声打开，她跳进去殉情而死了（见《乐府诗集》卷四六引《古今乐录》）。这一个表面看来很神怪的故事，真实地反映了封建社会中男女间没有社交和恋爱的自由，相思的痛苦折磨着他们，甚至牺牲了生命。他们幻想着从死亡中获得解放，获得幸福的生活。它反映了封建社会的罪恶，反映了人民对于爱情的强烈愿望。

这些爱情诗歌在内容方面描写因失恋而形成的悲愁和痛苦特别

多,这类诗篇往往通过女子的口吻描写她们的焦灼甚至绝望的情绪。像《子夜歌》:

> 夜长不得眠,明月何灼灼。想闻欢唤声,虚应空中诺。

这种悲惨情况的形成,一方面是由于封建家长的无理干涉,像《华山畿》所说的,"夜闻侬家论,不持侬与汝";另一面则由于男的往往别有所欢,把女的抛弃不管,如:

> 郎为旁人取,负侬非一事。搞门不安横,无复相关意。(《子夜歌》)
> 我与欢相怜,约誓底言者?常叹负情人,郎今果成诈。(《懊侬歌》)

这种痴心女子负心汉的悲剧,就像《诗经》国风中描写弃妇的诗篇《氓》、《谷风》一样,反映了封建社会中男女地位的不平等:男的遗弃女的,往往不会受到应有的制裁;女的则得不到合理的保障。在这种可悲的处境中,女的只能在主观上希冀对方永不变心。

> 仰头看桐树,桐花特可怜。愿天无霜雪,梧子(谐"吾子",指男的)解千年。(《子夜秋歌》)

念这类诗篇,我们会很自然地想起汉乐府《白头吟》的诗句——"愿得一心人,白头不相离",对于那些被损害的女子付出极大的同情。

吴声、西曲歌词大多数产生于建业、江陵等大城市。这些城市在当时经济繁荣,交通畅达,商业发展,商贾们来来往往很频繁。反映商贾生涯的诗歌在吴声、西曲(特别是西曲)中占有不少的分量。它

们有的很生动地描绘了水行的风光,如:

> 驶风何曜曜,帆上牛渚矶,帆作伞子张,船如侣马驰。

当然,这些商人歌也仍然以表现爱情为主,表现商人跟他们情妇中间的种种情况。"商人重利轻别离",经常不能定居在一处,所以这些诗篇的内容多数表现女子送别对方时的悲痛情绪。

> 布帆百馀幅,环环在江津。执手双泪落,何时见欢还?(《石城乐》)
> 闻欢下扬州,相送楚山头。探手抱腰看,江水断不流!(《莫愁乐》)

当时城市中有不少妓女,西曲中的《寻阳乐》和《夜度娘》,很明显地描绘了妓女的生涯。我们有理由推测商贾们的情妇有不少是妓女们。吴声、西曲歌词常常以同情的笔调,描写了这些下层妇女的心理活动。

二

吴声、西曲歌词都是篇幅短小的抒情诗,其中最多的是五言四句。这种体制短小的歌谣,很早就在南方流行。《世说新语·排调篇》记载孙吴最后一位皇帝孙皓投降于晋,晋武帝某次跟他一起喝酒,问他说:"听说南方人喜欢唱《尔汝歌》,你能唱吗?"孙皓听了,举起酒杯唱道:

> 昔与汝为邻,今与汝为臣,上汝一杯酒,令汝万寿春。

可见这种短歌谣在当时很风行,所以连在北方的晋武帝都要听听。以后南朝的民歌,仍然在体制方面保持了这种短小精悍的传统。

吴声、西曲中有若干男女赠答的诗篇,显示了民间歌谣的特点,如《子夜歌》:

> 落日出前门,瞻瞩见子度。冶容多姿鬓,芳香已盈路。(男赠)
> 芳是香所为,冶容不敢当。天不夺人愿,故使侬见郎。(女答)

这种男女赠答的歌谣,在我国南部地区广泛地出现着,即在今日,仍然保持着这种风气。当时的作家也有摹仿这种体裁的,例如谢灵运的《东阳溪中赠答》(见《玉台新咏》卷一〇)、陈释宝月的《估客乐》(见《乐府诗集》卷四八)。直至唐代崔颢的《长干行》,还是这样。

吴声、西曲在语言方面的最大特色是真率自然,以非常生动流美的口吻,恰当地表现了少男少女的思想情感。《大子夜歌》说:"歌谣数百种,《子夜》最可怜,慷慨吐清音,明转出天然。"这虽然是赞美《子夜歌》的,但"明转出天然"的评语,实在可以概括其他许多南方民歌在语言方面的优点。

南朝民歌的这种真率自然的语言和短小的体制,对当时的作家作品发生巨大的影响,使他们创造出了不少优美的抒情短诗。这一点我们只要打开《玉台新咏》第十卷看看,便可了然。唐人在这个基础上更提高一步,创造了许多优美的五言绝句。我们念《子夜秋歌》"秋风入窗里,罗帐起飘扬。仰头看明月,寄情千里光",不是很容易想到李白的"床前明月光"(《静夜思》)吗? 五言四句的小诗,汉魏时代已经产生,但毕竟数量少,影响不大。到吴声、西曲,五言小诗才大大地发展,成为五言诗的一种重要样式,终至演变成为唐人的五言绝句[1]。元

---

[1]　唐以前的五言小诗不调平仄,不是近体诗,前人有时把它称为古绝句。

杨士宏说:"五言绝句,唐初变六朝《子夜》(指《子夜歌》)体也。"(赵翼《陔馀丛考》卷二三引)这话是很有理由的。

　　吴声、西曲在描写爱情的时候,常常使用了巧妙的比喻和夸张的手法,发挥了丰富的想象,使它的思想内容表现得非常生动突出。例如《子夜歌》"年少当及时"篇的拿霜下草来恰当地比方了青春的容易消逝,使人明白应当及时相爱。又如《读曲歌》:"闻欢得新侬,四支懊如垂鸟,散放行路井中,百翅不能飞。"用突然掉入井中的飞鸟来比方一个刚听到对方变心的女郎的骤然从欢愉转为悲愁的思想情感,是刻画得非常贴切的。《华山畿》形容女子的悲痛说:"泪落枕将浮,身沉被流去。""长江不应满,是侬泪成许。"把泪水的多夸张得如江水一般,它可以使身子沉没,这不但表现了不平凡的想象力,而且很好地表现了女子的对于爱情的热烈态度。

　　吴声、西曲大量地使用着谐音双关语这一特殊的修辞格式。所谓谐音双关语,是指利用谐音作手段,一个词语同时关顾到两种不同意义的词语。例如《子夜歌》"黄蘗郁成林,当奈苦心多","苦心"两字表面是讲苦木黄蘗,底里是指想念情人的苦心,兼顾两种不同意义。又如上引《子夜歌》"无复相关意"句,"关"字兼顾关门和关心两种意义。"苦心"和"关"都是同音同字的双关语,另外还有一种同音异字的双关语,如《子夜歌》"雾露隐芙蓉,见莲不分明","莲"字谐"怜"(怜爱的意思),"莲"、"怜"同音异字。至如上引《子夜秋歌》"梧子解千年"句,"梧子"谐"吾子","梧"字与"吾"字同音异字,"子"字是同音同字的双关,乃是二者结合在一起了。

　　这种谐音双关语,在汉魏诗歌中也偶然出现。如"客从远方来"篇(《古诗十九首》之一)有云"著以长相思,缘以结不解",朱珔《文选集释》曾指出它"借丝为思,借连结为结好"。但到吴声、西曲才大量运用,这跟吴声、西曲的题材、风格有密切的关系。吴声、西曲都是少男少女的情歌,情调缠绵哀艳,这种谐音隐语是很恰当的修辞手段。

在后代的民歌特别是表现爱情的民歌中，谐音双关语也常常被使用着，它成为人民口头创作的一种重要的修辞格式①。

三

北朝乐府民歌保存于乐府横吹曲辞的梁鼓角横吹曲中间。横吹曲是军队中应用的音乐，要求雄伟悲壮；我国古代西北民族的乐曲，由于他们的风俗习惯等原因，常适宜于作军乐，而被我国政府所采用。汉代的横吹曲，相传系张骞从西域传来，可惜没有歌词流传下来。南北朝时代南北两朝在政治方面形成对峙，但在文化方面彼此还是互相交流的。南朝的吴声、西曲，在北魏孝文帝、宣武帝时即已传入北朝，成为北朝上层阶级常常欣赏的娱乐品（见《魏书·乐志》）。北朝的乐曲，也自东晋时代开始陆续传入南朝，以迄梁代②。横吹曲中的梁鼓角横吹曲，就是长时期间从北入南的乐歌被梁代乐府官署所采用演唱的部分。

梁鼓角横吹曲歌词现存六十多首，其中大部分是民歌。它的数量虽不多，但内容却广泛地反映了社会生活的各个方面，像汉乐府一般显得丰富多采，而不似吴声、西曲那样单调。自从五胡乱华开始，我国北方长期为外族所占领。鼓角横吹曲中的许多歌词是外族人民的歌唱，《折杨柳歌辞》道："我是虏家儿，不解汉儿歌。"对此作了清楚的告白。北方人民跟南方人民的生活环境本有所不同，现在更加上外族人民特殊的风俗习惯和性格气质，因此北方民歌的风格，就跟南方民歌有了显著的差别。

---

① 参看拙作《六朝乐府与民歌》中的《论吴声西曲与谐音双关语》一文。
② 参考孙楷第先生《梁鼓角横吹曲用北歌解》，载《辅仁学志》第十三卷第一第二合期。

在当时,北方各族间常起争端,战争很频繁。长期的行伍生活和艰苦的生活环境,使北方人民的性格锻炼得非常勇武刚强。北方民歌以很多篇幅反映了战争和人民的尚武精神。例如《企喻歌》:

> 男儿欲作健,结伴不须多。鹞子经天飞,群雀两向波。
>
> 前行看后行,齐着铁裲裆;前头看后头,齐着铁钲锌。

人民的尚武精神,表现为对于英雄或武艺高超的人物的赞美,例如《木兰诗》和《李波小妹歌》,表现为对于战争工具的赞美,例如《琅琊王歌》:"新买五尺刀,悬着中梁柱。一日三摩挲,剧于十五女。""快马高缠鬃,遥知身是龙。谁能骑此马?唯有广平公。"

北方人民的生活是很艰苦的。《陇头歌辞》三首是这方面的代表作品,它深刻地描写了奔走于艰险的山岭中的役夫的思念家乡的悲痛情绪。《乐府诗集》(卷二五)另外还有《陇头流水歌辞》三首,写的同一题材,第一首字句跟《陇头歌辞》的第一首大致相同。现在将这三首歌辞抄下来以供参考:

> 陇头流水,流离西下。念吾一身,飘然旷野。
>
> 西上陇阪,羊肠九回。山高谷深,不觉脚酸。
>
> 手攀弱枝,足逾弱泥。

《陇头歌辞》和《陇头流水歌辞》中所写的陇山,是陕西西部和甘肃东部非常险峻的山岭。乐史《太平寰宇记》卷三二说:"《说文》:'陇山,天水大坂也。'《水经注》云:'一水出汧县西山,世谓之小陇山,岩嶂高险,不通轨辙。故张衡《四愁诗》云:我所思兮在汉阳,欲往从之陇坂长。'《三秦记》:'陇谓西关也,其坂九回,不知高几许。欲上者七日乃得越。山顶有泉,清水四注。东望秦川,如四五(百)里。人上陇者,想还故乡,悲思而歌,有绝死者.'又《秦州记》:'登陇东望秦川四五百里,极目泯然,墟宇桑梓,与云霞一色。'"(文有删节)这些记载可以说是《陇头歌辞》和《陇头流水歌辞》的极好注释。古时长安一带所谓"秦川"之地,是很繁盛富庶的地方;行人西登艰险的陇坂,遥望秦川的故乡,他们的惨伤心情是不难理解的。《陇头歌辞》和《陇头流水歌辞》深刻地表现了行人的典型的思想感情,所以成为传诵古今的名作。

北方人民的性格是非常豪迈爽朗而富有正义感的。这种性格特点明显地表现在对待日常生活的态度上。他们说:"公死姥更嫁,孤儿甚可怜。"(《琅琊王歌》)"童男娶寡妇,壮女笑杀人。"(《紫骝马歌辞》)对社会中的弱小者给予丰富的同情,对畸形现象非常直率地表白了自己的看法。下面两首歌辞更根据自己丰富的生活体验,尖锐地揭露了贫富对立、苦乐不均的惨相,指出了穷人的痛苦是源于无钱无势:

　　　　雨雪霏霏雀劳利,长嘴饱满短嘴饥。(《雀劳利歌辞》)

　　　　快马常苦瘦,剿儿常苦贫。黄禾起赢马,有钱始作人。(《幽州马客吟歌辞》)

但即使贫苦的经济生活,都没有使北方人民的性格有所改变。《高阳乐人歌》生动地描写了穷人囊中羞涩,但仍然赊酒痛饮,充分显示出豪迈的气概:

　　　　可怜白鼻骗,相将入酒家。无钱但共饮,画地作交赊。

这种性格爽朗的特点也表现在他们对待爱情和婚姻问题的态度上。

"老女不嫁,蹋地唤天。""郎不念女,不可与力。"(《地驱乐歌》)"天生男女共一处,愿得两个成翁姬。"(《捉搦歌》)"阿婆不嫁女,那得孙儿抱?"(《折杨柳枝歌》)这样坦率的毫不遮掩的表白,跟南方情歌缠绵婉转的口吻是大不相同的。

除《木兰诗》外,北方民歌也都是短小的抒情诗。五言四句的最多(另有小部分是四言或七言的),体制跟南方民歌很接近。北方民歌有一部分本用外族语言写,经过汉译;有一部分则是直接用汉语写的①。魏晋南北朝是五言诗昌盛时期,民间歌谣也多五言,本是不难理解的;加上它们经过南方作家的翻译润色,在体制上就更容易与南方民歌接近了。

北方民歌的语言也非常真率自然,这和短小的体制都是跟南方民歌相同的。但南北民歌的整个风格却迥不相同。这是为它们的内容所决定的。南方民歌倾吐的是小儿女的缠绵婉约的柔情。他们的活动环境是"春林花多媚"(《子夜春歌》)、"乘月采芙蓉"(《子夜夏歌》)等风光明媚的园林池沼,是"布帆百馀幅,环环在江津"(《石城乐》)的商业发达的城市:我们接触到的是繁华的温柔的环境以及人们的热烈地跳动着的心灵。北方民歌抒发了生活的各个方面的慷慨悲壮的情绪。他们的活动环境是羊肠九回的陇坂,是"华阴山头百丈井,下有流泉彻骨冷"(《捉搦歌》)。他们的生活是"放马大泽中,草好马着臕"(《企喻歌》),"驱羊入谷,白羊在前"(《地驱乐歌》)。北方人民在这种雄浑的艰苦的环境中引吭高歌,当然会形成完全不同的风格。

北方民歌的语言也很精炼,它特别善于通过精确的比喻来表现对事物的看法。上面引到的《企喻歌》第一首《雀劳利歌辞》、《幽州马客吟歌辞》都是明显的例子。它没有使用谐音双关语,因为这种隐约

---

① 参考孙楷第先生《梁鼓角横吹曲用北歌解》,载《辅仁学志》第十三卷第一第二合期。

的表现手段跟北方民歌毫不遮掩的口吻是不相称的。

北朝民歌对唐诗也发生一定影响。唐代是诗歌的黄金时代,诗作既美丽又刚健。它吸收了南朝诗歌的感情缠绵、声调流利等优点,又吸收了汉魏以及北朝的慷慨豪迈、刚健质朴的特点。唐诗所吸收的营养料是多方面的,其中包括有北朝民歌的一份。

四

北朝乐府民歌中最突出的作品是《木兰诗》,它是鼓角横吹曲中唯一的篇幅颇长的歌词。近人论述《木兰诗》的文章很多,这里不打算进行仔细的分析和讨论,仅对它的产生时代和主题两点略述个人的一些粗浅看法。

《木兰诗》的产生时代,向来有北朝和唐代两种说法,现在大家差不多都肯定它是北朝的作品了。北朝说是正确的,最有力的证据是《木兰诗》被记录于陈释智匠的《古今乐录》。宋王应麟《玉海》引《中兴书目》说:“《古今乐录》,陈光大二年僧智匠撰,起汉迄陈。”《木兰诗》应当产生于陈光大二年之前,这是无法怀疑的①。

剩下来的问题是它是否经过唐人的润色修改。诗中易被人认为经过唐人修改的有两个地方。其一是“策勋十二转”句,因为十二转是唐代的官制。其二是“万里赴戎机”以下六句,声调对偶很像唐人诗句。其实这两点都不能成为《木兰诗》经过唐人修改的确证。“策勋十二转”句中的“十二”很难说是确实的数字,正像“军书十二卷”、“同行十二年”中的“十二”一样,无非表示其多罢了。此点余冠英先

①　《古今乐录》产生在沈约《宋书》之后。《宋书·乐志》最后有“圣人制礼乐一篇”云云一段文字凡六十四字,其中提到《古今乐录》;那段文字是宋(赵宋)代人的校语,非《宋书》原文。

生《乐府诗选》分析得很正确。"万里赴戎机"以下六句,固然很像唐诗,但此种声调谐和、对偶工致的律句,六朝人诗篇中也不少概见。即以为杜甫常常称道的阴铿、何逊来说,阴铿的《江津送刘光禄不及》有云:"泊处空馀鸟,离亭已散人。林寒正下叶,钓晚欲收纶。"何逊的《慈姥矶》有云:"一同心赏夕,暂解去乡忧。野岸平沙合,连山远雾浮。"都是很严整的律句,有什么根据一定要说"万里赴戎机"等诗句非经唐人修改不可呢?罗根泽先生说:"《古今乐录》十三卷,不会只载题目,应当也载歌辞,否则不会有这样多。"并推论《乐府诗集》的《木兰诗》即录自《古今乐录》①。这看法是正确的。我认为现存《木兰诗》文句在智匠编《古今乐录》时当已经成为定型,它并没有经过唐人的润色修改。

《木兰诗》出色地描绘了一个出身劳动阶级的女郎的不平凡的经历,歌颂了她的爱护老弱、克服困难、勇敢作战、不爱功名富贵等等优美品德,成功地塑造了一位女英雄的形象。后世在不少地方出现了关于木兰的传说和遗迹,虽然都并不是真实的历史事实,但却说明了这位女英雄如何地赢得了广大人民的敬爱。

在封建社会中,即使是在民风强悍的北朝,对于一个平常人家的女子来说,要投身行伍、像男子一样地参加战争,毕竟是不平凡的异常困难的事情。诗篇在塑造这位女英雄形象方面,虽然从多方面表现了她的优美品德,但更着力描写作为一个女子的木兰,怎样克服困难,终于出色地完成任务,胜利归来的历程,它构成了全诗的主题。诗篇一开始,就把木兰安置在困难的处境中,父亲年老,又无长男,但任务却万分紧急。她焦虑,反复思考,终于决定代父从军。在漫长的征途上,她经历了黄河、黑山。处处是新鲜的环境,处处叫她想念父母,想念熟稔的日常家庭生活。可是她终于更前进,跟敌人勇敢地接

① 见《答郭明忠先生论〈木兰诗〉书》,载《中国古典文学论集》。

战,而且立下大功。诗篇前半真实地、细腻地描写了木兰的精神世界的活动,它既使我们感到木兰具有普通妇女一样的思想感情,对困难有焦虑,对父母很留恋;又使我们感到她毕竟是一个英雄,因为终于打消了种种顾虑,克服了种种困难,走上战火纷飞的前线。诗篇是多么善于通过矛盾的产生和解决来表现英雄人物!

　　胜利回来了,木兰不愿意担任什么官职,而急于返回故乡,重度当年的生活。她的出征原只是为了代替老父应征,而不是为了立功受赏。诗篇最后以非常明快的调子描写了木兰迅速地恢复了女儿装束,因而使伙伴们大吃一惊。这个情节放在结尾是非常奏效的,它反衬出木兰的极端喜悦的心情,同时也表现了诗篇对于女英雄的高度颂扬。看,她是多么坚强、勇敢而又聪敏,克服了重重困难,出色地完成了一般女子无法担当的任务;而在长时期的集体生活中,连她的亲密战友都不能发现她是一个女子!

　　木兰的父亲年老力衰,仍然非服军役不可。这个情节在客观上反映了封建社会中人民负担的沉重。然而从全诗看,其调子是明快的而不是低沉的,木兰的情绪是积极奋发的而不是忧郁颓唐的,没有理由说诗篇的主题在控诉战争的罪恶。木兰在出发前的焦虑,在征途上的忆念,是由于她是一个女子,不习惯于战争生活,而不是从根本上厌恶战争。这些情节的作用,如上面的分析,在于刻画木兰怎样从一个普通女子成长为女英雄,而不在于控诉战争的罪恶。

(原载《语文教学》1957 年 9 月号)

汉魏六朝乐府诗研究书目提要

例　言

（一）本篇区分有关乐府书籍为四大类：一、正史及政书乐志类，二、歌辞之编集、选录、注释，三、乐府研究专著，四、一部分论述乐府之著作。

（二）某书编入某类，以现今情况为准。如智匠《古今乐录》原有十三卷，当著录歌词，应归入第二类。然今仅存解题，不见集录，故归入第三类。

（三）第四类选择较严，仅录最重要者数种。盖如一宽泛，将呈喧宾夺主之势。其取舍之间，或不免主观，读者谅之。又前人关于《昭明文选》与夫古诗之注释、评论（如沈德潜《古诗源》），均与乐府研究有关，亦以种类繁富，应别为提要，本篇概不入录。

（四）专论声律之作，无涉于歌词者，概不入录。

（五）入录以成书者为限，单篇论文不与焉。

（六）琴曲歌辞多伪作不可信。历代有关撰述，亦多亡佚。本篇仅著录《琴操》一种。

（七）编者见闻有限，学识浅陋，篇中疏漏纰缪之处必多，尚望读者指正。

一　正史及政书乐志

（1）史记乐书（一卷）　史记卷二四

开头一段叙述自先秦至汉武帝时音乐情况，文甚简短。大要说明郑声流行，不能"助流政教"。底下全录《礼记·乐记》全文，与汉代乐府情况无关系。《汉书》（卷六二）《司马迁传》谓《史记》"十篇缺，有录无书"。颜师古注引张晏说，《乐书》即十篇中之一，当系后人所补入。文中称"至今上（指武帝）即位，作十九章"。当指《郊祀歌》，司马贞《索隐》以唐山夫人《安世房中歌》当之，非。文中节录《郊祀天马歌》，文字与《汉书》略有出入，又句中有"兮"字，成七字句，与《汉书》无"兮"字、作三言二句者不同。

（2）汉书礼乐志（一卷）　汉书卷二二

此篇除开首一段总论外，以下分述礼乐。述乐部分，先述乐之作用及汉代以前之音乐，继述汉乐。篇中全录《安世房中歌》十七章、《郊祀歌》十九章，研究汉贵族乐章者必须细读。对西汉乐府所采民间谣讴，概屏弗录（其名目别见《艺文志》，可参看），以致此一部分乐章，丧失殆尽（现存汉代民歌大抵是东汉之作），非常可惜。篇中叙哀帝罢乐府时，孔光、何武奏罢乐府人员四百馀人，奏中列举各种俗乐人员，可以考见当时宫廷中俗乐之盛况。

（3）晋书乐志（二卷）　晋书卷二二至二三

上卷述五声、八音、六律、十二管等乐理及西晋雅乐（分郊庙、朝享、雅舞三项）。下卷先述东晋宗庙歌诗，以后分述短箫铙歌、鞞舞、拂舞、鼓角横吹曲、相和歌、吴声歌曲、杯槃舞、公莫舞、白纻舞、铎舞及散乐。自鼓角横吹曲以上皆兼录歌辞，以下则否。《晋志》文字，颇多本自《宋志》，但因仅记司马氏一代情况，故不及《宋志》详细。其下卷述军乐、俗乐次序，大约以是否著录歌辞为先后标准，结果性质类同之乐歌,不能连在一起叙述。如短箫铙歌与鼓角横吹曲俱属军乐,鞞舞、拂舞与杯槃舞、公莫舞、白纻舞、铎舞俱属杂舞曲,分在两处叙述,不甚妥当。鼓角横吹曲肇始于汉代,至《晋书》始有叙述,值得注意。

(4) 宋书乐志(四卷)　宋书卷一九至二二

第一卷叙述自汉至宋音乐情况(有时涉及先秦)。先述雅乐(郊庙乐及朝享乐),次述俗乐(分散乐、杂歌曲、杂舞曲诸项),最后述八音乐器。述俗乐、乐器部分,内容颇详备,且为《史记》、《汉书》所未有,最足注意。底下三卷,著录乐章。前一卷录郊庙及朝享乐章,有魏、晋、宋三代歌词。中间一卷录汉魏相和歌辞。现存著录乐府中民谣之古籍,以《宋书》此卷为最早,其功甚大。其中清商三调歌诗,系根据西晋荀勖《荀氏录》转录,歌辞均注明解数,对研究乐府歌辞体制,很有帮助。最后一卷著录汉、魏、晋、宋杂舞曲辞与鼓吹铙歌。汉铙歌十八曲,至《宋志》始被著录。

案《宋书》(卷一一)《律历志》前有各志总序一篇,其中有一段关于乐志之文字:"《乐经》残缺,其来已远。班氏所述,政抄举《乐记》。马彪《后书》,又不备续。至于八音众器,并不见书;虽略见《世本》,所阙犹众。爰及雅郑讴谣之节,一皆屏落,曾无概见。郊庙乐章,每随世改,雅声旧典,咸有遗文。又案今鼓吹铙歌,虽有章曲,乐人传习,口相师祖,所务者声,不先训以义。今乐府铙歌,校汉魏旧曲,曲名时同,文字永异,寻文求义,无一可了。不知今之铙章,何代曲也。今志自郊庙以下,凡诸乐章,非淫哇之辞,并皆详载。"可见《宋书》盖有见于前史乐志之漏略,故所论述著录,特为详备。但于晋、宋两代清商新声——吴声歌曲各曲调,虽述其作者、本事等,但认为其"歌词多淫哇不典正",不予著录,犹是正统之偏见。

最后一卷末尾有一段后人识语,共六十四字,文云:"圣人制礼乐一篇,巾舞歌一篇,按《景祐(当作'祐')广乐记》言字讹谬,声辞杂书。

宋鼓吹铙歌辞四篇,旧史言讹不可解。汉鼓吹铙歌十八篇,按《古今乐录》,皆声辞艳相杂,不复可分。"《景祐广乐记》系北宋官修之书(景祐,宋仁宗年号),见《直斋书录解题》卷一四。《古今乐录》,陈释智匠撰。按宋本《宋书》已有此段文字,是当出宋人之手①。

(5) 南齐书乐志(一卷)　南齐书卷一一

前面叙述郊庙、朝会等雅乐,后面叙述鼙舞、铎舞、拂舞、杯槃舞、公莫舞、白纻舞等杂舞曲及散乐。各项均著录萧齐所用乐章。所著录之杂舞曲辞中,拂舞曲之《白鸠》《济济》《独禄》三种,均摘录晋辞之一解;《淮南王》一种,摘录晋辞之两解。此种现象说明当时较长之乐府歌辞,可以摘唱其中之一解或数解。所录散乐《俳歌辞》一篇,可以考见当时侏儒戏内容,亦值得注意。

(6) 魏书乐志(一卷)　魏书卷一〇九

《魏志》叙乐,与其他诸史颇不同:依照北魏诸帝年次,历述各代音乐方面重要事情;雅、俗乐不分叙(有关俗乐之记载极少);全志均为叙述,不著录乐章,即郊庙、朝会歌辞亦不登载。其不录雅乐乐章之理由则志文有云:"初侍中崔光、临淮王彧,并为郊庙歌词,而迄不施用。乐人传习旧曲,加以讹失,了无章句。"故《乐府诗集》现存乐府郊庙、燕射歌辞,均无北魏乐章。

(7) 隋书音乐志(三卷)　隋书卷一三至一五

《隋书》诸志,原称《五代史志》(见《史通·正史篇》),兼述南朝梁陈、北朝齐周及隋代五朝情况。《音乐志》共三卷。上卷述梁陈两朝雅俗之乐,中卷主要述北齐、北周两朝雅俗之乐,中卷末尾以及下卷述隋代雅俗之乐。每卷均详于雅乐而略于俗乐,雅乐著录歌辞,俗乐

---

①　承王欣夫先生见告《宋志》此段六十四字,与列传第六卷末尾一段七十五字,同为北宋治平中馆臣校雠疏语之仅存者。列传第六卷末尾校语有"臣穆等案"云云,未知其姓为何。

则否。中卷末尾介绍郑译从龟兹人苏祗婆所得之七调说,为唐代燕乐调之本源,与唐朝近代曲关系极大。下卷介绍隋大业中所定九部乐(清乐、西凉、龟兹、天竺、康国、疏勒、安国、高丽、礼毕)之源流、歌曲、乐器等,系研究外族音乐流传中国之重要材料。

(8)旧唐书音乐志(四卷) 旧唐书卷二八至三一

第一卷述郊庙乐及军乐。第二卷述宴乐,分立部伎、坐部伎、清乐、四夷乐、散乐、歌舞戏等项,最后述八音乐器及唐代钟悬制度。清乐一段,对南朝吴声、西曲各调起源,叙述较详细,若干曲调且兼著歌词一曲。文字本诸《通典》,但微有异同,可以互相参看。述四夷乐中之北狄乐一段,文虽不详,但为研究梁代鼓角横吹曲之重要资料。第三卷著录唐郊祭乐章。第四卷著录唐宗庙乐章。其燕乐之五调法曲歌辞,则以"词多不经,不复载之"。采录清乐吴声、西曲歌辞,而不著唐代五调法曲歌,犹是贵古贱今之偏见。

(9)新唐书礼乐志(十二卷) 新唐书卷一一至二二

《新唐书·礼乐志》共十二卷,前十卷叙礼,最后两卷叙乐。叙乐两卷,上卷历述唐雅乐律、钟悬制度、八音乐器、郊庙乐,最后简述燕乐。下卷专叙俗乐,分俗乐律、清乐、立部伎、坐部伎、道调、法曲、胡部新声、四夷乐诸项。《新书》叙乐较《旧书》简略,且不录郊庙乐章,故篇幅较《旧书》大为减少。

(10)通典乐典(七卷) 通典卷一四一至一四七

《乐典》共七卷。第一、二两卷述伏羲至唐历代制乐沿革,大抵本诸各代正史乐志。第三卷述律吕。第四卷述八音乐器。第五卷述歌、杂歌曲、舞、杂舞曲,对俗乐与俗歌曲有系统介绍,值得注意。其中杂歌曲一项,对六朝吴声、西曲各曲起源,介绍较详尽,尤有参考价值。以后《旧唐书·音乐志》即祖述其文。第六卷述清乐、坐立部伎、四方乐、散乐、前代杂乐;清乐项述六朝俗乐在唐代逐渐沦亡情况,亦足注意。第七卷述历代雅乐方面之重要议论,文字采自各代正史乐志。

（11）通志乐略（二卷）　通志略第十一

共两卷，首卷叙乐府歌诗，次卷论乐律、乐器。今但介绍首卷内容。

郑樵论乐府，最重声诗合一。《通志·总序》云："乐以诗为本，诗以声为用。风土之音曰风，朝廷之音曰雅，宗庙之音曰颂。仲尼编诗，为正乐也。……继风雅之作者，乐府也。"《乐略》仿《诗经》风、雅、颂之分类，分乐府为风雅正声（附琴曲）、风雅遗声、祀飨正声、祀飨别声（附文武舞）四大类（后两类相当于颂），其比附虽未必尽当，但纯从音乐角度分类，贯通先秦、汉、魏、六朝之乐章，不可谓非卓识。

据樵自述，正声者乃正乐所用，常用；遗声者，逸诗之流；别声者，非常用之乐。风雅正声以音调分类，自短箫铙歌至清商曲，凡十四类、二百五十一曲，相当于郭《乐府》鼓吹、横吹、相和、清商及舞曲中之杂舞。风雅遗声以歌辞内容分类（因声调不明），计分古调、征戍、游侠、行乐等二十五类、四百十九曲，大体相当于郭《乐府》之杂曲歌辞。考北宋刘次庄尝编《乐府集》十卷，分乐府为日月云霞、时序、山水、佛道等门（原书今佚，见赵希弁《郡斋读书附志》介绍），樵之分类，殆受刘书影响。祀飨正声叙汉郊祀歌等四十八曲。祀飨别声叙汉房中乐等九十一曲。

《乐略》于乐府分类，项目最多，其分类及曲调名目，大抵本自《古今乐录》、《乐府古题要解》、《通典》、《乐典》诸书，但未能如郭《乐府》很好地融会剪裁，因此流于烦碎，且有重复现象。如清商曲一类，先据《乐府古题要解》列《子夜》等七曲，又据《通典》录《白雪》等三十三曲，前七曲皆在其中。又颇有谬误之处，如以《子夜》、《白纻》为一曲，余已有详辨（见拙作《六朝乐府与民歌》）；以唐九部乐皆属诸清商，其实清商仅九部乐之一；祀飨别声中陈后主所制《黄鹂留》、《玉树后庭花》等四曲，实际系清商乐曲，应入风雅正声。要之，郑氏之书，其体甚大，时有精辟见解，然疏于考订，疵病往往而有，不仅《乐略》为然也。

据《通志·总序》，樵曾撰《系声乐府》一种，纂集乐府歌辞(《宋史·艺文志》作《系声乐谱》，二十四卷)，《乐略》即删取该书之叙目而成。该书今已亡佚。

(12)文献通考乐考(二十一卷)　文献通考卷一二八至一四八

《乐考》共二十一卷。第一至三卷为历代乐制，述历代乐府制作沿革，详于雅乐。第四至十三卷述律吕、乐器、乐悬等。第十四至十六卷述乐歌，对雅俗乐歌均有较详介绍。第十七、十八两卷述乐舞。第十九卷为俗部乐，详述唐宋教坊俗乐。第二十卷述散乐百戏、鼓吹。第二十一卷述夷部乐及彻乐。《乐考》卷帙颇多，采录前人阐释、考订、议论文字(常低行写)，如郑樵《乐略》、陈旸《乐书》等，颇为繁富；马氏本人亦往往有所考订、评述，并足资参考。

二　歌辞之编集、选录、注释

(1)乐府诗集(一百卷)　宋郭茂倩编　影宋本、四部丛刊本

此书为研究乐府最重要之书籍。全书共一百卷，总括历代乐府，上起陶唐，下迄五代。凡郊庙歌辞十二卷，燕射歌辞三卷，鼓吹曲辞五卷，横吹曲辞五卷，相和歌辞十八卷，清商曲辞八卷，舞曲歌辞五卷，琴曲歌辞四卷，杂曲歌辞十八卷，近代曲辞四卷，杂歌谣辞七卷，新乐府辞十一卷。共为十二大类。考乐府分类，始自汉乐四品，尚是大辂椎轮。其后唐吴兢《乐府古题要解》分为八类，尚不完备。郑樵《乐略》，分类虽细，又不免失之琐碎。此书增损吴氏之数，提纲挈领，分乐府为十二大类，最为赅备。故自郭氏后编录乐府之书，于分类名目，虽略有变动，大抵不出此书范围。杂歌谣辞一类，虽不入乐，然乐府本多出自歌谣，往往有足相印证处，增入一类，颇便参考(参考萧涤非《汉魏六朝乐府文学史》第一编第三章)。其近代曲一类，近时论者

据郭氏"近代曲者,亦杂曲也。以其出于隋唐之世,故曰近代曲也"诸语,多主张并入杂曲。但二者在音乐上实属于不同之系统,杂曲大抵属清乐系统,乃相和歌、清商曲之旁支;近代曲属燕乐系统,而为长短句之滥觞:区分实比合并合理。

此书采录上古至五代歌辞,网罗宏富,编排精当。"每题以古词居前,拟作居后,使同一曲调,而诸格毕备,不相沿袭,可以药剽窃形似之失。其古词多前列本词,后列入乐所改,得以考知孰为侧,孰为趋,孰为艳,孰为增字减字。其声词合写、不可训诂者,亦皆题下注明,尤可以药摹拟聱牙之弊。"(《四库提要》)梁任公尝讥其"录后代仿拟之作太多,贪博而不知别裁,有喧宾夺主之患"(见《中国之美文及其历史》)。但郭氏编集此书宗旨,本与左克明《古乐府》等不同,务在全备,苟欲详考乐府流变,固当以此书为渊薮。明梅鼎祚《古乐苑》凡例尝摘其以古诗混入乐府等谬误若干条,说颇中理,然要亦大醇中之小疵也。

此书之解题极重要,对各类歌辞、各曲题之源流、内容、特色等均有详尽精当之论述。《四库提要》誉为"征引浩博,援据精审,宋以来考乐府者,无能出其范围"。郭氏于乐府体制,有深入了解,凡所考核,大抵翔实可信,不似明清人选本,多以意妄测,流于穿凿附会。解题中援引之古籍,有今已失传者(如《古今乐录》),弥足珍视。

此书原来通行之版本为毛氏汲古阁本(局刻本、《四部丛刊》本均据毛本),毛本系用元刻本再根据宋本雠正者。近文学古籍刊行社影印宋本行世,更佳。

又考宋葛立方《韵语阳秋》卷四言"郭茂倩《杂体诗》载《百一诗》五篇,皆(应)璩所作"云云,是茂倩尚有《杂体诗》一编,惜今已佚。杂体诗体制与乐府相近,吴兢《乐府古题要解》末尾尝论述之,茂倩此编殆与《乐府诗集》相辅而行者也。

(2) 古乐府(十卷)　元左克明编　明刻本

此书录唐以前古乐府辞,分为八类:古歌谣、鼓吹曲、横吹曲、相和曲、清商曲、舞曲、琴曲、杂曲。屏郊庙燕射歌辞不录,相当大胆。自序云:"首以古歌谣辞者,贵其发乎自然也。终以杂曲者,著其渐流于新声也。"此书不但不录隋唐歌辞,于古乐府亦不全录,如《子夜歌》晋宋齐辞郭《乐府》有四十二首,仅录二十首。

克明自序题至正丙戌,在元顺帝时。《四库提要》据元童万元《乐府诗集》刻本李孝光序称其书岁久将弗传,至元六年,济南彭叔仪始得原本校刻,因谓"郭书刊版之时,仅在克明成书前六年,其版又在济南,距江西颇远(按克明豫章人),则编此集时,当未必见郭书,非相蹈袭"。但郭《乐府》实有宋刻本,流传已久,克明自当见之。今考其各类歌辞小序及各曲调题解,大抵采用郭《乐府》,惟加以简化而已。其杂曲歌辞一卷,各曲调先后次序,大抵同于郭书,因袭之迹,尤为明显。不得谓"非相蹈袭"。

郭《乐府》考订,极为精审。此书加以简化,显有失妥之处。如郭书鼓吹曲辞题解引《宋书·乐志》之说,以为短箫铙歌至魏晋世始名鼓吹,然后引《晋中兴书》加以驳斥;此书略去《宋志》之文,底下则照录郭书驳论,成为无的放矢。又如《雁门太守行》题解,郭书历引《古今乐录》、《后汉书》、《乐府解题》之说;此书沿用其文,而削去各书名,于是诸书之说,混而不分。更有误解郭书考订语者。郭书于吴声歌曲末尾录《黄竹子歌》、《江陵女歌》,引唐李康成语曰:"二歌皆今时吴歌也。"其为唐代民歌,甚为明显。(按康成撰有《玉台后集》十卷,郭书当取材于此。)克明亦编入《古乐府》。(以后《古诗纪》等俱误收此二歌。)故从研究角度言,此书实非善本。但郭《乐府》取材宏富,卷帙繁多,不便浏览。此书"所重在于古题古辞,而变体拟作,则去取颇慎"(《四库提要》),省览较便,因此颇为后人所重视。至冯班《钝吟杂录》称其"只取堪作诗料者,可使童蒙学诗者读之",则未免贬抑过甚。

(3)古乐苑(五十二卷)　明梅鼎祚编　原刻本

此书大体因循郭茂倩《乐府诗集》,加以增补。郭《乐府》编采歌辞,止于五代,此书用左克明《古乐府》例,止于隋代。郭本近代曲辞、新乐府辞两类,遂摈而不收,仅存十类。末两卷增出仙歌曲辞、鬼歌曲辞两类,足见明人嗜奇之风尚。

此书于古歌辞捃拾遗佚,颇足补郭氏之阙(杂歌谣一类所补尤多)。其解题亦颇有所增益,如吴声歌曲门《前溪歌》题解引《苕溪渔隐丛话》说,《懊侬歌》题解引《南齐书·王敬则传》文,对读者均有帮助。杂曲歌歌辞宏富,郭《乐府》编次较乱,检阅不便,此书按照各曲调产生时代排列,眉目颇为清楚。书末有衍录四卷,记作者小传及诸家评论解说之文(材料颇多采自冯惟讷《古诗纪别集》),亦足供参考。

此书凡例批评郭《乐府》悤列不入乐之诗,但自身亦不能免此病,如萧统、沈约等之《大言》、《细言》,亦被编录。又收有伪作,如琴曲庞德公《於忽操》,实宋王令拟作。"又开卷为古歌词,以《断竹之歌》为首,迄于秦始皇《祀洛水歌》。而杂歌谣辞中古歌一门,始于《击壤歌》,迄于《甘泉歌》,不知其以何为别。"(《四库提要》)

(4) 乐府原(十五卷)　明徐献忠编　原刻本

此书选录乐府歌辞,分为房中曲安世乐、汉郊祀歌、汉铙歌、横吹曲、相和歌、清商曲、杂曲、近代曲八类。大旨推崇汉乐府歌辞有古意,而于六朝靡丽之作,则贬抑最甚。其自序云:"乐府原者,原汉人乐府辞并后代之撰之异于汉人者,以昭世变也。"可以见其持论之大端。

此书于各曲调题目,均有考释,"原其本意"(自序),除采录旧文外,颇多己见。但大抵无所根据,漫为臆说。如论《房中歌》,以为楚声"每言着一兮字,盖怨叹之本声",《房中歌》无"感慨悲伤之旨",不当为楚声。唐山夫人,"汉时不闻有此人,想秦宫中之内史知文者,高帝收录之也";"《房中》之辞,不过'大海茫茫'以下四章,其馀皆祀祖庙乐章,或为张苍所作":皆凿空之论。释相和歌辞"精列"题名为"精神之列","十五"为"十句之中而有五见",尤为穿凿附会。其解释词句,亦多纰缪,如铙歌《上陵篇》"甘露初二年"句明指宣帝年号,乃释为武帝时神仙"甘露神奇",岂不可笑? 但亦间有善言,足供参考。如论汉郊祀歌《赤蛟篇》云:"此送神乐章也。言神之降临,乘螭蛟之绥,偃黄华之盖,而洋洋其来,盖泛颂神轩而送之也。古注以赤蛟为瑞应,如赤雁,谬矣。"论清商《丹阳孟珠曲》云:"丹阳盖指金陵而言。歌中所谓'暂出后湖看,蒲菰如许长'及'可怜景阳山,迢迢百尺楼',皆是金陵。盖景阳为南朝之正门,今雨花诸山,古所谓长干者,当时建钟楼其上,名景阳钟。后湖即玄武湖。"

此书自序有云:"乃因左君克明所编次《乐府诗》及郭茂倩所广,各原其本意,加纂释云。"卷一一"清商曲总原"有云:"集是者始于左君克明。"卷十四杂曲歌辞题解有云:"豫章左君于《乐府集》中综述此卷。"于杂曲之左延年《秦女休行》、傅玄《庞烈妇行》、曹植《当墙欲高行》等篇(以上诸篇左克明《古乐府》不载)加题注云:"郭茂倩增录。"是误以《乐府诗集》出《古乐府》之后也。

(5)汉铙歌发(一卷) **明董说编**

此书余未见原本。清陈本礼《汉乐府三歌笺注》引其说颇多。《四库提要》云:"是书取汉铙歌十八章,反复解说。首论大意,次论韵,次论音。其论韵则有伏有击,有进退,有同摄,有同母同入。论音本《周礼》三宫之说,按宫商角徵羽,篇分章位,章分句位。立说殊为创辟。然沈约尝言汉铙歌大字为词,细字为声,后来声词合写,不复可辨,遂无文义可寻,但存其声而已。(运熙按:此系《乐府诗集》卷一九宋鼓吹铙歌三首题解语,因中引《宋书·乐志》文,《提要》遂误属之沈约。)自唐后乐府失传,新题迭作,于是并声而亦亡之。说不知声词合写之源,而强为索解,已迷宗旨。至铙歌乃鼓吹之曲,但奏其音,而不歌其词,故十八章或韵或不韵。亦犹风雅皆有韵,而颂不尽韵也。说一概强为叶读,非惟不知古音,亦并不知乐府体裁矣。"今考《石流》一篇,讹误特甚,董氏亦为详释其义,诚中"强为索解"之弊。

但于《朱鹭》篇之"路訾邪"、《艾而张》篇之"夷于何"、《芳树》篇之"如孙如鱼乎"、《有所思》篇之"妃呼豨"等,统释为"篇中之三转声",则尚较合理。前人专释汉铙歌之著作,以此书为嚆矢。是后笺者不一而足。盖汉铙歌字多讹误,声辞相杂,前人转目为深奥古雅,于是取平素熟习之《史》、《汉》故实,为之发明印证。虽亦不无一二收获,但立论均蹈"强为索解"之病,故大抵用力多而成功少也。

(6)乐府广序(三十卷)　清朱嘉徵编　原刻本

此书专选录汉魏乐府歌辞,分为三类,以相和歌辞、杂曲歌辞为风,鼓吹、横吹、汉雅舞为雅,魏雅舞、汉魏杂舞为变雅,郊庙歌辞为颂。最后附以歌诗(即杂歌谣辞)、琴曲两类。按郑樵《通志·乐略》,始以《诗经》体例分乐府为风雅之声、祀飨之声两大类。朱氏又加细密,区分风雅,雅中又分正变,又仿《诗序》之例,每篇各为小序以明其旨意,未免失之拘泥。故《四库提要》讥之曰:"盖刻意续经,惟恐一毫之不似。牵强支离,固其所矣。"

此书注释部分,除解题及小序外,时复采录诸家评论文字。又有"集考"一项专释词句,并足资参考。惟小序则大抵空泛不足观。其解题部分转引《乐府诗集》旧文,时有讹误。如以《古今乐录》为吴兢所作(序言亦云:吴兢之《乐录》,郗昂之《解题》)。又如《乐府诗集》杂曲歌辞题解首引《宋书·乐志》一段文字,至"而后王斟酌焉"句为止,以后乃茂倩解说之文,朱氏亦未能予以区分,并郭氏解说为《宋志》原文。

此书后附有《诗集广序》十卷,录汉魏古诗,分为四言、五言、七言三类。七言中颇多杂歌,苏伯玉妻《盘中诗》,即与《乐府广序》歌诗类两见,是亦体例之未纯也。

(7)乐府英华(十卷)　清顾有孝编　上海图书馆藏　吴江柳氏钞本

自序云:"自汉魏以来,乐府有数十家。而最著者有郭茂倩之《乐苑》(当作《乐府诗集》)、左克明之《乐府》、吴兢之《乐录》(当作

《乐府古题要解》)、郗昂之《解题》、沈建之《广题》、徐献忠之《乐府原》,各有意见。余取诸家而参定之,自汉迄于唐,共成十卷。"书录乐府歌辞凡十类,自郊庙至近代,名称次序,均遵郭《乐府》之旧。仅不录杂歌谣、新乐府两类。按自序称自汉至唐,乐府已经三变。曹魏一变,南北朝一变,"至唐而李、杜诸大家乐府,皆创造新声,纪载时事,扶衰起弊,横制颓波,是又一变也"。于唐人新乐府甚为推崇,书中乃屏新乐府不录,殊为可怪。(有孝别有《唐诗英华》二十二卷,专录唐人七律。)此书于乐府体制无所考订,于字句间作注释,而特重于文辞之评论。其评语多采明锺惺、谭元春《诗归》之论,大抵纤巧而空泛。有孝自己意见,亦与锺、谭接近。

(8)乐府正义(十五卷) 清朱乾编 原刻本

此书取汉魏六朝古乐府为之注释,分为郊庙、燕射、鼓吹、横吹、相和、清商、舞曲、杂曲、歌谣等九类。每诗除注释词句外,尤注意于诗中事实、背景及作者身世之考订。

朱氏读书颇多,书中考订,援引特为繁富,议论亦较翔实,不似《乐府原》《乐府广序》之空泛。如论汉铙歌《上陵》《远如期》两篇为汉宣时作,的然有据。其失则在索解过甚,伤于穿凿附会。如谓相和歌《楚妃叹》系石崇谄事贾谧、贾后之作,《王子乔》系以子乔比戾太子讽武帝,《步出夏门行》系讽东汉末年宦竖弄权,论证都很牵强。

朱氏于乐府体制,时有妙悟。如论相和《雁门太守行》云:"按古辞咏雁门太守者不传,此以乐府旧题《雁门太守行》咏洛阳令也。与《秦女休行》咏庞烈妇者同。"论《饮马长城窟行》古辞云:"《古诗十九首》,皆乐府也。中有"青青河畔草",又有"客从远方来",本是两首。惟"孟冬寒气至"一篇,下接'客从远方来',与《饮马长城窟》章法同。盖古诗有意尽而辞不尽,或辞尽而声不尽,则合此以足之。如《三妇艳诗》及《董娇娆》'吾欲竟此曲'之类,皆曲调之馀声也。古人诗皆入奏,故有此等,后世则不然矣。"议论皆中肯綮,非深于乐府者不能道。

但有时仍未免失之拘泥。其最突出者,如论汉魏相和歌辞拟乐府旧题,内容虽多通变,"但须不离其宗"(论《公无渡河》篇语)。如论《陌上桑》拟作云:"至于拟古之法,一转而为《楚辞》钞,以含睇宜笑比罗敷,以子恋慕予善窈窕比使君,以思念公子比夫婿,犹罗敷之意也。再转而为魏武《驾虹蜺》篇,则言自有神仙为侣,罗敷虽美,非我思存。魏文《弃故乡》篇,则言从军万里,伴旅零落,惆怅自怜,有室家之思,与罗敷全不相涉;而言外见意,不离其宗。此汉魏拟古之法。"其牵强附会,显而易见。按汉魏乐府用乐府旧题,仅用其声而不袭其义者,比比皆是;必欲以"不离其宗"释之,鲜有不扞格难通者。书中论《平陵东》、《鞠歌行》、《君子行》、《猛虎行》、《董逃行》、《秋胡行》、《陇西行》等题歌辞,均犯此病。又如铙歌《芳树》、《石流》二篇,铎舞歌《圣人制礼乐》篇,声辞相杂,自昔号为难解,朱氏亦为句分字释,尤见穿凿。

此书卷首有《原乐》一篇,引前人论律吕、礼乐、歌曲、乐府之说,并加考辨,足供参考。卷一五《郑樱桃歌》一首,考郭《乐府》卷八五明作唐李颀,当剔出。

此书议论,虽得失参半,然要而论之,在明清两代乐府专书中,当推为材料最丰富、见解最突出之著作。

(9) 乐府津逮(三卷)　清曾廷枚编　芗屿裘书本

书共三卷。上卷录相和、杂曲,下卷录七言歌行,中卷则杂有各类歌辞。所录均汉魏六朝之作,不及唐代。其次序不尽遵乐曲类别,亦不尽遵作者时代,颇为凌乱。中卷尤甚,同属梁鼓角横吹曲辞,《高阳乐人歌》、《白鼻騧》置一处,《紫骝马歌辞》置一处,《琅琊王歌辞》等又置一处(《木兰诗》则割置下卷),殆随手钞录,故如此漫无统纪。卷上录曹植《赠白马王彪》诗,并非乐府,尤为谬妄。曲题及歌辞后间有解题及考订文字,亦简略不足观。

(10) 汉短箫铙歌曲句解　清庄述祖著　珍艺宦遗书本

此书系为其幼子所作之训蒙读物,释义务求其详,故名句解。总序云："短箫铙歌之为军乐,特其声耳,其辞不必皆序战阵之事。"其说甚确。书中对《有所思》、《上邪》两篇,解为男女情歌,不比附忠君爱国之迂论,见解较新颖。案《古今乐录》云："汉鼓吹铙歌十八曲,字多讹误。"(《乐府诗集》卷十六引)"皆声辞艳相杂,不复可分。"(《宋书》卷二二校语引)今庄氏乃以为"其不可读者,唯《石留》一篇,馀皆文从字顺,意见言表",可谓强作解人。故所诠释,极多牵强附会之处。如以《巫山高》为楚人疾顷襄王欲图周而作,《临高台》为楚人刺李园谋杀黄歇而作,《圣人出》美汉高帝即天子位,皆羌无根据,即喜言比兴之陈沆(《诗比兴笺》),亦大表不满。

(11) 汉乐府三歌笺注　　清陈本礼编　　陈氏丛书本

此书笺释汉郊祀歌、铙歌、安世房中歌三种,除采录史传及旧注文字外,己见颇多。大抵得失参半。书中释《郊祀·赤蛟》、《铙歌·将进酒》两篇,以为即武帝元封五年冬南巡狩祀舜所作之《盛唐》、《枞阳》二歌,因移《将进酒》篇于郊祀歌之末尾。以《赤蛟》篇"赤蛟绥"句中之蛟即武帝南巡狩时射蛟江中之蛟,而不悟其为灵驾。以《将进酒》之"辨佳哉,诗审搏"指舜之《九辩》乐章与《虞书·益稷篇》之"戛击鸣球,搏拊琴瑟以咏",亦甚牵强。其《铙歌笺序》云："铙歌十八曲,不尽军中乐。其诗有讽有颂,有祭祀乐章。其名不见于《史记》,亦不见于《汉书》,惟《宋书·乐志》有之。似汉杂曲,历魏晋传讹,《宋书》搜罗遗佚,遂统名之曰铙歌耳。"不知铙歌在汉代施用颇广,朝会、道路、给赐均用之,其歌词本不必与军事有关。惟释安世房中歌当为汉高祀先祖乐章,而非享祀高庙之乐;三章"人告其心"当为汉帝遍告群臣,而非臣下告上等议论,则颇可信从。此书颇重文词之评论,引录前人评语外,常多己见。如论《郊祀·日出入》篇云："高唱入云,笔随意转,官止神行。屈《骚》而外,鲜有其匹。"

(12) 汉铙歌十八曲集解(一卷)　　清谭仪集解　　灵鹣阁丛书本

自序云："炎夏昼长,偶发陈允倩(祚明)《采菽堂古诗选》、张翰风

（琦）《宛陵书屋古诗录》、庄葆琛（述祖）《汉铙歌句解》、陈秋舫（沆）《诗比兴笺》四书，剟刺要删，略下己意，为集解一卷。自晨至暮，遂以卒业。"按张琦《古诗录》评释甚少，故此书所录，以庄氏、二陈之说为多。谭氏己见颇简略，虽乏精警独到处，然大致较为平正，少非常可怪之论。其说间与庄、陈不同，如释《战城南》云："水深（指'水深激激'句）以上，庄、陈皆谓代死者之言，愚以为亦生者自念之哀辞。"释《上之回》云："月氏臣，匈奴服，颂祷之辞，不尽纪事，何必非武帝诗。"亦颇有见解。

（13）汉铙歌释文笺正　清王先谦笺　原刻本

清人释铙歌专著，此书最晚出，亦最详备。每曲解题后列原作，其文字校勘、古音叶读即注于正文之下。歌辞后首为释文，通释全篇大意。次笺正，采录或驳正旧说，申述己意。最后附录自魏至明各代拟作。全书用力颇勤，取材较富，足供研治铙歌者作参考，但持论则多可商。

铙歌十八曲，《古今乐录》称"字多讹误"，"皆声辞艳相杂，不可复分"。王氏乃谓沈约收铙歌入《宋书·乐志》，已"重加厘正，离辞艳与声而二之"（见原书《例略》）。以为其句分字解铙歌之根据。《例略》自诩"遗文具在，切究而旁通，鲜不得当。十八曲中事迹显符者一经指出，固属快心，即冥收隐合，如《拥离》、《石流》等篇，案之事理，皆确不可易，非敢自欺以欺人也"。然其释《拥离》为"讽武帝上林之役"，《石流》为"苏武伤李陵而作"，其为臆测，盖无异于过去诸家。

《自序》论铙歌本为军乐，今歌辞内容庞杂，盖多后起之作。其说略云："《思悲翁》、《战城南》、《巫山高》、《有所思》，《艺文志》之汉兴以来兵所诛灭歌诗也；《上之回》、《将进酒》、《临高台》、《远如期》，出行巡狩及游歌诗也：在铙歌内者也。《圣人出》，泰一杂甘泉寿宫歌诗也，在铙歌外者也。其馀九篇，亦皆名仍旧曲，屡易新辞。"其说甚辩。然铙歌之为军乐，本在其声不在其辞，必求辞之合，亦泥矣。王氏《汉书补注》认为《艺文志》之泰一杂甘泉寿宫歌诗十四篇、宗庙歌诗五篇合为十九章,即《礼乐志》之郊祀歌。此书又谓《将进酒》为泰一杂甘泉寿宫歌诗之一,议论自相抵触。

《例略》论乐府之艳为"辞中哀急婉娈之音",乐府艳辞之别,则字有大小之分也。考《宋书·乐志》所录大曲,其艳均在歌辞之首。《乐府诗集》卷一九云:"凡古乐录皆大字是辞,细字是声。"(宋《鼓吹铙歌》三首题解)王氏此论亦为无据。

《例略》云:"是编之外,又有《安世房中歌》十七章,《郊祀歌》十九章,曾加笺释。因近作《汉书集注》,载入《乐志》,不别刊行。"按王氏《汉书补注》训诂房中歌、郊祀歌,颇为核实,不似此书多凿空之论。

自董说至王氏,释铙歌者多家,用力虽勤,然于声辞相杂之文句,均违不知则阙之义,故率多望文生训、穿凿附会之失。以王氏之博洽,亦同此病,是则强作解人之过也。

(14)汉魏乐府风笺(十五卷)　黄节编注　清华大学铅印本

此书共十五卷。卷一至卷七为汉相和歌辞,卷八至一三为魏相和歌辞,卷一四为汉杂曲歌辞,卷一五为魏杂曲歌辞。专释汉乐府民歌及汉魏文人受民歌影响较深之作品,比于《诗经》国风,故名风笺。作者自云:"郭茂倩《乐府诗集》分乐府歌辞凡十二部。夫郊庙,颂也。燕射、鼓吹、横吹、舞曲,雅也。琴曲,亦雅之流也。清商,风也;而为吴声、西曲、江南诸弄,与近曲、新辞,皆无与于汉魏。若杂歌谣辞,明其为非曲也,不得列于乐府之风。故兹编于相和歌辞外,独取杂曲歌辞,以附于古采风之义。"(卷一四汉杂曲歌辞题解)是书笺释范围及命名由来,于此可见。前人于汉房中歌、郊祀歌、短箫铙歌,颇多专门注释之作,此书始专注相和、杂曲,反映"五四"以后学人对于民歌之重视。

此书于每首歌辞之笺释,大致分为四部分。一、解题,大抵采用

《乐府诗集》旧文。二、笺释词句，征引繁富，成绩超过旧注，可与作者之曹子建、阮嗣宗诸诗注媲美。三、释音，阐明古韵相通之理。四、集评，多采清人陈胤倩《采菽堂古诗选》、吴旦生《历代诗话》、李因笃《汉诗说》、朱乾《乐府正义》、朱嘉徵《乐府广序》诸家之说，颇便参考。在研究汉魏乐府相和、杂曲歌辞之训诂、音韵方面，此书是材料最丰富之著作。

　　(15)汉短箫铙歌注　　夏敬观注　　商务印书馆印行

　　铙歌本军乐，汉代又名鼓吹曲，用于朝会、道路等，所施用颇广。其歌词或出于前汉文士，或采自民间歌谣，内容颇为庞杂。夏氏以为铙歌汉世不名鼓吹，纯是王师大捷大献所奏之恺乐，故凡十八曲歌词内容，专以扬德、建武、劝士、讽敌之旨，曲为解释，因此极多穿凿附会。《有所思》篇注据《汉书·郊祀志》"南越既灭，嬖臣李延年以好音见，上善之。……于是塞南越，祷祀太一后土始用乐舞"云云，遂强谓"铙歌亦起于是时，故独征灭南粤之辞为多"。于是释《翁离》云："此辞当是元鼎六年开郁林、苍梧、交趾等郡时所作。辞意以筑室比开郡，设为商榷问答之词。"释《有所思》云："此辞开口即云我所思乃在大海南，玳瑁珠玑，又粤地所产，是亦征灭南粤纪功之辞，可无疑义。"释《上邪》云："此辞命意，当是托为臣服国誓言，以纪征伐之力。"其附会类如此。夏氏对古声韵有研究，此书于十八曲古韵通协处注释颇详，可供参考。

　　(16)汉代乐府笺注(四卷)　　曲滢生笺注　　我辈语丛刊社印行

　　书共四卷。第一卷郊祀歌、房中歌，第二卷铙歌，第三卷相和歌辞，第四卷杂曲歌辞。自序云："中国文学恒重庙堂歌颂而轻民间吟咏。故安世房中乐、郊祀歌，并著录于《汉志》。铙歌以其为马上之曲，军中之乐，故《宋书·乐志》亦载之。至富有价值之民间文学，则任其放失。至郭茂倩始裒为一集，虽残阙不完，亦云幸矣。"实则汉魏相和曲与清商三调歌词，《宋书·乐志》著录甚详，曲氏一何聩聩如是。此书仿黄节《汉魏乐府风笺》例,于每首歌词后集录诸家解释、评论文字,然大抵随手抄录,并未下多大工夫。如第三、四卷评论,大抵本自黄氏《风笺》,增益极少。第一、二卷评论,详引朱乾《乐府正义》、陈本礼《汉三大乐府笺》等说,而不及朱嘉徵《乐府广序》、陈祚明《采菽堂古诗选》诸书,卷三、四忽然多引《广序》、《古诗选》等语。盖作者实未见《广序》等原书,仅自《风笺》转录,《风笺》但笺相和、杂曲,故致如此耳。

(17) 古乐府选(十二卷) 曹效曾选 原刻本

自序称:"郭茂倩集汉至五代为《乐府诗》百卷,至元左克明辑为《古乐府》。郭称浩博,或病其芜;左慎取择,或失之略。今就古人所作,酌为蒇录,起自两汉,以迄陈隋,揽要刘烦,取便研习。"其编集宗旨可见。书分乐府凡十类:郊庙、燕飨、恺乐(包括鼓吹、横吹)、相和、清商、舞曲、琴曲、古歌谣、杂曲、拟古乐府。大体同郭《乐府》,惟近代曲、新乐府两类,因系唐代作品,故未列入。拟古乐府一类系新增,凡例云:"自曹魏以降,模拟日繁,另取各体汇为一编,附于末卷。"但前九类中亦有拟古作品,如卷五相和歌辞,录《箜篌引》古辞与曹植同题之作,录《薤露》、《蒿里》两曲古辞与魏武同题之作,而曹植《薤露歌》、《平陵东》、《长歌行》诸篇则列入拟古乐府类,可谓自乱其例。书中解题及考订文字除采自郭《乐府》外,多采明人吴讷《文章辨体》、冯惟讷《古诗纪》、唐汝谔《古诗解》诸家之说,自己见解极少。

(18) 乐府诗选 朱建新编注 正中书局出版

书分上下两编。上编选汉魏六朝入乐之乐府古辞,大抵为民歌与无名氏作品。分为鼓吹、横吹、相和、清商、舞曲、杂曲六项。其郊庙、燕射歌辞及舞曲中之雅舞歌辞,"旨在祝颂,了无意味"(《编例》),琴曲伪托不可信,故一律不选。此书将平、清、瑟三调歌辞由相和移入清商,将西曲之舞曲由清商移入舞曲,则系采用梁启超、陆侃如之说,未见其是。下编选魏晋以后入乐及不入乐之歌辞,大抵为作家作品,魏晋至隋为一部分,唐为一部分,宋、元、明为一部分,清为一部分。唐以后乐府歌辞,一般选本不采,此书采录较多,可以窥见乐府之馀波,不失为一长处。此书注释颇简略。

（19）乐府诗笺　闻一多编注　闻一多全集本

此书专笺汉乐府。首郊祀歌《日出入》篇,次铙歌十八曲,次相和歌,最后杂曲。郊祀歌只取《日出入》一篇,盖取其文词之奇特。其释铙歌,态度较客观,于《石留》等篇,不强为索解。闻氏长于训诂,此书于字义诠释,颇多胜解,突过前人。如释《战城南》"且为客豪"句之"豪"字即号哭之"号",《巫山高》"我集无高曳"句之"高曳",疑当为"篙栧（同枻）",《焦仲卿妻》"恐此事非奇"句之"奇"字即"佳"字等等,均颇警辟,使人称快。书中于各曲本事、主旨等,亦时有考释,且多新见。如论《蒿里曲》即《下里曲》,论《董逃行》与《董逃歌》实为二歌,辨正崔豹《古今注》之误,均核实可信。但据《平陵东》诗意与翟义门人作歌追悼全不相类,因疑崔豹、吴兢之说为妄,则于乐府体例,犹未达一间。盖现存歌辞,并非原作,正犹不能据现存《陌上桑》古辞,遽疑赵王家令妻说为诞妄也。

（20）乐府诗选　余冠英选注　人民文学出版社出版

此书是解放后出版之乐府选集。选"从汉到南北朝的乐府诗,主要的是入乐的民间作品,而以少数歌谣和在这些作品影响之下产生的文人乐府作为附录"（原书《前言》）。书共分五部分。第一部分为汉魏乐府古辞,选鼓吹铙歌、相和歌、杂曲歌三项。第二部分为南朝乐府民歌,选吴声歌、神弦歌、西曲歌、杂曲四项。第三部分为北朝乐府民歌,选鼓角横吹曲。第四部分（附录一）为汉至隋歌谣。第五部分（附录二）为汉魏晋宋乐府中之文人作品。于汉魏古辞与北朝乐府民歌选得宽,于南朝乐府民歌与历代文人作品选得严。其去取标准主要是歌辞本身之社会内容及其对后代文学之影响,颇为正确。汉魏两晋南北朝乐府精华,大致在是。

　　此书因供一般读者阅读,故注释明白易晓,且颇扼要,摒弃琐碎之考证。"各篇先释字句,后述诗意(明白易晓的诗从略)。间有关于本事或背景的说明和作者介绍之类都附在后面。"(《前言》)作者对乐府诗有专门研究,其注释能融会前人研究成果,采其精华,并益以自己研究心得,能做到深入浅出。总说诗意及介绍本事、背景之文,态度比较客观,大抵经过审慎之考订,故立论多中肯而无主观臆测之病。乐府古辞时有拼凑割裂处,本书一一指出,不作牵强附会之解释,也是一大优点。

　　本书《前言》于乐府采诗源流、乐府主要类别之内容,都有简明扼要之介绍。对汉乐府民歌之特色及其在文学史之地位、影响,尤有精辟之论述。

三　乐府研究专著

　　(1) 琴操(二卷)　汉蔡邕撰　平津馆丛书本

　　《隋书·经籍志》载《琴操》三卷,晋广陵相孔衍撰。《崇文总目》、《中兴书目》并以属之孔衍。而传注所引及《读画斋丛书》所传本皆属蔡邕。马端辰以为"《隋志》言孔衍撰者,谓撰述蔡邕之书,非谓孔衍自著也"(《平津馆丛书·琴操校本序》)。《新唐书·艺文志》有桓谭《琴操》二卷,无蔡邕《琴操》,马端辰及阮元《四库未收书目提要》均以为桓谭不闻著《琴操》,当属蔡邕。

　　此本二卷,上卷述古琴曲五曲、十二操、九引,其名与《乐府诗集》卷五九琴曲歌辞题解相合。下卷述河间杂歌(《乐府》作新歌)二十一章,然实有二十四曲,最后《处女吟》、《流渐咽》、《双燕离》三曲有名目缺叙述(《处女吟》存"鲁处女所作也"一句)。考《乐府诗集》卷五八《双燕离》曲题解云:"《琴集》曰:《独处吟》、《流渐咽》、《双燕离》、《处女吟》四曲,其词俱亡。《琴历》曰:河间新歌二十一章,此其四曲也。"然则《处女吟》等三曲在二十一章之内,不知今本何以增至二十四曲。(王谟《汉魏遗书钞·琴操》辑本以为别有《河间杂歌》二十一章,已亡佚,其章名歌辞俱无考。)此本下有"补遗"九则,引自类书及《文选注》,辑逸亦未赅备。如《乐府诗集》卷五八《渡易水》题解云:"按《琴操》商调有《易水曲》,荆轲所作,亦曰《渡易水》。"即未收入。

　　此书所收琴曲,除《琴引》、《霍将军歌》、《怨旷思维歌》等为秦汉时作外,其馀大抵为先秦旧曲。所引歌辞,多四言或杂言,与《诗》《骚》体制略同。孙(星衍)校审正字句同异,说颇辨晰。(黄奭《汉学堂丛书》本《琴操》据孙本,校勘加详。)其后孙诒让《札迻》有校释,刘师培又有补释,并足资参考。刘氏《琴操补释序》云:"蔡氏(邕)于经治今文,尤精鲁诗。其所诠引,多今文师说。……其证明经谊,盖与中垒《列女传》相若。"马端辰亦称其"古谊所存,足以左证经传"。而吴兢《乐府古题要解》独云:"《琴操》纪事,好与本传相违,今两存者,以广异闻也。"盖贬其采怪异之说也。

　　(2)古今乐录(辑佚)　　陈释智匠撰

　　《隋书·经籍志》经部乐类:"《古今乐录》十二卷(案新、旧《唐书》俱作十三卷,内一卷当为目录),陈沙门智匠撰。"王应麟《玉海》(卷一〇五)引《中兴书目》:"《古今乐录》,陈光大二年僧智匠撰,起汉迄陈。"(王谟《汉魏遗书钞·古今乐录》辑本序录引)原书赵宋后已佚,《乐府诗集》及《太平御览》等类书引录颇多。清王谟《汉魏遗书钞》、马国翰《玉函山房辑佚书》各有辑本(《汉学堂丛书》袭用王谟本),但都不完备。

　　此书为研究汉魏六朝乐府极重要之资料。全书叙录周详,凡郊庙、燕射、恺乐、相和、清商、舞曲、琴曲等曲辞以至乐律、乐器等方面,均曾涉及。原书十三卷,大约兼录歌辞,实为唐以前叙录乐章最完备之著述。《乐府诗集》题解中引其说极多,其中关于相和、清商两部分尤足注意。相和方面,《乐录》多征引晋荀勖《荀氏录》、刘宋张永《元嘉正声伎录》、萧齐王僧虔《大明三年宴乐伎录》(三书唐时已失传)之记述,于曲调之类别、体制及流传情况,有明确之叙述。于南朝清商曲(吴声、西曲、神弦歌、江南弄等)之类别、体制、本事等,叙述较《宋书·乐志》为详备。此两部分之叙述系研究乐府民歌之头等材料。

　　(3) 乐府古题要解(二卷)　唐吴兢撰　　津逮秘书本

　　晁公武《郡斋读书志》云:“《古乐府》十卷,并《乐府古题要解》两卷,唐吴兢纂。杂采汉魏以来古乐府词凡十卷。又于传记泊诸家文集中采乐府所起本义以解释古题云。”今《古乐府》十卷已佚(曾慥《类说》卷五一曾节钞《古乐府》,自《战城南》至《木兰诗》,共三十一条),仅存《乐府古题要解》两卷。

　　书分相和歌、拂舞歌、白纻歌、铙歌、横吹曲、清商曲、杂题、琴曲等类;各列曲题,每题大致说明其起源、古辞内容及后人仿作等;每类又有总说:颇为详核,于汉魏乐府叙述尤详备,实为研究古乐府极重要之资料。《乐府诗集》采录其文甚多。南朝清商曲曲调颇多,此书仅解七曲;又杂题类中曲调,按之《古今乐录》,有许多实是相和歌,此书别为杂题:俱不可解。

　　《四库提要》尝疑兢原书已佚,今本乃元人捃拾《乐府诗集》引文而成。考唐王叡《炙毂子杂录·序乐府篇》(见陶珽本《说郛》卷二三)引此书,内容与今本相同,《提要》之说,不足凭信。《提要》又称此书卷末载诸杂体诗,与乐府不同类,“其为捃拾以足两卷之数,灼然可知矣”。但杂体各条,《炙毂子杂录》已备录之,盖杂体俳谐之作,其体本与乐府倡优之歌为近,连类而及,殆非无因。又按此书每类各有总说,但琴曲类后自《长门怨》起至《六府》止,尚有数十题,无总说,而《炙毂子杂录·序乐府篇》引《题解》文则有总说,又建除、风人诗两条,为今本所无,是《提要》之说,虽不必确,但今本已有阙失,乃属无疑之事矣。

　　(4) 乐府解题(一卷)　唐刘悚著　　陶珽本说郛卷一百

　　《旧唐书》卷一〇二《刘悚传》言悚著有《乐府古题解》一卷。《通志·艺文略·乐类》同。陶珽重编本《说郛》卷一百收录此书,共十九则。其目为:(1)《伯牙操》、(2)《白头吟》、(3)《雉朝飞》、(4)《别鹤操》、(5)《乌夜啼》、(6)《薰砧今何在》、(7)《离合诗》、(8)《泰山吟》、(9)《挽柩歌》(《薤露歌》)、(10)《乌生八九子》、(11)《陌上桑》、(12)《东门行》、(13)《君马黄》、(14)《明妃曲》、(15)《大垂手》、(16)《坎侯》(《箜篌引》)、(17)《定情篇》、(18)《合欢诗》、(19)《大山小山》(《招隐》)。似以琴曲歌、杂体诗、相和歌、杂曲歌为次第,但又不甚严格,如《白头吟》为相和歌,当移至后。汉铙歌十八曲,此仅释《君马黄》一曲,颇可怪。其解语与吴兢《乐府古题要解》多相类同,但均简略。吴书释原题后往往提及后人拟作,此则无之。《坎侯》条云:"汉武灭南越,祠太一后土,令乐人依琴造坎,言坎坎应节也。侯,工人之姓,因曰坎侯。后误为箜篌也。"仅释乐器,与歌曲无关。吴书此条亦有此段文字,但上尚有朝鲜津卒霍里子高妻丽玉作《公无渡河》曲事,始为得体。《说郛》所收各书,常多删节,此书当亦非全本。考《崇文总目》载《乐府解题》一卷云:"不著撰人名氏,与吴兢所撰《乐府古题》颇同,以《江南曲》为首,其后所解差异。"钱东垣以为即刘书,未知然否。

　　(5)乐府标源(二卷)　　清汪汲撰　　原刻本

　　汲著有《古愚老人消夏录》若干种,此其一也。此书分类、曲调名目及解说等均本自《通志·乐略》。间亦有更动郑氏原来次序者,如将相和曲与吟叹曲、清商三调曲分割两处,又清商七曲与清商三十三曲亦然,混乱以类相从之理。又在《隋房内曲》与班固《东都五诗》之间,混入《饮马长城窟行》、《竹枝》等歌曲九种,混乱郑氏原书风雅之声与祀飨之声之区别,尤为荒谬。又西曲《乌夜啼》与《栖乌夜飞》,《乐略》明分为二曲,汪氏亦误合为一曲。总观全书,乃随手抄录而成,实不足以称著述。

　　(6)乐府遗声(一卷)　　清汪汲撰　　原刻本

　　此书亦在《消夏录》内。《通志·乐略》有风雅遗声一类,分为古调、征戍、游侠等二十五门(四百十九曲)。汪氏将古调一门及佳丽、歌舞、神仙、山水、行乐五门中之若干曲调列入《乐府标源》,又将古调以外二十四门中之三百四十五曲,钞成此书。此书所以与《标源》别行者,殆以前书有题解,此则仅列曲题耳(偶亦有一二说明语句)。

(7)乐府古辞考　陆侃如编　商务印书馆出版

本书所谓"乐府古辞",据作者在该书《引言》中规定,是指创制的入乐作品,凡摹拟之作以及虽创制而不入乐者,均不在本书考订之列。《乐府诗集》分乐府歌辞为十二类,本书因琴曲多伪作,杂歌谣、新乐府不入乐,杂曲、近代曲不很重要,故仅考订郊庙、燕射、舞曲、鼓吹、横吹、相和、清商七类,均为唐以前作品。

其考订方法是于每曲调名目下,先罗列前人之说,最后加按语,眉目颇为清晰。每类歌辞考订讫,附以总表,注明各曲调存佚情况,亦便于检阅。书中因神弦歌是祭神歌,由清商曲移入郊庙歌。但神弦歌风格与吴声、西曲接近,与房中、郊祀等庙堂之乐距离很大,移置殊为不称。又将西曲中《石城乐》等一部分舞曲,由清商改隶舞曲歌辞,割裂西曲分隶两类,也不妥当。作者在序例中批评郭茂倩把"西曲"舞曲误入清商,事实上清商系据音调,舞曲系据形态,清商中可以有舞曲,二者并不互相排斥。

此书写作时间较早(序例写于民国十四年),系近人专治乐府著作之前驱者。

(8)乐府文学史　罗根泽著　北京文化学社出版

据自序,著者拟编纂《中国文学史类编》,分文学史为歌谣、乐府、词、戏曲、小说、诗、赋、骈散文诸类。此书即是其中之一种(以后未见他种问世)。书共六章,除首尾为绪论、结论外,中间四章,分别论述两汉、魏晋、南北朝、隋唐四时期之乐府。作者主张文学史应按照朝代来分期,因为作为文学重要背景之各朝代之政治经济情况不同,文学也就具有不同之特色。"就乐府说吧,汉代重在社会问题,魏代则浸入颓丧的人生观的意味,六朝则情歌最多,唐初则空中楼阁的表现着理想国的境界,中唐以后则又渐渐地走到社会上边,——这不是显然的受了政治的经济的影响吗?"(《自序》)一般乐府书籍,着重谈汉魏六朝古乐府;此书对隋唐乐府诗叙述颇详细,是其特点。此书是著者早年之作,书中某些论点,本人后来已有不同看法。如书中考证《木兰诗》系唐韦元甫所作,著者在后来《〈木兰诗〉产生的时代和地点》一文(见所著《中国古典文学论集》)中已予以否定。

(9)乐府通论 王易著 神州国光社出版又有中国联合出版公司版

此书共分五篇:《述原》、《明流》、《辨体》、《征辞》、《斠律》。论述颇全面。《述原篇》论述诗乐与乐府之关系。《明流篇》从中外音乐混合角度,分中国音乐为四时期:汉魏西晋为夷乐辅国乐时期,南北朝为华夷之乐杂糅时期,隋唐为国乐辅夷乐时期,宋为夷夏混淆时期。《斠律篇》详论乐律,系根据作者所著《乐音小识》一书揭其纲领而成。着重音乐方面之论述,是此书一大特色。但作者对音乐之看法,受传统影响颇深,主张兴礼作乐,未免迂腐。《辨体篇》取消杂曲歌辞一类,依其内容风格,分别散入相和、清商、横吹、近代各类中,虽不尽恰当,亦颇有见解。

(10)汉魏六朝乐府文学史 萧涤非著 中国文化服务社出版

书共六编,第一编为绪论,底下五编,分述两汉、魏(附吴)、晋、南朝、北朝(附隋)乐府。作者于乐府诗用力很深,全书论述,全面而又深入,时有独到之处,成绩突过前此著作。

此书于乐府诗内容方面,注意其社会、历史内容,钩稽史实,以相印证,"于作品之本事及背景,求之不厌其详"(原书《引言》)。其所论述,往往核实精当,如论魏左延年《秦女休行》,印证当时社会复仇风气之普遍;论南朝清商曲内容与当时上层阶级思想、生活之关系等等,均非于当时历史有深入了解不能办。在论述形式体制方面,认为"一切诗体皆从乐府出","故编中于凡与诗体有关之作,皆特加提示"

(《引言》)。此方面之论述亦多精警之处,如论五言出于西汉乐府民歌,不始班固,极有见地。对于作品其他方面之考订,亦多深入见解,如论汉短箫铙歌内容之庞杂是由于其用途之广,论《木兰诗》为北朝作品,均可成为定论。惟第二编三章《论东汉乐府之采诗》一节,举《后汉书·李郃传》、《刘陶传》等为证明,其实《后汉书》诸传所说之风谣,系指不入乐之杂歌谣辞(如《乐府诗集》卷八五所录之《五侯歌》、《上郡歌》、《鲍司隶歌》、《董少平歌》、《张君歌》等均是),而非相和、杂曲歌辞。若相和杂曲,在当时为黄门倡乐,认为徒供娱乐而无裨于政教者也(参看本书《说黄门鼓吹乐》篇)。

此书于重要作品,在著录歌辞之后,于字句训诂方面亦有阐释,有助于读者之讽诵。

(11)六朝乐府与民歌　王运熙著　古典文学出版社出版

六朝乐府中之民歌,大部分见于吴声歌曲及西曲中,本书即以吴声、西曲为研究对象。全书共六篇,前三篇论述吴声、西曲之产生时代、地域及其体制之渊源。中间两篇,杂考吴声、西曲各曲调之作者、本事等问题,并通过乐曲中和送声作用之阐明,解释现存歌辞内容与原始本事不相符合之疑问。第六篇专论吴声、西曲中之谐音双关语。末尾附录《神弦歌考》一篇。

吴声、西曲歌词,向被前人目为淫哇之词,学人治乐府诗,往往注意汉魏作品,对此极少钻研。"五四"以后,虽受重视,但尚未遑稽考史乘,大抵认为普通之风谣,而不知其与当时上层阶级生活关系颇为密切;因此对《宋书·乐志》等早期记载,转认为不可信。此书搜集原始材料较多,论证吴声、西曲中虽多民歌,但制为乐曲,则出贵族文人之手,《宋书》等之记载,非出臆造。并由其产生时代与地域,说明歌词内容之特点、进步性与局限性。论谐音双关语,亦能联系当时社会风尚加以说明。凡此均为深入分析吴声、西曲之思想与艺术,提供出比较翔实之材料。

四 一部分论述乐府之著作

（1）古今注（三卷） 晋崔豹著 四部丛刊影宋本

此书中卷音乐一门，专述乐府歌曲本事及缘起。共十八条，其目如下：（1）《雉朝飞》、（2）《别鹤操》、（3）《走马引》、（4）《武溪深》、（5）《淮南王》、（6）《箜篌引》、（7）《吴趋曲》、（8）《平陵东》、（9）《薤露》、《蒿里》（《顾氏文房小说》本《古今注》及马缟《中华古今注》别出《长歌》、《短歌》一条）、（10）《陌上桑》、（11）《杞梁妻》、（12）《钓竿》、（13）《董逃歌》、（14）《短箫铙歌》、（15）《上留田》、（16）《日重光》、《月重轮》、（17）《横吹》、（18）后汉蔡邕益琴为九弦（此条与乐府歌曲无关）。作者崔豹系西晋时人，现存解释乐府歌曲本事及缘起之作，无有早于是者。此书分量虽不多，但颇为前人所重视，《通志·乐略》云："崔豹、吴兢，大儒也。"以之与《乐府古题要解》相提并论。《乐府诗集》亦多引其文。《四库提要》曾疑此书宋末已失传，今本系后人据《中华古今注》缀缉而成，近人张元济已辨其非（见《四部丛刊》影宋本《古今注》跋）。

（2）乐书（二百卷） 宋陈旸编著 清刻本

此书共二百卷。卷一至九十五为群经训义，摘录三《礼》、《诗》、《书》、《春秋》、《周易》、《孝经》、《论语》、《孟子》中论乐之语，各为之训释。卷九十六至二百为乐图论：首论律吕，次乐器，次乐歌，次乐舞，次杂乐，最后为五礼之用乐者。乐器、乐歌、乐舞三项，均分雅部、胡部、俗部三者，分别叙述，条理颇为清晰。自序有云："其书冠以经义，所以正本也。图论冠以雅部，所以抑胡郑也。"全书持论，大抵崇雅抑郑，正统之见极深。故《四库提要》称其"辨论极精审"。书中乐歌、乐舞、杂舞三项（卷一五一至一八八），多与乐府有关，但在全书中比重不大，材料大抵采自史志，原文具在，不及《乐府诗集》

多引佚书为可贵。全书卷帙虽富,但于吾人今日研究乐府诗之帮助并不大。

　　(3) 中国之美文及其历史　梁启超著　中华书局出版

　　此书中《古歌谣及乐府》卷系专论乐府部分。其序论有云:"本卷所叙录,以汉乐府为中坚,上溯古歌谣以穷其源,下附南北朝短调杂曲以竟其委。魏晋后用乐府调名标题诸作,则各以归诸其时代之诗,不复在此论列。"全书分三章:一、秦以前之歌谣及其真伪,二、两汉歌谣,三、汉魏乐府。不及南北朝,盖未完之作。《汉魏乐府》章共分三节,为全卷重点。各节先有总述,次列房中、郊祀、铙歌、相和、杂曲等歌辞,加以考订和批评。章中对研究乐府诗之重要书籍有简要介绍,于古乐府拼凑割裂现象及艳、趋等体制有所辨明,对读者均有帮助。但亦有纰缪之处,如批评郑樵《通志·乐略》把清商三调与相和歌混为一谈是大错误,实则相和歌包括相和曲、吟叹曲、清商三调、楚调曲等,故《隋书·经籍志》有《三调相和歌辞》五卷,郑樵未尝错误(参看本书《清乐考略》篇)。此书后面有梁氏弟子葛天民所编《全汉诗种类篇数及其作者年代真伪表》,其第三表专列乐府,亦可供参考。

　　(4) 汉诗研究　古直著　启智书局出版

　　此书一名《汉诗辨证》。共四卷,第三卷为《〈焦仲卿妻〉诗辨证》(馀三卷辨证《古诗十九首》与苏李诗)。近人梁启超、陆侃如、张为麒等主张《焦仲卿妻》为六朝作品,古氏此卷,主旨在驳正其说。全卷共分八节,从用韵、风格、名物(交广、青庐、龙子幡、下官、丝履)等诸方面肯定此诗为汉代作品。按《焦仲卿妻》诗中个别词语,或出后人修改,但基本上仍以属诸汉代为允。古氏此篇,援据丰富,议论亦甚有见地。近人论《焦仲卿妻》专文,此篇与王越之《〈孔雀东南飞〉年代考》(见《国立中山大学文史学研究所月刊》第一卷第二期及第三期),都是比较翔实之作。

（5）汉魏六朝诗论丛　余冠英著　古典文学出版社出版

此书包括论文共十一篇，其中或直接论述乐府诗，或与乐府诗有密切关系。第一篇《乐府诗选序》是《乐府诗选》一书序言，对汉魏六朝乐府诗有概括介绍和评价，文中认为"中国文学的现实主义精神虽然早就表现在《诗经》，但是构成一个传统，却是汉以后的事，不能不归功于汉乐府"。持论颇为中肯。以下六篇讨论乐府诗形式上之特征和词句篇章上之问题，或归纳成例，或个别解释，颇多新颖独到之见。其中《乐府歌辞的拼凑和分割》一文，系统分析汉魏古乐府歌辞之拼凑分割现象，对读者帮助尤大。第八、九两篇论蔡琰《悲愤诗》和曹植诗，可以看到乐府民歌对文人之巨大影响。第十篇《〈乐府诗集〉作家姓氏考异》足供研究《乐府诗集》者参考。最后《七言诗起源新论》一篇，主旨阐明七言诗直接渊源于民间歌谣，虽尚未能成为定论，但取材丰富，见解新颖，对读者启发性颇大。

附 录

七言诗形式的发展和完成

一 七言诗的三种押韵方式

我国古代早期的七言诗,有三种押韵方式。第一种方式是每句押两个韵,都见于谣谚,汉代最多。例如:

画地为狱议不入,刻木为吏期不对。(《汉书·路温舒传》)

五侯治丧楼君卿。(《汉书·楼护传》)

关东大豪戴子高。(《后汉书·戴良传》)

避世墙东王君公。(《后汉书·逢萌传》)

抱鼓不鸣董少平。(《后汉书·董宣传》)

厥德仁明郭乔卿,中正朝廷上下平。(《后汉书·蔡茂传》附《郭贺传》)

天下忠诚窦游平,天下义府陈仲举,天下德弘刘仲承。(《圣贤群辅录·三君》)

后进领袖有裴秀。(《晋书·裴秀传》)

这类谣谚,始见于西汉,东汉最多,以后就渐少见了。这类谣谚的特点是每首常常只有一句,句中第四字与第七字相叶,如上举第二例"丧"字与"卿"字相叶,第三例"豪"字与"高"字相叶;其中少数不止一句,但押韵方式仍是每句中第四字与第七字相叶,而句与句间却常常没有押韵关系,如上文所举的第一例和第七例是①。

第二种方式是每句押韵,这是早期七言诗歌的普遍情况。自相传为汉武时的作品《柏梁台诗》、刘向的《七言》(《文选》注引)、张衡的《四愁诗》,以至曹丕的《燕歌行》、晋代的《白纻舞歌辞》等,莫不如此。又在两汉的杂文、字书、谶纬、镜铭中所使用的七言句,也都是每句用韵②。所以这是除上列第一类谣谚外早期七言韵文用韵的普遍形式。

第三种方式是隔句用韵,即每两句押一个韵。这种押韵方式跟五言诗相同,是后代七言诗用韵的一般情况,但在中古时代却产生发展得很迟。根据现有的材料,到刘宋鲍照的《拟行路难》,这种方式才告完成。前此虽有隔句用韵的少数例子,但均非全篇,只能说是萌芽。

早期的七言诗,为什么不像五言诗那样隔句用韵,而以每句用韵为正常情况,甚至有每句押两个韵的谣谚? 隔句用韵的七言诗是怎样发展和完成的? 这是本文准备着重探讨的问题。

二 七言诗在节拍上的特点和
第一二式七言诗

早期的七言诗,不像五言诗那样隔句用韵,而以每句用韵为正常情况,甚至有每句押两个韵的谣谚,要说明这种情况,必须明了七言

---

① 参考逯钦立《汉诗别录》(《中央研究院历史语言研究所集刊》第十三本)。
② 参考《汉诗别录》及余冠英《七言诗起源新论》(见《汉魏六朝诗论丛》)。

诗在节拍上的特点而后可。

每句用韵的七言诗,根据近人的研究,其体制渊源于《楚辞》,省去其句中或句尾的语助词而成。七言句节拍大概为上四下三,从节拍方面说来,七言一句,相当于三、四、五言的两句。如《招魂》乱辞:"献岁发春兮汨南征,菉蘋齐叶兮白芷生。路贯庐江兮左长薄,倚沼畦瀛兮遥望博。"省掉句中兮字,便成七言诗。《九章·抽思》乱辞:"长濑湍流,溯江潭兮。狂顾南行,以娱心兮。轸石崴嵬,蹇吾愿兮。超回志度,行隐进兮。"《招魂》:"魂兮归来,反故居些。天地四方,多贼奸些。"《大招》:"代秦郑卫,鸣竽张只。伏羲《驾辩》,楚《劳商》只。讴和《阳阿》,赵箫倡只。魂乎归来,定空桑只。"去掉句尾的"兮"、"些"、"只",便成七言诗,体式与汉魏两晋的七言诗毫无二致①。

七言一句既相当于三、四、五言的两句,故在乐曲的节解上,五言诗一般以四句为一曲或一解,七言诗却只需两句。先从汉魏乐府歌辞来考察。《宋书·乐志》著录的清商三调歌诗,多数是五言和四言诗。孙楷第先生曾经统计《宋志》所录清商三调歌诗,共得三十五篇一百八十一解。"其篇中诸解一律四句者,得十一篇六十九解。篇中诸解句数不一律,而中有以四句为一解者,在九篇中,得二十四解。如是共得九十三解。其杂言一解四句者,尚不在内。"②这样每解四句的已占总数一半以上,可见以四句为一解,乃是汉魏乐府五言及四言诗的一般情况。《宋志》所录清商三调歌诗中的七言诗,仅有曹丕《燕歌行·秋风篇》、《别日篇》两首。其中除《别日篇》第五解为四句外(两篇末解均三句,当由结尾声调舒缓之故),其馀每解都是两句。再从南朝的乐府歌辞来考察。南朝的吴声歌曲和西曲,绝大多数是

---

① 参考梁启超《中国之美文及其历史》、萧涤非《汉魏六朝乐府文学史》(第二编第二章)及逯钦立《汉诗别录》。
② 见《绝句是怎样起来的》一文,载《学原》一卷四期。

每曲五言四句①。西曲中有七言诗：《青骢白马》八曲，《共戏乐》四曲，《女儿子》二曲，每曲却都是七言两句。南朝清商乐府的一曲，在音乐上相当于汉魏古乐府的一解②。

值得注意的是魏缪袭《魏鼓吹曲·旧邦》篇，实际是一首完整的七言诗，《宋书·乐志》却把它写成这样的格式：

旧邦萧条　心伤悲　孤魂翩翩　当何依　游士恋故　涕如摧
兵起事大　令愿违　博求亲戚　在者谁　立庙置后　魂来归

诗后说明云："右《旧邦曲》，凡十二句，其六句句三字，六句句四字。"这更明显地把七言一句当做两句看了。韦昭《吴鼓吹曲·克皖城》篇实际也是七言六句，《宋志》著录的格式和说明跟缪袭《旧邦》篇完全相同。《宋志》所录缪袭《魏鼓吹曲》、韦昭《吴鼓吹曲》、傅玄《晋歌吹曲》以及宋何承天的《鼓吹铙歌》中，有不少篇什虽非通篇七言，但包含不少七言句，《宋志》都把它分成上四、下三两句。又铎舞歌诗中的《云门篇》，拂舞歌诗中的《济济篇》，宋泰始歌舞曲词中的《通国风》篇，其中的七言句，《宋志》都分为上四、下三两句。《隋书·音乐志》所载七言歌辞，也有此种情况，例如北齐《赤帝降神高明乐辞》。

《乐府诗集》卷二六引《古今乐录》说："伧歌以一句为一解，中国以一章为一解。"北朝的鼓角横吹曲，就是所谓伧歌。鼓角横吹曲歌辞大部分是每曲五言四句，如《企喻歌辞》四曲，每曲五言四句。《乐府诗集》于诗末说明云："右四曲，曲四解。"于七言的《巨鹿公主歌辞》（三曲，每曲两句）及《雀劳利歌辞》（一曲，每曲两句）诗末说明云："右

---

① 六朝吴声歌曲歌辞约三百三十首，五言四句约为二百七十首。西曲歌词约一百四十首，五言四句约一百首。

② 参考拙作《吴声西曲的渊源》。编者按：此文收入《乐府诗述论》上编。

三曲,曲四解";"右一曲,曲四解"。伧歌的四解就是汉歌的四句,很明显,这里也是把七言两句当作四句看待的。

晋傅玄有一首七言五句的《两仪诗》,歌词云:"两仪始分元气清。列宿垂象六位成。日月西流景东征。悠悠万物殊品名。圣人忧代念群生。"一作四言十句,歌词云:"两仪始分,元气上清。列宿垂象,六位时成。日月时迈,流景东征。悠悠万物,殊品齐名。圣人忧世,实念群生。"(均见丁福保《全晋诗》卷二)这个例子很有趣,也足供我们参考。

上面的材料,都说明了汉魏两晋南北朝时代的七言诗,它的一句在音乐节拍上相当于三、四、五言的两句,事实上当时的人们也常常是把它的一句当作两句看待的。既然这样,五言及四言诗以隔句用韵为一般情况,七言诗当然应以每句用韵为一般情况了。至于谣谚中的七言有一句押两个韵的,那是因为这些七言谣谚常常只有一句,必须押两个韵才显出声调谐和而便于歌唱的缘故。七言一句实际相当于三、四、五言的两句,因此提供了每句押两个韵的可能性。

三 第三式七言诗的形成

隔句用韵的七言诗,根据现存作品来看,直到刘宋鲍照才告正式形成。前此只有在杂言诗中偶然出现一二片段。七言歌行与杂言诗本有极密切的关系,故《玉台新咏》卷九所选录的,有七言诗,有杂言诗,而后世七言歌行中也往往夹有杂言句。因此,杂言诗中凡五字以上的隔句用韵诗句(包括七言句在内)均可认为第三式七言诗的萌芽形态。

汉乐府中已有此种隔句用韵的七言句或杂言句,例如:

《薤露曲》:"露晞明朝更复落,人死一去何时归?"

《蒿里曲》:"蒿里谁家地,聚敛魂魄无贤愚。鬼伯一何相催促,人命不得少踟蹰!"

《东门行》:"盎中无斗米储,还视架上无悬衣。拔剑东门去,舍中儿母牵衣啼。他家但愿富贵,贱妾与君共铺糜。上用仓浪天故,下当用此黄口儿。"

《妇病行》:"妇病连年累岁,传呼丈人前一言。……属累君两三孤子,莫我儿饥且寒。"

《孤儿行》:"乱曰:里中一何譊譊,愿欲寄尺书。将与地下父母,兄嫂难与久居!"

曹魏文人所作的乐府歌诗中也有此种例子:

曹丕《大墙上蒿行》:"适君身体所服,何不恣君口腹所尝。冬被貂鼲温暖,夏当服绮罗轻凉。"

曹丕《艳歌何尝行》:"何尝快独无忧,但当饮醇酒炙肥牛。(一解)长兄为二千石,中兄被貂裘。(二解)小弟虽无官爵,鞍马驳驳往来王侯长者游。(三解)但当在王侯殿上快独,撝蒲六博,对坐弹棋。(四解)男儿居世,各当努力,蹙迫日暮,殊不久留。(五解)……"(《宋书》卷二一《乐志》)

曹植《桂之树行》:"桂之树桂之树,桂生一何丽佳。扬朱华而翠叶,流芳布天涯。……高高上际于众外,下下乃穷极地天。"

曹植《苦思行》:"郁郁西岳巅,石室青葱与天连。中有耆年一隐士,须发皆皓然。"(后两句)

曹植乐府歌词残句:"所贵千金之宝剑,通犀文玉间碧玙。"(《北堂书钞》卷一二二引)

　　左延年《秦女休行》："平生为燕王妇,于今为诏狱囚。……
明知杀人当死,兄言快快弟言无道忧。……丞卿罗列东向坐,女
休凄凄曳椊前。"

这类诗句最初见于汉乐府民歌;其后见于曹魏文人的乐府歌诗,而这些
乐府诗在形式上是受到民歌很大的影响的。这种现象说明隔句用韵的
七言诗及杂言诗,正像其他许多文艺形式一样是发源于民间的。《宋
书·乐志》于曹丕《艳歌何尝行》篇所注明的解数,颇值得注意。其第五
解为四言四句;第一至四解为杂言,大体上为每解两句。这说明四、五
言以上的杂言一句跟七言句相同,在节拍上都相当四言或五言的两句。
　　晋代的傅玄写了不少乐府歌诗,其句式是很多样化的,有四言、
五言、六言、杂言等各种形式。他的杂言诗《白杨行》、《秦女休行》中
也多隔句用韵的句子:

　　《白杨行》："踠足蹉跎长坡下,骞驴慷慨敢与我争驰。踯躅
盐车之中,流汗两耳尽下垂。虽怀千里之逸志,当时一得施。"

　　《秦女休行》："烈女直造县门,云父不幸遭祸殃。今仇身以
分裂,虽死情益扬。……刑部垂头塞耳,令我吏举不能成。烈著
希代之绩,义立无穷之名。夫家同受其祚,子子孙孙咸享其荣。
今我作歌咏高风,激扬壮发悲且清。"

曹植的《当事君行》和傅玄的《鸿雁生塞北行》,句式都是六言与
五言相间,隔句用韵,颇值得注意。

　　曹植《当事君行》："人生有所贵尚,出门各异情。朱紫更相
夺色,雅郑异音声。好恶随所爱憎,追举逐声名。百心可事一

君,巧诈宁拙诚。"

傅玄《鸿雁生塞北行》:"凤凰远生海西,及时昆山冈。五德存羽仪(此句疑脱一字),和鸣定宫商。百鸟并侍左右,鼓翼腾华光。上熙游云日间,千岁时来翔。孰若彼龙与龟,曳尾泥中藏。非云雨则不升,冬伏春乃骧。退哀此秋兰草,根绝随化扬。灵气一何忧美,万里驰芬芳。常恐物微易歇,一朝见弃忘。"

这已不是一般的句法参差的杂言诗,而是有固定句法的杂言诗。六言句虽比五言句只多一字,但它在字数上相当于两个三字句,故在节拍上跟七言句一样,相当于三言、四言或五言的两句。所以早期的六言诗也都是每句押韵。这自孔融的《六言诗》,曹丕的《黎阳作》、《令诗》,曹植的《妾薄命行》,以至嵇康的《六言诗》,傅玄的《董逃行·历九秋篇》,陆机的《董逃行》,莫不如此。《当事君行》等两诗六言句不押韵,显示出一种新诗体在成长过程中①。

傅玄在杂言诗和七言诗(他有《拟四愁诗》四首)的写作方面地位是比较重要的。《玉台新咏》第九卷,专录七言歌行和杂言诗,卷中收傅玄杂诗七首、鲍照杂诗八首,在齐梁时代之前,两人的作品在数量上是被选最多的。鲍照在《松柏篇序》中说:"知旧先借傅玄集,以余病剧,遂见还。"可以推想鲍照在七言诗和杂言诗的写作方面,一定受到傅玄相当大的影响。

晋代的七言诗《白纻歌》还是每句用韵的。最早的隔句用韵的七言诗根据流传至今的诗作而论,当推刘宋鲍照的《拟行路难》、《夜听妓》以及鲍照的诗友汤惠休的《秋思引》。其中《拟行路难》是最特出的。《拟行路难》共十八首,其中多数是杂言体(但杂言体中也以七言句占多

---

① 完整的隔句用韵的六言诗始见于刘宋,为谢庄《宋明堂歌》中的《黑帝歌辞》。

数),其通篇七言的共五首。今录通体七言及杂言各一首以示例:

> 奉君金卮之美酒,玳瑁玉匣之雕琴。七彩芙蓉之羽帐,九华
> 蒲萄之锦衾。红颜零落岁将暮,寒光宛转时欲沉。愿君裁悲且
> 减思,听我抵节行路吟。不见柏梁铜雀上,宁闻古时清吹音。

> 泻水置平地,各自东西南北流。人生亦有命,安能行叹复坐
> 愁。酌酒以自宽,举杯断绝歌路难。心非木石岂无感,吞声踯躅
> 不敢言。

《拟行路难》中的七言句,有时还有句句用韵的情况,如:

> 春禽喈喈旦暮鸣,最伤君子忧思情。我初辞家从军侨,荣志
> 溢气干云霄。流浪渐冉经三龄,忽有白发素髭生。(底下隔句用
> 韵,略)

《拟行路难》的多杂言句,有句句用韵的七言句以及句法散文化(如
"奉君金卮之美酒"篇)等形式方面的特点,一方面固然是乐府歌行纵
横多变化的表现,另一方面也说明了隔句用韵的七言诗这个时候还
在创造阶段,所以形式不及后来的许多七言诗那样严格。

鲍照的《夜听妓》和汤惠休的《秋思引》都是七言四句的短诗,可以
说是后世七绝的先驱作品,我们拟在下面再详细谈。鲍照和惠休在当
时是非常富有见识的作家,他俩不像谢灵运、颜延年般注意字句的琢
磨,而大胆学习民歌自然活泼的风格和多样化的表现形式。当时文人
写作七言诗很少,民歌中七言体却较发达,乐府《燕歌行》、《白纻歌》原
来都出自民间。《行路难》原来也是北方的民歌。《续晋阳秋》说:"袁山
松善音乐。北人旧歌有《行路难》曲,辞颇疏质。山松好之,乃为文其章

句,婉其节制,每因酒酣,从而歌之。听者莫不流涕。"(《世说新语·任
诞篇》引)《陈武别传》说:"陈武字国本,休屠胡人。常骑驴牧羊,诸家牧
竖十数人,或有知歌谣者,武遂学《太山梁父吟》、《幽州马客吟》及《行路
难》之属。"(《艺文类聚》卷一九《人部·吟类》引)据此,《行路难》原是疏
质的为牧羊儿所歌唱的北方民歌。袁山松所润色的《行路难歌》,现在
没有流传下来。但按诸乐府歌辞体例,每种曲调的歌辞,往往有一定的
体例。如《燕歌行》、《白纻歌》都是每句用韵的七言诗,拂舞曲《淮南王》
是三、七句法相循环;因此我们很有理由推想鲍照《拟行路难》的隔句用
韵的七言体,前此已经出现于民歌中。鲍照的功绩,就在于把民歌的这
种新形式提升到诗坛,提升到作家作品之林。过去持有正统观念的作
家和批评家,对于鲍照诗歌的通俗性常表不满。锺嵘《诗品》评他的诗
为"险俗","颇伤清雅之调"。《南齐书·文学传论》评他的诗如"八音之
有郑卫"。颜延之非常鄙薄鲍照诗友汤惠休的诗歌,"谓人曰:'惠休制
作,委巷中歌谣耳,方当误后事'"(《南史》卷三四《颜延年传》);并立"休
鲍之论"(见锺嵘《诗品》)。我们的看法刚刚相反,我们认为鲍照的所以
卓越,所以凌驾于南朝一般诗人之上,其主要原因之一就在于能够大胆
运用民间歌谣的新形式来表现生动丰富的内容,而《拟行路难》在这方
面尤其是杰出的。

　　鲍照七言诗在文学史上的地位,更应当从它们的影响来估量。《拟
行路难》不但把隔句用韵的七言诗提升到诗坛,为它奠定了坚固的基
础,而且给予后代(特别是唐代)的七言歌行以巨大深刻的影响。胡应
麟《诗薮》(内编卷三)说:"明远颇自振拔,《行路难》十八章欲汰去浮靡,
返于浑朴。……后来长短句(按指七言歌行)实多出此,与玄晖五言,俱
兆唐人轨辙矣。"这看法是正确的。唐人七言歌行,李白写得最好,纵横
排奡,变化莫测,他受鲍照的影响也特别深。故杜甫《赠李白》诗有"俊
逸鲍参军"之句;《朱子语类》也说:"鲍明远才健,其诗乃《选》之变体,李
太白专学之。"(王琦注《李太白文集》卷三四引)当然,这种影响也包括

着内容的方面,但形式方面的影响无疑是非常重要的。

萧齐一代作家,几乎没有什么七言诗流传下来。到得梁代,七言诗却大为发达,作家众多,七言作品不但数量丰富,而且形式多样化。七言古近各体,这时候可说都已经基本上形成,梁以后的作品,只比它们在协调声律方面进步罢了。梁代诸帝(武帝、简文帝、元帝),特别崇尚文学,他们自己也喜欢尝试作各种新体裁的诗歌。在这种在上者大力提倡的情况下,梁代的诗人和诗作,其数量都远远超过宋齐两代。在七言诗方面也是如此。这里首先值得注意的是这时代的作家,除掉也写句句用韵的七言诗(如《白纻歌》)外,更写了不少隔句用韵的七言诗。值得注意的是:他们不但用《行路难》题来写,而且扩大到用其他乐府歌行的旧题来写。例如《燕歌行》原来句句用韵,而元帝、萧子显、庾信的《燕歌行》却是隔句用韵的;简文帝的《上留田行》和《乌夜啼》,利用汉乐府相和歌和六朝乐府清商曲的旧题来写这种新体。这说明隔句用韵的七言诗在乐府歌行方面的运用范围是拓展了。

> 梁元帝《燕歌行》:"燕赵佳人本自多,辽东少妇学春歌;黄龙戍北花如锦,玄菟城南月似蛾;如何此时别夫婿,金羁翠眊往交河。还闻去汉入燕营,怨妾愁心百恨生;漫漫悠悠天未晓,遥遥夜夜听寒更。自从异县同心别,偏恨同时成异节,横波满脸万行啼,翠眉暂敛千重结。并海连天合不开,那堪春日上春台,乍见远舟如落叶,复看遥舸似行杯。沙汀夜鹤啸羁雌,妾心无趣坐伤离,翻嗟汉使音尘断,空伤贱妾燕南垂。"

> 梁简文帝《上留田行》:"正月土膏初欲发,天马照耀动农祥,田家斗酒群相劳,为歌长安金凤凰。"

梁元帝的《燕歌行》是梁代七言长篇中值得特别重视的一首。它的音节流利而特多变化：除开头六句外，下面每四句一转韵；除押平韵者外，更有押仄韵的；全篇平仄大体协调。可以说，它跟唐代的七言古诗是没有多大区别了。这里明显地显示出齐梁时代声律论的发展，给予七言诗在声调方面以巨大的影响。以后陈代徐陵、江总、傅缚的《杂曲》，张正见的《赋得佳期竟不归》等等作品，体制跟《燕歌行》大体相同，为唐代音节流畅的七言古诗打下深固的基础。

其次值得注意的是这时代的作家，不但运用此种七言新体写乐府歌行，而且运用它写一般的题目。如简文帝的《和萧侍中子显春别》、《夜望单飞雁》，梁元帝的《春别应令》、《别诗》、《送西归内人》，萧子显的《春别》，刘孝威的《禊饮嘉乐殿咏曲水中烛影》，朱超的《咏独栖鸟》，沈君攸的《薄暮动弦歌》、《羽觞飞上苑》、《桂楫泛河中》等都是。固然，过去鲍照曾用这种七言新体写过一般诗题《夜听妓》，但还是个别的现象，现在则是普遍的风气了。萧子显的《春别》共四首，除第三首（共四句）句句用韵外，其他三首都隔句用韵。第一、第四两首均为四句，第二首六句。简文的《和萧侍中子显春别》和元帝的《春别应令》是同时唱和之作，每人每题都作四首，各首的体制完全相同。由此可以窥见他们多么热心于七言新体的制作。由于他们的努力，隔句用韵的七言诗至此宣告完成。

四　七言近体的滥觞和绝句名称的探讨

上面我们探讨了隔句用韵的七言诗的形成过程。本节准备谈谈七言近体的一些问题。七言绝句和七言律诗都是近体诗，它们在平仄方面的规定是很严格的。平仄完全协调的七绝和七律，当然要到唐代才确立，但论其滥觞，却应上溯到六朝时代。六朝的七言四句诗和七言八句诗，平仄虽不完全协调，但在形式方面却奠定了后世七绝和七律的基础。

先说七绝的滥觞。根据现存作品,最早称得上七绝滥觞的作品是鲍照的《夜听妓》和汤惠休的《秋思引》。

> 鲍照《夜听妓》:"兰膏销耗夜转多,乱筵杂坐更弦歌,倾情逐节宁不苦,特为盛年惜容华。"

> 汤惠休《秋思引》:"秋寒依依风过河,白露萧萧洞庭波,思君末光光已灭,眇眇悲望如思何!"

上面曾经指出鲍、汤两人是勇于创造新体诗歌的作家,七绝滥觞于他俩,也是很自然的。这种七言古绝句(我们假定给它这个名称)的形式不见于古代民歌,鲍、汤也只写了这两首。古代民歌中五言古绝句很多,七言古绝句却未见。梁鼓角横吹曲中有《捉搦歌》四首、《隔谷歌》一首,固然是七言四句的民歌,但都是句句用韵的,其产生时代也不能肯定,或许并不早。南朝清商西曲歌中有七言四句的《乌栖曲》,也是句句用韵,而且都是梁代作家的作品。所以,七绝的滥觞不能不归之鲍、汤两人。许学夷《诗源辩体》卷七说得对:"明远七言四句有《夜听妓》一篇,语皆绮艳,而声调全乖,然实七言绝之始也。"这种七言古绝句,不一定直接渊源于民歌,而很可能是从隔句用韵的七言长篇中脱胎出来的。鲍照的《拟行路难》中有若干七言句和杂言句是四句一转韵的,例如上文所举的"泻水置平地"篇,又如:

> ……人生倏忽如绝电,华年盛德几时见?但令纵意存高尚,旨酒嘉肴相胥讌。持此从朝竟夕暮,差得亡忧消恐怖。胡为惆怅不能已,难尽此曲令君忤。

上文曾说明早期七言诗大都句句用韵,一般以两句为一最小单位(一解），相当于四言或五言的四句；现在七言也隔句用韵了，它的最小单位自不能不从两句伸展为四句。七言古绝句的产生，大约源于这种七言新体长篇中最小单位的独立。

到了梁代，随着整个七言诗的发达，七言古绝句的数量也大大增加，上节列举的一些梁代七言诗篇名，其中有不少是七言古绝句。梁以后唐以前，这种七言古绝句继续产生不少（而且在声律上愈来愈接近于唐代的七绝），它的发展是跟四句一转韵的七言长篇（例如梁元帝《燕歌行》、徐陵《杂曲》）的发展是互相平行的。

　　萧子显《春别》："衔悲揽涕别心知，桃花李色任风吹，本知人心不似树，何意人别似花离。"

　　江总《怨诗》："采桑归路河流深，忆昔相期柏树林，奈许新缣伤妾意，无由故剑动君心。"

　　同上："新梅嫩柳未障羞，情去恩移那可留，团扇箧中言不分，纤腰掌上讵胜愁。"

江总的《怨诗》，平仄协调，上下黏合，宛似唐人绝句了。这种现象当然是新体诗声律愈趋精密的表现。

七言律诗滥觞于七言诗较前大大发展的梁代，简文和庾信的《乌夜啼》，可以说是这方面的肇始之作。

　　梁简文帝《乌夜啼》："绿草庭中望明月，碧玉堂里对金铺。鸣弦拨捩发初异，挑琴欲吹众曲殊。不疑三足朝含影，直言九子夜相呼。羞言独眠枕下泪，托道单栖城上乌。"

　　庾信《乌夜啼》："促柱繁弦非《子夜》，歌声舞态异《前溪》。御史府中何处宿，洛阳城头那得栖。弹琴蜀郡卓家女，织锦秦川窦氏妻。讵不自惊长泪落,到头啼乌恒夜啼。"

二诗当是同时唱和之作,犹如上面提及的简文、元帝、萧子显的《春别》一样。在梁代,声律论和骈体文对诗歌的影响日益巨大,新体诗大大发展,作为新体之一的七言八句诗滥觞于这个时期,是不难理解的事情。这以后,陈江总的《芳树》,隋炀帝的《江都宫乐歌》,体制相同,平仄却还没有完全协调。到唐初稳顺声势,七律始告正式完成。七律这名称也是六朝以后才产生的①。

梁陈时代的一些作家,喜欢以骈句写作七言诗,他们除掉以骈句写了七言八句诗外,还写了不少不限于八句的七言诗。如梁代简文帝的《春别》诗第一首是四句、第二首是六句,元帝、萧子显的《春别》诗第一首、第二首也是四句六句,沈君攸的《薄暮动弦歌》是十二句、《羽觞飞上苑》是十六句、《桂楫泛河中》是十八句,陈代徐陵的《杂曲》是二十句,张正见的《赋得佳期竟不归》是十四句,江总的《秋日新宠美人应令》是十四句、《新入姬人应令》是十八句、《内殿赋新诗》是十二句。外此尚有,不备举。那些句数多于八句的诗,当然即是后世七言排律的先驱者。这种现象说明当时作家们以骈句写作七言诗,在句数方面的情况是很复杂而多变化的;七言八句只是其中的一种格式,而且不能算是普遍的格式。七言八句被确定为近体诗的一种固定格式,普遍创作,是唐代的现象。唐代七言排律虽仍有人写作,但其数量毕竟不多,不能与八句诗相提并论了。

最后,我们拟说明一下绝句这一名称的意义以及它跟七言诗的关系。七言古绝句虽然在六朝已经形成了,但那时候的人们并不把它唤作绝句;而同时他们对五言四句,却是唤作绝句的。《玉台新咏》

① 元稹《唐检校工部员外郎杜君墓系铭序》:"沈宋(案指沈佺期、宋之问)之流,研练精切,稳顺声势,谓之为律诗。"

卷一〇，专录五言小诗，其中即有《古绝句》四首、吴均《杂绝句》四首等。此外当时诗人集子及《南史》中都有绝句这名称，用以指五言四句小诗。如《庾子山集》有《和侃法师三绝》及《听歌一绝》；《南史》卷八《梁元帝本纪》，"在幽逼，求酒饮之，制诗四绝"，都是。另一方面，《玉台新咏》卷九对隔句用韵的七言四句诗，却没有叫作绝句的；当时诗人集子及《南史》、《北史》中也没有此种情况。这是什么原因呢？

　　我们在上文已经说明，五言诗很早就是隔句用韵，它在诗歌中常以四句为一单位，在乐府歌辞是四句为一解。这种习惯使当时人把五言四句认作一个整句，即句读之句。如《宋书·谢灵运传》说：

　　　何长瑜为临川王义庆记室参军，尝于江陵寄书与宗人何勖，以韵语序义庆州府僚佐云：陆展染须发，欲以媚侧室，青青不解久，星星行复出。如此者五六句。而轻薄少年，遂演而广之，凡厥人士，并为题目，皆加剧言苦句。其文流行。

有时候又把它叫作短句，如钟嵘《诗品》说："齐朝请许瑶之，长于短句咏物。"《玉台新咏》卷一〇有许瑶（即许瑶之）五绝二首，其《咏楠榴枕》即是咏物的短句。当时人既把五言四句当做一个单位，唤作一句或一个短句，因此他们作起五言联句诗来，习惯上便是每人写一句（五言四句），大家联起来。罗根泽先生曾经统计两晋南北朝人所作的联句，共得三十八篇，其中三十四篇都是每人写五言四句①，可见当时风尚。五言四句既是五言联句中的一个单位，与联句这名称相对待，当这个单位独立自成一篇的时候，人们很自然地把它唤作绝句。《南史》卷七二《文学传》说："又有吴迈远者，好为篇章，宋明帝闻而召之，及见，曰：此人连绝之外，无所复有。"连绝并提，正是极好的证明。

---

　　①　见《绝句三源》（载《中国古典文学论集》）。

　　以上是五言诗方面的情况，在七言诗却是另外一种情况。上文说明早期的七言诗都句句用韵，它常以两句为一个单位，在乐府歌辞中是两句为一解。刘宋的鲍照，虽然奠定了隔句用韵的七言诗的基础，并且开始了七言古绝句的写作，但毕竟只是少数人的创作现象。梁代这种现象虽然普遍了，但当时人写的七言诗句句用韵的还相当多，与隔句用韵的同时发展着。如梁武帝的《白纻词》，简文帝的《乌栖曲》四首、《东飞伯劳歌》，元帝的《乌栖曲》三首，萧子显的《乌栖曲》四首，沈约的《四时白纻歌》五首，刘孝威的《拟古应教》，张率的《白纻歌》九首等都是。在南朝乐府歌辞中，七言诗也恒以两句为一曲，如西曲歌中的《青骢白马》八曲、《共戏乐》四曲、《女儿子》二曲，杂舞曲辞的《齐济济辞》和王俭所造《齐白纻歌》五曲，都是如此。梁鼓角横吹曲中虽有七言四句为一曲的歌辞，为《捉搦歌》四曲、《隔谷歌》一曲，但也有七言两句为一曲的歌辞，为《巨鹿公主歌辞》三曲、《雀劳利歌辞》一曲、《地驱乐歌》一曲。在这种以七言两句为一单位的风气下，当时人对于七言诗，不是把四句作一个整句，而是把两句作一个整句，这也有证据。《乐府诗集》卷五六登录沈约的《四时白纻歌》，分为春、夏、秋、冬、夜五首。其第一首《春白纻歌》云：

　　　　兰叶参差桃半红，飞芳舞縠戏春风。如娇如怨状不同，含笑流眄满堂中。翡翠群飞飞不息，愿在云间长比翼。佩服瑶草驻容色，舞日尧年长无极。

底下四首，都是七言八句，句句用韵，而且后四句文字完全相同。这相同的四句非沈约所作，乃是梁武帝的手笔。《乐府诗集》引《古今乐录》说："沈约云：《白纻》五章，敕臣约造。武帝造后两句。"这里所谓"后两句"，是指两个整句，实际是七言四句。当时人的观念如此，当然不会把七言四句唤作绝句了。把七言四句唤作绝句，当是唐人比照五绝而给予它的名称。

当时人既常以七言两句为一单位，为什么不把它唤作绝句呢？那是因为一方面七言两句诗除在歌谣和乐府歌辞中出现外，一般文人并不把它当作一种小诗来写，如像对待五言四句诗那样；另一方面，两晋南北朝人写的七言联句很少，现存五篇，其中除北魏孝文帝与臣僚合写的《县瓠方丈竹堂飨侍臣联句》为每人两句外，其馀各篇都效《柏梁台联句》，每人一句。上面说过，五言四句诗所以获得绝句这一名称，是由于它与联句相对待独立地成为一种诗体；七言两句既然没有这种情况，自不会被唤作绝句了。

（原载《复旦学报》1956年第2期）

附　记

此文写成后，读臧懋循编辑的《诗所》，发现卷五十所收宋谢灵运《法门颂》、齐王融《努力门诗》与《回向门诗》，都是两句用韵的七言诗，颇足注意。今录于下：

谢灵运《法门颂》："出不自户将何由？行不以法欲焉修？之燕入楚待骏（疑当作"骏"）足，凌河越海寄轻舟。通明洞烛焕曾景，深凝广润湛川流。翼善开贤敷教义，昭蒙启惑涤烦忧。功成弗有居无著，淡然无执与化游。"

王融《努力门诗》："豫北二山尚有移，河中一洲亦可为。精诚必至霜尘下，意气所感金石离。有子合掌修名立，时王握发美誉垂。昔来勤心少骞堕，何不努力出忧危？胜幡法鼓萦且击，智师道众纷以驰。有生无我俪既列，无明有我孰能宽？"

王融《回向门诗》："悠悠九士各异形，扰扰众生非一情。驱车策马徇世业,市文鬻义炫虚名。三墨纷纠殊不会,七儒委郁曾未并。吉凶拘忌乃数术,取与离合实纵横。朝日夕月竟何取,投岩赴火空捐生。咄嗟失道尔回驾,沔彼流水趣东瀛。"

这三首诗都是阐扬佛法的。谢灵运的时代在刘宋初,略早于鲍照,可见两句用韵的七言诗在佛家韵语中出现得是相当早的。三诗文辞风格,跟《拟行路难》等乐府歌辞迥不相同,而与唐代变文俗曲比较接近。变文俗曲等七言歌词的体制,似当上溯到此类佛家韵语。这是值得文学史工作者注意的。《诗所》是比较少见的书,因全录三诗以供大家参考。

又　记

据陈允吉同志《中古七言诗体的发展与佛偈翻译》一文考证,以上三诗实均为王融的《净住子颂》,收入严可均《全齐文》卷一三。陈文见《中华文史论丛》第五十二辑,上海古籍出版社 1993 年出版。

下编　乐府诗再论

略谈乐府诗的曲名本事
与思想内容的关系

《词苑丛谈》引清邹祗谟《词衷》曰:"《词品》云:'唐词多缘题,所赋《临江仙》则言水仙,《女冠子》则述道情,《河渎神》则缘祠庙,《巫山一段云》则状巫峡,《醉公子》则咏公子醉也。'……愚按……古人大率由词而制调,故命名多属本意;后人因调而填词,故赋寄率离原词。"(卷一《体制》)说明初期词作,往往内容与词调名称吻合;后人因调填词,内容发生变化,常常离开原题的意思。这种现象也见于乐府诗。词亦名乐府,其体制承受汉魏六朝乐府诗的不少影响,这种现象其实也是沿袭了乐府诗的传统。但乐府诗中的这种现象,一般读者和研究者注意较少;由于后起之作离开了曲名和本事,甚至引起一些误会。本篇拟略述这方面的情况,供阅读和研究乐府诗的同志们参考。

一

乐府诗曲名和歌辞内容吻合的作品是大量存在的。这种现象在鼓吹曲辞、横吹曲辞中表现尤为普遍。像鼓吹曲辞的《朱鹭》、《战城南》、《巫山高》、《将进酒》、《芳树》、《有所思》等曲,横吹曲辞中的《陇头》、《出塞》、《入塞》、《折杨柳》、《关山月》、《梅花落》等曲,大量的歌辞内容均与曲名相吻合,例如《战城南》写战争,《将进酒》写饮酒。但后来的某些作品,题材、主题与古辞相比,也有所发展变化。例如鼓

吹曲辞的《巫山高》曲,《乐府诗集》(卷一六)说:

> 《乐府解题》曰:古词言江淮水深,无梁可度,临水远望思归
> 而已。若齐王融"想象巫山高",梁范云"巫山高不极",杂以阳台
> 神女之事,无复远望思归之意也。

虽然内容仍与巫山有关,但与古辞"临水远望思归"的内容已有所不
同。又如《有所思》曲,古辞是写男女之情,后来的作品题材、主题也
有变化。《乐府诗集》(卷一六)说:

> 《乐府解题》曰:古词言:"有所思,乃在大海南,何用问遗
> 君?双珠玳瑁簪。闻君有他心,烧之当风扬其灰;从今已往,勿
> 复相思,而与君绝也。"……宋何承天《有所思》篇曰:"有所思,思
> 昔人,曾闵二子善养亲。"则言生雁荼苦,哀慈亲之不得见也。

何承天诗作内容虽仍与曲名相合,但不是写男女相思,而是写孝子忆
念慈亲,题材、主题已经不同了。

　　乐府相和歌辞、清商曲辞、杂曲歌辞等类中,曲名和歌辞内容吻
合的作品,也是大量存在的。如相和歌辞中的《王昭君》、《王子乔》、
《燕歌行》、《从军行》、《相逢行》、《蜀道难》等曲,清商曲辞中的《懊侬
歌》、《春江花月夜》、《乌夜啼》、《估客乐》、《襄阳乐》等曲,杂曲歌辞中
的《悲哉行》、《妾薄命》、《长相思》、《行路难》等曲,现存歌辞内容大抵
都和曲名相吻合,例如《王昭君》咏昭君故事,《从军行》写从军征战之
事。但正像上述鼓吹曲辞那样,后来某些作品的题材、主题比古辞也
有发展变化。例如《燕歌行》,现存歌辞以曹丕的"秋风萧瑟天气凉"
等二首为最早,写妇女忆念远客北方边地的丈夫。《乐府诗集》(卷三
二)说:

《乐府解题》曰：晋乐奏魏文帝"秋风"、"别日"二曲，言时序
迁换，行役不归，妇人怨旷，无所诉也。《广题》曰：燕，地名也。
言良人从役于燕，而为此曲。

曹丕以后南朝不少作家写的《燕歌行》，题材、主题大致与曹丕所作相
同；唐代高适的《燕歌行》，另辟蹊径，着重写唐时燕地一带紧张的战
斗，军士的艰苦生活与豪迈气概，境界开阔，面目一新。这种题材、主
题的发展变化是必要的。没有这种变化，诗的思想内容就容易陈陈
相因，缺乏创新精神。高适能够写出《燕歌行》这样优秀的作品，同他
突破旧传统的创新精神分不开。

相和歌辞、清商曲辞的某些曲调，有一个本事；现存歌辞，其内容
有的与本事相符，有的则有了变化。例如相和歌辞的《箜篌引》，一名
《公无渡河》，《乐府诗集》（卷二六）引崔豹《古今注》载其本事说：

《箜篌引》者，朝鲜津卒霍里子高妻丽玉所作也。子高晨起
刺船，有一白首狂夫，被发提壶，乱流而渡。其妻随而止之，不
及，遂堕河而死。于是援箜篌而歌曰："公无渡河，公竟渡河。堕
河而死，将奈公何！"声甚凄怆。曲终，亦投河而死。子高还，以
语丽玉。丽玉伤之，乃引箜篌而写其声，闻者莫不堕泪饮泣。丽
玉以其曲传邻女丽容，名曰《箜篌引》。

现存《箜篌引》、《公无渡河》歌辞，自梁代刘孝威到唐代李贺、温庭筠
等人的作品，内容均与本事相合，这是一种情况。

又如相和歌辞中的《陌上桑》曲，《乐府诗集》（卷二八）引崔豹《古
今注》载其本事说：

《陌上桑》者，出秦氏女子。秦氏，邯郸人，有女名罗敷，为邑

> 人千乘王仁妻。王仁后为赵王家令。罗敷出采桑于陌上,赵王
> 登台,见而悦之,因置酒欲夺焉。罗敷巧弹筝,乃作《陌上桑》之
> 歌以自明。赵王乃止。

可见《陌上桑》原词是王仁妻秦罗敷为拒绝赵王的强夺而作,其辞早
已不传,魏晋时乐府所奏《陌上桑》古辞,即为我们现在所见的《日出
东南隅》篇。篇中女角虽亦名秦罗敷,且采桑于陌上,但并非拒绝赵
王强夺,而是拒使君求婚,故事已有不同。按《乐府诗集》引《古今乐
录》云:"《陌上桑》,歌瑟调古辞《艳歌罗敷行·日出东南隅》篇。"原来
《日出东南隅》篇本为相和歌辞瑟调曲中的《艳歌罗敷行》曲,与相和
歌辞相和曲中的《陌上桑》不是一曲;只因《陌上桑》曲古辞不传,而
《日出东南隅》篇题材接近,女子巧拒豪贵(这种事情在古代是相当多
的)的主题又相同,因此《陌上桑》曲借用其歌辞入乐。后来《陌上
桑》、《日出东南隅行》二曲的作品,有不少是沿袭《日出东南隅》篇的;
罗敷婉拒赵王强夺的本事,因无古辞流传,不再发生影响了。
　　再如清商曲辞中的《丁督护歌》,现存歌辞内容也与本事不相符
合。《宋书·乐志》载《丁督护歌》的本事说:

> 《督护歌》者,彭城内史徐逵之为鲁轨所杀,宋高祖使府内直
> 督护丁旿收敛殡殓之。逵之妻,高祖长女也。呼旿至阁下,自问
> 敛送之事。每问,辄叹息曰:丁督护! 其声哀切,后人因其声广
> 其曲焉。

这本事可以《宋书·武帝纪》的记载作佐证。《武帝纪》云:"义熙十一
年正月,公(指武帝刘裕,时为宋公)率众军西讨。三月,军次江陵。
公命彭城内史徐逵之、参军王允之出江夏口,复为鲁轨所败,并没。"
(节录)督护本指收尸人丁旿,徐逵之西征丧身,而现存的《丁督护歌》

却写女子送督护北征,前去洛阳,与本事大不相同。原来宋高祖长女哭其夫徐逵之战没,痛呼"丁督护",声调哀切,后人只是利用其声调写作歌词,来表现女子送别丈夫出征时的哀伤之情,所以与本事大相径庭了①。至于李白的《丁督护歌》(一作《丁都护歌》),内容又有变化,描写吴地云阳一带船夫搬运磐石的艰苦生活,"一唱都护歌,心摧泪如雨",当他们唱着流行吴地声调哀切的《丁督护歌》时,就摧伤欲绝、泪下如雨了。李白诗只是利用船夫唱《丁督护歌》时心摧泪下的情节,来帮助刻画船夫的辛苦和悲痛,其诗的内容同本事距离更远了。唐人的古题乐府,与南朝文人之作不同,常常能突破原来的题材和主题,反映当时的社会生活,呈现新颖的面貌,再加上艺术技巧的卓越,因而成绩斐然。高適《燕歌行》、李白《丁督护歌》都是其例。

二

下面想谈谈乐府歌辞与曲名不相符合的情况。这种情况在相和歌辞中比较多,有些作品还颇著名,值得我们注意。

先说相和歌辞中的《薤露》、《蒿里》两曲,《乐府诗集》(卷二七)记其缘起说:

> 崔豹《古今注》曰:《薤露》、《蒿里》,并丧歌也。本出田横门人。横自杀,门人伤之,为作悲歌,言人命奄忽,如薤上之露,易晞灭也。亦谓人死魂魄归于蒿里。至汉武帝时,李延年分为二曲,《薤露》送王公贵人,《蒿里》送士大夫庶人,使挽柩者歌之,亦谓之《挽歌》。……按蒿里,山名,在泰山南。

---

① 参考拙作《吴声西曲杂考·丁督护歌考》。编者按:此文收入《乐府诗述论》上编。

《薤露》、《蒿里》二曲古辞,歌辞简短,录在下面供参照:

> 薤上露,何易晞。露晞明朝更复落,人死一去何时归!

> 蒿里谁家地,聚敛魂魄无贤愚。鬼伯一何相催促,人命不得少踟蹰!

此二曲古辞,原来作为挽歌,人死出殡时使挽柩者歌之。《薤露》、《蒿里》的曲名,均出自古辞首句。后来曹操的《薤露》、《蒿里》二曲,不再是送死人出殡时的挽歌,而用来描写汉末丧乱。《薤露》曲有云:"荡覆帝基业,宗庙以燔丧。……瞻彼洛城郭,微子为哀伤。"《蒿里》曲有云:"铠甲生虮虱,万姓以死亡。白骨露于野,千里无鸡鸣。生民百遗一,念之断人肠。"其内容固然与曲名不相吻合,但从古辞的哀悼个人死亡扩大到哀悼国家丧乱,在意思上仍有相通之处,所以方东树评为"所咏丧亡之哀,足当挽歌也"(《昭昧詹言》卷二)。后来东晋张骏的《薤露》曲,写西晋覆亡之痛,就是继承了曹操诗的传统的。至于曹植的《薤露》曲,因薤露而想到人生短促("人居一世间,忽若风吹尘"),因而企求乘时立业,虽在内容上与古辞还有一些联系,但距离就更远了。

再说相和歌辞中的《豫章行》(见《乐府诗集》卷三四),古辞一首,写豫章山上的白杨,为人砍伐,运往洛阳作建筑材料。结果是:"身在洛阳宫,根在豫章山。多谢枝与叶,何时复相连?……何意万人巧,使我离根株!"后来西晋傅玄有《豫章行·苦相篇》,写女子苦相为丈夫所遗弃,结果"昔为形与影,今为胡与秦。胡秦时相见,一绝逾参辰"。从写树木被砍伐到写妇女被遗弃,题材大不相同,但古辞的"何时复相连"、"使我离根株"的思想意义却还保存着。同时陆机也有《豫章行》,写与亲戚分手的悲感,有云:"川陆殊途轨,懿亲将远寻。

三荆欢同株，四鸟悲异林。乐会良自古，悼别岂独今。"在伤离悼别慨叹"何时复相连"的意思上也和古辞保持着联系。还有曹植的《豫章行》二首，歌咏史事，其第二首有云："他人虽同盟，骨肉天性然。周公穆康叔，管蔡则流言。"实际是借咏史来表现自己受到曹丕、曹叡疑忌打击的痛苦。在骨肉不和以至分离"使我离根株"这一点上，也和古辞内容保持着联系。至于李白的《豫章行》，描写安史乱后老母送子参军，"呼天野草间"的悲惨情景，则不但在分离内容上与古辞有联系，而且由于写的是豫章一带的情状（篇中有"白杨秋月苦，早落豫章山"句），重新与曲名相吻合了。

　　从上述《薤露》、《蒿里》、《豫章行》诸曲调看，后来的歌辞尽管与曲名、本事不合，但在思想内容上仍然保持着若干联系。让我们再看相和歌辞中的《雁门太守行》。《乐府诗集》（卷三九）说：

　　　　《古今乐录》曰："王僧虔《技录》云：《雁门太守行》，歌古洛阳令一篇。"《后汉书》曰："王涣，字稚子，广汉郪人也。……还为洛阳令，政平讼理，发擿奸状，京师称叹，以为有神算。元兴元年病卒。……民思其德，为立祠安阳亭西，每食辄弦歌而荐之。……"《乐府解题》曰："按古歌词历述涣本末，与传合，而曰《雁门太守行》，所未详。"

现存《雁门太守行》古辞，开头云："孝和帝在时，洛阳令王君，本自益州广汉蜀民，少行宦，学通五经论。"末尾云："为君作祠，安阳亭西，欲令后世，莫不称传。"历叙王涣政绩，确与《后汉书·循吏传》相合。但为什么题名《雁门太守行》，不叫《洛阳令行》，《乐府解题》说未详其故。实际《雁门太守行》的原辞（当为歌颂雁门太守某某的诗）早已不传，后人写作洛阳令一篇歌颂地方长官，因主题类似，故即借用《雁门太守行》曲调。清代朱乾《乐府正义》说："按古辞咏雁门太守者不传，此以乐府旧题《雁门太守行》咏洛阳令也,与用《秦女休行》咏庞烈妇者同;若改用《庞烈妇行》,则是自为乐府新题,非复旧制矣。凡拟乐府有与古题全不对者,类用此例,但当以类相从,不须切泥其事。"(据黄节《汉魏乐府风笺》卷四转引)朱乾的意见很中肯,能从乐府体制上说明问题。

李贺的《雁门太守行·黑云压城城欲摧》是一首名篇,同古辞洛阳令一样,它也是借用旧题歌咏地方长官。陈沆《诗比兴笺》(卷四)说:"乐府《雁门太守行》古词,美洛阳令王涣德政,不咏雁门太守也。长吉乃借古题以寓今事。故'易水'、'黄金台'语,其为咏幽蓟事无疑矣。宪宗元和四年,成德军节度使王承宗自立,吐突承璀为招讨使讨之,逾年无功。故诗刺诸将不力战,无报国死绥之志也。唐中叶以天下不能取河北,由诸将观望无成,故长吉愤之。"此诗是否即讽刺吐突承璀等讨伐叛镇不力,当然还难以肯定;但陈沆根据诗中"半卷红旗临易水"、"报君黄金台上意"句指出它是咏幽蓟一带河北地区的战事,还是比较合理的。姚文燮《昌谷集注》(卷一)说:"元和九年冬,振武军乱,诏以张煦为节度使,将夏州兵二千趣镇讨之。振武即雁门郡。贺当拟此以送之,言宜兼程而进,故诗皆言师旅晓征也。"姚说不顾诗中"易水"等地名,以为《雁门太守行》一定是写雁门地区的事,失之拘泥。

朱乾提到《秦女休行》咏庞烈妇事,与《雁门太守行》咏洛阳令王涣事相像。这里连类介绍一下。《秦女休行》属乐府杂曲歌辞,原辞为曹魏左延年作,写燕王妇秦女休为宗族报仇杀人、将受刑戮、忽得赦书的故事。此事史书失载。后来傅玄写的《秦女休行》则是写庞烈妇为父报仇,杀人后直造县门自首,卒获赦免。其事《后汉书·列女传》中的《庞淯母传》、《三国志·魏志》卷一八《庞淯传》均有记载。《乐府诗集》卷六一《秦女休行》题解说:

> 左延年辞,大略言女休为燕王妇,为宗报仇,杀人都市,虽被囚系,终以赦宥,得宽刑戮也。晋傅玄云:"庞氏有烈妇。"亦言杀

人报怨，以烈义称，与古辞（按指左延年辞）义同而事异。

"义同事异"，是指左延年、傅玄两篇《秦女休行》所咏事实虽不相同，但歌颂烈女为亲人报仇的主题思想则相同，正如咏雁门太守的《雁门太守行》古辞（已佚）与咏洛阳令王涣的《雁门太守行》的古辞，虽然所咏对象不同，但主题都是歌颂地方长官一样。汉魏之际，为亲人报仇杀人的风气相当流行，虽在妇女也是如此。曹植《鼙舞歌·精微篇》即提到两件事实，其一即秦女休事，另一为苏来卿事。诗云："关东有贤女，自字苏来卿。壮年报父仇，身没垂功名。女休逢赦书，白刃几在颈。俱上列仙籍，去死独就生。"苏来卿事史籍也不载。东汉前期汉章帝造《鼙舞歌》五篇，其一名《关东有贤女》，专述其事，曹植的《精微篇》就是拟《关东有贤女》的（见《乐府诗集》卷五三魏陈思王《鼙舞歌》题解）。汉章帝的歌辞惜已不传，但可以证明当时报仇杀人风气的流行①。这种风气到后代还有，如李白的《鼙舞歌·东海有勇妇》篇，写东海勇妇"捐躯报夫仇，万死不顾生"的义烈行为，后得北海太守李邕上章朝廷，获得赦免。《乐府诗集》（卷五三）说："李白作此篇以代《关中有贤女》。"说明它是拟《关中有贤女》篇的，它同古辞也可以算是"义同事异"的一例了。

三

上面第一节介绍部分乐府歌辞内容与曲名相吻合，但思想内容也有发展与变化；第二节介绍部分乐府歌辞与曲名不相吻合，但在思想内容上还保持一定程度的联系，或主题相同，或主题比较接近。乐府歌辞还有第三种情况，那就是部分乐府歌辞的思想内容，不但与曲名不相吻合，而且在思想意义上与曲名、本事、原辞等也没有什么联

①　参考萧涤非先生《汉魏六朝乐府文学史》第三编第五章、第四编第二章。

系。这里也举几个例子说明一下。

例如相和歌辞中的《秋胡行》，原辞虽不传，但《列女传》、《西京杂记》都载有其本事，是写鲁人秋胡娶妻后出外宦游，数年后还家，路遇其妻采桑于郊，秋胡不识其妻，贪其美貌，遗金调戏，其妻愤而自尽。秋胡戏妻的故事，颇为著名，常为后代通俗文学所取材。现存晋傅玄的《秋胡行》二首，正是歌咏其事，与曲名、本事相吻合。但曹操的《秋胡行》二首（"晨上散关山"、"愿登泰华山"篇）都歌咏追求神仙，曹丕的《秋胡行》三首，"尧任舜禹"篇咏明君任用贤人，"朝与佳人期"、"泛泛渌池"二篇写思念佳人（可能比喻君主渴求贤人），不但都和秋胡故事了不相涉，而且在思想意义上也看不出有什么联系。朱乾《乐府正义》为之说曰：

> 《秋胡》古辞已亡，故前人于此题多假借之词。本其陷溺欲海，则为求仙之说，所谓真人，何有于路旁美妇，"晨上散关山"是也。……若"朝与佳人期"与"泛泛渌池"二首，一则海隅莫致，一则在庭可遗，皆非路旁乱掷；而折兰结桂，采实佩英，则又见投金之可鄙；皆反《秋胡》之意而为之说也。（《汉魏乐府风笺》卷一一引）

虽然竭力想说明曹操、曹丕之作思想内容上与《秋胡行》本事的联系，但立说不免牵强附会，缺乏强有力的证据。看来曹操、曹丕的《秋胡行》歌词，只是利用该曲的声调，在思想意义上与题名和本事不见得有什么联系。《乐府诗集》卷八七《黄昙子歌》题解说："凡歌辞，考之与事不合者，但因其声而作歌尔。"曹操、曹丕的《秋胡行》，大约就是属于因其声而作歌的一类。

相和歌辞中的《上留田行》，是因声作歌的明显例子。《乐府诗集》卷三八《上留田行》题解说：

> 崔豹《古今注》曰：上留田，地名也。人有父母死，不字其孤

弟者，邻人为其弟作悲歌以风其兄，故曰上留田。《乐府广题》曰：盖汉世人也。云：里中有啼儿，似类亲父子。回车问啼儿，慷慨不可止。

这里叙述了《上留田行》题名的意义与本事，记载了民歌原辞。《乐府诗集》收录了曹丕、谢灵运的两首《上留田行》，值得注意。歌辞如下：

　　居世一何不同。（上留田）富人食稻与粱，（上留田）贫子食糟与糠。（上留田）贫贱亦何伤。（上留田）禄命悬在苍天。（上留田）今尔叹息将欲谁怨？（上留田）（曹丕《上留田行》，"上留田"前后的括弧为我所加，下首同。）

　　薄游出彼东道，（上留田）薄游出彼东道。（上留田）徇听一何矗矗。（上留田）澄川一何皎皎。（上留田）悠哉逖矣征夫，（上留田）悠哉逖矣征夫。（上留田）两服上阪电游，（上留田）舫舟下游飙驱。（上留田）此别既久无适，（上留田）此别既久无适。（上留田）寸心系在万里，（上留田）尺素遵此千夕。（上留田）秋冬迭相去就，（上留田）秋冬迭相去就。（上留田）素雪纷纷鹤委，（上留田）清风飙飙入袖。（上留田）岁云暮矣增忧，（上留田）岁云暮矣增忧。（上留田）诚知运来诓抑，（上留田）熟视年往莫留。（上留田）（谢灵运《上留田行》）

曹丕、谢灵运两诗，内容与《上留田行》题名、本事都已经大不相同。如果说曹诗写贫富悬殊，思想内容与古辞写兄弟命运不同还稍微有一点联系的话，那末谢诗写亲友离别、光阴消逝的哀伤，内容就更谈不上有什么联系了。原来曹、谢两诗只是利用"上留田"作为和声来写作新辞罢了，这也就是郭茂倩所谓"但因其声而作歌尔"的意思。

这种因声作歌的情况，在六朝清商曲辞中较多。上面提到的《丁督护歌》是一例，但后起歌辞与曲名仍相配合。此外，还有与原来曲名、本事都不同的例子。如《阿子歌》。《乐府诗集》（卷四五）载《欢闻变歌》、《阿子歌》二曲的本事说：

> 《古今乐录》曰：《欢闻变歌》者，晋穆帝升平中，童子辈忽歌于道曰："阿子闻！"曲终，辄云："阿子汝闻不？"无几而穆帝崩。褚太后哭"阿子汝闻不"，声既凄苦，因以名之。
>
> 《宋书·乐志》曰：《阿子歌》者，亦因升平初歌云："阿子汝闻不。"后人演其声为《阿子》、《欢闻》二曲。

据此知"阿子闻"原为民间童谣中间的和声，"阿子汝闻不"则为童谣末尾的送声，后来被附会与东晋褚太后哭穆帝夭折的哀痛声调有关，因而制成《欢闻》、《阿子》二曲。但现存《阿子歌》三首中的第二、第三首歌辞云：

> 春月故鸭啼，独雄颠倒落。工知悦弦死，故来相寻博。
> 野田草欲尽，东流水又暴。念我双飞凫，饥渴常不饱。

讲的是鸭子的事，与《阿子歌》的曲名、本事完全不同。《乐府诗集》引《乐苑》说："嘉兴人养鸭儿，鸭儿既死，因有此歌。"原来这两首歌辞只是利用《阿子歌》的和送声①，而且把"阿子"讹变为"鸭子"，所以产生

---

① 汉魏六朝乐府诗中的和声，置于诗中每句之后，如上引曹丕、谢灵运的《上留田行》，送声则置于篇末，演唱时歌者唱一句停歇，则诸人群唱和声；唱全篇毕，则群唱送声。宋代龙辅《女红馀志》记载唱沈约《白纻歌》送声时的情景曰："合声奏之，梁尘俱动。"可见其热烈情景。详见拙作《论六朝清商曲中之和送声》。

这种奇怪的现象了。

　　本文开头说过,前期词多缘题之作,后来词作则因大都因调填词,离开原题,这种现象可说是沿袭了乐府诗的传统。但从数量上说,词中缘题之作较少,因调填词离开原题的作品则是大量的。从绝大多数的词作来说,词调仅是提供一种格式,其思想内容与调名、本事大抵没有什么关系。乐府诗则不一样,上述第三类作品与曲名、本事失去联系的毕竟占少数;多数作品属于上述第一、第二类,与曲名、本事或者主题思想方面等保持一定的联系。从一般情况说,用乐府旧题写诗,在思想内容上常常或多或少受到原题、古辞的制约,不容易自由地来反映崭新的题材。唐以来不少新乐府诗的产生,就是为了打破这种限制,更充分更有效地来反映当代的社会现实。

　　　　　　　　　　（原载《河南师大学报》1979 年第 6 期）

乐府民歌和作家作品的关系

　　我国文学史上，民间文学有着辉煌灿烂的成就，具有丰富的思想内容和优秀的艺术成就，对各个时代的作家作品经常发生巨大的启发和滋养作用。尤其是民歌，影响更为显著，正像周扬同志所说："民歌是文学的源头，它像深山的泉水一样静静地、无穷无尽地流着，赋予了各个时代的诗歌以新的生命，哺育了历代的杰出诗人。"(《新民歌开拓了诗歌的新道路》)本文试从乐府民歌和作家作品的关系，来简单地谈谈这个问题。

　　在汉魏六朝时代，民间诗歌有非常突出的成绩。其中许多优秀作品，曾经被当时中央政府的乐府机关采集起来，配乐演唱，所以我们称之为乐府民歌。按照风格的不同，乐府民歌可以区分为汉代和南北朝两个时期。下面分别谈它们的特色和影响。

　　汉乐府民歌大抵保存在乐府"相和歌辞"、"杂曲歌辞"和"鼓吹曲辞"中间。据《宋书·乐志》记载，这些歌辞都是"汉世街陌谣讴"。现存数量并不很多，不过五六十首，但内容却非常丰富广阔，有对封建统治阶级的荒淫无耻和穷兵黩武的揭露和鞭挞，对封建家长的残暴自私的控诉，对无家可归的战士的关怀，对挣扎在死亡线上的贫民的悲悯，对被压迫、被蹂躏的孤儿弃妇的同情，对坚贞爱情的歌颂和向往，等等。通过这些，充分暴露了封建制度和封建统治阶级的罪恶，表现了人民的苦难和争取美好生活的愿望。《汉书·艺文志》称它们为"感于哀乐，缘事而发"，说明它们绝不无病呻吟，而是在现实生活中有了深切的感受，不能不形诸歌咏。这是汉乐府民歌所以具有高度现实性的重要原因。

汉乐府民歌的艺术技巧也很卓越。它在表现上有抒情、说理、叙事各种方式，而以叙事诗一类最为精彩动人。如《陌上桑》、《东门行》、《十五从军征》、《上山采蘼芜》、《孤儿行》、《妇病行》、《陇西行》等篇，都能做到写人物则形象鲜明突出，写事件则情节生动感人。在写人写事时，它们往往能够避免用作者的口吻来作平板的枯燥的叙述，而是直接描绘人物的话语和行动，通过这些来展开情节，因此描写显得活泼生动。另外，对所要表现的事件，往往不作全面的头尾漫长的叙述，而是挑选足以充分显示出生活的矛盾和斗争的一两个侧面，加以集中描绘，因此篇幅虽不长，给读者的印象却异常鲜明深刻。至于长诗《孔雀东南飞》，更是一篇罕见的叙事诗杰作，不论思想性和艺术性，都达到高度成就，这是大家所熟悉的，毋需细说。《诗经·国风》中的民间歌谣，有很巨大的成就，但绝大部分是抒情诗，叙事诗极少；汉乐府民歌中的叙事诗作不但数量多，而且质量精，因此在文学史上焕发异彩，为诗歌创作开辟了一条新的康庄大道。还有，汉代民歌的句式虽有多种多样，但多数是五言，通篇五言的更不少。在《诗经》、《楚辞》以后，五言诗是一种新样式，后来文人们的五言诗就是从此渊源的。

汉代民歌由于通过乐府机关的演唱传播，逐渐对文人发生影响。东汉时代，已经有一些文人，写出富有民歌风味的诗作，例如辛延年的《羽林郎》和《古诗十九首》中的一部分诗篇。到汉末建安和三国时代，曹操、曹丕、曹植父子和建安七子等作家，由于生逢乱世，通过自身的不安定的生活，体会到社会的动荡和人民的苦难，学习民歌，用乐府体裁写下了若干反映时代面貌的优秀诗作，使建安诗歌在文学史上地位突出。曹操的《薤露歌》、《蒿里行》，王粲的《七哀诗》，陈琳的《饮马长城窟行》，阮瑀的《驾出北郭门行》等，是这方面的代表作品。另一方面,这些作家后期聚集在曹氏父子周围,生活安逸,因此也写下了不少"怜风月,狎池苑,述恩荣,叙酣宴"(《文心雕龙·明诗》篇)的比较平庸的作品。

　　两晋南北朝时代,不少文人写了许多摹仿汉乐府的拟古乐府。由于他们大都生活空虚,又缺乏先进的理想,只是沿袭汉乐府的题材,在语言上尽力雕琢,冀求华美,因此难得产生优秀诗篇,而充斥着庸俗无聊的作品。我们只要打开郭茂倩《乐府诗集》看看,便可知道。到了唐代,六朝形式主义的诗风被逐步清除。伟大的诗人杜甫,生活在唐朝由盛趋衰的转捩时期,目击唐玄宗及其臣下的荒淫误国,亲经安史之乱,饱尝颠沛流离之苦,跟人民进一步靠拢。他以乐府叙事诗体,朴素生动的语言,写出了《兵车行》、《丽人行》、"三吏"、"三别"等反映现实生活的不朽杰作。汉乐府民歌的现实主义精神和高度艺术技巧,在杜甫手里得到充分发扬。

　　伟大的诗人白居易生活在安史之乱后的中唐时代,他热爱人民,关心国家命运,决心以诗歌为工具来推动君主改革政治。他继承了杜甫诗的优秀传统,不沿袭古乐府旧题目,自创新题,更自由地反映了当时政治的腐败和人民的灾难。他把这些诗称为新乐府。他的诗友元稹、张籍、王建、李绅等,和他同声相应,也以乐府诗体写了不少反映现实的佳作。这群诗人在中唐时代的诗坛成为最重要的一个流派,有些文学史把他们的创作活动称为新乐府运动。这个流派直到晚唐还保持相当强大的力量。白居易是这个流派中最杰出的歌手。他的《新乐府》五十首,是一组很有系统的以叙事体为主的诗,是深刻写照中唐社会面貌的画廊。其中《新丰折臂翁》、《卖炭翁》、《缚戎人》、《上阳白发人》、《杜陵叟》等诗作,艺术描写尤为深入细致,比汉乐府民歌和杜甫的诗作,有了进一步的发展。很可惜,白居易后期在黑暗政治的高压下,丧失了壮年时代的战斗性,不再以诗歌为战斗工具,不再从人民群众的创作中汲取营养,因此后期的诗歌创作就黯然失色。

汉乐府民歌的巨大影响，主要表现在建安和中唐两个时期，表现在不少作家以乐府诗体（主要是叙事体）反映现实生活。

乐府民歌的另一个产生时期是南北朝。南朝民歌大抵保存在乐府"清商曲辞"中间，北朝民歌保存在"鼓角横吹曲辞"中间。由于整个社会环境、人民风尚的不同，南、北两朝的民歌风格也不同：南朝民歌比较温柔婉转，北朝民歌比较雄浑刚健。

南朝乐府民歌现存数量很多，有四百多首。它们几乎全部是情歌，生动地表现了少年男女爱情生活的各个方面：彼此间真诚的爱慕、会面的愉快、离别的哀伤、别后的忆念等等。在封建社会及其礼教的阻挠和迫害下，爱情常得不到满足，甚至产生悲剧。妇女们更是可怜，常受负心男子玩弄。诗歌在这些方面表现了封建社会的不合理和人们追求美好生活的愿望，具有较大的进步意义。另一方面，由于这些民歌产生于长江、汉水流域商业繁盛的大城市，有许多作品出于市民之手，因此在描写爱情方面有时呈现出庸俗的不健康的色情成分（其中还有文人的拟作搀杂在内）。北朝民歌数量不多，约六十首，内容却相当广泛，反映了社会生活的许多方面：战争的频繁，北方人民的艰苦生活、豪迈性格和英勇行为。长篇《木兰诗》塑造了女英雄的光辉形象，尤为杰出。

除《木兰诗》外，南、北两朝乐府民歌的篇幅都很短小，大部分是五言四句的抒情小诗。它们以朴素自然的语言生动地表现了人民真挚明朗的感情，显得天真可爱。在修辞上常常使用比喻和夸张，把思想感情刻画得更突出。另一方面，我们感到它们有时候写得还比较粗糙或过于单纯，不及汉乐府民歌细致动人。

南北朝的乐府民歌对唐诗发生很大的影响。唐代的许多诗人，在学习南、北两朝民歌的基础上，创作了不少优美动人的小诗——绝句，其风格兼有南朝民歌温柔婉转和北方民歌刚健雄浑之长。我们念崔颢的《长干行》、崔国辅的小乐府,不能不想到南朝表情缠绵婉转的《子夜歌》、《读曲歌》;念王昌龄、岑参的写边塞生活的绝句,也很容易想起北朝民歌;念李白的名作"床前明月光"(《静夜思》),我们仿佛从南朝《子夜秋歌》中找到它的血亲:

秋风入窗里,罗帐起飘扬。仰头看明月,寄情千里光。

唐代的绝句非常发达,宋代洪迈编有《唐人万首绝句》,足以见其数量之多。我们念唐人绝句,常常感到它们语言自然真率,表情真挚委婉,具有深入浅出的妙处。应当说,这种优点主要是从民歌学习得来的。从唐人绝句的辉煌成就上看,南北朝的乐府民歌可说起了开一代诗风的作用。另一方面,我们感到唐人绝句在南北朝民歌的基础上更有所提高,内容更丰富,表情更深入曲折,语言更精炼,令人一唱三叹,体会无穷。比起南北朝民歌来,我们体会到由粗到精、由野到文的过程。

南北朝乐府民歌的巨大影响,主要表现在唐代绝句的发达上。

根据上面粗略的论述,对汉魏到唐代这一阶段民歌与作家作品的关系,在理论上可以得到以下几点认识。

一、人民群众的艺术创造力量是巨大的,乐府民歌的深刻的思想内容和优秀的艺术技巧是生动的证明。无论在思想上、艺术上,乐府民歌对作家作品都发生巨大的影响,有时甚至促成了文学上的重要流派(唐代的新乐府运动),开一代诗风(南北朝民歌对唐人绝句)。

二、民间文学不是完美无缺的。由于各种原因,乐府民歌有时在内容上还带有不健康因素(例如南朝民歌),有时艺术上还比较单纯、粗糙。优秀的作家作品是尽可能在民间文学的基础上有所提高的,事实也证明是这样。文学史的主流和正宗应当包括思想内容进步、艺术技巧优秀的作家作品在内,仅仅说民间文学是文学史的主流和正宗是不妥当的。

三、伟大的或者杰出的作家的优秀作品，常常受到民间文学的哺育和滋养。当作家具有进步的人生观、在生活上接近人民时，他们就容易认识民间文学的价值，向它们学习，写出优秀的作品（例如建安、中唐时代的诗人）。反之，当作家没有进步的理想、生活在个人狭窄的小圈子中时，他在艺术创作上就会远离人民（例如建安作家和白居易后期的一些作品）。这时候即使他们表面上也向民间文学学习，事实上只能剽袭一些题材和形式，貌合神离，不可能创造出有生命的东西来（例如两晋南北朝的许多拟古乐府）。

（原载 1959 年 7 月 7 日《文汇报》）

相和歌、清商三调、清商曲

　　乐府诗中的清商三调,指平调曲、清调曲、瑟调曲三类乐歌,宋代郭茂倩《乐府诗集》、郑樵《通志·乐略》,均把它们归入相和歌之中。按照他们的记载,相和歌是乐府诗的一个大类,平调曲等则是大类下面的小类。对这一隶属关系的认识,宋以后迄清代,各家均无异说。"五四"以后,梁启超氏首先提出不同看法,认为清商三调不属于相和歌,它们是与相和歌并列的乐府类别。梁氏认为,把清商三调中的不少曲调划归相和歌范围,这种"割地"的错误,"始自吴兢(指所著《乐府古题要解》),而郑樵、郭茂倩沿其误"。他又认为,郑樵所以致误,似是由于对《宋书·乐志》的记载没有看清楚①。梁氏之说发布后,黄节氏撰有《相和三调辨》短文加以驳诘,同时朱自清先生则倾向于赞同梁说②。在专著方面,则陆侃如、冯沅君先生的《中国诗史》采取梁说,萧涤非先生的《汉魏六朝乐府文学史》则采用黄说。尽管多数著作和乐府选本仍然承袭了《乐府诗集》的分类,但这个问题在学术界没有取得统一的认识。前几年,曹道衡同志发表了《相和歌与清商三调》一文,重新肯定梁氏的说法,并从南朝人的有关记载、使用的乐

---

① 　梁说见其所著《中国之美文及其历史》一书中《古歌谣及乐府》篇的第三章。

② 　黄、朱说见《乐府清商三调讨论》,原载 1933 年《清华周刊》三九卷八期,后收入《朱自清古典文学论文集》上册。萧涤非先生《汉魏六朝乐府文学史》二编三章亦附录黄氏原文。

器、清商曲的演变等方面作了具体的论述①。稍后逯钦立先生的遗著《相和歌曲调考》发表，则仍主张三调属于相和歌辞②。道衡同志对汉魏六朝文学有深入的研究，他的这方面论文，发掘了不少新材料，提出了不少独到的见解，对此我是很钦佩的。但对这个问题则不敢苟同，故写作此篇进行商榷。希望通过讨论，对这个长期来有不同意见的问题，认识有所深化。本文第二部分，在前面讨论的基础上对清商曲的历史作简略的介绍。

一　清商三调与相和歌的关系

我以为清商三调仍应属于相和歌，而不是与相和歌并行的乐府大类名。理由可以从下列几方面进行考察和说明。

一、从相和歌的性质和特点看

相和歌原是汉代民间的通俗歌曲，起自民间，其后被采入乐府，贵族文人并有仿制。它使用弦乐器琴瑟、管乐器笛笙等，声音比较清越动听，与贵族乐章经常使用庄重板滞的金石乐器不同。《宋书·乐志》(三)云："相和，汉旧歌也。丝竹更相和，执节者歌。"说明相和歌的名称即因使用丝(弦乐器)、竹(管乐器)相和伴奏而来。这一点，相和歌中的相和曲和清商三调等各小类歌曲是共同的。请看《乐府诗集》引用南朝陈代释智匠《古今乐录》的有关记载：

"凡相和，其器有笙、笛、节歌、琴、瑟、琵琶、筝七种。"(《乐府诗集》卷二六，此处所谓相和，包括相和六引、相和曲、吟叹曲、四弦曲等小类)

---

① 曹文载 1981 年 5 月出版的《文学评论丛刊》第九辑，后收入其所著《中古文学史论文集》。
② 逯文载 1982 年 7 月出版的《文史》第十四辑。

平调曲,"其器有笙、笛、筑、瑟、琴、筝、琵琶七种"。(《乐府诗集》卷三〇)

清调曲,"其器有笙、笛(下声弄、高弄、游弄)、篪、节、琴、瑟、筝、琵琶八种"。(《乐府诗集》卷三三)

瑟调曲,"其器有笙、笛、节、琴、瑟、筝、琵琶七种"。(《乐府诗集》卷三六)

楚调曲,"其器有笙、笛弄、节、琴、筝、琵琶、瑟七种"。(《乐府诗集》卷四一)

又曹操《短歌行》云:"鼓瑟吹笙。"曹丕《燕歌行》云:"援瑟鸣弦发清商。"也只提丝竹。由上可见,不论是相和六引、相和曲或清商三调,其使用乐器除节一种属于革(皮革)制品外,其他都属管弦乐器。节这一种乐器由唱歌者手握,与旁人用丝竹伴奏者有别。清商三调中除平调曲外,清调曲、瑟调曲也均使用节。可见从"丝竹更相和"这一特点看,相和曲等与清商三调是没有什么区别的。

曹道衡同志认为清商三调与相和歌在使用乐器上有点不同,即清商三调兼用钟、磬两种金石乐器。他的根据有两条:

> 清乐,其始即清商三调是也,并汉来旧曲。乐器形制,并歌章古辞,与魏三祖所作者,皆被于史籍。……其歌曲有《阳伴》,舞曲有《明君》并契(指契声),其乐器有钟、磬、琴、瑟、击琴、琵琶、箜篌、筑、筝、节鼓、笙、笛、箫、篪、埙等十五种。(《隋书·音乐志》下)
>
> 又有因弦管金石造歌以被之,魏世三调歌词之类是也。(《宋书·乐志》一)

道衡同志因《隋书·音乐志》记载清乐乐器中有钟、磬,联系《宋书·乐志》说魏世三调歌词之类"因弦管金石造歌以被之",推论清商三调使用乐器中有钟、磬。实际这一推论并不可靠。《隋书·音乐志》所谓清乐，范围比较大，把南朝比较通俗的乐曲都包括在内，不但包含相和曲、清商三调，还包含了杂舞曲和南朝的吴声歌曲、西曲歌等。这种清商内涵，可能始于北魏。《魏书·乐志》云："初高祖（孝文帝）讨淮、汉，世宗（宣武帝）定寿春，收其声伎，江左所传中原旧曲，《明君》、《圣主》、《公莫》、《白鸠》之属，及江南吴歌、荆楚西声，总谓之清商。"其中《明君》、《圣主》属鞞舞歌，《公莫》是巾舞歌，《白鸠》属拂舞歌。杂舞歌与雅舞歌不同，比较通俗生动，性质与汉魏相和歌、南朝吴声歌曲及西曲歌接近，六朝时代常由清商乐署管辖，故北魏把它们也列入清乐范围。隋唐时代的所谓清乐范围，大致即是承袭了这一传统。《隋书·音乐志》述清乐只提了两种乐曲名，其中《阳伴》（即《杨叛儿》）属西曲歌，《明君》属鞞舞歌。《旧唐书·音乐志》记载清乐较《隋书·音乐志》详细，列举了四十多个曲名，包含了上述几方面的曲调，这里不赘。清乐中的杂舞曲，的确使用了金石乐器。《宋书·乐志》（一）云："宋孝武大明中，以鞞拂杂舞，合之钟石，施于殿廷。"即是。可见《隋书·音乐志》所列清乐十五种乐器中有钟、磬，应指杂舞曲而言，不包括清商三调；清商三调曲的乐器，上引《古今乐录》记载很具体，除节一种外，都是丝竹乐器，没有金石。如果清商三调也使用金石乐器，按《古今乐录》的撰述体例，是应当有所记载的。在这个问题上，我们为什么不相信《古今乐录》明确的记载，反而要依据《隋书·音乐志》笼统的提法呢？至于《宋书·乐志》这一条，其实也并不能坐实清商三调使用金石乐器。《宋书·乐志》上文叙述了汉世街陌谣讴和晋宋《子夜》、《读曲》等歌曲后云："凡此诸曲，始皆徒歌，其后被之弦管。"即是说这类歌曲先有歌词然后配乐。它接着指出，还有一类歌曲，则是先有音声，然后写作歌词以配乐。文中的"弦管金石"，只是泛举八音中较常用的四类乐器来代表音声；文中举魏世三调歌词的例，只是说它们是先有音声再造歌词的，并不是真的说清商三调配合金石。

所以，从相和歌的性质和特点看，我认为清商三调应当属于相和歌范围之内。

二、从《宋书·乐志》的记载看

《宋书·乐志》（三）所著录的都是通俗性的歌词。它先介绍不配合弦节的但歌，因其"自晋以来不复传"，故不著录歌词。其次著录相和曲歌词，再次著录清商三调歌词，最后则是楚调怨诗。这些乐歌的性质很接近，都属于丝竹更相和的相和歌范围，此点上文已有所说明。梁启超因《宋书·乐志》于相和曲后面另起一行，著录"清商三调歌诗"，遂认定这是清商三调不属于相和歌的一个重要根据。但看《宋书·乐志》叙录体例，另起一行叙录，与上文所叙对象，不一定是并列关系，也可以是隶属关系。如在清商三调歌诗后面，分别著录平调、清调、瑟调等歌诗，均另行书写平调等名称。更足注意的是，在瑟调后面，另行书写"大曲"二字。这大曲并不是与瑟调平行的曲调，而是隶属于瑟调的，所以郭茂倩说："大曲十五曲，沈约并列于瑟调。"（《乐府诗集》卷二六相和歌辞题解）所以，单凭"清商三调歌诗"另行书写这一点，是不能把清商三调与相和歌的关系问题落实下来的。

《宋书·乐志》在著录相和曲《陌上桑·弃故乡》歌词时，于《弃故乡》题下注云："亦在瑟调《东西门行》。"这说明相和曲与瑟调的歌词有互相通用者。这种情况还有其他例子。《乐府诗集》卷二八相和曲题解引《古今乐录》云："《陌上桑》，歌瑟调古辞《艳歌罗敷行》'日出东南隅'篇。"又云："《东门》，或云歌瑟调古辞《东门行》'入门怅欲悲'也。"《乐府诗集》卷二七引《古今乐录》云："《十五》，歌文帝辞，后解歌瑟调'西山一何高'、'彭祖称七百'篇，辞在瑟调。"又《宋书·乐志》著录大曲《野田黄雀行》，于曲名下注云："《箜篌引》亦用此曲。"《箜篌引》为"相和六引"之一，属相和歌。以上诸例说明相和曲、相和引歌词与瑟调歌词往往通用，还有像《十五》曲那样混合使用者。还有《宋书·乐志》所著录的歌词,除曹魏三祖及曹植的作品外,尚有不少无名氏古辞,有《董逃行》"上谒篇"、《艳歌何尝行》"白鹄"篇等共十一篇,其中当有一部分原是列入相和曲的汉代作品,后经改制归属清商三调。这种通用、借用的情况可以帮助说明相和曲与清商三调关系非常密切,应同属相和歌范围。

《宋书·乐志》著录相和曲凡十三曲,平调二曲,清调四曲,瑟调及大曲十三曲。每曲有的配诗一篇,有的则不止一篇。从诗篇数量看,清商三调要大大超过相和曲。这说明荀勖所改定的清商三调曲已经成为晋乐府所奏管弦乐曲的主要部分。(歌词大量采用魏三祖作品,说明这种情况大约在曹魏时已经奠定。)《宋书·律历志》(上)记载:西晋泰始十年,中书监荀勖等领导校正笛律后,"令郝生鼓筝,宋同吹笛,以为杂引、相和诸曲"。这里不提管弦乐曲中主要部分的清商三调,恐怕即因相和一名从广义上看可以包含清商三调在内。傅玄《琵琶赋》云:"启飞龙之秘引兮,逞奇妙于清商。"(《初学记》卷一六)这里在提了属相和引之《飞龙引》后不提相和而提清商,固然是由于赋体押韵脚的需要,同时也显示了当时清商三调的重要地位。《宋书·律历志》提相和,傅玄赋提清商,实际都是指相和歌。

三、从《乐府古题要解》的记载看

《乐府古题要解》是有关乐府诗的一部重要著作,《乐府诗集》引用其文颇多。书中把乐府诗分为近十类,首列相和歌,解说尤为详细。《要解》列相和歌凡二十七曲,自《江南》至《陌上桑》十曲为《宋书·乐志》之相和曲,自《短歌行》至《白头吟》十七曲为《宋书·乐志》的清商三调曲。其曲名大致与《宋志》相同而略有出入,看来是根据《宋志》参考他书写成。《要解》在分别解说相和各曲之后,又总叙云:

　　以上乐府相和歌。案相和而歌,并汉世街陌讴谣之词。丝竹更相和,执节者歌之。本一部,魏明帝分为二部,更递夜宿。

　　本十七曲,后为十三曲。今所载之外,复有《气出唱》、《精列》、《东光引》等三篇。自《短歌行》以下,晋荀勖采择旧词施用,以代汉魏,故其数广焉。

　　这段文字基本上是根据《宋志》改写而成的。这里明确地把《短歌行》以下的十多曲,即荀勖采择旧词施用的清商三调归入相和歌。梁启超曾经推论:"郑樵读《宋志》时,似将'清商三调荀勖撰'一行滑眼漏掉,漫然把《宋书》卷二一所录诸歌,全都归入相和。"但《要解》的作者吴兢,是唐代前期人,他已经明确把清商三调曲归入相和歌。他在解说中还提到"荀勖采择旧词施用",当然不可能把《宋志》"清商三调荀勖撰"那一行滑眼漏掉,后来《通志·乐略》即袭用其文,可见梁氏对郑樵的指责是没有道理的。

　　那末,吴兢有没有可能误会《宋志》的记载,从而误把清商三调归入相和歌呢? 我认为不可能。吴兢是唐代著名历史学家,学问赅博,著述丰富,所著今存者除《要解》外,尚有《贞观政要》。在乐府方面,他尚编纂《古乐府》十卷,"杂采汉魏以来古乐府词"(晁公武《郡斋读书志》),惜已亡佚。我们很难设想这样一位对乐府诗下过功夫的编者,会对相和歌与清商三调关系这一重要问题会搞错。在唐代前期,六朝及隋代流传下来的有关乐府专书还有不少,据《隋书·经籍志》记载,经部乐类有《古今乐录》、《乐书》、《管弦记》、《正声伎杂等曲簿》、《歌曲名》等多种,集部总集类有《乐府歌辞钞》、《歌录》、《古歌录钞》、《晋歌章》、《吴声歌辞曲》等多种。吴兢任职朝廷,当有机会看到这类专书。他的《古乐府》和《要解》两书,除依据《宋书·乐志》外,必然还参考了其他一些乐府专书。这一点也可以帮助说明他把清商三调归入相和歌,当有较坚实的材料基础。

　　《四库全书总目提要》曾经怀疑吴兢《要解》原书已佚,今本乃元人捃拾《乐府诗集》引文而成。考唐王叡《炙毂子杂录·序乐府篇》引此书(见涵芬楼本《说郛》卷四三、陶珽本《说郛》卷二三),内容与今本相同(叙录相和歌的一段也同),《提要》之说不可信。因此,吴兢把清商三调归入相和歌这一点,也是毋庸置疑的。

四、从《乐府诗集》的记载看

《乐府诗集》的编者郭茂倩,事迹不大清楚,主要生活在北宋后期。陆心源《仪顾堂续跋》云:"茂倩字德粲,东平人,通音律,善篆隶,元丰七年河南府法曹参军。"(胡玉缙《四库全书总目提要补正》卷五六引)神宗元丰七年为公元 1084 年,假定那年茂倩为二十五岁,那比生于徽宗崇宁二年(1103)的郑樵要大四十岁左右。郑樵撰《通志》时,估计郭氏的《乐府诗集》当已经编成了。

《乐府诗集》是搜集乐府诗材料最为详备、考核精审的一部总集。上文已经引用了该书的一些记载,这里拟分析一下《乐府诗集》关于相和歌辞的分类,主要依据哪些史料。在这方面,《乐府诗集》主要引用了《古今乐录》一书。《古今乐录》十二卷,南朝陈释智匠撰,记载自汉迄陈的各类乐曲,对清乐系统的相和歌、清商曲叙录甚详,《乐府诗集》采录其文甚多。关于相和歌的体制、类别、曲名、流传情况等,《乐录》大都征引晋荀勖《荀氏录》、刘宋张永《元嘉正声技录》、萧齐王僧虔《大明三年宴乐技录》,这三部著作唐代已失传*。按《宋书·乐志》著录相和曲、清商三调,本之荀勖著述①,《乐录》除采《荀氏录》外,更多地引用张永、王僧虔两书所载刘宋前中期关于相和歌的记录,较荀勖所记西晋初年情况又有变化和发展。智匠在《乐录》中所保存的这部分材料,与《宋书·乐志》所保存的荀勖传下来的记载,都是研究相和歌的头等资料,应给予充分的注意。

---

　　*　编者按:张、王二录,《隋书·经籍志》作"伎录",《乐府诗集》作"技录"。伎、技通假。本书亦伎、技两出,凡引用《乐府诗集》时,多作"技"字。特此说明。
　　①　荀勖所编除《荀氏录》外,尚有《晋谱乐歌辞》十卷,见《隋唐·经籍志》,《太乐杂歌词》三卷,见《旧唐书·经籍志》,今均不传。

　　《乐府诗集》把相和歌辞分为十小类：相和六引、相和曲、吟叹曲、四弦曲、平调曲、清调曲、瑟调曲、楚调曲、侧调曲、大曲。其中侧调曲一种没有曲辞，故实际仅为九类。其各类题解，据《古今乐录》转引各书情况来看，实以张永、王僧虔两种《技录》为主。九类中，有八类引用张永《技录》，五类引用王僧虔《技录》，三类引用《荀氏录》，两类引用《宋书·乐志》。《乐府诗集》卷二六相和歌辞题解有云：

　　　　大曲十五曲，沈约（指《宋书·乐志》）并列于瑟调。今依张永《元嘉正声技录》分于诸调，又别叙大曲于其后。……其曲调先后，亦准《技录》为次云。

今检《乐府诗集》所录瑟调中的大曲，次序确与《宋书·乐志》不同。不仅瑟调曲，清调曲的次序，与《宋志》亦有所不同。《乐府诗集》卷三〇四弦曲题解引《古今乐录》云：

　　　　张永《元嘉技录》有四弦一曲，《蜀国四弦》是也。居相和之末，三调之首。

今检《乐府诗集》，四弦曲位置确在相和六引、相和曲、吟叹曲等诸类相和歌之后，平调曲等清商三调之前。据此，我认为《乐府诗集》所录相和歌各乐曲及其次序，相和歌各小类的次序，大致上都是根据张永《技录》而著录的（王僧虔《技录》关于这些情况的记载大抵接近张永《技录》）。张永、王僧虔两种《技录》，原书宋时虽已不存，但《古今乐录》引述相当详细，我们有理由相信，《乐府诗集》著录相和歌辞，其框架结构来自张永《技录》，而不是《宋书·乐志》。《宋书·乐志》和《荀氏录》所载系西晋宴乐所奏曲，类别又较少，不能全面反映南朝前期演唱相和歌的实际情况。我们还可以进一步认为，《乐府诗集》把清商三调曲归入相和歌,是根据《古今乐录》转引张永、王僧虔《技录》的记载,反映了魏晋以迄南朝人们对于相和歌分类的看法。清商三调和相和歌二者之间,是隶属关系还是并列关系,我想张永、王僧虔、智匠他们是不会搞错的。

五、从《通志·乐略》的记载看

郑樵《通志·乐略》(一)著录了不少相和歌辞的篇目,计有相和歌三十曲、相和歌吟叹曲四曲、相和歌四弦一曲、相和歌平调七曲、相和歌清调六曲、相和歌瑟调三十八曲、相和歌楚调十曲、大曲十五曲,共计八类,类别大致与《乐府诗集》相同,只是少了相和六引、侧调曲两类,其所根据的则是《宋书·乐志》、张永《技录》、王僧虔《技录》、吴兢《要解》诸书。其中相和歌三十曲,大抵采用吴兢《要解》,后面的说明,也基本上沿袭《要解》之文,稍有增饰,并保存了《要解》"自《短歌行》以下,晋荀勖采择旧词施用,以代汉魏"等数语,可见不存在梁启超所指责的错读《宋书·乐志》的问题。

《通志·乐略》于吟叹曲、平调各类上,均冠以"相和歌"三字,梁启超指责这是郑樵的编造。按《乐府诗集》相和歌辞题解云:

> 《唐书·乐志》曰:"平调、清调、瑟调,皆周房中曲之遗声,汉世谓之三调。"又有楚调、侧调……与前三调总谓之相和调。……后魏孝文、宣武,用师淮汉,收其所获南音,谓之清商乐,相和诸曲,亦皆在焉。所谓清商正声,相和五调伎也。

一则曰"相和调",再则曰"相和五调伎",均把清商三调归入相和歌之内。郭茂倩言之如此凿凿,且与上引郑樵"相和歌平调"等提法相合。他用了"谓之"、"所谓"等字样,说明"相和五调伎"等是当时的一种习惯称呼,并非出自他的杜撰。逯钦立先生认为《通志·乐略》"相和歌平调"等名系沿自王僧虔《技录》,看来是很可能的。郑樵的年代如上所述,略晚于郭茂倩,他是否看到《乐府诗集》,难以断定。郭、郑两人都把清商三调归入相和歌,当是由于两人都是根据张永、王僧虔、吴兢诸人的记载。《隋书·经籍志》集部总集类有《三调相和歌辞》五卷,审其书名,三调当为相和的一部分。三调时代晚于相和旧歌,如为两类,当题为《相和三调歌辞》。

综上所述,我认为清商三调与相和曲同是以丝竹伴奏、比较轻松通俗的乐曲,三调是汉代相和旧歌孳生出来的新的曲调,但仍属于相和歌范围。吴兢、郭茂倩、郑樵等把清商三调归入相和歌,主要是根据南朝张永、王僧虔、智匠诸家著作的记载;这些记载产生时代较早,而且提法一致,应当是可信的。《宋书·乐志》并没有把清商三调与相和歌视为并列的两个类别,郑樵诸人也并没有误会《宋书·乐志》。

二　清商曲的产生与发展

曹魏西晋时代,清商曲指清商三调;到六朝时代,清商曲又兼指吴声歌曲、西曲歌等南方新兴乐曲。《乐府诗集》把清商三调归入相和歌辞,清商曲辞则专收吴声歌曲、西曲歌等南方新声。这里容易使人产生疑问:为什么名为清商三调的曲调反而不归入清商曲辞呢?是不是郭茂倩他们把相和、清商二者混淆了?曹道衡同志的文章,在后面部分论述了清商曲有一个发展过程,清商曲的范围在六朝有所扩大,并且纠正了孙楷第先生《清商曲小史》(载《文学研究》1957年第一期)一文的某些不正确见解,这是很中肯的。我过去写过《清乐考略》一文(见本书中编),对清商乐的历史发展作了考辨与介绍。这里拟再作一些扼要的论述,以期有助于理解清商曲和相和歌的关系。

清商作为一种音乐名称,在先秦时代早已出现,其声调的特点是清越哀伤。相传师涓曾为晋平公奏过悲哀的清商新声(见《韩非子·十过》);宁戚干谒齐桓公时,"击牛角而疾商歌"(《淮南子·道应》),

这悲哀的商歌曲蔡邕《释诲》称为"清商之歌"。到东汉中后期,清商曲在社会上已经广泛流行,故文人作品中常有提及,如:张衡《西京赋》:"嚼清商而却转,增婵娟以此豸。"(薛综注:"清商,郑音。")仲长统《乐志诗序》:"弹南风之雅操,发清商之妙曲。"《古诗》:"清商随风发,中曲正徘徊。"(《十九首》之一)《古诗》:"欲展清商曲,念子不能归。"(旧题苏武诗。《十九首》和旧题苏李诗现代学者一般认为产生于东汉。)《古歌》:"主人前进酒,弹瑟为清商。"被薛综目为郑卫之音的清商俗曲,因其声调哀婉动人,赢得社会各界的广泛喜爱。但此时期的清商曲,大约重声不重辞(《通志·乐略》所谓"但尚其音"),故蔡邕云:"清商曲,其词不足采著,其曲名有《出郭西门》、《陆地行车》、《夹钟》、《朱堂寝》、《奉法》等五曲。"(吴兢《乐府古题要解》引)

到曹操、曹丕时代,清商三调得到进一步重视,大规模进入朝廷宴乐。曹魏三祖亲自制作了不少篇章以配合清商三调,同时还利用了一部分相和旧歌配合清商曲。从此清商曲声辞俱重,而且大约因为音调更美妙动听,其中的大曲因容量增大,内容更为丰富,因而在宫廷娱乐性音乐中占据主要地位。曹操等除制清商三调歌词外,也不废汉代相和旧歌,还制作了一部分相和曲的歌词。这些歌词,大致上被两晋和南朝宋、齐宫廷所沿用。所以南齐王僧虔有"今之清商,实由铜雀,魏氏三祖,风流可怀"之语。

清商三调在曹魏以后并没有新的发展。西晋初年,荀勖虽然调整了乐律,但没有制作新词。文人像陆机和以后谢灵运等虽然写了不少清商三调歌词,但都是案头之作,并不合乐。这种现象说明清商三调等相和歌在两晋南朝是停滞不前了。这样,在东晋和南朝,清商三调等的地位,遂逐渐被吴声歌曲、西曲歌等新兴的清商曲所代替。

《乐府诗集》把六朝的清商曲辞分为六类:吴声歌曲、神弦歌、西曲歌、江南弄、上云乐、雅歌。其中以吴声歌曲、西曲歌两类作品最多,也最重要。吴声、西曲等成为清商新声,从音乐文学史的发展看,有其合理性和必然性。吴声、西曲原为出自民间的歌谣,性质生动活泼,统治阶级为了满足娱乐的需要,当他们对陈旧的清商三调等感到不满足,自然要采撷南方的新声来加以替代。六朝偏安江南,建都建康(今江苏南京市),自然更容易吸收这一带的歌谣。六朝贵族文人一方面采取民歌入乐,一方面模仿民歌自制歌曲,情况也与汉魏相和歌相似。吴声、西曲等曲调使用的也是管弦乐器,据《乐府诗集》等记载,可考知情况如下:

吴声歌曲,"旧器有篪、箜篌、琵琶,今有笙、筝"(《乐府诗集》卷四四引《古今乐录》)。

神弦歌,乐器名目,《乐府诗集》不载。按神弦歌与吴声均产生于吴地,其乐器大致当同于吴声。《乐府诗集》(卷四七)即把《神弦歌》置诸吴声歌曲末尾。神弦一名即取弦歌以娱神之意。

江南弄,《乐府诗集》不载乐器名目。按梁武帝、沈约所作各曲中,有《龙笛曲》、《凤笙曲》、《赵瑟曲》、《秦筝曲》等,可知其使用管弦乐器。

其他西曲歌、上云乐、雅歌三类,虽无明确记载,情况当大致相近。因此,吴声、西曲等与相和歌一样,也是丝竹更相和的通俗性乐曲。

更有值得注意的一点,即清商曲常由妇女来歌唱。上引张衡《西京赋》"嚼清商"云云,其演唱者为妇女。曹魏清商三调兴盛,遂设有清商专署管理此种女乐。《魏志·齐王芳纪》裴注引《魏书》:"(齐王芳)每见九亲妇女有美色,或留以付清商。"下文还提到清商令令狐景、清商丞庞熙。《资治通鉴》卷一三四《宋纪》升明二年胡注:"魏太祖起铜爵台于邺,自作乐府,被于管弦。后遂置清商令以掌之,属光禄勋。"曹操在《遗令》中曰:"吾婢妾与伎人皆勤苦,使着铜雀台,善待之。……月旦十五日,自朝至午,辄向帐中作伎乐。"这里伎人与婢妾连称,当指女伎。这种制度为后代所沿袭。晋代光禄勋属官仍有清商署。宋齐两代一度并清商于太乐署。但宋代女官中仍设有清商帅一职，见《宋书·后妃传》（此点曹道衡同志文中曾经指出）。到梁陈时代，太乐令下又设清商署丞①。六朝吴声、西曲以至江南弄等清商曲辞，绝大部分用女子的口吻来抒发和描写，这样由女伎歌唱时，更觉身份贴切，富有真实感。清商曲由具有美色的女伎歌唱，内容又多述男女之情（六朝清商曲更是如此），因此它能够较充分地满足当时贵族阶层声色享受的需要。据史籍记载，六朝不少贵族阶层人士，都是家中拥有歌唱清商曲的女伎，他们对吴声、西曲的爱好，几乎到了疯狂的程度。如《石城乐》的作者臧质，富贵后常设伎乐。后来举兵失败，危难之际，对伎乐仍恋恋不舍，"至寻阳，焚烧府舍，载伎妾西奔"（《宋书·臧质传》）。皇帝还用清商女乐赏赐臣下。梁武帝某次曾"算择后宫吴声、西曲女妓各一部，并华少"，送给大臣徐勉（见《南史·徐勉传》）。吴声、西曲等继承了过去清商三调的传统，都是以丝竹伴奏的娱乐性乐曲，又都是女乐，由清商乐署掌管，理应称为清商乐。孙楷第先生《清商曲小史》认为清商曲仅指清商三调，吴声、西曲等不能称为清商曲，这是讲不通的。曹道衡同志从清商乐的发展、清商署管辖范围的扩大来说明吴声、西曲应属清商曲，我同意这种看法。

　　吴声、西曲等清商新声的兴起和发展，也有一个历史过程。五言四句体的南方吴歌，产生时代当很早。孙皓投降晋朝后，晋武帝因听到南方《尔汝歌》之名，曾要孙皓唱给他听。但西晋到东晋初年，以吴歌制成乐曲者还很少。仅有石崇的爱妾绿珠，作了一首《懊侬歌》"丝布涩难缝"篇。到东晋初年，则有吴兴人车骑将军沈充，以土著身份制作了《前溪》舞曲。东晋后期，吴声歌曲大有发展。著名的《子夜

────────────

　　① 　参考拙作《汉魏两晋南北朝乐府官署沿革考略》一文。编者按：此文收入《乐府诗述论》中编。

歌》由民间歌谣演为乐曲。贵族文人所作,有孙绰的《碧玉歌》、王献之的《桃叶歌》、王珉的《白团扇歌》、王廞的《长史变歌》等。《世说新语·言语》载:"桓玄问羊孚:何以共重吴声?羊曰:以其妖而浮。"说明东晋后期,吴声歌曲已经在社会上广泛流行,受到人们的普遍喜爱。吴声歌曲的制作和流行,在此时已进入高潮。《晋书·乐志》(下)云:"吴歌杂曲,并出江南,东晋以来,稍有增广。"接着介绍了《子夜》、《凤将雏》、《前溪》、《阿子》、《欢闻》、《团扇》、《懊侬》、《长史变》等歌曲,并小结道:"凡此诸曲,始皆徒歌,既而被之管弦。"(《晋书·乐志》上引文字,大致本于早于它的《宋书·乐志》。)说明这些吴声歌曲在东晋时都已配合丝竹,进入乐府。

南朝宋齐是清商新声的第二个高潮阶段。这时期除继续产生《丁督护歌》、《华山畿》、《读曲歌》等吴声歌外,兴起于长江中游地区的西曲歌大为发展,有臧质的《石城乐》、刘义庆的《乌夜啼》、刘铄的《寿阳乐》、刘诞的《襄阳乐》、沈攸之的《西乌夜飞》、齐武帝的《估客乐》、无名氏的《杨叛儿》等等。据《宋书·乐志》,《襄阳》、《寿阳》、《西乌夜飞》诸歌曲,"并列于乐官"。

由于吴声、西曲的大量制作和广泛流行,汉魏相和旧歌逐渐衰落。这种现象在刘宋时期已经表现得非常明显。爱好古乐的王僧虔于宋末顺帝昇明二年上表朝廷说:"今之清商,实由铜雀。魏氏三祖,风流可怀。京洛相高,江左弥重。……而情变听改,稍复零落,十数年间,亡者将半。自顷家竞新哇,人尚谣俗,务在嬺危,不顾律纪,流宕无涯,未知所极,排斥典正,崇长烦淫。"(《宋书·乐志》一)王僧虔指出当时汉魏相和旧曲已是"亡者将半"。他指斥的烦淫的新哇,即指吴声、西曲。这一评价也与《宋书·乐志》批评《襄阳乐》等"歌词多淫哇不典正"语相合。王僧虔在表中请朝廷命令乐官"缉理旧声","凡所遗漏,悉使补拾"。这一建议得到当时掌权者萧道成(后为齐高帝)的支持,"使侍中萧惠基调正清商音律"(《南史·王僧虔传》)。这种努力并未奏效。据《古今乐录》记载，王僧虔《大明三年宴乐技录》所载的瑟调三十曲，到智匠编《古今乐录》的陈代，又有半数光景不歌（歌谱虽存而无人歌唱）、不传（歌谱不传）了。这说明相和旧歌虽然得到朝廷的支持，仍然不能与清商新声竞争。人们喜新厌旧的艺术爱好是难以用行政措施来改变的。萧惠基酷嗜相和旧歌，史称他"尤好魏三祖曲及相和歌，每奏辄赏悦，不能已也"（《南齐书·萧惠基传》）。这条材料，曹道衡同志认为"魏三祖曲"即指清商三调，也可证明清商三调与相和歌是两类，故两名中用"及"字连接。我认为三祖曲可能兼指曹操他们所作的清商三调和相和曲歌词。《宋书·乐志》著录的相和十三曲中，即有曹操、曹丕的歌词九首，比重相当大。下文相和歌则指相和歌古辞。纵使退一步，把魏三祖曲理解为三祖制作的清商三调曲，也仍然可以把清商三调理解为从汉代相和歌孳生出来，但仍然属于相和歌范围。此点上文已有较详细的论证。

梁陈两朝是清商新声的转变时代。梁武帝作有《江南弄》、《上云乐》等，陈后主作了若干吴声歌曲，今存有《玉树后庭花》。后来隋炀帝又追踪陈后主，写吴声《春江花月夜》、《泛龙舟》等。他们的作品数量均不多，但语言轻艳，句式也多杂言和七言，与原来南方民歌的风貌距离较远，标志着六朝清商曲的进一步文人化。到了唐代，新音乐燕乐兴起，清商新声遂和汉魏相和旧歌一齐趋于衰亡。

汉魏时代用于宴乐的通俗性乐曲，主要是相和歌（包括清商三调）和杂舞曲两个部分，到六朝时又加入了吴声、西曲等清商新声。这三部分乐曲，相和歌和清商新声两部分，不但数量多，而且渊源于民间歌谣，风格轻松活泼，都用管弦乐器伴奏，声音清越动听，更赢得广大人士的爱好，成为两个历史时期人们欣赏通俗音乐的主要对象。这三部分乐曲，曹魏以来大致由掌俗乐的清商署管辖，所以从北魏到隋唐，把它们统称清乐。清商三调和吴声、西曲等虽然都可称为清商曲，但二者产生时代前后不同，风格也有区别。《乐府诗集》把清乐歌辞分为相和歌辞、清商曲辞、杂舞曲辞三大类,是相当合理的。这种分类,其依据是魏晋以迄南朝人的有关记载和著录,符合于汉魏六朝乐府诗的实际情况,所以也与吴兢、郑樵的分类基本吻合。

(1988 年作,原载《文史》第三十四辑,
中华书局 1992 年 4 月出版)

读汉乐府相和、杂曲札记

汉乐府相和歌辞、杂曲歌辞两类歌辞中,保存了一部分民间作品,后来文人拟作,风格大抵亦与民歌接近。唐宋以来学者,往往把它们和《诗经》的"国风"相比,认作乐府中的风诗。宋郑樵《通志·乐略》、清朱嘉徵《乐府广序》,均是如此。现代学者黄节《汉魏乐府风笺》一书,注释详备,所收即为汉魏两代的相和、杂曲歌辞。我在四十年代末至五十年代前中期,曾致力于汉魏六朝乐府诗的研讨,于汉乐府,重点放在相和、杂曲方面。当时作有《说黄门鼓吹乐》、《汉代的俗乐和民歌》等文,均已收入本书中编。其后改治唐代文学和中国文学批评史,于乐府遂少论述。回首五十年代研治乐府,已近四十年,诚有光阴荏苒、人垂垂老矣之慨。近时董理旧稿,发现读汉乐府札记数则,不忍割弃,遂益以新知,撰成此文。虽不免琐碎之讥,然于喜爱汉乐府者或可提供一得之见也。

一 《薤露》、《蒿里》

《薤露》、《蒿里》二曲,亦称《挽歌》,属相和歌辞中的相和曲。后汉崔豹《古今注》介绍二曲道:

> 《薤露》、《蒿里》,并丧歌也。本出田横门人。横自杀,门人伤之,为作悲歌。言人命奄忽,如薤上之露,易晞灭也。亦

谓人死魂魄归于蒿里。至汉武帝时,李延年分为二曲,《薤露》
送王公贵人,《蒿里》送士大夫庶人。使挽柩者歌之,亦谓之
《挽歌》。

《乐府诗集》卷二七《薤露》曲题解引《左传》及杜预注,谓丧歌春秋时
已有,不始于田横门人。丧歌或挽歌始于何时,这里不去深究。《薤
露》、《蒿里》二曲,《乐府诗集》题作古辞,恐不一定出自田横门人,但
它们是汉代作品,则应无可疑。

《薤露》、《蒿里》二曲歌辞云:

薤上露,何易晞。露晞明朝更复落,人死一去何时归?

蒿里谁家地,聚敛魂魄无贤愚。鬼伯一何相催促,人命不得
少踟蹰。

这里有一现象引起人们的疑惑,即汉魏时代的七言诗大抵都是句句
用韵,此处二曲却出现了七言隔句用韵的现象。汉魏时代的七言诗,
如乌孙公主《悲愁歌》、张衡《四愁诗》、曹丕《燕歌行》以及相传为汉武
帝等所作的《柏梁台诗》,都是句句用韵。汉代有不少七言杂歌谣,以
品评人物为内容,也都是句句用韵。汉郊祀歌中有少数七言句,也是
句句用韵。此外,汉代的应用性七言韵语,如史游《急就篇》以及不少
镜铭等,也都是句句用韵①。七言诗句句用韵的现象,至晋代犹然。
舞曲《白纻歌》、陆机《百年歌》十首便是例证。隔句用韵的七言诗,到
南朝鲍照等诗人手里,方才多起来。而《薤露》、《蒿里》二曲的后两句
七言,都出现了隔句用韵的情况。这在汉魏七言诗歌中确属罕见,令

---

① 参考罗根泽《七言诗之起源及其成熟》一文,收入《罗根泽古典文学论
文集》。

人疑惑。

考《薤露》曲第三句末"落"字，《顾氏文房小说》本《古今注》（据宋本）作"滋"字，"滋"字和"晞"、"归"字协韵。"滋"、"落"形近，颇疑原作"滋"字，"落"字为后人所改。又首句，有些本子引文"露"字上有"朝"字或"零"字（参考逯钦立《全汉诗》卷九），这样全诗就成为三句句句用韵的七言诗了。《蒿里》曲第三句之"促"字，和"趣"、"趋"相通。如《史记·项羽本纪》："数使使趣齐兵。"《汉书·食货志》："驰传督趋。""趣"、"趋"均读如"促"。黄节《汉魏乐府风笺》说："促与趣同，或作趋。趋在虞韵。"又说："促在沃韵。《中原音韵》以沃为虞之入。"《蒿里曲》的"促"字，当读为"趋"，正和上下文的"愚"、"躅"字协韵。如果上面的考辨成立，那么《薤露》、《蒿里》二曲，仍旧不背于汉代七言诗句句用韵的通例。

汉魏以至晋代，人们因为七言诗句较之三言、四言、五言诗句字数和节拍增加，认为七言一句相当于三言、四言、五言的两句，因而三言、四言、五言句都是两句用韵，而七言句却须句句用韵。在乐府中，四言、五言诗都以四句为一解（一章），而七言诗则以两句为一解。这种区别，从《宋书·乐志》可以看得很清楚。例如缪袭《魏鼓吹曲·旧邦篇》、韦昭《吴鼓吹曲·克皖城篇》，《宋书·乐志》均把两篇的七言诗句分成上四下三两截。又如曹丕七言诗《燕歌行》的"秋风"、"别日"两篇，除两篇末解各为三句、"别日"篇第五解为四句外，其馀各解都是每解二句。基于此，所以汉魏两晋时代，七言诗都要句句用韵。关于这一问题，我在《七言诗形式的发展和完成》一文（见本书中编）中有较详论述，这里不赘。了解了这种情况，那么，对于《蒿里曲》首句五言句不用韵，而后三个七言句句句用韵的现象，也就不难理解了。这种一篇中七言句句句用韵、其他句式隔句用韵的情况，还见于其他篇章。如汉郊祀歌中的《景星》章，前面十二句为四言，均隔句用韵；后面十二句为七言，均句句用韵。

二 《鸡 鸣》

《鸡鸣》属相和歌辞中的相和曲。篇中有云:"兄弟四五人,皆为侍中郎。五日一时来,观者满路傍。"又相和曲《陌上桑》有云:"十五府小史,二十朝大夫。三十侍中郎,四十专城居。"又清调曲《相逢行》有云:"兄弟两三人,中子为侍郎。五日一来归,道上自生光。"《相逢行》亦见《玉台新咏》卷一,纪容舒《玉台新咏考异》,"中子为侍郎"作"中子侍中郎"。上引《鸡鸣》、《相逢行》两例语意相近,可见侍中郎为显贵之官职,为观者所艳羡。据上引,相和歌辞中计有《鸡鸣》、《陌上桑》、《相逢行》三篇提到侍中郎。

侍中郎是什么官呢? 汉制,侍中是一种加官,因任职者在宫廷中侍奉皇帝,故名侍中。《汉书·百官公卿表》曰:

> 奉车都尉掌御乘舆车,驸马都尉掌驸马,皆武帝初置,秩比二千石。侍中、左右曹诸吏、散骑、中常侍,皆加官。所加或列侯、将军、卿大夫、将、都尉、尚书、太医、太官令至郎中,亡员,多至数十人。侍中、中常侍得入禁中。

颜师古注引应劭释"侍中"曰:"入侍天子,故曰侍中。"乐府诗所谓侍中郎,是以郎官加侍中之意。为侍中者得进入宫禁,特为皇帝所亲近,故乐府诗中屡有提及,誉为美职。又侍中没有定额,可"多至数十人",所以《鸡鸣》篇说兄弟四五人同时皆为侍中郎了。又《后汉书·百官志》(三)曰:

> 侍中,比二千石。本注曰:无员。掌侍左右,赞导众事,顾问应对。法驾出,则多识者一人参乘,馀皆骑在乘舆车后。

可见后汉时侍中仍是亲近皇帝的官职。至南朝、唐代,侍中成为宰相之职,遂与汉制不同。

西汉时,皇帝对所亲幸的近臣,常加侍中官。据《汉书·佞幸传》记载,如成帝时的淳于长,"帝嘉长义,拜为列校尉诸曹,迁水衡都尉侍中",是说以水衡都尉加侍中官。又如哀帝时的董贤,"贤宠爱日甚,为驸马都尉侍中。出则参乘,入御左右,旬月间赏赐累巨万,贵震朝廷"。这里董贤是以驸马都尉加官侍中。《汉书·张汤传》载,汉成帝时,张放"为侍中、中郎将,监平乐屯兵","与上卧起,宠爱殊绝"。《汉书·佞幸传序》又曰:"孝惠时,郎侍中皆冠鵔鸃,贝带,傅脂粉。"这里所谓"郎侍中",是以郎官加侍中之意,与乐府诗中的"侍中郎"同义。《汉书·百官公卿表》记郎官曰:"郎掌守门户,出充车骑,有议郎、中郎、侍郎、郎中,皆无员,多至千人。"为侍中者因经常侍奉皇帝,不能常回家。《汉书·佞幸传》载董贤殷勤服侍哀帝,洗沐假日也不肯回家,哀帝遂下诏允许董贤妻"通引籍殿中,止贤庐"。乐府诗说为侍中者"五日一来归",也是表明侍中平时常止宿宫中。

三　《乌　生》

《乌生》属相和歌辞中的相和曲。篇中之"南山",指终南山,在长安城南,古时常简称南山。《汉书·东方朔传》载东方朔曰:"终南山,天下之大阻也。"又上林苑亦在长安。萧涤非《汉魏六朝乐府文学史》曰:"又篇中言及上林苑,上林苑当景、武之世,多养白鹿狡兔,为游猎之地,并足为作于西京(长安)之证。"由地名推测此篇当产生于西汉,大致可信。

此篇在句式上有一明显特点,即颇多七字以上的长句,依其在篇中出现先后次序,有"秦氏家有游遨荡子,工用睢阳强苏合弹"、"乌死魂魄飞扬上天"、"白鹿乃在上林西苑中,射工尚复得白鹿脯"、"后宫尚复得烹煮之"、"鲤鱼乃在洛水深渊中"、"人民生各各有寿命,死生何须复道前后",共计八言句七句、九言句二句,出现的频率相当高。这种句子,不但句式较长,而且语调比较散文化。此种长句,在汉乐府相和歌辞其他篇章中也有少数例子,如《董逃行》之"但见芝草叶落纷纷"、"玉兔长跪捣药虾蟆丸",《妇病行》之"不知泪下一何翩翩"、"见孤儿啼索其母抱"等,而在《乌生》篇中出现最多。

此种长句,由于句式曼长和语调自由接近散文,便于抒发豪迈之情感,对后代乐府诗和七言歌行颇有影响。在南朝可以鲍照为代表,他的《拟行路难》十八首中,长句数见,有"洛阳名工铸为金博山"、"念此死生变化非常理"、"闺中婥居独宿有贞名"、"男儿生世辗轲欲何道"等九言句,其格调显然从汉乐府承袭变化而来。(其中可能也受楚辞长句影响,但究以汉乐府影响为主。)《拟行路难》中复有"奉君金卮之美酒,玳瑁玉匣之雕琴"、"外发龙鳞之丹彩,内含麝芬之紫烟"等,虽为七言句,但语气直贯,流走近似散文,也可见接受上述汉乐府长句之启迪。

唐代七言歌行也屡见此种长句,而以李白诗中尤为多见。其突出者如《蜀道难》:"蜀道之难难于上青天!……然后天梯石栈相钩连。上有六龙回日之高标,下有冲波逆折之回川。黄鹤之飞尚不得过。……"又如《江夏赠韦南陵冰》:"不然鸣箫按鼓戏沧流,呼取江南女儿歌棹讴。我且为君捶碎黄鹤楼,君亦为吾倒却鹦鹉洲。"句调奔放跌荡,也明显可见上述汉乐府长句的影响。同时杜甫《桃竹杖引赠章留后》有云:"慎勿见水踊跃学变化为龙,使我不得尔之扶持,灭迹于君山湖上之青峰。噫,风尘澒洞兮豺虎咬人,忽失双杖兮吾将曷从?"又《短歌行赠王郎司直》云:"王郎酒酣拔剑斫地歌莫哀,我能拔尔抑塞磊落之奇才。"但杜诗中此种长句不及李诗为多。李白擅长乐府诗和歌行,他精通汉魏六朝乐府诗,曾向当时后辈韦渠牟传授"古乐府之学"(《唐诗纪事》卷四八)。他接受汉乐府长句的启迪,写出不少豪迈奔放的诗句,是可以理解的。殷璠《河岳英灵集》称李白为人"不拘检",文章"率皆纵逸。至如《蜀道难》等篇,可谓奇之又奇。然自骚人以还,鲜有此体调也"。所谓"体调",自当包括句式在内。殷璠认为李白《蜀道难》等篇"奇之又奇",很中肯;但他在指出李白诗体调受骚人(楚辞作者)影响之后,却无视汉乐府特别像《乌生》一类篇章的影响,则不能不说是一种疏忽。

四　《西门行》

《西门行》属相和歌辞中的瑟调曲。《西门行》有"本辞"、"晋乐所奏"两篇,字句有所不同。晋乐所奏篇共六解。第一解有云:"出西门,步念之。"第五解有云:"自非仙人王子乔,计会寿命难与期。"所谓仙人王子乔,一般以为指周灵王太子晋,其事迹见刘向《列仙传》。但叫王乔的实不止一人,吴景旭《历代诗话》(卷二四)说:"王乔有三人,一为王子晋,二为叶令王乔,三为柏人令王乔,皆神仙也。"

我颇疑《西门行》中的王子乔,实指叶令王乔。应劭《风俗通义》卷二"叶令祠"条载:

> 俗说孝明帝时,尚书郎河东王乔,迁为叶令。乔有神术,每月朔常诣台朝。帝怪其来数而无车骑,密令太史候望。言其临至时常有双凫从南飞来,因伏伺,见凫举罗,但得一双舄耳。使尚方识视,四年中所赐尚书官属履也。每当朝时,叶门鼓不击自鸣,闻于京师。后天下一玉棺于厅事前,令臣吏试入,终不动摇。乔曰:"天帝独欲召我。"沐浴服饰寝其中,盖便立覆。宿夜葬于城东,土自成坟。县中牛皆流汗吐舌,而人无知者。号叶君祠。牧守班禄,皆先谒拜。吏民祈祷,无不如意。若有违犯,立得祸。

明帝迎取其鼓置都亭下,略无音声,但云叶。太史候望在上西门
上,遂以占星辰,省察气祥。言此令即仙人王乔者也。

以上是应劭所记叶令王乔成仙的俗说即民间传说。应劭认为这一传
说矫诬不可信,加以辩驳,这里不赘述。这一传说在后汉大约颇为流
行,故范晔《后汉书·方术列传》亦记其事,文字即取《风俗通》而成,
但末句则曰:"或云此即古仙人王子乔也。"把"仙人王乔"改为"古仙
人王子乔"。我疑《西门行》中的仙人王子乔,即指叶令王乔。《风俗
通》说太史候望在上西门上,上西门为洛阳十二城门之一。《西门行》中
有"出西门,步念之"句,西门当即指上西门。由于叶令王乔成仙的传说
流行,作歌辞者由西门联想到叶令王乔和仙人王子乔,是很自然的。

据《后汉书·方术列传》,叶令王乔即古仙人王子乔降世。古仙
人王子乔又是什么人呢? 一般认为指周灵王太子晋。刘向《列仙传》
中有《王子乔传》记其事,大意说太子晋在嵩高山上修炼三十馀年,后
乘白鹤仙去。乐府相和歌辞吟叹曲部分中有《王子乔》曲,《乐府诗
集》卷二九题解即引刘向《列仙传》,以为指太子晋。其《古辞》有云:
"王子乔,参驾白鹿云中遨。"全篇歌词中没有说王子乔即太子晋,其
所骑者乃白鹿而非白鹤。且太子名晋,不名乔。因此古仙人王子乔
是否即太子晋,亦有可疑。按后汉蔡邕有《王子乔碑》一文,记古仙人
王子乔事迹,有曰:

王孙子乔者,盖上世之真人也。闻其仙旧矣,不知兴于何
代。博问道家,或言颍川,或言产蒙,初建斯城,则有斯丘。传承
先民,曰王氏墓。绍胤不继,荒而不嗣。历载弥年,莫之能纪。
暨于永和(顺帝年号)之元年,冬十有二月……时天洪雪,下无人
径,见一大鸟迹在祭祀之处,左右咸以为神。其后有人着大冠绛
单衣,杖竹策立冢前,呼樵孺子尹永昌曰:"我王子乔也,尔勿复

取吾墓前树也。"须臾忽然不见。……乃造灵庙,以休厥
神。……其疾病尩瘵者,静躬祈福,即获祚;若不虔恪,辄颠踣。
故知至德之宅兆,实真人之先祖也。

颇疑古仙人王子乔,或即蔡邕此碑所记之王子乔。周灵王太子晋、古
仙人王子乔、叶令王乔,其活动均在河南地区,王太子、王子乔、王乔
名称相近,故容易混淆。

五 《艳歌何尝行》

《艳歌何尝行》属相和歌辞瑟调曲。据《乐府诗集》卷三九,《艳歌
何尝行》一名《飞鹄行》。此曲早期作品有无名氏《古辞》、魏文帝词两
篇。《古辞》开头云:"飞来双白鹄,乃从西北来。"此篇一名《飞鹄行》,
即从《古辞》首句而来。魏文帝词开头云:"何尝快独无忧,但当饮醇
酒,炙肥牛。"此曲名《艳歌何尝行》,即从魏文帝词首句得来。

我疑心"何尝"本作"何当","当"、"尝"形近,因而致误。何当,意
为何时,安得,表示希望之词语(参见张相《诗词曲语辞汇释》卷三)。
文帝词首二句,正是表示希望,意思说:何时能畅快无忧,过饮美酒、
吃肥牛肉的日子呢?(首句中的"快独",黄节《汉魏乐府风笺》释曰:
"快独连辞,犹快绝也。")这样第一、二句意思一气贯注,读起来很通
顺。如作"何尝",则上下句意为:我何尝畅快无忧,但我应当过饮美
酒、吃肥牛肉的好日子。文义不大通畅。文帝词第二句也有"当"字,
有人可能以此为嫌。我以为这是古体诗,上下句中用同一字是无妨
的。汉魏六朝歌词中,尚有其他作品使用"何当"一语。如《古绝句》
云:"何当大刀头,破镜飞上天。"《前溪歌》云:"花落逐水去,何当顺流
还,还亦不复鲜。""何当"都是何时之意。这一用法到唐宋诗歌中还
继承着,如李商隐《夜雨寄北》诗有"何当共剪西窗烛"句。

"当"、"尝"二字形近易误,这在古书中也多见其例。如《宋书·戴颙传》:"颙合《何尝》、《白鹄》二声以为一调,号为清旷。"《太平御览》(影宋本)卷五七七引《宋书》此文,"何尝"作"何当"。戴颙所合的《何尝》、《白鹄》二声,即是魏文帝词和古辞所配合的二曲。《晋书·潘尼传》载尼所作《乘舆箴序》曰"尝试撰而述之","尝"字《晋书》各本均误作"当",殿本作"尝",是。《后汉书·礼仪志》(中)注补:"当新始杀食曰貙膢。"王先谦《后汉书集解》引钱大昭曰:"当是尝字之讹。"均是其例。又傅玄《秦女休行》有云:"百男何当益,不如一女良。"此处"何当"按文义应作"何尝"。

傅玄有《何当行》一篇,诗共六句,云:"同声自相应,同心自相知。外合不由中,虽固终必离。管鲍不世出,结交安可为。"《乐府诗集》卷七六把它编在张衡《同声歌》之后、繁钦《定情诗》之前。据《乐府诗集》的《同声歌》题解,郭茂倩认为傅玄诗首"同声自相应"二句,"言结交相合,其义亦同",认为傅玄诗旨意和《同声歌》相通。但《同声歌》、《定情诗》都表现男女的相爱和结合,《何当行》则是讲朋友之交,题材不相类,编次在一起,殊觉不称。清朱乾已指出这问题,其《乐府正义》卷一四有曰:"《何当行》题位本宽,而《乐府解题》(实际是《乐府诗集》在引用《乐府解题》后的补充说明)拟'同声相应'句,谓与《同声歌》同义,固哉其言诗矣。"我疑傅玄《何当行》题名,系承袭魏文帝词"何当快独无忧"句而来。据前此歌辞首句中词语,另立新题,乐府中常有其例。如魏武帝《薤露曲》首句云"惟汉二十世",后来曹植、傅玄均本此作《惟汉行》。傅玄喜写乐府诗,其《惟汉行》本魏武帝诗首句,《何当行》本魏文帝诗首句,正是类似的现象。

六 《凤将雏》

《凤将雏》也是汉代相和歌的一个曲调,惜后代亡佚。

《宋书·乐志》(一)叙述东晋迄刘宋的吴声歌曲,其中有《凤将雏》,说明曰:

> 《凤将雏歌》者,旧曲也。应璩《百一诗》云:"为作《陌上桑》,反言《凤将雏》。"然则《凤将雏》其来久矣,将由讹变以至于此乎?

这里说明《凤将雏》原是旧的曲调,至江左变化而为新声。《宋书·乐志》介绍《凤将雏》,前面是《子夜歌》,后面是《前溪歌》,推测起来,《凤将雏》新声作为吴声歌曲之一,当和《子夜歌》、《前溪歌》均产生于东晋。

《宋书·乐志》(一)所谓旧曲,是指汉代旧歌曲,吴兢《乐府古题要解》卷下、《通典·乐典》(五)、《旧唐书·音乐志》(二)介绍《凤将雏》,都说是汉代旧歌曲。应璩《百一诗》言及《凤将雏》的那篇诗云:

> 汉末桓帝时,郎有马子侯。自谓识音律,请客鸣笙竽。为作《陌上桑》,反言《凤将雏》。左右伪称善,亦复自摇头。

此处明言东汉末年桓帝时已有《凤将雏》曲。旧传应璩《百一诗注》曰:

> 马子侯为人颇痴,自谓晓音律。黄门乐人更往嗤笑。子侯不知,名《陌上桑》,反言《凤将雏》,辄摇头欣喜,多赐左右钱帛,无复惭色。(张溥《汉魏六朝百三名家集·应休琏集》引)

《凤将雏》和《陌上桑》连类而及,自当属于相和歌范围。黄门乐人,是汉代宫廷中专门演唱通俗乐曲供帝皇贵族娱乐的音乐人员①。

---

① 参考拙作《说黄门鼓吹乐》。

《凤将雏》曲至后代亡佚。《通典·乐典》(六)叙述汉魏六朝清乐,"隋室以来,日益沦缺,中唐时有歌辞存者,仅三十二曲"。又"七曲有声无辞:《上林》、《凤曲》、《平调》、《清调》、《瑟调》、《平折》、《命啸》等"。《凤曲》,《旧唐书·音乐志》、《唐会要》卷三三俱作《凤雏》,即《凤将雏》曲。(《旧唐书》、《唐会要》于上文有歌辞存者之曲调中列入《凤将雏》曲,误。)可见中唐时《凤将雏》曲已有声无辞。按乐府相和歌瑟调曲《陇西行》开头云:

> 天上何所有,历历种白榆。桂树夹道生,青龙对道隅。凤凰鸣啾啾,一母将九雏。顾视世间人,为乐甚独殊。

这八句诗和下文意思不相关连,颇疑是乐工摘取《凤将雏》曲诗句以凑足《陇西行》乐声者(汉乐府相和歌中常有此种拼凑现象),志此存疑①。六朝吴声歌曲中的《凤将雏》曲,也无歌辞流传。它在当时是利用汉乐府旧辞抑是自制新辞,已不可得知。

七 《文选》、《玉台新咏》所选相和杂曲

《文选》李善注本卷二十七录乐府古辞三首,它们是:(一)《饮马长城窟行》"青青河边草"篇,属相和歌瑟调曲;(二)《伤歌行》"昭昭素月明"篇,《乐府诗集》卷六二列入杂曲歌辞;(三)《长歌行》"青青园中葵"篇,属相和歌辞平调曲。《六臣注文选》录古乐府四首,除上述三首外,尚有《君子行》"君子防未然"篇一首,位置在《饮马长城窟行》之后、《伤歌行》之前,不知李善注本何故脱去。《君子行》属相和歌平调曲。严羽《沧浪诗话·诗辨》论学诗之法有曰:"先须熟读《楚

---

① 参考余冠英《乐府歌辞的拼凑和分割》一文,收入余著《古代文学杂论》。

词》，朝夕讽咏以为之本。及读《古诗十九首》，乐府四篇，李陵、苏武、汉魏五言皆须熟读。"其所谓乐府四篇，当即指《六臣注文选》所录之古乐府四首。《文选》还选录班婕妤《怨歌行》（"新裂齐纨素"篇）一首，属乐府楚调曲。

《玉台新咏》卷一录古乐府诗六首，它们是：（一）《日出东南隅行》（即《陌上桑》）"日出东南隅"篇，属相和歌相和曲；（二）《相逢狭路间》"相逢狭路间"篇，属相和歌清调曲；（三）《陇西行》"天上何所有"篇，属相和歌瑟调曲；（四）《艳歌行》"翩翩堂前燕"篇，属相和歌瑟调曲；（五）《皑如山上雪》（即《白头吟》）"皑如山上雪"篇，属相和歌楚调曲；（六）《双白鹄》（即《艳歌何尝行》）"飞来双白鹄"篇，属相和歌瑟调曲。《玉台》还收有汉乐府有作者名的作品五篇，除班婕妤《怨诗》（即《怨歌行》）外，尚有辛延年《羽林郎》、宋子侯《董娇娆》、张衡《同声歌》各一首，均属杂曲歌辞；蔡邕《饮马长城窟行》"青青河边草"篇（《文选》作古辞），属相和歌瑟调曲。尚有无主名的《古诗为焦仲卿妻作》一首，《乐府诗集》亦收入杂曲歌辞。总计《玉台》收录汉乐府相和杂曲共计十二篇。《玉台》重视收录歌咏男女题材、语言通俗的诗歌，这方面选篇较多，自不足怪。又《文选》、《玉台》所选的汉代古诗中，有少数篇章如"驱车上东门"、"冉冉孤生竹"等，有的古籍亦称为乐府，这里不统计在内。

这里有一现象颇值得注意，即《文选》、《玉台》所选录的汉乐府相和、杂曲，其体式均为整齐的五言诗，其语言虽较通俗，但在一定程度上也显得文雅整饬。反过来看，汉乐府中一部分句式参差的篇章，其语言则显得更为俚俗，例如：

《乌生》："一丸即发中乌身，乌死魂魄飞扬上天。阿母生乌子时，乃在南山岩石间。"

《东门行》:"拔剑东门去,舍中儿母牵衣啼:他家但愿富贵,贱妾与君共铺糜。上用仓浪天故,下当用此黄口儿。今非!"

《妇病行》:"妇病连年累岁,传呼丈人前一言。当言未及得言,不知泪下一何翩翩:属累君两三孤子,莫我儿饥且寒。有过慎莫笪答。行当折摇,思复念之。"

《孤儿行》:"父母已去,兄嫂令我行贾。南到九江,东到齐与鲁。腊月来归,不敢自言苦。头多虮虱,面目多尘。"

两相比较,我们有理由推测,上述《乌生》、《东门行》等句式参差、语言更俚俗的篇章,可能更接近民歌原貌,出自民间下层或乐工之手;而像《文选》、《玉台》所选句式整齐、语言较为文雅的篇章,其有作者姓名的固不必说,其署无名氏古辞者,恐亦大抵出自文人之手。

八 相和杂曲评价的历史变迁

汉乐府相和、杂曲,在汉魏西晋时代是颇为流行的通俗歌曲,下至南朝,文人们还纷纷仿作歌辞;但这段历史时期内,崇尚雅正的人们对它们评价一直不高。

《汉书·艺文志》的《诗赋略》,在记录了许多诗歌的名目篇数后,有评论曰:"自孝武立乐府而采歌谣,于是有代、赵之讴,秦、楚之风,皆感于哀乐,缘事而发。亦可以观风俗、知厚薄云。"《汉书·艺文志》系节取刘向、刘歆父子的《七略》而成,这段评论可能也出自两刘。"感于哀乐"二句,对相和、杂曲歌辞内容分析颇中肯。接着又肯定它们具有"观风俗、知厚薄"的认识作用,但句首著一"亦"字,轻描淡写,说明对相和、杂曲实际评价恐不甚高。反观《汉书·礼乐志》,著录了郊祀歌、房中歌,但没有著录各地歌诗。《礼乐志》又述西汉俗乐之昌盛曰："内有掖廷材人,外有上林乐府,皆以郑声施于朝廷。"把乐府演唱的通俗乐曲斥为郑声,固然直接是指音乐,但可知对配乐的歌词评价也不会高。据《后汉书·蔡邕传》记载,灵帝爱好文艺,招集一批文人聚于鸿都门。蔡邕上封事给朝廷,批评鸿都门文人的文学作品,内容"熹陈方俗闾里小事",即描写下层人民的日常生活;形式上是"连偶俗语",即语言俚俗。这种内容和语言特色,在汉乐府《东门行》、《妇病行》、《孤儿行》、《焦仲卿妻》等篇章中表现得非常鲜明。由此可以看出当时高雅文人对于俚俗作品的轻视。蔡邕自己的作品,实际也受到通俗文艺影响,曾经写过相和歌《饮马长城窟行》,还写过《短人赋》、《青衣赋》等通俗小赋。但他作为一位高雅文人,对于灵帝厚待鸿都门一批通俗作家,就无法容忍了。

相和歌和清商三调,在西晋时代经过荀勖等人的整理,趋向雅化。至六朝时代,清商新声吴声歌曲、西曲歌兴起,作为通俗歌曲,取代了汉魏相和歌的地位。由沈约完成的《宋书》,其《乐志》著录了不少相和曲、清商三调歌诗,表明了对前代古乐曲的重视。但南朝的重要选家、批评家萧统、刘勰、钟嵘对相和、杂曲的评价仍低。《文选》选相和、杂曲,仅有《饮马长城窟行》等四篇,于汉无名氏《古诗》却入选十九首之多。《文心雕龙·乐府》云:"若夫艳歌婉娈,怨志诀绝[1],淫辞在曲,正响焉生!"把汉乐府中的《艳歌罗敷行》、《艳歌何尝行》、《白头吟》等一类诗篇斥为淫辞。在《乐府》篇中,刘勰把曹植、陆机两人的乐府诗,其中包括一部分依据汉乐府古题而写作的拟古乐府,称为"佳篇",鲜明地表现出他崇尚文辞华美、鄙薄俚俗的偏见。《诗品》对汉无名氏《古诗》评价极高,对其中一部分篇章特别称道,誉为"惊心

---

[1]　此句《文心雕龙》唐写本作"宛诗诀绝",赵万里《校记》:"按唐本近是。疑此文当作'怨诗诀绝',与上句相对。"又元本、两京本等《文心雕龙》"诀"亦作"诀"。《白头吟》诗中有"闻君有两意,故来相决绝"句;范文澜《文心雕龙注》认为此句内容指《白头吟》,近是。

动魄,可谓几乎一字千金"。但对汉乐府相和、杂曲却不加品第,只字不提。曹操、曹丕父子写了不少模仿相和歌的诗篇,语言也较通俗,《诗品》评曹操诗为"古直",列于下品,评曹丕诗"百许篇率皆鄙质如偶语",列入中品。这实际上间接反映了对汉乐府相和、杂曲的评价。到徐陵编《玉台新咏》,选录汉乐府《日出东南隅行》、《焦仲卿妻》等十二篇,数量较多。该书专选歌咏男女爱情题材作品,又重视通俗歌曲,在当时实属别调。南朝时代,门阀制度发达,贵族文人把持文坛,人们在文艺方面的价值趣向和审美标准,也是依据贵族文人的嗜好为转移。当时骈体文学盛行,崇尚语言华美,在内容方面则视野狭窄,作品多写身边之事,不注意下层社会的情状。在此种标准下,汉乐府相和、杂曲的评价自不会高。南朝文人也写了不少模仿汉乐府古题的诗,大抵沿着曹植、陆机的路子,注意形式的华美,内容则往往沿袭旧题,缺乏新意。

唐代,文人对汉乐府相和、杂曲的评价有了明显的变化,开始给予它们较高的评价。唐代中期,诗风从绮丽趋向质朴,文人写作乐府诗,不论是利用旧题或自制新题,都写得比较质朴刚健,真正继承了汉乐府的精神,而不像南朝文人那样,纵然写作乐府,仍追求语言的华美藻饰。李白擅长写作古题乐府,杜甫、白居易、元稹等更大力写作新题乐府。他们尽管注意继承发扬汉乐府"感于哀乐、缘事而发"的精神,努力使诗篇反映政治、社会现实,但在理论表述方面,却往往标举《诗经》而不提汉乐府。如李白《古风》论诗,推崇《诗经》的雅、颂;杜甫《同元使君舂陵行序》,赞美元结的新乐府《舂陵行》,称它有"比兴体制",能继承《诗经》的表现传统;白居易《新乐府序》,自称其《新乐府》组诗在结构上"首句标其目,卒章显其志",是继承了《诗经》的旨意。他的《与元九书》评论历代诗歌,也是竭力赞扬《诗三百篇》风雅比兴的传统而不及汉乐府。《诗经》是经书,论诗标举《诗经》传统,在当时显然更具有号召力。元稹的《乐府古题序》是一篇首先对古乐府给予较高评价的文章。他认为自《诗经》、楚辞之后，"诗之流为二十四名：赋、颂、铭、赞、文、诔、箴、诗、行、咏、吟、题、怨、叹、章、篇、操、引、谣、讴、歌、曲、词、调，皆诗人六义之馀，而作者之旨"。其中自"行"以下十六名目均和乐府有关。元稹指出它们都是《诗经》六义的流裔，能表现作者的旨意，这就给予乐府诗以相当高的评价。《乐府古题序》下面更说："除铙吹、横吹、郊祀、清商等词在《乐志》者，其馀《木兰》、《仲卿》、《四愁》、《七哀》之辈，亦未必尽播于管弦明矣。"他所谓词在史书音乐志的清商，当即指《宋书·乐志》中的清商三调歌诗，属相和歌辞。下面他又提到杂曲《焦仲卿妻》和深受汉相和歌影响的王粲《七哀诗》。他提《木兰》、《仲卿》，说明对长篇叙事乐府的重视；他提《木兰》、《四愁》，表明对乐府中七言和杂言体的重视。总之，元稹的《乐府古题序》，较鲜明地反映了唐代文人重视古乐府（其中汉乐府相和、杂曲占据重要地位）的态度。

宋人诗论，涉及汉乐府相和、杂曲者不多，但也有值得注意者。南宋何汶《竹庄诗话》一书，以选录汉魏至宋代作品为主，兼有记事、评论，是一部诗话而兼具总集性质的书。他选汉诗，除录《古诗十九首》、李陵、苏武、秦嘉、徐淑的作品外，还选了若干乐府诗，其中有班婕妤《怨歌行》、蔡琰《悲愤诗》（二首）、《古诗为焦仲卿妻作》、《飞来双白鹄》、《君子行》，还附录了《木兰古词》。其选篇融合了《文选》、《玉台新咏》两个选本的特色，打破了雅俗界线，为后代选本多录汉乐府相和、杂曲开了先河。元代陈绎曾《诗谱》评述了汉魏六朝名家名作，他在"汉郊祀歌"条下，"古诗十九首"条前，列"汉乐府"（主要指相和、杂曲）一条，评曰："真情成文，但不能中节尔。累度乃是好景。"尽管语杂褒贬，但仍表现出对相和、杂曲的重视。过去系统评诗之作如锺嵘《诗品》、皎然《诗式》，均只品评汉古诗而不及乐府，《诗谱》则不然。从《竹庄诗话》、《诗谱》两例，可以看出，在宋元时代，汉乐府相和、杂曲，在诗歌发展史上已经取得了人们不容漠视的地位。

　　到了明代，汉乐府相和、杂曲，备受文人推崇。徐祯卿《谈艺录》对汉乐府艺术盛加称道，有曰："乐府《乌生八九子》、《东门行》等篇，如淮南小山之赋，气韵绝峻，止可与孟德道之，王、刘文学，皆当袖手尔。"他还赞美《艳歌行》"翩翩堂前燕"篇"叠字极促乃佳"，批评阮瑀《驾出北郭门行》文气"太缓弱"不及题材相同的汉乐府《孤儿行》。徐祯卿从气韵峻峭的高度来赞美汉乐府相和歌的部分篇章和曹操诗，认为其成就在王粲、刘桢之上。钟嵘《诗品》摈汉乐府不评，曹操列下品，王粲、刘桢列上品，其品评标准是风骨和文采并重。徐祯卿不重视南朝文人所倾心的骈文文采，因而评价发生了很大变化。稍后王世贞《艺苑卮言》（卷二），对《焦仲卿妻》大加称赏，评曰："《孔雀东南飞》质而不俚，乱而能整，叙事如画，叙情若诉，长篇之圣也。"明代戏曲、小说等长篇叙事文学发达，并获得文人钟爱，因而对前代长篇叙事诗的价值也容易认识了。胡应麟《诗薮》于历代诗歌作了系统详细的评述，对汉乐府艺术评价极高，有曰："质而不俚，浅而能深，近而能远，天下至文，靡以过之。"（内编卷一）"矢口成言，绝无文饰，故浑朴真至，独擅古今。"（内编卷二）徐祯卿、王世贞分别属于前后七子，胡应麟也是后七子一派人物，他们主张作诗文须宗法汉魏盛唐，因而对汉乐府相和、杂曲的评价也就容易高了。唐宋以来，古文兴盛，骈体文学相对不振，人们的审美标准发生了很大变化。自汉至明，经历了千余年，语言也起了变化。昔时南朝文人认为俚俗不雅的汉乐府相和、杂曲，在明代文人看来，却是"质而不俚"的"天下至文"了。

　　清代文人，对汉乐府相和、杂曲大体也较重视。此处不拟赘述，仅说一下王士禛《古诗选》、沈德潜《古诗源》两个著名选本的选篇情况。王士禛《古诗选》卷一选录汉乐府古辞《陌上桑》、《焦仲卿妻》等八首，其"七言诗歌行钞"卷二又选《平陵东》古辞一首、《乐府》"行胡从何方"篇（杂曲）一首。《古诗源》卷三选相和、杂曲，自《箜篌引》以下共二十三篇（其中个别篇章如《淮南王篇》非汉乐府），卷四又有《焦

《仲卿妻》一首。这些选篇数量是足以说明问题的。

由上可见，汉乐府相和、杂曲作为文学作品，在汉魏六朝评价不高；在唐宋时期有了明显变化，取得了一定的历史地位；至明清则评价甚高，获得了广泛的重视和好评。其评价变化，有一个历史发展过程。"五四"以后，民间文学、通俗文学进一步受到重视，人们对汉乐府相和、杂曲也就更加注意了，这是很自然的。

九　东汉搜采风谣

萧涤非先生《汉魏六朝乐府文学史》第二编论东汉时代朝廷注意搜采民间风谣，考察官吏政绩，以此为东汉乐府采集民歌之证。其书所举东汉注意搜采民歌的记载，主要如下：

> 《后汉书·循吏列传序》："光武起于民间，颇达情伪。……广求民瘼，观纳风谣，故能内外匪懈，百姓宽息。……然建武、永平之间，吏事刻深，亟以谣言单辞，转易守长。"

> 《后汉书·刘陶传》："光和（灵帝）五年，诏公卿以谣言举刺史二千石为民蠹害者。（注云：谣言，谓听百姓风谣善恶而黜陟之也。）……由是诸坐谣言征者，悉拜议郎。"

> 《后汉书·蔡邕传》："（灵帝熹平）五年制书，议遣八使，又令三公谣言奏事。"

萧著认为此种风谣或谣言，被采入乐府，并举汉乐府相和歌中的《雁门太守行》（歌咏东汉和帝时洛阳令王涣）一诗为证。萧著并谓此种观采风谣之事，西汉已有。举《汉书·韩延寿传》："延寿徙颍川，颍川多豪强难治。……乃历召郡中长老为乡里所信向者，设酒具食，亲与相对,接以礼意,人人问以谣俗,民所疾苦。"(颜师古注:"谣俗,谓闾里歌谣,政教善恶也。")

萧著《汉魏六朝乐府文学史》内容扎实,论述深刻,是一部质量很高的书,在"五四"以后同类著作中最为杰出,但对这个问题的论断却有失误。

我以为汉代朝廷搜采考察的风谣,不可能是指乐府诗中的篇章。萧著举乐府诗仅《雁门太守行》一篇。该诗固是歌颂洛阳令王涣的政绩,但那是王涣死后人们为之立祠庙,并以诗歌纪念的作品,而不是用以考察王涣政绩的风谣。汉乐府中另外有一些篇章,如《东门行》、《妇病行》、《孤儿行》、《白头吟》,反映了人民的各种痛苦、贫民铤而走险、病妇临终嘱托丈夫、孤儿受兄嫂虐待、男子负心夫妻离异等等,固然也可以借此观察民间风俗,但这种社会现象在封建时代是常见的,单凭某首歌词内容来判定地方官吏的政绩是有困难的,何况歌词也未著明事件产生于何时何地,难以落实。汉乐府中还有一部分其他题材的篇章,如歌咏男女情爱、歌咏神仙动物、慨叹人生短促等等,就更和地方官吏的政绩无关了。西汉武帝时代于太乐署(掌管雅乐)外更立乐府官署,负责采集各地通俗歌曲,由黄门倡优演唱,其目的是为了娱乐。现存汉乐府相和歌辞内容,有的歌咏神仙,祝贺帝皇长寿,自为直接取悦君主之作。即使是反映下层人民生活的篇章,如上面提到的《东门行》、《妇病行》等,叙事情节较为具体,往往有对话,因而具有故事性、戏剧性,这也适合于观听者的娱乐需要。由于这些乐府诗供帝皇娱乐之用,所以当国家财政困难时,便有裁减、罢撤乐府人员的现象。如《东观汉记·和熹后传》载:"下□尚书曰:国家离乱,大厦未安,黄门鼓吹,岂有燕乐之志? 欲罢黄门鼓吹。"(《北堂书钞》卷一三〇引)如果黄门鼓吹乐人演唱的歌辞,可以考明地方官吏的政绩,那是不能随便裁撤的。白居易《新乐府·采诗官》有云:"周灭秦兴至隋氏,十代采诗官不置。郊庙登歌赞君美,乐府艳词悦君意。若求兴谕规刺言,万句千章无一字。"汉武帝设立乐府采诗,《汉书·礼乐志》有明确记载,白居易不应不知。他所谓"十代采诗官不置",是指秦汉以来未能像周代那样采诗以供施政的参考。他所谓"乐府艳词悦君意",中肯地指出了后代乐府歌词是为了满足君主娱乐的需要。当然,汉乐府相和、杂曲,自有其积极的思想内容和优秀的艺术价值,不容抹煞,事实上白居易的新乐府一类诗篇也深受它们的影响。

东汉搜采民间风谣,我以为不是指乐府中的相和、杂曲一类,而是指某些杂歌辞。《乐府诗集》有杂歌谣辞一大类,所收的都是并不入乐的歌谣,因其体式和乐府诗接近,故编者把它和不入乐的新乐府辞都安排在全书尾部。该书卷八五所录歌辞,自《董少平歌》至《洛阳令歌》十一首,都是歌咏东汉官吏政绩的(其中十首歌咏地方官吏)。这里举三例:

> 《董少平歌》:"枹鼓不鸣董少平。"(《乐府诗集》引《后汉书》曰:"董宣,字少平。光武时为洛阳令,搏击豪强,京师号为卧虎,而歌之云。")

> 《廉叔度歌》:"廉叔度,来何暮。不火禁,民安作。平生无襦今五袴。"(《乐府诗集》引《后汉书》曰:"廉范,字叔度。建初中为蜀郡太守。成都民物丰衍,邑宇逼侧。旧制禁民夜作以防火灾,而更相隐蔽,烧者日属。范乃毁削先令,但严使储水而已。百姓为便,乃歌之云。")

> 《朱晖歌》:"强直自遂,南阳朱季。吏畏其威,民怀其惠。"(《乐府诗集》引《东观汉纪》曰:"朱晖,字文季。再迁临淮太守,吏民畏爱而为之歌。")

这些直接歌咏地方官吏政绩的歌辞,鲜明地表现了他们的政绩,可以作为朝廷对他们考核、黜陟的依据。我以为《后汉书·循吏传序》所谓"观纳风谣",正是指搜集、考察这类并不合乐的歌辞。这类歌辞一般篇幅都短小,短的只有一、二句,稍长的是四句左右。《乐府诗集》卷八五所录后汉十一首歌辞中,只有一首是四言十二句,其他都是每首一、二句至五、六句,而以二句、四句的为多。《后汉书·循吏传序》说东汉初年"亟以谣言单辞,转易守长",所谓"单辞",当指文字短小、简单的歌辞。这类歌辞篇幅大抵短小,所以称为单辞。

1994 年 7 月写毕

(原载《中华文史论丛》第五十五辑,上海古籍出版社 1995 年出版)

蔡琰与《胡笳十八拍》

读了郭沫若、刘大杰等同志谈蔡琰《胡笳十八拍》的文章后，很感兴趣，翻了些书籍，找得若干条材料，可以帮助说明一些问题，写下来供大家深入讨论时作参考。

《乐府诗集》卷五九蔡琰《胡笳十八拍》题解引《蔡琰别传》说：

> 汉末大乱，琰为胡骑所获，在右贤王部伍中。春月登胡殿，感笳之音，作诗言志曰："胡笳动兮边马鸣，孤雁归兮声嘤嘤。"

《北堂书钞》卷一一一、《艺文类聚》卷四四引《蔡琰别传》此段文字大致相同，惟《太平御览》卷五八一引《蔡琰别传》文字有一点显著不同，弥足注意：

> 春月登胡殿，感笳之音，作《十八拍》[①]。

"胡笳动兮边马鸣"两句是蔡琰骚体《悲愤诗》（这诗的真伪是另一问题，这里不论）中的句子，照《御览》的引文看来，骚体《悲愤诗》是可以

[①] 惠栋《后汉书补注》卷一九引《蔡琰别传》云："春月登胡殿，感笳之音，怀凯风之思，作诗言志，今所传《十八拍》是也。"说得更明显，但不知惠氏根据为何。《四部丛刊》三编影印日本静嘉堂藏本《太平御览》卷五八一引文至"感笳之音"句止，无"作《十八拍》"句，文意未完，疑有脱漏。

叫做《十八拍》的了。

　　骚体《悲愤诗》是有理由可以叫做《十八拍》的。它不管是否蔡琰作品，至少是六朝人所作。汉魏六朝的七言诗（它渊源于骚体）在节拍上有一个特点，就是通常以两句为一个单位。我们看《宋书·乐志》著录的清商三调歌诗，其中五言诗、四言诗大多数是四句为一解（一解就是音乐上的一个小单位，相当于《诗经》的一章），七言诗有曹丕的《燕歌行》"秋风"篇（共七解）、《燕歌行》"别日"篇（共六解）两首，其中除两篇末解均为三句以及"别日"篇第五解为四句外，其馀各解都是每解两句。再看六朝乐府"清商曲辞"，其五言诗绝大多数是每曲四句，七言诗有《青骢白马》八曲、《共戏乐》四曲、《女儿子》二曲，每曲都是两句。六朝清商乐府的一曲，在音乐上相当于汉魏古乐府的一解①。骚体在句式上是七言诗的渊源，它在节解上应当和七言诗相同。骚体《悲愤诗》假如就是《十八拍》，应当是三十六句，现在有三十八句。细绎前后语意，其中有两拍当各为三句：

　　　　冥当寝兮不能安，饥当食兮不能餐，常流涕兮眦不干。

　　　　心吐思兮胸愤盈，欲舒气兮恐彼惊，含哀咽兮涕沾颈。

这两拍正像曹丕《燕歌行》两篇的末解一样，是少数的例外，全篇实为十八拍。按照《蔡琰别传》的记载，骚体《悲愤诗》是蔡琰在胡地感笳之音而作，诗中有"胡笳动兮边马鸣"之句，全篇可分十八拍，那末当然可以叫做《胡笳十八拍》了。李颀的《听董大弹胡笳声兼语弄寄房给事》诗开头说："蔡女昔造胡笳声，一弹一十有八拍。"这里提到蔡琰所造的《十八拍》，我看即是指骚体《悲愤诗》。

---

　　①　参考拙作《七言诗形式的发展和完成》一文。编者按：此文收入《乐府诗述论》中编附录。

现在一般所称为蔡琰作的《胡笳十八拍》,我同意刘大杰等同志的看法,认为不是蔡琰的作品。那末,它是什么人所作呢?《乐府诗集》在《胡笳十八拍》题解中引刘商《胡笳曲序》说:

> 胡人思慕文姬,乃卷芦叶为吹笳,奏哀怨之音。后董生以琴写胡笳声为《十八拍》,今之《胡笳弄》是也。

又陈振孙《直斋书录解题》卷一四说:

> 《大胡笳十九拍》一卷,题陇西董庭兰撰,连刘商辞。又云祝家声、沈家谱,不可晓也。(按首句当作"《大胡笳十八拍》一卷"或"《小胡笳十九拍》一卷"。)

似乎《十八拍》是董庭兰所作,但董生是当时著名的琴师,不闻能诗,说《十八拍》是他所作证据尚嫌不足。下面的一些记载值得我们注意:

> 《崇文总目》:"《琴曲》有大、小《胡笳》。《大胡笳十八拍》,沈辽集,世名沈家声。《小胡笳》又有契声一拍,共十九拍,谓之祝家声。祝氏不详何人。"(《文献通考》卷一八六《经籍考》引)
>
> 《乐府诗集·胡笳十八拍》题解:"按蔡翼《琴曲》有大、小《胡笳十八拍》。沈辽集,世名流(当作沈)家声。《小胡笳》又有契声一拍,共十九拍。谓之祝家声。祝氏不详何代人。"(按"沈辽集"句上当脱"《大胡笳十八拍》"一句。)
>
> 陈旸《乐书》卷一三〇:"沈辽集《大胡笳十八拍》,世号为沈家声。《小胡笳十九拍》,末拍为契声,世号为祝家声。唐陈怀古、刘光绪尝勘停歇句度无谬,可谓备矣。"

　　朱长文《琴史》卷四《董庭兰传》:"董庭兰,陇西人也。开元、天宝间工于琴者也。天后时凤州参军陈怀古善沈、祝二家声调,以胡笳擅名。怀古传于庭兰,为之谱,有赞善大夫李翱序焉。"

这里四条材料,前面三条说明《胡笳曲》有大、小两种,《大胡笳十八拍》,系沈辽所集,名沈家声;《小胡笳十九拍》,十八拍外加契声一拍,名祝家声。第三、第四两条说明沈、祝二家声产生于董庭兰前,董庭兰善弹二家声。董庭兰的老师陈怀古曾经勘定大、小胡笳的停歇句度,可见《十八拍》的歌辞在董庭兰以前就产生了。我认为现在一般所称蔡琰《胡笳十八拍》,即指《大胡笳十八拍》,其歌辞可能即沈辽所作。沈辽大约是唐初或六朝人。《小胡笳十九拍》所异于《大胡笳》者,在于声调,末尾又加契声一拍,契声可能有声无辞,因此《小胡笳十九拍》的歌辞当跟《大胡笳十八拍》没有什么区别,因此《乐府诗集》只录《十八拍》歌辞。董庭兰的名声比沈、祝二氏要大,因此后来有些书籍就把创作权归之董氏,事实上他只是一个继承者。

　　《乐府诗集》对《胡笳十八拍》,署名蔡琰。题解中并引《琴集》说:"《大胡笳十八拍》、《小胡笳十九拍》,并蔡琰作。"这也不足怪。乐府"琴曲歌辞"中多后代歌咏前人行事的歌曲,作者往往径题前人,其例颇多。如《乐府诗集》卷五七中有唐尧《神人畅》一首、虞舜《思亲操》一首和《南风歌》二首、夏禹《襄陵操》一首、箕子《箕子操》一首、周文王《拘幽操》二首等等,都是其例,不能因此说《神人畅》、《思亲操》等真是唐尧、虞舜等人的歌辞。对署名蔡琰的《胡笳十八拍》,我以为也应当这样理解。

　　《胡笳十八拍》既然产生于董庭兰前,刘商是应当看到过《胡笳十八拍》歌辞的。他的《胡笳曲序》把《十八拍》的创作权笼统归之于董庭兰,是不加细考的话。胡震亨《唐音癸签》卷一四引刘商《胡笳十八拍自序》说:"拟董庭兰《胡笳弄》作。"我看这一句不一定是刘商的原

文,而是胡震亨根据刘商的《胡笳曲序》压缩写成的。刘商本人叙述自己的创作缘起,不会这么简约。《郡斋读书志》后志别集类说:

> 汉蔡邕女琰为胡骑所掠,因胡人吹芦叶以为歌,遂翻为琴曲,其辞古淡。商因拟之,以叙琰事,盛行一时。

《胡笳十八拍》歌辞较骚体《悲愤诗》已经要有文采得多,但一般说来,文辞还比较质朴,故《郡斋读书志》称为古淡,刘商的拟作,语句大增华艳,所以能获得"盛行一时"的效果。

(原载 1959 年 7 月 5 日《光明日报》的
《文学遗产》副刊 268 期)

六朝清商曲辞的产生
地域、时代与历史地位

　　中国中古汉魏两晋南北朝时期,是乐府诗歌十分繁荣昌盛的时期,其中尤以属于清乐系统的通俗乐曲最受人们喜爱,流行最广,在音乐史、文学史上影响深远,地位重要。那些通俗乐曲源出民间,后被贵族文人采撷、改制、仿作,谱成许多乐曲。它们用丝竹乐器伴奏,声音活泼生动,悦耳动听,不似金石乐器那样声调庄严却又板重,因而得到社会各阶层人们的爱好,广泛流行。属于清乐系统的通俗乐曲,从其历史发展来看,又可分为两个阶段。前一阶段为汉、魏、西晋时期,其乐曲为相和歌辞,乐曲与歌辞大抵产生于黄河流域,而以长安、洛阳一带地区为多。后一阶段为东晋、南朝的宋、齐、梁、陈时期,其乐曲为清商曲辞,它们大抵产生于长江流域,而以建业(今南京市)、江陵一带为中心地区。西晋末年永嘉之乱,北方少数民族纷争,战祸频仍,社会动荡,大量士族南迁,并定居于长江流域,全国的政治、经济、文化重心因而南迁,造成了长江流域经济、文化的空前发展。清商曲辞在六朝时代的南方发展与昌盛,首先渊源于南方民间孕育了许多新歌曲,也有赖于有较高文化修养的不少贵族文人的加工、改制和仿作。

　　宋代郭茂倩汇辑两汉至唐五代的乐府诗,编为《乐府诗集》一百卷,是后人研究乐府诗的渊薮。其中清商曲辞共有八卷,数量相当多。它们大致可分为四类:吴声歌曲(简称吴声)、西曲歌(简称西曲)、江南弄、上云乐。其中尤以吴声、西曲二类数量最多,文学成就也更突出,成为清商曲辞的主体。

一　地域、语言、物产、体式

清商曲辞中的吴声歌曲,大抵产生于六朝京城建业一带。《乐府诗集》卷四四曰:"自永嘉渡江之后,下及梁、陈,咸都建业,吴声歌曲,起于此也。"这一论断是准确的。这里举若干例子说明。如《华山畿》曲,据《古今乐录》记载,原是歌咏南徐州某士子从华山畿往云阳,见客舍一少女,悦之无因,感心疾而死的传奇性的故事。华山在句容县(当时属扬州),云阳即曲阿县(当时属南徐州),均在建业附近。再如《碧玉歌》,为东晋文人孙绰为汝南王司马义所作;《桃叶歌》,为东晋书法家王献之(王羲之子)为其爱妾桃叶所作;《长史变歌》,为东晋司徒左长史王廞起义临败时所制;这些作者均在建业一带活动,且为朝廷官僚。再从歌辞中涉及的地名看,亦复如此。如《上声歌》云:"三鼓染乌头,闻鼓白门里。"白门系建业城的西门。《欢闻歌》云:"驶风何曜曜,帆上牛渚矶。"牛渚矶在今安徽当涂县西北,靠近建业。《丁督护歌》云:"相送落星墟。"又云:"相送直浦。"落星墟、直浦,均在建业。又相传王献之送其妾于秦淮河渡口,后人因名其地为桃叶渡。又如《神弦歌·青溪小姑曲》,祭祀民间杂鬼神,青溪为建业著名河流之一。由此可见,说吴声歌曲的许多曲调大致产生在当时京城建业一带是不错的。诚然,也有的曲调产地与建业较远,如《前溪歌》,原产生于吴兴武康(今浙江湖州市),以当地河流前溪为名,但这是少数甚至个别现象。

西曲歌产生于长江中游地区和汉水两岸,在京城建业之西,故称为西曲歌。《乐府诗集》卷四七曰:"西曲歌出于荆(今湖北江陵)、郢(今湖北钟祥)、樊(今湖北襄樊市)、邓(今河南邓县)之间,而其声节送和,与吴歌亦异,故因其方俗而谓之西曲云。"今考各曲调,其中《江陵乐》、《那呵滩》、《西乌夜飞》产于江陵,《石城乐》、《莫愁乐》产于竟陵(钟祥),《襄阳乐》、《襄阳蹋铜蹄》产于襄阳,《估客乐》产于樊、邓一带,从其主体而言,《乐府诗集》的论断也是准确的。但尚有少数曲调产生于其他地方。如《乌夜啼》产于豫章(今江西南昌),《寻阳乐》产于寻阳(今江西九江),《寿阳乐》产于寿阳(今安徽寿县),《三洲歌》产于巴陵(今湖南岳阳),《女儿子》产于巴东(今四川奉节)等,但毕竟占少数。概括说来,西曲产地较为广阔:北起樊、邓,东北至寿阳,东抵豫章、寻阳,南至巴陵,西达巴东,而以江陵为中心地带①。

　　六朝时代,江陵是仅次于京城建业的大城市。《宋书·孔季恭传论》说:"江南之为国盛矣,虽南包象浦,西括邛山,至于外奉贡赋,内充府实,止于荆、扬二州。……荆城(即江陵)跨南楚之富,扬部有全吴之沃。"可见西部的荆州和东部的扬州是当时南方最富庶的地区。扬州的首府是建业,故当时常呼建业为扬州或扬都。如《梁书·曹景宗传》载:景宗被朝廷召为侍中领军将军,"性躁动,不能沉默。……谓所亲曰:我昔在乡里,骑快马如龙。……今来扬州作贵人,动转不得"。"扬州"即指建业。吴声西曲歌辞中常常提到"扬州"。如《懊侬歌》云:"江陵去扬州,三千三百里。"《那呵滩》云:"闻欢下扬州,相送江津弯。""扬州"均指建业。《那呵滩》歌辞共六首,《古今乐录》说它们"多叙江陵及扬州事"。江陵、扬州两地均处长江沿岸,当时不少商估常常来往于两地间,迁运贩卖货物,上引《懊侬歌》、《那呵滩》歌辞即表现了商旅们的生活与思想情感。现今的扬州,在南朝时代初叫广陵郡,后叫江都郡,属南兖州,不称扬州,城市地位远不如建业、江陵重要。隋代始改称扬州,隋唐时运河为南北交通要道,江都为转运

---

　　①　参考拙作《吴声西曲的产生地域》。编者按:此文收入《乐府诗述论》上编。

枢纽之地，因而成为全国重要的富庶城市。

　　除吴声、西曲外，六朝清商曲辞尚有江南弄、上云乐两部分，均为梁武帝所创制，作品数量不多，均为武帝及其臣僚所作。其产生地点也应在建业。据《古今乐录》载："梁天监十一年冬，武帝改西曲，制《江南》《上云乐》十四曲。"可证。

　　吴地方言颇具特色，吴声歌辞中往往运用吴方言，如自称为"侬"，因歌辞多用女子口吻叙述，故"侬"常为女子自称之词，而呼对方（情人）为"欢"或"欢子"。如《子夜歌》云："欢愁侬亦惨，郎笑我便喜。"又云："侬作北辰星，千年无转移。欢行白日心，朝东暮还西。"均是。又如《懊侬歌》中的"懊侬"，一作"懊恼"，又作"懊恼"，懊侬亦为吴地方言。清胡文英《吴下方言考》说："懊恼，音凹狃，《素问》：'甚则督闷懊恼。'案懊恼，心中拂郁也。吴中谓所遇者拂意而奇曰懊恼。"此外，如《懊侬歌》的"撢如陌上鼓"、"内心百际起"、"布帆阿那起"、"落托行人断"，《读曲歌》的"姿拖何处归，道逢播搘郎"等均是，难以尽举。吴声产生时代早于西曲，在诸方面对西曲发生影响，西曲歌辞中也常用"侬"、"欢"等吴地方言，上引《那呵滩》"闻欢下扬州"句即是一证。

　　六朝清商曲辞中还多出现江南地区不少物品名称。如莲花、莲子为江南常见的水产品，江南弄中即有《采莲曲》多首。又如种桑、养蚕、缲丝为江南民间流行的劳动，西曲中即有《采桑度》七首、《作蚕丝》四首，专咏其事。其他曲调中提到莲子、蚕丝词语者更是常事。吴声、西曲歌辞中大量运用谐音双关词语，即利用谐音作手段，使一个词语可同时关顾到两种不同意义。此种词语颇多，最常见的便是以"莲"双关莲花、莲心和怜爱，以"丝"双关蚕丝和相思。如《子夜歌》云："雾露隐芙蓉，见莲不分明。"以"见莲"双关"被爱"。又如《七日夜女歌》云："桑蚕不作茧，昼夜常悬丝。"以"悬丝"双关"悬念（思）"。在中国中古时期的诗歌中，以吴声、西曲歌辞中运用谐音双关词语最多，吴声尤盛，这大约也是江南地区语言的一个特色。

再谈谈体式。现存吴声歌辞约三百三十首(指六朝作品,唐代拟作不计在内),其体式大抵为每首五言四句,例外的仅约六十首。现存西曲歌辞约一百四十首,其中约一百首是五言四句,例外的约四十首。五言四句这一体式,在吴声、西曲中均占绝对优势,可以说是吴声、西曲歌辞的基本形式。这一体式很早在江南歌谣中就已存在。据《世说新语·排调》记载,西晋统一中国,晋武帝向孙吴降主孙皓问起南方流行的《尔汝歌》,孙皓随即作了一首,即为五言四句。这一体式在以后的吴声、西曲中大为发展。吴声、西曲中尚有杂言体、四言体、七言体等体式,但数量均属少数。在汉魏六朝诗坛上,五言诗一直占据主要地位,这也是五言诗在吴声、西曲中占绝对优势的一个重要客观条件。

《江南弄》、《上云乐》两部分歌辞,均采用杂言体,体式与吴声、西曲大不相同。《江南弄》有梁武帝、梁简文帝、沈约等人的作品共十馀首。《江南弄》每首七句,句式为七、七、七、三、三、三、三言,第四句与第三句末三字相同,上下递接复叠,全篇音节婉媚动听,歌辞颇有韵味。如梁武帝《江南弄》第一首云:"众花杂色满上林,舒芳耀绿垂轻阴。连手蹙蹀舞春心。舞春心,临岁腴,中人望,独踟蹰。"《上云乐》有梁武帝作品七首,亦为杂言体,有三、四、五言等,但不是固定格式的杂言体,声调不及《江南弄》动听。据《古今乐录》载,梁武帝于天监十一年据西曲(主要是《三洲歌》)改制而成。这一年,梁武帝听取擅长音乐的释法云的建议,把《三洲歌》和声改为参差复杂的杂言:"三洲断江口,水从窈窕河傍流。欢将乐共来,长相思。"为五、七、五、三句式,婉转动听;《江南弄》歌辞的句式、风味与之相近。《江南弄》创造了声调婉媚曲折并有固定句式的杂言体,在乐府诗中是值得重视的。

二　时代、作者、风尚

吴声的产生时代较西曲为早。它的早期作品产生于东晋初期,有《前溪歌》。东晋中后期是它的繁荣时期，有《阿子歌》、《欢闻歌》、《子夜歌》、《碧玉歌》、《桃叶歌》、《团扇郎歌》、《长史变歌》、《懊侬歌》等。刘宋时代又有《丁督护歌》、《华山畿》、《读曲歌》等。大致说来，吴声各曲调主要产生于东晋、刘宋两朝。

西曲的产生年代稍晚于吴声。它主要产生于南朝刘宋、萧齐两代。产生于刘宋的有《石城乐》、《乌夜啼》、《寿阳乐》、《襄阳乐》、《西乌夜飞》等，产生于萧齐的有《估客乐》、《杨叛儿》等。西曲的个别曲调如《襄阳蹋铜蹄》产生于梁代。可以说，西曲是在吴声影响下、基本上沿袭其体式、在声调上又有变化的新乐曲①。

《江南弄》、《上云乐》两部分，如上所述，是梁武帝及其臣僚利用西曲声调创制的新乐曲。其歌辞均较文雅，不似吴声、西曲歌辞那样质朴而富有民歌风味。梁元帝《金楼子·箴戒》篇曾有"吴声鄙曲"之语，这反映梁代统治阶层不满吴声、西曲的粗鄙，有意创制文雅的新乐曲的心理。

从吴声到西曲，再到《江南弄》、《上云乐》，说明了清商曲辞在六朝时代兴起、发展变化和雅化的历程。

吴声、西曲的作者，从其祖籍来看，大致有南方土著与北方南迁户两部分。先说南方土著。吴声《前溪歌》的制作者沈充为吴兴武康人。沈氏为吴地著名大族。沈充在东晋初年制作了吴声中最早的曲调《前溪歌》，说明南方土著对家乡歌曲的爱好。又《西乌夜飞》的作者沈攸之，也是吴兴沈氏家族中的一员。吴声中的《子夜歌》、《华山畿》、《懊侬歌》等，原为民间歌曲，其创始作者自当为南人。又刘宋开国君主刘裕，祖籍彭城（今江苏徐州市），东晋初其祖先即移居江南之丹徒，其家又素贫贱，估计其生活习惯与江南土著已无明显区别。据《宋书·乐志》记载，刘裕长女会稽公主丈夫徐逵之战死，刘裕使府内

① 参考拙作《六朝乐府与民歌·吴声西曲的产生时代》。

直督护丁旿收敛殡埋之。事毕，会稽公主"呼旿至阁下，自问敛送之事。每问，辄叹息曰：'丁督护！'其声哀切"。后人即因其哀叹声演制为《丁督护歌》。按《丁督护歌》为吴声曲调之一，则会稽公主的哀叹声，当使用吴地语音无疑。吴声、西曲中有不少刘裕家族的作品，如《前溪歌》中有宋少帝作品，《丁督护歌》中有宋孝武帝作品。再如西曲中《乌夜啼》作者宋临川王刘义庆、《寿阳乐》作者宋南平穆王刘铄、《襄阳乐》作者宋随王刘诞等，均为刘宋宗室。刘宋皇室人员纷纷写作吴声、西曲，说明其家族因长期居住江南，对南方乡土之音的素所爱好。吴声、西曲中的另一部分曲调，其制作者则属北方南迁家族。如《桃叶歌》的作者王献之、《长史变歌》的作者王廞，均属北方南下的王氏望族。又《团扇郎歌》歌咏晋中书令王珉与嫂婢情爱之事，其原始歌辞即为嫂婢谢芳姿所作。北方大族王氏，其文化教养、生活习尚固与南方土著不同，但南迁日久，长期沾染南方风俗，因而也喜爱并制作吴声歌曲。

　　吴声、西曲的作者，除一部分民间歌曲外，若从作者的身份与职业看，则其中有帝王，如宋孝武帝（作《丁督护歌》）、齐武帝（作《估客乐》）等；有宗室，如宋临川王刘义庆（作《乌夜啼》）、宋随王刘诞（作《襄阳乐》）等；有文士（兼文职官僚），如王献之（作《桃叶歌》）、孙绰（作《碧玉歌》）等；有武将，如沈充（作《前溪歌》）、臧质（作《石城乐》）等。这种现象说明吴声、西曲在六朝时代为上流社会各阶层人士所爱好。

　　发源于民间、歌辞比较粗野的吴声、西曲，为什么在六朝时代为统治阶级中各阶层人士所普遍爱好呢？在这方面，我认为有下列三项现象值得重视。

　　其一，是上流社会人士对通俗乐曲的爱好。发源于民间的通俗乐曲，用丝竹乐器伴奏，声音婉转动听，不似贵族郊庙乐曲那样虽庄严却板重枯燥。统治阶级人士为了满足其娱乐要求，总是喜爱通俗乐曲。这在先秦两汉时代已是如此。汉魏时代流行的通俗乐曲相和歌辞,经过数百年,至西晋时代已逐渐失去新鲜感,经过西晋荀勖等人的雅化工作,更丧失了过去那种强大的吸引力。因而到六朝时代,人们就把爱好转移到南方新兴的吴声、西曲方面。据《世说新语·言语》载:"桓玄问羊孚:何以共重吴声?羊曰:以其妖而浮。"这段记载不但说明东晋后期吴声已经风靡于上流社会,而且具有妖冶、轻松、靡丽的特点,这正是通俗乐曲的强大吸引力所在。六朝清商曲常由女伎演唱,其歌辞多用女子口吻表述,其题材多写男女之情,有些曲调还是舞曲,且歌且舞。这些特点更是适应统治阶层声色之好的要求。据史载,梁武帝某次,"算择后宫吴声、西曲女妓各一部",都年轻貌美,赏给大臣徐勉(见《南史》卷六〇《徐勉传》)。《石城乐》的作者臧质,史书说他"既富盛,恒有音乐"(《南史》卷五〇《刘显传》);后来举兵失败,危难之际,对伎乐还恋恋不舍,"至寻阳,焚烧府舍,载伎妾西奔"(《宋书》卷七四《臧质传》)。可见当时统治阶层人士沉溺于清商曲的一斑。列入清商乐的吴声、西曲等,演唱时需要一批女伎,她们要有豪华美艳的服饰,又要有成套的高档乐器,这些都得花去大量费用。所以梁代贺琛向武帝奏事时曾说:"歌谣之具,必俟千金之资。"(《梁书》卷三八《贺琛传》)发源于民间的歌谣,发展成为贵族上层阶级的乐曲,就成为豪华的奢侈品。上面提到的吴声、西曲的一批制作者,帝王、宗室、兼文职官僚的文士、武将等,他们都拥有巨量财富,有条件把清商曲作为日常的娱乐消遣品。

　　六朝时代(特别是东晋),北方南下的世家大族,对文化程度较低的南方土著及其语言持轻视态度。据陈寅恪《东晋南朝之吴语》一文考证,认为"江左士族操北语,而庶人操吴语";"东晋南朝官吏接士人则用北语,庶人则用吴语"。又指出东晋初年,名相王导为了笼络吴地人心,在接待客人时特意使用吴语①。北方士族对吴地歌谣原来也

---

① 陈氏此文收入其《金明馆丛稿二编》,上海古籍出版社1980年出版。

是鄙视的,所以东晋前期未见有南迁士族之人制作吴声者。据《晋书》卷八四《王恭传》记载,会稽王司马道子尝在其府第宴请朝士,尚书令谢石喝醉后唱"委巷之歌"(即吴歌),遭到王恭的严厉批评。这说明即使到东晋后期,仍有一些士族人员轻视吴歌。然而,这种正统的观念阻挡不了许多统治阶层人士喜爱通俗乐曲的趋势,在东晋中后期,吴声盛行于统治阶层,形成了桓玄向羊孚所说的"共重吴声"的局面。

其二,是南朝最高统治阶层出身寒微。赵翼《廿二史劄记》卷一二"江左世族无功臣"条说:"江左诸帝,乃皆出自素族。宋武本丹徒京口里人,少时伐荻新洲,又尝负刁逵社钱被执,其寒微可知也。齐高既称素族,则非高门可知也。梁武与齐高同族,亦非高门也。陈武初馆于义兴许氏,始仕为里司,再仕为油库吏,其寒微亦可知也。其他立功立事、为国宣力者,亦皆出于寒人。"赵氏同书卷八"南朝多以寒人掌机要"条,又论述了南朝不少掌机要大权的人大抵出身贫贱。由于这些当权者出身寒微,为世家大族所崇尚的礼法观念比较薄弱,所以更加容易喜爱通俗的吴声、西曲。上面提到,刘宋帝王、宗室中有不少人制作吴声、西曲,即是明显的例证。《南齐书》卷二三《王俭传》载:"上(齐高帝)曲宴群臣数人,各使效伎艺:褚渊弹琵琶,王僧虔弹琴,沈文季歌《子夜》,张敬儿舞,王敬则拍张。"褚渊等都是齐初的著名臣僚,沈文季为吴兴武康人,他以江南土著身份在皇帝及大臣前歌唱吴声《子夜歌》,说明吴歌不但为南朝高层统治人士所喜爱,并在他们的日常生活中已取得稳固地位。

在六朝时代,长江中下游及汉水流域一带商业发达,商估往来频繁。南朝高层统治者出身寒微,生活上与商估多接近,有的并直接参与过经商活动。齐武帝早年为布衣时,尝游樊、邓,熟悉该地区商估生涯,后登帝位,遂制西曲《估客乐》追忆往事。曾作《前溪歌》多首的宋少帝喜欢模仿商估活动,"于华林园为列肆,亲自酤卖"(《宋书》卷四《少帝纪》)。齐东昏侯喜爱清商曲,"在含德殿吹笙歌作《女儿子》(西曲调名)";他又喜欢作商估活动,"于苑中立市,太官每日进酒肉食肴,使宫人屠酤。潘氏为市令。帝为市魁,执罚。争者就潘氏决判"(均见《南齐书》卷七《东昏侯纪》)。以上只是部分事例,其他的不再列举。我们明白了南朝高层统治者的出身与生活习尚,对于吴声、西曲中含有许多表现商估及其情侣的生活与情绪的作品,就比较容易理解其中的原委了。

其三,是老庄思想的流行。魏晋以至南朝,老庄思想流行。当时盛行的玄学,即以老庄思想为基础,杂似儒学。老庄崇尚自然,蔑视礼法。在其影响下,当时许多士人往往思想比较解放,行为放诞。他们认为亲情(如父子、兄弟之情)、男女之情都出于人的自然之性。玄学家虽然主张"以情从理","圣人之情,应物而无累于物";但又承认"不能去自然之性","遇之不能无乐,丧之不能无哀","自然之不可革"①。在这种思想影响下,人们认为男女的情爱、爱好美色,都属于人的自然之性,可以容许。《世说新语·任诞》记载,阮籍"邻家妇有美色,当垆酤酒。阮与王安丰常从妇饮酒。阮醉,便眠其妇侧"。《世说新语·惑溺》又载,魏荀粲与其妻感情极笃,妇病亡,粲伤悼之甚,不久亦死。其妻貌美。粲曾曰:"妇人德不足称,当以色为主。"阮、荀两人均为崇尚老庄的名士,他们这种放诞的行为与言论,是对儒家礼教的蔑视与挑战。

我们看到,吴声、西曲中的大量表现男女之情的歌辞,有不少表现得相当热烈大胆,有的甚至是赤裸裸的,这在过去《诗经·国风》、汉乐府民歌与汉魏文人诗中都是没有出现过的。这种特点,出现在

---

①　见王弼《戏答荀融书》、《难何晏圣人无喜怒哀乐论》,收入严可均《全三国文》卷四四。参考杨明《魏晋文学批评对情感的重视和魏晋人的情感观》,载《复旦学报》1985年第1期。

一部分民间谣曲作者、一部分出身寒微的统治阶层人士（如上文所陈述），因他们受礼法的拘束少，容易理解。但此时还有部分出身士族、文化修养很高的作者，也是如此。如著名文人、玄言诗大家孙绰的《碧玉歌》有云："碧玉破瓜时，相为情颠倒。感郎不羞郎，回身就郎抱。"书法名家王献之的《桃叶歌》有云："桃叶复桃叶，渡江不用楫。但渡无所苦，我自迎接汝。"感情强烈，《碧玉歌》尤见大胆。《玉台新咏》卷九选录它们，题目上均有"情人"两字，为《情人碧玉歌》、《情人桃叶歌》。碧玉、桃叶分别为晋汝南王司马义、王献之的爱妾，为妾作乐府歌辞，题目上冠以"情人"两字，足见士族文人对男女之情的充分重视与无所顾忌。

三 价值、影响、历史地位

六朝清商曲（特别是吴声、西曲）的内容，绝大部分都是表现男女的情爱。吴声、西曲中的大量歌辞，生动地表现了少男少女彼此间真诚的爱慕，会面时天真愉快的神情和活动，别离后沉重而又痛苦的相思情绪。它们表现得真挚而又深刻，字里行间洋溢着生命的热情和力量，反映了广大人群在爱情生活方面的积极行动和美好愿望。在那个时代，在封建礼教强大的统治威力下，男女的正当爱情经常得不到满足，反而受到许多无理的折磨和迫害；热烈而又大胆地歌唱了男女爱情的这类诗歌，就具有很大的进步意义。它们更多地用女子的口吻来表述，倾吐了女子在爱情方面的痛苦（相思、被遗弃等），这更反映了在男女不平等的封建社会中妇女的苦难，这也富有社会意义。当然，它们在描写中也夹杂着若干庸俗不健康的成分，但毕竟是少量和次要的。

在形式方面，吴声、西曲的许多歌辞，大抵语言质朴真率，笔调活泼机灵，有效地表现了年轻男女的爱情，以大量的五言四句歌辞创造了新型的抒情诗、爱情诗。它们明显地表现出民间文学（包括一部分摹仿民歌的文人诗作）所特有的刚健、清新的气息。《大子夜歌》在赞美《子夜歌》时有云："慷慨吐清音，明转出天然。"这两句话实际可以概括大多数吴声、西曲歌辞的艺术特色。至于《江南弄》所创造的有规则的长短句，以其婉转柔媚的风格，又创造了一种新的艺术样式。

吴声、西曲歌辞在六朝时期树立了一个新民歌型的诗歌范式，对当时文人诗和后代诗歌都产生深远影响。齐梁时代，文人的五言抒情小诗开始流行，如谢朓的《玉阶怨》、《王孙游》，沈约的《为邻人有怀不至》等，风格均较明朗清新，接近民歌。《玉台新咏》卷一〇专收五言四句小诗，在选了近代西曲歌五首、近代吴歌九首、近代杂歌三首等之后，选了王融、谢朓、沈约等人的作品，显示出民歌与文人诗间的传承关系。事实上文人作品接受影响的不止是五言小诗。梁陈时代诗歌语言普遍趋向明朗平易，与南朝前期颜（延之）谢（灵运）诗风迥不相同，正是浸润到民歌风格的结果。梁元帝《金楼子·立言》在论诗赋等韵文时曰："吟咏风谣、流连哀思者谓之文。"则从理论上反映了以吴声、西曲为主的民谣对当时韵文的广泛影响。唐诗也深受吴声、西曲的滋养。唐人绝句，大多数写得明朗自然，体现出接近民歌的风格。元代杨士宏说："五言绝句，唐初变六朝《子夜》体（指以《子夜歌》为代表的吴歌体）也。"（赵翼《陔馀丛考》卷二三引）实际上不止五言绝句，不少七言绝句和少数古体诗也受其滋润。如李白的《横江词》六首（七绝）、《杨叛儿》（古体诗）等即是明证。唐代绝句是唐诗的一个重要方面，它们受益于吴声、西曲良多。唐代中期诗风大变，趋向明朗刚健，在文学渊源上深受汉魏六朝乐府诗和汉魏古诗两方面的影响，其中六朝清商曲也是一个重要成分。

唐五代新兴的词（长短句）也蒙受六朝清商曲的影响。前人论述词的起源时，于此往往有所涉及。五代西蜀欧阳炯的《花间集序》已指出二者的传承关系。有曰："'杨柳'、'大堤'之句,乐府相传;'芙蓉'、'曲渚'之篇,豪家自制。"按西曲歌中有《月节折杨柳歌》十三首、西曲中有梁简文帝《雍州曲》三首,分别以《南湖》、《北渚》、《大堤》命篇,唐人又引申为《大堤曲》。在《江南弄》影响下产生的《采莲曲》,梁简文帝有句云:"棹动芙蓉落。"梁元帝有句云:"愿袭芙蓉裳。"欧阳序文中"杨柳"、"大堤"等语大致本此。欧阳炯认为花间词承袭着南朝清商曲的传统。王国维《戏曲考源》也说:"诗馀之兴,齐梁小乐府先之。"①小乐府即指清商曲辞。至于有固定长短句格式的《江南弄》,则体式与词更接近。梁启超在其《中国之美文及其历史》一书末章《词之起源》中,论述南北朝乐府与词的关系,特别引录梁武帝、简文帝的《江南弄》歌辞作证,是颇有道理的。六朝清商曲歌辞由女伎演唱,多用于娱乐场合,内容多述男女情爱,情调缠绵,又有像《江南弄》那样固定的长短句。从内容、形式、情调、演唱者及功能等诸方面看,唐五代词的确和清商曲颇多类似,虽然音乐系统已有不同。再则,五代词繁荣于以成都为首府的西蜀和以金陵为首府的南唐两个地区,同在长江流域。五代词与六朝清商曲关系密切,说明时代虽已有变迁,但在同一个大区域内,由于地理环境、人情风俗的相同或接近,其文艺创作也容易发生传承关系。

　　如上所述,六朝清商曲辞是在南方民间歌谣(吴歌)的基础上发展起来的,它们产生、创作于长江中下游地区,在许多方面呈现出南方文学独具的特色。其间虽也有北方南下的士族人士参加制作,但毕竟仍以南方歌谣为基调,保持着南方文学的特色。至于其外不属乐府体的大量六朝文人诗,则大体上受民歌影响很小,其主要样式为五言古体,也承袭汉魏以来的古诗传统,又其作者颇多出身于北方南

---

　　①　参考萧涤非《论词之起源》,收入其所著《乐府诗词论薮》,齐鲁书社1985年出版。

下的士族,受中原文化传统影响较深。因此这部分诗歌虽然大抵创作于长江流域,但与清商曲辞风格颇不相同。

　　在中国诗歌史上,产生于长江流域、富有南方文学特色的作品是引人瞩目的文化遗产,具有重要的历史地位。它的第一个高潮是产生于先秦战国时代的楚辞。以屈原为代表的楚辞,以其深厚的爱国感情、句式长短错落的楚辞体,打开了诗史新的一页,与《诗三百篇》同受后人尊崇,成为百代诗歌之祖。第二个高潮就是六朝的清商曲,它大胆歌唱了热烈真挚的爱情,创造了许多明朗自然的抒情小诗,并有少量句式固定的杂言体。在内容题材、形式体制、语言风格诸方面比过去均有开拓与创新,并对后代文学产生深远的影响。所以说,六朝清商曲辞在中国诗歌发展过程中是具有重要价值与历史地位的。

　　　　　　　　　　　　　　　　　　　　　2002 年作

论吴声与西曲

一 引 言

　　吴声与西曲的歌辞,是六朝乐府诗中最精彩的一部分。所谓乐府诗,系指被乐府官署配合着音乐而演唱的歌诗。中国古代的音乐,依其性质,一般地可分为两大系统:雅乐与俗乐。雅乐是纯粹贵族的东西,性质严肃庄重,被使用于仪式隆重的场合,如郊祀、大射之类。俗乐则原本是民间的艺术,性质轻松活泼;它被贵族统治阶级所采取,作为娱心意悦耳目的消遣品。配合着两种不同的音乐,就有两种不同的乐府歌诗。配合雅乐的歌诗,都属文人学士的作品,其内容则歌功颂德,陈陈相因,文字枯燥板滞,缺少生气,是缺乏文学价值的东西。配合俗乐的歌诗,则往往为采自民间的风谣,内容真挚动人,文字新鲜活泼,是我国诗歌中辉煌的果实。俗乐的歌诗中,后来出现了不少贵族们的拟作,这些作品也往往能保存民歌的一部分优点。汉魏六朝时代,主要的俗乐名叫清商乐,简称清乐。吴声与西曲,便是六朝清乐的主要部分。它们的歌辞,也是六朝流入了贵族社会中的民歌的大本营。

　　自从汉武帝(刘彻)设立乐府,专门采集各地风谣,这种采集民歌的制度,一直被中古的帝王所保持。吴声、西曲歌词,原是六朝时代产生于吴楚地区的民歌,被当时的乐官采录,方始成为乐曲。《晋书》

卷二四《职官志》说:"光禄勋属官有清商令。"《隋书》卷二六《百官志》说:"梁太乐又有清商署丞。""陈承梁,皆承其制官。"晋代的清商令和梁陈的清商丞,都是专门负责采集民歌予以谱曲演唱的乐官。这些被搜采的歌谣,即是清商曲,主要部分就是吴声歌曲和西曲。宋齐二代,正史并无清商专署的记载,据《宋书》卷三九《百官志》:"太常官属有太乐令一人,丞一人,掌凡诸乐事。"《南齐书》卷二八《崔祖思传》:"太乐雅郑,元徽(宋废帝年号)时校试,千有馀人。"宋代的太乐官既"掌凡诸乐事",兼辖"雅郑",自然无须有清商专署。齐代也是同样情形,《通典》卷一四五《乐典》:"《估客乐》,齐武帝(萧赜)之所制也。……使太乐令刘瑶教习。"《估客乐》是西曲之一,就是很好的例证。到了隋唐时代,随着清商乐的渐趋衰亡,中央政府的清商乐官也被宣告裁撤①。

　　吴声与西曲中间的民歌,就这样通过了政府的清商乐府官署,配合着贵族制作的乐曲,被采撷为上层社会的娱乐品。这种歌词,有时已经不是纯粹的民歌,而经过了乐工、贵族们的修饰和改造。贵族们自己更拟作了不少歌词,这种拟作(特别是初期的),其风格、语言、体制,往往能保持民歌的若干特色。由于史料的不够,要在吴声、西曲歌词中,一一判定哪是民歌的原来面目,哪是经过加工的东西,哪是贵族的拟作,已属不可能了。

　　一般地说,吴声、西曲是整个六朝时代的作品,仔细讲来,两者产生的时代略有先后。根据史籍的记载,吴地的民歌,早在孙吴时代已经开始流行;东晋时代,它们逐渐大量地被贵族阶级演成乐曲。吴声中主要的曲调如《前溪歌》、《子夜歌》、《华山畿》、《读曲歌》等等,大抵

----

　　①　《隋书·百官志》说隋"炀帝罢清商署",《唐六典》卷一四、《新唐书》卷四八却说唐代始将清商署并入鼓吹署,两说未知孰是。

产生于东晋、刘宋两代①。西曲各曲调的产生时代,则比较地晚。其中年代可考的作品,最早的如臧质的《石城乐》、刘义庆的《乌夜啼》、刘铄的《寿阳乐》,都是刘宋初年的作品。西曲的大部分曲调产生于刘宋、萧齐两代②。梁陈时代,吴声、西曲转入停滞阶段,其间虽然仍有新兴的曲调,如萧衍(梁武帝)的《襄阳蹋铜蹄》、陈叔宝(陈后主)的《春江花月夜》等,但已经纯然是贵族化的东西,完全失去民歌的特色了。

吴声、西曲的名称,各自标志它们产生的地域:产生于吴地的叫吴声歌曲,产生于长江流域西部地区的叫西曲,这是相当概括的界说。郭茂倩《乐府诗集》卷四四说:"自永嘉渡江之后,下及梁陈,咸都建业,吴声歌曲,起于此也。"建业即现在的南京。我们考察吴声歌曲中的地名,如《上声歌》"闻鼓白门里"、《读曲歌》"白门前乌帽白帽来"的白门,《欢闻歌》"帆上牛渚矶"、《懊侬歌》"暂薄牛渚矶"的牛渚矶,《丁督护歌》"相送落星墟"、"相送直渎浦"的落星墟、直渎浦,《团扇郎》"窈窕决横塘"的横塘,以及《桃叶歌》的产生地点桃叶渡,《华山畿》的产生地点云阳(现在的丹阳)、华山等等地名,均在建业及其附近,可以相信郭氏的话大致不错③。西曲歌的产生地域,根据记载,我们知道:《西乌夜飞》、《江陵乐》出于江陵,《襄阳乐》、《襄阳蹋铜蹄》出于襄阳,《估客乐》出于樊邓,《石城乐》、《莫愁乐》出于竟陵,《三洲歌》出于巴陵,《寿阳乐》、《寻阳乐》出于寿阳、寻阳等,大致不出长

---

① 《乐府诗集》把《子夜歌》等称为"晋宋齐辞",系指其歌词的产生时代而言,至其曲调的产生,则都在晋宋。

② 吴声、西曲一部分曲调的产生时代,《乐府诗集》记载得相当清楚。西曲的一部分曲调,如《三洲歌》、《采桑度》、《江陵乐》、《共戏乐》、《安东平》、《那呵滩》、《孟珠》、《翳乐》等,据《乐府诗集》引《古今乐录》:"旧舞十六人,梁八人。"可间接推定它们至迟应为萧齐的产品。

③ 也有产生于离建业较远的地区的曲调,如沈充的《前溪歌》,作于浙江武康,那是例外。

江中流和汉水两岸。郭茂倩说它们"出于荆郢樊邓之间"(《乐府诗集》卷四七)①,大体上也相当准确。

本文内容,在纵的方面,预备顺次叙述吴声、西曲的起源、发展、衰亡、影响;在横的方面,则着重说明吴声、西曲的题材、作者、社会背景、艺术特点等等。通过前者,我们可以明白,吴声、西曲怎样由民间的徒歌,发展为贵族阶级的乐曲,经过极度的繁荣而逐渐消亡下去;通过后者,我们可以明白,吴声、西曲产生在怎样的社会中间,它们反映了那时代怎样的社会现实,在艺术技巧上表现了怎样的特点。

二　具有批判性的南方新兴歌谣

早在三国孙吴时代,江南地区已经流行着一种活泼而新颖的歌谣,它们的形式常常为五言四句,虽然是简短的篇章,却往往能唱出广大人民的真正的心声。《宋书》卷三一《五行志》为我们记录了这类歌词的最早标本:

> 《孙皓初童谣》云:"宁饮建业水,不食武昌鱼;宁还建业死,不止武昌居!"皓寻迁都武昌,民溯流供给,咸怨毒焉。

这首童谣当产生于孙皓准备迁都武昌之际,五行家故神其事,说它是一种预言。从这里,我们看到人民对暴君的恣肆个人意愿不顾百姓劳役的专制行为,发出了如何顽强坚决的痛恨与抵抗!

在封建社会中间,受着残酷经济剥削的人民,被剥夺了学习文化的权利,他们无法用文字来宣达自身的生活、思想和情感。只有歌

---

①　荆,今湖北江陵县;郢,今湖北钟祥县;樊,今湖北襄樊市一带;邓,今河南邓县。

谣,这口头文学的主要形式之一,能被人民利用为表现自己的情思的工具,利用为讥刺、反抗统治阶级的武器。在六朝,最好的工具或武器便是这种新兴的歌谣。在孙吴以后各代,我们还能看到这类充满战斗性的民歌,虽然由于统治阶级的粉饰历史的作用,它们的数量已经非常稀少。

《宋书》卷三一《五行志》说:"晋海西公(司马奕)生皇子,百姓歌云:'凤凰生一雏,天下莫不喜,本言是马(影射司马氏)驹,今定成龙子!'其歌甚美,其旨甚微。海西公不男,使左右向龙与内侍接,生子,以为己子。"童谣表面仿佛一则禽兽故事,实际却在揶揄海西公的不能生育;在这里,作者机智地发挥了高度的讽刺才能,暴露出统治阶级腐败生活的一面。

对于临居上层的政府官吏,老百姓也具有是非分明的爱憎。《晋书》卷九〇《邓攸传》说:"攸在吴郡,刑政清明,百姓欢悦,为中兴良守。后称疾去职;郡常有送迎钱数百万,攸去郡,不受一钱。百姓数千人留牵攸船,不得进;攸乃小停,夜中发去。吴人歌之曰:'紞如打五鼓,鸡鸣天欲曙,邓侯挽不留,谢令推不去!'百姓诣台乞留一岁,不听。"在专以剥削民脂民膏为事的官僚群中,人民发现了这样廉洁的长吏,当然舍不得让他走了。《南史》卷四〇《宗越传》说:"越性严酷,好行刑诛,时王玄谟御下亦少恩,将士为之语曰:'宁作五年徒,不逐王玄谟;玄谟犹尚可,宗越更杀我。'"其对暴虐统治者疾首痛心的情况,正仿佛孙皓初年的童谣。刘宋大将檀道济以无罪被诛,时人歌曰:"可怜白浮鸠,枉杀檀江州!"(《南史》一五《檀道济传》)在这简短的诗句里,人民沉痛地追悼着保卫祖国的民族英雄,同时指斥了昏庸政府不辨黑白的措施。

六朝贵族阶级采录了江南的新兴民歌,制成美妙的吴声与西曲,作为一种娱乐消遣的工具。他们当然不会中意于上面这类讽刺本阶级的充满战斗气味的歌词,因此,在吴声、西曲中间,我们只能看到那些哀感顽艳的情歌,那些能够帮助他们享乐而不会损伤他们尊严的情歌。只有一部分较有远见的历史学家,本着"鉴古知今"的理论,方始肯记录了一些人民真正的感情和意见,提供统治阶级作为施政参考。

三　从民间走入上层社会

由于吴声歌曲的产生时代较西曲为早,因此,在由民间走入上层社会的路程中,它担当了先锋的任务。本节所述的史实,也以吴声为主要对象。

《宋书》卷一九《乐志》总述《子夜》、《读曲》等吴声歌曲道:"吴歌杂曲,并出江东,晋宋以来,稍有增广。……始皆徒歌,既而被之弦管。"一般说来,吴歌的从徒歌到入乐,走的正是一条由民间上升到贵族社会的路子。

《世说新语·排调篇》记载孙吴灭亡之后,"晋武帝(司马炎)问孙皓:'闻南人好作《尔汝歌》,颇能为不?'皓正饮酒,因举觞劝帝而言曰:'昔与汝为邻,今与汝为臣,上汝一杯酒,令汝万寿春。'帝悔之"。这段记载说明:流行于吴地的《尔汝歌》,不但为该地的统治者所爱好,同时更赢得了中原贵族的注意。西晋的大音乐家石崇,仿照民歌制了一首《懊侬歌》"丝布涩难缝"篇,赠给他的爱妾绿珠演唱①。《懊侬歌》是产生于吴地的情歌,在东晋中叶以后,它更大大地流行起来。东晋初年,吴兴人车骑将军沈充,根据新颖的吴歌体裁,创制了美妙动人的《前溪》舞曲②,在这方面起了很大的倡导作用。从孙吴到东

---

① 《初学记》卷一五、《太平御览》卷五七三引《古今乐录》:"《懊侬歌》,晋石崇为绿珠作。"《乐府诗集》引《古今乐录》于石崇下面漏掉一"为"字,后人遂误以为绿珠的作品。

② 参考拙作《六朝乐府与民歌》中《吴声西曲杂考·前溪歌考》一节。

晋初年，吴歌逐渐被贵族仿制为乐曲，这是它们从民间走入上层社会的第一个阶段。

东晋中叶以后，著名的民间情歌《子夜歌》和《懊侬歌》，开始在社会上盛行起来。相传同宫廷事迹有关的《阿子歌》、《欢闻歌》也出现了。中央政府的最高统治者，在这方面更起着倡导作用，如司马昌明（晋孝武帝）、司马道子（昌明之弟）。在这种风气之下，贵族文士孙绰、王献之、王珉等，陆续创作了《碧玉歌》、《桃叶歌》、《团扇歌》等名篇，用来歌颂本阶级的风流生活。上面的一系列作品，使得吴声歌曲在东晋中叶以后的贵族社会，获得了稳固强大的地位。《世说新语·言语篇》载："桓玄问羊孚：何以共重吴声？羊曰：以其妖而浮。"可见吴声在这时是如何获得整个社会的喜爱。这是吴声发展的第二个阶段。

到了刘宋时代，吴声的势力更由强大而进到定于一尊的局面。这时候，最高统治者的帝王，明目张胆地提倡吴声、西曲，刘义真（宋少帝）仿作若干首《前溪歌》①，刘骏（孝武帝）创作了《丁督护歌》。刘骏的影响尤为巨大，《宋书》卷一九《乐志》称"孝武大明中，以鞞、拂杂舞，合之钟石，施于殿廷"。我们可以推测到《宋书·乐志》所叙录过的《子夜》、《凤将雏》、《前溪》、《读曲》等吴声，以及西曲的《寿阳乐》、《襄阳乐》，在这时候应当都被搬入宫廷，与原本出自民间的鞞、拂杂舞等同时成为最好的娱乐品。《南齐书》卷四六《萧惠基传》说："自宋大明（孝武年号）以来，声伎所尚，多郑卫淫俗；雅乐正声，鲜有好者。惠基解音律，尤好魏三祖曲及相和歌，每奏辄赏悦，不能已也。"萧惠基所赏悦的是盛行于汉魏时代的三调相和歌辞，它们原也是出于民间的俗乐，但经过晋代荀勖等人的雅化工作，已经逐渐丧失新鲜活泼的气息而趋向僵化，不再能对贵族阶级起刺激作用，因此不得不让位

---

① 参考拙作《吴声西曲杂考》中《前溪歌考》一节。

于方兴未艾的吴声、西曲。自此以后，吴声、西曲在贵族俗乐的园地中形成独霸的地位，它们在这第三个阶段中完成了上升的过程。

在中国文学史中，民间文艺在走入贵族社会的道路中间，由于它那代表了广大人民的粗犷气息，由于它或多或少地蔑视和反抗了被贵族阶级视为神圣的封建秩序，开始时候总要遭遇到上层社会中正统人士的剧烈摈斥和嫉视，吴声、西曲在这方面也不能例外。《晋书》卷八四《王恭传》说：

> 会稽王道子尝集朝士，置酒于东府，尚书令谢石因醉为委巷之歌。恭正色曰："居端右之重，集藩王之第，而肆淫声，欲令群下何所取则？"石深衔之。

这里"委巷之歌"，实即吴歌。《北堂书钞》卷五九引《晋中兴书·太原王录》也记载此事，"委巷之歌"作"吴歌"。《南史》卷三四《颜延年传》称："延之每薄汤惠休诗，谓人曰：惠休制作，委巷中歌谣耳，方当误后生。"颜延之嫉视汤惠休及鲍照，主要即为了两人喜欢仿效吴歌制作新体诗的缘故①。刘宋末叶，"王僧虔解音律，以朝廷礼乐，多违正典，人间竞造新声，时齐高帝辅政，僧虔上表请正声乐；高帝乃使侍中萧惠基调正清商音律"（《南史》卷二二《王僧虔传》）。历史证明这种反抗新声复兴古乐的努力，并不能转变整个社会的风尚。《汉书·礼乐志》曾经记载刘欣（汉哀帝）不喜郑声，即位后罢乐府官，然而"豪富吏民，湛沔自若"。刘欣所厌恶的郑声，就是汉代的俗乐，其主要部分即为相和歌，在六朝时候它却成为被正统派爱悦的古乐了。很显然，

---

①　鲍照《吴歌》三首，《采菱歌》七首，《幽兰》五首，《中兴歌》十首；惠休《江南思》一首，《杨花曲》三首：均为五言四句之吴歌体诗作。又鲍、汤两人所作之七言《白纻歌》，在当时亦为新兴的委巷之歌。

音乐文学史上新陈代谢的趋势——民间富有生气的俗乐替代贵族陈旧音乐的趋势，是不能用消极的人为力量来阻遏的。

四　冲破了礼教的樊笼

数百首的吴声、西曲，几乎全部是哀感缠绵的情歌，这一方面由于一种普遍的现象："很多地方搜集到的民歌，都是情歌占绝大多数。"(何其芳《论民歌》)一方面则如上文所述，由于统治阶级的选择作用。这些情歌，虽然缺乏批判性的内容，却能以活泼机灵的笔调，来表现人民生活的另一方面——那种火辣辣的毫不遮掩的爱情，洋溢着生命的热情和力量。诚然，在这些情歌中，往往有色情的露骨的描写，在内容情调上都透露出不健康的气息；但它们在爱情得不到正当满足的封建社会里，往往表现了对于封建秩序、封建道德的猛烈的抗议和背叛。

我们设想我国中古时期的各个朝代，应当都不缺少大胆歌颂爱情的歌谣，然而传下来的只有吴声与西曲。这我们不能不向整个六朝时代贵族社会的风气找寻解释。一个稍稍读过中国历史的人，都知道那时代的贵族生活达到了荒淫放纵的高度。浪漫热情的吴声、西曲，恰巧能够满足他们找寻刺激的要求。必须承认，作为封建秩序支柱的儒家礼教束缚力量的衰弱，是村野的吴歌能够走入上层社会而且流传下来的主要原因。

吴声、西曲中著名的情歌有《子夜》、《读曲》、《华山畿》、《阿子》、《欢闻》、《懊侬》、《杨叛》等曲调。

《子夜歌》相传为名叫子夜的晋代女子所创始，它是女子失恋后的悲歌，民间流行着"鬼歌子夜"的传说。《华山畿》起源于一出民间恋爱悲剧：一个少年在华山畿邂逅一位少女，"悦之无因，感心疾而死"，葬时，车从华山经过，那位少女知道此事，出来唱了一首悲歌：

"华山畿,君既为侬死,独活为谁施? 欢若见怜时,棺木为侬开!"棺盖忽然应声打开,她跳进去殉情而死了(见《古今乐录》)。这类神秘的故事说明了一种事实:在封建社会中男女恋爱不能自由,少男少女往往企图从死亡中实现理想,他们虽然是消极的行为,显然对于封建秩序起着一定的反抗作用。

吴声、西曲中一部分情歌,相传起源于对政治的预言。例如《阿子歌》、《欢闻歌》预言着褚太后哭穆帝的事情,《懊侬歌》预言了桓玄的失败,《杨叛儿》预言了杨旻与何妃的暧昧关系。这些说法恐怕是后人的附会,它们原是寻常的情歌:"阿子汝闻不?""杨婆儿共戏来!"都是情人呼唤对方的口吻;"草生可揽结,女儿可揽抱"(《懊侬歌》),则是艳阳天气下的相思歌曲。这些歌词的产生,当早在政治事件发生之前,后来相信谣谶的人们,根据两者声音或意义的近似,把它们牵合上去。通过这种比附,民间的谣曲就更能顺利地在上层社会中流行起来。

《采桑度》、《青阳度》、《作蚕丝》等一类借蚕桑吟咏爱情的歌曲,在题材方面,受到汉代相和歌《陌上桑》(一名《采桑》)的影响;同时它们所反映着的江南蚕桑环境,也不应忽视。

底下,让我们来管窥一下这些情歌的内容及其艺术技巧。在《国风》之后,我们第一次在吴声、西曲中间,看到了许多大胆地热烈地抒写男女情爱的作品;它们是以多么新鲜活泼的文字,表达了江南小儿女们在爱情中间的欢愉和哀怨啊!

　　《子夜歌》:"朝思出前门,暮思还后渚,语笑向谁道,腹中阴忆汝。"又:"揽枕北窗卧,郎来就侬嬉,小喜多唐突,相怜能几时?"

　　《欢好曲》:"淑女总角时,唤作小姑子,容艳初春花,人见谁不爱!"

《懊侬歌》:"我与欢相怜,约誓底言者? 常叹负情人,郎今果成诈!"

《华山畿》:"腹中如汤灌,肝肠寸寸断,教侬底聊赖?"又:"奈何许,天下人何限,慊慊只为汝!"

《读曲歌》:"芳萱初生时,知是无忧草,双眉画未成,那能就郎抱?""怜欢敢唤名,念欢不呼字,连唤欢复欢,两誓不相弃!"

许多精美的情歌,使用了巧妙的比喻、奇特的想象来诉说热烈迫切的感情,在表现的艺术上是异常之出色而成功的。

《欢闻变歌》:"张罾不得鱼,鱼不樀罾归,君非鸀鹏鸟,底为守空池?"

《华山畿》:"开门枕水渚,三刀治一鱼,历乱伤杀汝。"又:"啼著曙,泪落枕将浮,身沉被流去!"又:"相送劳劳渚,长江不应满,是侬泪成许。"

《读曲歌》:"闻欢得新侬,四支懊如垂乌,散放行路井中,百翅不能飞!"又:"打杀长鸣鸡,弹去乌白鸟,愿得连冥不复曙,一年都一晓!"

《杨叛儿》:"暂出白门前,杨柳可藏乌,欢作沉水香,侬作博山鑪。"

《西乌夜飞》:"日从东方出,团团鸡子黄,夫妇恩情重,怜欢故在傍。"

比喻中的一种特别格式——谐音双关语,在吴声、西曲中,数量和技巧都达到了空前的高度,我们将在下文予以详细论述。

鲁迅在论述《子夜歌》等民间文学时说："大众并无旧文学的修养,比起士大夫文学的细致来,或者会显得所谓低落的,但也未染旧文学的痼疾,所以它又刚健、清新。"(《门外文谈》)假如拿梁陈时代的宫体诗来与吴声、西曲作一比较,我们便可清楚认识到《子夜》等民间歌谣所特具的"刚健、清新"的优点。

无可否认,吴声、西曲的一部分歌词,在内容情调上都表现出不健康的成分。这些歌词有一部分是贵族阶级的拟作,一部分则当是城市小市民阶级的作品。这些歌词在情爱的描写上,往往流入庸俗的低级趣味。如:

> 《读曲歌》:"合冥过藩来,向晓开门去,欢取身上好,不为侬作虑。"又:"念日行不遇,道逢搏捺郎,香灭衣服坏,白肉亦黯疮。"

它们所写的大约是娼妓的生活。这种低级趣味的娼妓歌在吴声、西曲中间获得了一定的地盘。

贵族阶级虽然非常爱悦着民歌的庸俗部分,但由于社会地位及身份的关系,在这方面的描写,往往采取比较含蓄的手法。下面这些歌词较为渊雅的篇章,当是他们的作品。

> 《子夜歌》:"揽裙未结带,约眉出前窗,罗裳易飘扬,小开骂春风。"

> 《子夜秋歌》:"开窗秋月光,灭烛解罗裳,含笑帷幌里,举体兰蕙香。"

这种享乐的颓废的肉欲描写,后来逐渐流入贵族阶级的五言诗范围,就促进了"绮艳相高,极于轻薄"的宫体诗的产生。

五 商业城市生活的反映

吴声歌曲产生于吴地,以当时的京都建业为中心地区;西曲产生于荆、郢、樊、邓一带,以长江中流及汉水流域的城市为中心地区。中古时代商业都市的风貌,在吴声、西曲中获得了部分的反映。

产生吴声、西曲的中心地区,在那个时候属于扬州和荆州。"荆、扬二州,户口半天下,江左以来,扬州根本,委荆以阃外"(《宋书》卷六六《何尚之传》),它们是南朝经济和政治的中心区域。二州的州治,成为全国货物的集散地:"荆城(江陵)跨南楚之富,扬部(建业)有全吴之沃①。鱼盐杞梓之利,充仞八方,丝绵布帛之饶,覆衣天下。"(《宋书》卷五四《孔季恭传论》)在建业城内,"淮水(秦淮)北有大市,其馀小市十馀所"。南朝的统治阶级,聚集在那些大城市里面。他们的奢侈消费行为,主导地造成了这些城市在商业上的繁荣现象。

在吴声、西曲中间,我们看到不少诗篇对商业城市的繁华生活寄予无限的向往:

《孽乐》:"人言扬州乐,扬州信自乐。总角诸少年,歌舞自相逐。"

《襄阳乐》:"人言襄阳乐,乐作非侬处。乘星冒风流,还侬扬州去。"

---

① 六朝时扬州的州会即在京城建业。《太平寰宇记》卷一二三:"扬州,元帝渡江历江左,扬州常理建业。"故那时人们也呼建业为"扬州"。在吴声、西曲中也是如此。参考拙作《吴声、西曲中的扬州》一文。编者按:此文收入《乐府诗述论》下编。

城市中的居民,由于经济生活一般地较为富裕,在歌谣中也显现出优游愉乐的情调。《江陵乐》中,写出了青年男女的动人的游戏:

> 不复蹑跰人,跰地地欲穿,盆隘欢绳断,蹑坏绛罗裙。

《石城乐》和《襄阳乐》,原本是这两个城市的行乐歌谣。《石城乐曲》系宋臧质所作,它原先是该地的民歌。"石城在竟陵,质尝为竟陵郡,于城上眺瞩,见群少年歌谣遒畅,因作此曲。"(《通典·乐典》)《襄阳乐》本是襄阳城内流行的歌谣,"元嘉(宋文帝年号)二十六年,随王诞为雍州刺史,夜闻诸女歌谣,因而作之"(《古今乐录》)。二者都通过了贵族的加工过程,由徒歌演为乐曲。《南齐书》卷五三《良政传序》说:"永明(武帝年号)之世,十许年中,百姓无鸡鸣犬吠之警。都邑之盛,士女富逸;歌声舞节,袨服华妆,桃花绿水之间,秋月春风之下,盖以百数。"(节录)这段话说明了城市行乐歌谣发达的经济基础。

在吴声、西曲(特别是西曲)中间,描写商旅生涯的歌谣,占了很大的分量。如上所述,建业(扬州)和江陵,是荆、扬两州的最大商埠,因此一般估客,就沿着长江,往还于江陵、扬州间,经营他们的生意。

> 《懊侬歌》:"江陵去扬州,三千三百里,已行一千三,所有二千在。"

> 《襄阳乐》:"江陵三千三,西塞陌中央,但问相随否,何计道里长!"

在江陵到扬州中途,巴陵是一个重要商埠,它是《三洲歌》的产生地。《古今乐录》说:"《三州歌》者,商客数游巴陵三江口往还,因共作此歌。"《三洲歌》是西曲中非常美妙动听的乐曲。汉水流域为西方富庶之区,襄阳一带,尤为繁华,《襄阳乐》为我们带来了不少商旅之歌。襄阳北部的樊城、邓城二县,为汉水上流商估聚集之地。"齐武帝(萧赜)布衣时尝游樊邓,登祚以后,追忆往事,而作《估客乐》。"(《古今乐录》)《估客乐》的制作,显然出于商旅歌谣的加工与仿拟。由于最高统治者的倡导,描绘商旅生涯的歌词,在西曲中获得了广大的地盘。

吴声的《欢闻变歌》、《懊侬歌》,西曲的《石城乐》、《莫愁乐》、《乌夜啼》、《襄阳乐》、《那呵滩》等等曲调中间,都有很好的商人歌,以真挚天真的内容,质朴生动的文字,描绘出商旅的生活和情感,摄住了读者的心灵。

《欢闻变歌》:"刻木作斑鸠,有翅不能飞。摇著帆樯上,望见千里矶。"又:"驶风何曜曜,帆上牛渚矶。帆作伞子张,船如侣马驰。"

《懊侬歌》:"长樯铁鹿子,布帆阿那起。诧侬安在间,一去三千里。"又:"暂薄牛渚矶,欢不下廷板。水深沾侬衣,白黑何在浣。"

《石城乐》:"布帆百馀幅,环环在江津。执手双泪落,何时见欢还?"

《莫愁乐》:"闻欢下扬州,相送楚山头。探手抱腰看,江水断不流!"

《那呵滩》:"闻欢下扬州,相送江津湾。愿得篙橹折,交郎到头还!"(赠)又:"篙折当更觅,橹折当更安。各自是官人,那得到头还!"(答)

贵族阶级的嗜好和选择作用,规定了整个吴声、西曲歌辞内容的单纯性——束缚在情爱的小圈子里。商人歌是整个情歌中的一部分,关于商估生活、情感的描绘,也仅仅通过了情爱的内容被表达了出来。

在封建社会的残酷的剥削制度之下,广大城乡地区经常产生着贫穷得无立锥之地的人民,找寻着任何可以糊口的职业。适应着城市有闲阶级以及居无定所的商估的需要,稍有色艺的贫女,往往走向娼妓的道路。

西曲的《青骢白马曲》道:"问君可怜六萌车,迎取窈窕西曲娘。"这里的西曲娘是一个靠歌喉生活的娼妓。《丹阳孟珠歌》里的孟珠,是京师附近的一位收入很好的娼妓:

> 《丹阳孟珠歌》:"人言孟珠富,信实金满堂。龙头衔九花,玉钗明月珰。"

孟珠在那时候应当是一位名娼,其歌词(另外一首)与著名的《钱塘苏小小歌》,一齐被徐陵编入《玉台新咏》。

《襄阳乐》中写出了它南部大堤县的烟花女儿,是多么逗引商旅的留恋:"朝发襄阳城,暮至大堤宿。大堤诸女儿,花艳惊郎目。"大堤女儿后来在唐代诗人的作品里往往成为吟咏的对象。

《寻阳乐》和《夜度娘》较明显地描绘了娼女的接客生涯及其痛苦:

> 《寻阳乐》:"鸡亭故侬去,九里新侬还,送一却迎两,无有暂时闲。"

> 《夜度娘》:"夜来冒霜雪,晨去履风波,虽得叙微情,奈侬身苦何!"

这是描绘卖淫生活的最明显的例子,此外还有一部分肉感较强的情歌,其中不少当是反映着娼妓的生涯的。

六　形 式 和 语 言

吴声、西曲的每首歌词,其句式大抵为五言四句,也就是五言绝

句,虽然人们并不唤它作绝句。现存吴声歌曲约三百三十首,其中约
二百七十首为五言绝句体。仅有六十首左右的歌词,较多三言、七言
等参差句法,而每首的句数也不限于四句;这种例外形式大都产生于
《华山畿》、《读曲歌》两曲调中。西曲总数约一百五十首,其中约一百
十首都是五言四句,在《寿阳乐》、《月节折杨柳歌》、《安东平》、《青骢
白马》、《共戏乐》、《女儿子》等曲调中出现了三言、四言、七言等句式,
每首也不限定四句。西曲歌词句式例外于五绝体者较多,但在整个
西曲中间毕竟仍占少数。因此,我们可以说:五言四句是吴声、西曲
歌词字句的主要形式。

我们考察六朝时代一些不被采入乐府的歌谣,五言四句式固属
不少,但字句参差的分量更占多数。我疑心民间歌谣的字句本来比
较自由,经过了贵族阶级的删改和仿制,它们的格式就更整齐化起
来,因为那时候贵族阶级的文坛中,五言诗正处在黄金时代。

民间歌谣在格式上的特点,鲜明地表现在吴声、西曲中间。这里
有两点尤足注意。第一,是男女双方互相赠答的体裁。例如《子夜
歌》开头两首:"落日出前门,瞻瞩见子度。冶容多姿鬓,芳香已盈
路。"(男赠)"芳是香所为,冶容不敢当。天不夺人愿,故使侬见郎。"
(女答)便是好例①。这种男女赠答体裁的歌谣,在我国南部地区广
泛地出现着,即在今日,仍然保存着这种风气。其次,在吴声中很多
相类于《诗经》的叠章,如《子夜变歌》:"岁月如流迈,春尽秋已至。荧
荧条上花,零落何乃驶。""岁月如流迈,行已及素秋。蟋蟀吟堂前,惆
怅使侬愁。"在《前溪》、《丁督护》、《团扇郎》、《黄鹄》、《碧玉》、《桃叶》、
《长乐佳》诸曲调中,都有此种例子。它们的歌词虽然往往出于文人
之手,但其体裁则显然渊源于民歌。

---

① 参考余冠英先生《谈吴声歌曲里的男女赠答》(载《文艺复兴·中国文学
研究号》上册)。

　　在语言方面,也有两点特色最足注意。首先,是它们大量地使用着方言土语。举一些显著的例,如《懊侬歌》的"撺如陌上鼓"、"内心百际起"、"约誓底言者"、"布帆阿那起"、"落托行人断",《华山畿》的"将懊恼"、"摩可侬",《读曲歌》的"婹拖何处归,道逢播搽郎"、"上知所",《西乌夜飞》的"目作宴瑱饱,腹作宛恼饥"、"刀作离楼僻"等等都是。它们在全篇中显得非常新鲜活泼,增强了语言的魅惑性,同时,更为我们保存着不少六朝口语的资料。

　　其次,是它们大量使用着巧妙的谐音双关语,这是吴声、西曲中间最生动也最逗人注意的一项艺术特征。所谓谐音双关语,是指利用谐音作手段,一个词语可同时关顾到两种不同意义的词语。例如《读曲歌》:"奈何许,石阙生口中,衔碑不得语。"末句"碑"字双关"悲"字。"碑"与"悲"音同字异,我们名这类双关语为"同音异字之双关语"。尚有一类同音同字之双关语,例如《子夜歌》:"见娘善容媚,愿得结金兰。空织无经纬,求匹理自难。"末句"匹"字双关"布匹"和"匹偶"二层意义。这两类双关语有混合在一起的时候,例如《子夜夏歌》:"朝登凉台上,夕宿兰池里。乘月采芙蓉,夜夜得莲子。"末句"莲"双关"怜",属于第一类;"子"兼指"莲子"和"吾子"(你),属于第二类。我们不妨把它唤作混合双关语。谐音双关语大致可以分为上述三类。

　　一般说来,一个谐音双关语的组成,经常需要两个句子:上句述说一种事物,下句申明上句的意思,双关语就在这种申明中带出。洪迈《容斋三笔》说:"自齐梁以来,诗人作乐府《子夜四时歌》之类,每以前句引兴比喻,而后句实言以证之。"("乐府诗引喻"条)就是这个意思。譬如上面所引:"石阙生口中,含碑不得语。""石阙生口中"是叙述一事,就是洪氏所谓"比兴";"含碑不得语"是"石阙生口中"的结果,申明上意,就是洪氏所谓"实言以证之"的字句,双关语"碑"(悲)字就在这里带出。这是一般的格式,也有例外,但占少数。

谐音双关语及其引兴比喻中间所称述的事物,如习见的芙蓉、莲、藕、梧桐、蚕丝、布匹、藩篱、帘薄等等,"都是歌者当时当地所见得到的事物"(陈望道先生《修辞学发凡》),显示出物质环境对作品题材的影响。

在六朝以前的歌谣中,已经有谐音双关语的出现。《古诗十九首》(之一)云:

> 客从远方来,遗我一端绮。相去万馀里,故人心尚尔。文彩双鸳鸯,裁为合欢被,著以长相思,缘以结不解,以胶投漆中,谁能别离此?①

朱珔《文选集释》道:"此盖借丝为思,借连结为结好,犹莲之为怜,薏之为忆。古人以同音字托物寓情,类如是尔。"说得正是。这里的双关语虽然不及后来的精巧,但显然可见,在汉代民歌中,谐音双关语已开始萌芽,为六朝时代的吴声、西曲导乎先路。六朝以后的民歌,如明代的山歌、清代的粤讴,也包含着不少生动活泼的谐音双关语。

谐音双关语这项修辞格式,其特点既然在利用谐音作手段,以一个词语关顾两种不同意义,因此,这种修辞现象是属于语言领域而不是文字上的。从汉到清各代民歌中谐音双关语的经常出现,说明它们是口头文学的一种特殊修辞现象。它们同民间语言经常保持着密切的联系,所以总是显得新鲜、活泼、生动、自然,对读者具有强大的魅力。在吴声、西曲影响之下,唐宋的一些诗人,也喜欢在他们的诗作中使用谐音双关语。这些作品也有写得颇生动的,但终于逐渐趋

---

① 这首古诗疑在汉代也尝入乐。乐府瑟调曲《饮马长城窟行》下半段"客从远方来,遗我双鲤鱼"云云,措辞相同,疑这是古乐府的一种套头,参考余冠英先生《乐府歌辞的拼凑和分割》(载《国文月刊》第六十一期)。

向雕琢文字的途径，完全失却民歌的自然活泼的本色，如唐代皮日休、陆龟蒙的一些风人诗便是好例。这说明了谐音双关语一旦脱离民间口语的沃壤，便立刻会憔悴而枯萎下去的。

七　贵族的仿作及其思想、生活

通过贵族阶级的乐曲——吴声与西曲，六朝的民歌得以大量地流传下来。在吴声、西曲中间，贵族们所制的曲调是相当多的。晋代有沈充的《前溪歌》，孙绰的《碧玉歌》，王献之的《桃叶歌》，王廙的《长史变歌》；宋有刘骏（孝武帝）的《丁督护歌》，刘义庆的《乌夜啼》，刘铄的《寿阳乐》，刘诞的《襄阳乐》，臧质的《石城乐》，沈攸之的《栖乌夜飞》；齐有萧赜（武帝）的《估客乐》；梁有萧衍（武帝）的《襄阳蹋铜蹄》；陈有陈叔宝（后主）的《玉树后庭花》、《春江花月夜》等等。这些作家都是新的曲调的创制者，至于根据已有曲调而仿作歌词如《子夜歌》、《懊侬歌》等，尚不计在内。这些作品，大致可分为两类：第一类本为民间歌谣，经贵族的改造而制成乐曲，《石城乐》、《襄阳乐》等曲调属之；第二类则为贵族们模仿民歌的体裁与风格，创制了纯然歌咏本阶级的生活、思想、感情的作品，《碧玉歌》、《桃叶歌》、《长史变歌》等曲调属之。

六朝是一个大纷乱的时代。空前残酷的民族战争，频繁篡夺的政治局面，放浪无为的老庄思想，这些因素凑合起来，使得当时的贵族们严重地感到了生命的无常，从而尽量趋向于消极的目前享乐。吴声、西曲即在这种要求下获得了盛大的发展。这里且举一二具体例子来作证明。《梁书》卷二八《鱼弘传》说：

弘常语人曰：我为郡所谓四尽：水中鱼鳖尽，山中麋鹿尽，田中米谷尽，村里民庶尽。丈夫生世，如轻尘栖弱草，白驹之过

隙,人生但欢乐,富贵几何时! 于是恣意酣赏,侍妾百馀人,不胜
金翠;服玩车马,皆穷一时之绝。

《南史》卷七二《刘昭传》说:

> 昭子缓,性虚远有气调,风流跌宕。……常云:不须名位,
> 所须衣食;不用身后之誉,唯重目前知见。

鱼弘、刘缓两人的见解和行动,实在反映了六朝大多数上层贵族分子
的倾向。"人生但欢乐,富贵几何时","不用身后之誉,唯重目前知
见",声乐的异常发达,是这种思想意识的逻辑表现。

演唱乐曲,必须具备相当丰厚的物质基础,不消说得,贵族们在这
方面的条件是非常够格的。我们即在吴声、西曲方面,举一些具体史实
来谈谈。演唱吴声、西曲,必须拥有相当数量的声伎。《南史》卷六〇
《徐勉传》:"普通末,(梁)武帝自算择后宫吴声、西曲女伎各一部,并华
少,赉勉,因此颇好声酒。"说明了贵族阶级备有大量的女伎演唱吴声、
西曲。《石城乐》的作者臧质,在举兵失败后,"至寻阳焚烧府舍,载伎西
奔"(《宋书》卷七四本传)。《栖乌夜飞》作者沈攸之,"富贵拟于王者,夜
中,诸厢房燃烛达旦,后房服珠玉者数百人,皆一时绝貌"(《南史》卷三
七本传)。这些后房佳人有不少当是乐曲的演奏者。

贵族阶级演奏声乐时的豪华情况,也值得注意。这里也举一二
例子:萧赜(齐武帝)"布衣时尝游樊邓,登祚以后,追忆往事而作《估
客乐》。……数乘龙舟游五城江中放观。以红越布为帆,绿丝为帆
绠,锦石为篙足。篙榜者悉着郁林布,作淡黄袴,列开,使江中衣出,
五城殿犹在"(《古今乐录》)。这种荒淫的行为,可说是杨广(隋炀帝)
游幸江都的先导。"羊侃性豪侈,善音律,自造《采莲》、《棹歌》两曲,
甚有新致。姬妾列侍,穷极奢靡。……初赴衡州,于两艘艑起三间通

梁水斋,饰以珠玉,加以锦缋,盛设帷屏,陈列女乐。乘潮解缆,临波置酒,缘塘傍水观者填咽"(《梁书》卷三九《羊侃传》),贵族统治阶级就这样陶醉在声乐的享受里。

声乐的耽溺,一方面使贵族们的意志和生活日趋腐化,一方面使他们更加紧了对人民的剥削。《梁书》卷三八《贺琛传》说:

> 琛条奏武帝,其二事曰……歌姬舞女,本有品制,二八之锡,良待和戎。今畜妓之夫,无有等秩,虽复庶贱微人,皆盛姬姜,务在贪污,争饰罗绮。故为吏牧民者,竞为剥削,虽致赀巨亿,罢归之日,不支数年,便已消散。盖由宴醑所费,既破数家之产,歌谣之具,必俟千金之资,所费事等丘山,为欢止在俄顷。

歌姬、舞女所演唱的,主要即为吴声、西曲。

八　作者·本事·和送声

《乐府诗集》在编录吴声、西曲的每一曲调的歌词前面,往往引述《宋书》、《古今乐录》等书的记载,说明这一曲调的创始人和它产生时候的事实背景。这类记载,由于产生了一些文字上的沿误,由于其他可作旁证的资料的未被注意,更由于所记情况与现存歌词内容往往不相符合,遂招致了晚近不少文学史研究者的怀疑,甚至被认为完全不足凭信。其实这种怀疑是不能成立的。

先说作者问题。贵族作家中名字比较生僻的,当推《前溪歌》的作者沈充和《长史变歌》的作者王廞。沈充一作沈玩,他是东晋初年吴兴人,曾为车骑将军,跟着王敦作乱,被杀。事迹附见《晋书》卷九八《王敦传》后面。前溪是沈充家乡的一条河流,风景相当好,所以他作歌咏之。《宋书·乐志》说:"《前溪歌》者,晋车骑将军沈玩所制。""玩"字后世刻本讹成"玩"字,因此造成读者的疑惑,但《晋书》及新、旧《唐书》的《音乐志》却并没有错①。再说《长史变歌》,《宋书·乐志》说:"《长史变》者,司徒左长史王廞临败所制。"王廞的事迹在《晋书》(附见卷六五《王导传》)里有非常明白的叙述:

> 荟(王导子)子廞,历太子中庶子、司徒左长史。以母丧居于吴。王恭举兵,假廞建武将军、吴国内史,令起军助为声援。廞即墨经合众,诛杀异己,仍遣前吴国内史虞啸父等入吴兴、义兴聚兵,轻侠赴者万计。廞自谓义兵一动,势必未宁,可乘间而取富贵。而曾不旬日,国宝赐死,恭罢兵符,廞去职。廞大怒,回众讨恭。恭遣司马刘牢之距战于曲阿,廞众溃,奔走,遂不知所在。

把它和《长史变歌》内容比照,真是再清楚不过了。但前人于王廞的事迹都没有注意到,清代朱乾的《乐府正义》,较能留意于乐府史实的考订,尚且说"王廞事俟考"(卷一〇)。因此,我认为一些学者对吴声、西曲作者的怀疑,主要的原因在于未能深考。

王廞的事迹,已是一个本事问题,这里再举本事方面的一个例子,是关于《丁督护歌》的。《宋书·乐志》说:

> 《督护歌》者,彭城内史徐逵之为鲁轨所杀,宋高祖使府内直督护丁旿收敛殡霾之。逵之妻,高祖(刘裕)长女也,呼旿至阁下,自问敛送之事。每问,辄叹息曰:丁督护!其声哀切,后人因其声广其曲焉。

---

① 参考拙作《吴声西曲杂考》中《前溪歌考》一节。

这里所述徐逵之战死的事迹,可征信于《宋书》卷二《武帝(刘裕)本纪》:"义熙十一年正月,公(指武帝,时为宋公)率众军西讨。三月,军次江陵。公命彭城内史徐逵之参军王允之出江夏口。复为鲁轨所败,并没。"(节录)同书卷七一《徐湛之传》有更详尽的叙述。所谓府内直督护"丁旿"其人,更见于同书卷二《武帝本纪》、卷四八《朱超石传》。显然,《督护歌》的本事是无庸置疑的。尚有其他曲调的本事,大致都可信,我另有详考,这里不赘。

底下让我们讨论一下本事的记载与现存歌词内容不相符合的问题。吴声、西曲的一部分曲调,如《长史变》、《碧玉》、《桃叶》等等,歌词内容与本事是互相谐合的。另外一部分就不如此,如《丁督护歌》,本事说徐逵之随刘裕西征鲁轨,兵败而死,而歌词云:"督护北征去,前锋无不平。"内容大相径庭。又如《西乌夜飞歌》,据《古今乐录》,是刘宋荆州刺史沈攸之举兵叛乱,"未败之前,思归京师"之作;但由现存的歌词,却丝毫不能看出这种意思。这类本事与歌词内容不相符合的问题应当怎样解决呢? 答案是:吴声、西曲每一曲调的本事,是说明它创始时候的事实背景;而现存歌词,却不一定是创始时候的作品;每一曲调的后来拟作,不需要在内容上符合于原始的本事,仅仅利用着该歌曲的声调便已足够了。

为了解决这个问题,必须叙述一下吴声、西曲中间的和声与送声两种特殊声调。和、送声以参差的文句构成,和声是歌词中间歌人群相唱和之声,送声在后,它们是歌唱乐词时助节声调的重要部分。根据古籍的记载,以及间接的推论,吴声、西曲各曲调的和送声,可约举如下:

(1)《子夜歌》　和声云:"子夜来。"

(2)《欢闻歌》　和声云:"欢闻。"送声云:"欢闻否?"

(3)《阿子歌》　和声云:"阿子闻。"送声云:"阿子汝闻否?"

(4)《丁督护歌》　和声云:"丁督护!"

(5)《团扇歌》　和声云:"白团扇。"(以上吴声)

（6）《石城乐》　和声云："妾莫愁。"（《莫愁乐》当相同）

（7）《乌夜啼》　和声云："笼窗窗不开,乌夜啼,夜夜望郎来。"

（8）《襄阳乐》　和声云："襄阳来夜乐。"

（9）《三洲歌》　和声云："三洲断江口,水从窈窕河傍流,欢将乐共来,长相思。"

（10）《襄阳蹋铜蹄》　和声云："襄阳白铜蹄,圣德应乾来。"

（11）《女儿子》　和声云："女儿。"

（12）《那呵滩》　和声云："那呵滩,郎去何当还?"

（13）《杨叛儿》　和声云："杨婆儿,共戏来。"送声云："叛儿教侬不复相思。"

（14）《西乌夜飞》　和声云："白日落西山,还去来。"送声云："折翅乌,飞何处,被弹归。"

（15）《月节折杨柳歌》　和声云："折杨柳。"（以上西曲）

和送之声,最初应当渊源于民间的谣曲。当吴地或者石城、襄阳的儿童少年,在野外合群踏足唱歌时,他们必然需要可以共同合唱的和送之声以为调节。吴声《阿子歌》的"阿子闻"、"阿子汝闻否",西曲《石城乐》、《莫愁乐》的"妾莫愁",《襄阳乐》的"襄阳来夜乐",便是它们最原始的形态。它们有最显著的两点特色:第一,其句法比较参差多变化,能增加歌词句调上的繁复性;第二,因为由许多人和歌,能增加歌词音调上的强烈性。由于这两大优点,和送声在曲调中就显得非常突出,也可以说,它们构成了曲子的主要声调。《宋书·乐志》等所载从民谣演成的乐曲,主要就是指根据、利用其和送之声而言,至于它们原始的歌词,则不一定被采录下来的。《旧唐书·音乐志》说:"《子夜》,声过哀苦。"《古今乐录》说:"褚太后哭阿子汝闻否,声既凄苦。"《宋书·乐志》说:"后人演其声以为《阿子》、《欢闻》二曲。"《宋志》又说:"《丁督护》,其声哀切,后人因其声广其曲焉。"这里所谓"声",主要便是指和送声而言。

　　基于此，我们可以阐明乐曲内容变化的原因。就拿《阿子》、《欢闻歌》来说吧，它们本是民间的童谣，被附会为预言褚太后哭穆帝的凶丧，因为其和送声凄苦动听，遂被采为乐曲。但因重声不重辞的缘故，歌词内容就起了讹变。"阿子"本被认作褚太后唤穆帝的称呼，但后来却用以指女性情人。如《阿子歌》："阿子复阿子，念汝好颜容，风流世稀有，窈窕无人双。"《妒记》(《世说新语·贤媛篇》注引)记载晋代桓温的太太看见桓温的姜李氏时，抱着她说："阿子，我见汝亦怜，何况老奴!"可见当时亦呼女子为"阿子"。后来更把"阿子"讹成"鸭子"："春月故鸭啼，独雄颠倒落。工知悦弦死，故来相寻博。"(《阿子歌》)《乐府诗集》引《乐苑》说："嘉兴人养鸭儿，鸭儿既死，因有此歌。"这显然是后起的说法。但不论是男的思念女的，或者嘉兴人哭鸭儿，"阿(鸭)子闻"、"阿(鸭)子汝闻否"的和送声，依然能够适用。"阿子"只能指女性情人，如以"欢"字代"阿子"，便可用以指情郎了。这是《欢闻歌》产生的缘由。再如上面所说的《丁督护歌》，"丁督护"本是徐逵之妻呼唤丁旿的声调，后来的《丁督护》歌词，却将它作为女子送别出征的爱人的称呼，这也是重声不重义的结果。

　　《旧唐书·音乐志》说："《乌夜啼》，宋临川王义庆所作也。今所传歌，似非义庆本旨。"似非本旨，这是现存吴声、西曲各曲调歌词的共通现象。我们可以说：《子夜》、《懊侬》、《华山畿》、《杨叛儿》诸曲，是当时描写以女子为主的相思歌曲的总汇；《白团扇》是状写女子谴责男子的曲调；《丁督护》为摹拟女子送别爱人口吻的送行曲；《乌夜啼》是叙述男女生离的哀歌；《石城》、《襄阳》诸曲调，则是歌咏该地乐曲的集成。所谓某人创作某曲，仅是指被后来利用的声调(主要为和送之声)而已。《乐府诗集》(卷八七)说："凡歌辞，考之与事不合者，但因其声而作歌尔。"(《黄昙子曲》题解)这话应是我们了解乐府，特别是吴声、西曲内容的秘钥。

　　早期的大部分拟作歌词的内容，一般尚与和送声在文字意义上保持相当联系，其情况有如上面所述；到后来，这种意义上的联系性逐渐消失，和送声在歌词中就仅仅剩下助节声调的作用。西曲的《西乌夜飞歌》，便是这方面显著的例子。唐宋时代的乐府——填词，最初内容尚须符合调名，到后来，每个牌调仅仅供给了一种固定的声调与形式，其情形和吴声、西曲正仿佛相似①。

九 雅化·衰亡·影响

吴声歌曲大抵产生于晋宋两代，西曲大抵产生于宋齐两代。经过了长时期的贵族阶级的提倡和加工，吴声与西曲，不论在音乐方面，在歌词方面，都逐渐走向雅化之路，也就是僵化的前奏。这种从雅化到僵化的现象，在萧梁时代充分地暴露了出来。我们试看萧衍（梁武帝）和他的宫嫔王金珠所制作的《子夜歌》、《子夜四时歌》、《上声歌》、《欢闻歌》等等，其词句多么典雅！它们虽然维持着五言四句的形式，然而，生动的口语没有了，机智的双关语消失了，其思想内容，更奄奄毫无生气，吴歌在他们手里，终于变为丢失了精魄的躯壳。

梁以后是陈。据《隋书》、《旧唐书》的《音乐志》记载，陈叔宝（后主）在吴声歌曲方面的制作有《黄鹂留》、《玉树后庭花》、《金钗两臂垂》、《春江花月夜》、《堂堂》诸曲调。其中有歌词留传至今的，仅有叔宝自制的《玉树后庭花》一曲，以及同曲的"璧月夜夜满，琼树朝朝新"两句江总所作的残句②。从这些仅存的歌词，我们看到其特点是：一，内容是卑靡的病态的，没有热烈真挚的思想情感。二，经过萧梁宫体诗的洗礼，辞句绮丽，完全失却前期吴声歌曲质朴自然的优点。

---

① 本节论吴声、西曲和送声与歌词内容关系的文字，系节录拙作《论六朝清商曲中之和送声》一文而成。

② 《南史》卷一二《张贵妃传》引此二句，不言作者，《大业拾遗记》以为江总所作。

三,摆脱了短小的五言四句的民歌形式,如叔宝的《玉树后庭花》便是七言六句的。吴声在内容、语言、形式上的民歌的特点,在这里被彻底破坏了。

杨广(隋炀帝)继陈叔宝之后,创制了不少淫靡的乐章,其名目有《万岁乐》、《藏钩乐》、《七夕相逢乐》、《泛龙舟》、《十二时》等等。今仅存《泛龙舟》歌词(杨广自制)一首,七言八句,风格与陈叔宝及初唐作品相近,而和早期吴声歌词毫无类同点。《隋书·音乐志》将上面这些乐曲,叙在龟兹乐部分,但其中的《泛龙舟曲》,《通典》列入清乐,《乐府诗集》也编入吴声歌曲,大约是清乐与龟兹乐混合的歌曲。这种事实说明传自西域、流行北方的龟兹乐,在隋代统一南北以后,已经逐渐打入清乐的范围,开始侵夺它的地位了。到了唐代,胡乐系统的燕乐更蓬勃发展,成为俗乐的主要部门,清乐遂走入消沉没落的道路。《通典》卷一四六记载这种情况道:

> 清乐遭梁陈亡乱,所存盖鲜,隋室以来,日益沦缺。大唐武太后之时,犹六十三曲。今其辞存者,合三十七曲。又七曲有声无辞,通前为四十四曲存焉。沈约《宋书》恶江左诸曲哇淫,至今其声调犹然。观其政已乱,其俗已淫,既怨且思矣;而从容雅缓,犹有古士君子之遗风,他乐则莫与为比。自长安(武则天年号)以后,朝廷不重古曲,工伎转缺,能合于管弦者,唯《明君》、《杨叛》……等共八曲。开元中,有歌工李郎子,自郎子亡后,清乐之歌阙焉。(节录)

出自民间的吴声、西曲,在走入贵族社会的过程中,曾经遭遇到正统派代表王恭、颜延年、王僧虔等人的大声摈斥,然而经过了长时期的雅化过程,已经变得"从容雅缓,犹有古士君子之遗风"了。因此,当它们灭亡的时节,就赢得爱古之士的惋惜。这种情况,在汉代的相和乐府,以及其他由民间上升到贵族阶级的文学,都曾经同样地发生过。

底下让我们谈谈吴声、西曲在文学史上的影响。

首先,吴声、西曲直接帮助孕育了梁陈的宫体诗。所谓宫体诗,是指以一种华艳的字句专门吟咏男女之情,着重描写妇女体态、容貌和日常生活的诗歌。其中心人物为梁代的萧纲(简文帝)、徐摛、徐陵、庾肩吾、庾信等作家。《隋书·经籍志》说:"梁简文之在东宫,亦好篇什:清辞巧制,止乎衽席之间;雕琢蔓藻,思极闺闱之内。后生好事,递相放习,朝野纷纷,号为'宫体'。流宕不已,迄于丧亡。陈氏因之,未能全变。"(《隋书·经籍志》集部总论)上面曾经说过六朝贵族阶级的生活、兴趣,曾经规定了吴声、西曲的内容的狭窄性;现在流连于情爱的吴声、西曲,又反过来催促了宫体诗的诞生。刘师培《中国中古文学史》说:

> 宫体之名,虽始于梁,然侧艳之词,起源自昔。晋宋乐府,如《桃叶歌》、《碧玉歌》、《白纻词》、《白铜鞮歌》[①],均以淫艳哀音,被于江左。迄于萧齐,流风益盛。其以此体施于五言诗者,亦始晋宋之间,后有鲍照,前则惠休。特至于梁代,其体尤昌。

这里对宫体诗的渊源于吴声、西曲这史实,有着相当简括的解释。当然,六朝贵族阶级的淫佚生活,是诞生宫体诗的根本原因;但从文学本身范围内各种作品间的相互关系上讲,我们不能不肯定吴声、西曲所给予宫体诗的严重影响。

吴声、西曲不但孕育了宫体诗,更影响了其他的文学部门。刘师培说:"梁代妖艳之词,多施于辞赋;至陈则志铭书札,亦多哀思之音、

---

① 按《襄阳白铜鞮歌》,梁萧衍所制,刘氏误。

绮靡之词。"(《中国中古文学史》)萧绎(梁元帝)说:"吟咏风谣,流连
哀思者谓之文。"(《金楼子·立言篇》)可以看出它们对当时的诗歌以
外的韵文作品、散文作品以及文学理论的影响。

　　在诗歌的形式方面,吴声、西曲为五言绝句奠定了坚实的基础。
五言四句的"古绝句"①,虽在汉代已经出现,如西汉成帝时的《尹赏
歌》、古乐府《上留田行》("里中有啼儿"篇),但它们的数量是很少的。
通过吴声、西曲的发展与影响,这种短小隽永的民歌体裁的诗作,才
开始在贵族社会中广泛地流行起来。只要打开专录五绝的《玉台新
咏》第十卷一看,在"近代吴歌"、"近代西曲歌"底下,文士们的五言绝
句接踵不断,我们便会认清楚这一段文学史上的因果关系。

　　最后要约略谈一下吴声、西曲和词(长短句)的关系。在音乐上
言,吴声、西曲属于清乐,词属于燕乐,是两个系统②。然而,两者在
内容和形式上,却有着相当密切的联系。在内容上,由于两者同是贵
族阶级的娱乐品,同是主要由女妓歌唱的乐府歌曲,因此在题材方面
都显得非常狭窄,徘徊在情爱的小圈子里③。在形式上,长短句的
词,也可以说是从字句整齐的吴声、西曲中演变出来的。吴声、西曲
中也有长短句的歌词,固不用说④,此外绝大部分的五言四句式的歌
词,靠了字句参差的和送声的加入,也起到了调节声调的作用。唐人
歌唱乐府,最初还保存着这种方法,所以"唐初歌辞,多是五言或七言
诗"(胡仔《苕溪渔隐丛话》后集卷三九)。后来在丧失了意义的和声
部分填入有意义的字句,和本歌上下文联系起来,便形成了长短句。

------

　　①　即古体绝句,区别于平仄调协的近体绝句而言。
　　②　沈括《梦溪笔谈》卷五:"唐天宝十三载,以先王之乐为雅乐,前世新声
为清乐,合胡部为宴(燕)乐。"
　　③　苏轼以后的词,已经跨出了这个圈子。
　　④　特别值得注意的是西曲的《月节折杨柳歌》(十三首)和萧衍、萧纲、沈约
等的《江南弄》(共十四首),每首都以相同的参差句法组成。

《全唐诗》说："唐人乐府元用律绝等诗,杂和声歌之。其并和声作实字长短其句以就曲拍者为填词。"这对两者格式间递变关系的叙述,是非常简明扼要的。现存唐五代初期词作(其实即为句法整齐的入乐诗)中间,仍颇多应用和声的,如张说的《舞马词》,和声为"圣代升平乐"(前二首)及"四海和平乐"(后四首);皇甫松的《竹枝》,和声为"竹枝"、"女儿"①,其《采莲子》的和声为"举棹"、"年少";五代孙光宪的《竹枝》,和声也是"竹枝"、"女儿"。这种依然应用和声的词作,可说是从整齐的诗歌发展到长短句的过渡形态,随着长短句的充分发展,调节声调的和声,已经失去它的作用,就宣告消失了。

① 《竹枝词》的和声"女儿",当本自西曲的《女儿子》。《女儿子》原为巴东渔者之歌(见《水经注》),而《竹枝词》一名《巴渝词》(见刘禹锡《竹枝词序》),两者产地相同,故在声调上自然有渊源关系。(采刘毓盘先生《词史》第一章说。)

刘宋王室与吴声西曲的发展

　　六朝通俗乐曲清商曲辞,以吴声歌曲、西曲歌(简称吴声、西曲)两大类构成其主要部分。六朝清商曲辞,发轫于东晋初年,东晋后期、宋、齐时代为其繁荣昌盛期,梁、陈则属尾声阶段。东晋后期是第一个高潮期,不少著名的吴声如《子夜歌》、《碧玉歌》、《桃叶歌》、《团扇郎歌》等产生于此期。刘宋时代是第二个高潮期,吴声又产生了若干著名曲调,如《丁督护歌》、《读曲歌》,一些原有曲调歌辞又有所增益;同时西曲开始产生并得到发展,产生了《石城乐》、《乌夜啼》、《襄阳乐》、《西乌夜飞》等著名曲调。从吴声、西曲两部分乐曲同时繁荣发展来说,刘宋时代可说是吴声、西曲的黄金时代。至南齐时代,吴声已基本停止新创,西曲则有部分新创,总的情况已不及刘宋时代昌盛。

　　吴声、西曲在刘宋时代的繁荣昌盛,与刘宋帝皇、宗室的提倡有莫大的关系。据《宋书·武帝纪》记载,刘裕祖先刘混于东晋时代从彭城县(今属徐州市)南迁,移家晋陵郡丹徒县之京口里。其地今属镇江市,南京、镇江一带,为吴声的中心发展区。《南史·武帝纪》说刘裕不解音乐,“后庭无纨绮丝竹之音”,平时生活“清简寡欲”。但其子孙长期生活在这一地区,又贵为帝皇宗室,物质生活优裕,情况自会起很大变化,在当时贵族普遍爱好通俗乐曲的风气中,其中一部分人就成为吴声、西曲的提倡与制作者。再则,刘裕出身寒贱,由一介武夫而逐步篡登王位,其家族人员缺少深厚的传统文化教养,在艺术

方面自更容易喜爱通俗的民间乐曲。下面将这些提倡者、制作者的
情况分条介绍与分析。

一　宋少帝与《前溪歌》、《懊侬歌》等

宋少帝刘义符,为刘裕长子。他生活荒淫无度,《宋书·少帝纪》
称他被废时,"于华林园为列肆,亲自酤卖。又开渎聚土,以象破冈
埭,与左右引船唱呼,以为欢乐。夕游天渊池,即龙舟而寝"。他嗜好
通俗乐曲,《宋书·少帝纪》称他"解音律",景平二年他因多过失被
废,皇太后下令数其罪恶,中有曰:"征召乐府,鸠集伶官,优倡管弦,
靡不备奏。"当时武帝尚未殡葬,管弦是通俗乐曲所用的丝竹乐器。
他曾制作吴声《前溪歌》若干首。北宋初期乐史《太平寰宇记》卷九
四曰:

> 前溪者,古永安县前之溪也。今德清县有后溪。晋时邑人
> 沈充家于此溪,乐府有《前溪曲》,则充之所制。其词云:"当曙与
> 未曙,百鸟啼匆匆。"后宋少帝续为七曲,其一曲曰:"忧思出门
> 户,逢郎前溪度。莫作流水心,引新多舍故。"

其后北宋中期湖州摄长史左文质《吴兴统纪》也有如此记载,当系
沿袭《寰宇记》之文。左书今佚,南宋谈钥《嘉泰吴兴志》曾转引其
文。谈书卷二〇物产"葛"部分有曰:"宋少帝《前溪曲》:黄葛生烂
熳,谁能断葛根?宁断娇儿乳,不断郎殷勤。"郭茂倩《乐府诗集》卷
四五著录《前溪歌》七首,书首总目录署作"无名氏"。上引乐史、谈
钥二书所引"忧思"、"黄葛"二诗,正在其中,可证此七首《前溪歌》
即系宋少帝所作(或令其手下文士所作)。乐史、谈钥均为宋代人
士,左文质、谈钥编纂《前溪歌》原创地所在的湖州地方志书,所言

当必有据。《乐府诗集》的清商曲辞解题,大抵引证《古今乐录》与正史音乐志一类音乐典籍,不注意引证有关地方志,故署此七诗为"无名氏"。

宋少帝更写作了吴声《懊侬歌》。《乐府诗集》卷四六《懊侬歌》题解有曰:"《古今乐录》曰:'《懊侬歌》者,晋石崇绿珠所作,唯"丝布涩难缝"一曲而已。后皆隆安(晋安帝年号)初民间讹谣之曲。宋少帝更制新歌三十六首。……'"《乐府诗集》著录《懊侬歌》十四首,不署作者名氏。其中第一首即为石崇、绿珠所作的"丝布涩难缝"篇,其他十三首中,当即有宋少帝所制的新歌。又《乐府诗集》卷四六于《懊侬歌》下文,列有《华山畿》曲二十五首,不署作者名氏。该曲起源于宋少帝时南徐一士子与一客舍女子双双情死的爱情悲剧。《乐府诗集》引《古今乐录》有曰:"《华山畿》者,宋少帝时《懊恼》(与《懊侬》声近相通)一曲,亦变曲也。"《华山畿》歌词十五首,其中第一首"华山畿,君既为侬死"一篇,为客舍女子所歌唱,当属原创之作;其他十四首也有可能是宋少帝把该歌采入乐府而写作的新词。据《乐府诗集》,《懊侬歌》无名氏作有十三首,《懊侬》变曲《华山畿》无名氏作有十四首,共计二十七首,《古今乐录》说宋少帝制《懊侬》新歌三十六首,或许这二十七首均为宋少帝所作,包括《懊侬歌》及其变曲《华山畿》歌辞,也未可知。

二 宋孝武帝与《丁督护歌》、《子夜四时歌》等

宋孝武帝刘骏,为文帝(义隆)第三子。他生活奢侈,嗜好酒色与通俗音乐,荒淫无度,又严酷残暴。据《宋书》、《南史》等记载,孝武大明年间,拆坏宋武帝所居阴室,"于其处起玉烛殿,与群臣观之。床头有土鄣,壁上挂葛灯笼、麻绳拂。侍中袁𫖮盛称上(指宋武帝)俭素之德。孝武不答,独曰:田舍公得此,已为过矣"(《宋书·武帝纪》)。

又与其叔父"义宣诸女淫乱"(《南史·刘义宣传》)。他所宠幸的殷贵妃,即是义宣之女。即此二例,可见其生活、思想状况。

孝武帝作有吴声《丁督护歌》五首。《乐府诗集》卷四五署作"宋武帝",而《玉台新咏》卷一〇,选有《丁督护歌》二首,却署作"宋孝武帝"(二首中第一首"督护北征去"篇《乐府诗集》署"宋武帝",第二首"黄河流无极"篇《乐府诗集》署作"王金珠")。按此《丁督护歌》五首,应从《玉台新咏》为孝武帝所作,据上文所述,宋武帝生活简朴,不解声乐,根本不可能制作吴声乐曲;而孝武则是俗乐的嗜好者。武帝、孝武帝仅一字之差,容易混淆。《宋书·乐志》叙述《丁督护歌》缘起,不提作者。《乐府诗集》署作"宋武帝"所作,乃沿袭《旧唐书·音乐志》之误,未及详考。关于《丁督护歌》的创制缘起,有一段故事。《宋书·乐志》曰:

> 《督护歌》者,彭城内史徐逵之为鲁轨所杀,宋高祖使府内直督护丁旿收敛殡礼之。逵之妻,高祖长女也,呼旿至阁下,自问敛送之事。每问,辄叹息曰:丁督护!其声哀切,后人因其声广其曲焉。

此事《宋书》的《武帝纪》、《徐湛之传》均有记载。晋安帝义熙十一年,雍州刺史鲁宗之等举兵反对刘裕,刘裕很器重其婿徐逵之,令他率军西讨,事成后将加重用,结果兵败被杀。刘裕长女会稽公主的"丁督护"哀叹声,当是使用吴地语音,声调哀切,故被后人采用为乐曲的和声制成《丁督护歌》吴声乐曲[1]。孝武帝为人残忍,曾杀其叔父义宣与兄弟四人,"丁督护"本是他姑母悲痛丈夫战殁的哀叹声,却被他用来制成娱乐性的乐曲,也是不难理解的。

---

① 参考拙作《论六朝清商曲中之和送声》。

除《丁督护歌》外，我推测孝武帝曾参与《子夜四时歌》的制作。《乐府诗集》卷四四著录《子夜四时歌》七十五首，其中春歌、夏歌各二十首，秋歌十八首，冬歌十七首，统署为"晋宋齐辞"，可见包含有刘宋时代作品。《乐府诗集》于《子夜歌》四十二首下亦署作"晋宋齐辞"，可见《子夜歌》、《子夜四时歌》二者都是晋、宋、齐三代人的集体作品。《子夜四时歌》是东晋《子夜歌》流行影响下的变曲，《乐府解题》称为"后人更为四时行乐之词"。典籍虽然没有孝武制作《子夜四时歌》的记载，但有一些间接材料值得重视。一是孝武尝为其臣僚王玄谟作《四时诗》一首，诗云："堇茹供春膳，粟浆充夏餐。飑酱调秋菜，白醯解冬寒。"此诗一首四句，每句分咏四时情况，虽与《子夜四时歌》每首五言四句专咏一季者有异，但着眼于咏四时则相同，可见孝武对此类诗有兴趣。二是鲍照有《中兴歌》十首，系歌颂孝武帝之作，《乐府诗集》卷八六收入杂歌谣辞。十诗亦分咏四季景色，有"千冬逢一春"、"分随秋光没"等句。孝武讨平元凶劭弑父（文帝）自立之乱，故称为"中兴"。据《宋书·孝武帝纪》载，元嘉三十年，元凶劭弑文帝，孝武率众入讨。"四月戊辰，上至于新亭。己巳，即皇帝位。……壬申，改新亭为中兴亭。"可证。鲍照的《中兴歌》十首当是迎合孝武的喜好而写作的。《中兴歌》第九云："襄阳是小地，寿阳非帝城，今日《中兴乐》，遥冶在上京。"诗中"襄阳"、"寿阳"指宋南平穆王刘铄、随王刘诞二人分别于元嘉二十二年、元嘉二十六年所制作的《襄阳乐》、《寿阳乐》。《中兴歌》其九意谓《襄阳乐》、《寿阳乐》均属地区郡王所制，不及《中兴歌》乃歌颂中央朝廷之作。一说《中兴歌》乃歌颂宋文帝之作。按文帝元嘉共三十年，《中兴歌》写作当在元嘉二十六年之后，于文帝晚年歌颂其中兴功业，恐与情理不可通。由上二证，间接推论《子夜四时歌》七十五首中或有孝武帝作品（或令其臣僚写作），还是很有可能的。

又吴声中有神弦歌十一题十八曲，都是祭祀建康一带的杂鬼神、弦歌以娱神之曲。我在《神弦歌考》一文（见本书上编）中，考证第一曲《宿阿曲》中提到的赵尊，是一位道教信仰的神道。《宿阿曲》的产生时代，应当在赵尊的信仰普遍以后，即宋少帝景平元年（423）之后。又《宋书·礼志》载："宋武帝永初二年，普禁淫祀，由是蒋子文祠以下，普皆毁绝。孝武孝建初，更修起蒋山祠，所在山川，渐皆修复。明帝立九州庙于鸡笼山，大聚群神。"蒋子文是当时著名的钟山神，神弦歌中《青溪小姑曲》所祀的青溪小姑，相传为蒋子文的三妹。据上引《宋书·礼志》，宋武帝禁绝的淫祀，至孝武帝时"渐皆修复"，推测起来，神弦歌十八曲中很可能也有孝武帝的作品。

此外，孝武帝尚有《自君之出矣》五言四句一首，属乐府杂曲歌辞，亦是通俗性歌曲。总之，我认为孝武帝在通俗歌曲（特别是吴声）的发展中，起了不小的作用。

三　刘义康、宋百官与《读曲歌》

《读曲歌》是吴声中的一个重要曲调。现存南朝无名氏歌词八十九首，其数量在吴声中位居首位，其次才是《子夜四时歌》、《子夜歌》。《读曲歌》的起源，有两种说法。《乐府诗集》卷四六《读曲歌》题解曰：

> 《宋书·乐志》曰："《读曲歌》者，民间为彭城王义康所作也。其歌云'死罪刘领军，误杀刘第四'是也。"《古今乐录》曰："《读曲歌》者，元嘉十七年袁后崩，百官不敢作声歌，或因酒宴，止窃声读曲细吟而已。以此为名。"按义康被徙，亦是十七年。

《宋书·乐志》认为《读曲歌》是民间为彭城王义康所作。两句歌词中"刘领军"指领军将军刘湛；"刘第四"则指彭城王刘义康，他是文帝之弟，在兄弟中排行第四。考《宋书》卷六八《刘义康传》、卷六九《刘湛传》，元嘉年间，义康位居宰辅，擅势专权。刘湛亲附义康，勾结朋党。元嘉十七年被文帝诛戮，歌词所谓"死罪刘领军"是也。义康该年并未被杀，仅贬为江州刺史，出镇豫章。至元嘉二十八年，文帝担心有"异志者或奉义康为乱"（元嘉二十四年曾发生过此类事件），才杀了义康。义康在元嘉十七年后的近十年间，形势一直很危殆。《宋书·刘义康传》载：文帝某次去其姊会稽长公主府宴饮，"主起再拜稽颡，悲不自胜。……主曰：'车子（义康小字）岁暮必不为陛下所容，今特请其生命。'因恸哭"。可见义康此时常处在死亡的威胁中。歌词所谓"枉杀刘第四"，或许当时民间有义康被杀的流言罢？

《古今乐录》说《读曲歌》是因袁后崩，百官"窃声读曲细吟"而起。袁后为文帝之皇后。据《宋书》卷四一《袁后传》载：

> 后潘淑妃有宠，爱倾后宫。……（袁后）遂愤恚成疾。元嘉十七年，疾笃，上执手流涕问所欲言，后视上良久，乃引被覆面，崩于显阳殿，时年三十六。上甚相悼痛，诏前永嘉太守颜延之为哀策，文甚丽。

其事也发生在元嘉十七年，《古今乐录》与《宋书·乐志》说法不同，所谓传闻异辞。现存歌词已是后来之作，看不出与刘湛被杀、义康被贬、袁后崩等情事在内容上有关联。值得注意的是，宋朝百官在袁后丧事期间，不敢"作声歌"，酒宴间"止窃声读曲细吟"，这说明他们在平时演唱吴声歌曲已是寻常便饭，也说明在帝皇、王室的倡导下当时吴声广为流行的状况。

《读曲歌》中"柳树得春风"一首，《玉台新咏》卷一〇选录之，题作"独曲"。我疑心《读曲》原本作"独曲"，其意义为徒歌。（吴昌莹《经词衍释》卷六曰："徒与独声近，而义亦相通。"）古代丧服中禁止奏丝竹之乐，因而以徒歌相代。袁后丧事期间，百官只能徒歌。《读曲歌》

现存歌辞八十九首，数量特多，可能即由于人们把徒歌的吴声歌集中在一起。又《读曲歌》歌词中多次提到"碑"、"石阙"，与坟墓有关；两次提到"方相"，它是送葬时用以驱鬼的先导。这些均与死丧之事有关①。

上面说的是刘宋王室人员与吴声的关系，可以看出宋少帝、孝武帝两人在该时吴声的发展中起了重要作用；下面再说他们与西曲的关系。

四　刘义庆、刘义康、刘义季与《乌夜啼》

《旧唐书·音乐志》述《乌夜啼》曲缘起曰：

> 《乌夜啼》，宋临川王义庆所作也。元嘉十七年，徙彭城王义康于豫章，义庆时为江州，至镇，相见而哭。（按义庆与义康为从兄弟。）为帝所怪，征还宅，大惧。妓妾夜闻乌啼声，扣斋阁云："明日应有赦。"其年更为南兖州刺史，作此歌。故其和云："笼窗窗不开，乌夜啼，夜夜望郎来。"今所传歌似非义庆本旨。（按《乐府诗集》卷四七引文稍有改动，此据《旧唐书》原文。）

按《旧唐书·音乐志》此段记载本于《通典·乐典》，文字基本相同。《乐府诗集》卷四七西曲歌题解曰："按西曲歌出于荆、郢、樊、邓之间，而其声节送和与吴歌亦异，故因其方俗而谓之西曲云。"江州、豫章，在今江西九江、南昌一带，已近荆、郢地区，《乌夜啼》声节送和已使用西方音调，故属于西曲。

《乐府诗集》的《乌夜啼》曲题解又引《教坊记》曰：

---

① 参考拙作《吴声西曲杂考·读曲歌考》。

《乌夜啼》者，元嘉二十八年，彭城王义康有罪放逐，行次浔阳，江州刺史衡阳王义季（义康弟），留连饮宴，历旬不去。帝闻而怒，皆因之。会稽公主……（中述会稽公主向文帝请恕义康罪事，已略见上文）遂宥之。使未达浔阳，衡阳家人扣二王所囚院曰："昨夜乌夜啼，官当有赦。"少顷，使至，二王得释，故有此曲。

这是传闻不同，以为述义康与义季之事。据《宋书》卷六八《义康传》载，义康于元嘉十七年因罪出为江州刺史，元嘉二十二年又贬为庶人，徙居安成郡。元嘉二十八年即在安成郡赐死。会稽公主为义康向文帝请恕罪事在义康为江州刺史时。《教坊记》所记史实有误。

五　刘铄与《寿阳乐》

《乐府诗集》卷四九《寿阳乐》曲题解曰：

《古今乐录》曰："《寿阳乐》者，宋南平穆王为豫州所作也。旧舞十六人，梁八人。按其歌辞，盖叙伤别望归之思。"

按南平穆王刘铄，为文帝第四子。《宋书》卷七二《刘铄传》载："元嘉二十二年，迁使持节、都督南豫、豫、司、雍、秦、并六州诸军事、南豫州刺史。时太祖方事外略，乃罢南豫并寿阳（今安徽寿县），即以铄为豫州刺史。寻领安蛮校尉，给鼓吹一部。"《寿阳乐》当即刘铄在该时所作。

六　刘诞与《襄阳乐》

《乐府诗集》卷四八《襄阳乐》曲题解曰：

> 《古今乐录》曰:"《襄阳乐》者,宋随王诞之所作也。诞始为襄阳郡,元嘉二十六年,仍为雍州刺史,夜闻诸女歌谣,因而作之,所以歌和中有'襄阳来夜乐'之语也。旧舞十六人,梁八人。"

按刘诞为文帝第六子。据《宋书》卷七九《刘诞传》载,元嘉二十六年,诞为雍州刺史。《襄阳乐》当即在该时所作。又《旧唐书·音乐志》曰:

> 裴子野《宋略》称:晋安侯刘道彦(当作"产")为雍州刺史,有惠化,百姓歌之,号《襄阳乐》,其辞旨非也。

按《宋书》卷六五《刘道产传》载,元嘉八年,道产为雍州刺史、襄阳太守,"百姓乐业,民户丰赡,由此有《襄阳乐》歌,自道产始也"。我颇疑刘诞的《襄阳乐》,就是在刘道产时创始的《襄阳乐》歌基础上改制发展而成的。

由上可见,西曲中比较重要的曲调《乌夜啼》、《寿阳乐》、《襄阳乐》的制作产生,均与刘宋王室有关。加上当时将领臧质制作《石城乐》,这样就使西曲在刘宋前中期由产生而很快进入昌盛,取得与吴声在通俗乐曲中同等重要的地位。吴声从东晋初期开始,到东晋后期进入昌盛,进程较慢,约经历五十年;而西曲则在刘宋前中期很快由产生而发展壮大,前后仅三十多年。这里有两个原因值得重视。一是体制上有所承袭。西曲各曲调歌词,大多数是五言四句,均属用丝竹伴奏的清商俗乐,在体制上大都承袭吴声,仅在声折送和上运用西部地区(长江中游)声调,因而容易成熟。二是刘宋王室人员的大力提倡并参与写作,影响巨大,容易形成社会风气。

曹魏西晋时代流行的清商通俗乐曲,是从汉代流传下来的相和歌与曹魏时发展的清商三调,它们在《乐府诗集》中统称为相和歌辞,是清商旧曲。东晋、刘宋时代，吴声、西曲逐步产生并发展流行，它们在《乐府诗集》中统称为清商曲辞，是清商新声。东晋、南朝清商新声的流行，逐渐取代了清商旧曲的地位。《南齐书》卷四六《萧惠基传》曰："自宋大明（孝武帝年号）以来，声伎所尚，多郑卫淫俗，雅乐正声，鲜有好者。惠基解音律，尤好魏三祖曲及相和歌，每奏辄赏悦，不能已也。"这里所谓郑卫淫俗，主要指吴声、西曲；三祖曲及相和歌，指清乐旧曲。它们原本来自汉代的俗曲，在当时曾被讥斥为郑卫之声，到南朝时却被目为雅乐正声了。（刘宋时张永所撰《元嘉正声伎录》一书，所录即为相和歌辞。张书已佚，其内容《乐府诗集》有引述。）从《萧惠基传》更可看到，刘宋孝武帝大明年间是清商新声全面取代清商旧曲的一个关键阶段，这时正是西曲大大发展繁荣、与吴声共同昌盛之时。

　　南朝统治阶层人士为了享受声伎女乐，在这方面消耗了大量资产。东晋爱唱吴歌的将军谢石，"纨绮尽于婢妾，财用靡于丝桐"（《晋书》卷九一《范弘之传》）。西曲中的不少重要曲调都是舞曲，需要成队的舞女在歌曲演唱时伴舞，宋、齐时为十六人，梁时减为八人。演唱舞曲，消费当然更大。梁代贺琛在给梁武帝的奏章中曾说："歌谣之具，必俟千金之资。"（《梁书》卷三八《贺琛传》）刘宋王朝的一些帝王和王室人员，所以能成为吴声、西曲的提倡者与制作者，在客观上是凭借其政治、经济的特殊地位。他们中的不少人士，在生活上贪恋女乐、女色，往往荒淫无度。宋少帝、孝武帝的情况，已如上述。再如《襄阳乐》的制作者刘诞，史称他"造立第舍，穷极工巧，园池之美，冠于一时"（《南史》卷一四《竟陵王诞传》）。但另一方面应当看到，源出民间、被正统人士斥为淫辞艳曲的吴声、西曲，由于他们的提倡、制作，进入乐府，许多民歌或民歌式的作品得以大量传播，由于其风貌清新活泼，为中古诗坛输入了新鲜血液，给后来的文人创作带来深长的启迪与沾溉。南朝后期文人的不少五言小诗，唐代文人的许多绝句,写得感情真挚,语言明白,具有很强的艺术感染力,它们即是在吴声、西曲基础上进一步发展提高而出现的。由此看来,历史现象及其功过得失,往往是错综复杂、耐人寻思的,我们需要从不同角度来分析、评价这类现象。

(原载《文史》第 60 辑,中华书局 2002 年出版)

吴声、西曲中的扬州

扬州是南朝的一个大城市,吴声歌曲的《懊侬歌》曾提到它,西曲中更有不少曲调的歌辞提到它。

为了底下说明方便,这里先举吴声、西曲的若干首提到扬州的歌辞:

> 江陵去扬州,三千三百里。已行一千三,所有二千在。(《懊侬歌》)
>
> 闻欢下扬州,相送楚山头。探手抱腰看,江水断不流。(《莫愁乐》)
>
> 人言襄阳乐,乐作非侬处。乘星冒风流,还侬扬州去。(《襄阳乐》)
>
> 扬州蒲锻环,百钱两三丛。不能买将还,空手揽抱侬。(《襄阳乐》)
>
> 闻欢下扬州,相送江津弯。愿得篙橹折,交郎到头还。(《那呵滩》)

近人治文学史的,往往误以六朝的扬州为隋唐以来的扬州。按隋唐以来的扬州,在南朝时代初叫广陵郡,后叫江都郡,属南兖州,不称扬州。焦循《广陵考》第十说:"南兖之名,始于宋永初元年,历齐、梁、陈,皆镇广陵。"(《雕菰集》卷一一)《隋书·地理志》说:"江都,梁置南兖州。……开皇九年，改为扬州。"可见广陵或江都直到隋代始叫作扬州，吴声、西曲中的扬州不可能是指它。

　　吴声、西曲中的扬州，指的实是南朝的京城建业。乐史《太平寰宇记》卷一二三说："扬州，元帝渡江历江左，扬州常理建业。"因为扬州州治在建业，当时人就把建业唤作扬州。例如《梁书》卷九《曹景宗传》说："景宗为侍中领军将军，性躁动，不能沉默。出行常欲褰车帷幔，左右辄谏。以位望隆重，人所具瞻，不宜然。景宗谓所亲曰：我昔在（"在"字据《南史》补入）乡里，骑快马如龙。……今来扬州作贵人，动转不得。"曹景宗到中央政府里来做官，这里的扬州显然是指建业。又刘敬叔《异苑》卷六说："安定梁清字道修，居扬州右尚方间桓徐州故宅。"按右尚方属少府，是中央政府的一个机构，这里的扬州显然也指建业。又《晋书·五行志》（中）说："庾亮初镇武昌，出至石头。百姓于岸上歌曰：庾公上武昌，翩翩如飞鸟；庾公还扬州，白马牵旍旐。又曰：庾公初上时，翩翩如飞鸟；庾公还扬州，白马牵流苏。后连征不入，及薨于镇，以丧还都葬，皆如谣言。"（《宋书·五行志》同）这里"还扬州"即是"还都"，且扬州与武昌对言，不与荆州对言，扬州当然也指建业。吴声、西曲中的扬州，也应当指扬州的州治建业。上引《晋书·五行志》的两首民谣，形式跟吴声、西曲歌辞完全相同，这说明南朝的民歌是习惯于把建业唤作扬州的。

　　南朝的京城建业在当时是最大的城市，商业非常繁盛。《隋书》卷二四《食货志》说它"淮水（指秦淮河）北有大市百馀、小市十馀所"。《晋书》卷二七《五行志》记"安帝元兴三年二月庚寅夜，涛水入石头，商旅方舟万计，漂败流断，骸胔相望"。西曲中多商人歌谣，西部地区的商旅纷纷到建业来做生意，所以西曲中常常提到扬州。上引吴声《懊侬歌》"江陵去扬州"一首，生动地描绘了商旅的水行情绪。以"闻欢下扬州"起句的《莫愁乐》、《那呵滩》各一首，则表现了女子送别欢郎到建业去做生意时的悲哀心理。《太平御览》卷四六引刘宋山谦之

《丹阳记》说:"扬州,今鼓铸之地。"在南朝,建业一带的冶金业最为发达①。观上引《襄阳乐》歌辞,可知那里出产的蒲锻环,如何为西部地区的妇女们所艳羡。襄阳在西方也是一个繁华的大城市,但比起建业来毕竟逊色,所以作客襄阳的妇女,要求"还侬扬州去"。

西方的江陵,是仅次于建业的大城市。《宋书》卷五四《孔季恭传论》说:"江南之为国盛矣,虽南包象浦,西括邛山,至于外奉贡赋,内充府实,止于荆、扬二州。……荆城(即江陵)跨南楚之富,扬部有全吴之沃。鱼盐杞梓之利,充仞八方;丝绵布帛之饶,覆衣天下。"可见南朝富庶地区,首推荆、扬二州。故二州的州治江陵和建业,商业最为繁荣。《南史》卷四三《临川献王映传》说:"王为雍州刺史,尝致钱还都买物。有献计者:于江陵买货,至都还换,可得微有所增。"所以当时许多商估,就沿着长江往返于江陵、建业两大城市间,贸迁有无以致富。《那呵滩》歌辞共六首,《古今乐录》说它"多叙江陵及扬州事",它们跟上引的《懊侬歌》,都生动地反映了来往于这两大城市间的商旅们的生活、思想、情感。

隋唐以来的扬州——广陵,在南朝虽然也是一个大城市,但远不及隋唐时代的繁盛,在当时跟建业、江陵、襄阳等城市,是不能比的。隋唐时代,国都建于长安,广陵始为南北交通要地,"盖自汴河开通,江都为转运枢纽,终唐之世,金陵衰而江都盛"(朱偰先生《金陵古迹图考》第七章第二节语),较之六朝,又是另一番光景了。

(原载《文学遗产增刊》第一辑,作家出版社 1955 年出版)

---

① 《宋书》卷三九《百官志》上:"卫尉,晋江右掌冶铸,领冶令三十九户,五千三百五十冶,皆在江北。而江南唯有梅根及冶塘二冶,皆属扬州,不属卫尉。"

谢惠连体和《西洲曲》

　　《玉台新咏》卷七有梁简文帝萧纲所作《戏作谢惠连体十三韵》诗,颇值得注意:

　　　　杂蕊映南庭,庭中光景媚。可怜枝上花,早得春风意。春风复有情,拂幔且开楹。开楹开碧烟,拂幔拂垂莲。偏使红花散,飘扬落眼前。眼前多无况,参差郁可望。珠绳翡翠帷,绮幕芙蓉帐。香烟出窗里,落日斜阶上。日影去迟迟,节华咸在兹。桃花红若点,柳叶乱如丝。丝条转暮光,影落暮阴长。春燕双双舞,春心处处扬。酒满心聊足,萱枝愁不忘。

此诗的特点是有不少地方,上句尾部(个别例外)和下句开头处词语重复,互相勾联,读起来铿锵悦耳,加强了音节美。这种修辞手段,陈望道先生《修辞学发凡》称为顶真格。按江淹《杂体诗三十首》中的《谢法曹赠别》,仿谢惠连诗,也有此种特色:

　　　　停舻望极浦,弭棹阻风雪。风雪既经时,夜永起怀思。……摘芳爱气馥,拾蕊怜色滋。色滋畏沃若,人事亦销铄。……灵芝望三秀,孤筠情所托。所托已殷勤,只足搅怀人。……杂佩虽可赠,疏华竟无陈。无陈心悁劳,旅人岂游遨?……

这样看来,所谓谢惠连体的特色,当即指运用顶真修辞格而言。

诗篇中运用顶真修辞格,早见于汉乐府《平陵东》和《饮马长城窟行》,原辞如下:

> 平陵东,松柏桐,不知何人劫义公。劫义公,在高堂下,交钱百万两走马。两走马,亦诚难,顾见追吏心中恻。心中恻,血出漉,归告我家卖黄犊。

> 青青河畔草,绵绵思远道。远道不可思,宿昔梦见之。梦见在我傍,忽觉在他乡。他乡各异县,展转不相见。……长跪读素书,书中竟何如?上言加餐饭,下言长相忆。

两篇均为汉古辞,属汉乐府民歌。《饮马长城窟行》,《文选》、《乐府诗集》均作无名氏"古辞",《玉台新咏》署作者为蔡邕。按此篇民歌风味很浓,即使果为蔡邕作,也是文人刻意模仿民歌的篇章。后来曹植作《赠白马王彪》诗七章,除第一章外,各章末句尾部和下章首句开头,词语也都互相勾联,如第二章末句为"我马玄以黄",第三章为"玄黄犹能进"。词语的重复勾联,不用在一篇的上下句间而用在章与章间的衔接处,可说是这种修辞格运用的一种发展。以上两种顶真修辞格,在《诗经》中已有萌芽,但不及后代作品运用得更为完整。

可惜谢惠连现存诗篇,运用此种修辞格的已很难得,仅《西陵遇风献康乐》五章中的第三章,还能略见端倪:

> 靡靡即长路,戚戚抱遥悲。悲遥但自弭,路长当语谁?行行道转远,去去情弥迟。昨发浦阳汭,今宿浙江湄。

此诗仅第二、三句衔接处,运用了相同词语。江淹的《谢法曹赠别》诗开头云:"昨发赤亭渚,今宿浦阳汭。"也提到浦阳地名,可见江诗一定受到此篇的启发。又此篇中运用了"靡靡"、"戚戚"、"行行"、"去去"四个叠词,而萧纲的《戏作谢惠连体》诗"春燕双双舞,春心处处扬"句中也用了两个叠词。或许运用叠词也是谢惠连体的一个特点。

从上引诗例看,顶真修辞格当是先在民间歌谣中较多出现,以后文人受到民歌启发,跟着学习运用。谢惠连在这方面是一位比较突出的诗人。民间歌谣在语言方面喜欢重复一部分词语,回环复沓,上下呼应,以加强音节的和谐流美。运用顶真修辞格,多用叠词,都可说是这方面的例子。按锺嵘《诗品》评谢惠连诗有云:"又工为绮丽歌谣,风人第一。"风人指《诗经·国风》作者,这里借指写民歌体诗篇的诗人。可惜这种绮丽风谣没有传下来。但从谢惠连喜欢运用顶真辞格,也可看出他的一部分诗篇与民间歌谣存在着密切的关系。谢惠连和族兄谢灵运是亲密的作诗同道,互相酬赠启发。谢灵运也写有民歌体诗,《玉台新咏》卷一〇存有《东阳溪中赠答》二首,风格酷似《子夜》、《读曲》等一类吴声歌曲。

《西洲曲》是乐府杂曲歌辞中的名篇。《西洲曲》的艺术成就很高,其特点之一便是运用了不少上下勾联的词语,与谢惠连体颇为相似。今录有关诗句如下:

> 日暮伯劳飞,风吹乌臼树。树下即门前,门中露翠钿。开门郎不至,出门采红莲。采莲南塘秋,莲花过人头。低头弄莲子,莲子青如水。置莲怀袖中,莲心彻底红。忆郎郎不至,仰首望飞鸿。鸿飞满西洲,望郎上青楼。楼高望不见,尽日栏干头。栏干十二曲,垂手明如玉。卷帘天自高,海水摇空绿。海水梦悠悠,君愁我亦愁。

《西洲曲》的出现,标志着南朝文人学习民间歌谣(主要是乐府清商曲辞中的吴声歌曲和西曲歌）又加以提高，在艺术上达到了高峰，在顶真格的运用上亦复如此。陈祚明《采菽堂古诗选》评此诗有曰："语语相承，段段相绾，应心而出，触绪而歌，并极缠绵，俱成哀怨。"《古诗源》则评曰："续续相生，连跗接萼，摇曳无穷，情味愈出。"都相当中肯，也都指出了它运用顶真格的艺术特色。

　　关于《西洲曲》的产生年代和作者，过去有不同的说法。阐明了谢惠连体，有助于说明《西洲曲》的产生年代。我以为从《西洲曲》通篇情思缠绵、文辞婉约、音节和谐等方面看，它的产生时代，当以在六朝后期的齐梁时代比较合理。《西洲曲》大量使用顶真格，又十分娴熟流美，推想起来，应是受到谢惠连体的影响。可以这样推论：当谢惠连体形成显著特色，在文坛流行之后，文人写作此体者颇多，从而出现在艺术上如此成熟的作品。《西洲曲》的作者，《乐府诗集》作无名氏古辞，《玉台新咏》新本署为江淹（宋本《玉台》不收此诗），《江文通集》亦收之。目下没有过硬的材料可以确证此篇为江淹所作，但江淹生当齐梁之际，其《杂体诗》三十首善于模仿各家文体，其艺术水平又相当高，因此说《西洲曲》出于江淹之手，也是有可能的。至于冯惟讷《古诗纪》、王士禛《古诗选》以至今人逯钦立《先秦汉魏晋南北朝诗》把它列入晋诗，恐失之时代太早。《古诗源》署梁武帝作，当别有所本，但也无确证。总之，《西洲曲》的作者，根据现有材料，尚不能论定，其产生时代，则以属齐梁之际较为恰当。

（原载《江海学刊》1991 年第 1 期）

柳恽的《江南曲》

南朝梁代柳恽的《江南曲》，是南朝文人乐府诗中的一篇杰作，为许多选本所选录。原辞如下：

> 汀洲采白蘋，日落江南春。洞庭有归客，潇湘逢故人。故人何不返，春花复应晚。不道新知乐，只言行路远。（据《乐府诗集》卷二六）

《江南》是乐府相和歌辞的一个曲调。汉乐府古辞即"江南可采莲，莲叶何田田"篇。南朝文人除柳恽外，汤惠休、萧纲都写了《江南思》，沈约也写了《江南曲》，但都不及柳恽写得好。唐代文人写《江南曲》的更多了。

柳恽《江南曲》写一位江南妇女，当暮春之际，思念她远出不归的丈夫。那位在汀洲采集白蘋的妇女，究竟在江南什么地方，这是正确了解诗意必须弄明白的。古代所谓江南，区域颇为广阔，今长江以南一带，东部的江苏、浙江地区，西部的江西、湖南、湖北地区，都属江南范围。唐代陆龟蒙有《江南曲》五首，其四有云："光摇越鸟巢，影乱吴娃楫。"提到越、吴，指今浙江、江苏地区。其五有云："回看帝子渚，稍背鄂君船。"上句化用《九歌·湘夫人》"帝子降兮北渚"语，下句用《越人歌》中越人与鄂君子晳同舟的故事，则当指今湖北地区。

柳恽诗三、四句中提到洞庭湖、潇水、湘水，均在今湖南省；产生于洞庭湖一带地区的《九歌·湘夫人》中又有"登白薠兮骋望"句，"薠"与"蘋"形近。这些使人容易误会柳诗中那位妇女采摘白蘋的地点也在今湖南省。实际不然，这首诗是柳恽在吴兴（今浙江湖州市）写的。柳恽曾两度为吴兴太守，在吴兴多年（见《梁书·柳恽传》）。唐宋人作品中还留有关于白蘋洲的记载。说得最具体的要算白居易的《白蘋洲五亭记》一文。文章颇长，节录有关片段如下：

> 湖州城东南二百步，抵霅溪。溪连汀洲，洲一名白蘋。梁吴兴守柳恽于此赋诗云："汀洲采白蘋。"因以为名也。……至大历（唐代宗年号）十一年，颜鲁公真卿为刺史，始剪榛导流，作八角亭以游息焉。（《白居易集》卷七一）

可见因为柳恽的"汀洲采白蘋"诗句很出名，后人就把湖州霅溪附近的汀洲唤作白蘋洲，成为一处古迹。后来颜真卿做湖州刺史时，又在白蘋洲上筑亭。白居易该文后面，还讲到开成（唐文宗年号）三年，白居易友人杨汉公为湖州刺史，在白蘋洲一带"疏四渠，浚二池，树三园，构五亭"，使那里的风景、建筑进一步美化。按《颜鲁公文集》卷一三有《吴兴地记》一文，其"山川"门中，记有太湖、霅溪、白蘋洲等名目，可见他对白蘋洲确是相当重视的。北宋乐史的《太平寰宇记》，是一部保存了许多文化史料的大型地理志，其卷九四湖州部分也有关于白蘋洲的记载：

> 白蘋洲，在霅溪之东南，去州（指湖州府治）一里。洲上有鲁公颜真卿芳亭，内有梁太守柳恽诗云："汀洲采白蘋，日晚江南春。"因以为名。洲内有池，池中旧有千叶莲；今惟地名故址存焉。

从上述材料看来，柳恽此诗作于吴兴，应当是明白无疑的了。

　　这首诗写吴兴一位妇女忆念她远出不归的丈夫。当江南春意融融的时候,她在汀洲上采摘白蘋草,凑巧在路上遇见一位从洞庭湖一带归来的同乡人("归客"),说起在潇、湘(两条流入洞庭湖的河水)一带碰到她的丈夫("故人")。那妇女问归客道:"烂熳的春花又将凋谢,我丈夫为什么还不回来?"诗篇转述归客回答的意思说道:"我碰到你夫丈时,他没有讲起找到新的配偶("新知")很快乐,只说路程遥远,一时回不来。"余冠英先生《汉魏六朝诗选》注释此诗说:"("洞庭")两句是说有客从洞庭回到诗中主人公所在之地。这个归客对她提起曾在潇湘遇见她的故人。'故人'二句是问归客之辞。末二句是述归客的答辞。"这样理解是正确的。

　　那位故人到洞庭潇湘一带干什么,诗中没有明言,估计是经商。南朝时,许多商人经常来往出入于长江下游的江浙地区和长江中游的荆湘地区做生意。南朝乐府清商曲辞西曲歌中,有不少篇章描述商估情妇的哀怨之情。西曲歌中的《估客乐》,是专门写商估的。还有《三洲歌》也是商人歌。据《古今乐录》记载:"《三洲歌》者,商客数游巴陵,三江口往还,因共作此歌。"(《乐府诗集》卷四八引)巴陵,今湖南岳阳市,即在洞庭湖畔。西曲歌流行于南朝宋、齐、梁时,正是柳恽写诗的年代。这样看来,推测柳恽诗中的故人是一位商估,是很可能的。商估远出经商,经年不归家,在外埠另找新人同居,都是较常见的。

　　这首诗虽只有短短八句,但语言精炼,表情委婉曲折,含蕴丰富,耐人寻味,在艺术上达到很高境界。首二句写当春光明媚时,那妇女在汀洲采摘白蘋,寓有将以投赠远行人的意思,表现了那妇女深切的愁思。三、四两句,用极简括的十个字点明了归客的情况以及女主人公和他的关系。后半篇是女主人公、归客一问一答。五、六句说春花将凋谢,寓有大好春光即将逝去、空闺寂寞的意思,不但委婉地表现了女主人公内心的深沉哀怨,而且和首二句的情景互相呼应。归客了解女主人公的疑虑情绪,回答说没有听故人说起有新的伴侣,只因路远不能回来,在说明情况中带有慰藉,在表达上也富有含蕴不露之妙。

这首诗善于学习、吸取前代诗歌的优点和长处。《九歌·湘夫人》云:"搴汀洲兮杜若,将以遗兮远者。"后代诗中常有采摘芳草香花以赠远之辞,实滥觞于此。汉代《古诗十九首》之一"涉江采芙蓉"篇云:

> 涉江采芙蓉,兰泽多芳草。采之欲遗谁,所思在远道。还顾望旧乡,长路漫浩浩。同心而离居,忧伤以终老。

它把采花赠远的题材具体化了。全篇情辞婉转,凄楚动人。柳恽诗的情调和气味,和此篇相当接近,当是受其影响。另一方面,柳恽诗下半篇采用问答体,又是学习汉魏乐府诗的手法。汉魏乐府诗多用问答体,如汉代乐府无名氏古辞《陌上桑》、《东门行》、《上山采蘼芜》、《十五从军征》等,都运用问答体,长诗《焦仲卿妻》运用尤多。另外,文人作品宋子侯的《董娇饶》、陈琳的《饮马长城窟行》,也运用了问答手法。这些诗篇通过问答手法,更真切生动地展示了人物的思想感情和性格,增强了作品的艺术感染力。如《上山采蘼芜》:

> 上山采蘼芜,下山逢故夫。长跪问故夫:"新人复何如?""新人虽言好,未若故人姝。颜色类相似,手爪不相如。"

两相比较,不难看出柳恽《江南曲》从这类描写中获得了启发和滋润。只是汉魏乐府长于叙事,描写比较具体;柳恽诗则重在抒情,叙事简练含蓄,留下较多的空间让读者自己去思索玩味。他学习吸取了汉魏乐府问答体的生动性,但又含蕴不尽,显示出自己的艺术特色。

(原载《古典文学知识》1991 年第 5 期)

梁鼓角横吹曲杂谈

郭茂倩《乐府诗集》卷二五的"梁鼓角横吹曲",存歌辞七十馀首,其中多数是南北朝时代北朝的民歌和无名氏作品,是中国保存迄今的早期的少数民族文学作品,它们具有广阔的思想内容和较高的艺术价值,值得我们珍视。

《乐府诗集》卷二一横吹曲辞题解曰:

> 横吹曲,其始亦谓之鼓吹,马上奏之,盖军中之乐也。北狄诸国,皆马上作乐,故自汉以来,北狄乐总归鼓吹署。其后分为二部:有箫笳者为鼓吹,用之朝会、道路,亦以给赐。……有鼓角者为横吹,用之军中,马上所奏者是也。《晋书·乐志》曰:"横吹有鼓角,又有胡角。按《周礼》云:'以鼛鼓鼓军事。'旧说云:蚩尤氏帅魑魅,与黄帝战于涿鹿,帝乃始命吹角为龙鸣以御之。……横吹有双角,即胡乐也。汉博望侯张骞入西域,传其法于西京,唯得《摩诃兜勒》一曲。李延年因胡曲更造新声二十八解,乘舆以为武乐。……魏晋以来,二十八解不复具存,而世所用者有《黄鹄》等十曲,其辞后亡。"又有《关山月》等八曲,后世之所加也。

> 后魏之世,有《簸逻回歌》,其曲多可汗之辞,皆燕魏之际鲜卑歌,歌辞虏音,不可晓解,盖大角曲也。又《古今乐录》有梁鼓角横吹曲,多叙慕容垂及姚泓时战阵之事,其曲有《企喻》等歌三

十六曲；乐府胡吹旧曲又有《隔谷》等曲三十曲，总六十六曲。未详时用何篇也。

上引《乐府诗集》横吹曲辞题解，说明两个问题：一是横吹曲的特点，二是横吹曲的发展历史。题解指出，横吹曲源出北方少数民族，因其声音雄壮，故被作为军中之乐。其曲演奏时乐器中包含鼓、角两种，故又称鼓角横吹曲。从题解可知，横吹曲可分为两个阶段。一是汉魏西晋阶段，先是李延年根据西域乐曲制造新声二十八解，魏晋时代仅传《黄鹄》等十曲，又衍生了《关山月》等八曲。这是横吹旧曲，《乐府诗集》因其肇始于汉代，称为汉横吹曲。二是五胡十六国至后魏阶段。后魏的《簸逻回歌》因用鲜卑语没有流传下来，流传下来的《企喻》等六十六曲，大抵是《乐府诗集》根据《古今乐录》著录的。这是横吹新声，《乐府诗集》称为梁鼓角横吹曲。所谓梁鼓角横吹曲，是指南朝萧梁乐府官署所搜采、应用的横吹曲，并不是其歌辞出自南朝。《古今乐录》一书，据《隋书·经籍志》经部乐类记载，系南朝沙门智匠所编。智匠生活于陈代，其书著录乐府歌辞多据萧梁乐府所搜采应用者，乃是很自然的事。《古今乐录》一书，记载汉魏六朝的通俗歌曲鼓角横吹曲、相和歌、清商曲等比较详细，具有很高的史料价值，《乐府诗集》引用其文颇多。惜原书赵宋以后已告亡佚。

汉横吹曲，古辞今不存，但在南北朝时代，文人拟作汉横吹曲的歌辞不少。如《陇头水》有梁元帝、刘孝威等人之作；《入关》有吴均之作；《出塞》有刘孝标、王褒之作；《折杨柳》有梁元帝、梁简文帝等人之作，等等。这类汉横吹曲作品，南朝时恐已不再配合音乐演唱，只是文人案头之作。而鼓角横吹曲则是当时配乐演唱、流行颇广的乐曲。军乐中的鼓角横吹曲取代汉横吹曲而兴，犹如清乐中的六朝清商曲取代汉魏相和歌那样。

南北朝时代，南北两个政权虽互相对峙，但双方文化交流还是相当多,彼此吸取和相互影响。《魏书·乐志》曰:"昔孝文讨淮汉,宣武定寿春,收其声伎,得江左所传中原旧曲《明君》、《圣主》、《公莫》、《白鸠》之属,及江南吴歌(即吴声歌曲)、荆楚西声(即西曲歌),总谓之清商乐。"可见西晋的杂舞曲、东晋以至南朝的吴声、西曲乐歌,均为北魏朝廷所收取。又《洛阳伽蓝记》卷四载:"河间王琛……妓女三百人,尽皆殊色。有婢朝云,善吹箎,能为《团扇歌》及《陇上》声。"《团扇歌》是南方吴声歌曲中的一个曲调,创始于东晋。这是南方歌曲在北方流传的例子。

另一方面,北方声调雄壮的乐曲也在南方流行。《宋书·乐志一》载刘宋乐府"又有西伧羌胡诸杂舞",西伧羌胡,指西北方少数民族,杂舞,指杂舞曲,可惜歌辞没有流传下来。(《乐府诗集》有杂舞曲辞一大类,留存歌辞均为汉族作品。)《南齐书·柳世隆传》载:"平西将军黄回军至西阳,乘三层舰,作羌胡伎,溯流而进。"所记乃刘宋末年顺帝时事。《南齐书·郁林王纪》载郁林王在武帝(萧赜)丧事期间,仍在后宫"列胡伎二部,夹阁迎奏"。《南齐书·东昏侯纪》又载:"每三四更中,鼓声四出,幡戟横路。……高障之内,设部伍羽仪。复有数部,皆奏鼓吹羌胡伎、鼓角横吹,夜出昼反,火光照天。"《南史·茹法亮传》:"綦毋珍之(齐代人)迎母至湖熟,辄将青氅百人自随,鼓角横吹。"由此可见在宋齐时代,北方的乐曲不但在军中施行,并被一些嗜好声色的君王、官僚应用于仪仗队或作日常娱乐。《南齐书·东昏侯纪》、《南史·茹法亮传》点明所奏胡乐有鼓角横吹。至于所谓胡伎、羌胡伎,恐怕是一个内涵更广的名称,泛指西北少数民族的乐曲,当也包括鼓角横吹曲在内。北方乐曲在南朝宋齐时代既已流行,则《乐府诗集》所著录的梁鼓角横吹曲,实际当是刘宋以至萧梁时代乐府前后累积起来的北方乐曲,并非仅是萧梁一代收采而成。

梁鼓角横吹曲歌辞数十首,大多数是北方歌曲,并多出自少数民族,这已为大家所认同。下面试从历史人物等四个方面概括说明这一问题。

一、从诗中涉及的历史人物看。其中有部分歌辞言及少数民族的首领。《企喻歌辞》四首，《乐府诗集》引《古今乐录》曰："最后'男儿可怜虫'一曲是苻融诗。"苻融是前秦国主苻坚之弟。前秦苻氏是氐族，则此曲是氐族歌曲。《琅琊王歌辞》其八云："谁能骑此马，唯有广平公。"广平公是后秦国主姚兴之子，姚泓之弟。又《巨鹿公主歌辞》，《旧唐书·音乐志》曰："梁有《巨鹿公主歌》，似是姚苌时歌。"后秦国主姚氏，属羌族，则以上两曲原是氐、羌族之歌。《慕容垂歌辞》三首，写的是慕容垂和前秦、东晋的战争。慕容垂是后燕国主，属鲜卑歌，此歌是战胜者(当是前秦苻丕，氐族)嘲笑慕容垂的歌辞①。又有《慕容家自鲁企由谷歌》一首，题名不甚可解，当是鲜卑族慕容氏的歌曲。以上诸曲均是十六国时代少数民族的作品。又有《高阳乐人歌》一首，《乐府诗集》引《古今乐录》曰："魏高阳王乐人所作也。"则当是后魏鲜卑族拓跋氏的歌曲。由上可见，梁鼓角横吹曲中的少数民族作品，早期有十六国时代氐族、羌族、鲜卑族之作，后期则有北魏鲜卑族之作。

二、从诗中言及的地名看。其中有不少地点均在北方。如《琅琊王歌辞》言及琅琊、长安，《陇头流水歌辞》、《陇头歌辞》言及陇山，《折杨柳歌辞》言及孟津河(指河南孟津一带的黄河)，《幽州马客吟歌辞》言及幽州，又巨鹿公主、高阳王封号中的巨鹿、高阳，其地均在今黄河流域。从各诗内容看，均像是北方人歌咏当地风情的篇章，而不是南方人想象北方情景之作。

三、从诗歌所表现的民情风俗看。有不少篇章表现了北方人民英勇尚武的精神、慷慨豪爽的性格。北方人士刚强善战，加上当时战

---

①　明胡应麟曰："(慕容)垂攻苻丕，为刘牢之所败，秦人盖因此作歌嘲之。"据萧涤非《汉魏六朝乐府文学史》第六编第二章转引。

争频繁,故其所酷爱者为宝刀快马,《企喻歌》云:"放马大泽中,草好马著膘。"《琅琊王歌辞》云:"新买五尺刀,悬著中梁柱。一日三摩娑,剧于十五女。"都是很有代表性的诗句。《高阳乐人歌》云:"无钱但共饮,画地作交赊。"充分表现出北方人豪爽性格。言及男女情爱,也不似南方民歌那样柔情婉转,而往往直率爽快,如《捉搦歌》云:"天生男女共一处,愿得两个成翁妪。"是其显著例证。

四、从诗歌风格、语言和体制看。由于北方人士的生活、所处环境、感情性格等因素,梁鼓角横吹曲歌辞风格显得豪迈刚健,与南方吴声、西曲歌辞的温柔婉约,迥异其趣。其语言也质朴粗壮,不似南方民歌的柔媚华艳。《乐府诗集》卷二六引《古今乐录》曰:"伧歌以一句为一解。"伧是当时南方人对北方人的称呼,伧歌指北方歌曲。《乐府诗集》对鼓角横吹曲注明解数者有十多曲调,均是一句为一解,也证明这些歌辞是北方之歌①。

当然,以上四个方面中的后面三个方面,只能证明歌辞出自北方人士,而不能确证其出自北方少数民族人士之手。但这类歌辞既被当时北方少数民族首领或君主列入乐曲演唱,后又传入南方,被南方人士视为羌胡之乐,那么据理推测,其中大部分当是北方少数民族人士歌咏本民族生活和思想情感的作品。

北方少数民族的歌辞,原先当均用本民族语言写作。如上引《古今乐录》记载,北魏有《簸逻回歌》,是燕魏之际的鲜卑歌,"歌辞虏音,不可晓解"。现在鼓角横吹曲中的歌辞,是怎样用汉语表现的呢?此点史籍没有说明。推测起来,北方鼓角横吹曲歌辞运用汉语,当大抵出自北魏朝。北魏孝文帝迁都洛阳,大力推行汉化政策,规定鲜卑族官员在朝廷都要使用汉语,不得用鲜卑语。又据上引《魏书·乐志》记载,北魏孝文帝、宣武帝时,收取了南方的不少杂舞曲、清商曲,可

---

①　参考孙楷第《梁鼓角横吹曲用北歌解》一文,收入其所著《沧洲集》。

见他们对汉语乐府歌辞的爱好。在此期间,北魏君王命令乐府官署把许多用北方少数民族语言写的歌辞译成汉语,这是不难理解的。更可能有小部分歌辞在当时即直接用汉语写成。现存鼓角横吹曲中,仍然有少数词语不易理解,如企喻、地驱、雀劳利等,它们可能是鲜卑语的音译,也可能是当时北方少数民族的方言俗语。

　　说梁鼓角横吹曲歌辞出自北方少数民族,是就大多数作品而言,实际其中也杂有少数非北朝歌辞。如《紫骝马歌辞》后四曲,自"十五从军征"句起到"泪落沾我衣"句止,据《乐府诗集》引《古今乐录》,说它是"古诗",审其风格,也的确与汉魏相和歌辞接近。又《黄淡思歌辞》四曲,其第三曲有云:"龙洲(疑当作"舟")广州出。"言及南方地名。其第二曲有云:"与郎相知时,但恐傍人闻。"表现少女羞涩的心态,风格宛似南方的吴声、西曲。这样看来,《黄淡思歌辞》当出自南方人之手。梁鼓角横吹曲,作为军乐,它选取许多北方民族雄壮豪放的歌辞,自不难理解;但它又是梁代乐府的鼓角横吹曲,因此不一定都要采用北方歌辞。

　　《乐府诗集》卷二五梁鼓角横吹曲题解引《古今乐录》有曰:"是时乐府胡吹旧曲有《大白净皇太子》……《东平刘生》、《单迪历》、《鲁爽》、《半和企喻》、《比敦》、《胡度来》十四曲。三曲有歌,十一曲亡。"其中《鲁爽》曲歌辞虽已失传,但鲁爽系人名,《宋书》卷七四、《南史》卷四十均有其传记。据史载,鲁爽为一武将。祖父鲁宗之,东晋末年仕为雍州刺史,后北奔,仕北魏为荆州刺史。父鲁轨,继为荆州刺史。轨死,爽代为荆州刺史。《宋书》本传称其"幼染殊俗,无复华风,粗中使酒,数有过失"。因得罪魏太武帝,惧被诛,于宋文帝元嘉二十八年南奔宋,仕为司州刺史。后因参与讨伐元凶劭弑逆有功,为豫州刺史,加都督。宋孝武帝孝建年间,与南谯王义宣、雍州刺史臧质等同举兵谋反,在战阵中被杀。鲁爽南归前长期生长在北方,其生活习惯已被鲜卑族同化,故《宋书》称其"无复华风"。歌咏鲁爽的《鲁爽》曲,

当亦制作于北方,运用北方曲调,故被《古今乐录》称为胡吹旧曲。鲁
爽在《宋书》中与臧质、沈攸之同传,三人均是武将,同在宋初因举兵
反叛朝廷被杀。臧质曾制作西曲《石城乐》,沈攸之制作西曲《西乌夜
飞》曲,而鲁爽则因长期生长在北方,习染不同,歌咏他的歌曲乃系鼓
角横吹曲。这可说是彼此相映成趣的现象。

　　鼓角横吹曲既译成汉语(少数可能直接用汉语写作),故其体制
也深受汉族乐府歌辞影响。从句式看,它们有四言体、五言体、七言
体、杂言体四种样式。(一)四言体有《地驱乐歌辞》、《陇头流水歌
辞》、《陇头歌辞》等。汉魏相和歌辞中有一部分四言体,如曹操的《短
歌行》、曹丕的《善哉行》便是。其后晋拂舞歌《白鸠辞》、《独漉辞》都
用此体。上引《魏书·乐志》即说北魏收取的旧曲有《白鸠辞》。
(二)五言体最多,有《企喻歌辞》、《琅琊王歌辞》、《紫骝马歌辞》、《黄
淡思歌辞》、《慕容垂歌辞》、《淳于王歌》、《折杨柳歌辞》、《折杨柳枝
歌》、《幽州马客吟歌辞》、《慕容家自鲁企由谷歌》、《高阳乐人歌》等。
它们既接受汉魏相和、杂曲大量五言歌辞影响,从其体制短小、每曲
常为五言四句现象看,似更多地受到南朝清商曲吴声歌曲和西曲歌
的影响。(三)七言体,有《巨鹿公主歌辞》、《地驱乐歌》、《雀劳利歌
辞》、《捉搦歌》等。其中除《捉搦歌》为每首七言四句外,其馀三曲都
是每首七言二句。汉魏晋乐府中,七言体也有少量篇章,如曹丕《燕
歌行》、晋《白纻歌》等,但未见七言二句之例。在汉代的杂歌谣辞中,
则早有此例。《乐府诗集》卷八五所录后汉《范史云歌》、《郭乔卿歌》,
即是如此。《范史云歌》云:"甑中生尘范史云,釜中生鱼范莱芜。"此
种例子不止一二,此处不枚举。又南朝西曲中的《青骢白马》八曲、
《共戏乐》四曲、《女儿子》二曲,每曲均是七言二句。按西曲大抵产生
于南朝宋、齐两代,时当北魏中后期,而鼓角横吹曲中的《巨鹿公主歌
辞》产生于十六国后秦时,比西曲要早。这样看来,鼓角横吹曲中七
言二句体式,又反过来影响了西曲。(四)杂言体,有《隔谷歌》、《东

平刘生》等，都是三言、七言夹用。此种体式，早见于汉乐府相和歌《平陵东》曲，后晋代拂舞歌《淮南王》曲亦用此体。还有一首《木兰诗》长篇，基本上是五言，杂有少数七言句、九言句，在体式上显得别致。从其描写的宛曲细致方面看，当是受到汉代杂曲《焦仲卿妻》的影响。由上可见，鼓角横吹曲歌辞的四种体制，大抵都受到汉族乐府诗体制的影响，因此可以说，这些北方少数民族的歌辞，已是汉文化启发、影响下的产品。

鼓角横吹曲中，有少数曲调名已见于魏晋横吹曲（《乐府诗集》统名为汉横吹曲），它们是《紫骝马》、《黄淡思》、《陇头流水》、《东平刘生》、《折杨柳》、《陇头》等。按汉魏晋的横吹曲，虽原本西域，但已经汉族乐工的改制和发展。上述诸曲调除《黄淡思》曲如上文所述当出南人之手外，其馀各曲调歌辞，从其风格看，大多数恐是北方人士在横吹旧曲影响下的产品。从这方面看，鼓角横吹曲又受到了经过汉化了的横吹旧曲的影响。

综上所述，可见梁鼓角横吹曲中采集了十六国以至北魏时代不少少数民族的歌曲，它们是中国早期流传下来的少数民族的文学作品，在中国文学史上具有颇高的价值和重要历史地位。它们被采入南朝的鼓角横吹曲，丰富了汉民族的音乐文学，而它们在创作、翻译过程中，又深受汉民族文学作品的影响，这在体式上表现得尤为明显。因此，梁鼓角横吹曲中的不少歌辞，既是中国古代少数民族的文学珍品，又是汉文化和兄弟民族文化互相交流而产生的重要成果。

1995 年 5 月

郭茂倩与《乐府诗集》

一 郭茂倩事迹

《乐府诗集》的编纂者郭茂倩，生平事迹不大清楚，主要生活在北宋后期。清陆心源《仪顾堂续跋》卷一四跋元刊本《乐府诗集》有曰：

> 愚按茂倩字德粲，东平人。通音律，善篆隶。元丰七年，河南府法曹参军。祖劝，翰林侍读学士、给事中，赠吏部尚书。父源明，字潜亮，初名元赓，字永敬，嘉祐二年进士，官至职方员外郎、知单州军州事。苏颂志其墓，见《苏魏公集》卷五十九。

按苏颂《苏魏公文集》卷五九有《职方员外郎郭君墓志铭》一文，详述郭源明事迹，上引陆心源跋文中所述郭源明事迹，即本之苏颂墓志。

苏颂墓志记载郭源明五子有曰：

> 子男五人：曰茂倩，河南府法曹参军；次曰茂恂，奉议郎、提举陕西买马监牧司公事；次曰茂泽，承事郎；次曰茂曾，次曰茂雍，未仕。

苏志仅云郭茂倩是郭源明长子，为河南府法曹参军，不及其他。陆心源跋说"茂倩字德粲，通音律"云云，当别有所据，惜未详其出处。今考《乐府诗集》一书，于乐府之分类、源流等，考核甚为精审，非"通音律"者不能致此。陆跋又谓其"善篆隶"，可见郭茂倩兼长文学、音乐、书法，是一位多才多艺的人物。苏颂墓志撰于宋神宗元丰七年（1084）郭源明安葬时，故陆跋谓茂倩于该年任河南府法曹参军。

郭茂倩的籍贯是东平（今山东省东平县），其祖先原籍则为山西太原。苏颂墓志称："君之先世，自阳曲（属太原）徙东土。"志铭又云："本朝甲族，太原东平。"可见至北宋时太原、东平两地的郭氏都是望族。《乐府诗集》刻本卷首署"太原郭茂倩编次"，盖从其郡望而言。

郭茂倩的祖父郭劝，为北宋名臣，《宋史》卷二九七有传。《宋史》载：郭劝字仲褒，郓州须城（即东平）人。官至翰林侍读学士、同知通进银台司。传末简单地提及其子源明。源明之子茂倩等，《宋史》无记载。

宋陈振孙《直斋书录解题》卷一五总集类曰：

　　《乐府诗集》一百卷，太原郭茂倩集，凡古今号称乐府者皆在焉。其为门十有二，首尾皆无序文。《中兴书目》亦不言其人本末。今按：茂倩，侍读学士劝仲褒之孙，昭陵名臣也。本郓州须城人。有子曰源中、源明。茂倩，源中之子也。但未详其官位所至。

可见南宋时人对郭茂倩仕履已不甚清楚。按茂倩是源明之子，此误云源中之子。

《四库提要》卷一八七《乐府诗集》条述郭茂倩事迹曰：

　　《建炎以来系年要录》载茂倩为侍读学士郭褒之孙，源中之子。其仕履未详。本浑州须城人。此本题曰太原，盖署郡望也。

按此段叙述粗疏多误。郭褒当作郭劝(字仲褒),源中当作源明,浑州当作郓州。按《建炎以来系年要录》实际并未提及郭茂倩,仅提及其弟茂恂。该书卷一〇有曰:"(建炎元年十一月)辛亥,朝奉大夫郭太冲行尚书吏部员外郎。太冲,茂恂子也。"今人李裕民《四库提要订误》亦曰:"《建炎以来系年要录》并未提及郭茂倩及其父祖。"《提要》所言,当系馆臣一时误记。陆心源《乐府诗集》跋文在述及《四库提要》所载与苏颂墓志所载不同后曰:

> 《要录》从《永乐大典》录出,恐有传写之讹。《苏集》从宋本影写,当可据。惟郭源中亦有其人,累官都官员外郎、充广陆郡王申王院教授、职方员外郎,见《苏魏公集·外制》。或源明与源中弟兄,而茂倩嗣源中欤?

陆氏推测郭源中或是源明弟兄,茂倩过继给他,可备一说。

宋葛立方《韵语阳秋》卷四称:"郭茂倩《杂体诗》载《百一诗》五篇,皆(应)璩所作。"是郭茂倩尚编有《杂体诗》一书,惜今已佚。杂体诗与乐府诗体制较近,吴兢《乐府古题要解》在叙述乐府诗后,附述杂体诗。杂体诗中的风人诗,以运用谐音双关语为修辞特色,其体受六朝乐府吴声、西曲歌辞影响。郭茂倩编《杂体诗》一书,当是把它当作《乐府诗集》的附编看待的。

根据以上材料及考订,对郭茂倩事迹可作以下概括:

> 郭茂倩,字德粲,郓州东平人。祖劝,官至翰林侍读学士。父源明,官至职方员外郎。茂倩为源明长子,通音律,善篆隶,元丰年间任河南府法曹参军。编有《乐府诗集》一百卷传世。

以上陆心源跋文和苏颂墓志,根据日本学者中津滨涉《〈乐府诗集〉研究》一书提供的资料转引。该书昭和五十二年汲古书院印行。

二　《乐府诗集》之价值

　　《乐府诗集》一百卷，汇编自汉至五代乐府诗，分为十二大类：郊庙歌辞、燕射歌辞、鼓吹曲辞、横吹曲辞、相和歌辞、清商曲辞、舞曲歌辞、琴曲歌辞、杂曲歌辞、近代曲辞、杂歌谣辞、新乐府辞。其中郊庙、燕射两类，封建朝廷用于隆重的礼仪场合，为帝皇所重视，故列于各类之首。鼓吹、横吹两类，均为雄壮的军乐，但二者来源、用途、乐器等有所区别，故分为两类。相和、清商二类均为丝竹伴奏的通俗乐曲，但二者体制、流行时期与地域亦有区别，故亦列为两类。舞曲歌时兼舞，琴曲专以琴弦谱奏，性质较特殊，故各为一类。杂曲大多数是文人模仿通俗歌曲的案头之作，杂歌谣是不入乐的民间歌谣，体制与乐府相近，可供参照，故各列一类。近代曲、新乐府均产生于隋唐时代，近代曲配合燕乐演唱，新乐府不入乐，体式与相和、清商、杂曲相近，但自制新题，故各列为一类。凡自汉至五代乐府诗，收罗宏富，分类妥善，后世治乐府诗者，莫能出其范围。

　　全书体例处理得当。大类中有小类者则分小类编次，如相和歌又分相和六引、相和曲、吟叹曲、四弦曲等十小类。其无小类而歌辞繁富者则按其题材内容相近者以类相从。如杂曲歌辞存诗十八卷，数量繁多，即以题材相近编次，便于读者检阅。各曲调歌辞，先列原作与古辞，之后按作者时代先后列各家仿作，可以由此考见各曲调歌辞的渊源演变。编者于乐府诗的体制特色，极为重视，著录歌辞，参照《宋书·乐志》《南齐书·乐志》《古今乐录》等书，务存原貌，使读者便于理解乐府诗的体制特色。例如鼓吹曲辞，缪袭《魏鼓吹曲·旧邦》篇、韦昭《吴鼓吹曲·克皖城》篇，《宋书·乐志》把其中各七言句均分为上四下三两句，还有其他类似的例。《乐府诗集》均照录不改，于此可以考见当时七言诗一句在音乐节拍上相当于三言、四言、五言的两句,对读者研究七言诗的形成与发展很有裨益。又如相和歌辞瑟调曲中之大曲,其篇章除分若干解外,往往曲前有艳,曲后有趋,《乐府诗集》亦据《宋书·乐志》照录,可以考见大曲比较繁复的结构。又如南北朝时代,南北乐府诗区分解数情况不同,南方以一章为一解,北方少数民族乐歌则以一句为一解。横吹曲中之梁鼓角横吹曲实为北歌,《乐府诗集》根据《古今乐录》,一一注明其以一句为一解,可考见当时北方乐歌的体制特色。又如清商曲辞中的吴声歌曲与西曲歌中许多曲调的歌辞,往往中间有和声,末尾有送声,《乐府诗集》据《古今乐录》一一加以注明,这对读者认识吴声、西曲歌辞的体制特色颇为重要,对后来不少歌辞仅属因声制辞,因而内容往往与本事不合的情况,提供了解决疑问的线索。郭茂倩对此种后来乐府拟作因声作辞的情况深有认识,《乐府诗集》卷八七《黄昙子歌》题解曰:"凡歌辞,考之与事不合者,但因其声而作歌尔。"这话为读者理解许多后起的乐府拟作提供了指导性的意见。

《乐府诗集》于各大类、小类歌辞,均有序说,于各曲调有题解,对各类歌辞、各曲调之名称、内容、源流等各方面情况,均广泛征引有关材料作出说明,堪称解释详明,考核精审。其所征引的材料,除正史音乐志外,尚有不少乐府专书,其中有的已经失传,赖郭氏此书保存重要片段,弥足珍贵。如南朝陈代释智匠《古今乐录》一书,有十二卷,评述各类乐府诗,对正史音乐志所忽视的、语焉不详的通俗乐曲相和歌、清商曲、鼓角横吹曲等,介绍具体,其史料价值很高。该书宋以后亡佚,幸赖《乐府诗集》大量征引其文,保存大半,极堪重视。例如相和歌辞在晋宋时代分哪些小类,各小类包含哪些曲调,其兴歇存亡情况,《古今乐录》引录宋张永《元嘉正声伎录》、南齐王僧虔《大明三年宴乐伎录》两书(后代均佚),作了详明的记载。张永、王僧虔两人以同时代人所记南朝前期相和歌演奏情况,实为可靠的第一手材料,对后人研究相和歌十分重要。《乐府诗集》把相和曲、清商三调(平调、清调、瑟调)等小类均归入相和歌辞大类,即据《古今乐录》所引张、王两氏之书,灼然有据。现代学者梁启超等谓清商三调不属于相和歌,非是。又如清商曲辞中吴声歌曲与西曲歌的不少曲调,常有和声、送声,其体制颇为重要,郭氏书引《古今乐录》一一注明。此点上文已述及。郭茂倩在征引有关材料后,附加按语,见解甚为精当。如《乐府诗集》卷四四吴声歌曲序说,在引录《晋书·乐志》的记载后,加按语曰:"盖自永嘉渡江之后,下及梁陈,咸都建业,吴声歌曲,起于此也。"指出吴声歌曲大抵产生在六朝时代的京城建业(今南京市)一带,意见中肯,符合历史事实。郭氏全书之序说、解题,在翔实材料的基础上作出客观允当的解释与论断,科学性很强,不似明清时代的一些乐府诗选本,对诗题、诗意等往往以意妄测,流于穿凿附会。

综上所述,可见《乐府诗集》收罗宏富,分类妥善;编次体例,精审合理;征引资料,丰富翔实;解说按断,客观允当,实为乐府诗总集中最完备精当之作,《四库全书总目提要》卷一八七称为"乐府中第一善本",良非过誉。当然,由于乐府诗数量繁富,此书卷帙甚多,不免存在若干遗漏、讹误之处。明梅鼎祚《古乐苑》凡例尝摘此书以古诗混入乐府等谬误若干条,说颇中理,但究属枝节之病,无关宏旨,所谓大醇中之小疵也。

此书原来通行之版本为毛氏汲古阁本(局刻本、《四部丛刊》本均据毛本),毛刻本系采用元刻本为底本再据宋本雠正者。五十年代文学古籍刊行社影印宋本行世,为读者提供了此书的最早刻本,有利于雠校。1979年中华书局又出版标校本《乐府诗集》。该书以宋本为底本,参校汲古阁本及其他有关图书,有新式标点,有简要校记,颇便读者使用。书后附有《作者姓名篇名索引》,亦便于检阅。

(原载《学术集林》卷十四,上海远东出版社1998年出版)

读《汉魏六朝乐府文学史》

　　继《诗经》、楚辞之后，汉魏六朝的乐府诗歌是我国诗歌史上的一宗重要遗产。它里面包含着许多无名氏的民间歌曲，具有丰富的社会内容和很高的文学价值，影响深远，尤其值得注意。"五四"以后，在封建社会常被鄙薄的民间文学受到重视，乐府诗的研究工作较之过去也有明显发展。例如黄节先生的《汉魏乐府风笺》一书，专门笺注汉魏时代的民歌和仿效民歌的文人作品。除注释外，还陆续出现了若干研究乐府诗的专门著作，如陆侃如先生的《乐府古辞考》、罗根泽先生的《乐府文学史》、王易先生的《乐府通论》等都是。萧涤非先生的《汉魏六朝乐府文学史》，在解放前这类专著中出版最晚，也最有深度。此书1944年由中国文化服务社在重庆印行初版，发行不广，今年人民文学出版社印行了校订再版本，以饷读者，这是很值得高兴的。

　　汉魏六朝的乐府诗歌，中有许多无名氏的民间作品，也有大量文人作品。此书对这两方面都有较全面详细的分析介绍。它对于汉代和南北朝两时期的乐府民歌，给予充分重视，用了较多篇幅仔细论述；同时又较全面地论述了各时期的文人乐府诗，对其如何受乐府民歌影响，尤为注意。乐府文学发展过程中民间作品对文人作品的深刻影响，萧先生在再版后记中曾有概括的说明：

　　　　如果没有"缘事而发"的汉乐府民歌，便不会有曹操诸人的

"借古题而写时事"的拟古乐府,也不会出现所谓"建安风骨"和
"五言腾踊"的局面。数百年后,由杜甫开创的"即事名篇"的新
题乐府,以及由白居易倡导的以"诗歌合为事而作"为号召的新
乐府运动,也都无从产生。唐代是诗的黄金时代,成就是多方面
的,但其中五、七言绝句之特见繁荣,显然也受到南北朝小乐府
的影响。鲁迅先生说:"旧文学衰颓时,因为摄取民间文学或外
国文学而起一个新的转变,这例子是常见于文学史上的。"(《门
外文谈》)汉魏六朝乐府民歌便是其中最明显的例子。

全书便是本着这个基本观点,具体论述了乐府民歌对于文人作品的
广泛深入的影响,从而显示了汉魏六朝时期民间文学的杰出成就和
重要历史地位。

此书共分六编。第一编为绪论,以下各编分别论述两汉、魏、
晋、南朝、北朝各时期乐府。各编除对较重要的作家作品作具体而
有系统的评述外,还往往注意揭示该时期乐府诗的特色与历史背
景。如论魏乐府编,前有概论一章,对此时期乐府诗作,撮其大要,
概括为"文人乐府之全盛"、"声调之模拟"、"体裁之大备"三点,这
就较鲜明地指出了曹魏乐府诗的主要现象。又如论南朝乐府编第
一章,在指出南朝乐府诗内容大抵流连情爱、范围狭窄的特征后,
分别从地理、政治、风尚、思想、制度等五个方面探讨形成此种特征
的原因,举例翔实,分析具体细致。最后小结说:"此种恋歌过剩之
产生,实出于一不健全不景气之社会。""南朝国势之不振,民气之
萎靡,读其乐府而不难知矣。"对南朝乐府诗与时代的关系作出了
精辟的论断。再如论北朝乐府一编,除前有概论一章对北朝乐府
诗发展过程作扼要介绍外,后面更有专章,从音制、形式、内容三方
面着重分析了南北朝乐府的不同特色。所有这些论述,使读者对
各时期乐府诗的主要现象和发展大势,获得了明晰的认识,起到了

提纲挈领的良好作用。

此书对文学样式的起源发展颇为重视，往往结合有关作品进行阐述。例如论汉乐府诗时，特别专章分析阐明五言诗源出汉代民歌而不始于班固的《咏史》诗；对汉代五言诗的演进，概括为孕育、发生、流行、成立四个时期，原原本本，对这一问题作了富有说服力的论述。又如对乐府中七言诗体的发展，结合论曹丕《燕歌行》，也有具体分析，指出：

> 乐府中之七言歌诗，盖禀命于《楚辞》，萌芽于《安世房中》，而成熟确立于曹丕之《燕歌行》。与民间未尝入乐之七言谣谚无涉。此其大略也。至鲍明远出，更别出机杼，自成一格，所以《行路难》十九首，下开隋唐七言歌行之先路，为七言演进中之又一大转变。

用简要的语言，对汉魏六朝乐府中七言诗体的发展变化大势作出了明确的概括。再如结合吴韦昭《鼓吹曲》、南朝《西曲·月节折杨柳歌》、梁武帝《江南弄》、隋炀帝与王胄《纪辽东》等歌词分析，指出乐府中早有填词一体，可谓例证详备。过去研究者仅注意梁武帝、王胄之作；萧先生指出早在吴时韦昭《鼓吹曲》已有此体，尤见著者细心比勘的新发现。文学体裁样式的发展变化，是文学史上的一宗重要现象，文学史著作对此应该进行一些必要的介绍与分析；此书在这方面的论述做得很好。

此书重视文学史上的前后继承发展关系，除表现为上述乐府民歌对文人作品影响、文体的发展变化外，在论述某些名篇时，对这一问题也相当注意。如论石崇《王昭君辞》时，对王昭君故事题材在文学作品中的发展，上挂下连，作了有系统的介绍。又如论南朝杂曲《西洲曲》时，指出：

> 其体制盖自蔡邕《饮马长城窟行》、繁钦《定情诗》脱来，却变而为俊逸骀宕。唐人如张若虚之《春江花月夜》、李白之《长干行》等篇，则又从此脱出者。

扼要地分析了《西洲曲》的体制艺术特色，上何所承，下何所启，指出历代某些名篇艺术上的继承发展关系，对读者也很有帮助。

由上可见，此书在纵的方面重视文学的继承发展关系，重视民间文学对文人作品的影响，重视文学样式的发展变化，在横的方面重视一时期文学的大势与历史背景，在这些方面都有较多较深入的论述。这样就使全书脉络分明，线索清楚，较好地完成了一部文学史应当担负的任务，而不像某些文学史那样，仅仅是各时期作家作品评述的简单连缀。

此书对作家作品特别是重要作家作品的分析评论也很重视，这部分内容不但比重很大，而且内容充实，常有精当深入的见地。限于篇幅，不能详举例证，下面略陈一二。

一是关于作品产生年代和本事的考订。例如《孔雀东南飞》一诗产生时代，"五四"以来学者或谓出于六朝。作者对许多具体问题作了考订，折衷群言，指出它应当产生于建安时代或稍后，并说："全篇浑朴自然，犹是汉时风骨，惟以情事既奇，篇章复巨，而又历时久远，转相传写之间，不免失却几分本来面目。"不执著于个别词语，而就通篇风格考察，持论比较合理。又如《木兰诗》的产生时代，近人议论纷纭，著者列举六证，断为北朝作品，内容翔实，证据确凿。此诗为释智匠《古今乐录》所称述，著者据《玉海》引《中兴书目》，指出《古今乐录》系南朝陈光大二年僧智匠所编撰；又指出杜甫《兵车行》诗句模仿《木兰诗》语句，自注称《木兰诗》为"古乐府"，以此证明《木兰诗》应出北朝，均可谓推勘入微之论。（近年来有同志在《文学遗产》上发表论文，主张《木兰诗》产生于隋末或唐初，但论证可商处不少,不足以推翻北朝说。)

二是关于作品本事和历史背景的阐发。例如汉乐府《陇西行》描写一位主持门户的健妇。著者引《汉书》的《地理志》与《赵充国传》,指出陇西一带地区民风强悍,故虽女性"亦复豪健有丈夫气"。论魏左延年《秦女休行》时,举《后汉书·苏不韦传》、《三国志·韩暨传》说明东汉末年私人复仇风气之盛行。论晋傅玄《秦女休行》("庞氏有烈妇"篇),举晋皇甫谧《列女传》、《三国志·庞淯传》、《后汉书·庞淯传》详细说明其本事。论晋张华《轻薄篇》,举《宋书·五行志》等指出当时贵游子弟、士大夫的放诞生活以为印证。论南朝《神弦歌·青溪小姑曲》时,引南朝志怪小说《异苑》、《搜神后记》、《续齐谐记》等说明当时关于青溪小姑的传说不一而足;并分析指出青溪小姑系蒋子文之妹,蒋子文死后被封为王,尊礼备至,有关青溪小姑传说之流行,或与阿兄蒋子文有关。以上这类关于作品本事和历史背景材料的介绍分析,使读者对诗歌所咏社会现象及其周围环境获得明晰的认识,因而大大加深了对作品内容的理解。

三是关于作品艺术特色的分析。著者在这方面也不忽视,对一些艺术成就突出的作品尤为致意。例如论汉乐府《陌上桑》,有云:

> 诗中写罗敷之美,分两层,首从正面描摹,亦止言其服饰之盛。次从旁面烘托,此法最为新奇!⋯⋯末段为罗敷答词,当作海市蜃楼观,不可泥定看杀!⋯⋯作者之意,只在令罗敷说得高兴,则使君自然听得扫兴,更不必严词拒绝。

分析具体而令人首肯,对末段的解说,尤能探得诗篇艺术夸张的特色。又如评《孔雀东南飞》有云:

> 此诗之感人,即在合乎理而得乎情事之真。例如"低头共耳

语"数句,与前"举言谓新妇"数句,虽大体相同,然情有深浅,语有缓急,文有繁略,不但不可互易,抑亦各各不能增减。盖前后境地不同,心情自异也。又如"却与小姑别,泪落连珠子",须知"上堂拜阿母"时,便已有了此泪,然向阿母落,则为不近情理,为不合兰芝个性。

联系仲卿、兰芝两人的心情和个性,来分析其讲话、行动特色,非常细腻妥贴。再如论南朝吴声《懊侬歌》"江陵去扬州"一篇时,著者引王士禛《分甘馀话》、《古夫于亭杂录》之语,指斥此篇"愈俚愈妙"、"味之不尽"的艺术特色,亦极为中肯。著者善于吸取明清文人所作诗话、笔记、诗歌评注中的恰当言论来阐发诗的文学成就和特色,此是其一例。

四是关于词语解释。著者于诗篇中某些不易理解、须待笺注的词语,常常择要加以诠释,或引旧说,或申己见,对读者理解原文很有帮助。如汉乐府《艳歌行》("翩翩堂前燕"篇)"夫婿从门来,斜柯西北眄"句中有"斜柯"语,著者引孟棨《本事诗》"女子独倚小桃,斜柯伫立"记载为证,指出"此斜柯似兼有斜视之意",见解中肯妥贴。又如解释《孔雀东南飞》"自可断来信"、南齐释宝月《估客乐》"有信数寄书,无信心相忆"句中"信"时,指出汉魏六朝时信均指信使、使者,这对于使读者准确理解文意、避免误会大有好处。这类例子在全书中很多,不再列举。

综上所述,此书叙历史则脉络分明,线索清楚;评作品则兼顾思想、艺术、时代、词语等诸方面,介绍分析,全面深入。全书材料丰富,内容充实,富有见地;而复结构清晰,叙述井井有条。可见著者在史学、史识、史才三方面均有相当深的造诣,此书堪称是一部成就卓越的分体文学史著作。读过全书后,我们不难发现,著者广泛而又认真地阅读各方面文献,上自汉魏六朝的史籍、小说和有关乐府的各种原始资料,下逮唐宋以来的许多笔记、诗话、诗歌评注选本,以及近人的有关论述,无不广收博采,精心选择;对所论及的不少重要现象和疑难问题,尤能深入钻研,经过审慎的推敲,作出明确的判断。《礼记·中庸》曾云,做事要博学,审问,慎思,明辨,笃行,萧先生此书所体现的治学精神和成绩,可以当之无愧。

当然,此书是全国解放前的旧著,这次新版本"保存原样,不拟多所更张"(《后记》),因此难免一些局限和缺点。例如书中谈到受儒家思想影响的汉乐府,往往誉之为"忠厚";这种评价上的问题,专门读者自能辨别。在史料运用分析方面,个别地方也有可议处。如《绪论》说东汉时所分大予乐等汉乐四品,没有包括各地歌谣;实则黄门鼓吹乐一品中包含了许多相和歌辞。作为旧著,这些缺点都是很次要的,不能掩盖全书的卓越成就和动人光采。

"五四"以来,我国出版界出版的各种中国文学通史和专史,为数很多,少说也在一百种以上。其中大多数著作,编著者缺乏严肃认真的态度,往往抄掇成书,粗制滥造;有不少书更是作者小传加作品举例,成为非常平庸的流水账。数十年过去,这些书当然经不起时间的磨炼,已经很少有人记得和利用。但也有少数著作,功力甚深,创获不少,像刘师培《中国中古文学史》、鲁迅《中国小说史略》、王国维《宋元戏曲史》诸书,就一直受到人们的珍视,奉为本门学科的必读书。萧先生的这本乐府文学史,也是属于能够传之久远之列的著作。人民文学出版社重版此书,得到读者的重视和好评,就是一个明证。学术著作是精神财富,首先应当以质量取胜。萧先生生平治学谨严,著作数量不多,但都有深度;此书的再版和受重视,反映了学术界和广大读者的公正评判。事实证明:那些猎取一时名利、仓促从事的书只能是昙花一现;惟有不畏艰苦、付出巨大劳动、精心结撰的著作,才能具有长久的生命力。

(原载《中国古典文学论丛》第三辑,人民文学出版社 1985 年出版)

论乐府诗绝句四首

汉代相和杂曲

汉代风谣自绝伦,略无雕琢见天真。描摹世态兼情事,境界新开启后人。

六 朝 清 商 曲

吴声西曲谱新篇,《子夜》悲歌最可怜。软语欢郎情懊恼,清音明转出天然①。

北朝鼓角横吹曲

河堤杨柳郁婆娑,引吭高歌豪气多。快马宝刀堪作伴,胡儿不解汉儿歌②。

---

① 《大子夜歌》:"歌谣数百种,《子夜》最可怜。慷慨吐清音,明转出天然。"

② 《折杨柳枝歌》:"遥看孟津河,杨柳郁婆娑。我是虏家儿,不解汉儿歌。"又一首云:"健儿须快马,快马须健儿。跸跋黄尘下,然后别雄雌。"《琅琊王歌》:"新买五尺刀,悬著中梁柱。一日三摩娑,剧于十五女。"以上三诗均属鼓角横吹曲。

唐 人 新 乐 府

国势陵夷困战争,欲将诗什记苍生。少陵白傅遗篇在,乐府新题讽意明。

1979 年

离 合 诗 考

离合字体,以成诗章,昔之学人,率谓孔融肇始。

旧题梁任昉《文章缘起》:"孔融作四言离合诗。"(案昉书早亡,今本为唐张绩所补,见《唐书·艺文志》。)明陈懋仁注:"字可析而合成文,故曰离合。"唐吴兢《乐府古题要解》:"离合诗起汉孔融,合其字以成文也。"唐刘悚《乐府解题》:"离合诗,孔融作,合其字以成文。"宋严羽《沧浪诗话》:"离合,字相析合成文,孔融'渔父屈节'之诗是也。"

离合作郡姓名诗(章樵注《古文苑》本)

孔 融

渔父屈节,水潜匿方。(离鱼字。)与旹进止,出行施张。(离日字。鱼日合成鲁。案旹古时字,《石林诗话》作时,下句作"出寺弛张"。)吕公矶钓,阖口渭旁。(离口字。阖,《石林诗话》作"阖"。)九域有圣,无土不王。(离或字。口或合成國。)好是正直,女回子匡。(离子字。子,《石林诗话》作"于"。)海内有截,隼逝鹰扬。(当离乙字。恐古文与今文不同,合成孔也。案海内,《石林诗话》作"海外"。钱南扬《谜史》云:截当作隼方合。然考汉隶,只有作隼而无作隼,视截字已较近矣。)六翮将奋,羽仪未

彰。（离咼字。）蚍龙之蛰，倬也可忘。（离虫字。合成融。蚍龙，
《石林诗话》作"龙蚍"。）玟璇隐曜，美玉韬光。（去玉成文，不须
合。）无名无誉，放言深藏。（离舆字。）按辔安行，谁谓路长。（离
才字，合成舉。案末句无析合之用，与上异。）

《石林诗话》："此篇离合鲁国孔融文举六字。徐而考之，诗二十四句，
每四句离合一字。（案其说有误，参见前。）如首章云：'渔父屈节，水潜匿
方。与时进止，出寺弛张。'第一句渔字，第二句水字，渔犯水字而去水，则
存者为鱼字。第三句有时字，第四句有寺字，时犯寺字而去寺，则存者为日
字。离鱼与日合之，则为鲁字。下四章类此，殆古人好奇之过，欲以文字示
其巧也。"（案古人载籍详释孔诗者，以石林为最早，故备录之。）

夷考其实，文举以前，已有此体。东汉袁康、吴平著《越绝书》，魏伯阳
著《参同契》，均隐籍贯姓名于后序中，特知之者鲜耳。

杨慎《升庵文集》卷十跋《越绝》："或问《越绝》不著作者姓
名，何也？予曰：姓名具在书中，览者弟不深考耳。子不观其绝
篇（案指《越绝篇叙外传记》第十九）之言乎？曰：'以去为姓，得
衣乃成。厥名有米，覆之以庚。禹来东征，死葬其乡。不直自
斥，托类自明。文属辞定，自于邦贤。以口为姓，承之以天，楚相
屈原，与之同名。'此乃隐语见其姓名也。去得衣，乃袁字也。米
覆以庚，乃康字也。禹葬之乡，乃会稽也。是乃会稽人袁康也。
其曰不直自斥，托类自明，厥旨照然，欲使后人知也。文属辞定，
自于邦贤，盖所共著，非康一人也。以口承天，吴字也。屈原同
名，平字也。与康共著此书者乃吴平也。不然，其言何为而设
乎？或曰：二人何时人也？予曰：东汉也。何以知之？曰：东
汉之末，文人好作隐语，'黄绢碑'其著者也。又孔融以'渔父屈

节,水潜匿方'云云,隐其姓名于离合诗。魏伯阳以'委时去害,
与鬼为邻'云云,隐其姓名于《参同契》。融与伯阳俱汉末人,故
文字稍同,则兹书之著为同时何疑焉? 问者喜曰:二子名微矣,
得子言乃今显之,谁谓后世无子云乎?"

　　案:王充《论衡·超奇篇》云:"前世有严夫子,后有吴君商,(孙诒让
云:商,当为高。君高,吴平字。《案书篇》云:会稽吴君高。又云:君高之
《越纽录》,即今《越绝书》也。)末有周长生。"充卒于和帝永元中(《后汉书》
本传),《超奇篇》有"长生死后"之语,君高在长生前,升庵谓与孔融同时,
失考。
　　又案:葛洪《神仙传》:"魏伯阳,上虞人,约《周易》作《参同契》,桓帝时
以授同郡淳于叔通。"孔融生于桓帝永兴元年(《后汉书》本传),年次亦在魏
伯阳后。

　　魏伯阳《参同契·自序》篇云:"委时去害,依托丘山。循游
寥廓,与鬼为邻。化形而仙,沦寂无声。百世一下,遨游人间。
敷陈羽翮,东西南倾。汤遭阨际,水旱隔并。柯叶萎黄,失其华
荣。各相乘负,安稳长生。"宋俞琰《周易参同契发挥》释之云:
"此乃魏伯阳三字隐语也。委与鬼相乘负,魏字也。百之一下为
白,白与人相乘负,伯字也。汤遭旱而无水,为易,阨之厄际为
卩,卩与易相乘负,阳字也。魏公用意,可谓密矣。"(案:此段文
字,注家尚有异说,然多穿凿,故从略。)

　　案:离合诗格,须先离后合,《越绝书》:"以去为姓,得衣乃成。厥名有
米,覆之以庚。以口为姓,承之以天。"仅有合无离,严格论之,实不足当离
合之名。若《参同契》之"百世一下,遨游人间","汤遭阨际,水旱隔并",始
备离合雏形,第不似孔氏之整齐耳。
　　又案:杨慎《丹铅杂录》卷九"汉人好作隐语"条释"依托丘山"云:"古

魏字作巍,故云依托丘山,宜乎。"其说良是。《三国志·魏书·文帝纪》注:
"《易运期》又曰:鬼在山,禾女连,王天下。"可为佐证。

大抵汉魏之际,析字之戏,衍成风气,不特离合诗体为然。

> 《世说·捷悟篇》:"杨德祖为魏武主簿,时作相国门,始构榱
> 桷,魏武自出看,使人题门作活字便去。杨见,则令人坏之。既竟,
> 曰:门中活,阔字,王正嫌门大也。"又:"人饷魏武一杯酪,魏武啖
> 少许,盖头上题合字以示众。众莫能解。次至杨修,修便啖曰:公
> 教啖一口也,复何疑?"又:"魏武尝过曹娥碑下,杨修从,碑背上见
> 题作'黄绢幼妇,外孙齑臼'八字,魏武谓修曰:解否? 答曰:解。
> 魏武曰:卿未可言,待我思之。行三十里,魏武乃曰:吾已得。令
> 修别记所知。修曰:黄绢,色丝也,于字为绝。幼妇,少女也,于字
> 为妙。外孙,女子也,于字为好。齑臼,受辛也,于字为辞(通作
> 辤)。所谓'绝妙好辞'也。魏武亦记之,与修同,乃叹曰:我才不
> 及卿,乃觉三十里。"刘孝标注云:"按曹娥碑在会稽中,而魏武、杨
> 修未尝过江也。《异苑》曰:陈留蔡邕,避难过吴,读碑文,以为诗
> 人之作,无诡妄也,因刻石旁作八字。魏武见而不能了,以问群寮,
> 莫有解者。有妇人浣于汾渚,曰第四车解,既而祢正平也。衡即以
> 离合义解之。或谓此妇人即娥灵也。"《三国志·吴志·薛综传》:
> "西使张奉于权前,列尚书阚泽姓名以嘲泽,泽不能答。综下行酒,
> 因劝酒曰:蜀者何也? 有犬为独,无犬为蜀,横目句身,虫入其腹。
> 奉曰:不当复列君吴耶? 综应声曰:无口为天,有口为吴,君临万
> 邦,天子之都。于是众坐喜笑,而奉无以对。"(裴注引《江表传》以
> 为诸葛恪嘲费祎之辞,辞亦小异。)

其在歌谣,亦有斯体。

司马彪《续汉书·五行志》："献帝践祚之初，京师童谣曰：'千里草，何青青，十日卜，不得生。'案千里草为董，十日卜为卓。凡别字之体，皆从上起左右离合，无有从下发端者也。今二字如此者，天意若曰：卓自下摩上，以臣陵君也。青青者，暴盛之貌也。不得生者，亦旋破亡。"

《玉台新咏》录古绝句四首，在贾充与李夫人连句前，当属汉、魏之作，其第一首云："藁砧今何在？山上复有山。何当大刀头，破镜飞上天。"吴兢《乐府古题要解》云："藁砧今何在？藁砧，铁也，问夫何处也。山上复有山，重山为出字，言夫不在也。何当大刀头，刀头有镮，问夫何时当还也。破镜飞上天，言月半当还也。"

而溯厥远源，犹当上及于谶纬。

刘勰《文心雕龙·明诗》篇："离合之发，则萌（俗本作"明"。此据唐写本及《太平御览》。）于图谶。"黄叔琳注引《孝经右契》（《玉函山房辑佚书》）曰："孔子作《孝经》及《春秋》、《河洛》成，告备于天，有赤虹下化为黄玉，上刻文云：'宝文出，刘季握。卯金刀，在轸北。字禾子，天下服。'合卯金刀为刘，禾子为季也。"

《后汉书·光武纪》，光武即位，告天地群神，其祝文引谶记曰："刘秀发兵捕不道，卯金修德为天子。"李贤注："卯金，刘字也。《春秋演孔图》曰：卯金刀名为赤帝后，次代周。"《后汉书·光武纪·论》："及王莽篡位，忌恶刘氏，以钱文有金刀，故改为货泉，或以货泉字文为白水真人。"周亮工《字触》曰："白水，光武所居乡名也。"

《后汉书·公孙述传》："述梦有人语之曰：'八厶子系，十二为期。'觉谓其妻曰:'虽贵,而祚短,若何?'妻对曰:'朝闻道,夕死尚可,况十二乎?'"又同传引《援神契》曰:"西太守,乙卯金,谓西方太守而乙绝卯金也。"李贤注:"乙,轧也,述言西方太守能轧绝卯金也。"

盖析字者,廋其辞以成讔语,实谜之一种,文人好奇,因有离合诗焉。

《文心雕龙·谐讔》篇:"自魏代以来,颇非俳优,而君子嘲隐,化为谜语。谜也者,回互其辞,使昏迷也。或体目文字,或图象品物;纤巧以弄思,浅察以衔辞;义欲婉而正,辞欲隐而显。荀卿《蚕赋》,已兆其体;至魏文、陈思,约而密之。高贵乡公,博举品物,虽有小巧,用乖远大。"

案:由刘氏之言,可知当时谜语大别分为两类:其一体目文字,即指析字之戏;其一图象品物,则荀卿《蚕赋》一流。惜曹魏诸家谜语今并无存,末由考究矣。

又案:《北史》卷九〇《艺术传》:"徐之才聪辩强识,有兼人之敏,尤好剧谈体语。嘲王昕姓云:'有言则詝,近犬便狂;加颈足而为马,施角尾而成羊。'卢元明因戏之才云:'卿姓是未人人,名是字之误,之当为乏也。'即答云:'卿姓在山为虐,在丘为虘;生男则为虏,配马则为驢。'又尝与朝士出游,遥望群犬竞走,诸人试令目之。之才即应声云:'为是宋鹊,为是韩卢,为逐李斯东走,为负帝女南徂。'"之才与王昕、卢元明之嘲戏,刘氏所谓体目文字也。其目群犬竞走,刘氏所谓图象品物也。合而言之,称为体语。(陆机《文赋》:"赋体物而浏亮。"体者,描状也。)刘氏谓体目文字,盖与图象品物为互文,体目不必专指析字,故《北史》于图像品物,亦曰目之也。(《北史》引文,据殿板考证,有校改处。)

孔融以后,晋有潘岳离合诗,体式一遵孔氏。

离合（"思杨容姬难堪"六字）

潘　岳

佃渔始化，人民穴处。（离田字。）意守醇朴，音应律吕。（离心字，合成思字。）桑梓被源，卉木在野。（离木字。）锡鸾未设，金石拂举。（离易字，合成杨字。）害咎蠲消，吉德流普。（离宀字。）谿谷可安，羡作栋宇。（离谷字，合成容字。）嫣然以憙，焉惧外侮。（离女字。）熙神委命，已求多祜。（离臣字，合成姬字。）叹彼季末，口出择语。（离莫字。）谁能默识，言丧厥所。（离佳字，合成难字。）垄亩之彦，龙潜岩阻。（离土字。）趀义崇乱，少长失叙。（离甚字，合成堪字。）

案：《潘安仁集》，岳娶杨肇女，卒，有《悼亡诗》，容姬或是其妻名也。

降及东晋，作者无闻。洎乎刘宋，王韶之始创为骚体。

咏　雪　离　合

王韶之

霰先集兮雪乃零，散辉素兮被檐庭。曲室寒兮朔风厉，川陆涸兮群籁鸣。（雪）

其后孝武帝刘骏亦有骚体离合。

离　　合

刘　骏

霏云起兮泛滥，雨霭昏而不消。意气悄以无乐，音尘寂而莫交。守边境以临敌,寸心厉于戎昭。阁盈图记,门满宾僚。仲秋始戒,中国初凋。池育秋莲,水灭寒漂。旨(《集韵》:"旨"或作"音")归涂以易感,日月逝而难要。分中心而谁寄,人怀念而必谣。(离合"悲客他方"四字。)

而谢灵运、谢惠连、何长瑜、贺道庆并有五言离合诗。

作 离 合

谢灵运

古人怨信次,十日眇未央。加我怀缱绻,口脉情亦伤。剧哉归游客,處子勿相忘。(別字)

离 合 诗 二 首

谢惠连

放棹遵遥涂,方与情人别。啸歌亦何言,肃尔凌霜节。(各字)

夫人皆薄离,二友独怀古。思笃子衿诗,山川何足苦。(念字)

夜 集 作 离 合

前 人

四座宴嘉宾,一客自远臻。九言何所戒,十善故宜遵。(此字)(《古今图书集成》)

离　合　诗

何长瑜

宜然悦今会，且怨明晨别。肴蕨不能甘，有难不可雪。
（未详）

离　合　诗

贺道庆

促席宴闲夜，足欢不觉疲。詠歌无馀愿，永言终在斯。
（信字）

是后文士有作，咸宗五言。

离合赋物为咏

王　融

冰容惭远鉴，水质谢明晖。是照相思夕，早望行人归。
（火字）

离　合　诗

石道慧

好仇华良夜，子欢我亦欣。昊穹出明月，一坐感良晨。
（娱字）

离　合

梁元帝

沈寥云初净,水木备春光。奄定方无远,合浦不难航。(宠字)

离合诗赠尚书令何敬容

萧　巡

伎能本无取,支叶复单贫。柯条谬承日,木石岂知晨。狗马诚难尽,犬羊非易驯 。敩顿既不似,学步孰能真。寔由棄朝典,是曰蠹彝伦。俗化于兹鄙,人涂自此分。(何敬容)

案:《南史》卷三〇《何敬容传》:"自晋、宋以来,宰相皆文义自逸,敬容独勤庶务,贪恡为时所嗤鄙。时萧琛子巡颇有轻薄才,因制卦名、离合等诗嘲之,亦不屑也。"

离合诗赠江藻

沈　炯

開门枕芳野,井上发红桃。林中藤萝秀,木末风云高。屋室何寥廓,至士隐蓬蒿。故知人外赏,文酒易陶陶。友朋足谐晤,又此盛诗骚。朗月同携手,良景共含毫。樂巴有妙术,言是神仙曹。百年肆偃仰,一理讵相劳。(闲居有乐)

春　日　离　合

庾　信

秦春初变曲,未有逐琴心。明年花树下,月月来相寻。(春)

田家足闲暇,士友暂流连。三春竹叶酒,一曲鹍鸡弦。（日）

唯陶弘景《真诰》所录诰命,犹为四言,特体制未严。

> 《真诰》卷二《运象篇》第二:"曾参出田,丹心同舟。素糸(或作系,此据《道藏》本)三迁,来庇方头。"弘景自注云:"此四句是离合作思玄字,即长史之字也。"又云:"右紫微王夫人所喻,令示许长史。"今案:素糸三迁,三疑当作川,系去川,庇以方头一,成玄字也。玄,俗本作"元",当是避清帝康熙讳而改。

而《北史・斛律光传》所载五言离合,亦率意不经。

> 《北史》卷五十四《斛律光传》:"(祖)珽省事褚士达梦人倚户授其诗曰:'九斗八升粟,角斗定非真。堰却津中水,将留何处人。'以告珽。珽占之曰:'角斗,斛字。津却水,何留人,合成律字。非真者,解斛律于我不实。'士达又言所梦状乃其父形也。珽由是惧。"

隋运短促,此制靡闻。迄于唐初,其体未绝。

> 《旧唐书・文苑传》:"元万顷,洛阳人。乾封中,从英国公李勣征高丽,为辽东道总管记室,别帅冯本以大军援裨将郭待封,船破失期,待封欲作书与勣,恐高丽知其救兵不至,乘危迫之,乃(《太平御览》引《唐书》,其中有"乃令万顷"四字)作离合诗赠勣,勣不达其意,大怒曰:'军机急切,何用诗为?'必斩之。万顷为解释之,乃止。"案郭待封诗,今不存。

　　又案：《唐诗纪事》亦以为万顷自作，卷五云："从李勣征高丽，为辽东道管记。勣令别将赴平壤，粮不及期，万顷作离合诗密报勣。勣曰：'军机切遽，何以诗为？'欲斩之。言状乃免。"

泊乎中叶，权、张赠答，同僚继赓，蔚成篇什。

离合诗赠张监阁老
（一作《以离合诗赠秘书监张荐》）

权德舆

　　黄叶从风散，共嗟时节换。忽见鬓边霜，勿辞林下觞。躬行君子道，身负芳名早。帐殿汉官仪，巾车塞垣草。交情剧断金，文律每招寻。始知蓬山下，如见古人心。（思张公）

奉酬礼部阁老转韵离合见赠
（时为秘书监）

张　荐

　　移居既同里，多幸陪君子。弘雅重当朝，弓旌早见招。植根琼林圃，直夜金闺步。劝深子玉铭，力竞相如赋。间阔向春闱，日复想光仪。格言信难继，木石强为词。（私权阁）

和权载之离合诗（时为中书舍人）

崔　邠

　　脉脉美佳期，月夜吟丽词。谏垣则随步，东观方承顾。林雪消艳阳，简册漏华光。坐更芝兰室，千载各芬芳。節苦文俱盛，

即时人并命。翩翩紫霄中,羽翮相辉映。(咏□篇)

同前(时为中书舍人)

杨於陵

校德尽珪璋,才臣时所扬。放情寄文律,方茂经邦术。王猷符发挥,十载契心期。昼游有嘉话,书法无隐辞。信兹酬和美,言与芝兰比。昨夜恣吟绎,日觉祛蒙鄙。(效三作)

同前(时为给事中)

许孟容

史(一作敏)才司秘府,文哲今超古。亦有擅风骚,六联文墨曹。圣贤三代意,工艺千金字。化识从臣谣,人推仙阁吏。如登昆阆时,口诵灵真词。孙简下威凤,系霜琼玉枝。(□□好)

同前(时为给事中)

冯伉

车马退朝后,聿怀在文友。动词宗伯雄,重美良史功。亦曾吟鲍谢,二妙尤增价。雨霜鸿唳天,币树鸟鸣夜。覃思各纵横,早擅希代名。息心欲焚砚,自觍陪群英。(□非恶)

同前(时为户部侍郎)

潘孟阳

咏歌有离合,永夜观酬答。笥中操彩笺,竹简何足编。意深

俱妙绝,心契交情结。计彼官接联,言初并清切。翔集本相随,羽仪良在斯。烟云竞文藻,因喜玩新诗。(词章美)

同前(时为国子司业)

武少仪

少年慕时彦,小悟文多变。木铎比群英,八方流德声。雷陈美交契,雨雪音尘继。恩顾各飞翔,因诗睹瑰丽。傅野绝遗贤,人希有盛迁。早钦风与雅,日咏赠酬篇。(才思博)

降及末季,皮、陆唱酬,篇章特富,并造新体,与前迥异。

闲居杂题五首

(自注云:"以题十五字离合。")

陆龟蒙

鸣 蜩 早

闲来倚杖柴门口,鸟下深枝啄晚虫。周步一池销半日,十年听此冀如蓬。

野 态 真

君如有意耽田里,予亦无机向艺能。心迹所便唯是直,人间闻道最先憎。

松 间 斟

子山园静怜幽木,公幹词清咏苹门。月上风微萧洒甚,斗醪何惜置盈尊。

饮　岩　泉

已甘茅洞三君食,欠买桐江一朵山。严子濑高秋浪白,水禽飞尽钓舟还。

当　轩　鹤

自笑与人乖好尚,田家山客共柴车。干时未似栖庐雀,鸟道闲携相尔书。

奉和鲁望闲居杂题五首

皮日休

晚　秋　吟

东皋烟雨归耕日,免去玄冠手刈禾。火满酒炉诗在口,今人无计奈侬何。

好　诗　景

青盘香露倾荷女,子墨风流更不言。寺寺云萝堪度日,京尘到死扑侯门。

醒　闻　桧

解洗馀酲晨半酉,星星仙吹起云门。耳根莫厌听佳木,会尽山中寂静源。

寺　钟　暝

百缘斗薮无尘土,寸地章煌欲布金。重击蒲牢含山日,冥冥烟树睹栖禽。

砌　思　步

禰禰古薜绷危石,切切阴蛰应晚田。心事万端何处止,少夷峰下旧云泉。

药名离合夏日即事三首

陆龟蒙

乘屐著来幽砌滑,石罂煎得远泉甘。草堂只待新秋景,天色微凉酒半酣。(滑石、甘草、景天皆药名,下仿此。)

避暑最须从朴野,葛巾筇席更相当。归来又好乘凉钓,藤蔓阴阴著雨香。

窗外晓帘还自卷,柏烟兰露思晴空。青箱有意终须续,断简遗编一半通。

奉和鲁望药名离合夏日即事三首

皮日休

季春人病抛芳杜,仲夏溪波绕坏垣。衣典浊醪身倚桂,心中无事到云昏。

数曲急溪冲细竹,叶舟来往尽能通。草香石冷无辞远,志在天台一遇中。

桂叶似茸含露紫,葛花如绶蘸溪黄。连云更入幽深地,骨录闲携相猎郎。

怀锡山药名离合二首

皮日休

暗窦养泉容决决,明园护桂放亭亭。历山居处当天半,夏里松风尽足听。

晓景半和山气白，薇香清净杂纤云。实头自是眠平石，脑侧空林看虎群。

和袭美怀锡山药名离合二首

陆龟蒙

鹤伴前溪栽白杏，人来阴洞写枯松。萝深境静日欲落，石上未眠闻远钟。

佳句成来谁不伏，神丹偷去亦须防。风前莫怪携诗藁，本是吴吟荡桨郎。

怀鹿门县名离合二首

皮日休

山瘦更培秋后桂，溪澄闲数晚来鱼。台前过雁盈千百，泉石无情不寄书。（桂溪、鱼台、百泉均县名，下仿此。）

十里松萝阴乱石，门前幽事雨来新。野霜浓处怜残菊，潭上花开不见人。

和袭美怀鹿门县名离合二首

陆龟蒙

云容覆枕无非白，水色侵矶直是蓝。田种紫芝餐可寿，春来何事恋江南。

竹溪深处猿同宿，松阁秋来客共登。封径古苔侵石鹿，城中谁解访山僧。

皮日休《杂体诗序》曰："噫,由古至律,由律至杂,诗之道尽乎此也。"诗至晚唐,已属强弩之末,皮、陆喜为杂体诗,殆欲于诗界中别标一帜者。离合诗、药名诗、县名诗,均为杂体。六朝人作药名、县名诗,均嵌其名于一句中,皮、陆以与离合相杂,自成一体,斯又欲于模拟中出新意者也。徐师曾《诗体明辨》曰："按离合诗有四体:其一,离一字偏旁为两句,而四句凑合为一字,如'鲁国孔融文举'是也。其二,亦离一字偏旁为两句,而六句凑合为一字,如《别字诗》(谢灵运作,见前引)是也。其三,离一字偏旁于一句之首尾,如《松间斟》、《饮岩泉》、《砌思步》是也。其四,不离偏旁,但以一物二字,离于一句之首尾,而首尾相续为一物,如《药名离合》是也。"

赵宋以降,其体式微,惟东坡《砚盖离合》,颇称简妙,兹录而殿之,以为嗣音焉。

砚 盖 离 合

苏 轼

砚石犹在,岘山已颓,姜女既去,孟子不来。

案:首二句或作"砚犹有石,岘更无山"。

附案:昔人每以离合泛称析字,本篇论述,则以严格之离合诗为限,仅于溯源时涉及广义之析字焉。

(原载《国文月刊》第七十九期)

附　录

研究乐府诗的一些情况和体会

我于 1947 年夏季毕业于复旦大学中文系,留任该系助教。大学学习期间,兴趣比较广泛,古今中外的文学、历史、哲学书籍,都涉猎一些,还喜欢写短篇小说。当了教师后,感到自己生活经验不丰富,也缺少创作才能,决定今后从事古典文学的研究工作,并打算先以汉魏六朝文学为探索对象。当时中文系主任是陈子展先生,我帮他做一些教学工作,时常到他家里谈谈,听他讲治学的经验。他劝我系统阅读史书,并介绍我读王闿运编的《八代诗选》。《八代诗选》末尾有一卷"杂体诗",专选双声诗、离合诗、回文诗一类作品,陈先生认为它们虽是游戏文学,但也反映了当时文人的艺术爱好和创作风尚,值得探讨。我接受了他的意见,陆续读了前后《汉书》、《晋书》、《南史》等正史,并阅读《八代诗选》、《乐府古题要解》等书,就杂体诗作一些研究。杂体诗中有一项叫"风人诗",其特点是利用谐音双关词语来表现思想感情(多数是男女的爱情)。这种谐音双关词语,在六朝乐府清商曲辞的吴声歌曲和西曲歌歌辞中特别多,因此我就去仔细阅读《乐府诗集》中的清商曲辞。开头,我写了一篇《论吴声西曲与谐音双关语》;后来,又从《晋书》、《宋书》、《南史》及其他史籍中发现不少有关吴声、西曲的材料,因此扩大兴趣,对这两类歌辞进行较全面的探索,写出了《吴声西曲杂考》等五篇论文,后来集成《六朝乐府与民歌》一书出版。这本小书主要是在 1948 到 1950 这两年中写成的。稍后,我又对汉魏六朝的清乐和汉乐府作了一些探索,陆续写出了《清乐考略》、《说黄门鼓吹乐》等十来篇论文,集成《乐府诗论丛》一书出版,它们大体上是五十年代前期写的。此后,学习、研究的重点就转移到唐代文学和古代文论方面去了。

　　大学毕业论文,我写的是《秦观评传》。题目确定后,临时找了一些有关材料阅读,对北宋婉约派词,缺少系统的理解,所以论文写得很肤浅。这次写乐府诗的论文,比自己过去有了明显的进步,这首先得归功于懂得一点目录之学。大学念书时,虽然也看过《书目答问》,但当时由于种种因素,接触古籍不多,对目录书的作用也缺乏认识。做了教师后,看书、买书的条件都大为改善。当时认真读了《隋书·经籍志》、《郡斋读书志》、《直斋书录解题》等目录书,还买了一部《四库全书总目提要》,经常翻阅。《四库提要》成书较晚,介绍最详明,对我的启发帮助尤大,我感到从它那里得到的教益,比学校中任何一位老师还多。每门学科,每个专题,都有它的若干重要原始材料,有或多或少的前人研究成果。我们进行研究,必须掌握这些资料,以此为出发点,才能向前推进。读了《四库提要》等目录书后,在自己从事研究的范围内,应当系统地阅读哪些书籍,重点放在哪里,仿佛找到了一个最好的向导。当然,一些后出的、新的研究成果,还没有来得及在目录书上得到反映,也要随时留意。

　　系统地阅读有关史书,获益很大。文学作品总是产生在一定的历史环境中,又表现了一定的历史现象;因此,对它们产生时代的政治、经济、社会、文化各方面的情况,知道得愈全面、愈仔细,对作品的认识也就能更准确、更深入。我当时读了《晋书》、《宋书》、《南史》等史籍后,发现不少记载,表明六朝的贵族上层阶级人士,在日常生活中喜欢听吴声、西曲这类通俗乐曲,爱用谐音双关的隐语进行酬对和嘲谑,这为我理解吴声、西曲的历史背景和思想艺术特色,打开了一扇大门。数百首吴声、西曲歌词,内容绝大部分是谈情说爱,在过去封建时代被认为是淫靡之词,不受学者们的重视。清代朱乾的《乐府正义》笺释乐府诗,比较注意探究历史背景与诗歌本事,对汉乐府古辞也提供了若干有价值的资料,但仍未注意到吴声、西曲的有关史实。萧涤非先生的《汉魏六朝乐府文学史》(四十年代由中国文化服务社在重庆出版),首先对六朝乐府的历史背景予以重视,发掘了一些值得重视的史料。此书对我启发很大,我在这方面所做的一些工作,正是沿着它的路子继续走下去的。吴声、西曲的不少曲调,如《子夜歌》、《前溪歌》、《丁督护歌》等,据《宋书·乐志》等记载,在产生时往往有一个本事和作者,其作者多为贵族文人。"五四"以后的一些文学史研究者,因现存歌词内容往往与这些记载不合,对所载的本事、作者常不予理会,甚至认为虚诞不可信。他们把吴声、西曲歌词视为纯粹出自下层的民歌,同当时贵族文人的生活和创作没有多少联系。这是一种脱离历史具体条件的看法。我从正史和其他文献中搜集到不少材料,写了《吴声西曲杂考》一文,证明《宋书·乐志》等的记载还是可靠的。我国古代许多文学作品,特别是诗文,所记大抵是真人真事,与历史的关系最为密切。把文学和历史结合起来研究,以历史释文学,以文学证历史,可以相得益彰。清代学者研究杜甫、李商隐诗,在这方面取得了很显著的成绩。现代学者陈寅恪、岑仲勉,结合唐代历史和文学进行研究,也获得有价值的成果。我国古代文学和历史的遗产都非常丰富,这方面还有大量问题存在着,等待着我们去挖掘和探讨。

我研究乐府诗,重点放在汉魏相和歌辞、六朝清商曲辞上面,都是当时的通俗乐曲。在所阅读参考的文献资料中,感到《宋书·乐志》、《乐府诗集》两种最为重要。《宋书·乐志》根据西晋荀勖《荀氏

录》(今已亡佚),著录了一部分魏晋时演唱的清商三调歌诗,不但保
存了一部分重要篇章,而且各篇均注明解数,对了解乐府歌辞体制,
很有帮助。它对俗乐的叙述也比较具体,对一部分吴声歌曲重要曲
调的本事、作者,首先作了介绍,以后《晋书·乐志》、《通典·乐典》、
《旧唐书·音乐志》关于这方面的介绍,大抵沿袭《宋书·乐志》。郭
茂倩的《乐府诗集》,编集汉魏以迄唐五代乐府诗,搜罗完备,编排精
当,可以考见各类歌辞、各个曲调的源流和发展变化。书中的小序、
题解,征引浩博,考订精审,以后元明清时代的各种乐府总集,都不能
出其范围。我在钻研熟悉了两书的有关内容以后,好像抓到了纲领,
其他一些资料的价值和得失,便容易掌握了。一门学科或一个专题,
文献资料往往颇多,但主要的往往不会很多,有时只有几种;钻研时
也不能平均使用力量,要把力量集中在主要的资料上。

　　要理解乐府诗,必须懂得乐府诗的体例。乐府诗的一个曲调,除
原始古辞(有时古辞亡佚)外,以后产生不少同题之作。这些作品的
内容,往往与曲名与曲调本事不相符合,但在题材、主题或声调上仍
保持或多或少的联系。不理解这种情况,容易对某些乐府篇章产生
误会。朱乾《乐府正义》、余冠英先生的《乐府诗选》,都注意从乐府特
殊体例上来进行注释,因此持论往往比较客观中肯。我在细读《乐府
诗集》过程中,发现吴声、西曲歌词中的和送声非常重要,排比材料,
写了《论六朝清商曲中之和送声》一文,指出吴声、西曲许多曲调的后
出歌辞,主要是利用该曲调的和送声来进行新的创作,所以其思想内
容往往与本事不相符合,从而解释了这方面的疑问。

　　除细读若干重要典籍外,当时还广泛浏览、检阅了许多有关
资料。除注意读正史中的《音乐志》外,还读了政书、会要、类书中
的音乐部分和若干古地理志。读了丁福保的《全汉三国晋南北朝
诗》,注意读其中的"杂歌谣辞",因其与乐府关系较密切。翻阅了
严可均的《全上古三代秦汉三国六朝文》,注意读其中与音乐有关

的文章(如马融《长笛赋》)。注意利用《文选》李善注、王先谦《汉书补注》等注文中所提供的丰富材料。还把汉魏六朝的古小说读了一遍,从中也获得若干有价值的材料。例如南朝志怪小说中颇多鬼唱吴歌的记载,表面虽属荒诞,但联系看,却能说明鬼唱《子夜歌》这种男女恋爱不自由的社会现象。又如刘宋戴祚《甄异传》中有"金吾司马义妾碧玉善弦歌"的记述,结合《晋书·汝南王亮传》等的记载,可以考明《碧玉歌》中的碧玉确是汝南王之妾,旧说不错。有许多历史文献,乍看似无多大关系,但如果认真考察,往往能够联系起来说明一些问题。

(原载《与青年朋友谈治学》一书,中华书局 1983 年出版)

增 补 本 后 记

　　拙著《乐府诗述论》出版迄今,已有十载。承上海古籍出版社好意,拟予重印。近十年来因年老体衰,精力不济,写作颇少,且题目分散。有关乐府诗者仅得三篇,即《六朝清商曲辞的产生地域、时代与历史地位》、《刘宋王室与吴声西曲的发展》、《郭茂倩与〈乐府诗集〉》,今即编入本书下编中,请读者谅察。

王运熙记

2006 年 2 月